동아시아의 대중화 사회와 일본어문학

▶ 본서는 2016년도 일본국제교류기금의 보조금에 의한 출판물이다.
(本書は2016年度日本國際交流基金の補助金による出版物である。)
▶ 이 저서는 2007년 정부(교육과학기술부)의 재원으로 한국연구재단의 지원을 받아 수행된
연구임(NRF-2007-362-A00019).

일본학총서 31
식민지 일본어 문학·문화시리즈 69

동아시아의 대중화 사회와 일본어문학

跨境 日本語文學·文化 研究會
유재진 편저

역락

머리말

이 책은 과경 일본어문학·문화 연구회 정병호 편저로 간행한『동아시아의 일본어잡지 유통과 식민지문학』(역락, 2014)의 후속연구서로서 전서와 마찬가지로 <동아시아와 동시대 일본어문학 포럼(東アジアと同時代日本語文學フォーラム)>의 개최와 국제학술지『과경/일본어문학연구(Border Crossing: The Journal of Japanese-Language Literature Studies)』의 간행을 모태로 출간한다. 포럼 결성과 국제학술지 창간에 관해서는 전서에서 상술하고 있음으로 여기서는 생략하고 이 책이 나오기까지의 과정만 간단히 소개하고자 한다.

<동아시아와 동시대 일본어문학 포럼>은 2014년 10월 북경사범대학에서 제2회 국제심포지엄을 개최하였다. <대중화 사회와 일본어문학>이라는 테마로 한국, 일본, 중국, 대만 연구자들이 한데 모여 관련 연구 성과를 발표하고 각국의 차세대 연구자들이 자유주제로 발표하였다. 또한 본 심포지엄의 연구 성과 중 일부는 국제학술지『과경/일본어문학연구』제2호(동아시아와 동시대 일본어문학 포럼, 고려대학교 글로벌일본연구원, 2015.6)에 게재되어 소개된 바 있으나, 본지가 일본어 학술지여서 그 연구 성과를 국내에 소개하는 데에는 한계가 있었다. 이에 포럼의 연구 성과와 <동아시아의 대중화 사회와 일본어문학>의 테마를 전후까지 확장하고 영화, 괴담, SF 등의 대중 미디어와 대중소설 연구를 추가 보완하여 이 책을 출간하기에 이르렀다.

　이 책은 1920년대부터 진행된 도시화와 더불어 계급의 변동, 미디어
환경의 변화 등에 의해서 '대중'이 탄생한 일본 및 동아시아지역에서
일본어문학·문화가 기존의 민족, 계급, 국가의 경계를 넘어 창작되고
유통되는 양상을 동아시아 각국의 연구자들과 함께 고찰한 연구서다.
대중화 사회로 진입한 일본에서는 간행물의 대량판매로 인한 독자층의
확대와 함께 독자층의 분절과 계층화가 일어났다. 이러한 대중사회의
변화에 호응하듯 문학 창작도 교차하고 분절되면서 탐정소설, 시대소설,
통속소설 등의 대중문학, 프롤레타리아문학, 모더니즘문학, 사소설 등이
탄생하였다. 이렇듯 대중화 사회의 출현으로 인한 문학, 문화계의 변화
와 그 현상은 역사적으로는 전후 문학으로 이어졌고 공간적으로는 식민
지를 포함한 동시대의 동아시아지역으로 파급되었다. 이에 이 책은 동
아시아의 '대중화 사회'에 초점을 맞춤으로써 기존의 '대중문학' 대 '순
문학'이라는 이원론적 문학관을 극복하고 대중문학·문화서부터 순문학
에 이르는 제국과 식민지를 넘나들었던 일본어문학의 제 양상, 장르의

파생과 변용, 미디어·유통의 실상, 전후 문단과 대중문학의 변모를 규명하고자 한다.

이와 같은 문제의식을 담아내기 위해서 이 책은 <동아시아의 일본어 탐정소설>, <계층화 사회와 문예로 보는 동아시아의 역사>, <대중화 사회의 저널리즘과 언어표현>, <전후 대중화 사회와 일본어문학>의 4부로 구성하여 다양한 측면에서 동아시아의 대중화 사회와 일본어문학에 관한 고찰을 시도하였다.

제1부는 1920년대 동아시아의 대중화 사회와 함께 출현하여 대중문학의 한 축을 이룬 탐정소설에 관한 고찰을 모아봤다. 1장은 재조일본인이 쓴 탐정소설의 전모를 개괄하면서 탐정소설이 대중적인 읽을거리로 정착하기 시작한 1920년대 재조일본인이 쓴 탐정소설의 분석을 통해서 대중문학, 특히 탐정소설의 식민지 공간에서의 특성 즉, '내지' 혹은 탐정소설의 본고장이라 할 수 있는 서양탐정소설과의 차이점을 고찰하였다. 1920년대 탐정소설이 재조일본인의 대중적인 문예물로 정착하기 시작한 초기 상황에서 탐정소설이란 '오락' 혹은 '지적 유희'를 위한 읽을거리가 아니라 경찰 혹은 판사 등의 식민지 위정자들에 의해 양산된 '조선 범죄 이야기', '조선 범죄 실화'를 소설화 한 것에 지나지 않았다. 그렇기에 당시 재조일본인이 창작한 탐정소설에는 '탐정소설'이라는 표제와 괴리된 '불가사의한 수수께끼'도 그 수수께끼를 '추리'하는 '탐정'도 존재하지 않는 매우 기형적인 탐정소설이 창작되고 소비되었다는 것을 확인하고자 하였다. 타이완의 식민지기 일본어문학을 전공하고 있는 푸런(輔仁)대학의 요코지 게이코(橫路啓子) 교수가 쓴 제2장은 가나세키 다케오(金關丈夫)가 식민지기 타이완을 배경으로 쓴 탐정소설 「롱샨스의 조 노인(龍山寺の曹老人)」의 분석을 통해서 황민화운동이 한참이었던

동시대의 문맥과는 차별화된 가나세키 탐정소설의 특성을 고찰한 것이다. 가나세키의 탐정소설은 신분을 위장하는 사람들의 정체를 폭로해 허위를 드러내고자 한 윤리관이나 오락성에 중심을 두고 있는 데, 이는 타이완인의 일본인화를 추진한 당시의 식민지 담론과는 배치되는 특성임을 밝히고 있다. 일제강점기 재조일본인이 쓴 괴담을 연구하고 있는 홍익대학교의 나카무라 시즈요(中村靜代) 교수는 제3장에서 재조일본인 잡지『조선공론(朝鮮公論)』에 게재된「봄의 괴담, 경성의 새벽 2시」가 괴담이면서도 그 전개 과정에는 '수수께끼 풀이'라는 미스터리적 요소가 내포되어 있는 점을 주목하고 있다. 경성의 유령을 탐정하는 두부장수는 경성 사회의 암면을 탐정하는 잡지기자의 표상이기도 하며 그들은 식민지 조선이라는 정치적인 공간에서도 당시의 담론과 장르에 얽매이지 않고 자유로운 창작을 시도하였다. 이러한 문예독물은 독자로 하여금 독서행위를 통해 경성의 사회를 탐정하도록 한 당시의 대중적인 읽을거리의 특성을 여실히 보여주고 있다. 전후 일본 탐정소설과 중국의 법제문학(法制文學)을 비교 연구한 나고야(名古屋)대학 대학원의 인쥐시(尹苣汐) 연구원은 일본의 사회파 추리소설과 중국의 법제문학을 '수용'과 '비교'의 관점에서 법제문학을 1980년대 중국의 대중화 사회와의 관계성에서 논한 것이다. 법제문학이 문화대혁명과 개혁 개방을 거치는 과정에서 국가의 법과 경찰의 선전 수단으로 만들어진 것이며 표현이 제한된 상황에서도 '시민성'을 끊임없이 탐색한 것을 확인하였다.

제2부는 1920년대 이후 동아시아에서 확산된 계급화와 이에 호응하며 등장한 프롤레타리아문학 및 영화에 관한 연구와 대중화 계급화 사회에서의 역사의 기술과 소설화를 고찰하였다. 한반도의 일제강점기 일본어문학 연구자이신 고려대 정병호 교수가 쓴 제1장은 1920년대 한반

도의 일본어문학이 식민자(재조일본인) 대 피식민자(조선인)라는 차이보다
도 오히려 자본가/노동자, 지주/소작인의 대립과 불공평한 관계에 관심
을 기울이고 경우에 따라서는 재조일본인과 조선인의 계급적인 연대를
보여주는 작품들이 다양한 형태로 등장한 점에 주목하고 있다. 이들 문
학의 등장은 일본 내 프롤레타리아 문학의 영향뿐 아니라 1919년 3.1독
립운동이 보여준 식민정치에 대한 문제의식이 투영된 것으로도 볼 수
있다. 이러한 의미에서 1920년대 이들 문학은 1900년대나 1930년대 후
반 이후의 재조일본인 문학과 틀을 달리하고 일본어문학의 새로운 가능
성을 보여주는 작품이라고 할 수 있다. 일본연극, 영화를 전공한 전주대
이정욱 연구교수는 제2장에서 1920년대 후반부터 1930년대 초반까지
활발히 제작되었던 일본프롤레타리아 영화동맹을 고찰하였다. 당시 일
본프롤레타리아 영화동맹이 소형카메라로 제작한 영화 작품을 통해 거
대 자본이 집적된 영화산업에 맞선 그들의 활동을 자세히 기록하고 있
으며 소비자에 지나지 않았던 대중이 영화 제작의 생산자가 될 수 있음
증명한 저예산 독립영화의 시초라 할 수 있다. 이와 더불어 관객을 찾
아 상영했던 이동영화관을 통해 영화 선택은 관객의 몫이라는 통상관념
을 깨고 영화가 관객을 선택한다는 발상의 패러다임을 확인하였다. 타
이완 황민문학을 전공한 국립정치대학 타이완문학연구소의 우페이전(吳
佩珍) 교수가 쓴 제3장은 종래의 승자 사관에서 논의된 일본 주체 하에
전개된 식민지 타이완 연구를 지양하고, '패자'사관에 입각해서 일본의
타이완 통치의 정신적 상징이었던 기타시라카와노미야(北白川宮)의 메이
지유신사에서의 위치를 새로 검증하고 있다. 기타시라카와노미야는
1895년에 타이완 정벌에 나섰다가 말라리아로 현지에서 죽었는데, 이후
타이완을 진압한 신으로 추대된 과정을 동북 '패자'사관에 입각해서 검

토하였다. 구 만주지역 일본어문학 연구자인 일본 소죠(崇城)대학의 산위 안차오(單援朝) 교수가 쓴 제4장은 1872년 중국인노동자 231명을 실은 페루 범선 마리아 루스호가 귀국 도중에 파손수리를 위해 요코하마(橫浜)에 기항하였을 때 선박 내의 학대에 견디지 못한 중국인 한 명이 탈선하여 정박 중이던 영국군함에 구조를 요청한 마리아 루스호 사건을 소재로 한 일본의 대중소설 작가 사오토메 미츠구(早乙女貢)의 『교인의 감옥(僑人的囚籠)』을 고찰한 것이다. 개인의 작용이라는 관점에서 역사적 사건을 재현하면서도 이 사건의 역사적 함의를 포착하고 있는 이 소설은 역사소설로서의 가치와 대중문학으로서 주요 요소가 집약된 소설이라고 평하였다.

한반도에서 간행된 일본 전통시가를 연구하고 있는 고려대 글로벌일본연구원의 엄인경 교수가 쓴 제3부 제1장은 일본어 전통시가 분야에서 주로 다루어졌던 단카(短歌)나 하이쿠(俳句)와 달리 대중적 속요의 성격이 강한 도도이쓰(都々逸) 장르를 정면에서 다루고 있다. 이 글은 새롭게 발굴한 문예 잡지 『까치(カチ鳥)』를 통해, 한반도에서 생소한 도도이쓰 장르가 면면히 전개되고 인근 장르와 교섭하며 많은 작품을 낳았다는 발견에 토대한 것이다. 도도이쓰가 '리요 정조(俚謠正調)', '가이카(街歌)' 등으로 이름을 바꾸어 가면서 1920년대부터 30년대에 걸쳐 모던 도시 경성의 대중화 사회와 생활양식 등을 표현한 양상을 통시적으로 검토하고 있으므로, 도도이쓰가 경성의 대중시로 기능한 양태를 확인하고 있다. 나고야대학의 히비 요시타가(日比嘉高) 교수가 쓴 제2장은 1932년 로스앤젤레스 올림픽에 주목하여 이를 제재로 창작된 시가(詩歌), 근대 올림픽의 발전과 변용, 대규모로 산출된 관련 보도와 제 기획을 검토하여 대중화 시대의 문학표현에 대한 사례를 연구한 것이다. 즉, 시, 스포츠의 대중화, 미디어에 의한 대중동원이라는 세 가지 문제계가 교차하는 양상을 고찰하고 있는데, 제국 시대에서 국제적인 스포츠 이벤트로서의 올림픽은 사람들의 이동과 월경의 양상을 부각시키는 장(場)이었고 이를 위한 문학표현은 이동과 이산(離散)의 양상에 맞추어 변화하였다. 신문과 라디오 등의 보도 미디어도 원격지의 사람들을 연결했지만, 문예 역시 문학결사의 형태로 자신들의 유대를 형성하였다. 일제강점기 조선 문예물의 일본어 번역양상을 연구하고 있는 고려대 글로벌일본연구원의 김효순 교수가 쓴 제3장은 야담의 개념과 성격, 근대이후 야담의 변용 양상을 정리하고, 일제강점기 일본어로 번역된 야담집의 번역·편찬의도와 목적, 번역의 방법 등을 분석함으로써, 식민종주국이 피식민지의 문학, 문화를 번역하는 것의 의미는 식민 통치를 위한 이데올로기 구축 내지는 지의 구축에 의미가 있었고, 근대의 대중소설, 역사소설로서 변모해가는 야담의 장르적 특성은 무시되고 있었음을 밝히고 있다. 일제강점기 한국인 작가의 일본어문학과 재일한국인 문학을 연구하고 있는 고려대 글로벌일본연구원의 김계자 연구교수가 쓴 제4장은 한국문학이 일본에 소개된 흐름을 정리하고 최근에 일본에서 화제가 된 재일코리언 안우식의 『엄마를 부탁해』 일역본을 고찰함으로써, 한일 간의 편향된 번역출판 구조를 개선하고 일본에서 한국문학이 새롭게 발견되고 대중화될 수 있는 계기를 어떻게 만들어갈 것인지 그 실마리를 찾고 있다. 번역자 안우식은 전형적인 이국화(foreignization) 번역으로 일본인에게 한국문학의 새로움을 보여줬으며, 그의 '재일코리언'이라는 위치가 대산문화재단의 번역지원을 끌어오고 한일 양국의 대형 출판사를 동원하는 데 효과적으로 기능해 일본에서 한국문학 번역으로는 이례적인 성과를 거두었는데, 한일 문학에 새로운 관계성을 가져올 재일코리언의 문학 활동을 주시할 필요가 있음을 확인시켜주었다.

　제4부에서는 전후 대중화 사회와 일본어문학을 고찰하고자 한다. 중일비교문학 및 번역문학 전문가인 중국 베이징(北京)사범대학의 왕즈송(王志松) 교수가 쓴 제4부 제1장은 패전 이후의 일본문단 상황을 고찰한 것으로, 패전 이전의 일본문단이 종합지와 문예지에서의 작품 발표와 비평으로 한정되어 있었던 것에 비해 패전 이후는 문단을 중심으로 하면서도 현실사회와의 단절을 지양했다는 점에서 큰 의의를 찾을 수 있다. 또한 패전 후는 『규슈문학(九州文學)』과 같은 동인지를 통한 지방의 문단 활동도 활발했고 탐정소설 문단과 같은 탐장소설 창작을 둘러싼 언설공간도 문단으로 지칭되어 문단을 일원적으로 파악하기 어려운 상황이었음을 밝히고 있다. 동아시아영화사 전공자인 한양대학교 현대영화연구소의 함충범 전임연구원이 쓴 제2장은 패전 이후 일본영화도 '전후개혁'이라는 말로 대변되는 사회 문화 전 분야에서의 변화상을 반영하였는데, 그 중에서도 특히 <우리 청춘에 후회 없다>를 비롯한 일련의 영화들이 당시 미국의 점령정책의 기조인 비군사화 및 민주화를 다루면서 전후 일본영화의 제작 경향을 새롭게 이끌었다는 점을 고찰하고 있다. 이 영화에 개입되어 있는 과거 일본의 시대적, 역사적 층위는 복잡다단하게 구성되어 있기 때문에 영화에서 일본의 과거는 일본의 현재와 끊임없이 대화하며 의미를 생성한다. 군국주의 일본의 과거는 부정적으로 그려지는 한편 과거부정에 있어 이중적 태도가 나타나기도 하는데, 이는 당시 여러 가지 한계를 노정하고 있던 전후 일본에서의 과거청산 및 전후개혁 방향 변경과도 연결되고 있음을 확인하였다. 릿쿄(立教)대학의 이시카와 다쿠미(石川巧) 교수가 쓴 제3장은 1946년 7월에 교토에서 창간호를 낸 이후 약 1년 동안 간헐적으로 발간한 종합문예지『국

제여성(國際女性)』의 지면을 발췌해 상세히 소개하고 집필자의 주변과 간사이(關西) 문화권의 관련 인물에 대한 구체적인 조사를 통해 전후 일본의 잡지출판 문화, 전후문학, 그리고 부인운동의 관점에서 잡지의 중요성을 설명하고 있다. 마지막으로 아베 고보(安部公房) 전공자인 고려대 글로벌일본연구원의 이선윤 연구교수가 쓴 제4장은 아베 고보가 사용한 <괴물>이라는 개념을 그의 예술론 및 문학론을 구성하는 중요 개념으로 파악하고 그 의미와 논리를 분석한 것이다. 아베 고보는 일본의 전후 SF소설의 출발점인 1960년대에 지지를 표명하며 SF적 가능성의 의미에 대해 적극적으로 발언하였다. 그는 공상과학이나 비현실적 소재를 다루는 문학 텍스트가 현실을 직시하도록 하는 중요한 가능성을 배태하고 있다고 논하며 <괴물>로서의 문학, 문학 텍스트를 구성하는 <괴물성>을 강조하였다.

이상의 4부 구성으로 동아시아의 대중화 사회와 일본어문학에 관한 동아시아 각국의 연구 성과를 집대성한 이 책이 한국 독자들에게 던지고 있는 문제의식은 무엇보다 일국중심의 문학연구의 지양과 극복이다. 동아시아를 시야에 넣음으로써 식민지와 제국, 지배계층과 피지배계층, 일본어와 모어, 순문학과 대중문학, 전중과 전후의 다양한 마찰과 교섭을 포착할 수 있을 것이다. 그리고 이러한 중층적이고 혼종적인 동아시아 문학의 특성을 포착하였을 때 비로소 문학과 문화의 역사적 사회적 기능과 역할이 보이고 당시를, 그리고 오늘날을 살아가는 동아시아인의 실상을 이해할 수 있을 것이다. 이 책은 근대 국민국가가 그어놓은 임의의 경계들을 넘나드는 지점으로 '동아시아의 대중화 사회'라는 역사적 시점에 초점을 맞추어 다양한 문학·문화 현상을 고찰하고자 한다. 이 책의 이러한 문제의식과 시도가 1920년대 이후의 동아시아 사회에

대한 이해와 관련 연구 분야의 활성화에 기여하기를 편자로서 바라마지
않는다.

이 책의 출간에 있어서 옥고를 보내주신 국내외 15분의 연구자들에
게 이 자리를 빌려 감사의 인사를 드린다. 문제의식을 공유하고 토론의
장을 함께 만들어 가고 있는 일본, 중국, 대만 연구자들에게 포럼의 한
국측 멤버들은 많은 위안과 격려를 얻고 있다. 그리고 이 연구서가 나
오기까지 9년간 지도편달과 격려를 아끼지 않고 연구회를 이끌어 준
<과경 일본어문학·문화 연구센터> 센터장이신 정병호 선생님과 연구
회 총괄을 맡아준 김효순 교수, 엄인경 교수를 비롯한 연구회 멤버 선
생님들께도 감사의 말씀을 드린다. 특히, 원고 수합서부터 모든 번거로
운 연락을 맡느라 많은 고생을 해주신 김계자 선생님께과 이 책의 편집
과 출판을 맡아주신 도서출판 역락의 관계자 및 이태곤 본부장님께 깊
이 감사드린다.

마지막으로 이 책의 모태가 된 <동아시아와 동시대 일본어문학 포
럼> 및 『과경/일본어문학』 간행에 아낌없는 지원을 해준 고려대 글로
벌일본연구원의 HK사업단과 이 책의 출판 간행을 지원해준 일본국제
교류기금에 감사의 뜻을 표한다.

2016년 6월
과경 일본어문학·문화 연구회
유재진

차 례

제2부 계층화 사회와 문예로 보는 동아시아의 역사

제3부 대중화 사회의 저널리즘과 언어표현

제4부 전후 대중화 사회와 일본어문학

제1부
동아시아의
일본어 탐정소설

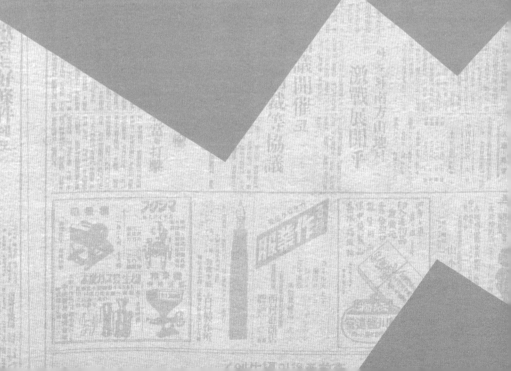

‖유 재 진‖

재조일본인의 탐정소설

– 탐정이 등장하지 않는 탐정소설 –

1. 들어가며

탐정소설 연구의 바이블이라 불리는 『오락으로서의 살인－탐정소설·
성장과 그 시대』[1]의 저자, 하워드 헤이크래프트(Howard Haycraft)는 아시아
에서 그것도 식민지에서 탐정소설이 창작되고 유행했다는 것은 상상조차
할 수 없었을 것이다. 왜냐하면 헤이크래프트는 탐정소설이라는 장르가
민주주의를 기반으로 한 근대적 법제도, 종교를 대신하여 근대적인 과학
지식을 사용한 수사, 그리고 익명의 대중이 모인 도시 공간에서 생겨난
장르라고 여겼고 또한 이러한 헤이크래프트의 탐정소설관은 오늘날 정설
로서 널리 통용되고 있다. 실제로 근대화를 거친 서양이라 하더라도 이탈
리아나 독일과 같은 독재정권 국가에서는 탐정소설이 꽃피지 못했다. 그

---

1) Howard Haycraft, *Murder for Pleasure : The Life and Times of the Detective Story*, D. Appleton
-Century, 1941.

렇기에 미국인인 헤이크래프트는 아시아의 탐정소설이라는 것은 아예 상
정할 수 없었으며 게다가 결코 '민주주의'적인 상황이 아니었던 식민지에
탐정소설이 존재하리라고는 상상도 할 수 없었을 것이다. 하지만, 서양에
서 발생한 탐정소설은 일본의 근대화와 더불어 아시아로 유입되어 대중
문학의 한 축을 이루었으며 일제강점기 일본을 거쳐 식민지였던 조선에
서도 창작되어 향유되었다.

　물론 현재의 탐정소설, 미스터리에 대한 정의는 매우 정교하고 광범위
한 것으로 1940년대의 헤이크래프트가 이해한 본격탐정소설과는 많은 차
이를 보이고 있다. 하지만 오늘날까지의 일본이나 한국에서의 탐정소설
연구는 일국중심주의의 굴레에서 벗어나지 못하고 일본/한국에서의 연구
는 일본/한국이라는 국토에서 일본인/한국인이 일본어/한국어로 쓴 탐정
소설을 주로 연구해왔다. 1999년 잡지 『슈카(朱夏)』가 기획한 「탐정소설
의 아시아 체험」 특집[2]이나 그 후 단행본으로 출판한 후지타 토모히로(藤
田知浩) 편저의 <해외탐정소설집>[3] 『만주편』(2003), 『상하이편』(2006), 『남
방편』(2010) 등 '해외'를 무대로 한 작품이나 '해외'에서 쓴 작품들을 소
개하는 책들도 있다. 그러나 이 시리즈는 일본이 아닌 '해외'를 작품배경
으로 삼고는 있으나 제국주의 시대 일본에서 간행된 탐정 전문잡지에 게
재되어 일본 독자를 대상으로 영토 확장의 꿈을 미스터리소설화한 작품
에 지나지 않는다. 또한, 일본과 한국을 오가며 일본어와 한국어로 탐정
소설을 창작했던 일제강점기 조선의 유일한 전문 탐정소설 작가 김내성
에 대한 2000년 이후의 한국과 일본에서의 주목과 연구[4]는 기존의 일국

---

2) 朱夏編集部, 「特集探偵小說のアジア体験」, 『朱夏』, せらび書房, 1999.
3) 藤田知浩編著, 『外地探偵小說集 滿州編』, せらび書房, 2003.
　藤田知浩編著, 『外地探偵小說集 上海編』, せらび書房, 2006.
　藤田知浩編著, 『外地探偵小說集 南方編』, せらび書房, 2010.

중심주의를 넘어 김내성 작품이 내포하고 있는 월경적 특성과 당시 조선에 있어서의 근대화의 한계를 규명하는 의미 있는 시도임은 분명하지만, 여전히 한국인 김내성이 한국에서 한국어로 쓴 작품이라는 관점 자체를 뛰어넘지는 못했다. 즉, 기존의 한국이나 일본에서의 탐정소설연구는 대중문학이라는 이유로 문학 연구에 있어서 주변적인 영역이었고 여전히 '한국문학'이나 '일본문학'이라는 일국중심주의의 속박에서 자유롭지 못했다. 이는 기존의 연구가 연구대상으로서의 일본/한국, 일본인/한국인, 일본어/한국어라는 삼위일체를 자명한 것인 양 절대시해왔기 때문이 아닐까 싶다.

그러나 일제강점기 조선에서는 한국어로 쓰인 작품뿐 아니라 수많은 일본어 탐정소설이 존재하였다. 조선에는 한국어로 쓰인 탐정소설도 물론 있었지만 일본어로 쓰인 탐정소설도 유통하여 독자층을 확보하고 있었다.[5] 조선에서 한국어 탐정소설은 작가도 한국인이고 독자도 한국인이었지만 일본어 탐정소설의 경우, 상황은 좀 더 복잡하다. 작가는 한국인과 조선에 거주하는 일본인(이하 재조일본인) 또는 '내지' 일본인일 수 있고, 독자는 재조일본인이거나 일본어를 읽을 수 있는 한국인이었다.

---

4) 李建志, 「金來成という歪んだ鏡」, 『現代思想』, 青土社, 1995.2.
   정혜영, 「번역과 번안 간의 거리-김내성의 번안탐정소설 <심야의 공포>를 중심으로-」, 『현대소설연구』Vol.44, 한국현대소설학회, 2010.
   홍윤표, 「탐정소설과 식민지적 아이덴티티 : 김내성의 일본어 소설을 중심으로」, 『아시아문화연구』Vol.23, 경원대학교 아시아문화연구소, 2011.
   정혜영, 『탐정문학의 영역』, 역락, 2011.
   장영순, 「김내성의 신문소설과 경성의 독자 : 「탐정소설가의 살인」에서 「가상범인」으로의 개작을 중심으로」, 『한림일본학』Vol.26, 한림대학교 일본학연구소, 2015.
5) 유재진·이현진·박선양 편역의 『탐정취미-경성의 일본어 탐정소설』(도서출판 문, 2012)에서 처음으로 조선에서의 일본어 탐정소설을 번역 소개하였고, 이현진·가나즈 히데미(金津日出美) 편의 『경성의 일본어 탐정작품집』(학고방, 2014)에서 작품 원문이 영인본으로 소개되었다.

한국인이 지은 일본어 탐정소설에 대해서는 이미 연구 결과를 보고하였기 때문에[6] 본고에서는 일제강점기 조선의 일본어 탐정소설 중에서도 특히 재조일본인이 쓴 탐정소설과 범죄 실화를 연구대상으로 하였다.

탐정소설을 지은 재조일본인은 모두 아마추어 작가로서 대부분 조선에서 간행된 일본어 잡지에 작품이 실렸다. 식민지 통치자인 재조일본인에 의해서 식민지에서 창작된 탐정소설은 서양의 탐정소설이나 같은 시기 '내지' 일본의 탐정소설과는 다른 양상을 보인다. 소위 서양에서의 탐정소설(Detective Story)이란 탐정소설 특유의 문법—룰—을 통해서 작가와 독자가 지혜를 겨루는 지적 퍼즐이자 허구다. 서양 탐정소설을 모델로 한 '본격탐정소설'을 기준으로 보면 재조일본인이 쓴 '탐정소설'을 흉내 낸 작품들은 같은 탐정소설이라고 부르기에는 너무나도 이질적인 소설들이다. 그러나 재조일본인이 쓴 탐정소설이 탐정소설인지 아닌지, 장르로서의 양식을 지켜지고 있는지에 대한 문제보다는 식민지 통치자가 식민지에서 범죄를 어떻게 소설화하였는지 혹은 대중적인 읽을거리로서 범죄가 어떻게 이야기되었는지에 초점을 맞춰 살펴볼 필요가 있을 것이다.

따라서 본고에서는 범죄를 소재로 한 식민지 특유의 탐정소설류의 작품군에 초점을 맞추어 식민지 통치자에게 탐정물이 어떤 읽을거리로 소비되었는지를 고찰하고자 한다. 또한, 아시아에서의 탐정소설 수용과 변용 그리고 식민지 통치자들이 발신한 대중문학에 관한 연구를 통해서 식민지라는 특수한 시공간의 특성을 규명하고, 식민지라는 '외지'에서 통치자로서 문학적 행위를 한 자들의 에크리튀르를 살펴봄으로써 식민지 문학의 다층적 양상을 규명하고자 한다.

---

6) 兪在眞, 「韓國人の日本語探偵小說試論―金三圭「枕に立つたメス」―」, 『일본학보』 98, 2014.

2. 일제강점기 조선의 일본어 탐정소설과 식민지적 상황

일제강점기 조선에는 수많은 일본어 탐정소설이 창작, 유통되고 향유되었다. 그러나 일본어로 쓰인 탐정소설은 작가와 독자층이 여러 그룹으로 나뉘어 있었다는 점을 고려해야만 한다.

먼저 작가에 대해 살펴보면, 앞서 언급한대로 작가는 반드시 재조일본인에 국한하지 않고 한국인 작가도 존재했다. 전술한대로 한국인에 의한 일본어 탐정소설에 관해서는 다른 논문7)에서 고찰하였으므로 본고에서는 생략하겠지만 당시 조선에서 한국인이 일본어로 탐정소설을 창작 가능하였던 것은 일본인에 의한 일본어 탐정소설이 이미 조선에서 유통하고 향유되었다는 점은 집고 넘어가고자 한다. 즉, 당시 조선에 거주하였던 일본인과 일본어를 읽을 수 있던 한국인 독자에게 탐정소설은 친숙한 대중문학 장르였다는 환경이 조성되었기에 한국인에 의해 일본어 탐정소설 창작이 가능하였던 것이다.

수적으로 가장 많은 부분을 차지하였던 '일본인'에 의한 창작도 두 종류로 나눌 수 있다. 하나는 '내지' 작가가 쓴 탐정소설과 탐정물인데, 이들 '내지' 작가의 작품과 글들은 조선에서 간행된 일본어 잡지에 많이 게재되어 당시 조선내 일본어 식자층에게 널리 읽혔다. 조선에서 간행된 일본어 잡지에 실린 '내지' 탐정소설의 대략적인 소개도 전술한 졸고에서 기술하였으므로 본고에서는 그 상세한 내용은 생략하겠다. 다만 잡지 게재 이외에도 '내지'에서 간행된 탐정소설 서적이 조선에도 유통하였다는 점을 추가로 지적하고자 한다. 일본어 신문인 『경성일보(京城日報)』의 서

---

7) 兪在眞, 앞의 책.

적 광고[8]를 비롯하여 한국어 신문인 『동아일보』에서도 '내지'에서 간행한 탐정소설 서적이 신간소개 및 서적광고 형태로 여러 차례 소개되었다.[9] 예를 들어 1929년부터 30년에 걸쳐 『동아일보』에서는 헤본사(平凡社)의 『세계 탐정소설 전집(世界探偵小說全集)』이나 『루팡 전집(ルパン全集)』의 배본이 여러 번 소개되었다. 이러한 '내지'에서 간행된 탐정소설이나 잡지, 그리고 관련 서적이 어느 정도의 규모로 조선에 유입되었는지에 관해서는 추가 조사가 필요하겠지만 이러한 '내지'서적이 식민지 조선에서 적잖이 유통하였다는 사실만은 분명하다. 따라서 식민지기 조선의 미스터리 독서 공간에 한국어로 쓰인, 혹은 한국인에 의한 탐정소설만을 상정한다는 것은 당시의 상황을 충분히 포착하지 못하게 된다는 점은 지적해 둘 필요가 있을 것이다.

그리고 마지막이 재조일본인이 쓴 탐정소설이다. 재조일본인이 조선에서 탐정소설을 창작하였다는 사실은 앞서 언급한 졸고에서 밝히고 있으나 이 장에서는 그 특징과 현재 파악된 전체상을 살펴보겠다. 사실 조선의 일본어 잡지에 실린 읽을거리 속에서 재조일본인이 쓴 '탐정소설'을 선별하는 데에는 몇 가지 어려움이 있는데, 오히려 이러한 범위 규정의

---

8) 예를 들어 1929년 일본에 있는 하쿠분칸(博文館), 헤본사(平凡社), 가이조사(改造社), 순요도(春陽堂) 등 주요 출판사에서 미스터리 관련 전집을 발행했는데 그 중 헤본샤, 가이조샤, 순요도에서 간행한 전집의 서적광고가 『경성일보』에 실렸다. 1929년 6월 12일과 25일자 『경성일보』에는 가이조샤 출판의 『일본탐정소설전집(日本探偵小說全集)』(전20권), 『고사카이 후보쿠 전집(小酒井不木全集)』(전8권)의 광고가 게재되었고, 1929년 6월 16일자 『경성일보』에는 헤본샤의 『세계탐정소설전집(世界探偵小說全集)』(전20권)의 광고가 실렸다. 1929년 6월 18일자 『경성일보』에는 순요도 출판의 『탐정소설전집(探偵小說全集)』(전24권)의 광고가 게재되어 있다.

9) 예를 들어 『동아일보』 1929년 6월 30일자 '신간소개'란에 헤본샤의 『세계탐정소설전집 제10권』의 제1회 배본을 시작으로 1929년 7월 15일자 '신간소개'란에 헤본샤의 『루팡 전집 제4권』의 제4회 배본 등 1930년에 이르기까지 『동아일보』의 '신간소개'란에서 배본을 할 때마다 소개하고 있다.

어려움이 재조일본인이 쓴 탐정소설의 특징을 보여주게 된다.

재조일본인이 쓴 '탐정소설'을 변별하는데 있어 첫 번째 어려움이 바로 작가에 관한 문제다. 식민지적 특성으로 조선에서 발행된 일본어잡지의 집필자는 조선에 거주하는 재조일본인에 한정되지 않고, 앞서 기술한 대로 한국인과 '내지' 일본인이 섞여있다.10) 에도가와 란포(江戶川亂步), 사가와 순푸(佐川春風, 모리시타 우손(森下雨村)의 이명), 아오야마 와분지(青山倭文二)처럼 잘 알려져 현재 인물 정보가 남아있는 '내지' 일본인의 작품은 분명 작가가 '내지'에서 발표한 원고의 재게재이거나 기고문이다. 반면 재조일본인의 경우, 탐정소설 전문작가는 없었고 모두 기자나 경찰, 교사 등 아마추어 작가였다. 즉, 식민지 조선에는 탐정소설만을 쓰는 '작가'라는 존재는 없었다. 현재 확인 가능한 창작물은 모두 무명의 아마추어가 쓴 작품들이다. 그 중에서도 스에다 아키라(末田晃, 경성제대 의예과), 이와타 이와미치(岩田岩滿, 충남 대전 경찰서) 등 직책이나 주소지를 명기한 예나 야마자키 레이몬진(山崎黎門人)처럼 재조일본인 작가로 널리 알려진 인물의 작품은 재조일본인의 작품으로 판단할 수 있다. 그러나 개중에는 이 두 가지 중 어떤 경우에도 해당되지 않아 재조일본인인지 아니면 현재는 잊힌 당시의 풍속작가 중 한 명에 의한 기고문인지를 판단할 수 없는 작품들도 있다. 즉, '내지'일본인과 재조일본인에 의한 작품의 혼재, 그리고 전문작가와 아마추어작가의 혼재가 식민지 독서공간의 특성인 혼재성을 여실히 보여주고 있지만 재조일본인 탐정소설을 선별해야하는 입장에서

---

10) 예를 들어 당시 조선에서 간행된 일본어 행정잡지 『조선지방행정(朝鮮地方行政)』에는 '내지' 작가 사가와 순푸(佐川春風)의 「단편 탐정소설 보석을 노리는 남자(短編探偵小說 寶石を覘ふ男)」(1928년 3월)와 재조일본인 순사 기노우치 나리세(木內爲棲)의 「탐정소설 심산의 모색(探偵小說 深山の暮色)」(1928년 4월), 그리고 한국인 김삼규의 「탐정소설 말뚝에 선 메스(探偵小說 杭に立つたメス)」(1929년 11월~1930년 1월)가 함께 실려 있다.

는 어려움이 따른다.

두 번째 특징은 식민지기 조선의 일본어 작품의 창작, 유통, 수용과 같은 독서공간에 있어서 장르의식이 명확하지 않았다는 점이다. 작품 제목 앞에 붙은 표제가 다양하게 존재하는데, 예를 들면 '탐정소설(探偵小說)'은 물론이고 '탐정이문(探偵異聞)', '탐정실화(探偵實話)', '조선 탐정 이야기(朝鮮探偵物語)', '범죄 잡담(犯罪雜話)', '체포 만담(捕物人情噺)', '탐정 수다(探偵巷談)', '범죄 쇄담(犯罪瑣談)', '탐정 기담(探偵奇談)' 등이 있다. 이는 한편으로는 대중문학이나 대중적인 읽을거리의 특징으로서 독자의 시선을 끌 수 있는 표제를 붙인 미디어 전략에 의한 것이기도 하지만, 다른 한편으로는 당시 조선의 일본어 독서공간에 '탐정소설'과 관련된 장르의식이 아직 정착하지 않았다는 증거이기도 하다. 신문의 사회면처럼 읽힌 '범죄소설'과 '탐정소설', 그리고 실제 일어난 범죄 사건을 바탕으로 쓰인 문장과 픽션으로서의 탐정소설과의 경계가 모호한 상황이었다는 것을 알 수 있다. 이러한 장르의식의 모호함도 조선의 탐정소설과 서양이나 '내지' 탐정소설 문단과의 차이점이고 그 원인은 역시 '식민지적 상황'이었다는 것과 관련이 있다고 본다. 이 점에 대해서는 다음 장에서 좀 더 자세히 살펴보겠다.

이상의 두 가지 특징을 고려하여 현재 파악된 재조일본인이 쓴 '탐정소설'류를 개관해 보면 대략 세 종류의 '탐정소설'이 있었다는 것을 알 수 있다. 첫 번째는 경찰, 법관에 의한 '조선 범죄 이야기'와 같은 범죄소설로서의 '탐정소설'이다. 주로 경찰 잡지 『경무휘보(警務彙報)』에 게재된 작품으로 저자들이 실제로 범죄와 관련 있는 직업에 종사한 자들이다. 예를 들면, 『경무휘보』에 1920년 10월부터 1921년 5월까지 연재된 「소설 푸른 옷의 도적(小說 靑衣の賊)」(노다 생, 野田生), 1928년 4월호에 실린 「탐정소설 심산의 모색(探偵小說 深山の暮色)」(기노우치 나리세 木內爲棲), 1931년 8

월호에 실린 「탐정소설 마수(探偵小說 魔魔)」(이와타 이와미치) 등이 있다.

그리고 두 번째는 『조선공론(朝鮮公論)』에 작품을 게재한 <경성탐정취미회(京城探偵趣味の會)>회원들이 쓴 작품들로 픽션을 창작한다는 의식이 명확한 탐정소설이다. 이들 작품의 경향은 본격 추리물은 아니고 취미회의 선언문11)에서도 드러나듯이 고사카이 후보쿠(小酒井不木)나 에도가와 란포를 모델로 한 당시 '내지'에서 유행한 변격물이다.

마지막 세 번째가 신문의 사회면과 비슷한 주로 기자들에 의해서 쓰인 '실화'물들이다. 세 번째 부류의 탐정소설들은 주로 『조선공론』에 많이 게재되었으며 실제 일어난 사건의 진상을 여러 각도에서 추측하는 기사부터 픽션으로 쓰인 작품까지 폭넓은 경향을 보이고 그 범위도 모호하다. 기자가 쓴 탐정소설로는 『조선공론』1934년 9월호에 실린 후지쿠라 하쿠센(藤倉白扇)의 「탐정기담 어둠 속 미인의 모습(探偵奇談 闇に浮いた美人の姿)」이나 『조선공론』1935년 1월호에 실린 「탐정기담 암야에 미쳐 날뛰는 일본도, 정수리에 튀는 피보라(探偵奇談 暗夜に狂ふ日本刀 腦天唐竹割りの血吹雪)」등이 있다.

---

11) 『조선공론』 1928년 6월 호에 게재된 「탐정취미회 선언(探偵趣味の會宣言)」을 소개하면 다음과 같다.
　　"경성 탐정취미회는 발회식 같은 건 생략하고(그런 번거로운 일은 귀찮기 때문이다) 실제로 이미 경성에 존재하고 있다. 그리고 동인들 중에는 다방면의 면면들이 즐비한 것도 사실이다. 신문기자가 있는가 하면 화가도 있고, 형사가 있는가 하면 경부(警部)도 있다. 그리고 이 모임은 그림자 같은, 혹은 유령 같은 (요괴스러운 면도 갖춘) 존재이다. 하지만 우리들의 탐정취미회는 그렇기 때문에 재미있는 것인지도 모르고, 원래 탐정취미라는 것의 근간에는 요괴스러움이 항상 따라붙기 마련이다. 이 그림자 같은 존재가 분명하게 그 모습을 드러내게 되면 다행이다. 그리고 조선에서도 조선의 고사카이 후보쿠(小酒井不木)나 에도가와 란포(江戶川亂步)가 나온다면 세상은 더 재미있어질 것이다. 다음에 소개할 작품은 제1회 추천작이다. 우선 이런 작품에서부터 조금씩 출발하여 마침내 본격물까지 나아갈 수 있다면 우리들의 기쁨은 지대할 것이다.(마쓰모토 데루카(松本輝華))"

이러한 세 종류의 재조일본인이 쓴 '탐정소설'들 중에서 가장 독특하면서도 식민지적 상황을 반영하고 있는 것이 첫 번째 범죄소설로서의 '탐정소설'이다. 따라서 다음 장에서는 이 작품군에 초점을 맞추어 고찰하겠다.

3. 탐정이 등장하지 않는 탐정소설 1 : '범죄 수사 이야기'

재조일본인이 처음으로 범죄를 신문보도나 잡지 기사, 논설이라는 형태가 아닌 '소설', 즉 픽션이라는 범주에서 다룬 것은 1920년 10월부터 1921년 5월까지 『경무휘보』에 8회에 걸쳐 연재된 「소설 푸른 옷의 도적」일 것이다.12) 이 작품은 1918년 즈음 이탈리아와 프랑스의 국경에서 출몰했던 파란 마스크로 얼굴을 가린 도적단의 이야기로 영국의 『와이드 월드(Wide World)』지에 실린 이야기를 번역한 것이다.13) 이 작품은 탐정소설이라기보다 범죄소설에 가까워 도적단이 경찰에게 붙잡히는 경위를 이야기풍으로 자세히 전하고 있다. 번역이므로 작품내용에 대해서는 여기서 특별히 고찰하지 않겠지만 조선총독부 경무총감부에서 발행한 『경무휘보』라는 잡지에 서양 범죄소설이 번역 게재되었다는 점은 주목할 만

---

12) 野田生, 「小說 靑衣の賊」, 『警務彙報』(185호~192호), 1920. 10~1921.5.
13) 노다 생이 누구인지는 분명하지 않으나 역자명 앞에 '총독부'라고 적혀있는 점이나 잡지의 성격으로 보아 경찰 관계자나 총독부의 공무원으로 추측해본다. 당시 일본어 잡지에 '노다 생'이라는 이름으로 기고된 기사는 「푸른 옷의 도적」 외에도 1935년 『만주평론(滿州評論)』(제8권 11호, 14호, 15호)에 연재된 「만주 주재 경찰권의 획기적 이동(上·中·下)—덧붙여 사변 후 관동지역 경무국의 변천—在滿警察界の劃期的異動(上·中·下)—附, 事變後の關東廳警務局の變遷 - 」이라는 글이 있다. 이것도 경찰 관련 내용이므로 노다 생이라는 필자는 경찰 관계자일 가능성이 높아, 1925년 3월 『경무휘보』에 글을 실은 '노다 경찰부장(野田警察部長)'과 동일인이 아닐까 추측한다.

하다.

다음으로 재조일본인이 '탐정소설'이라는 표제를 내걸고 발표한 최초의 창작이 1928년 4월 『조선지방행정(朝鮮地方行政)』에 실린 「탐정소설 심산의 모색」이라는 단편이다.14) 저자 기노우치 나리세에 대한 자세한 이력은 알려지지 않았지만 『경무휘보』나 『조선지방행정』에 여러 차례 기고를 하였으며 그 직책으로 미루어 보아 1927년 무렵부터 춘천 경찰서에서 근무한 경찰로 추측한다. 「심산의 모색」이라는 탐정소설치고는 다소 정취적인 제목을 붙인 것도 그가 센류(川柳)(5·7·5의 17음으로 된 짧은 시)를 즐기고 단편 창작소설을 투고하는 등 논설뿐 아니라 문예적 취미를 가지고 있었던 것과도 관련이 있을 것으로 짐작한다.15)

「탐정소설 심산의 모색」은 경찰이 수사를 통해서 무라타식(村田式) 엽총을 소지한 2인조 강도를 체포했다는 충청남도의 한 마을을 배경으로 한 단편소설이다. 이 소설의 흥미로운 점은 재조일본인이 쓴 '탐정소설' 중에서 유일하게 조선인이 범인으로 등장한다는 것이다. 작품 속에서 범인인 조선인이 강도를 저지른 이유는 어쩔 수 없는 가난 때문이었다. 강도 전과가 있는 범인 김명옥은 "다나카(田中) 농장(무라타식 엽총이 도난당한 농장: 인용자 주)에서 소작도 하고 화물 운반도 하며 성실히 일했지만 생계가

---

14) 木內爲棲, 「探偵小說 深山の暮色」, 『朝鮮地方杏亭』(제7권 제4호), 1928년 4월.

15) 기노우치 나리세는 「농촌진흥의 근본문제(農村振興の根本問題)」(『조선지방행정』 제4권4호), 「자치제 촉진에 관해서 면직원에게 바란다(自治促進に就て面職員に望む)」(『경무휘보』 제6권5호) 등의 논설을 발표하였다. 논평 외에도 「골계장시 외톨이(滑稽長詩 獨り者)」(『조선지방행정』 제4권 7호), 「가을밤의 서툰 한마디(秋宵片言)」(『조선지방행정』 제4권 11호), 「전원 취미(田園趣味)」(『조선지방행정』 제5권 1호), 「경성춘추(京城春秋)」(『조선지방행정』 제5권 3호), 「월미도의 저녁(月尾島の夕)」(『조선지방행정』 제6권 2호), 「내가 본 춘천(我觀春川)」(『조선지방행정』 제6권 4호), 「단문 다섯 개(五つの短文)」, 「센류 수사습유집(川柳 搜査拾遺集)」(『경무휘보』 제257호), 「사해전투(蛇蟹合戰)」(『센류 삼매(川柳三昧)』 11호), 「자연(自然)」(『센류삼매』 12호), 「기둥에 기대어(柱に凭れて)」(『센류삼매』 21호), 「내가 본 연애(戀愛我觀)」(『센류삼매』 38호) 등의 문예작품을 발표하였다.

곤란했다." 경찰이 다나카 농장 주변 인물을 심문하고 다니자 김명옥이 갑작스레 돈을 벌기 위해서 외지로 간 것에 대해서도 "바쁜 농부가 게다가 많은 소작을 해야 하는 농부가 품팔이를 하러 행방을 감춘다는 것은 분명 거기에 뭔가 좋지 않은 사정이 있기 때문이라고 누구나가 생각했다"고 기술하고 있다. 이 작품에서 범죄는 "성실히 일하지만 생계가 곤란"한 조선인의 생활고로 인한 범행으로 당시 실제 조선인의 가난한 생활상이 여실히 반영된 작품이라 할 수 있다. 이러한 범인상은 직업상 조선인과 직접 마주해 온 저자의 경험이 반영된 결과라는 점을 그의 다른 작품을 통해서 추측해 볼 수 있다.16)

　　그러나 이러한 범행(사건) 설정은 '탐정소설'로서는 문제가 있다. 이러한 생활고로 인한 범죄는 '미스터리' ― 불가해한 수수께끼 ― 를 전혀 제

---

16) 예를 들어, 『경무휘보』에 게재된 기노우치 나리세의 「센류 수사습유집」 중 다음과 같은 센류를 통해서 그가 조선인이나 조선인의 생활에 깊이 관여하였을 상황을 짐작할 수 있다. 또한 기노우치가 조선인의 가난한 생활상에 주의를 기울인 것도 확인할 수 있다.
　　내지어와 짬뽕으로 섞어 말하는 조선어
　　(內地語とチャンポンにして朝鮮語)
　　조선인이 보고 놀라 도망가는 나의 각반
　　(鮮人が逃げ出して行く卷脚袢)
　　'몰라 몰라'만 반복하니 화가 치밀어 오네
　　(モーラァ*を繰り返されて腹が立ち)
　　조선 아이는 진달래꽃을 먹으려 돌아다니네
　　(鮮童は躑躅の花を食ひ歩るき)
　　이제는 조사마저도 익숙해져 버린 외딴집
　　(調査も慣れっちまつてる一軒家)
　　막걸리도 기운 나게 해주는 약이 되도다
　　(マッカリも元氣をつける藥なり)
　　산골짜기를 돌면 호랑이 나온다는 이야기
　　(山谷を廻ると虎の出る話し)
　　이삼년 지나면 또 새로이 나타나는 화전민
　　(二三年すると出かはる火田民)
　　막걸리도 조금은 마실 수 있게 되었구나
　　(マッカリも少しは飲める樣になり)

공하지 못하기 때문이다. '탐정소설'이라는 장르를 어떻게 정의하는가에 대한 문제는 때와 장소에 따라 다양하게 있을 수 있으나 그래도 하나의 공통점을 든다면 작품 안에 수수께끼를 내포하고 있다는 점이다. 그런데 조선인의 생활고로 인한 강도범행이라는 사건 설정은 현실감은 있으나 '탐정소설'로서는 어떠한 수수께끼도 던지고 있지 않다.

그리고 이러한 수수께끼의 부재는 그대로 탐정의 부재를 초래한다. 「심산의 모색」은 짧은 작품이지만 5장 구성이다. (1) 경찰서에 접수된 신고와 현장 조사, (2) 엽총을 도난당한 다나카농장과 그 주변의 현장 조사, (3) 3일 후 강도사건의 재발, 단서 없음, (4) '법의학적 관찰'에 의한 용의자 지목과 용의자 김명옥의 도주, 그로부터 4개월 후 2인 강도 사건의 재발, (5) 경찰이 친 비상 경계선에서 수상한 조선인을 엄중히 취조하여 범인을 체포함. 여기서 (4)의 '법의학적 관찰'이라는 것이 미궁에 빠졌던 사건을 해결하는 '추리'에 해당하는 부분인데, 이 부분은 다음과 같다.

범인의 악행을 법의학적으로 관찰해 판단해보면 소위 횟수(年忌)를 따져보는 것이 일반적이다. 이걸 깨달은 서장은 관내의 강도전과자들의 재범 연도는 조사해 보았다. 그러자 피해 현장에서 그리 멀지 않은 곳에 김명옥이라는 전과자가 있었고 정확히 8년 만에 재범을 저지르고 올해가 또 8년째에 해당한다는 것을 알게 되었다.

이 작품에서 말하는 '법의학적' 관찰이라는 것은 인용문처럼 일정한 주기로 범행이 반복된다는 의미로 사용되었는데, 생활고로 인한 범행이 같은 주기로 일어난다는 것은 '과학적'이거나 '합리적'이라고 보기에는 매우 어렵다. 다시 말해 이 소설에는 탐정소설에서 빠져서는 안 되는 '불가해한 수수께끼'가 설정되어 있지 않기 때문에 추리를 펼칠 주체로서의

'탐정'이라는 장치 또한 존재할 수 없는 것이다. 이 작품에는 단지 성실
하게 수사를 하는 경찰이라는 공권력만이 범인을 체포하고 '추리'하는 주
체로 그려지고 있을 뿐이다. '탐정소설'로서의 「심산의 모색」은 그 전달
같은 잡지에 실린 사가와 슌푸의 「단편탐정소설 보석을 노리는 남자」나
1925년 『조선공론』에 실렸던 코난 도일의 셜록홈즈 시리즈와는 분명 거
리가 있다. 서양의 탐정소설이나 '내지' 일본의 탐정소설과는 다른 「탐정
소설 심산의 모색」이라는 서사는 과연 어디에서 유래한 것일까?

이는 당시 『경무휘보』나 『조선사법협회잡지(朝鮮司法協會雜誌)』 등 경찰
사법 관련 잡지에 범죄 수사 과정을 소설형식으로 쓴 글들이 빈번히 게
재했던 것과 관련이 있을 것이다. 1920년대 초부터 실리기 시작해서 40
년대 초까지 『경무휘보』에는 현역이나 퇴직 경찰들이 과거 담당했던 사
건의 발생서부터 수사, 범인 체포에 이르기까지의 경위를 이야기 형식으
로 적은 「범죄 수사 이야기」, 「범죄실화」, 「탐정실화」 류17)의 글들이 다
수 게재했다. 이들 '범죄 수사 이야기'의 특징은 범인 체포에 이르기까지
자신을 포함하여 경찰들이 어떠한 수사 활동을 했는지를 상세하고 담담
한 문체로 적었다. 이러한 '범죄 수사 이야기'가 『경무휘보』에 많이 실린
이유는 아래의 인용문을 통해서 엿볼 수 있다.

---

17) 시라카미 유키치(白上祐吉, 지바현 내무부장), 「범죄수사 이야기(1)~(6)(犯罪搜査の話, 一)
~(六)」, 『경무휘보』, 208호~211, 213호. 조선에 있는 현역 경찰들의 응모를 통한 「제7
회 현상문 범죄수사 이야기(第七回懸賞文 犯罪搜査の話)」, 『경무휘보』 212호. 노형사(老
刑事), 「탐정실화 전성시대 겸이포의 추억(探偵實話 全盛時代の兼二浦の想ひ出で)」, 『경무
휘보』 250. 고등법원 검사 이토 노리오(伊藤憲郎), 「현장검증의 여행 – 영흥 관내 강도
살인사건(實地檢證の旅 – 永興管內の强盜殺人事件)」, 『조선(朝鮮)』 222호. 야기 세지로(八木
靜二郎, 전북 임실경찰서장, 전라북도경부), 「탐정실화(探偵實話)」, 『경무휘보』 365. 다치
카와 노부히토(立川信人, 평북 고등과), 「과학 탐정 감식 이야기(科學探偵鑑識物語)」, 『경
무휘보』 402. 하야시 쓰네오(林常雄, 평북 구성경찰서), 「범죄 수사 이야기(犯罪搜査の話)」,
『경무휘보』 423. KO 생, 「범죄 수사 잡담(犯罪搜査雜話)」, 『경무휘보』 429. 국경 생(國
境生), 「범죄 수사 잡담(犯罪搜査雜話)」 432 등.

일반 경찰의 실무에 있어서 참고자료로 삼고 싶으니 경무휘보에 글을 적어 내라는 의뢰를 받고 투고한 것이다. (중략) 향후 복무나 수사하는 데에 조금이라도 참고가 된다면 매우 고마운 일이라고 생각하여 권유받은 대로 적은 바이다.18)

「심산의 모색」 작가 기노우치 나리세가 경찰이었다는 점과 『경무휘보』에 실린 경찰의 실무나 수사를 위한 참고 자료로서 쓰인 '범죄 수사 이야기'의 독자이기도 했다는 점을 고려하면 「탐정소설 심산의 모색」이라는 다소 이색적인 탐정소설이 탄생한 배경은 명백하다. 즉, 이 작품은 탐정소설의 부류라기보다는 이들 '범죄 수사 이야기'의 연장선상에 위치해 있는 작품이다. 표제의 '탐정소설'에 현혹되면 안 되겠지만, 문제는 탐정소설이 아닌 것에 '탐정소설'이라는 표제를 붙인 당시의 작가나 독자에게 있어서 '탐정소설'이 어떻게 인식되었는지, 이 문제에 대해서는 다음의 '법조문예(法曹文芸)'와 함께 살펴보겠다.

4. 탐정이 등장하지 않는 탐정소설 2 : '법조문예'

범죄와 관련 있는 또 다른 직업은 법관일 것이다. 1927년 『조선사법협회잡지』(제6권 제6호)에 실린 「조선범죄 이야기(朝鮮犯罪物語)」와 1928년 『경무휘보』(267호)에 실린 「법조문예 조선범죄야화(法曹文芸 朝鮮犯罪夜話)」는 모두 경성에 거주하였던 법관, 다케조에 초지(竹添蝶二)의 작품이다.19) 이

---

18) 야기 세지로, 「탐정실화」, 『경무휘보』365호, 1936년, p.97.
19) 그 외에도 「법리소설 닭과 주인(法理小說 鷄と飼主)」이라는 작품을 1927년 『경무휘보』(255호)에 발표했다. 경성에 거주하는 ○○법원 판사 A씨의 집 안방에서 A 판사의 가

중 「조선범죄 야화」가 좀 더 소설다운 서술을 보이지만, 둘 다 오늘날에는 볼 수 없는 독특한 형식의 작품들이다.

「조선범죄 야화」는 총3장으로 구성 되어 있으며, 제1장에는 '생각의 차이'라는 제목이 붙어있는 소설 형식으로 기술되어 고유명사는 전부 이니셜로 표시되어 있다. 이야기는 어느 선박의 일실에서 번민하며 화난 표정을 짓고 있는 한 '남자'와 그의 정부인 '여자'가 자신의 구애를 받아주지 않는 남자의 태도를 질책하는 장면에서 시작한다. 그리고 그들이 서로 만난 계기에서부터 오전에 발생한 사건─'남자'가 자신에게 아무 반응을 보이지 않는 것은 자신을 향한 질투 때문이라고 '여자'가 믿게 된 일─등을 서술하고 있다. 둘은 그대로 밤을 새우지만, 다음날 아침 배 안에서 변사체가 발견되자마자 '남자'는 체포당하고 재판소에서 징역 2년을 선고받는다. 2장에는 '그 이유'라는 제목으로 '남자'에게 내려진 법정의 판결문이 그대로 게재되어 있다. 그리고 마지막 장에는 저자의 감상을 기술하고 있다.

이 작품에는 자살로 위장된 변사체라는 탐정소설 단골 소재가 등장하고 있음에도 불구하고 전혀 탐정소설다운 구성이 아니다. '남자'가 시체를 자살한 것처럼 꾸몄음에도 그가 범인인 것이 금방 밝혀지는데 어째서인지 그 체포의 계기가 된 것이 '남자'가 정부의 구애에 반응하지 않고 번민하고 있었기 때문이라는 것이 추리의 전부이다. 이 작품은 위장한 시체가 어떻게 발각되었는지, 그 근거는 무엇인지, 혹은 수사가 어떻게 진행되었는지 등을 밝힐 필요가 없는 '범죄 이야기'인 것이다. 사건의 진상

족과 서생이 신문에 실린 「닭 도축이 주인에게, 연장 신당리의 춘사(鷄謀殺ガ飼主へ延長新堂里の椿事)」를 소재로 하여 피고가 유죄인지 무죄인지 모의재판을 진행한다는 이야기.

은 2장의 판결문에서 모두 밝혀진다. 다시 말해 추리라는 과정을 거치지 않고 사건발생에서 바로 사건해결과 진상 규명으로 이어지는 것이다. 또, 제1장의 이야기 부분에서 이니셜로 표기되었던 고유명사가 제2장에서는 전부 실명(이름의 경우 한 글자만 가려져 있다)으로 표기되어 있는 것으로 보아 제1장의 이야기 부분과 판결문은 명확히 다른 성질의 서사로 인식하고 있다는 것을 알 수 있다.

그리고 다케조에 초지가 쓴 「조선범죄 이야기」는 「고등법원 형사판결록」 중에서 몇 가지 사건을 골라 쓴 「조선범죄야화」와 똑같은 독특한 구성으로 사건을 소설화하고 있다. 마찬가지로 처음에는 사건 발생까지를 소설형식으로 서술하고 다음에 그 사건에 대한 재판의 판결문을 그대로 싣고 마지막에 작가의 감상을 덧붙인다는 구성이다. 소설 부분은 히라가나와 한자가 섞인 구어체로 표기하고 판결문은 가타카나와 한자가 섞인 문어체로 표기하고 있다. 이야기의 화자는 사건에 따라 1인칭 혹은 3인칭을 구별해서 사용하고 있다.

이렇듯 범죄 이야기와 판결문이 결합된 법조문예라는 것에도 역시 '탐정소설'이라는 장르 인식은 없다. 재판의 판결문을 통해서 사건의 진상을 밝히는 형식으로 범죄사건을 소설화 하는 수법은 '탐정소설'적 발상과는 전혀 다른 곳에서 기인한다. 그것은 다케조에 자신이 밝히고 있듯이 '판결의 자료화'라는 필요에 의한 것으로 보인다.

기왕 기술한 판결문을 조금 더 많은 사람들이 이용할 수 있는 방법은 없는지 (중략) 우리들의 생각은 단순히 법률적 비판에 머무르지 않고 더 사회 전반적으로, 학문적 용어로 말하면 사회학적 관점에서 모든 심급에 걸쳐 적절한 선택을 통해서 판결을 분류하고 (중략) 우리의 실제 업무에 많은 이익을 가져다주는 것에 그치지 않고 일반 사회 적어도 사회적 견지에 서서 업무를 수행하는 사람들에게 여러 깨우침을 줄 수 있는 방법은 없을까, 하는 생각을 하게 되었다.[20]

다케조에는 이 문장에서 판결문의 소설화를 주장하고 있는 것이 아니라 판결문이 일반사회에서 폭넓게 이용될 필요가 있으며 사람들이 올바른 선택을 하는 데 판결문이 좋은 참고서가 될 수 있으므로 자료화할 필요가 있다는 취지를 밝히고 있다. 즉, 범죄에 대해 심판한 판결문을 통해서 사회의 교화를 꾀할 수 있다는 뜻인데, 판결문과 소설을 결합시킨 특이한 형식의 글이 창작된 것도 그의 이러한 신념 때문일 것으로 보인다.

5. 나오며

서두에서 언급한 것처럼 헤이크래프트는 식민지에서 탐정소설이 창작되고 읽혔다는 것은 상상조차 할 수 없었을 것이다. 그러나 식민지에서도 탐정소설은 쓰였고 읽혔다. 물론 그것은 헤이크래프트가 말하는 '탐정소설'과는 근본적으로 발원지가 다른 소설이었다. 근대 대중사회에서 범죄물은 언제나 심심풀이와 호기심을 충족시켜주기에 안성맞춤인 읽을거리였다. 그렇기 때문에 범죄는 여러모로 각색되고 소설화 되었다. 다시 말해 '범죄'는 '오락'으로 소비되어 온 것이다.

그러나 식민지에서는 범죄를 소설화한 읽을거리가 반드시 '오락'의 대

---

20) 다케조에 조지, 「판결의 자료화(判決の資料化)」, 『조선사법협회잡지』 제5권 제10호, 1926년, pp.87-88.

상으로서만 소비되어 온 것이 아니라는 것을 이상의 고찰을 통해서 확인하였다. 식민지 통치나 치안 유지의 최전선에서 항상 범죄와 마주해야만 했던 경찰 혹은 법관에게 '범죄 이야기'는 일종의 참고서이며 용례집이기도 했다. 수수께끼를 푸는 지적 유희를 목적으로 하지 않았기 때문에 이들 재조일본인의 '탐정소설'에는 공과 사를 자유롭게 오가며 추리하는 주체로서의 탐정이라는 존재는 필요하지 않았다.

그러나 당시 재조일본인이 이러한 이질적인 '범죄이야기'에 '탐정소설'이라는 표제를 붙인 것은 '내지'의 탐정소설이나 번역을 통해 유입된 서양 탐정소설이 식민지에서는 창작 이전에 이미 하나의 규범으로서 수용되었기 때문일 것이다. 즉, 그들은 식민지의 독자적인 대중문학(규범으로서의 '탐정소설')의 창작/소비를 바랐지만, 표제의 '탐정소설'과 작품내용과의 괴리를 메우기에는 '유희 - 범죄/현실과의 거리'가 필요했을 것이다.

‖ 요코지 게이코(橫路啓子) ‖

식민지 타이완적 탐정소설로부터의 일탈

― 가나세키 다케오(金關丈夫) 「롱샨스의 조 노인(龍山寺の曹老人)」
시리즈를 중심으로 ―

1. 머리말

타이완이 일본의 식민지였던 약 50년간이라고 하는 시간 속에서 타이완에서 시작된 '본격'으로 부를 만한 탐정소설[1]이 등장하는 것은 태평양전쟁이 발발한 후인 1943년이었다. 이 해가 타이완의 탐정소설사에 '획기적'[2]이라고 말하는 것은 린유세이(林熊生)라고 하는 사람이 『타이완공론(台湾公論)』 8월호에 「롱샨스의 조 노인」 시리즈의 첫 번째 이야기인 「조 노인 이야기-믿음이 깊은 도둑(曹老人の話 信心深い泥棒のこと)」을 발표했고,

---

1) '본격'에 대해서는 여러 가지 정의가 있는데, 본고에서는 그 중의 하나로 "쇼와(昭和) 초기부터 수수께끼 전문 탐정소설을 가리키는 것"이고 "그 본보기는 포의 『모르그 가의 살인』부터 반 다인의 『그린가 살인사건』에 이르는 영미의 퍼즐 스토리였다"고 하는 고하라 히로시(鄕原宏, 『物語日本推理小説史』, 講談社, 2010, p.219)의 정의를 들어둔다.

2) 中島利郎, 「日本統治期台湾探偵小說史稿」(『日本統治期台湾文學集成9 台湾探偵小説集』, 綠蔭書房, 2002), p.384.

또 같은 작가의 작품집 『배 안의 살인(船中の殺人)』이 10월에 발행된 것에 의하는 바가 크다. 이 '린유세이'는 당시 타이페이(台北) 제국대학 의학부 교수였던 가나세키 다케오의 필명이다.

가나세키 다케오(金關丈夫, 1897~1983)[3]는 가가와(香川) 현에서 태어나 마쓰에(松江) 중학교와 삼고(三高)를 거쳐, 1923년에 교토대학 의학부 해부학과를 졸업하고 동 대학 해부교실 조수가 되어 기요노 겐지(清野謙次)에게 사사해 인류학 연구에 종사했다. 그 후, 동 대학 조교수를 거쳐 1934년 9월에 타이완으로 건너가 먼저 타이페이 의학전문학교의 교수가 되었고[4], 2년 후에는 타이페이 제국대학 의학부의 교수로 토속인종학을 담당했다. 전후에도 규수(九州)대학을 비롯해 돗토리(鳥取)대학, 데이즈카야마(帝塚山) 학원대학 등에서 교편을 잡고 연구를 계속했다고 한다. 가나세키의 전공은 '고고학, 인류학, 민족학'인데, 민속학에도 저작이 있고 문예작품도 출판하는 등, '박학', '다재(多才)'라는 인물평이 여기저기에 보인다.[5]

최근에 가나세키 다케오에 대해서 논해지고 있는 것은 전공 이외의 부분이고, 주로 가나세키가 중심이 되어 전전의 타이페이에서 발행한 잡지 『민속 타이완(民俗台湾)』에 관한 것이다. 이 잡지는 1941년 7월에 타이페이의 동도(東都)서적주식회사에서 발행된 월간지로, 편집의 중심이 된 것은 민속학 연구자인 이케다 도시오(池田敏雄)였다. 타이완에서 황민화운동

3) 가나세키 다케오의 경력에 대해서는 金關丈夫『南の風, 創作集』(東京 : 法政大學出版局, 1980)와 中島利郎「日本統治期台湾の探偵小說」(河原功監修『日本植民地文學精選集[台湾編]13 林熊生(金關丈夫)船中の殺人 龍山寺の曹老人』ゆまに書房, 2001, pp.1-7)을 참조했다.
4) "전(田), 가나세키 두 사람 어제 부임 미즈호마루(瑞穂丸) 조금 일찍 입항"(『台湾日日新報』1934.9.21), 조간 7면.
5) 原田種夫,「知的世界のアラベスク」(金關丈夫,『南の風, 創作集』, pp.409-411)나, 佐藤勝彦,「朝日賞受賞のころ」(前揭書, pp.412-415) 등의 에세이에는 가나세키가 취미가 많고 박식한 모습이었음을 보여주는 서술이 있다.

이 가장 강하게 추진되던 이 시기에『민속 타이완』은 한민족계 타이완인
(당시는 본도인(本島人)으로 호칭, 본고에서는 이하 타이완인으로 한다)의 민속 습관
을 기록할 목적으로 창간되어, 특히 타이완에서는 황민화운동에 저항하
는 타이완인의 민속습관을 기록한 귀중한 자료로 높이 평가받고 있다.

　　그러나 이 평가는 최근에 크게 변했다. 우선 그 계기가 된 것이 가와
무라 미나토(川村湊)의 연구이다. 가와무라는 동아시아 전체에서 당시의『민
속 타이완』을 둘러싼 상황을 파악해내고, 나아가 이를 일본제국의 확대
라는 문맥 속에 놓고 여기에 나타난 가나세키 다케오의 '인종의식'을 날
카롭게 비판하고 있다.6) 오구마 에이지(小熊英二)도 가와무라와 비슷한 입
장을 취하면서 우생학자로서의 가나세키 자신의 생각이나 욕망과는 별개
로 평가되는 디스케뮤니케이션의 깊이를 보여주는 예로서 가나세키를 비
롯해『민속 타이완』의 수정 방식에 대해서 논하고 있다.7) 이들 논의에
대해 미오 유코(三尾裕子)는『민속 타이완』에서 겉으로는 황민화에 찬성하
면서도 실제 연구내용은 타이완 측에 서 있었고, 단순한 '레이시스트'나
'우생학자'라는 스테레오타입으로 분류하는 것에 대해 의문을 보이고 있
다.8)

　　가나세키 다케오에 관한 논의로 최근 몇 년 활발한 또 하나의 부분은
역시 전문 외의 부분-문예작품, 특히 탐정소설에 관한 것이다. 나카지마
도시오(中島利郎)는 일본 통치시대의 타이완 문학연구로 탐정소설을 논하

---

6) 川村湊,『「大東亞民俗學」の虛實』, 講談社, 1996.
7) 小熊英二,「金關丈夫と『民俗台湾』──民俗調査と優生政策──」(篠原徹編,『近代日本の他
　　者像と自畫像』, 2001), pp.24-53.
8) 三尾裕子,「植民地下の「グレーゾーン」における「異質化の語り」の可能性 :『民俗台湾』を例に」
　　(『アジア・アフリカ言語文化研究(Journal of Asian and African Studies)』71, 2006.3), pp.181-
　　203.

고, 린유세이라는 필명으로 쓴 가나세키 다케오의 작품『배 안의 살인』을 "유일한 이른바 '본격물 탐정소설'"로 자리매김하고 있다.9) 또한 우라타니 가즈히로(浦谷一弘)는 일본의 식민지 타이완에서 탐정소설을 쓰는 것의 의미로 가나세키가 탐정소설이라는 장르의 특성상 타이완인에 대한 교육적인 의미를 넣고 있다고 지적했다.10)

이들 논의는 가나세키 다케오와 나아가서는 태평양전쟁 때 타이완에서 생활한 일본인 지식인들의 문화 활동을 고찰하는 데 매우 시사적이다. 특히, 어느 것이나 가나세키 자신의 전공이나 연구의 중핵이 아닌 부분이라는 의미에서 그러하다. 본고에서는 이들 선행연구에 입각해 가나세키 자신, 즉 린유세이가 쓴 탐정소설, 특히 「롱샨스의 조 노인」시리즈를 중심으로 여기에 내포되어 있는 가나세키의 '일본인(내지인)' 의식에 대해 고찰하고자 한다. 이는 가나세키가 '린유세이'라는 필명으로 취미로 집필한 문예작품에는 전문적인 것과는 다른 민속학을 중심으로 한『민속 타이완』보다 더 무방비한 '인종의식', 일본인으로서의 의식이 표출되어 있는 것이 아닐까 생각되기 때문이다.

본고에서 고찰하고자 하는 것은 타이완의 황민화운동이라고 하는 시대적인 배경과의 관계성, 그리고 식민지 타이완의 탐정소설 콘텍스트에서 탐정소설 작가로서 가나세키 다케오의 특수성이다. 이는 식민지 타이완이 전시 중이었을 때 재타이완 일본인이 탐정소설을 쓰는 것의 의미를 고찰하는 우라타니 가즈히로의 문제의식과도 통하는 것이다. 그러나 우라타니가 가나세키를 고찰할 때 설정하고 있는 것이 일본의 탐정소설 콘

---

9) 中島利郎, 「日本統治期台湾探偵小説史稿」(『日本統治期台湾文學集成9 台湾探偵小說集』, 2002), p.384.

10) 浦谷一弘, 「植民地統治期<台湾>の探偵小說——林熊生, 『龍山寺の曹老人』——」(『花園大學國文學論究』32, 2004), pp.57-89.

텍스트라고 한다면, 본고가 가나세키를 고찰하는 콘텍스트는 이와는 다르기 때문에 그 지평이 다른 이유로 당연히 다른 결론에 도달하게 될 것이다. 필자가 생각하는 콘텍스트는 일본이나 타이완 등 작자가 있는 장소에 상관없이 식민지 타이완을 테마로 한 일련의 탐정소설의 흐름이다.

2. 「롱샨스의 조 노인」 시리즈 집필의 단절

우선, 본고가 대상으로 하는 가나세키 다케오의 「롱샨스의 조 노인」 시리즈에 대해 간단히 설명하겠다.

「롱샨스의 조 노인」 시리즈는 타이페이 시 안에서도 특히 한문화의 색이 짙은 지역 '반카(萬華)'의 중심적인 지역 롱샨스(龍山寺)에 있는 '조 노인'이 안락의자 탐정으로 잇따라 사건을 해결해가는 시리즈 탐정소설이다. 1940년대에 단행본이 3권 발행되었다. 나카지마 도시오에 의하면, 제1집에 해당하는 「롱샨스의 조 노인」에 수록된 3편에 대해서는 월간지 『타이완 공론(臺灣公論)』에 게재된 사실이 알려져 있는데, 제2집과 3집에 대해서는 분명하지 않다고 한다.[11]

제1집의 「롱샨스의 조 노인」(台北 : 東寧書局, 1945.11)에 수록된 것은 「허부인의 금반지(許夫人の金環)」(초출 : 『타이완 공론』8월회[1943.8.1], 「조 노인 이야기 제1화 믿음 깊은 도둑(曹老人の話 第一話 信心深い泥棒のこと)」), 「빛과 어둠(光と闇)」(초출 : 『타이완 공론』10월회[1943.10.1] 「조 노인 이야기 제2화 빛과 어둠(曹老人の話 第二話 光と闇)」), 「입선장 사건(入船莊事件)」(初出 : 『타이완 공론』12월회[1943.

---

11) 中島利郎, 「日本統治期台湾の探偵小說」(河原功監修, 『日本植民地文學精選集[台湾編] 13 林熊生(金關丈夫)船中の殺人 龍山寺の曹老人』ゆまに書房, 2001), 卷末, pp.6-7.

12.1] 「위문 읽을거리 조 노인 이야기 제3화 입선장 사건(慰問讀物 曹老人の話 第三話 入船莊事件)」의 세 편이다.

제2집 「롱샨스의 조 노인 유령저택 외 1편(龍山寺の曹老人 幽靈屋敷他一篇)」 (台北 : 東寧書局, 1945.12)에는 「유령저택(幽靈屋敷)」과 「백화점의 조 노인(百貨店の曹老人)」 2편이 수록되어 있다. 본고에서는 제1집과 제2집, 즉 『롱샨스의 조 노인』 및 『롱샨스의 조 노인 유령저택 외 1편』에 대해서는 복각판인 가와하라 이사오(河原功)가 감수한 『일본식민지문학 정선집(日本植民地文學精選集)[台湾編] 13 林熊生(金關丈夫) 배 안의 살인 롱샨스의 조 노인(船中の殺人 龍山寺の曹老人)』을 저본으로 사용하고 있다.

또한 「롱샨스의 조 노인」 제3집에 대해서는 제2집 권말에 '린유세이 저 탐정소설 제3집 정체불명의 남자 외 1편 근일 간행'이라는 광고가 있다. 이것이 정말로 타이완에서 발행되었는지 어떤지는 명확하지 않다. 그러나 전후 일본에서 발행된 가나세키 다케오의 작품집 『남쪽 바람(南の風) 창작집』[12])에는 「롱샨스의 조 노인」 시리즈로서 「정체불명의 남자(謎の男)」, 「관음이생기(觀音利生記)」의 단편 2편이 제1집과 제2집 작품과 함께 수록되어 있다. 또 『남쪽 바람 창작집』에 수록된 「롱샨스의 조 노인」의 제1집, 제2집이 예전 표기법을 고친 외에는 내용적으로 변경된 곳이 없다. 이런 점에 비추어볼 때, 전시 중 혹은 전후 얼마 지나지 않은 타이완에서 발행될 예정이었던 『롱샨스 조 노인』 제3집은 『남쪽 바람 창작집』에 수록되어 있는 「정체불명의 남자」, 「관음이생기」 2편이라고 생각해도 무방할 것이다. 이 때문에 본고에서는 『롱샨스 조 노인』 제3집으로서 『남쪽 바람 창작집』에 수록된 것을 저본으로 한다. 「롱샨스의 조 노인」 시리즈

---

12) 金關丈夫, 『南の風創作集』(法政大學出版局, 1980).

에 대해 가나세키 자신은 전후 다음과 같이 적고 있다.

　　또 「롱샨스의 조 노인」 시리즈는 패전 후 타이완에서 본토와의 교통도 끊겼을 때 읽을거리에 굶주려 있던 당시의 사람들을 위해 쓴 것이다. 플롯은 구미의 작가에게 빌린 것도 있는데, 이는 독자가 용이하게 살펴볼 수 있을 것이다. 조 노인이 실재하는 인물이고 언제나 롱샨스에서 졸고 있다고 믿는 사람들이 있었다고 하는 것은 내가 자랑하는 하나이다.[13]

　전후 30년 이상 지난 후에 쓴 「후기」에서 가나세키는 이 시리즈의 집필 동기를 "패전 후 타이완에서 본토와의 교통도 끊겼을 때 읽을거리에 굶주려 있던 당시의 사람들을 위해 쓴 것"이라고 하고 있다. 이것은 제1집에 수록된 작품이 『타이완 공론』에 1943년에 게재된 사실을 생각하면 가나세키의 기억이 잘못된 것으로도 생각되는데, 「롱샨스의 조 노인」 시리즈가 실제로 단행본으로 만들어진 때가 종전을 맞이한 후의 일이라는 것은 분명하다. 특히 제3집에 관해서는 집필에서 발행에 이르기까지의 시기가 종전 후일 가능성도 없지는 않다. 이와 같이 특히 제2집, 제3집에 관해서는 집필시기가 종전 전인지 종전 후인지 명확하지 않지만, 어느 쪽이든 가나세키가 "읽을거리에 굶주려 있던 당시의 사람들"을 위해 썼다고 하는 의식을 가지고 있었던 것은 확실할 것이다. 이는 다시 말하면 타이완에서 생활하고 있던 사람들에게 뭔가 오락을 주려고 하는 의식을 그려내려고 한 것이라는 말이고, 가나세키에게 '오락성'이 반영되어 있다고 볼 수 있는 것이 아닐까.

　우라타니 가즈히로는 「롱샨스의 조 노인」의 특징으로서 8가지를 들

---

13) 金關丈夫, 『南の風創作集』, pp.416-417.

고14), 그것이 "때로는 제국주의 문맥에서, 때로는 <한민족>의 문맥에서 <도덕>적으로 <교육>하는" 것으로, 특히 제1집에 수록된 「빛과 어둠」에는 제국주의적인 교육성이 현저하다고 말했다. 이런 점에서 우라타니는 가나세키가 탐정소설의 특징을 이용해서 타이완의 민중을 <교육>시키려고 의도한 것이라고 보고 있다. 텍스트에 포함되어 있는 제국주의 시선에서 교육적인 의미 내용을 읽어내는 것은 결코 어려운 일이 아닌 것은 분명하다. 특히 당시의 독자에게는 그랬을 것이다. 그러나 필자가 생각해보고 싶은 것은 가나세키 자신의 의도이다.

실제로 안락의자 탐정 역의 조 노인은 때때로 매우 도덕적이고 교육적이다. 예를 들면, 「허 부인의 금반지」에서는 남편이 없을 때 금반지를 도둑맞아 당황하고 있는 허 부인에 대해 조 노인은 "부인, 지금은 돈을 사장시켜서는 안 될 때인데, 왜 정부에 팔지 않았나요?" 하고 훈계하고, "만약 당신이 꼭 팔겠다고 관음보살에게 약속하면 내가 도둑을 잡아 금반지를 돌려드리겠소. 그리고 판 돈으로 사변의 공채를 사시오. 자, 이를 관음보살에게 맹세하시오"15)라고 말하며 돈을 나라를 위해 사용할 것을 권한다. 또 「빛과 어둠」에서는 돼지 암거래를 하고 있던 남자를 붙잡은 일에 성공하는 등, 제국주의의 문맥에 맞춰 '정의'를 내세워 명탐정처럼 활약한다. 또 「빛과 어둠」에서는 조 노인은 자신의 일본어 능력을 살려

---

14) 히로타니 가즈히로는 「롱샨스의 조 노인」 시리즈의 특징으로서, "①<본격>물을 지향하고 있다 ②안락의자 탐정물, 특히 팔로네스 올취의 『구석의 노인 사건부』의 설정을 의식하고 있을 가능성이 높다 ③작품세계가 목가적이고 한가로운 분위기로 가득차 있다 ④살인사건이 적다 ⑤타이페이의 반카(萬華)를 무대로 하고 있다 ⑥등장인물은 거의 전원 <타이완><본도인>이다 ⑦<명탐정>인 조 노인도 아마 <타이완><본도인>일 것이다 ⑧<교육>적인 내용이 들어 있다"는 8가지를 들고 있다. 앞의 논문, p.63.

15) 河原功監修, 『日本植民地文學精選集[台灣編] 13 林熊生(金關丈夫)船中の殺人 龍山寺の曹老人』(ゆまに書房, 2001), p.12.

돼지 암거래의 암호를 풀어낸다. 이 수수께끼 풀이의 아이디어 자체는 애드거 앨런 포(Edgar Allan Poe)의 『황금벌레(黃金虫)』나 에도가와 란포(江戶川亂步)의 「이전동화(二錢銅貨)」에 사용된 치환식 암호의 변형이고 일종의 패러디인데, 작자 자신이 거기에 일본어 교육의 의도를 넣은 것인지는 의문을 느끼지 않을 수 없다.

특히 그렇게 느끼지 않을 수 없는 것은 이 시리즈의 「입선장 사건」에서 성명을 바꿈으로써 일본인 이름으로 된 타이완인 여성 '다야마 레이코(田山麗子)'(타이완명 : 楊氏阿緞)가 살해되는 플롯이 사용되고 있는 점이다. 바뀐 이름은 가족국가인 일본제국이 타이완인에게 부여한 일종의 은혜이고, 또 황민화운동의 일환이었다. 만약 이 작품에 교육적인 의미가 들어 있다고 한다면, 이름을 바꾼 자가 살해되는 것과 같은 플롯은 사용하지 않았을 것으로 생각된다.

그럼 주인공인 조 노인의 통치 측에 따른 발언은 무엇 때문일까. 여기에서 주목하고 싶은 것은 조 노인이 분명히 제국 입장의 정의를 내세우는 작품은 어느 것이든 제1집에 수록된 작품이라는 것, 즉 초출이 잡지 『타이완 공론』이라는 점이다. 『타이완 공론』은 1936년 1월에 창간된 월간지로 발행처는 타이완공론사, 사장은 다가미 다다유키(田上忠之, 1893~?)이다. 다가미는 구마모토(熊本) 현 출신으로 『타이완신문』의 기자로 도쿄지국 주재, 『타이완 신보』사회부장, 『타이완 팩(台湾パック)』의 주필 등을 역임한 인물이다.[16] 『타이완 공론』에서는 편집장도 역임해 타이완의 작은 출판업계에서는 이름이 알려진 인물이었다.

다가미는 창간호에서 「『타이완 공론』의 신조」로서,

---

16) 帝國秘密探偵社編, 『大衆人士錄』(帝國秘密探偵社・國勢協會, 1940), p.28.

1. 타이완의 특수 사정에 비추어 점차 더욱 일본정신의 보급 및 철저
   를 기하고 싶습니다.
1. 타이완의 이런 지방제도 개정의 근본정신을 체득해 장래에 더욱 주
   민의 공민교육, 자치적 훈련의 철저를 기하고 싶습니다.
1. 타이완이 제국 남방의 생명선인 중요성을 인식하고 문화 및 산업경
   제의 진전과 국방사상의 보급 철저를 기하고 싶습니다.17)

위의 세 가지를 들고 있다. 여기에서는 "타이완의 특수 사정" 하의 "일본정신의 보급 및 철저", "제국 남방의 생명선인 중요성"의 인식, "문화 및 산업경제의 진전과 국방사상의 보급 철저" 등, 타이완 총독부 나아가 일본제국의 담론을 따르는 말이 열거되어 있다. 시대적인 제약에서 명분으로 이러한 말을 열거해야 했는지도 모르지만, 실제로 『타이완 공론』의 페이지를 넘겨보면 결코 이것이 단지 명분만은 아니라는 것을 알 수 있다. 『타이완 공론』은 시사 내용, 경제문제, 정치문제 등을 다룬 평론, 창작이나 에세이와 같은 문예작품을 모은 종합적인 잡지이다. 예를 들면, 「롱산스의 조 노인」 제1집의 제3화 「입선장 사건」의 초출인 『타이완 공론』의 1943년 12월호의 목차를 보면, 우선 권두의 특집으로 일본제국 확대를 목표로 하는 기사-「승리의 방도」, 「일어나라 일억 전투원」, 「해군과 타이완 청년 좌담회」와 같은 기사가 이어지고, 또 하나의 특집으로 「조선특집」이 편성되어 재타이완 일본인이나 타이완인 지식인에 의한 문장, 경제에 대한 글이 이어진다. 그 뒤로는 「일본의 생활과 전통」이나 「지나에서 만난 한 사람」 등의 문화에 관한 글, 그리고 「군주국가에 보답하는 가을」, 「전쟁의 그늘에」 등의 문예작품이나 에세이가 게재되어 있다. 이렇게 글의 타이틀만 봐도 이 잡지가 향하고 있는 방향이 떠오른다. 이

---

17) 田上忠之, 「年頭の辭」(『台湾公論』1-1, 1936), 쪽수 불명.

잡지는 "타이완이 제국 남방의 생명선인 중요성을 인식하고 문화 및 산업경제의 진전과 국방사상의 보급 철저를 기하"는 것을 목적으로 했던 그야말로 시국에 영합한 잡지인 것이다.

린유세이(=가나세키 다케오)의 「위문 읽을거리」라고 하는 장르명이 더해져 이와 같은 기사 사이에 끼어 있다. 또한 가나세키는 『타이완 공론』에 본명으로 에세이를 다수 기고했으니까 당연히 이 잡지의 취지는 알고 있었을 것이다. 물론 대전제로 작가에게도 편집 측에도 검열에 대한 경계심이 있었던 사실은 의심할 것도 없는 사실이다.

이런 점에서 생각해보면 조 노인이 일본제국의 담론을 따르는 설교를 하는 것은 작자인 가나세키가 발표 매체인 『타이완 공론』의 취지를 의식했다고 봐야 할 것이다. 물론 제국의 담론을 담고 있는 텍스트는 독자에게는 교육적인 의미를 띠고 나타난다. 그러나 작자인 가나세키가 이를 통해 민중을 교육시키려고 했는지 어떤지는 별개의 문제이다. 『타이완 공론』의 독자에 어느 정도 타이완인이 있었는지는 알 수 없지만, 그 독자가 『타이완 공론』을 이해할 수 있을 정도로 일본어를 잘 하고 가나세키가 『타이완 공론』이라고 하는 잡지의 성질을 잘 이해한 상태에서 썼다고 하면 일본어 학습을 촉진하는 듯한 '교육'적인 의미보다 발표 매체의 성격을 의식해서 제국의 담론을 끼워 넣은 것이라고 생각해야 할 것이다.

이는 그 후의 조 노인 이야기에 '정의'가 타이완의 도덕관, 윤리관을 기축으로 해가는 변화를 통해서도 알 수 있다. 탐정소설은 본래의 질서였던 세계가 살인이나 뭔가의 범죄에 의해서 질서를 잃고 탐정이 그 잃어버린 질서를 회복해가는 이야기 형태를 기본 구조로 가지고 있다. 이 '질서'라고 하는 것은 다시 말하면 그 세계의 '정의'이고, 또 도덕관, 윤리관을 가리킨다. 「롱샨스의 조 노인」 제1집에서는 이 질서가 제국의 담론을 따른 것임에 비해, 제2집 이후는 타이완의 타이완인 사회의 한민족적인 윤리관으로 점차 변화해간다. 이는 교육적이라기보다는 가나세키가 이를 바로 타이완에 사는 독자에게 오락이라고 생각했기 때문이다.

3. 탐정 조 노인의 특수성

그러나 이 시리즈에서 벗어나는 것은 탐정소설로서의 '정의', '윤리관' 축뿐만이 아니다. 당초에 조 노인은 안락의자 탐정으로서 매우 신비로운 인물로 설정되어 있다.

> 조 노인의 태생은 아무도 모른다.
> 조노인은 언제라도 롱샨스의 법당 한쪽 구석의 의자에 걸터앉아 긴 곰방대로 담배를 피우면서 참배객을 멍하니 바라보고 있다. 조 노인이 언제부터 거기에 앉아 있었는지 아무도 모른다. 반카의 사람들은 자신의 오래된 기억을 아무리 전으로 거슬러 올라가 봐도 거기에는 조 노인이 유연히 앉아 있는 것이었다. 맑은 날도 흐린 날도 조 노인은 거기에 있다. 조 노인과 롱샨스는 붙어 다니는 것이다.18)

조 노인은 풀네임이 제시되지 않고 타이완문화의 색이 짙은 반카의 롱샨스의 한쪽 구석에 앉아있을 뿐인 노인이다. 또한 화자도 조 노인의 심리를 묘사하려고 하지 않고 지문에 조 노인의 심정이 배어나오지도 않는다. 화자는 처음부터 늘 조 노인을 밖에서 묘사했다. 그러나 이 조 노인의 수수께끼 같은 이미지는 그렇게 길게 지속되지는 않는다. 특히 제2집

---

18) 『龍山寺の曹老人』第一輯, p.5.

이후는 「롱샨스의 조 노인」이라는 안락의자 탐정의 이미지에서 벗어나 현장으로 가서 증거를 모으거나(제2집 「유령 저택」), 백화점에 가서 절도 사건을 해결한다(제2집 「백화점의 조 노인」). 말하자면 탐정이야기로서의 정의나 윤리관이 변화한 것뿐만 아니라, 롱샨스에 머물러 있는 신비로운 안락의자 탐정인 조 노인의 이미지도 제2집 이후는 롱샨스를 나와 스스로 행동하는 탐정으로 변한 것이다.

이와 같이 조 노인이라고 하는 명탐정은 탐정소설 나아가 추리소설이 근본적으로 갖고 있는 수수께끼 풀이를 기본으로 하는 '정의'나 '윤리'에도 흔들림이 보이고, 또 탐정의 형태로도 제2집 이후는 신비로운 안락의자 탐정이 아니다. 그렇다면 「롱샨스의 조 노인」 시리즈 전체를 관통하고 있는 것은 무엇일까. 또는 이 작품에 보이는 특징은 무엇일까.19)

탐정소설은 범죄로 흐트러진 공동체의 질서를 탐정이 회복해가는 것이 기본적인 구조인데, 이를 타이완을 배경으로 한 탐정소설에 중첩시켜 봤을 때 지금까지 지적된 식민 모국과 식민지의 관계20)가 들어있는 경우가 있다. 일본인 작가가 타이완을 무대로 해서 쓴 소설에도 그러한 통치자 의식을 발견할 수 있다. 그 효시이자 가장 대표적인 작품에 사토 하루오(佐藤春夫)의 「여계선기담(女誡扇綺譚)」(『女性』 1925.5)이 있다. 이 작품은 최근에 엑조티시즘적인 면을 중심으로 읽혀 타이완 내셔널리즘의 발아 등과 같은 의견도 보인다.21) 그러나 시마다 긴지(島田謹二)가 이미 이 소설의

---

19) 또는 예를 들면 종전이라고 하는 뭔가의 단절을 찾아낼 수 있을지도 모른다. 그렇기는 하지만 제3집에는 제1집에 수록된 「빛과 어둠」에서 다룬 돼지의 암거래 사건을 조 노인이 "일전의 돼지 사건"이라고 이야기하고 있고 실제로 제1집과 제2집 사이에 시간적인 단절이 있는지 어떤지와 관계없이 작자의 의식에서 연속되고 있는 것은 분명하다.

20) 巽孝之, 「モルグ街の黒人 字義と識字と文學と」(『現代思想』1991年2月号, pp.184-200)이나 正木恒夫, 『植民地幻想 イギリス文學と非ヨーロッパ』(みすず書房, 1995) 등.

특징으로 엑조티시즘과 탐정소설의 일면을 지적한 바와 같이[22], 이 작품은 그야말로 타이완을 배경으로 한 탐정소설로서도 읽을 수 있다. 그것도 일본인 화자 '나'와 타이완인이면서 통역인 '세외민(世外民)'의 관계는 일견 홈즈와 와트슨의 관계를 반영하고 있는 듯 보이는데, 구조적으로 말하면 타이완 엑조티시즘이 가득한 탐정소설이라고 말할 수 있다. 그러나 '나'와 '외세민'은 홈즈와 와트슨처럼 친구라고 하는 평등한 관계가 아니라, 일본인(통치자)/타이완인(피통치자), 과학적/비과학적(미신적), 논리적/비논리적이라고 하는 이항대립적인 관계이다. 또 와트슨 군이 화자가 되어 독자에게 사건의 줄거리와 수수께끼 풀이까지의 순서(미로)를 만들어가는 것과는 달리, '나'와 '외세민'의 경우는 명탐정 역할인 '나'가 화자가 된다. 화자인 '나'는 '외세민'의 타이완의 민속습관이나 역사에 의존하는 논리를 얼마간 재미있어하는 시니컬한 말투로 이야기하며, 한편으로는 물적 증거나 논리적이고 과학적인 사고에 의해 타이완인 속에 일어난 불가사의한 일의 수수께끼를 풀어나간다. 또한 사토 하루오의 작품으로 흥미로운 것은 「무사(霧社)」(『改造』 1925.3)이다. 이 작품은 사토 하루오가 타이완을 여행했을 때의 에세이나 다큐멘터리로 읽혀지고 있는데, 실제로 그 구조는 탐정 이야기(혹은 추리소설)의 변형이라고 말할 수 있다. 주인공은 식민지 타이완을 여행하는 중에 타이완 섬에 살고 있는 부족과 만나 다양한 수수께끼(의문, 사건)를 만난다. 이들 수수께끼를 최후에 풀어가는 것은 문화인류학자인 모리 우시노스케(森丑之助)이다. 즉 사토 하루오가 그려낸 식민지 타이완을 둘러싼 탐정소설적 소설에서는 이곳에서 일어난 수수께끼에 대해서 수수께끼를 푸는 사람은 과학적인 지식과 논리적인 사고를

---

21) 藤井省三, 『台湾文學この百年』, 東方書店, 1998.
22) 島田謹二, 『華麗島文學志—日本詩人の台湾休驗』, 明治書院, 1995.

가진 일본인이다.

타이완을 무대로 한 탐정소설에서 이와 같이 탐정역이 일본인인 작품에는 후쿠다 마사오(福田昌夫)라고 하는 작가의 작품 「두 장군의 벽화(二將軍の壁畵)」[23]나 「마의 의자사건(魔の椅子事件)」[24] 등도 들 수 있다. 후쿠다는 타이완 철도의 직원 및 관계자가 읽기 좋을 월간지 『타이완 철도』에 1930년대 중엽부터 1940년대에 걸쳐 탐정소설을 발표한 인물로, 그 경력에 대해서는 전혀 알려지지 않았다. 그러나 후쿠다의 작품은 "전기(前期)에 등장하는 종사원 작가 중에서도 특히 눈에 띈다", "그 양을 봐도 다른 작가와 다른 것을 알 수 있고, 또 독자를 끌어당기는 줄거리 구성의 재미도 오락소설로서는 뛰어나다"[25]고 평가를 받고 있는 것처럼 타이완에서 발표된 탐정소설 중에서는 비교적 완성도가 높다. 후쿠다의 탐정소설을 보면 특히 「두 장군의 벽화」나 「마의 의자사건」은 명탐정역은 일본인인 '사나다(眞田) 청년'이 맡고 타이완인이 관련된 어려운 사건을 문화인류학적인 지식을 총동원해서 해결해 가는 것이다. 이들 작품에 대해서는 이미 논했기 때문에 상세한 내용은 생략하겠지만[26], 이렇게 타이완을 무대로 해서 쓴 몇 개의 탐정소설을 살펴보면 거기에는 분명 통치자 측이 갖고 있는 '인종' 의식이 들어 있고 무의식적이면서도 사실은 분명하게 표현되어 있는 것을 알 수 있다. 탐정은 일본인이고 논리적인 사고와 과학적인 조사방법이나 지식을 가지고 타이완에서 일어난 신비하고 엑조틱한 사건을 해결해가는 것이다. 일본인이 쓴 이러한 일련의 탐정소설을 본고에서

23) 『台湾鐵道』272-273号, 1935.2-3.
24) 『台湾鐵道』278-282号, 1935.8-12.
25) 中島利郎, 「雑誌『台湾鐵道』解説」, p.379.
26) 横路啓子, 「植民地台湾的探偵小説論—福田昌夫を例に—」, 『日本語日本文學』42, 2014.11, pp.53-66.

는 우선 식민지 타이완적 탐정소설이라고 칭한다.

　그래서 사토 하루오나 후쿠다 마사오 등의 식민지 타이완적 탐정소설과 가나세키 다케오의 탐정소설을 비교해보면, 가나세키의 탐정소설에는 식민지 타이완적 탐정소설-'인종'에 의한 이항대립이라는 특징이 극히 희박한 것을 알 수 있다. 또는 「롱샨스의 조 노인」에 타이완인밖에 나오지 않는(일본인, 원주민이 전혀 그려지지 않는다) 점에 대하여 탐정역을 타이완인으로 했기 때문에 다른 등장인물도 모두 타이완인으로 할 수밖에 없었다. 여기에는 강한 '인종' 의식이 들어 있다고 생각할 수도 있다. 그러나 필자가 말하고 싶은 것은 가나세키의 특징으로서 지적할 수 있는 것이 범죄에 의해 질서가 흐트러진 공동체를 회복시키는 역할의 탐정과 범죄자 사이에 '인종'을 집어넣지 않았다는 것이다. 이는 「롱샨스의 조 노인」의 제1집과 거의 동시기에 쓴 또 하나의 탐정소설 『선중의 살인』[27)에 대해서도 말할 수 있는 점이다. 『선중의 살인』에서는 일본의 고구레(小暮) 형사가 일본이나 타이완을 개의치 않고 유명한 범죄자 마쓰키 도메고로(松木留五郎), 일명 마쓰도메(松留)를 쫓아 배에 올라타 거기에서 살인사건이 일어나자 이를 멋지게 해결하고 또한 마쓰도메도 체포한다고 하는 이야기이다. 무대는 타이완에서 일본으로 향하는 내대(內臺) 항로의 고지마루(次高丸)이다. 배에서 살해된 사람은 타이완인인데, 타이완인과 일본인 쌍방이 용의자로 생각되고 범인은 일본인과 그때까지 식민지 타이완적 탐정소설과 비교하면 '인종' 취급이 다르다는 것을 알 수 있을 것이다. 분명 탐정 역의 고구레 형사는 조 노인과는 달리 매우 과학적인 방법으로 수사하고 수수께끼 풀이도 상당히 복잡하다. 이 때문에 동시대평에서

---

27) 林熊生, 『船中の殺人』, 東都書籍, 1943. 본고에서는 河原功監修『日本植民地文學精選集 第2期 日本植民地文學精選集38[台湾編13]』(ゆまに書房, 2001)을 참조했다.

는 "고구레 형사라고 하는 이름은 가명이겠지만 사건 자체는 가공한 것
이 아니라 사실소설일 것이다. 그리고 형사도 반드시 실재하는 경찰관일
것이라는 점도 추측할 수 있다"28)고 평가되는 등, 게재 잡지 『타이완 경
찰시보(台湾警察時報)』의 주요한 독자이기도 한 경찰관들도 신음하게 한 본
격물이 된 것은 분명하다.

「롱샨스의 조 노인」도 타이완인밖에 나오지 않는 세계를 그림으로써
거기에 식민지 타이완적 탐정소설이 갖는 이항대립은 없어졌다. 다만 「롱
샨스의 조 노인」 시리즈는 안락의자 탐정이라고 하는 조 노인의 설정이
나 거기에서 벌어지는 사건의 가벼움(절도나 암거래 등이 주된 사건이고, 살인
사건은 적다) 등, 이 시리즈 자체가 「선중의 살인」보다 완만한 작품이 되었
기 때문에 여기에 타이완인에 대한 인종적인 히에라르키에 "차가운 시
선"29)을 지적하는 것도 가능할지 모른다. 그러나 「선중의 살인」 등의 가
나세키의 다른 탐정소설을 식민지 타이완적 탐정소설의 콘텍스트에서 생
각했을 때, 이전의 작품과는 다른 지평이 보인다. 이것은 가나세키의 학
문에 대한 의식이나 국가, 국민을 어떻게 파악하고 있는가 하는 점이 크
게 관련되어 있을 것이다.

가나세키는 「황민화의 재검토 황민화와 인종의 문제」30)에서 우선 '인
종'과 '민족'을 구분해 생각하는 것에서 시작한다. "민족과 인종은 별개
의 개념에 속하는 것이고, 그 사이에 명백한 구별이 있다"고 한 다음,
'인류학'이라고 하는 것은 "인류의 지방적인 집단을 자연과학적, 생물학
적으로 다뤄서 그 집단의 특질을 연구하는"31) 학문이라고 하고 있다. 이

28) 工藤蕉雨, 「讀後寸感」, 台湾警察協會, 『台湾警察時報』315, 1942.2, p.81.
29) 川村湊, 『「大東亞民俗學」の虛實』, 講談社, 1996.
30) 金關丈夫, 「皇民化の再檢討皇民化と人種の問題」, 『台湾時報』1, 1941, pp.24-29.
31) 同註29, p.24.

는 다시 말하면, '민족'은 자연과학적인 것이 아니라는 점을 암시하고 있
다. 그러므로 가나세키는 일본인이라고 하는 민족도 타이완이나 중국의
'인종성'에 대해서도 "아직 확실히 알고 있다고 말할 수 없다"[32]고 하고,
일본인의 '인종'으로서의 즉, 과학적인 측면에서 구분이 아직 수수께끼라
는 것을 분명히 말했다.

　가나세키의 이와 같은 생각은 태평양전쟁 때 만세일계를 주창하는 일
본제국이나 황민화운동을 적극적으로 추진한 타이완 총독부의 담론과는
크게 다르고, 나아가 일본적인 근대화에 의해 대동아공영권의 패권자임
을 자처한 제국의 담론을 뒤집을 가능성조차 담고 있는 것이다. 당시에
타이완 섬 안에서 거론된 재타이완 일본인에 의한 황민화운동을 둘러싼
담론과 나란히 놓아도 가나세키의 타이완인의 황민화에 관한 생각은 특
수하다. 가나세키는 일본인과 타이완인의 결혼(소위 '내대공혼(內臺共婚)')에
의해 종족의 번영을 촉구하는지 어떤지는 자료가 적어서 뭐라고도 말할
수 없다고 한 다음, "완전히 아마추어와 같은 입장에서 이 문제에 관한
상식적인 예상을 발표하는 것이 허락된다면" 하고 전제하고 일본인과 타
이완인(한민족) 사이의 혼혈에는 "생물학적 의미에서 큰 지장은 없을 것이
라고 생각한다"고 말했다. 가나세키에게 일본인과 타이완인 사이의 차이
는 "생물학적 의미"로는 결코 큰 것이 아니었다. 그것은 황민화운동 중에
서 타이완인에게 일본인의 "우수한" 혈액을 섞으려고 한 사상과는 크게
다르다.

　다만 여기에서 강조해두고 싶은 것은 가나세키의 경우 이것이 결코 제
국에 대한 비판이 아니라는 점이다. 그에게 전적으로 흥미가 있는 것은

---

32) 同註29, p.24.

자신의 전문이면서 학문의 대상인 인류, 인종의 본질적인 부분—피부색이
나 머리카락의 특질, 뼈와 같은 것보다 구체적인 인종적인 차이인 것이
다. 그러므로 양윈핑(楊雲萍)이 느낀 가나세키의 "차가움"은 실제로는 타
이완인에게만 향해있는 것이 아니다. 가나세키는 일본인, 타이완인, 나아
가 구미나 아메리카 등 각각의 인류의 "자연생물학적"인 차이야말로 흥
미가 있었던 부분이고, 인간성이나 심정, 감정 같은 것에 대한 흥미는 어
디까지나 제 민족, 제 인종의 생물학적인 차이 그 다음으로 있는 것이었
다. 그 "차가움"을 느끼게 하는 눈길은 모든 '인종'을 연구의 대상으로
해서 쏟아졌다.

이렇게 생각했을 때 탐정소설에 식민지 타이완적인 '인종'의 히에라르
키 의식이 희박한 것도 납득할 수 있을 것이다. 그는 일본제국이나 타이
완 총독부라고 하는 정치적인 권력에 대해서는 그것은 그것대로 보고 간
주하고 자신의 학문과는 나눠서 생각했다. 여기에는 자신의 연구가(예를
들면 권력 측의 의도에 따른 것이라는 것을 알고 있었다고 해도) 권력에 아첨하는
것이라는 의식은 없었던 것이다.

그렇다면 식민지 타이완적 탐정이야기에 있어야 하는 정의, 윤리가 가
나세키의 작품에 없다고 한다면 가나세키의 제 작품의 특징은 무엇인가?
나는 이를 "타자를 가장하는 자"에 대한 강한 흥미라고 생각한다. 탐정소
설을 포함해 추리소설은 우선 사건이 일어나고 공동체의 질서가 흐트러
짐으로써 탐정 역할의 등장이 요청되는데, 사건이나 그 사건을 일으키는
주모자인 범인에게는 작가 자신이 갖고 있는 취향이 가끔 강하게 반영된
다. 가나세키의 작품에 많이 등장하는 것은 스스로의 신분을 위장하는 사
람들, 타자를 가장하는 자이다. 「롱샨스의 조 노인」 시리즈에서 「허 부인
의 금반지」의 범인은 성별을 위장한 두 남녀이고, 「빛과 어둠」에서는 암

거래에 사용된 돼지를 인간의 아기처럼 등에 짊어져서 운반된다. 「백화점의 조 노인」에서는 여자 둘이 조를 이루어 소매치기를 하다가 붙잡히는데, 여기에서는 청순하게 보이는 젊은 여자 쪽이 실은 주모자격이었다는 사실이 수수께끼의 클라이맥스가 된다.

그리고 가나세키의 작품 중에서 가장 본격이라고 말할 수 있는 「선중의 살인」에서는 살인을 하는 역이 가짜 이름을 사용해 몸을 감추고, 또 「지문」에서는 범인이 현장에 지문을 남긴 것을 후회하고 지문을 바꿔치기해 다른 사람처럼 행세하는 인물이다. 덧붙여 말하면, 「조 노인」 시리즈의 「입선장 사건」에서는 살해되는 여성 '다야마 레이코'가 실제로는 타이완인 양씨아단(楊氏阿緞)이었는데, 이것도 일종의 변신, 위장이라고 말할 수 있을 것이다. 황민화운동으로 타이완 총독부가 필사적으로 타이완인의 일본인화를 추진하는 가운데 가나세키는 작품 속에서 성명을 바꾸어 일본인 이름을 가진 타이완인 여성을 죽인다. 특히 이 작품에서는 살해되는 여성이 성명을 개명한 인물일 필요는 그다지 느껴지지 않는다. 그에게 신분을 위장하는 사람들의 본성을 폭로하는 것이야말로 정의이고, 이야기의 재미인 것이다.

4. 맺음말

흥미로운 점은 소설을 쓸 때 가나세키 다케오가 자신이 좋아하는 필명을 사용하고 있다는 사실이다. 탐정소설의 경우, '린유세이'라는 필명을, 「남쪽 바람」이라는 소설에서는 '소분세키(蘇文石)'라는 필명이다. 한민족 풍의 필명을 사용하는 것은 독자에 대한 일종의 속임수일 것이다. 가나세

키는 다른 신분을 위장함으로써 스스로의 학문 세계와는 전혀 다른 세계
-문화-라고 하는 애매함으로 가득 찬 위장의 세계를 그려내고, 그곳에서
자신의 본질을 발견하는 작업을 한 것이다. 그리고 또 가나세키 자신이
'타자를 가장하는' 것으로부터 생각해보면 탐정소설에 나오는 범인들의
가장이 가나세키에게 절대적인 악이 아니라 일종의 멋을 부린 것이라는
점을 가르쳐주고 있다.

가나세키가 과연 어떠한 동기에서 탐정소설을 쓰기 시작했는가 하는
것은 알 수 없지만, 거기에는 가나세키가 생각하는 윤리관, 정의, 오락성
같은 것이 엿보인다. 이들은 결코 단지 전쟁에 대해 협력적/비협력적이라
고 하는 직선적인 것이 아니다. 시국을 이용하면서 스스로의 지적 욕망을
충족시키려고 한 강하면서도 어딘가 천진난만한 태도가 보인다. 그가 서
있는 위치는 가와무라 미나토가 지적하고 있듯이, 분명 니시카와 미쓰루
(西川滿)와 어딘가 겹치는 부분이 있다. 굳이 말하자면 가나세키와 니시카
와의 공통점은 시국을 이용해서 스스로의 호기심, 탐구심을 채우려고 하
는 욕망에 충실했다는 점일 것이다. 또는 그의 이러한 태도를 전쟁에 대
해 무방비한 지식인의 태만이라고 비판하지 못할 것도 없을 것이다. 그러
나 이는 어디까지나 일본이 패전한 역사적 사실을 알고 있는 현대에서
당시를 돌아보는 의견일 뿐인 것은 아닐까.

번역 : 김계자

‖ 나카무라 시즈요(中村靜代) ‖

재조선 일본인의 괴담과 탐정소설 연구
– 괴담으로 보는 수수께끼 풀이와 경성의 기자*

1. 들어가며

대중문학 속에서 뿌리 깊게 인기를 점해 온 대표적인 장르 중 하나로 미스터리(mystery)를 들 수 있다. 게임 감각으로 즐겁게 읽을 만한 것에서 부터 본격 미스터리로 불리는 장편 미스터리에 이르기까지 다양한 형태를 지니는 미스터리는, 현대인의 오락으로서 빼놓을 수 없는 것이 되었다. 최근 그 형태는 더욱 다양화되어, 만화, 라이트 노벨(ライトノベル, light novel), 인터넷 소설, 애니메이션, 영화, 게임 등의 문화 콘텐츠 도처에서 미스터리 장르를 찾아낼 수 있다. 이러한 미스터리의 정의에 대해서는 여러 논의가 있으나, 시대에 따라, 혹은 그 용어를 사용하는 작가나 연구자에 의해 제각기 정의되어 왔다.1) 협의의 미스터리 장르가 지칭하는 것은

---

* 본고는『한림일본학』제25집(한림대학교 일본학연구소, 2014)에 게재된 졸고「在朝日本人の怪談と探偵小說硏究 : 怪談における＜謎解き＞と京城記者を中心に」를 수정・보완한 것임.

범죄와 그 사건 해결에 주안점을 두는 추리소설, 탐정소설이지만, 최근에
는 여기에 추리문학 장르가 포함되기도 한다. 엔터테인먼트 문화의 확산
에 따라 미스터리 개념의 범주 역시 점차 확장되는 경향을 보이는 것이
다.2) 이로 인해, 광의의 미스터리 장르 안에는 엽기, 환상, 토착적 공포,
사회 문제나 금기를 담은 부조리극이나 역사 드라마는 물론, 사회 암면(暗
面)에 대한 어프로치가 포함된 호러, 괴기, 괴담 등도 속하게 된다.

다니구치 모토이(谷口基)는, 일본 추리소설 역사에서 추리소설이 '본격
추리소설(本格推理小說)'과 '변격 추리소설(変格推理小說)'로 분류되어 왔다는
특이한 점에 주목하고, '변격 탐정소설(変格探偵小說)'3)의 원류를 살피고
있다. 그러면서 그는, 현대의 광범위한 미스터리 문화의 근저에는 환상과
괴기가 추리와 분리되지 않고 있던 근대의 카오스적 문예 장르에 회귀하
려는 대중적 장르 지향이 존재한다고 진술한다. 사실, 에도가와 란포(江戶
川亂步)로 대표되는 변격 탐정소설에는 괴기·환상에 주안을 두는 예술적

---

1) 일본에서 역시, 미스터리라는 용어는 물론 종래 그 주변 장르로서 위치해 온 SF나 호
   러, 괴기, 환상 소설 등과의 경계를 어디에 둘 것인지에 대한 명확한 규정이 내려져 있
   지는 않다. 다만, "미스터리, 그것의 정의 또한 이른바 본격적인 탐정소설, 추리소설에
   서 하드보일드, 모험, 서스펜스, SF, 호러 등으로 제한도 없이 넓어지고 있습니다."라는
   일본추리작가협회(日本推理作家協會)의 전 이사장 오사카 고(逢坂剛)의 설명대로, 미스
   터리 장르의 범위는 갈수록 팽창하는 추세에 있다고는 말할 수 있겠다. 일본추리작가
   협회 사이트(http://www.mystery.or.jp/pages/motoriji2) 참고.(검색: 2014.10.13)
2) 지금까지 예전의 마쓰모토 세이초(松本淸張)로 대표되는 사회파 추리소설의 전성기였
   던 1960, 70년대 범죄소설의 이미지로부터는 상상하기 힘든, 엽기, 괴기 환상, 부조리
   극, 토착적 공포, 역사 드라마, 사회 문제와 금기에 이르는 모든 방면에서 사회의 암면
   에 대한 어프로치가 시도되어 왔는데, 이에 출판계에서는 이들 작품군을 '미스터리'라
   고 통칭하고 있다. 谷口基, 『変格探偵小說入門』, 岩波書店, 2013, p. V.
3) '변격 탐정소설'은 흔히 수수께끼 풀이 이외의 문학 요소에 의거한 탐정소설을 지칭하
   는 용어로서, 1920년대 탐정소설의 융성기에 수수께끼를 논리적으로 풀어가는 '본격
   탐정소설'에 대한 반의어로 등장하였다. 대표적인 예로 다이쇼·쇼와기(大正·昭和期)
   일본 추리소설의 대가로 알려져 있는 에도가와 란포의 작품들을 들 수 있다. 谷口基,
   위의 책, p. VI.

작품이 다수 존재해 있으나,[4] 이러한 추리소설의 '괴기성'은 자주 지적되는 것일 뿐더러, 미스터리의 묘미 가운데 하나는 수수께끼를 둘러싼 '괴기'에 대한 음미라고도 할 수 있다.

일반적으로, 추리소설은 '수수께끼 풀이(謎解き)'에, 괴담·호러는 '공포'에 주안을 두는 것이라고 여겨진다. 추리소설이 합리적 수법과 지적인 추론에 따라 범죄나 사건을 해결해 나가는 근대적 산물인 데 비해, 호러나 특히 괴담은 법적 처벌로 해결할 수 없는 은폐된 범죄를 '유령'이라 하는 초자연적 존재에 의거하여 파헤쳐 가는, 어떤 의미에서는 전근대적인 이야기이다. 괴담에 등장하는 유령들에게는 어느 정도 그 시대의 소외된 약자를 대변하는 역할이 부여되는데, 이러한 설정은 세상의 부조리나 모순을 폭로하는 장치로서 기능한다. '부조리한 죽음'에 의해 망령이 출현하고 그 '망령의 저주'가 결국에는 '해소(解怨·解決)'된다는 괴담의 전형적 플롯은, 복잡한 트릭에 의해 가려진 수수께끼와 사건을 풀면서 범인을 논리적으로 추적해 가는 추리소설과는 근본적으로 이질적인 것이다.

하지만, 이러한 괴기소설이나 괴담, 호러 장르 내에 추리나 미스터리의 요소가 없는 것은 아니다. 특히 근세에서 근대로의 전환기 일본 대중문예 속에서는 에도(江戶)시대에 괴기 복수극으로 민중에게 정착되어 있던 '요쓰야 괴담(四谷怪談)'에서 탈피한 새로운 괴담에의 시도가 행해지고 있었다. 이와 같은 새로운 괴담 중에는 근대적인 수법, 즉 실화 형식이나 추리적 수법을 받아들인 것도 눈에 띈다.

본고에서는 이러한 괴담과 추리 장르의 차이를 재고하며, 일본에서 근

---

4) 추리소설이 지적인 추론을 탐구하는 과학적 장르로서 융성하였음에도 불구하고 그 속에 환상이나 괴기 등의 요소가 삽입될 수 있었던 것은, 추리소설의 선구자로 여겨지는 에드거 앨런 포(Edgar Allan Poe, エドガー・アラン・ポー→エドガー・アラン・ポー)의 작품 활동의 영향 때문이라고도 볼 수 있다.

대 사회의 성립과 함께 탐정소설이 융성한 시기이기도 한 1920년대 식민지 조선의 일본인 잡지 『조선공론(朝鮮公論)』5)에 게재된 「봄의 괴담, 경성의 새벽 2시(春宵怪談 : 京城の丑滿刻)」에서의 근대적 추리 수법과 당시 일본어 문예 잡지 속 탐정소설의 특색을 분석하고자 한다. 재조선 일본인의 잡지 『조선공론』에 게재된 「봄의 괴담, 경성의 새벽 2시」는 『조선공론』의 문예란과 영화평론을 중심으로 활약한 주필 마쓰모토 요이치로(松本與一郎)에 의해 집필되었다. 이 작품이 게재된 1920년대 '내지' 일본에서는 근대 사회의 성립과 함께 대중 미디어를 통해 인기를 획득한 탐정소설이 정착하는 한편, '괴기'에의 관심이 높아져 소위 '괴담 붐'6)이라 불릴 만한 현상이 일어나고 있었다. 당시 일본의 민속학자, 심령과학자, 정신의학자, 그리고 문학자들은 각각의 수요에 따라 전국의 '괴이담(怪異談)'을 수집하고, 편찬하여 발행하였다. 이러한 흐름에 따라 1920년대 조선총독부 도서관에는 이들 괴담을 다룬 서적, 괴이(怪異)에 관한 연구서 등이 소장되었고, 식민지 조선의 조선어, 일본어 신문의 광고란을 통해서도 일본의 괴담 서적이 끊임없이 소개되었다. 이러한 시대배경 속에서 재조선 일

---

5) 『조선급만주』와 더불어 가장 장기간에 걸쳐 재조선 일본인에 의해 간행된 일본어 잡지로 알려져 있는 『조선공론』은 1913년 4월 1일 창간호를 시작으로 1942년 제346호까지 발행된 종합 잡지로서, 『경성일보』 창간에도 참여한 마키야마 고조(牧山耕三, 1882~?)에 의해 발행된 후 1925년부터는 경영권이 편집장 이시모리 히사야(石森久彌)로 양도되었다. 논조는 "조국 일본에 조선의 실정을 알려 이해시키"고 "조선 동포를 각성시켜 당국의 시정에 헌신"하게 한다는 데 두어졌다. 찬조자 명부에는 오쿠마 시게노부(大隈重信), 이누카이 쓰요시(大養毅)를 비롯한 재계, 언론계, 학계에서의 당대 일본의 유력자들의 이름이 대거 포함되어 있었는데, 이는 조선 통치에 대한 일본 지식인 집단의 비평을 유도하여 총독부 식민지 정책을 보좌한다는 발행 취지에 따른 것이었다.

6) '괴담 붐'이란 메이지 후기 서구 학문의 도입에 따라 당시 일본인들이 전근대적인 호리(狐狸), 도깨비, 요괴 등을 부정하는 한편 불가사의한 현상을 과학적으로 해명하려는 심령학이나 정신의학, 최면술에 관심을 보이면서, 설명하기 힘든 괴이 현상을 실증적으로 포착하려 한 일련의 사회적 경향을 가리킨다.

본인에 의해 '외지'의 괴담인 「봄의 괴담, 경성의 새벽 2시」의 창작이 이루어지게 된 것이다.

식민지 조선에 이주한 일본인들은, 일본어 신문『경성일보(京城日報)』나 일본어 잡지『조선급만주(朝鮮及滿州)』,『조선공론』등의 문예란을 통해 오락을 취지로 하는 많은 문예물을 발신하고 있었다. 식민지를 무대로 한 이들 문예란의 읽을거리는 탐정소설, 스파이소설, 사소설, 정담(情話), 시대소설, 괴담 등 다양한 장르 형식으로 집필되어, 재조선 일본인의 독특한 문예로서 존재하고 발전해 갔다. 그러나 이러한 미디어 간행물에 게재된 문예물들은 지금까지 '일본문학'이라는 카테고리의 범위 밖에 위치되어 있었기 때문에, 저명 작가나 그의 작품을 제외하고는 대부분 주목받아 오지 못하였다. 이에, 정병호는 관련 연구가 국경을 초월한 연구자 상호 간의 학술적 교류가 아닌 각각의 입장만을 통해 진행되었다는 점과 그 대상도 소위 '친일문학자'나 '도일 조선인작가'를 중심으로 한 저명 작가에 집중되어 있었다는 점을 지적하고, 일국주의적인 연구로부터 벗어나 동아시아의 '일본어문학'이라는 커다란 틀에 의한 새로운 연구를 도모할 것을 제안한다.7) 이러한 문제의식을 토대로, 최근 들어 식민지 사정을 다룬 일본어 대중 문예와 문화에 주목한 연구 활동이 활발히 진행되고 있다. 하지만, 재조선 일본인이 남긴 방대한 신문과 잡지 텍스트를 통해 그들의 교육 제도, 젠더 문제, 지식 사회의 의식 연구 등을 분석한 담론 연구가 진척을 이룬 반면, 특정한 문학적 장르를 축으로 하는 연구는 비교적 적다. 엄인경, 김보현의 운문(韻文) 및 하이쿠(俳句) 연구,8) 유재진의

---

7) 정병호, 「한국 내 일본어 문학의 형성과 문예란의 제국주의 -『朝鮮』(1908~11)『朝鮮(滿韓)之實業』(1905~14)의 문예란과 그 역할을 중심으로」, 『제국의 이동과 식민지 조선의 일본인들 : 일본어 잡지『조선』(1908~1911)연구』, 도서출판 문, 2010, pp.1-17. / 정병호, 「<일본문학>연구에서<일본어 문학>연구로」, 『日本學報』vol.100, 2014, pp.101-114.

탐정소설 연구9) 등을 통해 서서히 확대되고는 있으나, 아직까지 재조선 일본인 문예의 전체상을 파악하기에 충분한 연구가 이루어졌다고는 말할 수 없다. 그러나 문학적 장르를 축으로 하여 연구하는 일은, 그 장르가 '내지' 일본의 그것과 어떠한 면에서 이질적인가 또는 재조선 일본인의 여타 문예 장르들과의 공통점은 무엇인가 등을 밝히는 차원에서, 또한 재조선 일본인 문예의 근간과 특성을 살핌에 있어서도 중요하다.

본고는 재조선 일본인에 의해 창작되어 경성의 잡지에 게재된 괴담을 대상으로 하여, 근대 식민지 괴담 속 미스터리에 대한 '수수께끼 풀이(謎解き)'가 어떻게 실천되어졌는지를 경성의 사회 지면 기사를 취급하고 있던 잡지 기자들의 텍스트와 더불어 분석하여 고찰한다. 아울러, 수수께끼 풀이를 해 나가는 '탐정 행위'가 경성이라는 특이한 식민지 공간 안에서 혹은 재조선 일본인의 문예 속에서 어떠한 의미를 가지고 있었는가에 대해, 당시 일본어 잡지에 게재된 탐정 소설의 특징과의 비교를 통해 검증하려 한다.

---

8) 엄인경, 「1940년대초 한반도의 일본어 국민시가론」, 『일본문화연구』 vol.48, 동아시아일본학회, 2013. / 김보현, 「일제강점기 전시하 한반도 단카(短歌)장르의 변형과 재조일본인의 전쟁단카 연구-『현대조선단카집(現代朝鮮短歌集)1938』을 중심으로-」, 『동아시아문화연구』 vol.56, 한양대학교 동아시아문화연구소, 2014.

9) 兪在眞, 「植民地朝鮮の日本語探偵小說」, 『東アジア探偵小說史の展望と可能性』, 日本近代文學會發表文, 2013, p.3. / 兪在眞, 「植民地朝鮮の日本語探偵小說」, 『跨境』 vol.1, 高麗大學校日本研究センター, 2014, pp.281-285.

2. 작품「봄의 괴담, 경성의 새벽 2시」에서의 '수수께끼 풀이'의 수법

① 에도 괴담(江戸怪談)과 수수께끼 풀이의 전개법

일본의 괴담 문예는 에도시대 가부키(歌舞伎)나 우키요에(浮世繪), 초지본 (草紙本), 만담(落語)이나 강담(講談) 등의 대중문화 속에서 발전해 왔고, 메이지유신(明治維新) 이후에는 근대 합리주의와 융합하였으며, 메이지 후기와 다이쇼(大正) 시대에는 '붐'을 일으키게 되었다. 동시기 식민지 조선에서도 괴기(怪奇)나 괴이(怪異)에 대한 관심이 크게 높아져, 많은 괴담 이야기가 신문이나 잡지에 게재되었다.10) 특히『조선공론』의 괴담물 중에는, 재조선 일본인의 식민지 일상생활을 창작의 원천으로 삼아 괴담이라는 틀 속에 담아낸 독특한 작품들이 포함되어 있다.11)

1922년 4 · 5월에 걸쳐『조선공론』에 게재된「봄의 괴담, 경성의 새벽 2시」는 당시 조선공론사의 잡지 기자이었던 마쓰모토 요이치로(松本與一郞)에 의해 쓰였다. 마쓰모토 이치로는『조선공론』문예란의 주필로서 '마쓰모토 데루카(松本輝華)'라는 필명을 동시에 사용하며 1920년 초부터

---

10) 재조선 일본인이 집필한 괴담은, 재조선 일본인에 의해 발행된『조선공론』을 비롯하여『경무휘보(警務彙報)』(1908-1936),『조선체신협회잡지(朝鮮遞信協會雜誌)』(1917-194?),『경성잡필(京城雜筆)』(?),『경성휘보(京城彙報)』(19??-194?),『전매통보(專賣通報)』(1925-1935), 그리고 총독부 기관지인『경성일보(京城日報)』(1906-1945) 등 다양한 잡지, 신문의 문예란에 게재되어 있다.

11) 당시 일본어 잡지 내에서도『조선공론』에는 가장 많은 수의 괴담이 실렸다. 그 가운데 1910년대 후반부터 1920년대 초반에 걸쳐 게재된 작품으로는 다음과 같은 것들이 있다. 石森久彌,「(實說) 本町怪談」, 1918.8. / 石森久彌,「怪談-子の愛に引かされて」, 1918.9. / 變影子,「色町情話」, 1919.5. / 作者未詳,「不思議な三味線」, 1919.5. / 名島浪夫,「靑白い人魂」, 1921.2. / 京童,「石獅子の怪」, 1921.3. / 佐田草人,「人間に祟る家」, 1921.12.

1920년대 후반까지 주로 '반도문예'란, '공론문단'란, 특히 '경성키네마계'라는 영화평론란 등을 중심으로 집필 활동을 하였다. 그 외에도 재조선 일본인 문단의 상황을 전하는 기사, 영화 정보, 여성을 주인공으로 한 애화(哀話) 등 기자의 시각으로 경성의 사회 양상을 포착하여 작성한 것이 많다. 괴담물의 집필은 「봄의 괴담, 경성의 새벽 2시」 한 편뿐이었다. 흥미로운 점은, 이 작품이 나온 시점으로부터 6년 후, 동 잡지에 게재된 재조선 일본인에 의한 최초의 탐정물인 「탐정 콩트, 심술쟁이 형사(探偵コント：意地わる刑事)」(야마자키 레이몬토(山崎黎門人), 1928년 6월호)의 말미에 '마쓰모토 데루카'라는 이름으로 작성된 「탐정 취미회 선언(探偵趣味の會宣言)」이 첨부되어 있다는 사실이다. 이는 그가 『조선공론』 문예란을 매개로 '탐정 취미회'라는 일본인 동인회와도 깊은 관계를 맺고 있었음을 보여준다.

탐정 취미회 선언

경성 탐정 취미회는 발회식 등은 생략한 채(그런 번잡하고 귀찮은 일은 싫기 때문에) 사실상 이미 경성의 어딘가에 존재하고 있다. 그리고 동인(同人)만은 여러 면면의 참가자가 모두 갖추어져 있는 것도 사실이다. 우선 신문 기자도 있고 서예가도 있다. 형사도 있으며 경찰도 있는 것이다. 아직 이 모임은 그림자와 같은, 유령과 같은 요괴의 묘미(妖怪味)까지도 구비한 존재이다. 그러나 우리들의 탐정 취미회는 그런 점 때문에 재미가 있는 것일지도 모르므로 탐정 취미의 밭에는 요괴의 묘미가 항상 따라붙기 마련이다. (중략) 그리고 조선에서도 조선의 고사카이 후보쿠(小酒井不木)나 에도가와 란포(江戸川亂歩)가 나온다면 세상은 재미있어질 것이다. 다음에 소개하는 1편은 제1회의 추천작이다. 우선 이러한 지점에서 슬슬 출발하여 이윽고는 본격 작품에까지 나아가면 우리들의 기쁨은 커질 것이다. (마쓰모토 데루카)[12]

이를 통해, 1928년 당시 탐정 취미를 가진 재조선 일본인의 동인회가
존재하였으며, 여기에 본업 작가라고는 할 수 없으나 탐정 취미를 지니는
동인이 모여 들고 있었음이 확인된다. 이들의 직업은 신문 기자, 서예가,
형사, 경찰 등으로서, 그 동인회는 곧 사회 지식층 및 지도층의 모임이었
다. 한편, 선언문에 있는 '조선의 고자카이 후보쿠', '에도가와 란포'라는
말이 가리키는 것이 '조선인 추리 작가'를 포함하는지의 여부는 확실하지
않다. 다만, 마쓰모토가 게재한 「조선문단의 사람들(朝鮮文壇の人々)」 등의
칼럼을 볼 때, '조선문단'은 어디까지나 조선에 거주하는 일본인의 문단
이며 현지 조선인을 포함한 유기적인 동인회는 아니었음을 알 수 있다.
여하튼 이 선언문은, 마쓰모토가 탐정 취미를 지닌 주체였음을 알려준다.

그렇다면, 영화평론에 뛰어나고 탐정 취미를 가진 『조선공론』의 주필
마쓰모토 데루카가 쓴 괴담이란 도대체 어떠한 것이었을까? 다음은 「봄
의 괴담, 경성의 새벽 2시」의 개요이다.

경성 거리에 있는 지나(支那) 빵집에서 '나'는 어느 일본인 남자와 친한
사이가 되고, 그 남자로부터 어떤 괴담을 듣는다. 남자가 예전에 두부 장
사를 하고 있었을 때, 그는 어느 의심스런 여자를 목격하였다. 여자는 새
벽 2시에 '딸깍 딸깍, 딸깍 딸깍' 나막신 소리를 울리면서 과거 하나조노
초(花園町)[13] 파출소가 있었던 삼각형의 우체통에 '툭!!' 하고 편지를 던져
넣고는 사라져 버린다. 그러던 어느 날, 남자는 사쿠라이초(櫻井町)의 떡집
딸로부터 매일 밤 떡을 사러 오는 수상한 여성이 있으니 조사하면 좋겠

---

12) 松本輿一郎, 「探偵趣味の會宣言」, 『朝鮮公論』, 朝鮮公論社, 1928.6, p.99.

13) 식민지 시기 조선의 일본인 거류지에는 일본 풍의 지명이 붙게 되었는데, 경성 부내
에서는 혼마치(本町), 아라마치(新町), 다이와초(大和町), 히지마치(日出町), 고토부키초
(壽町), 고가네초(黃金町), 하나조노초(花園町) 등이 있었다. 高崎宗司, 『植民地朝鮮の日
本人』, 岩波書店, 2002, p.96.

다는 부탁을 받아 떡을 사러 온 여성의 행적을 미행한다. 그러자 그 여자는 광희문(光熙門)14)을 빠져 나가 한성 성벽 밖에 있는 공동묘지에서 종적을 감추어 버렸다. 남자는 다음날 묘지에 가, 거기서 여자의 성묘를 하고 있던 카페 여급 마키에(卷枝)에게 누구의 무덤인가 묻고 나서, 그것이 그녀의 죽은 언니의 유령이었음을 알게 된다. 우연치 않게도 우체통에서 마주친 나막신의 여성도 마키에의 죽은 언니였다. 이 자매는 경성 교외에 있는 가난한 이민촌 출신으로, 용모가 출중한 두 자매는 경성 남성들에게 시집갔으나, 언니는 병으로 요절해 버렸다. 남자는 그 언니의 무덤에서 매일 밤 갓난아기의 울음소리가 들리고 있었던 것을 기이 여겨, 조선인 지게꾼을 고용해 무덤을 파내었다. 그러자, 거기에는 여자가 무덤 안에서 출산한 것으로 보이는 굶어 죽은 남자 갓난아기가 있었다. 이 아이를 기르기 위해 여자는 유령이 되어 떡을 사러 경성을 돌아다닌 것이다. 일련의 괴담을 남자로부터 들은 '나'는 이제 다른 한 명의 자매 오나카(お仲)의 사연을 알아본다. 오나카는 경성에서 광산업을 하는 남자에게 시집갔지만, 광산 붐으로 주머니 사정이 좋아지면, 남편은 계집질에 빠져 집에 되돌아오지 않게 되었다. 속이 상한 오나카는 매일 밤 우체통에 "남편을 돌려주세요."라며 창기(娼妓)에게 계속해서 편지를 보내고, 결국에는 미쳐 죽고 만다. '나'는 과학자 C씨를 방문하여, 이토록 불가사의한 이야기를 전하였고 그는 "유령의 존재도 과학적으로 설명 가능하게 된다."라면서 영혼불멸을 말하는 것이었다.

위의 이야기 줄거리를 보건대, 뒤얽힌 플롯이긴 하나 '봄의 괴담'이라

---

14) '광희문'은 일본인 거류지였던 남산(南山) 방면으로부터 성벽이 동쪽으로 빠져 나오는 구역에 위치하고 있었다. 배현미, 「朝鮮후기의 復原圖 작성을 통한 서울도시의 원형 재발견에 관한 연구」, 『서울학연구』 vol.5, 서울학연구소, 1995, p.287.

는 부제대로 경성의 도시 공간에 나타난 두 여자 유령에 관한 괴담임을 알 수 있다. 먼저, 두부 장사를 하는 남자의 이야기에 등장하는 이는 빨간 우체통 근처에서 '딸깍 딸깍' 하며 나막신 소리를 내는 여성 유령이다. 이러한 '딸깍 딸깍, 딸깍 딸깍'이라는 의성어는 산유테이 엔초(三遊亭圓朝)의 라쿠고(落語) 「괴담 보단도로(怪談牡丹灯籠)」15)에도 등장하는 유명한 나막신 소리인데, '딸깍 딸깍'이라는 소리는 그것만으로 듣는 사람에게 유령을 연상케 하는 하나의 효과음으로 기능하기도 한다. 또한, 두 번째의 유령은 떡을 사러 온 곳으로부터 남자에게 미행되어 묘지가 파헤쳐지는 어머니 유령이다. 그런데 아기의 우는 소리가 나서 무덤을 파내 보니 여자가 사후(死後)에 출산한 갓난아이가 있었다는 이러한 이야기는, '육아 유령담'16)으로 일본 각지에 남아 있는 설화로서 일본인에게 매우 친숙한 괴담이다. 종합하면, 「봄의 괴담, 경성의 새벽 2시」에 출현하는 두 유령은 모두 예전부터 이야기되어 온 전통적인 일본식 괴담에서의 유령들과

---

15) 산유테이 엔초(三遊亭圓朝, 1839-1900)의 「괴담 보단도로」는 중국 명나라 시대에 저술된 괴이소설집 『전정신화(剪灯新話)』에 수록된 「보단도기(牡丹灯記, 목단등기)」의 번안 버전이다. 그는 원작을 보다 젊게 각색해서 인기를 얻었지만 어느 무대에서 핵심적 제재를 스승인 산유테이 엔쇼(三遊亭圓朝)에게 먼저 상석(高座)으로 넘겨줘 버린다. 이를 계기로 "다른 사람이 하는 이야기는 결코 하지 않음"으로써 괴담이나 인정 이야기의 창작에 착수하였다. 그는 『신케이루이가부치(眞景累ヶ淵)』의 원형 『루이가붙이 후일 괴담(累ヶ淵後日怪談)』, 『괴담 보단도로(怪談牡丹灯籠)』, 『기쿠모요 사라야마 기담(菊模皿山奇談)』 등 긴 이야기(長物)를 불과 20대 전반이라는 나이에 창작하였다. 특히 『괴담 보단도로』의 유령 '오쓰유(お露)'는 잠잠한 정적에 모란 꽃 무늬(牡丹柄)의 등롱(灯籠)을 내걸고, '딸깍 딸깍(カランコロン)'하며 나막신 소리와 함께 등장하는 것으로 유명하다. 발이 없는 유령에게 '딸깍 딸깍'이라는 기발한 소리를 연출한 것인데, 이 소리가 효과를 불러 청중에게 공포감을 선사함으로써 『괴담 보단도로』라고 하면 '딸깍 딸깍'이라는 소리가 연상될 만큼 작품에서 가장 중요한 기법으로 자리하게 되었다. 立川談四樓, 「圓朝と怪談」, 『國文學 : 解釋と教材研究』, 學燈社, 2007, pp.35-36.

16) '육아 유령담'은 일본 각지에서 파생된 '국민담(國民談)'으로 알려져 있으나, 본래는 중국 남송(南宋)의 홍매(洪邁)가 편찬한 『이견지(夷堅志)』에 포함된 「떡을 사는 여자(餠を買う女)」로부터 번안된 것이라 여겨지고 있다. 加藤徹, 『怪力亂神』, 中央公論新社, 2007.

유사한 스타일로 묘사되어 있다.

이처럼 「봄의 괴담, 경성의 새벽 2시」는 전반적으로 고래(古來)의 괴담 플롯을 삽입한 범용한 괴담 이야기로 비추어진다. 그렇지만, 이야기의 전개에 있어서는 크게 두 가지의 특이점을 지니고 있기도 하다. 하나는 두부 장수 남자가 탐정의 역할을 하며 의심스런 여자의 조사를 의뢰받아 그 여자를 미행하여 정체를 밝혀냄으로써 '추리의 실천'을 해 나간다는 점이다. 물론 유령의 태생이나 가족 관계에 대해서는 묘지에서 우연히 만난 유령의 여동생이자 마키에의 설명이 없다면 알아내기 힘들었을 터이다. 그러나 여자를 미행하며 수상하다고 여겨 무덤을 파헤치고 유령 정체의 수수께끼 풀이에 적극적으로 참가한 이는 다름 아닌 두부 장수 남자였다. 그리고 이러한 그의 행적과 결부된 채 「봄의 괴담, 경성의 새벽 2시」는 '부조리한 죽음→망령의 출현→망령의 저주→해결(해원(解冤))'이라고 하는 괴담의 흔한 전개법과는 반대되는 서사의 경로를 따른다. 즉, '유령의 출현→미행→묘지의 조사→아이의 발견(부조리·불행한 죽음의 발각)→수수께끼의 해결'이라는 독특한 이야기 전개를 보이는 것이다. 이렇듯 일반적인 괴담의 그것과 역행하는 이야기 전개 방식을 통해, 「봄의 괴담, 경성의 새벽 2시」는 공동묘지를 탐색하는 남자의 긴장감을 극대화하고 유령의 정체와 그 수수께끼를 풀고 싶어 하는 독자의 호기심을 자극함으로써 미스터리 특유의 즐거움을 창출한다.

또 하나는, 「봄의 괴담, 경성의 새벽 2시」의 전체 서사 속에 삽입된 작은 이야기와 관련되어 있다. 즉 수수께끼를 쫓는 「두부 장수 남자」의 이야기 뒤에 남겨진 또 다른 수수께끼에 대한 풀이는 다름 아닌 '나'에 의해 연이어 이행되는데, 이로써 '나'에게도 근대적인 조사의 방법으로 유령의 정체를 밝혀내는 제2의 탐정 역할이 주어지게 되는 것이다.

남자의 이야기는 꽤 길었다. 필자는 지나 빵집에서 그날 밤 남자와 헤어졌던 것이지만, 그 후 남자는 죽은 것인지 아니면 만주 쪽에라도 흘러들어간 것인지 전혀 소식을 알 수 없다 (중략) 그만큼 이 요담(妖談)에 대해서 나는 깊은 흥미를 느끼게 되었다고도 할 수 있다. 그날 밤 필자는 빨간 우체통에 편지를 넣은 여자, 네 모의 두부를 산 여자, 비가 내리지 않음에도 뱀의 눈으로 굽 높은 나막신을 신고 있었다고 말하는 여자임에 분명한 오나카(お仲)에 대해 다소간의 탐방 재료를 얻어둔 일만을 소소한 자랑으로 여기는 것이다. 오나카는 죽은 여자였다. 하지만 그렇지만 어찌하여 불가사의한 소행을 밤마다 벌였는가? 이하 필자는 그것을 이야기하려 한다.[17]

남자가 여동생인 마키에로부터 이야기를 듣고 무덤을 파헤치는 과정을 통해 떡을 사러 오는 의심스런 여자의 정체가 마키에의 언니의 유령이었다는 사실이 밝혀지지만, 이야기의 첫머리에 등장하는 '딸깍 딸깍' 나막신을 울리면서 우체통에 '툭!!'하고 편지를 넣는 여자 오나카의 유령에 대해서는, 어찌하여 그녀가 기괴한 행동을 취하였던 것인지가 여전히 수수께끼로 남게 된다. 이에, '필자'는 남자로서는 풀 수 없는 오나카에 대한 수수께끼에 흥미를 갖고 '다소간의 탐방 재료'를 독자에게 제시해 가는 것이다.

남자가 떡을 사러 오는 유령의 행적을 미행함으로써 공동묘지에 간신히 도착하고 지게꾼을 고용하여 무덤을 파헤친다는 탐정의 '신체적 조사 행위'와는 정반대로, '필자'는 '탐방 재료'를 통해 오나카가 남편의 배신에 의해 미쳐 죽음에 이르게 된 정보를 얻어내고 있다. 어떠한 방법에 따라 그것들이 조사된 것인가에 대해서는 쓰여 있지 않으나, "당신에게 말

---

17) 松本興一郎,「春宵怪談京城の丑滿刻」,『朝鮮公論』, 朝鮮公論社, 1922.5, p.131.

씀드리고 싶은 이야기는, 그렇네요(라는 생각하며) 아아 있습니다. 있었습니다. 괴담입니다만"이라는 서두 부분의 '남자'의 말을 참고한다면, '남자'가 '필자'에게 무엇인가 재미있는 이야기를 하면 좋겠다고 부탁 받아 괴담 이야기를 생각해 낸 것이었음을 추측 가능하다. 즉, '필자'는 신문이나 잡지의 자료를 찾아다니는 기자 일을 하고 있었으므로, 오나카 남편의 이름이나 직업, 주소뿐 아니라 여성 관계에 관한 개인 정보까지도 손쉽게 입수할 수 있었고, 화학자 C 등의 학자와도 자유롭게 왕래하였으며, 의견을 듣는 일 또한 가능한 입장에 있었던 것은 아닐까? '필자'가 오나카의 남편인 미즈시마 데쓰조(水島鐵造)를 소개하면서 "원래 이 남자 미즈시마 데쓰조(가명)는 타고난 방탕자이기에…"라는 표현으로 마치 신문 기사에서처럼 그의 이름을 가명으로 표기하고 있다는 점도 같은 맥락으로 비추어진다.

이러한 이야기의 이중 구조는, 전술한 바와 같이 구전(口傳) 문예로부터 출발한 옛 괴담의 정형으로부터는 멀리 떨어져 있다. '육아 유령'의 괴담도 원래는 문학으로 창작된 것이 아닌, 입으로 전해져 온 이야깃거리이다. 에도(江戸)의 괴담이라 하면 「보단도로」의 경우처럼 중국문학으로부터 전래된 것도 있지만, 그 다수는 설화이거나 「요쓰야 괴담(四谷怪談)」, 「반초사라야시키(番町皿屋敷)」, 「가사네 괴담(累怪談)」 등과 같이 집안의 소동이나 실화로부터 파생된 것도 많다. 추리소설은 지적 추리를 통한 수수께끼 풀이에 의해 범인이 밝혀진다는 문제 해결 과정의 특성 상, 그 스토리가 오리무중의 상태에서 출발하여 점차 탐정의 추리와 조사에 의해 사건의 전말이 드러나기 때문에 긴 지면을 필요로 한다. 그러나 한편으로 괴담은 실화 또는 설화로부터 파생된 '이야깃거리'이기에, 그 서사는 대체로 기록적이면서 단순하다. 근대의 괴담 문학자인 다나카 고타로(田中貢太

郎), 오카모토 기도(岡本綺堂), 고이즈미 야쿠모(小泉八雲) 등의 괴담 역시 간결하고 담담한 이야기의 서술 방식을 특징으로 하는데, 이들 괴담은 어디서 무슨 사건이 일어났고 죽은 자의 유령이나 요괴는 어떻게 나타나며 어떠한 방법으로 세상 사람들을 공포에 몰아넣는지를 더듬어 가는 것이다. 「봄의 괴담, 경성의 새벽 2시」의 경우 이러한 괴담에 들어맞지 않는 까닭은, 그것이 "유령을 탐정한다"는 모양새를 취하면서도 유령이 나타나는 원인이나 원한의 계기가 되는 사건에 대해서는 독자로서는 그 진상을 파악하기 어려운 '수수께끼' 방식으로 처리하고 있기 때문이다.

② 호러영화와 신문 기사의 효용

이 작품이 흥미롭게 읽혀지는 이유 중 하나는, 처음부터 유령의 정체를 밝히지 않는 서사적 수법이 현대 공포영화(ホラ─映畵, horror movie)의 스토리 패턴과 닮아 있기 때문이다. 이는 마쓰모토가 영화평론을 전문으로 하고 있었다는 점, 그리고 그의 내러티브 서술 방식의 특징이 인물의 시점을 이동시켜 연출하는 데 있었다는 점과 연관성을 지닌다. 하지만, 마쓰모토의 영화적 취미만이 이 작품을 특수한 것으로 만들고 있다고는 단언할 수 없다. 이에, 여기서는 의도적으로 복잡한 액자 구조를 취하여 두 사람의 인물 '조사'에 의해 유령의 수수께끼를 풀어가는 「봄의 괴담, 경성의 새벽 2시」의 이야기 전개 방식을 공포영화의 수법과 효과를 참고로 하여 살펴보고자 한다.

현대의 대중 공포영화에는 좀비, 몬스터, 살인마를 주인공으로 하는 것, '스플래터(splatter)'로 일컬어지는 그로테스크 취향의 작품 등이 다양하게 섞여 있다. 그 가운데 사망자의 저주나 유령이 등장하는 공포영화에

초점을 맞추어 보도록 하자. 유령이 등장하는 이상 이들 공포영화도 하나의 괴담 문예물로 간주할 수 있겠으나, 유령의 원한 깊은 이야기를 영상화법을 통해 보다 리얼하게 재현해낼 수 있다는 면에서 차별성을 지니기도 한다. 초자연적인 심령 현상을 다룬 공포영화는 <엑소시스트(The Exorcist, エクソシスト)>(William Friedkin 감독, 1973)를 비롯하여 <헬 하우스의 전설(The Legend Of Hell House, ヘルハウス)>(John Hough 감독, 1973), <오멘(The Omen, オーメン)>(Richard Donner 감독, 1976), <캐리(Carrie, キャリー)>(Brian De Palma 감독, 1976) 등의 히트가 이어져, 이른바 '오컬트 영화(occult film, オカルト映畵)'가 선풍을 일으킴으로써 장르 성향을 보이게 되었다. 따라서 개별 영화 작품을 일일이 다룰 수는 없겠지만, 대량으로 '생산'된 공포영화들 속에서 몇 가지 특정한 영화적 수법을 예로 삼아 괴담과의 비교·대조를 시도해볼 수는 있을 것이다.

유명 공포영화들 가운데, 예전에 살인 사건이 일어난 어느 집 공간에 평범한 가족이 이사해 온다는 이야기 설정이 포함된 작품이 있다. 미국의 공포영화 <아미티빌의 저주18)(The Amityville Horror, 惡魔の棲む家)>(Stuart Rosenberg 감독, 1979)가 그것이다. 이 영화는 1974년 롱아일랜드의 아미티빌에서 발생한 초현실적인 사건을 제재로 삼은 제이 앤슨(Jay Anson)의 동명 베스트셀러 소설19)을 원작으로 두었는데, 7편에 이르는 속편과 리메이크 버전이 제작될 정도로 인기를 끌게 되었다. 그리하여 '실화의 영화화'가 대중의 관심을 불러일으킨 사례로 남아 있다.

---

18) 직역하면 '아미티빌의 호러' 또는 '아미티빌의 공포'가 되겠으나, 한국에서 개봉된 영화의 제명이 '아미티빌의 저주'였던 바 본고에서는 이를 따르고자 한다. 참고로, 2005년 앤드류 더글러스(Andrew Douglas) 감독에 의해 리메이크된 동명의 영화의 경우, 한국에서 <아미티빌의 호러>로 번역·통용되고 있다.

19) Jay Anson, *The Amityville Horror: A True Story*, Prentice Hall, 1977.9.

이 영화는 1974년 데페오가(Defeo家)에서 발생한 장남에 의한 일가족 참살 사건 이후 이어지는 집 안의 기이한 현상을 다루고 있다. 이야기의 개요는, 그 집에 이사 온 러츠(Lutz) 가정의 일원에게 차례로 기괴한 현상이 일어나고 신변의 위험을 느낀 러츠 부부는 신부에게 도움을 구한 후 사망자의 영령을 제거한다는 것으로 요약된다. 그러나 영화 초반까지 관객은 그 집에 어떠한 사정이 있(었)는지를 전혀 눈치 채지 못한 채, 차례로 가족을 휩쓰는 괴기 현상을 통해 '도대체 이 집 안에 무엇이 있는 것일까?' 하는 불안과 의문을 품게 된다. 그러다가 이야기가 중반에 진입한 뒤 사건의 진상이 밝혀지는데, 여기에는 그것을 기억하고 있는 인물이 도서관 자료로부터 찾아낸 하나의 신문 기사가 결정적인 단서로 작용한다. <아미티빌의 저주> 시리즈 속편의 경우도, 시간적 배경은 수십 년 후로 설정되어 있지만, 신문 기사 또는 사건 당사자의 사진이나 기록 등이 사건의 전말을 드러내는 단서로서 기능하고 있다는 점에서는 동일한 방식으로 사건 전개가 이루어진다.

이러한 양상은 스즈키 고지(鈴木光司) 원작, 나카타 히데오(中田秀夫) 연출의 일본 공포영화 <링(リング: The Ring)>(1998)에서도 발견된다. 작품 속 저주의 중심인물인 야마무라 사다코(山村貞子)를 둘러싼 초능력 실험과 자살 사건에 관한 내용이, 영화의 중반부에서 도서관의 마이크로필름에 보관되어 있는 신문 기사에 의해 제시된다. 시미즈 다카시(淸水崇) 감독의 <주온(呪怨: Ju-on)>(1999) 역시 동일한 종류의 호러물로, 남편에게 학대를 받아 죽은 사에키 가야코(佐伯伽椰子)의 원한이 머물러 있는 주택에 가야코와 그녀의 아들이 나타나 괴기 현상을 일으킨다는 이야기를 담고 있다. 극장판, 비디오판 모두 사건의 진상은 신문 기사를 통해 알려지는 것으로 설정되어 있다. 또한 <주온> 2003년도 판의 경우 경찰서의 신문 기사

자료로부터, 같은 해에 개봉된 <주온 2>에서는 방송국의 신문 기사 자료로부터 가야코의 살인 사건에 대한 전말이 드러난다. 미국영화의 경우, <메신져-죽은자들의 경고(The Messengers, ゴースト・ハウス)>(Oxide Pang Chun・Danny Pang/Fat Pang 감독, 2007)나 최근 개봉된 <컨저링(The Conjuring, 死靈館)>(James Wan 감독, 2013) 등에서 참살 사건의 전모가 신문 기사에 의해 밝혀지고 있다. 그렇다면, 이처럼 패턴화된 이야기의 전개가 의미하는 것은 과연 무엇일까?

> 주온(呪怨) : 강한 원한을 품어서 죽은 자의 저주. 그것은, 죽은 자가 생전에 맞대고 있었던 장소에 축적되어, 「업(業)」이 된다. 그 저주에 언급된 자는 목숨을 잃고, 새로운 저주가 생긴다.[20]

<주온>의 도입부 자막 신(scnen)에 삽입된 이 구절은, 유령을 소재로 한 공포영화에서 필수불가결한 하나의 조건을 말하고 있다. 즉, 공포영화의 유령이 어떠한 인물이든지 간에, 그가 "강한 원한을 품어서 죽은 자"였다면, 이것이 제재가 되어 호러가 탄생하는 것이다. 그러므로 유령의 원한이란, 결국 흉악한 범죄나 살인, 광사(狂死)에 기인하는 것이다. 그리고 그 원인이 되는 과거의 사건은 항상 신문 기사에 의해 판명 또는 해명된다. 이렇게 반복적으로 패턴화된 전개법이 현재에 이르기까지 인기를 얻고 있는 이유는, 유령이 "강한 원한을 품"게 된 처참한 사건의 진상이 관객으로서는 알 수 없는 '수수께끼'로 설정되어 있기 때문이다. 역으로 이는, 괴담이나 호러 역시 '수수께끼'의 설정이라고 하는 미스터리를

---

20) "呪怨：強い恨みを抱いて死んだモノの呪い。それは、死んだモノが生前に接していた場所に蓄積され、「業」となる。 その呪いに触れたモノは命を失い、新たな呪いが生まれる。"

취하지 않으면 재미를 확보하기 어렵다는 점을 보여준다. 2시간가량의 러닝타임 동안 아무리 유령을 집요하게 출몰시켜 관객을 공포에 떨게 하더라도, "강한 원한을 품어서 죽"었다는 사연과 처참한 사건 현장에의 어프로치, 즉 '왜 유령이 되었는가'에 대한 '수수께끼 풀이'의 쾌락이 없다면, 호러의 재미와 긴장감은 반감해 버리고 말 것이다. 반대로 공포영화가 단순하게나마 미스터리적 수법을 사용하면, 그것이 예전 괴담이었다고 한들 새로운 엔터테인먼트로서 재활용할 만한 가능성은 충분히 열려 있는 셈이다.

「봄의 괴담, 경성의 새벽 2시」는 괴담으로 칭해지고 있으나, 「요쓰야 괴담」 등이 공유하는 단순한 복수극의 전개를 따르지 않는다. 정형화된 에도 괴담의 이야기에 역행하면서, 복잡한 액자 구조를 취하는 한편 근대사회의 대표적 정보지인 신문 기사 등에 의해 과거 사건의 전말을 밝혀냄으로써 서사를 구성하는 것이다. 이러한 과정에서 "강한 원한을 품어 죽은 자"의 '수수께끼'를 풀어 가는 오락성을 실현하고 있는데, 이는 앞서 들여다본 공포영화의 이야기 전개 수법과도 상당부분 유사성을 띤다.

물론 「봄의 괴담, 경성의 새벽 2시」의 저자 마쓰모토가 1970년대부터 장르화되기 시작한 이러한 공포영화의 수법을 알고 있었을 리는 만무하며, 1920년대 당시 이러한 기법의 공포영화가 만들어졌던 것도 아니다. 동시기 일본 공포영화의 소재로 쓰인 것은 다름 아닌 「요쓰야 괴담」류의 이야기였으며, 서양영화의 경우도 「드라큘라」나 「프랑켄슈타인」 등의 고딕 괴기물이 주류를 이루고 있었기 때문이다. 마쓰모토가 집필한 괴담은 「봄의 괴담, 경성의 새벽 2시」 단 한 작품뿐이었던 바, 저자의 개인적인 탐정 취향과 영화 취미에 의해 이러한 특수 괴담이 창작되었음이 어렵잖게 추측 가능한 대목이다. 그러나 하워드 헤이크래프트(Howard Haycraft)가 근대적 법 제도와 민주주의를 탐정소설 장르의 성립 조건으로 들고 있는 바처럼,[21] 「봄의 괴담, 경성의 새벽 2시」의 저자 마쓰모토 역시 예전부터 전해져 내려 온 괴담이라는 틀 속에 근대적 법제, 경찰, 병원, 학교뿐 아니라 신문·잡지로 대표되는 대중 미디어를 구축시킴으로써 이야기의 오락성을 추구한다. 아울러 유령의 정체를 탐정하는 과정을 전시함으로써, 사람들이 영화라는 영상 매체를 통해 체험하는 것과 유사한 긴장과 해결의 쾌락을 선사한다. 이러한 대중적 수법을 고려하건대, 이 작품은 「요쓰야 괴담」 등에 공유되어 있는 에도 괴담의 전형적 이야기 전개법과는 근본적으로 다른 근대적 괴담의 방식으로 창작되었음을 알 수 있다.

3. 경성의 탐정과 신문 기자

마쓰모토 요이치로가 잡지 기자였다는 사실은 전술한 것과 같은 바, 「봄의 괴담, 경성의 새벽 2시」에서 수수께끼 풀이를 하는 '나' 역시 신문 기자적인 면모를 지닌 인물로 설정되어 있다는 부분이 주목된다. 1921년 「조선 문단의 사람들(朝鮮文壇の人々)」이라는 기사를 통해, 마쓰모토는 재조선 일본인의 문단 상황을 다음과 같이 전하고 있다.

'조선 문단의 사람들'..., 그것은 참으로 쓸쓸한 표현이다. 그렇지만 왠지 향수를 불러일으키는 말이 아닌가? 나는 이 봄 밤 쓸쓸한 마음으로 많지 않은 조선문단의 사람들을 살펴보려 한다. 역시 조선에서는 신문사의

---

21) Howard Haycraft, *Murder for Pleasure : The Life and Times of the Detective Story*, D. Appleton-Century, 1941.

연파(軟派) 기자들이 중견(中堅)을 차지하고 있다. 경성에서는 조선 문단의 원로인 이시모리 고초(石森胡蝶) 씨를 비롯하여 쓰노다 후안(角田不案) 씨, 사다 구사토(佐田草人) 씨, 아라이 세이하(新井靜波) 씨, 光永紫(광영자) 사람 요시다 후지비(吉田不知火) 등의 인물들은 신문사의 무리이다.22)。

'내지' 일본의 중앙문단에 대한 '주변'으로서의 "조선문단"이라는 존재가 쓸쓸하다는 것인가, 그렇지 않으면 문단이라는 것은 이름에 불과한 채 실제로는 소설가가 본업이 아닌 "신문사의 연파 기자"들이 중견 역할을 하는 현실이 쓸쓸한 것일까? 어떻든 간에 마쓰모토가 말하는 "쓸쓸하다(寂しい)"라는 것은 한반도(朝鮮半島)에 있어서의 문예가 '마이너리티'라고 하는 인식으로부터 파생된 감정이라고 할 수 있다. 그렇다면, 마쓰모토가 지적한 문단의 중견으로서의 "신문사의 연파 기자"는 도대체 어떠한 존재였던 것일까? 이에 대해, "조선 문단의 원로인 이시모리 고초"는 자신이 신참이던 시절을 다룬 수필 속에서 다음과 같이 설명한다.

조선에 건너 와 햇수로 5년, 신문 기자가 되어 온갖 여자를 다루었다. 여배우, 예기(芸妓), 창기(娼妓), 가련한 처녀, 소위 윤락녀, 그 각각의 여자의 일이 나는 문득 떠오르는 때가 있다. (중략) 나는 신문 기자라는 직업에 대해서는 일종의 엄숙한 해석을 가하고 있는 한 사람이다. 특히 사회 기사를 다루는 경우는 정치나 경제 기사를 다루는 경우보다, 그 이상의 고심을 하는 한 사람이다. 정치나 경제 기사는 인생의 종(縱)의 방면, 즉 이지(理智)의 방면이다. 사회 기사는 인생의 횡(橫)의 방면, 즉 정(情)의 방면이다. 세상에 정을 다루는 일만큼 어려운 것은 없다. (중략) 이에 나의 신조로서 신문 기자가 될 때에 결코 정에는 휩쓸리지 않겠다고 결심

22) 松本與一郎, 「朝鮮文壇の人々」, 『朝鮮公論』, 朝鮮公論社, 1921.5, p.99.

하였다. 그리고 5년간 동정(童貞)을 지켰다. 나의 직업은 나로 하여금 여
자를 만나는 기회를 상당히 많이 만들어 주었다. 그렇지만 나는 지금까지
만난 한 명의 여자에게도 아직 몸을 허락하지 않았다는 것을 신문 기자
로서 자랑으로 삼는 사람이다.[23]

　이에 따르면, '신문사의 연파 기자'라는 것은 "사회 기사를 다루"고
"윤락녀"들을 상대로 정에 이끌릴 수 있는 유혹을 뿌리쳐 가면서 기사를
쓰는 기자임을 알 수 있다. 물론 이시모리는 '여자에 대한 추억의 기록'
라는 수필의 주제를 통해 '여자와의 회견(會見)'을 강조하는 바, 여기서 연
파 기자는 흔히 '3면 기사'로 분류되는 사회면 기사의 집필자로 상정되었
다고 볼 수 있다. 흥미로운 점은, 식민지 조선의 문예물들 중 신문 기자
가 주인공으로 설정된 작품이 상당 수 존재한다는 사실이다. 그 가운데
신문 기자의 등장이 현저한 탐정물에 대해 살펴보자.
　전술한 '탐정 취미회'에 의해 『조선공론』에 처음으로 탐정물이 게재된
것은 '탐정 취미회 선언'이 행해진 1928년의 6월의 일이었다. 야마자키
레이몬토(山崎黎門人)의 작품 「탐정 콩트, 심술쟁이 형사」는 불과 3쪽 분량
밖에 되지 않는 콩트이나, 그것은 카페의 인기 여급의 사기 사건을 흥미
롭게 다루고 있다. 내용 중에 신문 기자가 등장하는 장면을 인용해 보겠
다.

　　신문 기자 야마모토 소로쿠(山本莊六)는 여느 때처럼 혼마치서(本町署)
　　의 지하실에 내려 가 무디고 살벌한 공기가 넘쳐흐르는 형사의 방문을
　　열었는데 한 걸음 방 안에 발을 디딘 그는 거기에서 웅크리고 있는 참으
　　로 요염한 젊은 여자의 모습을 보고 '앗' 하고 놀라[24]

23) 石森胡蝶(石森久彌), 「女思出の記」, 『朝鮮公論』, 朝鮮公論社, 1918.7, pp.83-84.

기자 야마모토를 후원하는 카페의 인기녀 '루리코(瑠璃子)'가 팁을 노리고 소매치기를 하여 손님의 지갑을 뺀 일이 심술궂은 형사에게 발각된 후, 경찰서에서 그녀가 취조를 받고 있는 장면이다. 여기서 신문 기자는 범죄 수사를 받기 위해 대기 중인 루리코와 우연히 마주치게 되어 쇼크를 받은 것인데, 그 장소가 "여느 때처럼" 아무렇지도 않게 방문한 경찰서 지하실이었기에 그의 충격은 더욱 크게 전달된다. 그런데, 이를 통해 사회 기사를 다루는 연파 기자인 야마모토가 평소 빈번하게 경찰서를 드나들었을 뿐 아니라 그곳의 형사들과도 친분을 맺고 있었음을 알 수 있다. 경찰과 신문 기자의 이러한 관계는 레이몬토의 「연꽃 저수지 살인사건(蓮池殺人事件)」 속에서도 흡사하게 제시된다.

> 그리고 좀처럼 가라앉지 않는 마음의 소동을 안은 채 그는 경찰에 들러 보았다. 숙직 중인 S경부보는 그의 얼굴을 보자 바로 이렇게 말하였다. 아 K씨 오늘은 무척이나 안색이 나쁘지 않습니까? 무슨 일이라도 있었습니까? (중략) 어떻습니까 K씨, 당신도 이제 어지간히 장가 갈 때가 되지 않았습니까? 원하신다면 제가 괜찮은 아가씨라도 소개할까요?[25]。

그가 짝사랑하던 여성이 사체가 되어 연못에 떠올라 있는 악몽에서 깬 K는, 불길한 생각을 품고 "경찰에 들른"다. 거기에는 친근한 S경부보가 있으며, 그에게 혼담(緣談) 이야기 등을 권하려 한다. 이 작품에는 신문사라는 단어가 직접 등장하지 않는다. 그러나 K가 회사(社)에 근무 중이고, 그는 이따금씩 경찰(서)에 들르며, 경부보와도 개인적 교류 관계를 맺고 있었던 바, 그의 직업은 신문 기자가 아닐까 하는 추측을 불러일으키기에

---

24) 山崎黎門人, 「探偵コント意地わる刑事」, 『朝鮮公論』, 朝鮮公論社, 1928.6, p.98.
25) 山崎黎門人, 「蓮池殺人事件」, 『朝鮮公論』, 朝鮮公論社, 1928.1, p.96.

충분하다. 또 한 편의 레이몬토의 작품 「탐정 실화, 그를 해치우다(探偵實話: 彼をやつつける)」에서는 최면술을 사용하여 유부녀나 그 딸을 탐하는 악덕 사장을 고발하는데, 이 역시 사건을 매듭짓는 서술의 방식은 「봄의 괴담, 경성의 새벽 2시」의 경우와 동일하게 기사의 서술법과 닮아 있다.26)

　　지금, 그에 관한 강간 피의 사건의 기록 일체는 서울시의 지방법원에 회부되어 있다. 소문으로 의하면 그를 취조한 사법 경찰관의 의견서는 지극히도 신랄함을 이루는 것이라고 한다. <u>과연 어떠한 판정이 내려질지 우리들은 이 하나의 사회악을 매장하는 염원에 불타 있는 것이다.</u> 독자와 함께 괄목(刮目)하여 그 결과를 기대하자.27)。

　독자의 흥미를 자아내는 변태적 인물의 비열한 행위를 이야깃거리로 삼은 전반부와는 대조적으로, 최후의 사건 정리에 있어서는 "하나의 사회악을 매장하는 염원"이라는 사설 풍의 논조를 채택하고 있다. 여기서도 '나'의 직업은 명기되어 있지 않다. 그러나 도입부의 서문에 "그의 죄악사의 일단을 폭로하는 것에 있어 <그를 해치운다>는 효과는 상당한 것이라고 거리의 탐정인 나는 자부하는 것입니다"라고 쓰여 있어, "폭로"라는 단어와 "거리의 탐정"이라는 단어의 이미지에는 연파 기자로서의 신문 기자의 모습이 겹쳐지게 된다. 모리지로(森二郎)는 「카페 여주인과 권총 사건(カフェ女將と拳銃事件)」28)에서 신문 기자인 '나'가 카페 여주인의 치정 사태에 말려들어 어려움을 겪는다는 에피소드를 담고 있다. 아울러 필자는 「어느 여급과 신문 기자(或女給と新聞記者)」 속에서 당시의 신문 기

---

26) 아울러 이는, 작품이 실화를 토대로 한다는 사실과 그 전반적인 내용과도 연관성을 지닌다.

27) 山崎黎門人, 「探偵實話: 彼をやつつける」, 『朝鮮公論』, 朝鮮公論社, 1933.11, p.83.

28) 森二郎, 「實話:カフェ女將と拳銃事件」, 『朝鮮公論』, 朝鮮公論社, 1930.9, pp.94-104.

자가 경성에서 어떠한 사회적 위치에 있었는지에 대해 기록하고 있다.

* 청년은 W로 불리는 카페가 관할 내에 있는 H경찰서를 드나드는 지역(土地) 일간 신문의 탐방 기자였다. (중략) 경찰이나 신문 기자에 대해 특별한 호의를 나타내지 않으면 안 되는 관습(習慣)이 있는 이 지역에서는, 카페 B뿐만 아니라 어느 카페에서라도 이러한 류의 사람들에 대해 특수한 대우를 아끼지 않았다.
* W는 자주 자신의 직권(職權)이 선악(善惡) 어느 편에서라도, 다대한 힘을 갖고 있다고 하는 것을, 득의양양하게 여급들에게 퍼뜨렸다.
* W가 M마을의 카페 M의 어떤 여급에게 결혼을 청한 뒤 호되게 거절당한 것을 분하게 여겨, 그 여급의 과거 비밀을 신문에 폭로한다며 떠들고 다니고……

위의 글들에 따르면, 신문 기자는 단지 "경찰서를 드나드는" 데 그치지 않고 개인이 비밀에 대한 폭로를 자유롭게 할 만큼 그 직권에 영향력을 보유한 직업인이었음을 알 수 있다. 전술한 '폭로'라는 말도, 사적인 정보를 비밀리에 수집하고 그것을 자유자재로 지면에 보도하는 신문 기자의 특권을 근거로 한 단어로 볼 수 있다. 이상의 탐정물에 대한 텍스트 분석을 종합하건대, 문단의 중견으로서의 신문 기자란 언제든지 개인 정보 수집을 행하는 동시에 "선악 어느 편"에서도 다대한 발언권을 가진 자로서, 이들은 일반인이면서도 경찰에 의한 제도적인 감시와는 다른 차원에서 경성 시민들을 감시하던 존재였다고 할 수 있다.

우치다 류죠(內田隆三)는 경찰로 변신하여 사건을 해결하는 시민의 일원으로서의 명탐정에 대해, 시민 사회에 내면화된 권력을 향한 그들의 시선을 대변하는 교묘한 대리인이라고 설명한다. 여기에, 앞서 살펴본 사례들 속에서 경성의 신문 기자들이 마치 탐정과도 같은 인물이었던 점을 더불어 생각하면, 신문 기자들은 어느 경우에는 시민의 편으로서, 어느 경우에는 (비밀)정보를 이용하는 규율의 주체로서 경찰 권력의 사각 지대에서 활동하던 이들이었다고 할 수 있다. 그렇기에, 『조선공론』의 탐정소설에 등장하는 재조선 일본인 신문 기자가 "우리들은 이 하나의 사회악을 매장하는 염원에 불타 있다"면서 시민의 정의를 대변하는 동시에 시민의 비밀을 사리사욕에 의해 폭로해 버리는 것도 가능한, "선악 어느 쪽에서도 다대한 힘"을 가진 규율 권력의 주체로 불릴 만한 경성의 감시자로 묘사되어 있는 것 역시 어찌 보면 당연한 일이었을지 모른다.

여기서 생각하지 않으면 안 되는 것은, 식민지 조선에서 창작되고 발표된 이러한 일련의 탐정물들이 본격 탐정소설의 특징인 논리성에 있어서도 혹은 변격탐정 소설의 예술성에 있어서도 탐정소설에 대한 논의가 활발히 이루어지고 있던 동시기 일본 '내지'의 탐정소설들보다 그 수준이 크게 뒤떨어져 있었다는 사실이다. 이는 '탐정 취미회'의 회원들이 전문적인 탐정 소설가가 아닌 기자나 다른 직업을 종사하던 아마추어 집필가였던 것과도 관련이 있겠지만, 예술성이나 논리성이 부족한 재조선 일본인의 이러한 탐정물이 문학 작품이라기보다는 오히려 신문의 사건 보도에 가까운 글의 성격을 띠고 있었다는 점 역시 중요한 요인이라 할 만하다.

물론, 근대 탐정소설과 신문의 범죄 보도가 밀접하게 관련되어 있었다는 점 또한 간과해선 안 될 것이다. 이에, 우치다 류조는 이 둘의 관계에 대해 다음과 같이 설명한다.

탐정소설의 등장은 신문의 범죄 보도와 밀접한 관계에 있는데, 그것은 양자가 모두 근대적인 대중의 흥미와 불안을 이해하기 쉬운 형태로 코드화함과 동시에 상품화하는 소비의 시장 위에 성립되어 있었기 때문이다.

탐정소설이나 범죄 보도에서 보이는 중요한 측면은, 어떤 종류의 오락 형식에 있어 불안을 소비하는 일이다. 그것은 불안의 해소이기도 하지만, 동시에 불안에 대한 이해하기 쉬운 코드화이기도 하다. 확실히 탐정소설의 담론은 신문의 범죄 보도와는 상이한 형식을 지니고 있다. 하지만, 다른 차원에서는 그 불안의 소비를 통해 근대 사회의 사회성이 재확인됨으로써 권력의 감시 기능이 중계된다는 측면이 있기에, 그러한 의미로 양자는 같은 담론의 지층에 속해 있었다고 말할 수 있겠다.[29]

여기서 우치다는 양자를 관통하는 것이 "오락 형식에 있어 불안"의 소비, "근대 사회의 사회성"의 재확인, "권력의 감시 기능"의 중계라고 서술하는데, 재조선 일본인 문예로서의 탐정물의 경우 그 속에는 치밀한 '논리성'이나 '예술성'은 결여되었지만, 우치다가 지적한 뒤의 세 가지 요소는 내포되어 있다. '범죄의 고발'이라는 명목으로 변태적 인물의 비열한 행위를 독자들의 흥미를 자아내는 오락적 요소로서 활용하는 동시에, 한편으로는 시민의 정의를 당연한 듯 대변하던 그들의 읽을거리는, 바로 이러한 구조를 갖추고 있었다. 즉, 대중의 흥미와 불안을 이해하기 쉽게 코드화하고 경성의 근대 사회 양상 혹은 그 이면을 폭로하여 상품화함으로써, 신문 보도적인 읽을거리로 유통시켰다는 점이 이들 작품의 특징이었던 것이다.

4. 나가며

재조선 일본인 잡지 『조선 공론』에 게재된 마쓰모토 요이치로의 「봄의

---

29) 內田隆三, 앞의 책, p.4.

괴담, 경성의 새벽 2시」는 괴담이면서도 그 전개 과정에는 '수수께끼 풀이'라는 미스터리 요소가 내포되어 있다. 탐정 역을 맡은 인물은 유령의 행적을 미행하는 두부 장수 남자와 여자의 사연을 조사하는 '나'이며, 이 야기의 결정적인 수수께끼 풀이는 그들에 의한 실천적 추리를 넘어 '조사'라고 하는 특정한 검색 방법을 통해 행해진다. 이러한 설정은 다분히 근대적임과 동시에, 1920년대 당시 대중적 오락으로 자리하던 탐정소설의 수법과도 맞닿아 있는 것이었다. 또한, 이 작품에서는 괴기 현상의 원인 조사가 도서관이나 경찰서, 방송국 등지에서의 신문 기사 검색을 통해 이루어진다. 이는 마쓰모토의 탐정 취미나 영화(계)에 대한 관심이 그 토양으로 작용하였기 때문이었음에 틀림없지만, 한편으로 에도 시대의 괴담이 근대적 엔터테인먼트로서 재구축되는 과정에서 종래의 틀을 벗고 새 시대에 어울리는 새로운 수수께끼 풀이의 수법이 도입된 결과로도 볼수 있다.

재조선 일본인의 탐정물에는 신문 기자가 많이 등장하는데, 그것은 문예 집필자의 주류가 잡지 또는 신문 기자였던 사실과 연관성을 가진다. 대개 사회 지면 기사를 담당하던 그들은, 경찰과의 활발한 왕래를 통해 사회의 이면에 존재하는 범죄 정보 등을 자유자재로 취급하고 있었다. 나아가 '거리의 탐정'이라는 말이 시사하는 바처럼, 그들은 경찰에서조차 헤아리기 힘든 어두운 인간 사회에 대한 탐정과 비밀 조사라고 하는 언론인의 특권을 발휘하기도 하였다.

재조선 일본인의 문예 활동은 전문적인 작가가 부재하였다는 식민지의 특수한 문화 사정 안에서 발전한 것으로 알려져 있다. 그러나 '자신들에 의해 무엇인가 재미있는 읽을거리'를 만들고자 했던 그들의 대중적인 취향은, 오히려 식민지 조선이라는 정치적인 공간에서도 기성 개념이나 장르 의식에 얽매이지 않은 채 비교적 자유로운 발상에서 창작을 시도하고 그 결과물을 대중 미디어를 통해 적극적으로 발신하게끔 하는 원천이 되었다는 점 또한 간과되어서는 안 될 것이다.

번역 : 함충범

‖ 인즈시(尹芷汐) ‖

명탐정의 '죽음'과 그 이후
— 일본 사회파 추리소설과 중국의 법제문학(法制文學) —

1. 들어가며
—1980년대 중국과 일본 사회파 추리소설 간의 조우(遭遇)

마쓰모토 세이초(松本淸張)의 작품을 비롯한 일본 사회파 추리소설[1]은, 1980년대 중국에서 번역되어 사회파 추리소설 붐을 일으켰다. 이러한 현상에 대해서는 왕청(王成)이 여러 논문에서 다루면서, 중국 사회파 추리소설 및 영상화한 작품의 수용사를 정리한 바 있다.[2] 왕청의 연구 성과를

---

1) 논픽션 「일본의 검은 안개(日本の黒い霧)」도 있으니, 엄밀하게 말하면 전부 '추리소설'이라 할 수 없다. 그러나 당시 중국에서 번역된 마쓰모토 세이초, 모리무라 세이치(森村誠一) 등의 작품 대부분이 소설이었으므로, 본고에서는 '사회파 추리소설'을 사용하기로 한다.

2) 왕청이 대표를 맡고 있는 연구 그룹 「일본의 탐정소설·추리소설과 중국—중국에 있어서 수용과 그 의미(日本の探偵小説·推理小説と中國—その中國による受容と意味)」(2003년도 규슈(九州)시 마쓰모토 세이초기념관 마쓰모토 세이초 연구장려사업)에서 마쓰모토 세이초를 중심으로 중국에 있어서 일본 추리소설의 수용에 대한 연구를 진행한 바 있다. 여기서 얻은 성과는 마쓰모토세이초기념관이 책자로 출판한 보고서 「일본의 탐정

빌려 설명하자면, 탐정소설 등 '자본주의적 오락'은 1957년 중국에서 발생한 '반우파(反右派)' 운동이나, 1966년부터 1976년까지 일어난 사회주의 정치운동인 '문화대혁명(文化大革命)'이 한창인 가운데 일체 경원시되었다. 그러던 것이 1978년 '개혁개방(改革開放)' 정책으로 점차 자본주의 세계의 문화가 수용되어 오락에 굶주려 있던 문화시장에 일본의 대중문학이나 영화작품이 대량으로 유입되었는데, 그중에서도 마쓰모토 세이초의 작품은 많은 독자가 애독했다. 이유로는 1972년 중일국교정상화에 따라 고조된 '중일우호' 분위기와 사회문화에 대한 상호 관심, 그리고 1980년대 경제가 회복되기 시작한 중국에서 문학에 '고도성장기'의 사회문제 반성에 대한 요청이 기대된 것, 마쓰모토 세이초의 영화화 작품 「모래 그릇(砂の器)」에서 표상된 '부자(父子)의 혈연', '숙명'3) 등의 테마성이 문화대혁명을 경험한 세대의 기억과 겹쳐진 것 등을 들고 있다. 수많은 문학 연구자들은 중국와 마쓰모토 세이초 및 일본 사회파 추리소설과의 관련을 둘러

소설·추리소설과 중국 : 중국에 있어서 수용과 그 의미 공동연구(日本の探偵小說・推理小說と中國 : その中國における受容と意味共同研究)」에 게재했다. 장려사업과는 별도로 왕청 「고도성장기 중국에 있어서 마쓰모토 세이초 수용(高度成長期の中國における松本清張の受容)」(『高度成長期クロニクル』東京 : 玉川大學出版部(2007.10), pp.27-45)이나 린타오(林濤)「≪추포≫ 여70년대말중국적접수시역(≪追捕≫与70年代末中國的接受視閾)」(『日語學習与研究』第149号(2010.8), pp.29-35) 등을 참조할 수 있다.

또한 2010년 왕청을 포함하여 후지이 쇼조(藤井省三)를 중심으로 한 그룹은 국제공동연구 「동아시아에 있어서 마쓰모토 세이초 작품 수용(東アジアにおける松本清張作品の受容)」(2010년도 규슈(九州)시 마쓰모토 세이초기념관 마쓰모토 세이초 연구장려사업)에서 한발 더 나아가 일본 추리소설 수용문제를 아시아 전체로 넓혔다. 연구 성과는 특집 「국제공동연구 동아시아에 있어서 마쓰모토 세이초 작품 수용(國際共同硏究 東アジアにおける松本清張作品の受容)」(『松本清張硏究』第14号(2013.3), pp.111-223)으로 정리하여 게재했다.

3) 문화대혁명이 한창인 가운데 중국에서는 '출신계층'으로 운명이 결정되거나, 자신을 지키기 위해 사람들이 부친조차 배신하는 경우가 적지 않았다. 작품 「모래 그릇」은 이러한 역사적 기억을 환기시키며 독자와 관객에게 '숙명'에 대해 깊이 있게 생각하도록 만들었다.

싼 문제제기와 기본적 자료정리를 수행한 왕청의 연구로 1980년대 중일 대중문학, 대중화 사회의 교섭 문제의 중요성을 깨닫게 되었다. 그러나 사회파 추리소설의 문학 양상과 1980년대 중국의 신문과 잡지미디어의 상관성이나 대중독자와의 내적 관련성에 대해서는 아직 충분한 검토가 이루어졌다고 할 수 없다.

순쥔위에(孫軍悅) 또한 1980년대 중국에 있어서 일본 추리소설의 수용 문제와 관련하여 중국의 문학자가 어떤 방식으로 「점과 선(点と線)」의 사건추리를 분석하면서 '추리'라는 개념을 독자적으로 해석했으며, 중국에서 '법 논리학'을 낳고, '법제문학'이라는 장르를 탄생시켰는지에 대해 고찰했다.4) 순쥔위에의 연구는 '법제문학'이라는 이제껏 간과해왔던 문학 장르와 사회파 추리소설과의 관련성을 발견함과 동시에 중일 간 대중문학의 비교연구에 새로운 시점(視點)을 제공했다. 그러나 '법제문학'이 과연 어떤 문학 양식인지에 대해서는 보충설명이 필요하다.

19세기말 에드거 앨런 포와 코넌 도일의 작품 등 서양의 고전적 탐정소설이 중국, 일본 각지에서 번안·번역되어, 중일 오리지널 탐정소설의 탄생을 촉구했다. 일본에서 구로이와 루이코(黑岩涙香)가 『무참(無慘)』5)을 쓰고 에도가와 란포(江戶川亂步)가 수많은 탐정소설을 집필한 시기와 중국에서 '셜록 홈즈' 시리즈가 번역되고,6) 청샤오칭(程小靑)이 『휘상탐안집(霍

4) 孫軍悅 「論理·推理·法－1980年代中國大陸における「推理小説」という槪念の＜翻譯＞について」(『JunCture 超域的日本文化硏究』第3号(2012.3), pp.182-194)
5) 초출은 『소설총(小說叢)』第1号(1889.9)에 개재되었다.
6) 최초 번역은 1896년 상하이(上海) 『시무보(時務報)』에 게재되었다. 지앙쿤더(張坤德)에 의한 「헐락극·가이오사필기(歇洛克·呵爾唔斯筆記)」로 판단된다. 1899년 이후 복주소은서옥(福州素隱書屋)이 『화성빠오탐안(華生包探案)』을 출판했다. 이후 린친난(林琴南), 빠오티앤샤오(包天笑), 쩌우쇼우쥐앤(周瘦鵑) 등 근대 번역가·작가는 잇달아 코난 도일의 작품을 번역했다.

桑探案集)』[7]을 쓴 시기는 거의 동일하다. 요컨대 근대 일본과 중국에서는 '사건을 쓰는 문학'으로서 동시에 고전적 탐정소설이 탄생했다고 해도 좋을 것이다. 그렇다면 일본에서 1960년대에 '사회파'가 나타난 것에 대해 중국에서는 1980년대에 '법제문학'이 만들어진 것, 다시 말해서 '사건을 쓰는 문학'이 태평양전쟁 전후 일본과 중국에서 전혀 다른 양상으로 전개된 것은 어째서일까? 이러한 물음에 대답하기 위해 본고는 '수용'과 '비교' 양쪽의 시점으로 접근하여 시대의 문맥과 미디어 형태를 고찰한 것을 바탕으로 사회파 추리소설과 법제문학 각각의 대중화 사회와의 관계성을 추적하고자 한다.

2. 명탐정의 '죽음'
    – 사회파 추리소설의 주인공이 된 '형사'와 '기자'

본론 마지막 자료1에서 중국에서 번역·출판된 일본 사회파 추리소설 작품 일부를 정리했다. 열거하고 보니, 그중 '명탐정'이 등장한 작품은 하나도 없었다. 실제로 일본의 사회파 추리소설은 명탐정이 빼놓을 수 없는 중요한 요소인 고전적 탐정소설과 달리 명탐정이 부재함으로써 비로소 성립하는 문학인 것이다.

---

7) 1912년에 상하이에서 발행된 잡지 『쾌활림(快活林)』이 주최한 현상투고에 청샤오칭이 소설 「정광인영(灯光人影)」을 투고했는데, 그중 탐정 '휘상(霍桑)'이 처음으로 등장한다. 이후 청샤오칭은 많은 잡지에 '휘상탐안(霍桑探案)' 시리즈를 썼으며, 스스로 월간 『탐정세계(探偵世界)』도 창간했다. 1940년대에 세계서국(世界書局)에서만 『휘상탐안집전집 수진총간(霍桑探案集全集袖珍叢刊)』을 약 30종류 출판했다. '휘상탐안' 시리즈에는 홈즈와 와슨에 상당하는 인물 '휘상'과 '빠오랑(包朗)'이 단짝으로 등장한다.

일본 최초로 오리지널 탐정소설을 쓴 구로이와 루이코는 일찍이 작품
「무참」에서 오토모(大鞆)라는 탐정을 만들어냈다. 본격(本格) 추리소설의
원조 격인 에도가와 란포 역시 명탐정 아케치 고고로(明智小五郎)가 등장
하는 시리즈를 썼으며, 이후 요코미조 세이시(橫溝正史)의 작품에서도 전후
판 아케치 고고로라 할 수 있는 긴다이치 고스케(金田一耕助)가 대활약을
했다. 이들 '명탐정'이 등장하는 작품은 예외 없이 서양 탐정소설의 기본
적 패턴, 이른바 '무능한 형사·순사'와 '천재적 탐정'의 대조를 보여주
는데, 그런 인물 간의 갭 또한 독자를 즐겁게 하는 요소 가운데 하나다.
순사는 경험과 감(感)만으로 안이하게 죄 없는 인물을 범인으로 지목하고
사건수사를 그릇된 방향으로 끌고 간다. 이에 반해 명탐정은 초인적 전문
지식과 예리한 과학적 분석을 통해 진상을 꿰뚫어본다. 그러한 작품구성
은 근대 이성주의를 전제로 하는 양식미(樣式美)이기도 하다.

그러나 마쓰모토 세이초의 단행본 『점과 선』과 『눈의 벽(眼の壁)』(양쪽
모두 광문사(光文社) 출판)이 1958년에 베스트셀러가 되어 사회파 추리소설
붐을 일으킨 이래로 명탐정이 등장하지 않는 작품이 추리소설의 주류가
되었다. 1950년대 후반부터 60년대까지 마쓰모토 세이초의 작품을 보면,
사건을 해명하는 인물은 아래와 같다.

「점과 선(点と線)」(1957) : 후쿠오카현(福岡縣) 형사 도리카이(鳥飼), 경
　　시청(警視廳) 미하라(三原)
「눈의 벽(眼の壁)」(1957) : 회사원 오기자키(荻崎)(피해자의 부하), 신문
　　기자 다무라(田村)
「푸른 묘점(蒼い描点)」(1958) : 잡지편집자 시이바 노리코(椎原典子)
「소설 데이긴사건(小說帝銀事件)」(1959) : 신문논설위원(마쓰모토 세이
　　초 본인의 시점으로 추리)

「제로 초점(ゼロの焦点)」(1958) : 주부 우하라 데이코(鵜原禎子)(피해자
　의 부인)
「검은 수해(黒い樹海)」(1958) : 직장여성 이후 신문기자 가사하라 노부
　코(笠原信子), 신문기자 요시이(吉井)
「비뚤어진 복사(歪んだ複寫)」(1961) : 신문기자 다하라(田原)
「모래 그릇(砂の器)」(1960) : 경시청 이마니시(今西), 시나가와(品川) 경
　찰서 요시무라(吉村)
「구형의 황야(球形の荒野)」(1960) : 신문기자 소에다(添田)(사건 당사자
　의 연인)
「시간의 습속(時間の習俗)」(1961) : 후쿠오카현 형사 도리카이, 경시청
　미하라가 다시 등장

(괄호 안은 초출 발표 연도)

　다른 사회파 작가의 작품을 보아도, 예를 들어 미즈카미 쓰토무(水上勉)
의 「기아해협(飢餓海峽)」(부록 참조)의 경우, 사건의 추리는 유미사카(弓坂)
형사(「점과 선」의 도리카이와 닮음)가 맡고 있으며, 아리마 요리치카(有馬賴義)
의 「4만명의 목격자(四万人の目擊者)」[8]의 경우는 우연히 목격한 다카야마
(高山) 검사와 협력자 후에키(笛木) 형사가 진상을 밝히고 있다. 즉, 형사·
저널리스트(주로 신문기자)·일반시민이 탐정을 대신하여 사건추리의 주역
을 맡도록 설정되어 있는 것이다.
　이러한 인물설정의 변화에 고전적 탐정소설과 사회파 추리소설의 가장
큰 차이가 드러난다. 다시 말해서 시점의 전환이다. 고전적 탐정소설은
탐정이 사건의 추리 시점을 소유하고, 사건의 해명을 이끌어 나아감으로
써 이야기가 전개된다. 우치다 류조(內田隆三)에 의하면 탐정은 근대 감시
체제 하에서 경찰처럼 '감시하는 시선'으로, 경찰보다 더 시민 측에 서있

---

8) 『週刊讀賣』第17卷1-4号(1958.1). 단행본은 1958년 강담사(講談社)에 의해 출판되었다.

는 까닭에 '정의'로 간주되기 쉽다.[9] 덧붙여 말하자면, 그런 '감시하는 시선'의 행사는 탐정의 독점적 행위다. 탐정의 내면이 불가시(不可視)적인 탓에 독자는 결코 사건해결 과정, 이른바 탐정의 개인플레이에 참여할 수 없다. 사건의 진상에 다다르는 힌트는 작품 여기저기에 숨어있지만, 대부분의 독자는 진짜 범인을 간파할 수 없다. 작품 마지막에 이르러서야 명탐정에 의해 힌트가 정리되면서 진상이 밝혀진다. 반대로 도중에 독자에게 간파당하면, 탐정소설의 재미는 없어지고 실패작이 될 터이다. 즉 진상으로 이어지는 사건의 추리를 마지막까지 통제하는 것은 오직 한 사람의 탐정뿐인 것이다.

더욱이 작품의 공간표상이라는 측면에서 보자면, 초기 탐정소설, 예를 들어 에도가와 란포의 작품 속 살인사건은 대부분 '사(私)'적 사건으로, 사건에 대한 관심은 공(公)적 사회 공간에 대한 감시보다는 타인의 '사'적 영역을 엿보고자 하는 욕망과 엽기적 심리에 따른 것이다. 그러한 탓에 사건 장소는 상류계층의 커다란 저택 안에 설정된 경우가 매우 많다. 태평양전쟁 전후 요코미조 세이시는 촌락공동체 같은 보다 큰 무대에서 사건을 쓰고, 전후 일본 공동체 공간에서 발생한 다양한 병적 인간관계를 전쟁의 기억과 관련시키면서 표현했다. 그러나 그것 역시 도시로부터 단절된 오쿠무라(奧村)라는 밀폐 공간에서밖에 성립하지 않는 미스터리다.

사회파 추리소설은 사건추리의 시점과 공간표상 양방향에서 고전적 탐정소설을 갱신했다. 사건은 닫힌 공간이 아닌 현대 도시의 다양한 장소에서 일어났으며, 스토리 또한 철도를 비롯한 교통 네트워크를 따라 이동하면서 전개된다. 사건은 '타인의 사생활'보다 '사회적 사건'으로 파악되었

---

9) 內田隆三『探偵小說の社會學』東京 : 岩波書店(2011.11), p.37.

으며, 사건수사의 시점이 명탐정에서 형사·기자·시민으로 전환됨에 따라 독자 또한 사건해결의 과정을 작중인물과 공유할 수 있게 되었다. 사건을 해명하기 위한 도구가 명탐정이 갖고 있던 광적 해부학 지식이 아닌 철도노선도와 시각표, 시민의 증언, 신문보도 등의 '상식으로서의 지식'이 된 것 역시 놓쳐서는 안 될 것이다. 본격추리소설의 무능한 형사와는 완전히 달리 사회파 형사는 늘 2인1조로 행동하고 견실한 탐문조사와 끈기 있는 자료검증, 동료와의 원활한 협력관계 유지 이외에도 시각표나 수사 자료를 통해 미세한 차이를 발견하여 알리바이를 깨는 혹은 범인을 특정할 수 있는 증거를 얻는다. 뛰어난 과학적 지식이 없는 형사는 사전을 쓰듯 법의(法醫), 학자 등의 '전문가들'에게 도움을 요청한다. 예를 들면 「모래 그릇」에 나오는 이마니시가 방언 학자를 방문하여 범인을 특정할 힌트 '가메다'의 독해를 시도한 결과, 사건의 열쇠인 '이즈모(出雲)지방 가메다케(龜嵩)'를 밝혀낸 것은 전형적인 사례 중 하나다. 천재가 아닌 형사는 타자와의 접촉이 아니고서는 사건을 추리할 수 없지만, 그러한 접촉 과정 및 사고루트는 실시간으로 독자에게 공개되어 독자가 사건을 보다 근거리에서 관찰할 수 있도록 만들었다.

사건수사에 있어서 형사와 기자의 활약은 동시대 추리소설에 한정된 것이 아니라, 1956년부터 1964년까지 공개되어 큰 인기를 얻은 도에이(東映)가 만든 영화 시리즈 「경시청이야기(警視廳物語)」10), 1958년 4월부터 1966년 3월까지 NHK에서 방송되어 호평을 받은 TV프로그램 「사건기자(事件記者)」11) 및 닛카츠(日活)의 「사건기자 시리즈(事件記者シリーズ)」12)의

---

10) 1956년부터 1964년에 공개된 영화 시리즈. 감독은 오자와 시게히로(小澤茂弘), 세키가와 히데오(關川秀雄), 무라야마 신지(村山新治) 등으로 각본은 주로 하세가와 기미유키(長谷川公之)가 집필했다.
11) NHK가 제작하고 1958년부터 1966년에 걸쳐서 방영된 TV드라마. 경시청 출입 신문

모티브가 되기도 했다.

　이처럼 사건표상 주역의 변천은 일본의 사건수사 실태의 변용을 동반
했다. 일본의 경찰이 직접 형사사건의 수사를 담당하게 된 것 또한 이러
한 시기로,13) 거의 동시에 경시청에 신문사나 잡지사의 기자가 항상 주
재(駐在)하며, 사건이 발생하는 옆에서 형사(사복으로 형사사건을 수사하는 경
찰관, 문학작품과 영화에 주로 등장하는 사람)의 사건수사를 보도하게 되었으며,
'수사1과', '수사2과'라는 명사 또한 신문에서 종종 눈에 띄게 되었다. 이
상의 흐름을 정리하자면, 경찰기관이 정비되어 사건수사가 매뉴얼화됨과
동시에 매스컴이 사건수사를 리얼타임으로 보도함으로써 독자는 경찰의
사건수사에 대한 지식과 리얼리티를 갖게 되었으며, 그러한 가운데 사회
파 미스터리 작품이 집필되어 인기를 얻었다고 할 수 있다. 이렇게 놓고
보면, 사건을 읽어내려는 독자의 욕망은 단순히 문학, 즉 허구의 세계에
대한 흥미에서 생긴 것뿐만 아니라, 자신이 속한 사회에서 일어나는 사건
에 대한 지적 호기심 및 감시할 권리에 대한 자각에서 비롯된 것이기도
하다. 나아가 독자 상호간에도 직장이나 가정 등의 커뮤니티에서 읽은 것

　　기자들의 취재경쟁을 그리면서 다양한 사건을 보여주는 것이 특색이다. 각본은 시마
　　다 가즈오(島田一男).
12) 닛카츠(日活)와 도호(東宝)에서 NHK TV드라마 「사건기자(事件記者)」를 영화로 만든
　　것이다. 닛카츠는 1959년부터 1962년에 걸쳐서 총 10편을 제작했으며, 감독은 야마자
　　키 도쿠지로(山崎德次郞). 도호는 1966년에 2편을 제작했으며, 감독은 이노우에 가즈
　　오(井上和男).
13) 태평양전쟁 이전 일본의 경찰은 검찰관을 보좌하는 기능밖에 없었다. 그러던 것이
　　1948년 구(舊)경찰법이 시행되면서 비로소 형사사건을 수사하는 것이 경찰관의 직무
　　가 되었다. 당시 경찰은 '국가지방경찰'과 '지방자치단체경찰'로 나뉘어져 있었다.
　　1954년 신(新)경찰법으로 겨우 국가 공안위원회(公安委員會) 관리 하에 경찰청이 설립
　　되면서 도도부현(都道府縣) 공안위원회의 관리 하에 놓인 것이 현재까지 이어지면서
　　일본의 통일된 경찰기관이 되었다. 추리소설에서 가장 자주 등장하는 '경시청'은 '경
　　찰청'이 아닌 도쿄도(東京都)를 관할하는 '도경(都警)'이다. 경찰청은 수사권한이 없기
　　때문에 실질적으로 경시청은 일본 전국의 도도부현 경찰의 리더로 간주된다.

을 소재로 서로 논의를 전개하면,[14] 거기서 일종의 시민사회의 문화적 공공(公共)의 권리를 행사할 수 있게 된 것이다.

3. 법제문학과 신문·잡지에 연재된 사회파 미스터리

그렇다면 1980년대 '법제문학'은 사회파 추리소설과 어떤 관계에 놓여 있었으며, 다른 점은 무엇인가. 자료1에 제시한 바와 같이 사회파 추리소설의 번역출판은 다수의 출판사에 의해 분산적으로 행해졌는데, 이들 번역은 중국 오리지널 추리소설의 창작을 촉진할 정도의 영향력까지는 발휘하지 못했다. 중국 오리지널 '추리소설'이라 할 만한 문학의 가능성을 시도한 주체는 중국공안(中國公安)[15] 관계에 있는 신문사, 출판사다. 거기서 '법제문학'이 탄생했다. 개요는 아래와 같이 정리할 수 있다.

중국 공안부에 속한 경찰과 법률관계의 서적을 전문으로 하는 군중(群衆)출판사는, 1949년 신중국 성립 이후 사회주의사상의 선전서적이나 스파이소설 등을 수많이 출판했는데, 1978년에 문화시장을 개방함에 따라 각국의 미스터리를 비롯하여 다종다양한 대중문학 작품도 출판하게 되었다. 그중에는 마쓰모토 세이초의「점과 선」이나 일본추리소설집『밤의

---

14) 尹芷汐「『週刊朝日』と清張ミステリー : 小說「失踪」の語りから考える」『日本近代文學』 88(2013.5), pp.111-128. 본 논문에서는 주간지 등에서 사회적 사건을 읽고 그것을 직장에서 서로 화제로 삼는 것은 당시 독자에게 있어서 커뮤니케이션의 하나라고 논하고 있다.

15) 현대 중국어에서 '공안(公安)'은 비밀경찰이 아닌 일본에서 말하는 '경찰'에 해당한다. 신중국에서 경찰을 담당하는 관청은 '중화인민공화국국무원공안부(中華人民共和國國務院公安部)'로 그 아래에 각각 성(省), 시(市), 현(縣) 등 공안청(公安廳)과 공안국(公安局)이 있는데, 이중 공안국은 일본의 도도부현 경찰에 상당한다.

목소리(夜の聲)』도 들어있다.(자료1)

　　군중출판사는 단행본뿐만 아니라, 잡지『딱따구리(啄木鳥)』도 1980년에
창간했다. 창간 인사말에서 경찰을 '착실한 노력을 거듭한 끝에 해충을
일소(一掃)하고, 숲을 지키는 딱따구리'라고 비유하고는, '경찰 일을 제재
로 삼은 작품을 게재하고, 경찰의 생활과 일을 반영하는 종합적 문예잡
지'라고 설명하고 있다.[16] 오직 1권의 창간호가 발행된 이후 일단 정지된
잡지가 간신히 2개월에 1회 발행으로 복간된 때는 1984년 1월의 일이다.
이 잡지는 경찰 관계자나 류신우(劉心武), 왕멍(王蒙) 등 직업작가 및 아
마추어작가뿐만 아니라, 일반 독자에게도 원고를 모집했다. 게재 작품은
보고문학(報告文學)[17](르포르타주), 소설, 시, 각본, 평론, 수필 등으로 분
류하고 있는데, 보고문학과 소설이 가장 크게 지면을 장식하고 있다. 때
때로 일본의 추리소설이나 르포르타주의 번역이 게재되기도 했다.(자료1)

　　군중출판사와는 별개로 1980년 8월 1일에『중국법제보(中國法制報)』(『중
국법제신문(中國法制新聞)』)가 중앙사법부의 지도하에 '중국사회주의민주와 법
제건설'을 주창하며 창간되었으며, 동시에 중국법제보사(중국법제신문사)도
발족했다. 처음에는 B4사이즈 4면으로 매주 금요일에 1회 발행이었던 신
문은, 1983년에 A3사이즈 4면으로 바뀌었으며, 1984년 1월 2일부터는
매주 월·수·금요일 3회 발행으로까지 그 규모를 확대해 나아갔다. 4면
기사는 각각 ①국가의 법제도에 관한 방침을 둘러싼 보도, 정치적으로 큰
사건, ②사회적 사건의 보도와 논설, ③법률지식의 보급, 세계의 법률, 사

---

16)　于浩成「話說啄木鳥 －記本刊的緣起和旨趣」『啄木鳥』(1980第1期), pp.432-436. 이 문장
　　은 잡지 창간 및 취지에 대해 설명한 것으로 창간 인사말에 해당한다.
17)　『딱따구리』1984년 제1기「고독자(告讀者)」란에 독자에게 작품을 모집한다는 취지의
　　글이 나간다. 이 글에서는 '보고문학 작품은 반드시 진실한 것이어야 한다. 만약 허구
　　일 경우, 설명을 덧붙일 것'이라고 설명하고 있다. 그러나 실제로 게재된 보고문학 작
　　품을 보면, 허구적 표현이 상당히 많다고 판단된다.

건을 소개하는 단문(短文), ④문학작품이나 평론으로 구성되어 있다. ④의
문학 면은 1984년 신년호부터 연재소설이 마련되었는데, 게재된 소설은
중국 경찰이 사건을 수사하는 작품 이외에 얼마 안 되는 외국작품으로
마쓰모토 세이초의 「부재중인 집에서 일어난 사건(留守宅の事件)」과 와쿠
슌조(和久峻三)의 「가면법정(仮面法廷)」이 들어있다.(서지는 자료1 참조)

순쥔위에 의하면, 1980년 전후 중국 학자들은 외국 추리소설을 '논
리학'과 '법학'에 연관시키며 수용하는 한편으로, '자본주의사회의 타락'
이나 '부르주아사상'의 영향을 우려하는 사람도 적지 않았다. 이에 자본
주의 문화와 일선을 그은 문학양식으로서 '법제문학'을 제기했다.[18] 그는
여기서 '법제문학'에 '법률과 범죄를 반영한 문학과 예술'이라는 매우 넓
은 정의를 부여했으며, 대표적인 미디어로 1984년에 창간된 『법제문학선
간(法制文學選刊)』이 있다는 점 또한 기술했다. 내용적으로 보면, 『중국법
제보』와 『딱따구리』의 연재소설은 1980년 즈음에 이미 '법제문학'의 형
태를 갖추고 있었다. 양자 모두 법률지식을 보급하는 기사를 게재하면서,
경찰의 사건수사나 경찰·법률 관계자의 생활을 표상하는 문학작품을 다
수 받아들였기 때문이다.

그렇다면 어째서 중국 공안부와 사법부 관계의 미디어는 일본 사회파
추리소설을 도입한 것일까? 앞서 논한 '경찰이 주역이 되었다'는 사실이
원인 중 하나라고 판단된다. 1960년에 사회파가 추리소설의 주류가 되어
가던 즈음 아래와 같은 평론이 나왔다.

> 살인이 발생한다. 순찰차가 달려오고 경관의 활약이 시작된다. 이것이
> 현재 일본에서 생각할 수 있는 상식이다. 그들은 국가 권력을 총동원하여

---

18) 각주 4와 동일. p.192.

전국 방방곡곡에 망을 친다. 범인 검거는 개인플레이에 의한 것이 아니다. 팀워크라 할 만한 것도 없다. 조직의 힘으로 이루어진다. 이 강대한 조직의 일처리 방식에는 추리고 뭐고 아무것도 없다. 조금이라도 이상한 낌새가 보이면 그저 불도저처럼 밀어붙인다. '추리소설은 일종의 지적 스포츠다'라는 생각은 경찰의 이러한 모습과 매우 대립한다.[19]

이들 작품에서 활약하는 형사나 신문기자들은 물론 한 사람 한 사람 모두 장래가 촉망되는 인물들이지만, 그들의 장점은 각각 직무상 익힌 기술과 감, 그리고 성실함과 끈기 정도. 그리고 또 하나 결정적으로 중요한 것은 남과 잘 어울린다는 점이다. 확고부동한 비통한 신념이라는, 고전적 히어로에게 필요불가결한 요소로 여겨지던 심정 따위 갖지 않아도 되고, 무엇보다 초인적일 필요도 없다. 영웅이란, 요컨대 부하를 잘 부리고 선배와 능란하게 융합하면서 일을 처리하는, 조직 운영에 뛰어난 자로서 혼자서 천명을 목을 베는 자를 이르는 것은 아니다.[20]

1980년대 중국의 공안계·사법계 미디어는 이러한 경관의 '조직의 힘'을 하나의 기준으로 삼아 작품을 선택한 것이 아닐는지. 「점과 선」을 비롯한 자료1에서 제시한 군중출판사의 번역 작품 대부분은 위의 경찰 팀워크가 소재로 사용된 것이다. 『중국법제보』에 연재된 마쓰모토 세이초의 「가중무인시적사건(家中無人時的事件)」(「부재중인 집에서 일어난 사건」)도 마찬가지다. 「부재중인 집에서 일어난 사건」은 이러한 알리바이가 붕괴되는, 이른바 알리바이붕괴의 스토리를 갖고 있다. 회사원 구리야마 도시오(栗山敏夫)는 자신이 집을 비운 사이에 자신의 아내가 교살되었다며 경찰에 통보한다. 그러나 경찰이 수사하는 과정에서 구리야마 자신과 구리야마 부인의 친구 중 한 사람이 범인일 가능성이 제기된다. 구리야마가 아

19) 三浦朱門「探偵と警官と市民」『日本讀書新聞』(1960.1.18.)「推理小說月旦」欄)
20) 「「事件記者·第二話·眞晝の恐怖」より)『日本讀書新聞』(1959.3---)

내 앞으로 거액의 생명보험을 든 점이나 경찰에 통보할 때 지나치게 침착했던 점에서 구리야마가 용의선상에 오르게 되고, 형사 이시코(石子)는 시각표와 지도에 따라 구리야마의 종적을 더듬어 알리바이를 붕괴하여 그를 범인으로 특정했다.

마쓰모토 세이초 작품 전체를 놓고 보았을 때 「부재중인 집에서 일어난 사건」은 결코 걸작이라고 할 수 없다. 보험금이라는 범행동기와 시각표에 따른 알리바이붕괴는 너무나도 익숙한 패턴이며, 인물에 대한 묘사도 잘 되어 있지 않은, 그저 사건수사 과정만이 단조롭게 기술되어 있는 소설이다. 이 소설은 「손가락(指)」, 「수표면(水の肌)」, 「부재중인 집에서 일어난 사건」, 「소설 3억엔 사건(小說3億円事件)」『미국 보험회사 내 조사보고서(米國保險會社內調査報告書)』」, 「응시(凝視)」 등 5작품이 수록되어 있는 마쓰모토 세이초의 문고본 『수표면(水の肌)』(신초문고(新潮文庫),1978년 출판) 중에서 골라낸 것으로, 분명 해당 문고본에 수록된 다른 작품들은 「부재중인 집에서 일어난 사건」보다 더 알려져 있었을 터이다. 그러나 「부재중인 집에서 일어난 사건」은 사건을 수사하는 경찰의 시점에서 스토리를 전개하는 작품으로, 직접 '수사자료'의 형태로 이야기하는 대목이 많다는 점이나 형사 이시코의 주관이나 감정을 가능한 제거하고 수사의 '팀워크'에 초점을 맞춤으로써 경찰 관계자에게 직무상 참고를 제공함과 동시에 대중독자에게 '경찰, 법률, 범죄'에 관한 공통의 상식을 형성하도록 만드는 역할 또한 생각해볼 수 있어서 '법률지식보급'의 목적성에 부합한다고 할 수 있다.

『중국법제보』는 ④문학 면에 「부재중인 집에서 일어난 사건」과 같은 소설을 연재했을 뿐만 아니라, ③의 해외법제보도에서는 일본에서 발생한 사건을 소개하는 기사를 게재했다. 예를 들면 1984년 일본에서 일어

난 글리코 사장 유괴사건, 동일범에 의한 모리나가(森永)제과를 향한 협박
사건(1984년 3월 19일 이후 「아사히신문(朝日新聞)」에서 연속보도가 있었다)은
1984년 10월 31일자 『중국법제보』에 「굉동일본적사편안(轟動日本的詐騙案)」
(「일본을 놀라게 한 사기사건(日本を驚かせた詐欺事件)」)이라는 제목으로 보도되었
으며, 1985년 3월 11일부터 10회에 걸쳐 「"괴면인"기안("怪面人"奇案)」이
라는 제목으로 논픽션 작품이 연재되었다. 물론 이들 기사의 이야기도 예
외 없이 '사건수사에서 활약하는 경찰'에 초점을 맞추도록 할애되었다.

이쯤 되면 의문 하나가 떠오를 것이다. '법과 범죄를 표현하는 문학'이
라는 식으로 넓게 정의된 '법제문학'이 결과적으로 경찰을 선전하는 역할
만 수행하게 된 것은 어째서일까? 『딱따구리』와 『중국법제보』에 실린 중
국인 작가 오리지널 작품만 보아도 경찰 이외에 변호사, 법의 등의 인물
을 주인공으로 한 작품이 없지는 않지만 그 수는 매우 적었다.

1978년이 경찰·검찰·재판소가 정상적으로 가동되기 시작한 시점이
었으며, 신중국 초기의 형법도 1979년에 이르러서야 간신히 시행되었다
는 사실을 고려하면, 그 또한 무리한 현상은 아닐 것이다. 1980년대 전반
까지의 신문과 잡지, 그리고 대중독자 모두는 '경찰이 범죄자를 단속한
다.'는 것 이외에 법제도가 어떤 것인지에 대한 다양한 상상력은 갖고 있
지 않았던 것이다.

4. 법제문학이 시도한 다른 가능성
─류빈앤(劉賓雁)과 왕슈어(王朔)

그렇다 해도 법제문학에는 이야기로서 완성도 높은 작품이 많이 나타
났다. 그러한 걸작 가운데 하나로 쫑위앤(鐘源)의 『씨펑고찰(夕峰古刹)』을
들 수 있다. 이 소설은 1984년 제1호 『딱따구리』와 1985년 5월 4일부터
7월 6일까지 발간된 『중국법제보』 양지에 게재된 법제문학의 명작이다.
소설 모두 부분에서 화교(華僑)인 탕나(唐納)는 고향 시옹얼짜이(熊兒寨)에
새로운 학교를 건설하기 위해 중국 대륙을 방문하여 '씨펑사(夕峰寺)'가
있는 깊은 산중(奧山)으로 들어간다. 이와 동시에 경찰서 전화가 울리며,
경관 천팅(陳庭) 일행에게 안전을 책임지라는 미션이 주어진다. 마침 그때
씨펑사 주변에 사는 주민들은 심야에 때때로 이 지역을 습격하는 '괴풍
(怪風)' 탓에 큰 불안감에 휩싸여 있었는데, 경관 천팅이 쌍빵(相棒) 일행과
함께 씨펑사로 잠입한 것 또한 실은 이러한 괴풍의 원인을 규명하기 위
해서였다. 씨펑사 주지는 문화대혁명이 한창인 가운데 여러 차례 '팔로군
(八路軍)을 배신'하여 타도를 받던 인물 추이지오우밍(崔九銘)으로, 그는 과
거의 경험으로 인해 인간을 불신하게 된 자다. 씨펑사 주위에 사는 사람
들의 말에 따르면 괴풍은 추이지오우밍이 불러들인 '요풍(妖風)'이다. 천
팅 일행은 그런 추이지오우밍을 감시하면서 학자의 지혜를 빌려 청나라
시대의 역사 자료에서 '괴풍'이 부는 이유를 찾아가던 중 어느 날 밤 괴
풍이 일어난 이후 추이지오우밍의 정원을 임시로 관리하던 쨔오쪈지오우
(焦振久)의 시체를 발견하게 된다. 쨔오쪈지오우의 사인이 '요풍'에 있다는
소문이 퍼지자 주민의 불안은 점점 깊어간다. 이때 탕나의 조카 되는 통

지앤추안(佟澗川)(씨펑사 식당 관리인)과 쨔오쩐지오우의 아내 판렁위에(潘冷月)가 불륜 관계라는 사실이 판명되어 이들 두 사람에 의한 살인의혹이 떠오른다. 천팅은 치밀한 검증과 추적으로 괴풍이 절 탑 아래에 있는 송풍 장치에 의해 발생한 현상이며, 그 장치는 탕나의 선조인 시옹얼짜이에 살던 석장(石匠)의 손에 의해 만들어진 것이라는 사실, 나아가 통지앤추안 또한 이 장치를 이용해서 쨔오쩐지오우의 시체를 처리했다는 진상파악에 이르렀다. 송신 장치를 작동시키기 위한 '와류발생기(渦流發生器)'는 탕나가 경영하는 전기회사가 개발한 것이며, 탕나의 최종 목적은 추이지오우밍의 집 정원 아래에 파묻혀 있는 청나라 왕조시대의 보물창고를 발굴하는 것이었다.

'와류발생기'를 사용하는 트릭을 과학적으로 검증하자고 들면 문제가 되겠지만, 본 논의에서 그러한 과학적 합리성을 검증할 수 있는 것은 아니다. 단, 소설로서 본 작품의 완성도는 인정하고 싶다. 작품 도입 부분부터 등장한 탕나, 주지, 나아가 도중에 등장한 다양한 주민, 이들 인물과 '괴풍'과의 관계성은 천팅의 검증에 의해 조금씩 밝혀지며, 마지막까지 읽지 않고서는 사건의 전모는 결코 추측할 수 없도록 설정되어 있다. 사건의 추리에서 사용된 '현장검증, 탐문수사, 잠입조사, 전문가로부터의 조언' 등은 사회파 추리소설에 비견할 만한 방법이라 할 수 있다. 마쓰모토 세이초의 『모래 그릇』에 나오는 초음파 살인 장치와 마찬가지로 '와류발생기'라는 신기한 기계는 비록 과학적 근거가 결여되어 있기는 하지만, 추리소설의 트릭으로서는 신선함을 제공했다고 여겨진다. 사실 작자인 쫑위앤은 1966년 중국 칭화대학(清華大學) 동력학부(動力學部)를 졸업한 원열전(元熱電) 엔지니어였으므로, 『씨펑고찰』에 나오는 트릭을 고안할 때에도 어느 정도 전문가로서의 자신감은 있었을 것이다. 이 작품은 발표 이후 바로 큰 반향을 일으켜 1984년 1월호 『딱따구리』가 순식간에 품절되었을 뿐만 아니라, 잇달아 다른 잡지로도 옮겨 실었다고 한다.[21]

잠시 줄거리를 살펴보면, 이 작품은 사건 추리 부분에서 중국 '법제문학'의 특징이라 할 수 있는 구성, 즉 유능한 리더를 갖춘 경찰 팀이 서로 협력하여 '국가의 재산을 사사로이' 취하려는 악인의 음모를 파헤친다는 이야기다.

사회파 추리소설과 비교하여 법제문학에서는 경찰조직이 주역으로, 신문기자가 사건을 추리하는 패턴이 거의 보이지 않는 데는, '사회적 상식의 앎'을 지향하며 형성된 사회파 추리소설과 달리 법제문학은 중국의 정치적 수요에 따라 국가출판사와 신문사가 인공적으로 만들어낸 것이며, 작중인물 또한 '국가의 법률과 정의'를 상징하는 아이콘으로서의 역할을 수행해야만 했기 때문이다.

그리고 1950년대 일본에서 사건해결의 법적 수속이나 저널리즘의 보도 시스템 등이 어느 정도 형태를 정비한 것에 대하여, 1980년대 중국은 아직 법에 기초한 사회의 형태를 모색하던 단계로, 법적 수속에 대한 공통이해도 아직 성숙하지 못했고, 보도체제 역시 간신히 감을 잡아가던 상태였다는 것 또한 이유로 들 수 있다. 따라서 작품에 담긴 이야기 패턴 자체가 한정적이며, 사건 또한 제한된 공간과 인물관계 속에서만 가능성을 발견할 수 있고, 사회파 추리소설에서 볼 수 있는 저널리스틱한 공간적 확장을 가져오지 못했다.

---

21) 쭝위앤이 자신의 블로그에서 기술하고 있다. 동 소설 또한 쭝위앤의 공식 블로그에서 전문을 공개하고 있다. http://blog.sina.com.cn/s/blog_48a4d31f0102e03l.html 단, 쭝위앤이 추리소설을 애독한 것은 사실이지만, 마쓰모토 세이초의 『모래 그릇』을 읽은 유・무, 『씨펑고찰』과 『모래 그릇』 간의 관계 유・무에 대해서는 금후 고찰할 필요가 있다.

이런 시대 상황 아래서 보고문학 작가 류빈앤의 작품이 주목을 받게 된다. 류빈앤(1925~2005년)은 1951년 신문 『중국청년보(中國靑年報)』의 기자가 되어, 거기서 얻은 취재경험을 살려 「재교량공지상(在橋梁工地上)」[22], 「본보내부소식(本報內部消息)」[23] 등 사회문제를 폭로하는 보고문학 작품을 발표하여 주목을 받았다. 이로 인해 그는 1957년 '반우파' 운동과 이후 문화대혁명이 한창인 가운데 '사회주의에 반하는 자'로 간주되어 2차례나 농촌으로 추방당했으며, 1978년 문화대혁명이 끝나서야 겨우 『인민일보(人民日報)』에 배속(配屬)되어 기자로 다시 활약할 수 있게 되었다. 이후 1979년에 어느 지방의 연료배급소 독직(瀆職)사건을 폭로하는 「인요지간(人妖之間)」[24]을 발표하여 사회적으로 널리 주목을 받았다. 1984년에는 『딱따구리』에도 작품 「잔설춘풍투고성(殘雪春風鬪古城)」[25]을 발표했다. 이 작품은 동생이 문화대혁명 와중에 살해된 형의 죽음에 대한 진상을 조사하는 과정을 기록한 것으로, '시민' 스스로 억울하게 뒤집어쓴 죄(冤罪)나 독직사건을 적발하는 과정을 기록한 작품집이다. 이처럼 전국 각지를 취재하며 '기자'의 시선을 통해 시민의 목소리를 대신하여 말하는 류빈앤은 사회문제, 특히 공산당 내의 부패를 폭로하는 작품을 잇달아 완정했지만, 권력층의 압력이 점점 더해가더니 1986년에는 공산당으로부터 제적처분을 받아 1987년에 아메리카로 건너갔다. 류빈앤이 처분 받은 일로 동시대 중국에서 '기자의 시선'은 억압적이었다는 사실을 상상할 수 있다.

류빈앤과 다른 각도에서 법제문학의 가능성을 발견한 이는 왕슈어였다. 그는 주로 자신의 경험을 살리면서 문화대혁명 전후의 기억을 가진 인간

---

22) 『人民文學』(1956.4), pp.4-20.
23) 『人民文學』(1956.6), pp.9-24.
24) 『人民文學』(1979.9), pp.84-103.
25) 『啄木鳥』(1985第1期), pp.33-52.

과 아이덴티티를 둘러싼 문제를 그린 작품이 유명하다. 범죄사건을 다루는 작가의 이미지는 아니지만, 『딱따구리』에 연재된 그의 소설 「일반시화염, 일반시해수(一半是火焰, 一半是海水)」[26]는 범죄자 자신의 시선으로 강도사건을 일으킨 경위를 이야기하며, 범죄로 금전을 얻은 인생에 대한 후회를 고백하는 작품이다. 이 작품은 <범죄=불정의(不正義)>라는 단순한 도식이 아닌 주인공 내면에서 발생하는 범죄자로서의 다양한 갈등을 들여다보게 하면서, 독자로 하여금 범죄행위를 낳은 사회적, 역사적 원인이 무엇인지 생각하도록 만든다. 나아가 범죄사건의 표면에 그치지 않고 '개혁개방정책'을 수행하며, 일견 활기 있게 성장의 길을 걷기 시작한 사회 안에서 나타나는 경제유복을 향한 맹목성, 새로운 사회로 인해 생긴 소수자가 품은 공허함을 발견하고 있다.

류빈앤과 왕슈어 같은 작가는 소수였지만, 선전문구투성이가 된 보고문학이나 소설이 난무하는 가운데 '사회파'다운 작품이 출현하게 된 것 자체는 평가해야 할 것이다. 비록 '법제문학'이 경찰기관의 자기선전을 위해 창립했다 하더라도, 그러한 토양 속에서도 독자에게 사회문제에 관심을 갖고 정치체제에 대해 사고하도록 촉구하는 문학이 나타났기 때문이다.

5. 나가며―중일 '대중화 사회'와 문학과의 관계 대비

지금까지 논해온 문학표상으로 어떤 식으로 동시대 대중화 사회의 형

---

26) 『啄木鳥』(1986第2期), pp.49-88.

태를 생각해볼 수 있을까? 사회파 추리소설에 있어서 '탐정'에서 '형사'와 '기자'로의 시점전환과 독자와 사건표상의 거리 접근을 근거로 추리소설은 일종의 '시민성(citizenship)'을 갖고 있다고 이해하고 싶다. 문학표상에 있어서 '시민성'은 실제로 동시대 사회의 저널리즘의 성장에 따라 사회적 범죄사건에 대한 대중의 '감시'가 가능해졌기에 발현된 것이다. 그런 '시민성'은 1980년대 중국의 법제문학에서 어렴풋이 출현했지만, 사회파 추리소설처럼 성숙하지는 못했다. 명탐정 대신에 정의의 편에 선 자로 만들어진 '경찰'이 권위 있는 시민의 대리인이 되었기 때문이다.

그렇다 하더라도 국가 미디어가 주도하여 만든 법제문학이 널리 독자층을 얻어 하나의 장르로 성립할 수 있었던 것은 사회라는 공적 공간에서 발생한 사건과 독자의 '사적' 일과의 관계성을 의식할 수 있게 된 것을 의미할 것이다. 1980년대 중국 사회는 1950년대 후반의 일본 사회와 유사한 측면이 있다. 이는 동란의 시대가 끝나고 경제가 부흥하면서 안정되고 질서 잡힌 사회로 되돌아가려는 도중인 때를 말한다. 일본에서는 이를 '고도경제성장기'라 부르고 중국에서는 '개혁개방'이라 말한다. 동란의 시대에 독직 등 사회문제가 없었을 리 만무하지만, 경제가 안정되기 시작하고 사회가 부흥하려는 시대에 이르러 비로소 그런 문제가 주목을 받게 된 것이다. 일본의 고도성장기는 전쟁의 역사에 대한 반성이나 경제성장을 동반한 공해문제, 민주제도를 만들어가는 과정에서 발생한 독직사건 등 문제가 다발(多發)하는 시대인 동시에 그런 문제를 발견하여 비판적으로 거론하는 미디어가 성장하는 시대이기도 한 것이다. 신문, 종합잡지, 주간지 모두 '독자의 증가'에 따른 상품화가 이루어지는 가운데에도 비평성을 담보하기 위해 사회적 사건의 이면(裏面)을 끝까지 취재하여 보도했다. 기록문학이 성장한 것 또한 이러한 시대였다. 중국의 경우, 문화대혁명 중에 폐간된 수많은 신문과 잡지는 1980년 전후로 복간(復刊)되었으며, 새로운 신문잡지도 속속히 창간되었다. 신문사와 잡지사는 국유(國有)이므로 사회주의사상을 옹호한다는 전제로 보도해야만 했지만, 개혁개방 이후에는 사회의 모습을 논의할 책임에 대해 자각하게 되었다. '법적 제도'를 향한 강한 요청 배후에 이러한 시대적 조류가 있었던 것이다. 법제문학은 여론을 형성하고 시대의 분위기를 만들어가는 저널리즘과 병행으로 국가의 '법과 경찰의 선전' 수단으로 만들어진 것이면서도 한정된 표현 가운데에서도 문학의 '시민성'을 끊임없이 탐색한 것이 아닐까.

번역 : 이민희

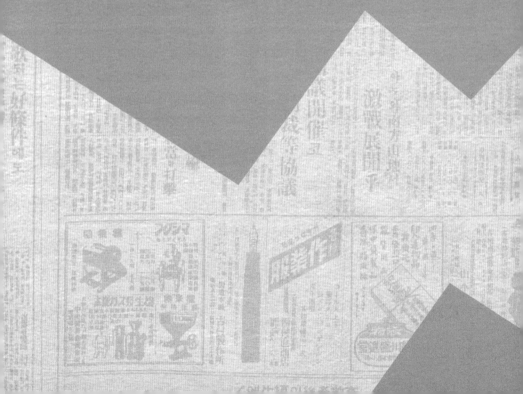

제2부

계층화 사회와
문예로 보는
동아시아의 역사

‖정 병 호‖

1920년대 조선반도에서의
재조일본인의 계급언설 형성과 문예란 속의 계급투쟁

1. 들어가며

1921년 2월 21일부터 4월 7일까지 29회에 걸쳐 「제사계급(第四階級)의 해방과 불란서혁명」이라는 기사가 조선어신문인 『동아일보』의 제1면에 게재되었다. 연재의 마지막 기사는 "현대의 운동은 국제와 국내를 막론하고 …모두 노자(勞資)의 충돌에서 발생하는 바, …그러므로 현대 운동의 이상은 무산계급이며 목적은 계급의 타파이다. 다시 말해 제사계급의 참상을 구제하고 다른 계급 일체를 제사계급화 시켜…"[1]라는 내용으로 끝나고 있다. 이 조선어신문 기사에서도 알 수 있듯이, 식민지 조선에서도 식민지라는 여러 가지 제약은 많았지만 이른바 새로운 계급운동이 논해지는 시대에 돌입하였다. 1919년 3·1 독립운동과 그 영향으로 이른바

---

[1] 「제사계급의 해방과 불란서혁명(29)」, 『東亞日報』, 1921년2월21일, p.1.

'무단정치'에서 '문화정치'가 실시되면서 1920년대에 조선사회에도 많은 단체가 조직되어, 식민지 조선에서도 이른바 이데올로기의 시대·노동쟁의 시대가 막을 올리게 되었다.

주지하는 바와 같이, 일본에서는 제1차 세계대전 이후 다이쇼데모크러시(大正デモクラシー)나 정당내각의 출현이라는 분위기 속에서 '쌀 소동, 노동쟁의, 보통선거운동'이라는 사회적인 소동과 운동이 두드러지고 이러한 사회적 움직임에 기반하여 "무산계급 혹은 제사계급"2)에 초점을 맞춘 계급의식이 현저화되었다. 이러한 사회적인 변동과 함께 1920년대는 다이쇼 노동문학이 등장한 이후 계급의식과 계급문학을 주창하는 흐름이 『씨 뿌리는 사람(種蒔く人)』(1921), 『문예전선(文芸戰線)』(1923)이라는 프롤레타리아계의 문학잡지를 통해서 본격화되었고, 예술대중화논쟁이 보여주듯이 "문학의 대중화를 운동의 과제로서 내걸"3)고 있었다. 식민지 조선의 경우 '계급문학운동'은 1925년에 "사회주의 문화단체를 표방한" '염군사(焰群社)'(1922)와 문학단체 'PASKYULA'가 1925년 8월에 통합되어 조직한 '조선프롤레타리아문예동맹', 이른바 'KAPF'의 "결성과 함께 조직적으로 실천되기 시작"4)하였다. 한편 "한국의 프로문학은 일본의 프로문학을 단순하게 이식한, 추수(追隨)적인 양상을 강하게 드러내고 있"5)었다는 것은 널리 알려져 있지만, 이러한 이유는 1920년대 일본의 프롤레타리아 문학운동이 궤도에 오르고 많은 조선인 작가가 문학작품이나 평론을 일본 프

---

2) 林淑美, 「文學と社會運動」(『岩波講座 日本文學史』, 岩波書店, 1996), p.102.

3) 栗原幸夫, 『プロレタリア文學とその時代』(インパクト出版, 2004), p.243.

4) 권영민, 『한국현대문학사』(민음사, 2002), p.308. KAPF는 "준기관지적인 성격을 가진 잡지인 『문예운동(文芸運動)』의 창간(1926.2)과 함께 계급문학운동의 조직적인 실천을 가시화하기 시작"하였고 "도쿄 지부는 기관지 『예술운동(芸術運動)』을 창간(1927.11.17.)하여 계급문학운동의 대중적인 확대를 실천하는 기반을 마련"(p.314)하였다.

5) 임규찬, 『일본 프로문학과 한국문학』(연구사, 1987), p.305.

롤레타리아계의 문학잡지에 게재[6]한 것으로도 알 수 있다.

그렇다고 한다면, 식민지 조선에 거주하고 있던 종주국의 식민자인 재조일본인은 1920년대의 계급대립과 프롤레타리아 사상의 등장이라는 거대한 시대적인 조류에 어떠한 입장을 취하고 있었을까. 또한 그들은 당시 '내지' 일본의 프롤레타리아 문학과 문화적 접촉지대를 가지고 있었을까. 본론에서 자세하게 논하겠지만, 1920년대 조선반도의 일본어 미디어에는 이러한 '계급'대립을 둘러싼 여러 기사가 다수 게재되어 있었고, 경우에 따라서는 "프롤레타리아적인 기분"에서 자본가/노동자, 혹은 지주/소작인이라는 계급대립을 이야기하는 작품도 빈출하고 있었다.

이제까지 식민지 일본어문학에 관해서는 주로 민족적인 차원, 즉 식민지 종주국의 식민자와 피식민자의 억압관계나 차별 등 그 차이에 중점을 둔 연구가 다수를 이루고 있다. 그 이유는 이제까지 식민지 일본어문학, 특히 재조일본인문학의 연구가 주로 일본의 식민지의식이 높아지고 제국주의적인 침략이 현저화되는 1900년대 초기나 중일전쟁이나 태평양전쟁 시기를 대상으로 하고 있기 때문이다. 1900년대나 1910년대 식민지 일본어문학을 둘러싼 주요 연구로는 "국민적 아이덴티티의 형성"[7]이나 "조선인 사회와 준별되는, 한국 내에서의 일본인 사회의 우월적인 문화공동체를 구축하고자 하는 역할"[8], 혹은 "제국 형성기에 '이주'를 통해 새로운

---

6) 이한창, 「전후재일조선인 사회주의자의 문학활동 : 1920년대 일본 프로문학잡지에 발표된 작품을 중심으로」(한국일어일문학회『일어일문학연구』V.49N.2, 2004.5), pp.349-373. 최근 김계자·이민희가 번역한『일본프로문학지의 식민지 조선인 자료선집』(도서출판 문, 2012)을 보면『씨 뿌리는 사람(種卷く人)』·『전위(前衛)』·『전진(進め)』·『문예전선(文芸戰線)』·『문예투쟁(文芸鬪爭)』·『전기(戰旗)』등 프롤레타리아계의 주요 문학잡지에 재조일본인이나 조선에서 투고한 것이 게재되어 있는 것을 확인할 수 있다.
7) 허석, 「메이지시대 한국이주일본인문학에 나타난 内地物語와 국민적 아이덴티티 형성과정에 대한 연구」(한국일본어문학회『일본어문학』39, 2008.12), pp.389-409.
8) 정병호, 「근대초기 한국내 일본어문학의 형성과 문예란의 제국주의」(중앙대학외국학연

일본어 공동체가 모색되고 창조되는 공간"[9])과 "식민문단" 형성[10])이라는 관점에서 연구되어 왔다. 한편 태평양전쟁 시기 재조일본인의 일본어문학 연구는 1940년대 국책문학이나 그러한 잡지를 대표하는 『국민문학』과의 관계 속에서 연구되는 경향이 강했다.

그러나 이러한 연구경향에서 보면, 1920년대에 빈출되는 계급대립의 문제를 다룬 재조일본인문학의 존재는 민족문제에서 계급문제로 그 틀을 달리하고 있다는 의미에서 명확하게 이질적인 것이라고 말하지 않을 수 없다. 따라서 본고에서는 1920년대 재조일본인 사회에서 계급문제나 사회주의관계의 언설이 보여주는 특징은 무엇인지, 그리고 이러한 현상과 함께 전개되는 재조일본인문학의 특징은 어디에 있는지 고찰하고자 한다. 또한 1920년대 조선반도의 일본어잡지의 '문예란' 속에서 계급대립이나 프롤레타리아 의식이 드러나는 작품을 구체적으로 분석하여 이들 작품의 문제설정은 어디에 있는지, 그것이 1920년대라는 시대적, 문화적, 정치적 문맥과는 어떠한 관련을 맺고 있는지를 검토하여 조선반도의 재조일본인 문학의 새로운 영역을 살펴보고자 한다.

구소 『외국학연구』제14집, 2010.5) 참고.

9) 박광현, 『「현해탄」트라우마 식민주의의 산물, 그 언어와 문학』(어문학사, 2013), p.31.

10) 이에 대한 연구로는 김윤식 『최재서의『국민문학』과 사토 기요시 교수』(도서출판 역락, 2008), 가미야 미호(神谷美穂), 「재조일본인작가의 소설에 나타난 '일제'말기의 일본 국민 창출 양상」(동아시아일본학회 『일본문화연구』39,2011.7), pp.5-22.가 있다.

2. 재조일본인 사회의 계급 및 프롤레타리아 문학언설의 성립과 특징

앞에서 언급한 바와 같이, 1920년대는 일본과 조선반도에서 여러 형태로 계급을 둘러싼 논의와 실천이 활발해지고, 프롤레타리아 문학운동도 일정한 궤도에 오른 시기라고 말할 수 있다. 그렇다면 식민지 조선에서 종주국의 식민자인 재조일본인들 사이에서 제국주의에 저항적 사상이기도 했던 프롤레타리아 사상이나 계급대립의 움직임은 어떻게 받아들여졌을까. 또 재조일본인에게 있어 이들 논의는 언제부터 본격적인 논점이 되었을까.

식민지 조선에서 재조일본인이 간행한 일본어잡지에서 계급문제나 노동 및 소작문제, 나아가 사회주의에 대해 논의되는 것은 거의 1920년대 전후부터이다. 예를 들어 「노동문제의 연구」(『조선 및 만주(朝鮮及滿州)』제156호, 1920.6)나 「계급쟁투와 기회균등」(『조선공론(朝鮮公論)』제8호, 제9호, 1920.9) 등의 문장이 가장 초기의 기사에 해당한다.

> 구주대전(歐洲大戰)의 결과 수입된 문제는 셀 수 없을 정도인데, 가장 위력이 심대한 것은 노동문제이다. 따라서 이 노동문제만큼 인류 생존 상 필수적이고 또 엄청난 힘을 가지고 있는 것은 달리 적다고 생각한다. 정치적으로 사회적으로 혹은 경제적으로 백반의 방면에 있어 중요한 문제인 것이다.11)

위의 기사에서도 알 수 있듯이, "노동문제"는 주로 제1차 세계대전 이

---

11) 桝本卯平, 「勞動問題の研究」(『朝鮮及滿州』第156号, 1920.6), p.13.

후의 문제로 받아들여지고 있지만, 이러한 종류의 기사에서는 '서구사상의 영향', '러시아혁명', '경제위기' 등과 관련지어 논해지는 경우가 상당히 많다. 또한 1920년대 계급문제를 다루고 있는 기사나 평론에는 인용문과 같이 "정치적", "사회적", "경제적"으로 "중요한 문제"이고 그렇기 때문에 더더욱 사회가 보다 "기회균등"12)이 보증되는 방향으로 바뀌어가야만 한다는 인식이 보이고 있다. 예를 들어 "자본가는 동포공락(同胞共樂)의 대의에 서서" "일면 폭력수단에 의한 사회혁명 사상을 격멸함과 동시에 평화적인 사회개조를 향해서 국민의 온건하고 일치된 보조를 맞추어 앞으로 나아가야만 한다"13)든지, "우리들은 유산계급을 적으로 하지는 않지만 유산계급의 자각과 사회정의를 위해 끝까지 싸워야만 한다"14)는 평론에도 그러한 사고방식이 드러나고 있다. 이들 기사나 평론들은 "사회혁명"이나 "개조"·"사회주의"를 주창하고 "자본가"나 "유산계급의 자각"을 촉구한다는 공통점을 가지고 있다.

그러나 "무산계급이 (중략) 자본가에 대해 진실한 생의 요구보다도 높은 생활의 만족을 가져오기 위해 격렬한 계급투쟁을 하고 있는"15) 현상 속에서 여러 기고자에게서 이러한 주장은 보이지만, 그것은 국가와 평화적인 사회질서의 유지라는 입장이 우선시되는 개량주의의 입장인 것이다. 때문에 "사회는 평화 속에서 진화하는 것"이라고 단정하여 "노사협조" "사회협동"16)을 요청하기도 하고, "이렇게 볼 때 폭력혁명의 시대가 지

---

12) 「階級爭鬪と機會均等」(『朝鮮公論』第8卷第9号, 1920.9).
13) 朝鮮總督府學務課長 平井三男, 「社會思想と日本の將來」(『朝鮮及滿州』第218号, 1925.12) p.22.
14) 早大教授 安部磯雄, 「無産階級の政治的將來」(『朝鮮及滿州』第210号, 1925.5), p.10.
15) 松岡節子, 「婦人の階級意識の發達と社會的要求」(『朝鮮公論』第12卷第11号, 1924.11), p.91.
16) 協調會理事 永井享, 「社會政策と社會主義」(『朝鮮及滿州』第206号, 1925.1), p.41.

나갔다는 것을 느낄 것이다. 개량주의로… 평화적 수단으로… 이것이 시대의 목소리이다"17)라는 것을 강조하기도 하는 평론이 상당히 많다. 그 대신에 마르크스주의나 '혁명주의'의 문제점을 비난하거나 그 논리적 모순을 추급하며 혹은 프롤레타리아운동='적화(赤化)'에 경계를 강화시키고 있었다.

이러한 기사나 평론의 논조는 식민지 조선에서 식민자 미디어인『조선 및 만주』나『조선공론』의 성격이나 방향성을 증명하는 부분이기도 하다. 이는『조선 및 만주』의 편집자인 샤쿠오 도호(釋尾東邦)의 다음의 평론에 잘 나타나있다.

> 최근 우리 신문잡지계는 상식과 확고한 사상의 근거 없이 (중략) 무산계급의 주장이나 노동자의 운동이라고 하면 두말없이 여기에 향응, 가담하여 국가의 위력을 저주하고 자본가를 원수처럼 여기는 논조를 취해서 이로써 민중에 아첨하려는 풍조가 있다. 그 결과는 자연히 무정부주의, 공산주의, 연애자유주의를 선동하는 기풍이 발생하는데, 오늘날 인심의 악화(惡化), 적화(赤化)는 대부분 이들 신문잡지의 논조에 의해 고조되는 경우가 많다.18)

위의 인용문은 샤쿠오 도호가 일본의 "신문잡지계"가 아무런 근거도 없이 "무산계급의 주장이나 노동자의 운동"에 응해서 "국가의 위력을 저주"하고 있다고 비판하는 부분이다. 그도 또한 "이 민(民)의 사상의 고민과 생활고를 등한시하는 우리나라 조야의 무책임과 무경험을 비난하지 않을 수 없다"19)고 하면서 "정치가도 교육가도 학자도" 언론도 "일치해

---

17) 慶大教授,「革命思想より漸進的改良主義へ」(『朝鮮公論』第13卷第3号, 1925.3), p.15.
18) 釋尾東邦,「治安維持法案に就て」(『朝鮮及滿州』第208号, 1925.3), p.5.
19) 위의 글, p.8.

서" "사상과 생활의 양방면에서 지도와 구제의 대계획을 강구해야만 한 다"고 주창하고 있다. 그러나 이것은 "국민의 좌경적화(左傾赤化)"를 경계 하는 방책이기도 해서 당시 상당히 문제가 된, "나는 치안유지법안의 시 행은 어쩔 수 없"는 것이라는 결론을 내리고 있다. 이러한 의미에서 1920년대 조선반도의 일본어잡지에서 당시 프롤레타리아 운동이나 계급 대립의 문제가 많이 다루어지고 있기는 하지만 그 방향은 격렬한 "혁명 운동"에는 비판을 가하고 있고, 온건한 개량주의나 평화적 해결을 요구하 는 경향이 강해서 그러한 계급운동 자체가 국가적인 번영과 상반되는 것 으로 파악하고 있다.

한편, 여기에서 주목해야 할 것은 계급문제를 둘러싼 다양한 논의와 함께 문학계에서 프롤레타리아 문학, 혹은 계급문학의 등장을 소개하는 평론도 등장하고 있다는 것이다.

> 오늘날의 사회는 부르주아 문화 위에 서 있다. 따라서 일면 이에 대한 계급적인 사회운동이 일어나고 있는 것은 당연한 기세이다. 문학상에서 보아도 마찬가지라고 생각한다. (중략) 이러한 사상운동은 바꾸어 말하면 오늘날의 부르주아 문학에 대한 항쟁이며 반항운동이다. (중략) 또한 일반 사회현상과 마찬가지로 기성 부르주아 문학이 세력을 떨쳐서 프롤레타리 아 문학이 일어나는 것을 억누르려고 애쓴다. 그러나 아무리 억누르려고 해도 당연히 생겨날 운명에 있는 것은 생겨나기 마련이다.[20]

> 경제적인 계급투쟁의 조짐이 우리 일본에도 매년 뚜렷한 색채를 띠고 다가오는 느낌이다. 그 불가피한 기세는 미를 대조(對照)로 삼아야 할 예 술의 분야에까지 계급적인 의식을 낳아, 서로 투쟁하는 현상을 현출하기 에 이르렀다. 이것은 2,3년 전의 일이다. 이른바 프롤레타리아 작가라고

---

20) 東京 沖野岩三郎, 「大衆文芸について」(『朝鮮及滿州』 第218号, 1925.12), p.50.

불리는 작가군이 (중략) 프롤레타리아 예술의 이름으로 침체된 문단에 반
기를 들었다. 그것은 어쨌든 상당히 눈에 띠게 화려한 운동이었다.[21]

위의 인용문은 모두 "계급적 사회운동" "경제적인 계급투쟁"과 함께
이제까지 "부르주아 문학"에 대항하는 "프롤레타리아 문학"이나 "예술"
이 등장하고 있는 문단에서의 현상에 주목하고 있다. 전자는 그러한 프롤
레타리아 문학을 "지식계급, 유한계급"과 달리 "대중의 상대가 되는 문
학"이라고 파악하여 "당연히 생겨날 운명"이라고 보고 있지만, 후자는
"예술은 계급을 초월한 것"이라는 예술론의 입장을 통해서 "계급예술"에
대해 부정적인 의견을 개진하고 있다. 이러한 의견은 어쨌든 당시 조선반
도의 일본어잡지에서 계급문제, 사회주의와 관련된 수많은 기사와 함께
이른바 프롤레타리아 문학운동을 다루고 있다는 점에서, 조선의 일본어
잡지가 '내지' 문단의 움직임에 민감했다는 것을 잘 보여주고 있다.

그러나 이러한 문학적 움직임은 단순히 도쿄의 '내지' 문단의 현상만
이 아니었다. 재조일본인 사이에도 한계가 있기는 하지만 이 평론이 쓰이
기 이전부터 이러한 경향을 보여주는 작품이 빈출하고 있었다. 이에 대해
서는 다음 장에서 논하고자 한다.

3. 1920년대 조선반도의 일본어잡지와 '문예'란 속의 계급투쟁

1920년대의 일본어잡지에는 이상과 같이 계급문제나 노동분쟁 및 사

---

21) 新らしき村 柳井隆雄「階級芸術に就て」(『朝鮮公論』第13巻第11号, 1925. 11), p.54.

회주의를 둘러싼 여러 가지 언설이 만들어지고 있었고, 이러한 경향은 문학론이나 예술론에도 영향을 미쳐 프롤레타리아 문학이나 문예를 둘러싼 논의도 소개되었다.

그러나 1920년대 조선반도에서 간행된 일본어잡지의 '문예'란을 보면, 이러한 문학론보다 앞서 문학적 텍스트에 이러한 발상과 사고가 산견된다. 예를 들어 조선 및 만주사의 대련지국의 혁홍섬(赫虹閃)이라는 이름으로 발표된 다음의 이야기는 그러한 발상을 잘 보여주고 있다.

> 아아, 말(馬)에게 깊이 동정하고 있는 것 같지만, 불쌍한 것은 말이 아니라 인간이다. 게다가 삼류 클래스의 인간이다. 그들은 모두 이 말처럼 말라 있다. 자본가 계급을 위해서 항상 혹사당하고 게다가 받는 보수는 아주 박하기 때문이다. 이 불평등한 분배에 만족하고 있는 노동계급은 이 말과 다르지 않다. 이 말 역시 자본가인 주인이 이익의 분배를 공평하게 한다면 아직 영양물을 먹을 수 있을 것이다. 다시 말해 주인이 말에게서 잉여가치를 너무나 다량으로 빼앗아갔기 때문에 말라있는 것이다. 결코 말의 문제가 아니다. 이것은 현대사회에 대한 하나의 축도(縮圖)인 것이다.[22]

이 이야기는 "대련(大連)"에 정착해서 거주하고 있는 주인공이 자신을 방문한 "아저씨(小父)"에게 대련시내 각지를 안내하는 과정에서 아저씨와 나누는 대화를 중심으로 구성되어 있는 소설이다. 두 사람은 소설 속에서 "만철(滿鐵)"을 시작으로 대련에서 일본인의 현재 상황이나 풍물들을 비판하고 있는데, 인용문은 "아저씨"가 여기 대련에서 "중국 마차"를 타기 전에 그 말에 비유해서 혹사당하는 이른바 "삼류 클래스"나 노동계급의 인

---

22) 大連支局 赫虹閃, 「大連見物(一)」(『朝鮮及滿州』第218号, 1925.12), p.94.

간과 그들을 착취하는 "자본가"의 "불공평"한 관계를 지적하는 장면이다. 이 소설의 등장인물은 "정우회(政友會)"를 비판하기도 하고 또 "다소 사회적으로 봉사하는" "사회사업"에 "상당히 냉혹한 태도"[23]를 보이는 "만철"에 격렬한 비판을 가하고는 있지만 이 작품은 결코 노동문제를 주요 테마로 한 것은 아니다. 단지 위의 인용문에서 알 수 있듯이, 이 작품은 '자본가계급'과 '노동계급'의 불공평한 관계를 상당히 부각시켜 문제시하고 있다. 1920년대 조선반도에서 간행된 일본어잡지에는 이러한 '계급문제'를 전면에서 다루고 있는 작품이 다음과 같이 빈출하고 있었다.

① 갑자기 무라나카(村中)가 활기를 띠었다. 백성들은 피착취계급이라는 어제까지 괴롭힘을 당했던 고통을 모두 잊어버린 듯 해맑은 미소를 보였다. 오늘은 선조숭배를 위해 종교의 성전에 배궤(拜跪)하는, 일 년에 한 번 있는 안식일임과 동시에, 전통숭배의 퓨리턴인 그들에게는 절대적인 위락일(慰樂日)이었기 때문에….[24]

② 소작조정법(小作調停法)의 이야기, 오늘은 청년단 사람들이 많았기 때문에 여러 질문이 나와 활기찼습니다. 정부가 정한 소작조정법은 부지런한 소작인을 괴롭히고 게으른 지주를 보호하는 악마의 기도(祈禱)라고 말하자 두세 명의 백성이 나에게 공손히 배례하였기 때문에 목이 메었습니다. [25]

③ 그 녀석은 위선자입니다. 관리로 들어가서 교묘하게 자기광고를 해대지만, 그에게 소작인에 대한 진정한 사랑은 없습니다. 나 같은 소작인을 구(舊)러시아의 농노나 혹은 노예와 마찬가지로 생각하는 시대착오자

---

23) 大連支局 赫虹閃, 「大連見物(二)」(『朝鮮及滿州』第221号, 1926.4), p.59.
24) 沖津主稅(恭爾), 「盂蘭盆の夜」(『朝鮮及滿州』第208号, 1925.3), p.134.
25) 東京 万二千峯學人譯, 「大事業家か惡魔乎(1)」(『朝鮮及滿州』第171号, 1922.2), p.103.

입니다. 저는 더 이상 그 녀석 밑에서는 일할 수 없습니다. 후지타(藤田)
씨 제발 저를 이끌어주세요.26)

여기에서 인용①은 도회 문명과는 거리가 먼 시골 마을에서 봉오도리
(お盆踊り)를 둘러싸고 발생한 남녀 간의 사건을 소재로 하고 있는데, 여기
에서 "백성들"을 "피착취계급"이고 "괴롭힘을 당"하는 존재로서 자리매
김하고 있는 발상은 당시의 사고방식을 잘 반영해 주고 있다. 인용②는,
어느 시골 마을의 절에서 '소작' 문제에 관해서 강연한 센타로(仙太郎)의
인식을 잘 보여주고 있는 부분이다. 특히 센타로는 1910년대 후반부터
상당히 빈번하게 발발한 소작쟁의에 대해 정부가 대응하기 위해 만든 법
률에 이의를 제기하고 "프롤레타리아가 해방되고 여성이 해방되고 세상
의 모든 계급이 없어졌을 때 드디어 광명이 온다"는 생각을 여배우 긴코
(銀子)에게 말한다. 그가 강연이 있던 날 밤 강연회에 참가한 보수적인
"청년단"의 습격을 받는 것으로 작품은 막을 내리지만, 신념에 찬 센타로
모습에 긴코는 "남자의 진실한 모습"을 느낀다.

인용③은, 작품의 내레이터가 언론계와 관련된 후지타라는 친구로부터
들은 이야기를 말하는 형식이다. 지주인 스기노(杉野)는 홍수로 자신이 경
영하는 농장이 황폐하게 되자 그 손해를 만회하기 위해 피해를 입지 않
는 다른 마을의 소작료를 인상하려고 한다. 위의 인용문은 이러한 움직임
에 반발하는 어느 소작인 아들 곤타(權太)의 인식을 보여주는 부분이다.
여기에는 지주와 소작인의 관계, 특히 소작인을 "구 러시아의 농노나 혹
은 노예"처럼 얕보는 스기노에 대한 곤타의 반발이 선명하게 드러나고
있다. 한편 곤타는 후지타의 소개로 "K신문"에 입사하여 "유력한 언론기

---

26) 篠崎潮二, 「創作 短銃」(『朝鮮公論』第13巻第10号, 1925.10), p.135.

관의 한 부분"을 담당한다. 하지만 그가 쓴 기사를 보면, "그의 필단에는 프롤레타리아 기분이 농후하고 토지 부호의 횡포나 사회사업에 냉담한 것을 공격하는 기사가 구구절절 쓰여" 있었다. 이러한 급진적인 기사내용 때문에 곤타는 "경찰에서도 검사국에서도 최근의 언동이 위험시되는 주의 인물이 되고" 사사로운 사건이 계기가 되어 결국 경찰로부터 구금당하게 된다.27)

이상의 작품들은 이야기의 공간이나 배경이 모두 다르지만, 모두 당시 사회구조를 지주/소작인, 자본가/노동자라는 이항대립적인 구도 속에서 인식하고 있다는 점이 공통적이다. 전자는 후자에 대해 부당한 착취를 행사하여 불공평한 잉여가치를 자신의 것으로 하고 있고, 후자는 전자의 탐욕에 의해 비참한 생활을 강요당하고 있는 존재로서 묘사되고 있다. 이러한 의미에서 당시 조선반도의 일본어잡지에 등장하는 이들 작품은 사회주의 리얼리즘이라는 프롤레타리아 문학의 길을 걷고 있는 것은 아니지만, 소작인이나 노동자의 입장에 서서 그들을 동정하는 시선에서 계급대립의 문제를 다루고 있다.

이들 작품군을 식민지 일본어문학이라는 특수성에서 생각해보면, 여기에는 조선반도의 일본어문학의 특징인 조선(인)/일본(인)이라는 식민지 종주국의 식민자와 피식민자 사이의 차별이나 간극이 전혀 보이지 않고, 그 대신 계급적인 대립만이 부각되고 있다. 특히 인용문③에서 마을 사람들 모두가 지주인 스기노가 홍수 때문에 생긴 피해를 소작인들에게 전가시키려고 하는 행위에 분개하는 가운데, 곤타는 조선인 소작인 "김승환(金承煥)"을 포함한 세 명의 소작인 대표와 함께 지주를 항의 방문하고 있다.

---

27) 山口病皐天, 「小作人の子」(『朝鮮及滿州』第197号, 1924.4), p.17.

따라서 이 작품은 식민자 일본인/ 피식민자 조선인이라는 민족적인 차이
보다도 지주/소작인이라는 계급적인 대립이 선명하게 드러나고 있고, 이
러한 구도에서 조선인과 일본인도 계급적으로 연대할 수 있다는 메시지
도 포함하고 있다. 이들 작품 외에도

① 그러나 나는 이 집을 나서면 일개의 직공이 됩니다. 자본가의 횡포
가 정말 싫어졌다, 잘 생각해보면 인도적으로 중대한 문제이기 때문에.28)
영식(令息) 공학사 곤도 다쓰야(近藤達也)
순정의 청년, 따뜻한 온정의 소유자, 선인(鮮人) 노동자가 마음으로 순
종하게 되자 노동쟁의가 일어났을 때 부친이 자작(子爵)인 집안에서 이적
(離籍)한다.29)

② 그가 내지에서 경성으로 온 것은 벌써 14,5년 전의 일이었다. 그는
15년 동안 경성 생활에서 여러 가지 일을 했다. 영어회화를 조금 할 수
있었기 때문에 구미인과 제휴하여 광산을 하기도 했다. 그러는 동안 조선
인을 학대해서 광산에서 부당한 이익을 챙긴 것이 그의 재계(財界)에서의
밑거름이 되었다.30)

인용①은 3회에 걸쳐 연재된 영화대본인데, 경성의 조선제사회사(朝鮮
製糸會社)의 "노동쟁의"와 조선총독부의 칙임고등관인 다케가미(武上) 가의
몰락을 그린 것이다. 조선제사회사에서 격렬한 노동쟁의가 계속되는 가
운데 사장의 아들인 공학사 곤도 다쓰야는 노동자의 괴로운 입장을 동정

---

28) 朝鮮映畵芸術硏究會 光永紫潮, 「現代映畵 彼女は踊り跳ねる 後篇」(『朝鮮公論』第14卷第1
号, 1926.1), p.146.
29) 朝鮮映畵芸術硏究會 光永紫潮, 「現代映畵 彼女は踊り跳ねる」(『朝鮮公論』第13卷第11号,
1925. 11), p.92.
30) 山岳草, 「或る實業家の死」(제171호, 1922.2), p.99.

해서 노동자의 요구를 받아들이지만, 결국 부친으로부터 파문당하게 된다. 이 작품의 스토리의 전개에서 "의문의 남자인 이광수(李光洙)"가 일본인의 악행을 재판하는 인물로 등장하는 것도 큰 특징이지만, 결국 자본가의 입장에 서야 할 곤도 다쓰야가 "자본가의 횡포"를 비판하고 "선인 노동자"를 포함한 "직공들"의 편이 되고 있다는 점이 주목된다. 이러한 의미에서 보면, 이 작품은 조선인/일본인이라는 민족적인 차이는 거의 보이지 않고 오히려 계급적인 대립만이 강조되어 있다. 인용②는, 경성 서북지방에 사는 도시샤대학(同志社大學) 출신의 크리스트교 신자이면서 "경성 실업계의 한 사람"인 주인공이 호색한이 되어 자기 집의 "조추(女中)"를 범한다. 주인공은 결국 조추 남동생의 협박과 폭력을 받아 병원에 입원하여 죽음에 이른다. 그는 목사에게 자신의 죄를 고백하지만, 전처(前妻)나 주변의 지인에게 어떠한 도움도 받지 못하고 쓸쓸하게 세상을 떠나게 된다. 이러한 의미에서 그는 "눈속임이 상당히 능숙해서" 성공가도를 달렸지만, 주변 사람들이나 "사원"에게는 평판이 나쁜 부정적인 이미지의 실업가이다. 이 작품에서 주목을 끄는 것은, 그가 경성에서 실업가로서 성공을 거둔 토대가 된 것이 광산개발에 참가하여 "조선인을 학대하고" 착취했기 때문이라는 사실이다. 이 부분은 재조일본인 작가가 피식민자인 노동자를 학대하는 일본인 자본가를 엄격하게 비판하고 있는 문맥에 해당하지만, 여기에도 역시 일본인/조선인이라는 구별보다도 인간을 착취하는 일에 전념하는 일본인 자본가에 대한 규탄이 주요 메시지가 되고 있다.

식민지 종주국의 식민자가 식민국에서 "프롤레타리아적인 기분이 농후한" 작품을 쓰고 특히 식민자/피식민자라는 민족적인 차이보다도 계급적인 공통성에 기반하여 연대를 드러내거나, 혹은 착취당하는 피식민자 프롤레타리아에 동정하여 식민자 자본가의 횡포를 고발하는 것은 과연 어떠한 현상일까. 식민지 조선을 제외하고 세계의 다른 식민지에도 이러한 예가 존재하는 것일까. 특히 조선반도에서 간행된 일본어잡지의 성격이나 위에서 살펴본 '계급문제'를 둘러싼 기사와 평론을 생각한다면, 이러한 작품의 존재는 이례적이지만 여기에서 1920년대 조선반도에서 재조일본인 문학의 새로운 가능성을 엿볼 수 있다. 이러한 식민자/피식민자라는 민족적인 차이보다도 계급적인 연대가 드러나는 작품이 산출된 것이 단순히 "프롤레타리아적인 기분"이라는 요인에만 근거한 것일까. 이에 대해서는 다음 장에서 자세하게 논하고자 한다.

4. 1920년대 재조일본인문학과 '문화통치'언설의 과정

이상에서 살펴본 바와 같이, 1920년대 조선반도의 일본어잡지 속에서 계급문제를 다루고 있는 일본어문학 특히 조선을 무대로 하고 있는 작품의 특징은, 작품 속의 주요 주체가 조선인이 아니라고 하더라도 식민자(재조일본인)와 피식민자(조선인)의 차이와 차별보다는 오히려 계급을 중심으로 하는 연대, 혹은 조선인 프롤레타리아 계급을 괴롭히는 일본인 자본가 계급에 대한 규탄이었다는 것을 알 수 있었다.

이러한 프롤레타리아적인 관념을 보이는 작품 중에서, 경성에서 신문기자31)이면서 문학적인 창작활동도 했던 미타 교카(三田鄕花)가 쓴 『차가

---

31) 이 시기에는 "침체, 위축되고 추풍 낙막(秋風落寞)한 이 무렵의 조선 문예계는 별다른 활동이 없었다. 마치 불이 다 꺼져버린 것처럼 삭막했다"(雅樂多生, 「朝鮮文芸誌に毒つく」(『朝鮮公論』第12卷9号, 1924.9, 76頁)라고 재조일본인 문단이 침체되고 있다는 기사가 있다. 한편 미타 교카를 포함해서 당시 재조일본인 문단에 신문잡지 기자가 얼마나 활약하고 있었는지 소개하는 「현시하 조선문예계 사람들(現下朝鮮文芸界の人々)」

운 열정의 날(冷たき熱情の日)』이라는 작품에서도 동일한 특징을 찾아볼 수
있다. 이 작품은 자신의 고향에서 "붉은 남자다. 사회주의자다"라는 소문
이 확산되고 또 "마을의 경찰서에서 요주의 인물로 경계"32)하게 되자 일
본과 조선을 넘나들며 방랑생활을 거듭하고 있는 주인공의 편력을 그리
고 있다. 그는 규슈(九州)에 있는 신문사에서 함께 불황 때문에 해고된 다
른 두 명의 기자와 일거리를 찾아서, 또한 "젊은 아나키스트"로서 "노농
러시아(勞農露國)"로 들어가는 것33)을 목표로 하고 있는 어느 청년과 함께
"관부연락선(關釜連絡船)"을 타고 부산으로 건너오게 된다.

　특히 그 무리(선인 노동자-인용자 주) 속에 오십 고개를 넘은 것으로
보이는 변발을 한 선인의 모습이 몇 사람이나 있는 것을 보니, 그러한 늙
은 몸을 이끌고 알지 못하는 타향인 내지로 돈 벌러 가야만 하는 그들의
삶에 애처로운 마음이 들지 않을 수 없었다.34)

　(寺田光春, 『朝鮮公論』第12卷10号, 1924.10, pp.85-90)도 주목할 필요가 있다.
32) 三田鄕花, 「冷たき熱情の日」(『朝鮮及滿州』第208号, 1925.3), p.149.
33) 三田鄕花, 「海を渡りて＝冷たき熱情の日續篇」(『朝鮮及滿州』第211号, 1925.6), p.89.
34) 三田鄕花, 「海を渡りて＝冷たき熱情の日續篇」, p.90.
　이 작품의 작가인 미타 쿄카와 앞서 나온 「현대영화 그녀는 뛰며 춤춘다(現代映畵
彼女は踊り跳ねる)」의 작가인 미쓰나가 시초(光永紫潮)는 각각 『오사카아사히신문(大阪
朝日新聞)』 경성지국과 『경성일보(京城日報)』의 기자이다. 그들은 당시 '내지'‧'외지'
의 사회적인 움직임에 가장 민감한 위치에 있었고, 또한 『조선공론』의 「청년기자가
본 최근의 사회상 일인일편(靑年記者の觀た最近の社會相一人一篇)」에서 "세계 최대 다
수를 점하는 빈곤인의 행복을 위해 공동전선을 취해서 자본가에 대항하는 것이 이 중
대문제의 해결을 위한 근본 방법일 것이다"(京城日日新聞小野富雄「貧しい人々」, 『朝鮮
公論』第13卷11号, 1925.11, 36頁)라는 발언을 보면, 당시 계급문제를 둘러싼 그들의
입장이 확인된다. 이 기획에서 『오사카마이니치신문(大阪每日新聞)』 경성지국의 야마
자와 효부(山澤兵部)는 「부자의 최악(金持ちの最惡)」을 쓰고 있고, 미타 쿄카도 "나는
과거에도 현재에도 신문기자라고 하면 자본벌(資本閥)의 옹호 없이는 밥을 먹을 수
없다는 한심함 때문에 단순한 권선징악의 범위를 한 걸음도 벗어날 수 없을 정도의
일상의 사회상을 써야만 한다는 것을 괴롭게 생각하고 있다"(p.36)고 말하고 있다.

위의 인용은, 부산에 도착하자마자 자신이 타고 온 배로 '내지' 일본으로 건너가려는 '선인 노동자'를 목도하면서 느끼는 슬픔인데, "그들 요보 무리의 우울한 비애"는 자신을 포함해서 일거리를 찾아 조선으로 건너온 "내지인도 마찬가지로 품는 여수(旅愁)"이기도 했다. 여기에는 단순히 조선인 노동자에 대한 동정뿐 아니라 그것이 '내지인'인 자신들의 모습과 겹쳐지고 있다는 점에서, "집합이산의 축도"인 "부두 부산"은 바로 노동 계급이라는 같은 류의 이동자가 스쳐지나가는 공간이 되고 있는 것이다.

그렇다고 한다면 이러한 계급관념이나 노동(소작)쟁의를 보여주는 작품, 특히 조선반도를 무대로 하는 작품에서 전면화되고 있는 계급적인 연대, 혹은 조선인을 학대하는 일본인 자본가에 대한 규탄은 어떠한 의식인 것일까. 그것은 이른바 프롤레타리아 국제주의라는 관념, 혹은 그러한 기분의 발현이라는 정도의 의미밖에 없는 것일까. 물론 민족적인 차이보다는 계급적인 대립을 강조하는 배경에는 그러한 프롤레타리아 관념이 가져온 효과가 있을지도 모르겠다. 그러나 조선인에게 부당한 괴로움이나 차별을 가하는 일본인을 비난하는 인식이 생기게 된 시대적 배경으로서 또 하나 고려해야하는 것이 다음의 발언이다.

> • 내선문제가 오늘날 벽에 부딪히게 된 것에 대해 대강을 말하자면, 실로 '사랑(愛)'과 '성실'의 결함에 기초하고 있다. 내지인이 선인에 대해 친절함이 부족하고 아주 작은 일에까지 그들을 경멸하여 굴욕을 주고 차별적인 태도로 대한다. 또한 진지한 유한주의(流汗主義)나 노력주의(努力主義)에 의지하지 않고 고리대(高利代) 같은 사업으로 내달리고 그들을 도와 이끌려고 하기 보다 오히려 그들의 약점을 물어 착취하는 일이 많은 오늘날이다. 이는 두 민족 간의 융화와 협력의 기초에 동요와 파괴의 위험이 가져와진 원인이다.[35]

● 일선융화라는 것이 실행될 수 없는 이유는 정치적인 차별이라는 것
이 제일 먼저 우리 조선인의 머리에 떠오르기 때문입니다. 내지인이든지
조선인이든지 어떻게든 차별하지 않으면 안 된다고 하니, 무슨 이런 바보
같은 이야기입니까. 안타까운 일이 아닙니까. 문화정치의 명분이 어째서
이렇게 문란해졌습니까. 외피만의 문화정치는 소용없다고 생각합니다.36)

● 그러나 나는 현대 사회문제의 중추인 노자문제가 명확하게 보여주
듯이, 사회의 불평온(不平穩), 투쟁이라는 것이 강자인 자본가가 약자인
노동자에 대해 횡포 즉 전횡을 저지르기 때문에 발생하는 것처럼, 내선
불융화가 생기는 원인은 강자인 내지인이 약자인 신촌(新付)의 백성인 조
선인 제군에 대한 태도, 처치 및 소업(所業)의 불손과 전횡에 의한 것이라
는 사실을 믿어 의심치 않습니다.37)

이들 문장은 모두 재조일본인이 조선인에 대해 "차별"적이고 "굴욕"적
인 행동과 "불손과 전횡"을 주로 일삼고 있는 것을 경계하고 있다. 게다
가 그러한 자세가 재조일본인의 올바르지 못한 사업으로 연결되어 조선
인이라는 약점을 이용하여 그들을 "착취"하고 있는 악행을 고발하고 있
다. 이러한 사고방식은 조선반도가 일본의 식민지가 되어 상당한 시간이
지나도 조선인이 "배일(排日)"의식을 품는 근본 이유이기도 하고, 그것에
의해 "두 민족 간의 융화와 협력"이 이루어질 수 없다는 이유라고 상당
히 엄격하게 비난하고 있다. 여기에서 종주국의 식민자인 재조일본인이
피식민자인 조선인에게 "차별"이나 "굴욕"적인 행동, 혹은 "불손, 전횡"
을 해서는 안 된다고 하는 사고방식이, 계급적으로 "강자인 자본가"와
"약자인 노동자"의 관계와 민족적으로 "강자인 내지인이 약자인 신촌의

---

35) 林省三, 「朝鮮問題につき吾が內地人に檄す」(『朝鮮公論』第12卷第6号, 1924.6), p.56.
36) 金一, 「在朝內地人の反省を促す」(『朝鮮公論』第12卷第11号, 1924.11), p.84.
37) 廣瀨操, 「在朝內地人の質的改造を提唱す」(『朝鮮公論』第12卷第6号, 1924.6), pp.342-343.

백성 조선인"으로 클로즈업되고 있는 점이 흥미롭다. 이러한 의미에서 생각해보면 전술한 작품에서 재조일본인의 조선인에 대한 시선에는 프롤레타리아적인 관념뿐 아니라, 1920년대에 위와 같은 의식도 영향을 끼치고 있었다는 것을 알 수 있다.

그렇다고 한다면 "두 민족 간의 융화와 협력"이라는 슬로건에 기초한 식민자 일본인/피식민자 조선인의 평등한 관계를 구축해야 한다는 위의 사고방식은 왜 이 시기에 이처럼 강조되고 있을까. 그것은 위의 김일(金一)의 「재조내지인의 반성을 촉구한다(在朝內地人の反省を促す)」는 기사가 보여주듯이, 1919년에 제3대 조선총독부총감으로서 부임한 사이토 마코토(齋藤實)가 실시한 이른바 '문화정치'[38]와 밀접한 관계가 있다. '문화정치'는, 3. 1 조선독립운동이라는 전국적인 대규모의 민족적인 저항을 목도한 총독부가 헌병을 전면에 등장시킨 1910년대의 이른바 '무단정치'를 통해서는 식민지통치가 불가능하다는 사실을 자각하고 "공명정대의 정치, 민의의 창달, 조선 문화의 향상, 문명적 정치 등"[39]을 내건 식민지통치이다. 구체적인 내용으로는 총독부의 관제개혁(官制改革)과 헌병경찰의 폐지, 조선인 관료의 임용, 언론·집회·출판의 확장, 교육·산업·교통의 개선, 지방자치를 위한 조사연구 등이 있다.

한편, 이러한 문화통치의 일환으로서 총독부의 고등관으로 임용된 조

---

38) '문화통치'를 둘러싼 역사학계의 평가로 "민족역량을 분열시키고 식민통치를 견고히 하고자 하는 기만적인 민족분열 통치라는 것이 정설이었다. 이러한 인식은 물론 틀린 것은 아니지만, 이 시기 국제정세나 다이쇼데모크러시와 정당내각의 성립이라는 일본의 정치변동이 식민통치에 미친 영향을 다소 간과했다"는 의견(염복규, 「문화통치초기 민정시찰관의 설치와 활동」, 역사문제연구소, 『역사문제연구』28, 2012.10, pp.223-224)도 있다.

39) 朝鮮公論社長 石森久弥, 「文化政治に對する一考察」(『朝鮮公論』第12卷第4号, 1924.4), p.6.

선인 민정시찰관의 활동을 보면 여기에도 이러한 단면이 잘 드러나고 있
다. 주로 지방 민정시찰의 역할을 담당한 그들의 활동 속에서, 조선인은
"경찰의 가혹행위나 일본인의 차별, 모욕을 둘러싼 상당히 구체적인 불만
을 토로"[40]하고 그것이 독립운동의 원인이 되었다는 점을 쓰고 있다. 이
러한 재조일본인에 대한 조선인의 분개나 통치방식에 대한 불만은 적어
도 형식적이기는 하지만 '문화정치'를 적극적으로 추진하지 않으면 안 되
는 이유이기도 하여, 이러한 과정에서 재조일본인이 조선인에 대해 불공
평한 대우와 차별이나 전횡을 해서는 안 된다고 하는 "두 민족 간의 융
화와 협력"을 둘러싼 언설이 상당히 널리 유통되고 있었다.

따라서 프롤레타리아적인 관념, 혹은 계급적 대립을 그리고 있는 재조
일본인의 작품, 특히 조선반도를 무대로 하고 있는 작품에는 적어도 두
개의 방향성이 있었다고 할 수 있다. 즉 노동자나 소작인으로서 비참한
대우를 받는 조선인에 대한 동정과 연대의식, 그들을 착취하는 일본인 자
본가에 대한 비판의식은, 프롤레타리아 고유의 사상과 당시 '문화정치'를
시작한 "두 민족 간의 융화와 협력"의 사고가 동시에 영향을 끼친 결과
였고 이 두 가지 사고방식이 만나는 지점이기도 했다.

5. 나오며

이상 고찰한 바와 같이 재조일본인 문학에도 다이쇼기 후반 이후 일본
문단에서 커다란 위치를 점하고 있던 프롤레타리아 문학에 응하는 문학

---

40) 염복규, 「문화통치초기 민정시찰과의 설치와 활동」, p.245.

적인 접근이 존재하고 있었다. 식민지 종주국의 식민자라는 재조일본인의 특수한 입장에서 보면, 이들 작품에는 제국주의에 비판적인 저항이론이라고 할 수 있는 사회주의 언설의 영향이 드러나고 있다는 의미에서, 상당히 특이한 현상이라고 할 수 있다. 그렇다고 하더라도 이러한 문학이 제국주의에 대해 본질적인 비판을 가하거나 식민지 지배라는 현상에 큰 관심을 기울였던 것은 아니다.

재조일본인 문학은, 20세기 초반 무렵부터 조선의 식민지화에 이르는 시기까지에는 당시 일본의 콜로니얼 언설에 적극적으로 응하는 형태로 기능하고 있었고, 중일전쟁 이후부터 태평양전쟁이 끝나는 시기까지도 당시의 국책 혹은 국민문학의 틀 속에서 식민자의 문학을 적극적으로 전개시켰다. 그러나 1920년대 조선반도의 일본어문학은 식민자(재조일본인)와 피식민자(조선인)의 차이와 차별보다도 오히려 자본가/노동자, 지주/소작인의 대립과 불공평한 관계에 관심을 기울이고 경우에 따라서는 재조일본인과 조선인의 계급적인 연대를 보여주는 작품들이다. 이러한 의미에서 1920년대 이들 문학은 1900년대나 1930년대 후반 이후의 재조일본인 문학의 틀과는 다르고, 일본어문학의 새로운 가능성을 보여주는 작품이라고 할 수 있다.

본론에서 이미 지적했듯이 1920년대 재조일본인 문학 속에서 조선인 노동자나 소작인의 비참한 대우를 동정하고 그들을 착취하는 일본인 자본가를 비판하는 비평의식은 프롤레타리아 고유의 사상은 물론 당시 '문화정치'를 시작한 "두 민족 간의 융화와 협력"의 사고방식이 동시에 영향을 끼친 결과이다. 실제 "나는 또 부산의 등화(燈火)를 보고 상륙해서 경성에 살고 벌써 1년이 지났다. 게다가 그들 조선인들과 점점 친해지고 그들이 그립다. 사람들의 마음이 담긴 옛 건축, 옛 도기, 이것들을 보고 그들에 접할 때 그들에 대한 애경(愛敬)이 샘솟고 연정(憐情)이 일어난다"[41)]는 문장이 보여주듯이, 1920년대는 조선과 조선인, 혹은 조선의 고유문화와 풍물에 애정을 담아 이를 내면화하는 언설이 본격화되는 시기이기도 하다. 또한 상기의 작품에 보이는 약한 입장의 조선인에게서 느껴지는 동정이나 연대의식과 어떠한 관계가 있는지에 관해서는 앞으로의 과제로 하겠다.

번역 : 송혜경

---

41) 京城高工教授 工學士 藤島亥治郎,「朝鮮を思ふ」(『朝鮮及滿州』第198号, 1924.5), p.58.

‖이 정 욱‖

소형영화와 이동영화관

- 프로키노를 중심으로

Ⅰ. 머리말

1929년에 시작된 세계대공황에 의해 이전보다도 더 힘든 경제적·사회적 차별을 받게 된 약자를 옹호하는 입장에 서서 당국에 적극적으로 이의를 제기한 것이 프롤레타리아 문화단체들이었다. 그들의 활동은 문학, 연극, 영화 등을 통해 전개되며 많은 이들의 지지를 받았다. 본 연구의 대상인 일본프롤레타리아 영화동맹(이하, 프로키노라 함)은 1927년 발족시부터 경제적, 사회적 차별과 싸워왔으며 프롤레타리아 영화를 "공장, 농촌에, 프로키노 조직의 확대강화, 프롤레타리아 영화의 제작과 확립, 프롤레타리아 영화발표의 자유획득"[1]을 슬로건으로 곤란한 상황 속에서 영화를 통해 그들 나름의 문화운동을 이어갔다.

---

1) 日本プロレタリア映畫同盟, 「プロキノ活動方針」, 『プロレタリア映畫』新鋭社, 1930.8, p.102.

프로키노에 관한 연구는 우선, 프로키노 영화를 "일본에서 처음으로 무산자 계급의 해방운동에 참가한 영화"[2], "일본 뉴스 영화계의 선도자"[3], "영화회사와 흥행회사의 제약을 받지 않았던 자주적 영화"[4]로 평가하고 있다. 이러한 평가들은 자본주의의 대표적인 산업인 영화에 대항해 제작활동을 한 프로키노의 영화운동의 사회개혁적인 측면을 긍정적으로 평가한 논문들이다. 한편, 정치색을 강조했던 프로키노의 경향을 비판하는 연구도 나타났다. 프로키노의 영화가 관객의 "구체적인 향수형태나 향수능력"[5]을 등한시한 점, "정체성과 절대성을 과도하게 주장한 나머지", 사회 구성원의 대부분을 차지하고 있던 사람들이 직면한 현실사회의 불평등과 차별을 그린 "경향영화를 비판했을 뿐 아니라 부정·배척의 극단적인 자세를 취했다"[6]고 비판하고 있다.

선행연구는 프로키노가 처한 사회적인 관점에서 고찰한 연구가 대부분이며, 프로키노의 실제 활동과 작품을 구체적으로 분석한 연구는 현재까지 전혀 이루어지고 있지 않다. 이는 프로키노 제작 작품의 존재 여부가 불명확했던 것이 1980년이 되어서야 개인소장의 필름이 발견된 점, 프로키노에 대한 본격적인 자료가 발견되지 않았던 점 등 이용할 수 있는 자료의 부족에서 기인한다. 하지만 보다 근본적인 이유는 현재도 프로키노 영화를 일본 영화의 범주에서 경시하고 있는 일본 영화학계의 현황을 지적하지 않을 수 없다. 프로키노의 영화 활동에 주목함으로써 당시 상업영

---

2) 岩崎昶, 「プロキノの活動」, 『映畵史』, 東洋経済新報社, 1961, p.55.
3) 並木晋作, 「プロキノの運動」, 緑川亨編, 『講座日本映畵2 無聲映畵の完成』, 岩波書店, 1986, p.234.
4) 佐藤忠男, 「プロキノの活動」, 『日本映畵史 第1卷』, 岩波書店, 1995, p.305.
5) 佐藤洋, 「プロキノ研究史がかかえる問題」, 『立命館言語文化研究』, 2011, p.103.
6) 福田喜三, 「プロレタリア映畵運動について」, 『成蹊大學文學部紀要』, 1984, p.148.

화로부터 볼 수 없는 흥미로운 점을 접할 수 있다. 이는 프로키노가 경제적인 여건과 함께 영화계의 구조적인 이유로부터 선택할 수밖에 없었던 소형영화와 이동영화관이다.

소형영화란 본래 아마추어용 소형 카메라를 사용해 제작한 영화를 말하며 전문적인 촬영기구와 기술을 필요로 하지 않음으로써 저예산으로 제작, 간단한 장치로도 상영이 가능한 영화의 한 형태이다. 소형영화는 빈약한 경제력과 전문적인 기술력을 갖지 못했던 프로키노가 발족 당시인 1920년대 후반부터 중심적으로 활용했으며 이들은 소형영화의 특성을 살린 새로운 촬영법을 만들어내기 시작했다. 본 연구는 전문적인 기술력과 함께 고액의 35밀리 카메라로 제작해 상설관에서 상영한 대중영화에 비해, 프로키노가 파테 베이비(Pathé Baby)[7]로 제작한 소형영화(필름의 폭이 9·5밀리, 16밀리)에 주목한다.

소형영화 분석을 위해 현존하는 프로키노의 영화 5편(『山宣渡政勞農葬』(1929년), 『山本宣治告別式』(1929년), 『土地』(1931년), 『第十二回東京メーデー』(1931년), 『全線─東京市電爭議』(1932년)) 중 유일하게 시나리오와 필름이 동시에 남아있는 『전선─도쿄 시영 전차 쟁의(이하 『전선』이라 함)』를 분석 대상으로 삼는다.

또한 프로키노가 소형영화와 함께 중점적으로 활용한 이동영사를 통한 이동영화관을 분석하고자 한다. 강한 정치적인 성격을 가졌던 프로키노 영화는 상설영화관에서 상영이 불가능했으며, 쓰키지 소극장(築地小劇場), 우에노 자치회관(上野自治會館), 요미우리 회관(讀賣會館) 등의 문화시설을 빌려 공개상영회와 이동영사회를 개최했다. 하지만 1930년을 기점으로

---

7) 村山知義, 「我々は日本映畵を如何に取り扱うべきか」, 『プロレタリア映畵入門』, 前衛書房, 1928, p.91.

대도시의 상설 영화관이 아닌, 공장과 농촌의 가설회장에서 열린 이동영화관을 통해 프로키노는 상업영화로부터 배제되어 왔던 이들(농민과 조선인 노동자)을 관객으로 확보할 수 있었다. 프로키노가 이동영화관을 선택함으로써 상업영화에서는 볼 수 없었던 현상들을 명확히 할 수 있을 것으로 예상된다.

II. 소형영화

2.1. 소형카메라

1930년 전후 "프롤레타리아 예술 중"에서 "선동력과 선전력 측면에서 가장 뛰어났던"[8] 프로키노에 대해 영화평론가인 다나카 쥰이치로(田中純一郎)는 "좌익 진영에서" "유일한 행동적 사상단체"[9]임을 밝히고 있다. 다나카의 평가의 배경에는 프로키노의 활동이 상업적 이익을 추구하지 않음으로써 자본주의에 대한 대항, 사회로부터 배제되고 차별받았던 사람들을 직접 찾아가서 자신들의 관객으로 만들었기에 가능했을 것이다. 이러한 프로키노의 주체성 또한 중요하지만 본 연구에서는 시점을 바꿔 프로키노가 선택할 수밖에 없었던 소형영화의 기술적 측면이 갖고 있는 의미를 주목하고자 한다.

프로키노가 선택한 소형영화에 대해 영화연구사가인 마키노 마모루(牧野守)는 "카메라를 촬영소라는 인공적인 꿈의 공장에서 해방, 가두로 진

---

8) 村山知義, 「小型映畫とその效果性」, 『プロレタリア映畫入門』, 前衛書房, 1928, p.118.
9) 田中純一郎, 『日本映畫發達史Ⅱ』, 中央公論社, 1980, p.378.

출, 싸움의 무기로서 영화를 이용"10)한 것으로 평가하고 있다. 본 연구에서는 마키노 의견을 참고로 프로키노의 소형영화에 대해 밝히려한다.

우선, 일본에서 소형영화의 등장과 보급에 대해 살펴보기로 한다. 소형카메라가 처음으로 일반인들에게 보급된 것은 프랑스의 9·5밀리의 소형카메라인 파테 베이비가 수입된 1923년 이후의 일이다. 파테 베이비와 함께 미국으로부터도 16밀리의 소형카메라가 수입되어, 9·5밀리와 16밀리 카메라로 촬영한 영화를 소형영화라 부르게 되었다. 프로키노가 당시 사용했던 파테 베이비와 영사기를 다음 그림을 통해 알아보기로 한다.

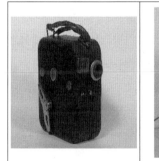

[그림1] 9·5밀리 파테 베이비 카메라와 영사기(좌, 중 고베영화자료관 소장품), 16밀리 카메라 잡지광고(우)

필자가 고베영화자료관에서 파테 베이비를 실제로 확인한 결과, 2킬로그램 정도의 무게로 호주머니에 들어갈 정도의 크기였다. 기존의 카메라에 비해 "손바닥에 들어갈 정도의 작은 카메라는 카메라라기보다는 장난감"11)에 가까웠다. 카메라는 아마추어용으로 설계되어 특별한 촬영기술

---

10) 牧野守, 「日本プロレタリア映畫同盟の創立過程についての考察」, 『映像學』, 日本映像學會, 1983, p.5.
11) 村山知義, 前揭書, 1928, p.100.

을 필요로 하지 않았으며 간편하게 사용할 수 있게 설계되었다. 파테 베이비의 등장으로 인해 기존에 인식되었던 영화와 대중의 관계는 급격하게 변화하기 시작했다. 파테 베이비의 등장으로 일어난 변화를 다음 인용문을 통해 엿볼 수 있다.

> 촬영기, 영사기의 가격은 교사 월급의 약3개월분이나 했으며 대인기를 끌었다. 라이브러리 형식의 영화도 판매되었기 때문에 파테 베이비를 구입한 가정은 작은 영화관이 되어 이웃이나 친척이 수시로 드나들게 되었다.12)

파테 베이비 한 대는 당시 '교사 월급의 약3개월분'이나 했을 만큼 비싼 사치품이었으며, 촬영을 위해서는 필름, 촬영한 필름을 보기 위해서는 현상료와 함께 영사기가 필요했다. 부유층만의 전유물이었던 소형영화는 일부의 한정된 이들에게 '대인기'였다. 조금이라도 수고와 경비를 절약하면서 사적으로 영화를 즐기려는 이들에게는 소형영화에 맞는 작품을 미리 제작, 필름화(상품화)해서 대출과 출장을 전문으로 하는 '라이브러리 형식의 영화'가 제공되었다. '이웃이나 친척이 수시로 드나들'며 '작은 영화관'의 역할을 담당한 소형영화는 1950년대 후반 일본에서 텔레비전이 등장함으로써 일어난 현상과도 유사하다고 할 수 있다.

소형영화의 등장으로 영화 전문가뿐만 아니라 일반인들이 자신의 신변을 영상으로 기록하거나 이를 영상으로 제작할 수 있게 되었다. 지극히 한정된 사람들 사이에서 향유되어 왔던 소형영화는 서서히 대중화되어 1926년에는 도쿄 파테 베이비 클럽(東京パティベビー倶樂部)의 결성에 이르고,

---

12) おもしろニュース研究會, 「小型映寫機, 一世を風靡」, 『20世紀B級ニュース』, 角川書店, 2000.

제1회 촬영대회에는 108점이나 되는 작품이 투고될 정도로 인기를 끌었
다. 작품은 주로 자연 풍경을 촬영한 10분이내의 필름이 대부분이었다.
이렇듯 자신이 제작자가 되고 동시에 관객이 되는 영화애호가들이 다수
생겨나고 소형영화 붐으로 이어져 동호인 클럽, 기관지, 촬영경연대회가
곳곳에서 나타나게 되었다. 소형영화는 하나의 문화로서 정착하게 된 것
이다.

　소형영화의 대중화를 중요한 테마로 삼고 있는 오즈 야스지로(小津安二
郞)감독의 무성영화『어른이 보는 그림책 태어나기는 했지만(大人の見る繪本
生まれてはみたけれど)』(松竹, 1932년, 이하『태어나기는 했지만』이라 함)에서 소형영
화의 활용을 보기로 하자. 영화에서 어른들의 불평등한 계급 사회의 모습
을 어린 형제가 인식하는 계기로써 소형영화가 사용되고 있다. 다음은 영
화의 시나리오의 일부이다.

　　　　오늘 다로네 집에서 활동사진한데.
　　　　「뭐? 활동사진?」호기심으로 가득 찬 형제의 눈이 반짝반짝한다.
　　　　(중략)
　　　　이와사키 전무의 집(F・I)(중략)
　　　　한쪽에는 이와사키 부부와 후루이가 앉아있고, 구보타와 요코야마가
　　　16밀리 전용 영사기에 필름을 끼워 상영 준비를 하고 있다.
　　　　실내가 어두워지자 영사기가 돌아가기 시작한다.
　　　　스크린에는 동물원을 찍은 필름이 돌아간다.
　　　　사자가 나타난다.
　　　　아이들 즐거워한다. (중략)
　　　　다시 영사가 시작된다.
　　　　=도쿄 시가지 풍경(중략)
　　　　=이번에는 후루이가 나타난다.

료이치(良一)와 게이지(啓二) 즐거워한다.

＝화면에는 이와사키 전무 앞에서 수줍어하며 몸둘바 몰라하는 아버지
(후루이-필자)는 전혀 대단하지 않다는 것이 차차 나타난다.

료이치와 게이지 갑자기 상연회가 재미없어졌다.13)

[그림 2] 소형영화 상영회 『태어나기는 했지만』

그림은 『태어나기는 했지만』에서 전무인 이와사키 집에서 이루어진 상
영회의 한 장면이다. 이와사키의 부하직원인 후루이(齊藤達雄)와 그의 두
아들인 료이치(菅原秀雄)와 게이지(突貫小僧)가 상영회에 초대되어 '호기심'
어린 눈으로 첫 영화체험을 한다. 상영회에는 '라이브러리 형식의 영화'
의 하나로 생각되는 우에노 동물원의 사자 영상이 출장 영사기사(구보타와

---

13) 井上和男編, 『小津安二郎作品集Ⅱ』, 立風書房, 1983, pp.26-27.

요코야마)에 의해 영사된다. 사자를 영상으로 본 두 아이들은 자신들을 향해 튀어 나올 듯한 사자에 겁먹은 표정으로 흥분하고, 이어 상영되는 도쿄 시가지의 풍경은 이와사키 전무가 자신의 소형 카메라로 촬영한 것이다. 이와사키 전무가 촬영한 필름에는 료이치와 게이지 형제에게는 세상에서 '가장 대단한'아버지 후루이가 나타난다. 하지만, 영화 속에서 '수줍어하며 몸둘바 몰라 하는'아버지의 모습을 목격한 형제는 곧이어 동물 흉내까지 내며 전무의 기분을 맞추려는 아버지의 모습에 실망하게 된다. 형제는 세상에서 '가장 대단'하다고 믿어왔던 아버지가 실은 회사에서는 대단하지 않았다는 것을 깨닫게 된 것이다.

상영회에 모인 이들이 익살스러운 모습의 아버지를 보며 즐거워하는 것이 못마땅한 형제에게 전무 아들 타로는 '너희 아버지 정말 웃기는 사람'(자막 64분06초)이라며 조롱한다. 익살스러운 후루이의 표정은 당시 영화를 보는 관객에게는 세계적인 희극스타이자, 『태어나기는 했지만』이 개봉되기 직전인 5월 14일에 일본을 방문한 채플린(1889-1977)[14]과 오버랩이 되었을 것이다.

아버지의 우스꽝스러운 모습을 접한 형제의 표정은 점점 변하고 '호기심어린 눈'으로 보기 시작했던 '활동사진'은 불유쾌한 체험이 되고, 아버지에 대한 타오르는 분노를 참지 못한 형제는 상영회 도중 집으로 돌아간다. '활동사진'은 형제에게 영웅이었던 아버지가 사실은 그렇지 않다는 것을 일깨워준 중요한 매체로서 그려지고 있다. 즉, 자본가(이와사키 전무)

---

14) 찰리 채플린은 생애 4번에 걸쳐 일본을 방문했다. 첫 방문은 군부의 중국대륙진출(만주침략)에 비판적이었던 이누카이 쓰요시(犬養 毅, 1855-1932)수상이 해군장교들에 의해 암살된 5·15사건 전날인 1932년 5월 14일에 일본을 찾았다. 두 번째는 2·26사건 직후인 1936년 3월7일, 세 번째는 신혼여행을 겸한 세계 여행 도중 1936년 5월 14일 방문한다. 마지막은 전후인 1961년 7월 17일이다.

와 노동자(후루이)사이의 계급 격차가 '이제부터 아이들에게 죽을 때까지 평생 따라다닐'(자막 76분59초, 아버지 후루이의 대사)문제로써 대두되고 있다.

어린이의 눈을 통해 사회의 구조를 우회적으로 비판한『태어나기는 했지만』는 1920년대 후반부터 사회적인 문제를 다루며 인기를 끌었던 경향영화의 성격을 띤 영화이지만, 본 연구에서는 영화 속에 그려진 소형영화를 통해 이전까지는 단지 영화를 즐기는 소비자에 지나지 않았던 사람들이 영화 제작의 생산자로 영화에 적극적으로 참여하게 된 경위를 밝히고자 한다.

2.2. 소형영화 시나리오

1932년에 제작된『태어나기는 했지만』은 소형영화를 중요한 모티프로 다뤘지만 이미 1920년대 후반부터 소형영화에 주목한 이들이 프로키노이다. 프로키노의 창립멤버인 도쿄제국대학의 학생인 사사 겐쥬(佐々元十)는 1928년에 소형영화에 대해 "부르주아의 비싼 장난감으로써 사용되어왔던 소형 촬영기가 (우리에게는—필자) 선동영화의 촬영 및 ×××적 일상적 휴대에도 도움이 될 것이다"[15)고 말하고 있다. 자본주의 영화의 생산수단인 카메라를 부르주아의 손으로부터 빼앗아 프롤레타리아를 위해 유익한 수단이 될 수 있음을 의미하고 있다. 단 무라야마 도모요시(村山知義)가 "기대할 수 없는" "완구"[16)에 지나지 않는다고 평한 소형카메라는 성능면에서 약점을 가지고 있었다. 폭이 9·5밀리인 필름을 사용하는 소형카메라는 3배의 폭을 갖는 상업영화의 35밀리에 비해 피사체의 표정 등 세

---

15) 佐々元十, 「玩具·武器—撮影機」, 『戰旗』, 戰旗社, 1928. 6, p.32.
16) 村山知義, 「最初の映畫」, 『プロレタリア映畫入門』, 前衛書房, 1928, p.100.

세한 곳을 선명하게 촬영할 수가 없었다. 이로 인해 화면 사이즈를 커다 랗게 확대해야만 했던 상설관 관객의 눈에 소형카메라에 의한 영상은 "흐릿하게 밖에"[17] 보이지 않았다. 그럼에도 불구하고 프로키노를 경제 적, 문화적으로 응원하는 모임의 중심적인 인물이었던 무라야마는 「소형 영화와 그 효과성」에서 소형영화에 주목하며 프롤레타리아 영화운동을 위해서는 "소형 시네마가 가장 적합"[18]하다고 말하고 있다. 이는 프로키 노가 소형카메라를 선택할 수밖에 없었던 근본적인 이유에서 기인한다. 즉 "경제적"인 점과 "휴대"가 편한 점, 그리고 소형영화는 검열의 대상이 아니었기 때문에 "촬영허가가 불필요"[19]했기 때문이다. 세트 촬영을 중 심으로 이루어진 상업영화에 비해 노동현장과 메이데이 등 실사영화를 주로 촬영한 프로키노에게 소형영화는 이동의 편리성과 함께 검열로부터 자유스러운 미디어였던 것이다. 하지만 프로키노가 소형카메라로 영화제 작을 시작하자 소형영화도 검열의 대상이 되었다.

프로키노가 7년간 제작한 53편 중, 35밀리 카메라로 촬영한 『행복(幸 福)』과 『제 12회 도쿄 메이데이(第12回 東京メーデー)』를 빼면 모든 작품이 9·5밀리, 16밀리 소형 카메라에 의한 소형영화이다. 35밀리 영화에 비 해 촬영, 상영에 대규모의 장치, 시설과 대량의 자본, 노력을 필요로 하지 않는 소형영화가 가장 적당했기 때문이다. 실제로 소형영화의 기술적, 경 제적인 면에서 고려한 시나리오가 프로키노의 기관지에 서서히 발표된다. 필름 1롤로 찍을 수 있는 분량은 10분 정도로 이를 위해 시나리오도 10 분이내의 작품이 대부분이었다. 이러한 사정을 근저로 무라야마도 소형

---

17) 上揭書, p.101.
18) 上揭書, p.118.
19) 佐々元十, 「移動映畵隊」, 『戰旗』, 1928. 8, p.124.

카메라라는 새로 등장한 '무기(武器)'를 프롤레타리아 문화운동에 적극 활용하기 위해 고심하면서 새로운 타입의 시나리오를 창안했다. 다음은 프로키노를 적극적으로 지원한 인물이었던 무라야마가 프로키노의 소형영화 제작을 위해 쓴 시나리오의 모두에 기술된 설명 인용문을 나열해 보기로 한다.

> 표정을 중심으로 한 소형 연기 영화를 위해
>
> 「醜い生死」『新選村山知義集』, 1929년
>
> 16밀리로 간단하게 제작할 수 있도록
>
> 「印刷機」『新興映畫』, 1929년 9월호
>
> 16밀리로 카메라를 이용, 오래된 부르주아영화를 모아 편집하면 가능하도록
>
> 「スポーツ」『新興映畫』, 1929년 10월호
>
> 16밀리로 간단히 촬영 가능하도록 「手」
>
> 『新興映畫』, 1929년 11월호
>
> 16밀리로 간단하게 만들 수 있도록 「犬」
>
> 『新興映畫』, 1930년 1월호

무라야마의 시나리오 「끔찍한 삶(醜い生死)」, 「인쇄기(印刷機)」, 「스포츠(スポーツ)」, 「손(手)」, 「개(犬)」에는 '소형영화'와 '16밀리'의 소형카메라로 제작가능 하도록 제작자에게 당부의 말을 덧붙이고 있다. 이 시나리오들은 무라야마가 프로키노의 소형영화에 맞춰 시나리오를 만들어 프로키노를 지원하려한 그의 열의를 느낄 수 있는 작품들이다.

우선, 시나리오 「끔찍한 삶」에는 "너무 서둘러서 숨을 헐레벌떡하거나 갑자기 멈춰 서서 생각하거나 상대편을 째려보거나 놀라거나 혼잣말을 하거나 실실 웃는" "옆 얼굴 클로즈 업"과 "눈 클로즈 업"[20]이라는 무라

야마의 지시가 명기되어 있다. 프로키노에 의해 영화제작에는 이르지 못했지만 「끔찍한 삶」에는 프롤레타리아 연극의 신인 양성을 위해 영상교과서의 필요성을 절실히 느낀 무라야마의 목적이 느껴지는 작품이다. 프로키노를 위한 작품이 아니었지만 만약 「끔찍한 삶」이 제작되었다면 연극인 양성을 위해 제작된 최초의 영상이 되었을 것이다.

또 작품의 "대부분"을 "부르주아 영화를 모아 편집"하면 가능하도록 한 시나리오 「스포츠」는 이미 제작된 상업영화의 역이용이라는 방법으로 만들려했다. 우선 시나리오에는 육상, 스키, 야구, 유도 등 수많은 스포츠 선수가 나타난다. 네덜란드의 암스테르담에서 개최된 제9회 올림픽(1928년)을 의식한 듯한 「스포츠」는 "정치에 대한 민중의 무관심"을 노린 당국의 스포츠 정책을 신랄하게 비판하고 있다. 이는 스포츠가 국가에 의해 정치적으로 이용되는 것에 대한 비판이라 할 수 있다. 시나리오 속 선수들은 "돌격하는 병사(육상)", "이탈리아의 산악스키부대", "수류탄 던지는 병사(투포환 던지기)", "데모 대열을 발로 차는 ×관(축구)"들로 올림픽 경기의 선수들을 연상시키고 있다. 스포츠와 군사(정치)를 연관시켜 힌트를 얻은 시나리오 「스포츠」는 스포츠와 전쟁을 다룬 '오래된 부르주아영화'의 영상을 이용해, 원래의 의미에서 탈피해 재창조를 시도한 작품이다. 아쉽게도 시나리오 「스포츠」는 제작에 이르지 못했지만 기성영화작품의 역이용은 연극과 영화의 융합을 끊임없이 시도한 무라야마가 1929년 11월 이 기법을 자신이 연출한 연극에서 실현시킨다. 시나리오 「스포츠」와 동시에 1929년 11월에 상연된 연극 『서부전선 이상없다』(쓰키지 소극장, 1929년 11월)의 무대에는 연극의 무대장치로써는 도저히 불가능한 전쟁의 스

---

20) 村山知義, 「醜い生死」, 『新選村山知義集』, 改造社, 1931, p.468.

펙터클함을 독일의 뉴스영화『세계대전』의 필름 일부를 편집·이용해 전쟁의 비참함을 효과적으로 표현, 일본의 중국침략에 대한 비판으로 연결시키고 있다.[21] 무라야마의 기성 영화(국책영화)의 역이용은 전후, 전직 프로키노 영화인이었던 이와사키 아키라(岩崎昶)와 좌익 영화인이었던 가메이 후미오(龜井文雄)가 감독한 영화『일본의 비극(日本の悲劇)』(日本映畵社, 1945년)에서 적극적으로 활용된다.[22] 전전(戰前) '천황'의 활동을 다룬 뉴스 영화 필름만을 편집한『일본의 비극』은 이전 전쟁에 적극적으로 가담한 '천황'을 다룸으로써 '천황'의 전쟁책임문제를 적극적으로 추구하고 있다.

「끔찍한 삶」과 「스포츠」에서는 경제적인 면과 함께 간편한 사용으로 소형카메라를 선택했지만, 「인쇄기」, 「손」, 「개」는 소형카메라의 특성을 적절히 살린 시나리오이다. 시나리오는 화면의 크기가 작아 해상도가 낮았기 때문에 35밀리 카메라에 비해 세세한 동작과 원거리에서의 촬영에는 적절하지 않았던 소형 카메라의 약점을 이용해 정지된 사물을 영화의 제재로 한정하고 있다.

「인쇄기」는 독일의 구텐베르크의 인쇄술 발명에서 시작해 일본의 근대 인쇄에 이르기까지의 과정을 다루고 있다. 인쇄술의 발명으로 인해 일부에 한정되었던 지식이 대중화되는 프로세스를 알리는 교육적인 영화라

---

21) 졸저, 「村山知義における演劇と映像の融合」, 岩本憲兒編, 『村山知義 劇的尖端』, 森話社, 2012, p.293.

22) 『일본의 비극』은 1946년 5월에 완성되어 6월25일에 검열을 통과했지만 영화사의 배급거부로 인해 지방에서 우선 개봉되었다. 『일본의 비극』은 검열통과 후인 8월2일, 당시 수상이었던 요시다 시게루(吉田茂)가 보고 격노, GHQ에 항의함으로써 8월13일, 일본영화사의 이와사키 아키라 제작부장이 CIE(민간 정보교육국)에 불려가, 재검열의 결과, 상영허가가 취소되어 필름을 몰수당했다. 龜井文夫, 『たたかう映畵─ドキュメンタリストの昭和史』, 岩波新書, 1989, p.110.

해도 과언이 아니다. 시나리오는 "손쉽게 구할 수 있는"도판이나 신문기사의 제목 등의 인쇄물만을 촬영하는 것으로 "간단하게 제작할 수 있도록"[23]구성되어 있다. 시나리오는 에도(江戶)의 목판인쇄로부터 당시의 신문인쇄로 옮겨져 실제로 발행된 신문기사를 차근차근 촬영한다. 만주에 "러시아가 침입하면 일본은 가만있지 않는다. 끝까지 권익확보에 노력할 것"이라는 기사에 대해 "누구의 이익이야. 너희들에게 줄 목숨은 없어"라는 작가에 의한 자막이 이어진다. 이는 1920년대 후반에 만주를 둘러싼 소련과 일본 사이에 발생한 긴박한 상황에 대한 신문기사를 다루고 있다. 일본이 소련과 맞서려는 것은 일본 전체의 이익을 위해서가 아닌 실은 "너희들", 즉 일부 자본가들의 경제적 "권익확보"를 위한 행위이며, 그들의 이익을 위한 대중들의 희생을 의미하고 있다.

또한 "조선 총독은 무관에서 선임결정 후쿠다 대장 가능성 높다"라는 신문기사에 대해 "제기랄 그 ×××가"라는 자막이 이어진다. 시나리오는 검열에 의해 복자(伏字)된 「×××」는 '학살자' 또는 '살인자'에 해당하는 말이었을 것으로 추정된다. 후쿠다 대장은 청일전쟁 때 조선에 출병한 군인으로 1923년 관동대지진 직후에는 관동계엄사령관에 임명되어 조선인 학살의 총책임자가 된 후쿠다 마사타로(福田雅太郞, 1866-1932)이다. 조선인을 무참하게 살해·학살한 후쿠다가 조선 총독에 선임될 가능성이 짙다는 것에 대한 비판으로 읽을 수 있다. 검열을 통과한 신문기사를 교묘하게 이용해 경제적인 면은 물론, 검열의 문제, 움직임이 없는 신문기사를 이용함으로써 소형 카메라의 약점을 보완하면서 제작 가능한 방법을 찾고 있음을 알 수 있다.

---

23) 村山知義, 「印刷機」, 『新興映畫』, 1929. 9, p.66.

이처럼 시나리오는 프로키노가 소형 카메라를 이용해 소액의 제작비만으로도 제작 가능한 작품이며, 소형 카메라가 갖고 있는 기술적인 약점을 효과적으로 살린 것들이다. 유감스럽게도 위의 시나리오는 어느 것도 영화화에 이르지는 못했다.

그러면 무라야마가 프로키노 영화제작을 위해 제공한 시나리오 중에서 유일하게 영화화 되어, 다행히 현재에도 볼 수 있는『전선』을 통해 소형 카메라 사용법을 구체적으로 살펴보기로 한다.

2.3. 소형영화『전선』

『전선』은 시영 전차 투쟁의 과거(1927, 30년), 현재(1932년), 미래를 그린 「시영 전차의 형제들」(『プロレタリア映畫』, 1931년3월호)을 바탕으로 제작했다. 무라야마는 그때까지 실패로 끝난 도쿄 시영 전차 쟁의의 원인으로써 과거에 있어서는 노동자 측의 태만과 '다라칸(ダラ幹, 타락한 노동자 조직의 간부)'의 배신이, 현재에는 시영 전차의 경영적자에 대한 대책으로 이루어진 노동자의 대량해고, 앞으로는 "하부에서"선출된 이들이 중심이 되어 시영 전차 노동자가 힘을 합쳐 싸워야 한다고 말하고 있다.『전선』은 스토리를 갖는 극영화로서 타이틀이 말해주고 있는 것처럼 움직임이 많은 버스와 전차 등의 교통기관을 다루고 있어, 기술적으로 미비했던 소형 카메라에 의한 제작에 곤란한 점이 많았다. 하지만 시나리오에는 소형 카메라의 특성을 살린 신문 기사와 캐리커처를 적극적으로 이용하고 있다.

[그림 3] 『전선』

그림3의 왼쪽은 "시장, 간부, 전기국장, 경시총감의 웃는 얼굴이 겹친다"라는 시나리오에 따라 그려진 캐리커처이다. 영화에서는 도쿄 시영 전차 투쟁과 관계한 기관의 간부였던 그들의 얼굴이 겹쳐진 영상은 제작되지 못하고, 이들 중 한명이 캐리커처로 표현되었다. 제복으로 판단하면 경시총감일 가능성이 높다. 경시총감은 도쿄 시영 전차 투쟁에 직접 관계한 이외에 수많은 프롤레타리아 문화인을 탄압한 인물로 강조할 필요가 있었다. 이러한 인물을 캐리커처로 표현한 것은 정지화상의 효과를 이용하기 위함이었다고 할 수 있다. 끊임없이 움직이는 동적·실시간적인 영화는 관객에게 이해할 만한 시간적 여유를 허락하지 않는다. 하지만 정지한 캐리커처를 화면에 비춤으로써 움직임 속에 정지가 나타나며 관객의 눈은 그 화면에 따라 멈춰 강한 인상을 받을 수 있었다.

오른쪽은 시나리오의 "부르주아 신문이용의 선전술"이라는 지시에 따른 화면이다. 신문은 영화를 위해 만들어진 것이 아닌 실제 신문기사를 이용한 것으로 보인다. 기사 정 가운데에는 "오늘부터 약 2천명 해고"라는 기사가 일부러 초점이 흐려져 있다. 기사의 바로 옆에는 소비문화의 상징이기도 한 백화점 다카시마야(高島屋)의 상징이 커다랗게 나타나고 있다. 신문기사와 다카시마야의 마크 사이에 보이는 구멍으로부터 필름과 필름을 연결한 것임을 알 수 있다. 해고를 알리는 신문기사와 다카시마야의 마크의 의도적인 대비는 생산을 담당하는 노동자의 고통과 소비를 즐기는 지배자의 대조를 통해 관객에게 강렬한 인상을 준다. 신문의 같은 지면(화면)에 그것도 바로 옆에 정반대의 정보를 배치함으로써 계급문제와 노동자에 대한 차별을 날카롭게 비판하고 있는 것이다. 이 화면을 수 초간, 정치화상으로써 투사함으로써 관객의 사고력을 자극하며 비판정신을 불러일으키려했다.

그림 3에서 다룬 캐리커처와 신문의 제목을 촬영한 영상은 제작비를 거의 들이지 않고 가장 효과적이면서도 사회현상을 적나라하게 투사한 것으로 소형 카메라에 의한 촬영으로도 충분히 가능한 것이었다.

이상과 같이 프로키노는 경제적 약점과 소형카메라의 기술적 약점을 극복하기 위해 도판과 신문기사를 클로즈업해서 촬영해 설명과 묘사의 노력을 생략하거나 기존의 상업영화의 필름을 작품에 재이용함으로써 제작비의 절약과 검열대책을 강구하면서 비판정신에 넘치는 영화제작에 도전했다.

프로키노는 신속한 이동성과 조작이 간편한 조작성이라는 강점을 가진 소형 카메라가 "쟁의단 본부, 만담과 재담의 흥행장(寄席), 농촌의 집회소, 가정집 등 모든 적당한 장소에 신속히 출동"[24]할 수 있음에 주목하게 된다.

---

24) 村山知義, 「小型映畵とその效果性」, 『プロレタリア映畵入門』, 前衛書房, 1928. p.118.

Ⅲ. 이동영화관

3.1. 영화상설관

소형카메라를 사용해 제작된 프로키노 영화는 표준형인 35밀리 카메라로 제작된 영화를 중심으로 한 일반 영화관에서 상영이 불가능했기 때문에 필름을 가지고 전국을 순회하는 이동영화관을 고안하게 된다. 즉, 프로키노 영화는 관객이 보러 가는 영화가 아닌, 관객을 찾아가는 영화라말할 수 있다. 본래 문학은 문자를 읽을 수 없는 대상에게 어떻게 메시지를 전달해야 하는가라는 문제, 연극은 극히 한정된 장소에서 상연이라는문제 등을 내포하고 있었다. 달리 말하면 교육을 필요로 하는 문학과 장소가 한정될 수밖에 없었던 공연활동으로 청중을 제한할 수밖에 없었던연극이 가지고 있었던 계급적 한정성이 이에 해당한다. 이러한 문제에 대한 하나의 답안으로써 고안하게 된 것이 프로키노의 이동영화관이었다.본 연구에서는 이러한 관점에서 이동영화관을 고찰하려 한다.

일본의 영화사를 보면 1896년에 고베의 일부의 사람들을 위해 상영된영화는 다음해 3월에는 도쿄 간다의 긴키칸(錦輝館)에서 일반을 대상으로공개되었다. 영화를 처음 체험한 "관객은 무엇을 보여줘도 만족"했으며"관객 중에는 스크린 뒤에 무언가 속임수가 있는 것은 아닌지 일부러 확인하려"25)한 사람도 있었다. 긴키칸의 영화 상영 후, 영화의 상영이 가능한 상설관이 서서히 건설되었다. 다음 표로부터 전전(戰前) 일본의 상설영화관의 추이를 보기로 한다.

---

25) 加藤秀俊篇, 『明治・大正・昭和世相史』, 社會思想社, 1967, p.130.

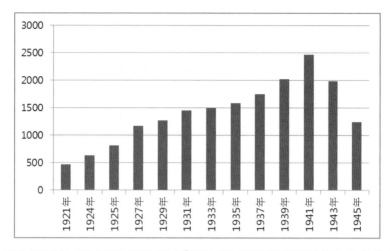

[표 1] 1926년부터 1940년까지의 영화상설관 수(『영화론 강좌 영화사전(映畵論講座 映畵の事典)』참조)

1921년에 470관에 지나지 않았던 영화 상설관수는 1927년에 1171관 (연간 입장자수 1억6천만 명), 1931년에는 1449관(연간 입장자수 2억 명)에 이르렀다. 같은 해 8월, 고쇼 헤이노스케(五所平之助)감독이 제작한 일본 최초의 유성영화 『마담과 아내(マダムと女房)』(松竹, 1931년)의 등장으로 인해 각지에 유성영화 전용상설관이 새롭게 건설되기 시작했다. 상설관은 1939년에는 2000관을 넘어, 대부분의 영화관에서 유성영화의 상영이 가능하게 되며 관객 수는 연간 4억 명을 넘을 만큼 성장한다. 하지만 전쟁의 장기화와 영화법의 시행(1939년)으로 인해 영화산업은 당국의 감시, 통제가 엄격해지고 쇠락의 길을 걷게 된다.

표에서 영화관 수만을 보면 일본 전국의 모든 이들이 영화를 즐겼다고 짐작할 수 있지만 대도시를 중심으로 이루어진 영화의 혜택을 보지 못한 농어촌의 사람들, 일본어를 모르는 조선인 노동자에게 영화는 동경의 대상에 지나지 않았다. 영화로부터 배제된 이들을 위해 영화관으로부터 배제된 프로키노가 선택한 것이 이동영화관이다.

3.2. 이동영화관 관객

프롤레타리아 문화 활동은 초기인 1920년대 후반에는 도시공장노동자를 중심으로 이루어졌으며 1930년부터는 활동방침 변경으로 농민도 노동자의 대상으로 편입시킴으로써 프롤레타리아 문화 활동의 영역이 확장되었다. 도시공장노동자를 중심으로 활동한 초기의 프로키노 또한 1929년 4월부터 도시공장노동자를 중심으로 몇 차례의 이동영화관을 개최했다. 이동영화관이 대도시의 공장에 한정된 것은 프로키노의 한정된 영화 필름의 수(1작품에 오리지널 1편, 프린트 1편이 보통)라는 문제도 있었지만 보다 근본적인 원인은 프로키노가 농촌문제를 중요시하지 않았기 때문이다. 하지만 1930년부터는 농촌에서 지주의 소작농 착취가 사회문제화 되고, 이에 대항한 농민의 소작쟁의가 이어지자, 프롤레타리아 문화 활동은 농촌문제에 서서히 관심을 갖게 되었다. 농촌문제에 대한 이러한 관심의 고조는 1930년 니이가타현(新潟縣) 사도지방(佐渡地方)에서 이루어진 프로키노의 이동영화관으로 이어진다. 당시의 활동에 대해 이동영화관을 담당했던 프로키노 한 단원의 다음의 보고서를 살펴보고자 한다.

되돌아보면, 작품의 난해, 미숙, 해설금지 등 불완전함에도 불구하고 체재 14일간 3천 여 명의 농민, 가족, 일반 무산시민, 노동자를 관객으로 얻든 일은, 주최자 농민조합 및, 각지의 ××(혁명)적 청년제군의 절대적인 지지, 응원의 결과임과 동시에 우리들 프로키노에게는 어떻게 하면 영화가 그 매력, 대중성과 함께 위대한 동원력을 갖고 있는지, 조직과의 연대를 통해 어떻게 하면 대중의 계몽, 조직의 하부에 도움을 줄 수 있는지를

알려준 절회의 기회였다.[26]

농촌문제조사소(農村問題調査所)와 전국농민조합 니이가타현 연합회 주최
로 1930년 12월 1일부터 20일까지 니이가타현 14개 지역에서 이루어진
이동영화관 담당자(高週吉)의 보고서의 일부이다. 두 명의 프로키노 단원
(山田三吉와 高週吉)이 필름과 영사기를 가지고 이루어진 이동영화관에는
어린이, 부인, 노인, 젊은이가 매일 200여명이나 모였으며, 젊은 남녀가
중심을 이루었던 도시에서의 상영회와는 관객층이 전혀 달랐던 듯하다.
보고서에 의하면 "마을 사람들은 처음으로 접한 영화가 어떤 종류의 것
인가를 알고" 노동자 착취를 그린 『항만 노동자(港湾勞働者)』 화면에 공감
을 표현하며 "열심히 보기 시작했다"고 기록하고 있다. 상설관이 완비되
지 않았으며 상영회조차 개최된 적이 없었던 지역의 사람들에게는 프로
키노 영화는 신문명 그 자체였음을 알 수 있다.

프로키노의 이동영화관에서 상연된 필름은 1929년 3월 5일에 도쿄 간
다의 여관에서 우익의 '백색테러'에 의해 살해된 노농당 국회의원 야마모
토 센키치(山本宣治)[27]를 추모한 『야마센 노농장(山宣農勞葬)』(프로키노, 1929

---

26) 並木晋作, 『日本プロレタリア映畫同盟全史』, 共同出版社, 1986, p.124.
27) 1899년에 교토에서 태어난 야마모토는 1907년부터 5년간 원예연구를 위해 캐나다의
밴쿠버에 유학한다. 아버지의 병환으로 인해 귀국한 후 도쿄제국대학에 입학, 동물학
을 전공하며 좌익학생조직이었던 「신인회(新人會)」에도 참가한다. 졸업 후에 교도제국
대학, 도지샤대학에서 생물학을 가르쳤다. 1922년에 일본을 방문했던 산아조절운동가
마가렛 상가 여사의 통역을 맡은 후 일본에서 산아제한 운동에 전념하게 된다. 이
후 정치에도 관심을 갖고 노동당에 입당, 1928년 제1회 보통선거에 교토에서 당선되
며, 다음해 3월 5일에 치안유지법 개정에 반대함으로써 우익단체였던 칠생의단(七生
義団)의 구로다 호쿠지(黑田保久二, 1893-몰년 불명)에 의해 도쿄 간다의 여관(光榮館)
에서 암살되었다. 그 후 노동자들에게 「야마센」이라는 애칭으로 사랑받았다. 宇治山宣
會編, 『民衆とともに歩んだ山本宣治』(かもがわ出版, 2009年), 本壓豊, 『山本宣治人が輝くとき』
(學習の友社, 2009年)를 참고했다.

년)과 『제10회 메이데이(第十回メーデー)』(프로키노, 1929년)였다. 하지만 이동
영화관에 모인 관객의 대부분은 야마모토의 장례와 노동자들의 데모보다
는 대도시인 도쿄와 교토의 풍경과 함께 그때까지 본 적이 없는 수많은
사람을 더 흥미로운 대상으로 여겼을 것이다. 도시 노동자를 주요 대상으
로 만들어져 온 프로키노 영화는 농민에게는 신문명으로 영화가 가져오
는 놀라움 이외에는 그 어떤 흥미로움도 줄 수 없었던 것이다. 이에 대한
반성으로 보고서는 이후 이동영화관이 "일반적으로 뛰어난 선동영화와
함께, 재미있고 이해하기 쉬운 계몽작품"을 사람들에게 제공해야 함을 반
성하고 있다. 영화를 통해 자신들도 도시 노동자와 함께 같은 노동자라는
프롤레타리아 의식을 농민에게 전하지 못했다. 농민의 감각과는 동떨어
진 세계를 표현한 프로키노 영화에 대한 농민들의 위화감을 체험한 프로
키노는 그 후 농촌을 무대로 한 작품들을 제작하기 시작한다. 『공동경작
(共同耕作)』(1930년), 『가와라바야시 소작쟁의(河原林小作爭議)』(1930년), 『토지
(土地)』(1931년), 『흉작지 농민을 구하라(凶作地の農民を救へ)』(1932년), 『노동단
결떡(勞農団結餠)』(1932년)이 이에 해당한다. 농민과 농촌 문제를 그린 프로
키노의 영화는 이동영화관을 통해 농민에게는 일본 전국의 농민과의 연
대의식을 불러일으키고, 도시 노동자에게는 같은 노동자로서 농민에 대
한 관심을 불러 모았다.

농촌문제에 관심을 가지게 된 프로키노는 이동영화관을 통해 조선의
노동자들의 존재를 인식하게 되는 기회 또한 얻었다. 지역과 산업의 차
이, 공업과 농업을 뛰어넘는 연대뿐만 아니라 당시의 지배자와 피지배자,
억압자와 피억압자가 대립을 극복하는 장으로 프로키노의 이동영화관이
활약하게 된다.

일본에는 당시 식민지 조선에서 수많은 조선인이 일본에 와 있었다.

프로키노가 활동한 시기는 그 수가 급격히 늘어나기 시작한 때이기도 하
다. 그들의 대부분은 노동자로, 도로공사와 광산 등 위험한 작업환경에서
낮은 임금, 언어문제로 인해 같은 노동자 사이에서도 심한 차별을 받았
다. 다음의 표에서 재일조선인 인구의 변화를 통해 그 상황을 검토해 보
기로 한다.

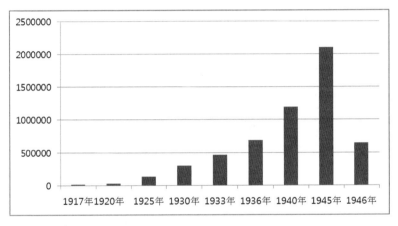

[표 2] 재일 조선인의 인구추이 (강재언 『일본의 조선지배 40년』)

재일역사가인 강재언에 의하면 한일강제병합이 이루어지기 전인 1909
년에 790명의 조선인이 이미 일본에 체재하고 있었다고 한다.[28] 당시 일
본은 외국인 노동자가 일본에 입국하는 것은 법으로 금지되었기 때문에
대부분이 유학생일 것으로 추정된다. 조선의 강제 병합 후인 1911년에는
오사카의 셋츠방적 쓰가와공장(攝津紡績津川工場)을 시작으로 한 관서지방
을 중심으로 조선인 노동자가 일본에 들어간다. 1920년대부터는 조선 농
촌의 소작제도와 조선의 경제파탄으로 인해 젊은 남녀가 중심을 이루며

---

28) 姜在彦, 『日本による朝鮮支配の40年』, 朝日新聞社, 1992, p.227.

일본의 이민 노동자가 되었다. 1937년의 중일전쟁 발발 후 군수공장과 광산 등의 인력부족으로 강제 연행되었던 조선인들과 달리, 노동자로서 조선보다 일본에서의 임금이 높았기 때문에 그들은 경제적 이익을 좇아 자신들의 의지에 의해 일본에 건너갔다. 프로키노 활동기이기도 한 1930년 전후는 30만여 명(1931년, 298091명, 1933년에는 466217명)의 조선인이 일본에 체류한다.

이병우, 이재명, 김 혁, 김 등의 조선인이 활동하고 있던 프로키노는 1930년 이동영화관 활동 도중, 자유의지에 의해 터널공사와 도로공사 등 위험한 환경에서 집단을 이루며 일하던 조선인들과 만나게 된다. 프로키노는 돗토리현과 시마네현을 중심으로 한 지역(山陰地方)에서 열린 이동영화관에서 조선인 노동자의 식당에서 김치 등을 대접받기도 했으며, 이즈지방(伊豆地方)에서는 조선인을 중심으로 한 토목 노동자를 위한 상영회에서 일본어와 조선어로 만들어진 전단을 준비[29]했을 정도로 조선인과의 만남도 빈번했던 듯 하다. 그럼, 1930년 8월에 도쿄 신주쿠에서 조선인 노동자를 대상으로 열린 프로키노의 이동영화관의 모습을 증언하고 있는 야마다 산키치(山田三吉)의 글을 살펴보기로 한다.

전부 조선의 ××적 동지다. 하얀 조선옷을 입은 대 여섯 명의 부인이 눈에 띈다. (중략) 우선 일본어로 인사가 있은 후 곧바로 영사에 들어갔다. 처음으로 프로키노 뉴스가 영사되자 조합의 지도자가 우렁찬 목소리로 영화에 나타난 투쟁의 현장 모습에 대해 선동하자 대중도 「이의 없음」 「×××」라며 일본어 또한 힘찬 조선어로 이에 박자를 맞췄다.[30]

---

29) 並木普作, 『日本プロレタリア映畵同盟全史』, 共同出版社, 1986, p.156.
30) 山田三吉, 「關東自由への持込」, 『プロレタリア映畵』, 1930. 10, p.68.

상영회에는 40여 명의 조선인을 대상으로, 프로키노 뉴스와 『스미다가
와(隅田川)』(1930년)가 상영되었다. 조선인들이 본 프로키노 뉴스는 육해군
기념일, 도쿄 부흥제, 극동 선수권 경기대회, 학생군사교련, 야스쿠니 신
사를 촬영한 『프로키노 뉴스 제1보』아니면, 도쿄 시영 전차의 스트라이
크, 도쿄 네리마구에 있던 가네가부치 방적회사(鐘淵紡績)의 4만 명의 대
투쟁, 메이데이를 촬영한 『프로키노 뉴스 제2보』일 것으로 추정된다. "투
쟁의 모습"을 보고 "선동"했다고 하는 내용을 보면 『프로키노 뉴스 제2
보』일 가능성이 높다. 일본인 노동자들의 투쟁을 다룬 프로키노 영화에
대해 조선인의 반응은 같은 노동자로서 공감을 가졌을 것이라 생각된다.
하지만 앞서 도시노동자를 다룬 프로키노 영화에 대해 농민이 갖던 위화
감을 생각해 보면, 일본인만을 다룬 당시의 프로키노 영화는 조선인에게
는 프롤레타리아 의식에 호소하는 영화라기보다는 볼 수 있는 기회가 지
극히 적었던 영화에 접하는 흥미로운 체험의 측면 또한 컸을 것으로 여
겨진다. 당시, 일본의 영화상설관에서 상연된 영화는 일본인에게는 오락
의 대상이었지만 언어의 장벽이 있는 조선인에게는 이해하기 힘든 영화
로, 보았다고 해도 즐거움보다는 고통을 동반했음을 상상할 수 있다. 이
동영화관에서 보이는 조선인 노동자들의 프로키노 영화에 대한 열광은
단시간의 지극히 이해하기 쉬운 내용의 작품이었기 때문일 것이다.

하지만, 조선인 노동자를 활동의 대상으로 인식하기 시작한 프로키노
는 그들의 모습을 그린 작품을 제작하기 시작했다. 1932년 6월에 제작한
프로키노 가나가와지부의 『요코하마 프로키노 뉴스』에는 요코하마 시영
전차 쟁의, 농민데모와 함께, 동지인 김의 장례식이 촬영됐으며 이는 조
선인들의 흥미를 끌었을 것이다. 김이라는 인물이 누구인지 확실하지 않
지만 조선인 노동자 중 한 명임이 틀림없다. 지방의 프로키노 뉴스이기는

하지만 조선인이 프로키노 영화의 제재로써 다루어지고 있는 것에 주목할 가치가 있다. 프로키노는 이동영화관 활동을 통해 급격히 증가하기 시작한 조선인 노동자의 존재와 그들이 처해있는 열악한 환경에 눈을 뜨게 되었다. 또한 조선인 노동자에 대한 차별을 일본인 노동자에게 널리 알리고자 한 의도도 엿볼 수 있다. 이러한 활동을 통해 일본과 조선의 민족을 뛰어넘는 연대의식의 필요성을 강하게 느꼈을 것임에 틀림없다.

1930년 초기부터 지방의 농촌을 순회한 프로키노의 이동영화관은 프롤레타리아 문화로부터 배제되어왔던 마이너리티적 존재인 농민과 조선인의 존재를 발견하게 된다. 프로키노는 이동영화관을 통해 도시노동자뿐만 아니라 농촌을 무대로 한 현실적인 영화의 제작, 조선인 노동자에 대한 관심을 통해 프롤레타리아 문화의 다양화를 가져왔다고 할 수 있다.

Ⅳ. 맺음말

1930년대 전후, 험난한 제작환경과 당국의 탄압에도 불구하고 7년간 53편이 영화를 제작한 프로키노는 노동자를 중심으로 노동운동을 실사로 기록해 영화화했다. 프로키노가 제작해 현재 볼 수 있는 5편의 작품은 당시의 노동자 사회를 영상으로 체험할 수 있는 지극히 귀중한 역사자료라 할 수 있다. 또한 영화로부터 배제되어왔던 노동자, 농민, 조선인을 관객으로서 맞이한 것 또한 높이 평가할 만하다. 하지만 이데올로기를 강조한 나머지 폐해가 많았던 것도 지적해야 할 듯하다. 대표적인 것이 프로키노에 관심을 보이며 이들을 지원하려한 경향영화인들의 존재이다. 경향영화를 자본가들이 자신들의 이익을 위해 만든 것으로 간주해 그들과 거리

를 둔 것이다. 영화 전문가인 경향영화인들과의 교류가 지속적으로 전개
되었다면 프로키노의 영화제작 기술은 급격하게 향상되었을 것이며 영화
의 대중화를 위해서도 유익한 효과를 주었을 것이다.

하지만 프로키노가 소형영화와 이동영화관을 통해 기성 영화가 주목하
지 않았던 새로운 장르를 개척한 일은 커다란 성과로 평가할 수 있다.

프로키노는 거대 자본이 필요조건이었던 영화산업에 대항해 소형카메
라를 이용한 영화제작에 도전, 소비자에 지나지 않았던 사람들이 생산자
도 될 수 있다는 것을 증명했다. 또한 저예산, 기존의 영화 필름의 재이
용, 캐리커처, 신문기사의 이용, 몽타주를 이용한 프로키노의 영화는 소
형카메라가 갖던 약점을 극복함으로써 이루어진 제작방법이었다고 할 수
있다.

상영관에서 상영이 금지된 프로키노는 이동영화관이라고 하는 상영형
태를 선택함으로써 관객이 영화를 선택한다는 기존의 룰에서 영화가 관
객을 선택한다는 발상의 전환을 이뤘다고 할 수 있다. 이동영화관을 통해
프로키노는 프롤레타리아 문화단체 중에서 가장 많은 사람들에게 그리고
가장 가까운 존재로써 평가될 수 있었다.

프로키노의 '찾아가는 영화'는 영화로부터 배제된 사람까지 관객으로
받아들였다. 사람들에게 가장 가까운 곳까지 찾아갔던 이동영화관은 당
시 일본에서 증가하기 시작한 조선인 노동자까지를 그 대상으로 했다. 타
깃으로 선택한 관객에 맞춰 그들 자신이 등장하는 작품을 제작했던 것도
프로키노의 유연함과 기동성, 그리고 민중과의 거리를 집요하게 좁히려
한 자세로 높이 평가할 수 있을 것이다.

프로키노의 소형영화와 이동영화관을 통한 문화실적은 고도한 자본집
적을 필요로 하는 대형 상업영화에 대한 안티테제이며 대도시 중심으로

이루어지기 쉬웠던 프롤레타리아 문화 활동에 대한 비판이라는 요소를
포함했다고 할 수 있다.

‖ 우페이천(吳佩珍) ‖

메이지(明治) '패자(敗者)'사관과 식민지 타이완

-기타시라카와노미야(北白川宮)의 '타이완 정벌' 담론을 중심으로-

1. 들어가는 말

　　일본과 타이완의 근대관계사는 1874년 타이완 출병부터 시작되었다고 할 수 있다. '타이완 출병'(또는 무딴사(牧丹社) 사건이라고도 부른다)의 원인은 1871년에 류큐(琉球)의 어선이 조난당했을 때 타이완 남부의 헝춘(恒春)반도에 표류해서 54명의 어부가 타이완 원주민에 의해 살해된 일 때문이다. 일본은 중국에 항의했지만 중국은 타이완을 '화외의 땅(化外の地)'이라고 주장하며 적극적으로 대응하지 않았다. 이로써 일본은 「만국공법」에 기초해 타이완으로 출병한 것이다. 이것이 근대의 타이완과 일본의 최초의 조우였다.[1] 그리고 '타이완 출병'의 또 하나의 목적은 메이지유신 이후 '질록처분(秩祿處分)'으로 실직한 무사계급의 불만을 해소하기 위한 것도

---

1) 小森陽一, 『ポストコロニアル』, 岩波書店, 2001, pp.23-25.

있었다. 실제로 '타이완 출병' 전에는 '정한론'이라는 주장도 있었다. '정한론'을 둘러싸고 사이고 다카모리(西鄕隆盛)는 메이지 정부에 불만을 품고 하야해서 가고시마(鹿兒島)에 은둔해 있었다. '타이완 출병'에는 다양한 착종하는 요소가 얽혀 있었다고는 해도, 실제로 메이지 정부가 사이고 다카모리를 회유하기 위한 수단의 하나였다고 이야기되고 있다. 그 통수권은 남동생인 사이고 쓰구미치(西鄕從道)에게 있었지만 실제로 군대를 통솔한 것은 사이고 다카모리였다.[2] 1874년의 타이완 출병 이후, 사족(士族)의 불만은 해소되기는커녕 더욱 높아져 이것이 자유민권운동에 박차를 가했다. 이와 같은 정세 속에서 1877년에 일본 최후의 내전, '세이난전쟁(西南戰爭)'이 일어났다. 전쟁이 종언되면서 불안한 정세도 간신히 수습되기 시작했다. 1894년부터 1895년에 걸친 청일전쟁, 그리고 1904년부터 1905년에 걸친 러일전쟁에서는 중국과 러시아를 물리침과 동시에 청나라에 타이완을 할양하게 해 일본은 최초의 식민지를 손에 넣었다. 이상에서 살펴본 내용은 일본 근대에 유통된 주류의 사관에서 보면 이른바 근대사의 '통설'이다. 즉, 메이지유신 이후 사쓰마한(薩摩藩) 및 조슈한(長州藩)이 주도권을 쥐는 '승자' 사관이기도 하다. 사실 일본과 타이완의 근대관계사는 전술한 사관에 기초하고 있어 일본의 타이완 식민사도 이러한 '승자' 사관에 의해 결정되고 '구축'되었다.

'역사'에 대해서 나리타 류이치(成田龍一)가 이전에 다음과 같이 지적했다. "'역사'라고 하는 것은 국민국가를 만들고 지탱해가는 데 매우 중요한 장치였다", "그래서 역사학에서는 국민국가에 대한 비판이라는 것이

---

2) 吳佩珍, 「日本自由民權運動與台灣議會設置請願運動—以蔣渭水＜入獄日記＞中≪西鄕南洲傳≫爲中心—」, 『國立政治大學台灣文學學報』第12期, 2007.12, pp.109-132. 成田龍一, 『＜歷史＞はいかに語られるか』, 東京: ちくま學芸文庫, 2010, p.13.

좀처럼 들어갈 수 없었다."[3] 이상에서 알 수 있듯이, 역사학에는 국민국가에 대한 비판이 좀처럼 개입하기 어렵다. 냉전체제가 붕괴된 후에 일본의 '구식민지'에서 전전 및 전쟁 책임을 추궁하는 것은 이와 같은 역사의 틀을 지탱해온 근대국민국가에 대한 물음이기도 하다. 이것으로 국민국가의 존재방식과 역사의 특권성을 가지고 있던 역사학의 지위도 함께 위태로워졌다. 그리고 역사도 또한 이야기라는 시점을 도입해 인접영역이라고 말할 수 있는 문학과의 관련성이 중시되게 되었다. 이와 같이 문학과 역사의 경계가 흔들리고, 이에 따라 '역사'의 개념을 재정의해야 하는 것 아닌가 하는 말도 나오고 있다.[4]

이상과 같이 일본에서 지금까지의 사관에 재검토 혹은 변화를 문제의식으로 여기면서도 지금까지 식민지시기를 대상으로 하는 타이완 연구, 혹은 식민지연구를 보면 일본이 타이완을 영유하고 있던 식민지연구가 주로 '승자'사관에서 출발한 것이라는 것을 알 수 있다. 이에 비해 '패자' 사관에서 일본의 타이완 영유시기를 검토하는 연구는 전무하다고 해도 좋을 것이다. 이 때문에 일본통치기의 식민자로서의 '일본'에 대한 인식이 하나로 되어 있을 뿐만 아니라, 포스트콜로니얼적인 연구도 이와 같은 사관의 영향 하에 일본 근대의 '내셔널리즘'을 단순화하는 경향이 보인다. 게다가 일본의 타이완 영유기간에 타이완에 있었던 일본인 문학자의 '문학 영위'도 일본 종주국이 주체가 되는 '국민문학'의 연장으로서밖에 파악되지 않았다. 그러나 식민지기의 타이완에서 활약한 재타이완 일본인 문학자를 다시 살펴보면 일본 동북 출신의 '패자' 집단에 속하든지 혹은 동북지방에 관련 있는 사람이 많다고 하는 사실을 발견할 수 있다. 예

---

3) 成田龍一, 『<歷史>はいかに語られるか』, 東京: ちくま學芸文庫, 2010, p.13.
4) 위의 책.

를 들면, 니시카와 미쓰루(西川滿), 시마다 긴지(島田謹二)5), 하마다 하야오
(濱田隼雄)6) 등이 이에 속한다. 상기의 사실을 재확인한 다음, 만약 '패자'
사관으로 바꾸어 타이완에 있던 이들 일본인 문학자의 창작이나 당시의
'국민문학'의 구상과 의욕을 다시 고찰한다면 그 구조가 보다 착종되어
있고 중층적이라는 것을 알 수 있다. 또한 단일한 일본의 '내셔널리즘'으
로 완전히 회수될 수 없다는 점도 명확하다. 타이완을 식민지로서 접수했
을 때, 일본은 근대국가의 기초가 아직 안정되어 있지 않았고, 동시에
'일본'이라고 하는 '국가'의 아이덴티티의 형성이 아직 성숙한 정도에 도
달하지 않았다고 평해지고 있다.7) 이와 같은 특징도 재타이완 일본인 문
학자 집단의 발상과 작품에 나타나 있는 혼돈 혹은 착종하는 내셔널 아
이덴티티를 통해 파악할 수 있다.8) 실제로 이는 1895년 타이완에 상륙한

---

5) 시마다 긴지는 동북제국대학 영문학과 출신이다.

6) 하마다 하야오는 동북제국대학 영문학과 출신으로, 시마다 긴지의 제자였다. 전향문제
로 인해 타이완으로 건너갔는데, 그 후 여학교의 교사가 되었다. 일본이 패전한 후, 일
본으로 돌아왔다. 그의 작품은 동북의 지방신문과 잡지, 『하북신보(河北新報)』, 『동북문
학(東北文學)』 등에서 산견된다.

7) 일본의 메이지유신 전후, 국가체제 또는 국가 아이덴티티문제에 대해서 우뤼런(吳叡人)
이 메이지유신의 '패자' 아이즈한(會津藩)의 출신자, 도카이 산시 시바시로(東海散士柴
四朗)의 『가인의 기우(佳人之奇遇)』(1879-)를 예로 그 안에 그려져 있는 '일본'이라는 국
가 아이덴티티가 혼돈되어 있고 애매하다고 지적했다. 吳叡人, 「「日本」とは何か : 試論
≪佳人之奇遇≫中重層的國／族想像』(黃自進編, 『近現代日本社會的蛻變』, 中央研究院亞
太區域研究專題中心, 2006.12, pp.638-669. 1868년(慶応4)의 보신전쟁(戊辰戰爭)은 아이
즈한이 삿초군(薩長軍)과 대항하는 상태를 어쩔 수 없이 강요당한 전쟁이다. 아이즈한
의 가신 남자가 연령별로 조직되고, 그 안에 16, 7세의 남자로 조직된 '백호대(白虎隊)'
는 쓰루가성(鶴ヶ城)이 불탔다고 오해해 이모리야마(飯盛山)에서 집단 자살했다. 백호대
의 한 사람이었던 이누마 사다키치(飯沼貞吉)가 살아남아 '백호대'의 사적이 그 증언에
의해 후세에 전해졌다. 또한 『가인의 기우』의 작자 도카이 산시 시바시로가 '백호대'에
편입되긴 했지만 고열이 나서 실제의 행동에는 참가할 수 없었다. 松本健一, 「白虎隊士
の精神」(歷史讀本編輯部編, 『カメラが撮られた會津戊辰戰爭』, 東京: 新人物往來社), 2012,
pp.44-59.

8) 재타이완 일본인작가 니시카와 미쓰루는 자전에서 자신의 가족이 타이완으로 건너간
일, 그리고 1945년 패전에 의해 타이완에서 돌아온 경위를 메이지유신의 '패자'사관의

'기타시라카와노미야(北白川宮)' 요시히사신노(能久親王)-즉, 막말에 동북 오우에쓰렛판(奧羽越列藩)에 의해 '도부(東武)천황'으로 옹립된 '린노지노미야(輪王寺宮)'가 타이완에서 죽었다고 하는 역사적 사실과 관계가 있는 것이 아닌가 생각된다.[9] 타이완 정벌 도중에 병으로 죽은 기타시라카와노미야가 전기와 전설이라는 형식을 통해 반복, 재생되고 타이완에 유포되어 그 존재는 일본의 타이완 통치의 정신적 상징이 되었다.

본고의 목적은 1895년에 기타시라카와노미야와 함께 타이완 정벌에 참가한 모리 오가이(森鷗外)가 집필한 기타시라카와노미야 전기『요시히사신노 사적(能久親王事蹟)』의 기타시라카와 상(像)과 대조해, 1910년대『타이완일일신보(台湾日日新報)』에 연재된 강담『기타시라카와노미야 전하(北白河宮天殿下)』(1911.4.3.~1911.12.30.)를 분석함으로써 '패자'사관으로 타이완의 매스미디어에서 구축된 기타시라카와노미야 상, 그리고 기타시라카와노미야 요시히사신노의 메이지유신사에서의 위치를 새로 검증하는 데에 있다.

2. 사바쿠(佐幕) 패자에서 타이완의 수호신(鎭守神)으로
   -기타시라카와노미야 표상 변화의 궤적

일본의 「타이완식민사시(台湾植民事始)」의 기록을 거슬러 올라가면, 당시의 근위사단 단장 기타시라카와노미야가 지룽(基隆)의 아오디(澳底)에 상륙

관점에서 묘사했다. 근대 '일본'을 구축하는 관점은 당시 일본 내지의 주류 관점과 다른 점이 상기의 전기 내용을 통해 알 수 있다. 西川滿『自伝』(東京: 人間の星社), 1986, p.2.
9) 기타시라카와노미야 요시히사신노라는 호칭은 메이지유신 이후이다. 막말 시기에 우에노(上野) 도에이잔(東叡山) 간에이지(寬永寺)의 '린노지노미야(輪王寺宮)' 고겐호신노(公現法親王)로 통칭되었다. 본고에서는 메이지유신을 구분점으로 그 호칭을 나눠 사용한다.

하는 것에서 시작되는 것을 알 수 있다. 일본의 「타이완식민사시」의 역사에 의하면, 기타시라카와노미야는 1895년 5월 30일에 지룽에 상륙해 "자이(嘉義)에서 남진하는 도중에 풍토병에 걸려 (중략) 22일 타이난(台南)에 입성하시지만, 28일에 이르러 병세가 위독해져"[10] 10월 28일에 타이난 주재소에서 서거했다. 후에 타이완 섬 전체가 정복당하고 또 기타시라카와노미야가 죽은 같은 해에 이미 그를 모시는 타이완 신사를 건설하려는 목소리가 커졌고, 1903년에 이윽고 타이페이의 지엔탄(劍潭)에 타이완 신사가 낙성되었다. 기타시라카와노미야 외에 일본의 개척삼신(開拓三神)인 오쿠니타마노미코토(大國魂命), 오나무치노미코토(大己貴命)와 스쿠나히코나노미코토(少彦名命)도 동시에 타이완 신사에 모셔졌다. 타이완에서 죽은 기타시라카와노미야는 메이지 천황의 숙부에 해당되어 황족이기 때문에 일본의 타이완 통치의 상징-타이완 신사의 진좌진기(鎭坐神祇)가 된 것은 표면상으로는 특별히 의문시되지 않지만, 그러나 이는 주류 사관의 입장에서 보는 관점이다. 만약 동북사관으로 메이지유신사를 다시 검증하면 지금까지 메이지유신 이후 사쓰마, 조슈가 주도한 메이지 정부에 의해 구축된 주류사관과는 다른 역사의 측면이 보인다. 최근에 일본의 근대사, 특히 메이지유신사가 재검토됨에 따라 기타시라카와노미야 요시히사신노(이하, 기타시라카와노미야)가 메이지유신 때 막부(동군)와 조정(신정부, 서군)의 정쟁에 휘말려 일시적으로 동북 조정에 옹립되어 새로운 천황이 되어서 모반자로 간주된 역사가 명확해졌다.

지금까지 터부시되어 온 이러한 막부 말기의 정쟁을 둘러싼 메이지유

---

10) 台湾教育會, 『北白川宮能久親王事蹟』, 1927. 후에 『皇族軍人伝記集成 第3卷 北白川宮能久親王』에 수록되었다. 『皇族軍人伝記集成 第3卷 北白川宮能久親王』(東京 : ゆまに書房, 2010), p.155.

신사가 전후에 들어서서 드디어 해금되었다. 그런 가운데 후지이 노리유키 (藤井德行)의 「메이지 원년 소위 '동북조정' 성립에 관한 일고찰」이 전후 이래 처음으로 남북조정의 신 천황 옹립 담론에 대해 간명하게 정리하고 분석했다. 또 다키카와 마사지로(瀧川政次郎)는 전쟁 전에 터부시된 남북조 의 역사, 그리고 은폐된 후남조, 동북조의 황통 역사를 예로 들어 정치투 쟁에 의해 천황의 정통성을 둘러싸고 분열되었다고 하는 비사(秘史)를 명 백히 해 기타시라카와노미야에 관련된 동북조정설도 그 비사의 하나임을 지적했다.[11]

기타시라카와노미야는 1847년에 태어난 후시미노미야 구니이에신노(伏 見宮邦家親王)의 아홉 번째 아들이다. 이듬해 닌코천황(仁孝天皇)의 양자 신 분으로 쇼렌인노미야(靑蓮院宮)의 법통을 이어 1852년에 가지이노미야(梶井 宮)가 되고, 1858년에 린노지노미야(輪王寺宮)의 법통을 이어 신노(親王) 칭 호의 선지를 받았을 때 요시히사로 이름을 붙여 최후의 '린노지노미야'[12] 가 되었다. 쇼렌인노미야, 가지이노미야, 린노지노미야는 모두 천태종과

11) 瀧川政次郎, 『日本歷史解禁』(東京 : 創元社), 1950.
12) 린노지는 원래 덴카이다이소조(天海大僧正, 1563?-1643)가 도쿠가와(德川) 3대 쇼군(將 軍) 이에미쓰(家光)에게 진언해서 설립한 것으로 도쿠가와 쇼군 가문이 대대로 위폐를 모신 절이다. 그 후에 고카이(公海)가 닛코몬슈(日光門主)로서 고미즈노오천황(後水尾 天皇)의 황자인 손케이신노(尊敬親王)를 맞이해 초대 린노지노미야는 쇼초홋신노(守澄 法親王)가 되었다. 그 후 메이지유신까지 합계 13대 12인의 홋신노가 닛코몬슈 '린노 지노미야'가 되었다. 역대 닛코몬슈는 막부가 황족을 맞이했다. 그 때문에 '린노지노 미야'가 닛코노미야몬슈가 되어 에도 도에이잔(東叡山) 린노지(輪王寺), 즉 우에노의 간에이지에 머물렀다. 기타시라카와노미야 요시히사신노가 환속하기 전에 그 전후의 린노지노미야였다. 菅原信海, 『日本仏教と神祇信仰』(東京: 春秋社), 2007, pp.165-191 참 조. 린노지노미야(후의 기타시라카와노미야)는 1847년에 태어나 미쓰노미야(滿宮)로 명명되고 후시미노미야 구니이에신노(伏見宮邦家親王)의 아홉 번째 아들이다. 2세에 닌코천황의 양자가 되어 12세에 '린노지노미야'의 법통을 잇고, 13세에 에도의 도에 이잔에 들어갔다. 『皇族軍人伝記集成 第3巻 北白川宮能久親王』(東京: ゆまに書房), 2010. 12. 연보 참조.

밀접한 관계가 있는 홋신노(法親王) 가문이다. 특히, 린노지노미야는 천태종 총관장으로서 히에이잔(比叡山), 닛코산(日光山)과 도에이잔(東叡山)을 통틀어 관리해 닛코고몬세키(日光御門跡)로도 불렸다. '린노지노미야'는 우에노 간에이지의 주지이자 도쿠가와 막부 선조 대대로 위패를 모신 절인 닛코 도쇼구(東照宮)의 사제이다. 천태종의 덴카이다이소조는 삼대 쇼군 이에미쓰(家光)의 지지를 얻어 간에이지를 설립할 수 있었다. 설립하고 얼마 안 있어 대대로 '린노지노미야'는 교토에서 황족을 맞이했다. 막부가 도에이잔의 린노지노미야 지쇼신노(慈性親王)의 법통을 이어받은 사람에게 에도(江戶)로 내려가 달라고 주청했기 때문에 린노지노미야는 칙명에 의해 1853년에 에도 간에이지에 부임했다. 요시히사신노는 불문에 들어가 득도했을 때 법명이 고겐(公現)이 되었기 때문에 고겐신노라고도 불렸다. 1853년에 에도 간에이지에 들어갔을 때부터 후에 막부 말기에서 메이지 유신까지 10년간, 내전, 특히 보신(戊辰)전쟁 중에는 고겐홋신노가 동군이 되어 중요한 존재가 되었다.13)

'린노지노미야'가 동북에서 새 천황으로 옹립되었는데, 오랜 동안 막부의 전설과도 밀접한 관계가 있었다. 덴가이가 일찍이 도쿠가와 막부에 다음과 같이 상신했다고 전해진다. "만약에 서국(西國)에 반란이 있어 현재의 상제(上帝)를 찬탈하게 되면 도에이잔의 미야몬제키(宮門跡)로서 우러르고 평정의 군을 보내지 않으면 안 된다".14) 소위 '덴가이 비책'-즉, 막부

---

13) 稻垣其外, 『北白川宮 上卷』(台北 : 台湾経世新報社), 1937, pp.1-6. 또한, 菅浩二, ≪日本統治下の海外神社≫(東京 : 弘文堂)2004, pp.237-238.
14) 藤井徳行, 「明治元年 所謂「東北朝廷」成立に關する一考察」(手塚豊編, 『近代日本史の新研究1』, 1981)第二節「輪王寺宮の制度的意義」, pp.217-231 참조. 또, 長尾宇迦, 「「東武皇帝」卽位事件—最幕末に存在した, 歷史に埋もれたもう一人の天皇」, 『歷史讀本』(2010.8), p.126 참조.

의 조정 및 서측의 다이묘(大名)에 대한 모반 방지 대책이었다. 이 '비책'
이 막부 내부 및 하코네(箱根)에서 동쪽의 여러 한(藩) 사이에 암암리에 유
포되었다.15) 이를 이유로 대대로 '린노지노미야'는 교토에서 미야몬제키
(宮門跡)를 맞이했다. 다키카와 마사지로는 "도쿠가와 쇼군이 '린노지노미
야'를 마음 깊이 존경하고 그 말씀으로 들은 것은 교토의 조정 이상이어
서 닛코의 미야, 즉 동(東)의 천자였던 것이다. 이는 마치 닛코의 사당이
동의 이세신묘(伊勢神廟)이고 도쇼신쿤(東照神君)이 아마테라스오미카미(天照
大神)인 것과 마찬가지이다"고 지적했다.16) '린노지노미야'가 오우에쓰렛
판(奧羽越列藩)에 새 천황으로 옹립된 것이 역사의 우연한 일이 아님은 이
상의 자료에 의해 뒷받침된다고 말할 수 있을 것이다.

　1868년에 막부의 명령을 듣고 교토의 치안 유지를 담당하고 있던 아
이즈한(會津藩)이 사쓰마가 주도한 정부군과 무력 충돌했다. 그래서 보신
전쟁의 서막이라고 일컬어지는 도바 후시미(鳥羽伏見) 전쟁이 발발했다. 사
쓰마와 조슈 두 한(藩)이 좌지우지하고 있던 신정부는 전쟁이 일어나고
나서 7일 후에 센다이한(仙台藩)에 아이즈한의 번주(藩主) 마쓰다이라 가타
모리(松平容保)를 토벌하라는 명령을 내렸다. 그러나 동북의 여러 한(藩)은
신정부군에 대해 불만을 갖고 있었을 뿐만 아니라, 그 정권의 정당성에도
불신감을 갖고 있었다. 그와 동시에 신정부군인 마쓰다이라 가타모리를
죽음의 죄로 처리한 것은 개인적인 원한을 담은 보복행위로 생각되었다.
같은 해 5월 3일 센다이한을 맹주로 오우에쓰렛판이 정식으로 성립된 것
에 대해 사쓰마 조슈를 중심으로 하는 신정부군이 동북으로 출병, 토벌했

---

15) 長尾宇迦, 「「東武皇帝」卽位事件—最幕末に存在した, 歴史に埋もれたもう一人の天皇」, 『歴史
　　讀本』, 2010.8, p.126.
16) 瀧川政次郎, 「知られざる天皇」, 『新潮』(47-10), 1950.10, p.124.

다. 이른바 보신전쟁이다. 신정부군이 우에노의 간에이지를 침공했을 때 '린노지노미야'(즉, 기타시라카와노미야)가 막부를 옹호하는 파의 창의대(彰義隊)에 보호를 받으면서 동북으로 도망가 센다이에 이르렀다. 그 후, 동북의 여러 한에 의해 '도부(東武)천황'으로 옹립되었다.[17]

신정부군이 동북의 여러 한을 진압한 후에 '린노지노미야'는 투항 사죄하고 교토에서 폐문자성(閉門自省)하라는 명을 받았다. 사면된 후에 후시미노미야 가문은 호적이 복권되어 기타시라카와노미야라는 선대의 이름을 계승하게 되었다.[18] 그 후에 근위국에 들어가 1895년 청일전쟁 때 근위사단장으로 승진했다. 같은 해 5월 30일에 사단 절반의 병력이라는 수비 태세 상태로 타이완에 상륙을 명받아 타이완 정벌을 시작했다. 청일전쟁 때 근위사단은 원래 랴오둥 반도(遼東半島)에 주둔했는데, 이는 만일 청나라와의 전투가 확대되면 베이징에 들어가 수비할 것을 상정하고 있었기 때문이다. 그러나 중국의 전황이 예상한 것처럼 확대되지 않은 데다 또 청나라도 강화를 제의했기 때문에, 즉각 1895년 5월 8일에 시모노세키조약(下關條約)을 체결한 다음, 급거 타이완을 수비하라고 명받았다. 메이지 정부는 곧바로 5월 10일에 가바야마 스케노리(樺山資紀)를 타이완 총

---

17) 百瀬明治,「奧羽越列藩同盟—その成立から解体まで」(歴史讀本編輯部編,『カメラが撮られた會津戊辰戰爭』(東京: 新人物往來社), 2012, pp.6-27.

18) 오우에쓰렛판이 전쟁에서 패한 후에 '린노지노미야'가 '관군'에게 사죄, 투항을 결의하고 집당승(執當僧)이었던 기칸(義觀)과 교닌(堯忍)이 면직되었다. 나중에 기칸이 도쿄규몬시(糾問司)로 송환되어 심문 조사를 받았다. 기칸이 모든 책임을 지게 되고, 다음과 같이 공술했다. "봄이 도래하여-'린노지노미야'가 창의대에 옹립되어 좌막(佐幕) 노선을 결정한 것을 가리킨다. 신노(親王)의 뜻대로 하지 않고 모두 시골의 승 일인의 계획을 행한 것이다"고 자신에게 전 책임을 과했다. 후에 기칸(가쿠오인[覺王院])의 이 자백에 의해 '린노지노미야'가 오우에쓰렛판 동맹의 맹주와 '도부 천황'이 된 것은 '린노지노미야'의 본래의 뜻이 아니라 기칸의 사주였다고 알려졌다. 藤井德行,「明治元年所謂「東北朝廷」成立に關する一考察」(手塚豐編,『近代日本史の新研究1』), (東京: 北樹出版), 1981, pp.306-308. 참조.

독으로 임명하고 당시의 정총대총독(征淸大總督) 고마쓰노미야 아키히토신
노(小松宮彰仁親王)는 기타시라카와노미야가 이끄는 근위사단을 파견해 타
이완의 주둔군을 충당할 것을 결정했다. 5월 16일에 정청총독은 근위사
단에 타이완 총독의 명령과 지휘를 따를 것을 명하고 대기시켰다.

원래 수비군력으로 랴오둥반도에 주둔하고 있던 근위사단이 타이완 총
독 가바야마 스케노리의 명령에 의해 돌연 수비병력으로 타이완에 상륙
할 것을 명받고 나중에 전투체제를 강요받은 사실을 당시 수행한 부관
니시카와 도라지로(西川虎次郎)의 회고를 통해 알 수 있다. "당시, 우리 근
위사단은 기타시라카와노미야 요시히사신노 전하의 통솔 하에 랴오둥 반
도에 있었습니다. 그런데 돌연 타이완 수비의 명을 받아 겨울옷을 입은
채 급거 랴오둥 반도에 부임했습니다. 물론 우리는 당시 타이완에 대해서
는 아무것도 모르고 또 전쟁을 전혀 예기치 못했습니다. 운송선은 쑤아오
(蘇澳) 바다에 집합을 명받아 이후 해군의 통보를 받고 육지에 상륙할 것
을 결정했습니다만, 그때가 되어 우리는 드디어 무사 평온히 상륙하지 못
할지도 모른다는 의문을 품었습니다."[19] 이렇게 기술한 다음 니시카와는
당시 가장 곤란했던 것은 타이완 지도가 없었던 것이라고 진술했다. 이
회고록을 통해 기타시라카와노미야의 근위사단이 사전에 전투태세에 들
어갈 것이라고 알리지 않았던 점, 그리고 작전계획과 타이완 지리 정보가
없는 상태로 전투상태를 강요받았던 사실을 알 수 있다.

기타시라카와노미야가 1895년 10월 28일에 타이난에서 서거한 뒤, 타
이완에서는 서거 소식이 비밀에 부쳐졌다가 이윽고 유체가 일본에 반송
된 이후에 공개되었다. 1895년 11월 5일에 국장을 지내고, 11월 6일에

---

19) 西川虎次郎, 「北白川宮能久親王殿下の御征戰に從ひて」, 『台湾』, 1936.1, p.4.

우에노와 닛코의 두 린노지에서 제를 지냈다. 그리고 11월 11일에 도시마가오카(豊島岡)에 묻혔다.20) 장례식에 관한 기록에서 가장 주목할 것은 타이완교육회가 편찬한 『기타시라카와노미야 요시히사신노 사적(北白川宮能久親王事蹟)』에 수록된 「장의휘보(葬儀彙報)」의 후쿠시마(福島) 의회 현장(縣長)의 조사(弔詞) 보도이다. "후쿠시마 현회의 의장인 메구로 주신(目黒重眞) 씨는 현회의 결의에 따라 요시히사신노 서거로 지난 9일 교토를 떠나는 조사를 봉납하고 전날의 장의를 치렀다고 한다".21) 메이지유신 이후, 폐번치현(廢藩置縣)이 실행되고 메이지유신의 '패자' 아이즈한은 '후쿠시마'로 개편되었다. 기타시라카와노미야의 장례에는 일본 전국에서 아마 후쿠시마 현만 대표를 파견해서 참가한 것이 아닐까 생각된다. 메이지유신 전후의 역사와 대조해보면, 막부 말기의 기타시라카와노미야와 동북 여러 한의 유대가 명백해진다. 또 후쿠시마현 의회 현장이 기타시라카와노미야의 장례식에 참가한 의미도 드러날 것이다.

1895년 11월에 니시무라 도키쓰네(西村時彦, 덴슈[天囚])가 일본 『오사카마이니치신문』에서 『기타시라카와의 달그림자』(1895.11.6.~11.16)를 연재했고, 후에 동 신문에서 「요시히사신노를 타이완에 봉사(奉祀)하는 의(能久親王を台湾に奉祀する議)」를 게재했다.22) 이 문장은 타이완에서 신사를 건설하고 기타시라카와노미야를 모실 것을 주장하고 있다. 이 보도는 타이완 신사의 건설을 건의한 가장 빠른 보도이다. 이듬해인 1896년에는 귀족원 회의에서 국비로 타이완 신사를 건설하는 제안이 나왔다. 그러나 구체적

---

20) 吉野利喜馬, 『北白川宮御征台始末』(台北 : 台湾日日新報社), 1923. 또, 『皇族軍人伝記集成 第3卷 北白川宮能久親王』(東京 : ゆまに書房), 2010.12, pp.94-95.
21) 台湾教育會編撰, 『北白川宮能久親王事蹟』(台北 : 台湾教育會), 1937. 또, 『皇族軍人伝記集成 第3卷 北白川宮能久親王』(東京 : ゆまに書房), 2010.12, p.289.
22) 西村天囚, 「能久親王を台湾に奉祀する議」, 『大阪朝日新聞』, 1895.11.7.

인 건설은 타이완의 제4대 총독 고다마 겐타로(兒玉源太郞)와 민정장관 고
토 신페이(後藤新平)의 임기에 들어가 드디어 시작되었다. 타이완 신사가
식민지 타이완 제일의 건설자로 불리는 고토 신페이에 의해 완성되었다
는 사실도 특별한 의미를 가진다고 생각된다. 이는 고토 신페이도 동북의
'패자' 한(藩), 동북의 이와테(岩手) 미즈사와(水澤)의 무사 출신이기 때문이
다. "어려서 보신전쟁의 부조리를 체험하고 일가가 기세등등한 무사계급
에서 가난한 농민으로 정반대로 전락한 상태에서 그의 청춘과 일본의
'근대'는 시작되었다".[23] 동북 출신자인 고토 신페이의 임기에 타이완 신
사의 건설이 완성된 사실은 역사의 우연이라기보다, 여기에서 타이완의
'승자'와 '패자'의 정치 경향의 구조를 파악할 수 있다.

   제국의 주변으로서 타이완에는 전술한 대로 고토 신페이 등과 같은 동
북 출신의 '패자'가 많이 건너왔기 때문에 '패자사관'이 존재하는 것이
가능했다고 추측된다. 또한, 일본의 타이완 점령 초기에 사쓰마 조슈 출
신 총독의 임기 내에 이미 내지의 국회에서 제안된 타이완 신사 건설안
이 계속 각하되었고, 기타시라카와노미야가 타이완 정벌 도중에 타이난
에서 죽은 것과 상관없이 사망 소식이 봉인되었던 사실을 함께 생각하지
않을 수 없다.

3. 타이완 신사가 구축된 계보
   -이즈모(出雲) 신화 계통의 신화의 개척삼신(開拓三神)

1895년 기타시라카와노미야가 타이완에서 죽은 뒤에 제사지내는 신사

---

23) 山岡淳一郞, 『後藤新平 日本の羅針盤となった男』(東京 : 草思社), 2007, p.10.

를 건설할 제안이 나왔다. 그러나 제국의회 양 의원이 건설 제안을 결의하고 1년 반이 지나고 나서 당시의 타이완 총독부에 1897년 9월 1일에 제3대 타이완 총독으로 부임한 노기 마레스케(乃木希典)에 의해 '고(故) 기타시라카와노미야 전하 신전 건설 조사위원회'를 설립되고 이윽고 구체적인 건설계획이 수립되기 시작했다.[24] 그렇다고는 해도 정식으로 건설하는 것은 1900년 5월 28일에 드디어 시작되었다. 같은 해 9월 18일에 내무성의 고시 제81호는 타이완 신사의 창립과 이 신사가 관폐대사(官幣大社)라고 포고했다. 1901년 10월 27일 진좌식(鎭坐式)이 행해지고, 다음날에는 기타시라카와노미야의 6주기에 해당되어 제1회 상례제전을 행했다.[25]

타이완 신사가 제사를 지낸 신체(神體)와 그 외의 신사와의 관계에서 보면, 타이완 신사의 수호신의 의미, 제국에서 타이완이라고 하는 '신영토'의 위치와 그 의미를 읽을 수 있다. 우선 기타시라카와노미야 이외에 타이완 신사에서는 오쿠니다마노카미, 오나무치노미코토, 그리고 쓰쿠나히코나노미코토가 합사되어 있었다. 스가 고지(菅浩二)가 지적했듯이 동시대의 인간이 죽어 관폐대사의 격식을 갖춘 신사에 모시는 것은 흔한 일이 아니다. 그러나 당시의 내무성은 오히려 요시히사신노를 관폐대사에 모셔야 하는 필요성을 강조했다. 요시히사신노와 야마토다케루노미코토(日本武尊)를 예로 들어 요시히사신노를 관폐대사에 모셔야하는 이유를 주장했다.[26]

---

24) 菅浩二, 『日本統治下の海外神社』(東京 : 弘文堂), 2004, p.249.
25) 위의 책.
26) 菅浩二, 『日本統治下の海外神社』(東京 : 弘文堂), 2004, pp.250-251. 한편, 기타시라카와노미야를 제사지내는 타이완 신사는 '초혼사(招魂社)'라는 의미가 있어 식민지 타이완의 위령 공간이라는 지적도 있다. 本康宏史, 「台湾神社の創建と統治政策」(檜山幸夫編, 『台

야마토다케루노미코토는 『고지키(古事記)』와 『니혼쇼키(日本書紀)』에 기술되어 있다. 특히 『고지키』 속에서 아버지 게이코천황(景行天皇)에 명받아 각지 정벌에 나섰다. 서쪽의 구마소(熊襲)를 정벌하고 돌아온 다음 곧 동쪽의 에조(蝦夷)를 정벌할 것을 명받았다. 명을 받아 정벌에 임하는 도중에 이세의 신궁에 들러 사이구(齋宮)로 있던 숙모 야마토히메노미코토(倭比賣命)를 만났다. 야마토다케루노미코토는 숙모에게 다음과 같이 말했다. “아버지는 제가 빨리 죽을 거라고 생각하고 계신 걸까요? 왜 잘 따르지 않는 서쪽 사람들을 정벌하라고 명하시고 말씀대로 하고 돌아오자 곧바로 병사도 내려주시지 않고 다시 동쪽 십이도의 제국의 왕위(王威)를 따르지 않는 나쁜 사람들을 또 평정하도록 왜 저를 보내시는 걸까요? 천황은 역시 제가 빨리 죽으면 좋겠다고 생각하고 계시는 겁니다.”[27] 이 묘사에는 “천황의 출동명령에 화를 내면서도 명령에 반항도 하지 못하고 그렇다고 해서 거역할 수도 없어 전장에 나가는 비장한 다케루의 마음이 그려져 있다.”[28] 이는 기타시라카와노미야가 1895년에 타이완 정벌을 명받은 상황으로 치환해 생각해볼 수 있을 것이다. 이와 관계없이 일본 내무성이 강조하고 싶었던 것은 ‘천황’을 위해 충실히 임무를 다하고 목숨까지 희생했다고 하는 야마토다케루노미코토의 비극적인 영웅과의 유사성일 것이다. 다시 말하면 기타시라카와노미야의 타이완 정벌 때의 역할은 그야말로 ‘야마토다케루노미코토’와 같은 비극적인 영웅이라고 할 수 있을 것이다.

湾の近代と日本』(名古屋 : 中京大學社會科學研究所), 2003. 참조. 모토야스 히로시(本康宏史)의 논문 정보는 『跨境』제2호에 투고했을 때 익명의 사독위원에 의한 것이다. 이곳을 빌려 감사의 뜻을 표한다.

27) 上田正昭, ≪日本武尊≫(東京 : 吉川弘文館), 1960, p.121.
28) 위의 책.

그리고 기타시라카와노미야를 모시는 타이완 신사와 후에 조선반도가
식민지로 되면서 건설한 조선 신관과의 가장 큰 차이는 조선 신관에는
일본 천황의 황조신인 아마테라스오미카미(天照大神)가 모셔져 있었는데,
타이완 신사에 모셔져 있는 것은 개척삼신으로 일컬어지는 오쿠니다마노
카미, 오나무치노미코토, 그리고 쓰쿠나히코나노미코토이고, 이즈모 신화
계통의 천지신이다. 이는 당시의 홋카이도 신사와 동일했다. 기본적으로
는 홋카이도와 타이완은 당시 같이 제국의 '신영토'에 속해 있어 개척삼
신을 모시는 것이 이치에 맞다고 여겨졌다. 그러나 선행연구를 보면 내무
성이 당시 왜 이 세 신을 골라 요시히사신노와 마찬가지로 수호신으로서
모셨는지는 명확하지 않다.[29) 일본 기기(記紀) 신화를 거슬러 올라가 야마
토 왕조의 건국전설을 살펴보면, 오쿠니다마노카미는 국가를 야마토 왕
조에 양도하고 이텐바라(葦天原)에서 새로 나라를 세웠다. 이것이 이즈모
구니(出雲國)와 이즈모대사(出雲大社)의 기원이다. 쓰쿠나히코나노미코토는
오쿠니누시노카미(大國主神)를 보좌하는 약리(藥理)의 신으로, 마찬가지로
이즈모 계통의 신에 속한다. 오쿠니누시노카미의 나라 양도 전설은 야마
토 왕조의 건국을 보좌한 신으로 해석되는데, 『고지키』의 기록에는 다음
과 같이 실려 있다. 스이닌천황(垂仁天皇)의 황자 호무치와케노미코(本牟智
和氣御子)는 성인 이후 말을 하지 못하게 되었다. 후에 천황은 꿈속에서
신의 계시를 받아 그 이유를 알았다. 당시 오쿠니누시노카미가 나라 양도
조건에는 오쿠니누시노카미를 위해 천황과 같은 규모의 궁전을 건설한다
고 하는 약속이 있었다. 그러나 천황이 이 약속을 지키지 않았기 때문에
오쿠니누시노카미는 황자에게 원령이 붙었다. 천황이 황자를 이즈모에

---

29) 菅浩二, 『日本統治下の海外神社』(東京 : 弘文堂), 2004, p.251.

참배시키고 오쿠니누시노카미를 위해 궁전을 설립케 했다. 그래서 드디어 황자는 회복되었다. 이것을 이유로 오쿠니누시노카미는 반(反) 천황의 성격을 가지고 있다고 하는 지적도 있다.[30]

타이완 신사에 선행해서 실은 정청공(鄭成功)의 '개산신사(開山神社)'는 일본이 타이완에서 최초로 건립한 신사이다. 그렇기는 하지만 일본식의 신사로서 세운 것이 아니라 청조시대부터 이미 있었던 옌핑쥔왕정씨묘(延平郡王鄭氏廟)에서 1897년 1월에 '개산신사'로 변경된 것이다.[31] 주지하듯이 정청공의 모친 지엔촨(田川) 씨는 일본인이고, 이것 때문에 "정청공은 타이완을 점유해 '고국의 회복' 및 통치의 정당성에 대해 해명할 절호의 재료로 생각되었다".[32] 이 때문에 일본통치기에 타이완 민중신앙의 사당이 신사로 '승격'된 것이 개산신사가 유일한 예이다. '정청공'이라는 아이콘을 근거로 해서 기타시라카와노미야는 '개척영웅'일 뿐만 아니라 '고토(故土)의 회복'을 이룬 공로자로서도 조형될 수 있다. 타이완 신사가 낙성된 뒤에 타이완의 기타시라카와노미야 전기는 정부 측이 박차를 가함으로써 왕성하게 출판되었다. 1903년 7월에 요시히사신노 동상 건설위원 겸 발기인인 남작 하세가와 요시미치(長谷川好道)는 당시의 타이완 총독 고다마 겐타로(兒玉源太郎)에게 서간으로 다음과 같이 설명했다. 타이완 신사를 건설하는 경비에서 '아동의 정신교육'에 일부를 사용해주기를 바란다. 이는 기타시라카와노미야 동상의 사진과 전기 『정대략기(征臺略記)』를 인쇄하고 그 대신에 '각 사범학교 및 고등소학교'에 기증받고 싶다는 취지인 것이다. 동년 7월 21일, 총독부 육군 막료(幕僚)는 기타시라카와노미

---

30) 瀧音能之, <ヤマト政權にとっての「出雲神話」を讀み解く>, ≪歷史讀本≫58-6, 2013.6, pp.58-63.

31) 蔡錦堂, 『日本帝國主義下台湾の宗教政策』(東京 : 同仁社), p.25.

32) 위의 책, p.26.

야 동상의 사진과 전기를 섬 안의 각급 학교에 배포하도록 하는 뜻의 공문서를 민정부에 하달했다.[33] 이로써 기타시라카와노미야의 '개대영웅(開臺英雄)'의 이미지는 교육체제와 식민지 정부의 통치 정당성을 뒷받침하는 캠페인이 결합함으로써 서서히 타이완에 침투해 뿌리를 내린 것을 알 수 있다.

4. 모리 오가이(森鷗外) 『요시히사신노 사적』의 '기타시라카와노미야'상(像)

1896(메이지29)년에 기타시라카와노미야가 이끈 근위사단에 수행한 십여 명의 장교가 맺은 '당음회(棠陰會)'가 성립되고, 기타시라카와노미야의 대표적인 전기 『요시히사신노 사적』을 힘을 쏟아 출판했다. 모리 오가이에게 집필 의뢰를 하기 전에 우선 '당음회'의 회원이 서로 나누어 조사하고 그 자료를 정리한 다음 같은 근위사단에 속해 있던 오가이에게 의뢰했다. 다 쓴 후에 다시 회원에 의해 교정이 행해지고, 이윽고 1908(메이지41)년에 간행되었다. 모리 오가이의 『요시히사신노 사적』의 영향력은 학술논문 및 역사소설에 의해 빈번하게 인용되고 있는 사실을 통해서도 알수 있다. 동시에 이 전기는 일본통치기의 타이완에 재타이완 일본인 문학자에게도 큰 영향력을 끼쳤다.[34] 오가이에게 집필을 의뢰한 이유는 오가

---

33) 『台湾史料稿本』C00158-C0159号公文(台北 : 台湾分館).
34) 예를 들면, 시마다 긴지(島田謹二)의 「타이완 정벌군 모리 오가이(征台陣中の森鷗外)」; 후지이 노리유키(藤井德行)의 「메이지 원년 소위 '동북조정' 성립에 관한 일고찰(明治元年 所謂「東北朝廷」成立に關する一考察)」,(手塚豊編, 『近代日本史の新研究1』), (東京: 北樹出版), 1981; 그리고 요시무라 아키라(吉村昭)의 역사소설 『창의대(彰義隊)』(東京:

이가 청일전쟁에 참전한 후에 근위사단의 타이완 이동에 수행해 타이완 정벌에도 참가했기 때문이다. 또한 오가이 연구 속에 오가이가 청일전쟁이 끝난 뒤에 곧바로 긴급히 이동해 타이완 정벌에 참가했다고 하는 것은 계속 의문시되어 왔다. 오가이의 타이완 체재와 동향에 대해서는 시마다 긴지(島田謹二)의 「타이완 정벌군 모리 오가이(征台陣中の森鷗外)」가 상세하다. 시마다 긴지는 오가이의 타이완 정벌에 관해, 예를 들면 『메이지 27, 8년 청일전사(明治二十七八年日淸戰史)』, 『메이지27, 8년 타이완 정벌일지(明治二十七八年役陣中日誌)』 등의 자료를 꼼꼼히 조사해 오가이의 확실한 체재기간이 1895년 5월 30일부터 동년 9월 27-8일까지라고 밝혔다. 오가이의 청일전쟁 및 타이완 정벌 기록인 『조정일기(徂征日記)』에서는 타이완 정벌에 대해 거의 언급하고 있지 않다. 그 대신에 오가이의 타이완 상륙 및 타이완 정벌 전쟁에 참가한 기록은 1908년에 출판된 『요시히사신노 사적』 쪽이 상세하게 다루고 있다.[35] 또한, 모리 오가이는 청일전쟁과 1895년의 타이완 상륙 및 타이완 정벌 전쟁에 참가했다고는 하지만, 타이완에 대해 언급하고 있는 것은 『조정일기』 외에 기타시라카와노미야 전기 『요시히사신노 사적』이 가장 많다고 말할 수 있을 것이다.[36]

『요시히사신노 사적』에서 막부 말기의 '린노지노미야' 시대, 특히 동북 여러 한에 의해 새 천황이 옹립되고 후에 감금되어 자성하도록 명받은 경위에 대해 거의 애매하고 간략화된 묘사밖에 없다. 이와 대조적인 것은 기타시라카와노미야가 타이완에 상륙하고 나서 남쪽을 향해 전진했던 상

新潮社), 2010.는 『요시히사신노 사적』을 인용하면서 동시에 이 전기의 영향에 대해서도 언급하고 있다.

35) 島田謹二, 「征台陣中の森鷗外」, 『華麗島文學志―日本詩人の台湾体驗』(明治書院), 1995, pp.65-67

36) 위의 책, p.94.

태의 묘사이다. 예를 들면, 사쓰마 조슈 두 한이 인솔하는 정부군이 우에
노 간에이지를 공격함으로써 우에노의 '간에이지'에 주둔해 '린노지노미
야'를 호위하고 있던 창의대는 격퇴당하고, 에노모토 다케아키(榎本武揚)가
군함 장경환(長鯨丸)으로 하네다만(羽田灣)에 '린노지노미야'를 맞이하러 가
서 미야가 동북행을 결단한 경위에 대해서 오가이는 다음과 같이 묘사하
고 있다. "도에이잔의 도량 전화(戰火)에 휩싸여 몸을 기댈 곳 없다. 좌우
를 물어봐도 모두 에도가 위험하니 설령 대총독에 의지해도 또한 안전을
기하기 어렵다고 말했다. 잠시 오슈(奧州)로 난을 피해 <u>황군이 국내를 평
정할 날을 기다리기로 했다</u>(밑줄-필자)".[37] 이 시점은 분명 역사적 사실을
애매하게 해 '린노지노미야'가 모반을 일으킬 의도가 없다고 강조할 뿐이
다. 또한 '신정부군=황군'이라고 하는 묘사 방식에서도 출판 당시의 메
이지 정부의 사관에 대한 배려가 엿보인다. 이에 대해 '린노지노미야'가
동북에 도착하고 나서 어떻게 동북 여러 한에 의해 새 천황으로 옹립되
었는가에 대해 거의 언급하고 있지 않다. 동북에 체재한 기간에 대한 묘
사는 주로 '린노지노미야'의 측근 가쿠오인 기칸(覺王院義觀)의 시점을 통
해 '린노지노미야'가 어떻게 에도에서 동북으로 도망가 오우에쓰렛판에
의해 맹주로 추거되었는지의 경위를 좇고 있다. 주인공인 '린노지노미야'
자신이 동북에 도착한 당시의 정세에 대해 의지 표현의 묘사는 거의 없
다고 할 수 있다. 이는 오우에쓰렛판이 조직한 공의부(公議府)가 성립한
후에 '린노지노미야'가 센다이에 도착한 것과 동시에 센다이 한을 비롯해
여러 한의 요원(要員)은 신노에게 간청해 시로이시성(白石城)에 머물게 하
려고 한 과정의 묘사를 통해서도 엿볼 수 있다. "23일(慶應 4 年6月)에 센다

---

37) 森鷗外, 「能久親王事蹟」, 『鷗外全集』第三卷, 岩波書店, 1987, p.536.

이의 구치키 고에몬(朽木五左衛門), 요코타 간페이(橫田宦平), 아이즈의 오노 곤노조(小野權之丞) (중략)의 6인 미야를 배알하고 빨리 센다이로 가서 시로이시성을 여관으로 충당해줄 것을 청했다. 시로이시성은 당시 오우에쓰렛판의 책원지로 공의부로 칭했다. 가쿠오인이 답했다. 센다이로 향하는 기일을 렛판이 합의해준다면 미야가 반드시 이를 따르실 것이다"[38) 이 부분의 묘사는 『아이즈 한 보신전쟁 일지(會津藩戊辰戰爭日誌)』와 좋은 대조를 이루고 있다. 『아이즈한 보신전쟁 일지』는 도바 후시미 전쟁(鳥羽伏見戰爭)이 발발한 1868(慶應 4)년 1월부터 마쓰다이라 가토모리(松平容保)가 도쿄에 보내진 10월까지 아이즈한을 중심으로 정국의 매일의 동향을 추적한 사료이다. 이 사료는 1868년 6월 16일에 '린노지노미야'가 오우에쓰렛판동맹 맹주가 될 것을 승낙했다. 그리고 동년 6월 23일에 렛판동맹이 공의부의 근거지인 시로이시성에서 맹주 '린노지노미야'를 '도부천황(東武天皇)'으로 옹립하고 연호를 오마사(大政)로 개원했다고 기록하고 있다. 동북조정의 체제가 확립됨과 동시에 신정부와의 적대적인 태세도 분명해졌다.[39) 이 '린노지노미야'의 동북시대의 묘사를 대조해보면 오가이가 '모반'한 역사 사실을 극구 회피하고 있다는 것을 알 수 있다. 이는 '린노지노미야'가 사바쿠(佐幕) 측의 동북 여러 한과 결탁해서 드디어 '신 천황'으로 옹립되었다고 하는 일련의 사건을 모두 미야의 측근 가쿠오인 기칸에 의한 것처럼 묘사되고 있는 것을 읽어낼 수 있다.[40) 또 기타시라카와노미야가 타이완의 깊은 곳에 상륙한 다음 타이난에서 죽을 때까지의 정벌전쟁을 상세히 기록하고 있는 것과 비교해보면, '린노지노미야' 시대와

---

38) 위의 책, p.541.
39) 菊地明編, 『會津藩戊辰戰爭日誌』(上), 新人物往來社, 2001.9, p.330, p.340.
40) 주)23 참조.

'기타시라카와노미야' 시대의 각각의 묘사의 차이는 일목요연하다. 그 묘사에서도 알 수 있듯이, 오가이가 '린노지노미야' 시대의 '모반' 역사에 대해 메이지유신 이후의 주류 '승자' 사관을 꺼리면서도 '패자' 측의 비장한 소원을 비추어보고 '영웅'으로서의 기타시라카와노미야 상을 만들려고 고심한 흔적이 보인다.

　오가이가 타이완 정벌전쟁을 상세히 그리고 있는 것은 오가이가 스스로 이 전쟁에 참가한 것과 관계가 없는 것은 아니다. 오가이는 근위사단을 따라 타이완에 상륙해 타이완 토벌전쟁에 참가해 『조정(徂征)일기』에 기록을 남겼다. 그 때문에 요시히사신노가 서거한 뒤에 옛날 부하의 간절한 청에 의해 오가이가 수 년 간을 들여 『요시히사신노 사적』을 집필했다. 이 속에서 근위사단은 재타이완의 정벌전쟁 경과를 상세히 기록하고 있다. 이에 비해, 『조정일기』에서는 그다지 언급하지 않는다. 오가이의 『요시히사신노 사적』은 주로 기타시라카와노미야의 타이완 정벌전쟁의 영웅적인 사적을 현창하기 위해서인데, 타이완 정벌 전쟁의 공적 외에도 수호신으로서의 정당성을 강조하는 것이 목적으로 생각된다. 그 때문에 '린노지노미야'가 일찍이 메이지천황에 반기를 들었던 역사적 기억을 가능한 한 희박하게 하거나 말소하려고 했다. 그 '반역', '모반'의 전반생을 애매하게 해서 '비극적인 영웅'으로서의 전반생을 드러내 보이려고 했다. 무라카미 히로키(村上裕紀)는 요시히사신노의 패자로서의 역사가 바로 구심력의 소재라고 지적했다. 이는 신노가 근대에 황족 신분을 가지고 있는 군인 영웅일 뿐만 아니라 패자에서 영웅으로 변신할 수 있는 것을 의미한다. 그렇기 때문에 이러한 생애는 번벌(藩閥)과 구 막부 양자의 구심력을 응축하는 기능을 갖고 있다. 오가이는 이 전기를 집필했을 때 신노에게 보낸 이와 같은 시선을 틀림없이 느끼고 있었을 것이다.[41)

5. 식민지 타이완의 매스미디어에 나타난 '기타시라카와노미야' 와 1911년의 대역사건

식민지 타이완에 유통된 기타시라카와노미야의 이미지는 오가이가 그리는 것과는 좋은 대조를 이룬다. 타이완에서 유통된 기타시라카와노미야와 관련된 전기는 '내지'를 넘어, 기타시라카와노미야가 막부 말기에 사바쿠(佐幕)파로 볼 수 있는 동북 제번과 도바쿠(倒幕)인 사쓰마 조슈 세력과의 보신전쟁에 휩쓸린 것과 밀접히 관계가 있다고 생각한다. 이 역사는 메이지유신 이후 '승자'가 주도한 시대에 거의 어둠 속에 묻혔다. 식민지 정부의 프로파간다 이외에 당시 타이완의 매스미디어는 어떻게 기타시라카와노미야의 이미지를 구축했을까. 다음으로 식민지 타이완에서 가장 발행기간이 길고 발행부수가 많은 일본어신문 『타이완일일신보(台湾日日新報)』에서 연재된 강담 『기타시라카와노미야 전하』(1911.4.3.~1912.1.24.)를 예로 분석하겠다.

『시타시라카와노미야 전하』의 작자는 강담사 마쓰바야시 하쿠치(松林伯知, 1856~1932)이다. 1911년 4월 2일, 즉 연재가 시작된 전날부터 『타이완일일신보』에서 이미 다음과 같이 예고되었다. "신문 강담에 묘기가 있다고 전해지는 마쓰바야시 하쿠치를 실어, 특히 본사를 위해 그리고 본도(本島)와 관계가 적지 않은 타이완 신사의 신령 '기타시라카와노미야'의 일생을 근간 연재해 조금이라도 애독자의 권고에 보답하고자 한다. 줄거리는 전하가 아직 린노지노미야의 시대로 칭해진 포화와 검극을 경위로 한 참담한 막부 말기 역사의 한 시기에 근위사단장으로 금지옥엽의 옥체

---

41) 村上祐紀, 「『皇族』を書く－『能久親王事蹟』論」, 『鷗外研究』88호, 2011.1, pp.52-53.

를 풍토병이 서린 안개나 깊은 본도의 비바람을 맞으며 마침내 전 섬을 평정해 업적을 달성하신 사적을 글로 썼다."42) 마쓰바야시 하쿠치의 본명은 쓰게 쇼이치로(柘植正一郎)로 메이지 시기에 활약한 강담사였다. 별호는 묘유헌(猫遊軒)이고, 메이지 10년대 무렵에 일찍이 긴자의 긴자정(銀座亭)에서 강담을 연 적이 있다. 동시기에 야마모토 가쓰미(山名克巳)가 긴자에서 대언사(代言社, 오늘날의 법률사무소-필자 주), 여택관(麗澤館)을 개설하고 영국에서 유학하고 막 귀국한 법학사 호시 도루(星亨)를 초빙해 법률고문을 담당하게 했다.43) 호시 도루는 1882년에 자유당에 입당하고 자유당 총리 이타가키 다이스케(板垣退助)의 중요한 보좌관이 되었다. 자유민권운동의 핵심인물이고 일본근대정당정치의 성립의 중심인물이었다.44) 자유민권운동시기에 자유당은 정치 강담을 자유민권운동을 선전하기 위해 이용했다. 또한 이로써 알 수 있듯이 마쓰바야시 하쿠치는 호시 도루 등의 자유민권파의 분자와 관련되어 있었다. 마쓰바야시 하쿠치가 소속되어 있던 마쓰바야시 파는 즉석 강담, 혹은 시사강담을 잘 해서 인기를 누렸다. 그 대표작품도 다수 있는데, 『타이완일일신보』를 위해 연재하고 있던 『기타시라카와노미야 전하』는 지금까지 알려지지 않았다. 또 존재했던 마쓰바야시 하쿠치의 강담 작품에는 발견되지 않는다. 아마 기타시라카와노미야가 죽은 식민지 타이완의 신문을 위해 특별히 새로 쓴 것이거나 이곳에서만 유통되었던 것을 쉽게 추측할 수 있다.

이 강담은 132회(1911.4.3.~1912.1.24.)나 연재되었고, 줄거리는 다음과 같다. 기타시라카와노미야의 탄생부터 성장한 후에 에도의 린노지에 들

---

42) 「新講談預告」, 『台湾日日新報』, 1911年4月2日.
43) 篠田鑛造, 『銀座百話』, 岡倉書房, 1937. 紀田順一郎, 『近代世相風俗誌集7』(東京 : クレス出版), 2006, p.48.
44) Japan Knowledge, '星亨' 항목 참조.

어가고, 그 후 도바 후시미 전쟁이 일어나 관군이 우에노를 공략해 린노지노미야를 보호하기 위해 창의대를 격파했다. 그래서 미야가 에도에서 도망쳐 마침내 동북에 도착했다. 이 강담에서는 관군이 우에노를 습격하기 전까지의 이야기가 상세히 그려져 있다. 특히 미야가 도쿠가와 막부와 사쓰마 조슈가 중심이 되는 관군과의 틈바구니에 끼어 '적군(賊軍)'이라는 오명까지 뒤집어쓴 과정과 보신 전쟁이 끝나고 교토로 돌아와 폐문자성(閉門自省)이라는 시기를 거쳐 기타시라카와노미야를 습격할 때까지가 상세히 묘사되어 있다. 연재 중에 마쓰바야시 하쿠치가 병이 나서 3개월 가까이 연재가 중단되었다.[45] 마쓰바야시 하쿠치의 강담은 동시대의 정치 정세를 반영하는 것이 특색이다. 이 『기타시라카와노미야 전하』도 같은 특징을 가지고 있다. 그 때문에 당시 타이완에서 유통된 강담 형식의 기타시라카와노미야의 전기가 어떠한 사관과 시사 관점이 반영되어 있는지를 관찰할 수 있다. 전기 중에서 기타시라카와노미야가 탄생하기 전의 '신화적' 묘사는 바로 '야마토다케루노미코토'의 이미지를 부각시키며 타이완 신사에 모시는 정당성을 강화하려는 것이다. 제12회(1911.4.15.)에서는 기타시라카와노미야의 생모 호리구치 뇨보(堀口女房)가 임신했을 때 잠을 자고 있는 베갯머리에 악귀가 나타난 것을 적고 있다. 그때 한 사람의 조력자가 "멀리 저쪽에서 검은 머릿결을 흩날리며 매우 존귀한 모습으로 신마(神馬)를 타고 검을 들고서 그 악귀에게 나타나셨다." 그 후에 태어난 기타시라카와노미야가 호리구치 뇨보의 꿈에 나타난 조력자와 똑 닮았다고 하는 것을 알아차렸다. 또한 야마토다케루노미코토가 풀 베는 검을 손에 들고 뜨거운 불에 대항하는 풍속화를 발견했을 때 이것을 꿈에서 본

---

45) 마쓰바야시 하쿠치는 1911년 5월 20일 제47회 후에 병으로 연재를 쉬고, 같은 해 8월 17일에 다시 부활했다.

조력자임을 알고 기타시라카와노미야가 야마토다케루노미코토의 전생이라고 확신하고 길조로 생각했다.[46] 전술한 타이완에서 요시히사신노를 봉사할 것을 주장한 니시무라 도키히코(西村時彦)는 「요시히사신노를 타이완에 봉사하는 의(議)」[47]에서 이미 요시히사신노를 게이코천황(景行天皇)의 황자 야마토다케루노미코토에 비유해 나라를 위해 희생한 황족으로 간주한 것을 상기해야할 것이다. 또한 내무성이 타이완 총독부에 보낸 타이완 신사의 신체(神體)에 대답하는 조회서에서도 마찬가지로 요시히사신노와 야마토다케루노미코토와의 유사성을 강조하고 이에 의해 타이완 신사에 입사되는 정당성을 뒷받침하고 있다.[48]

이 전기에서 또 하나 주목할 묘사는 남북조의 은유가 반복되는 부분이다. 49회(1911.8.19.)에 이하와 같은 곳이 있다. 관군이 곧 에도에 입성해서 린노지노미야(즉, 기타시라카와노미야—필자 주)의 창의대가 연이어 우에노의 간에이지에 집결했다. 린노지노미야의 안부를 신경 써 찾아온 돈가쿠다이소조(曇覺大僧正, 즉 가쿠오인)가 린노지노미야의 책상 위에 있는 시 작품을 보고 그 이유를 물었다. 린노지노미야는 다음과 같이 대답했다. "간밤에 정원 앞에서 달을 보니 요시노 풍경을 바라보고 돌아가 방의 상좌를 보니 요시노의 풍경 그림이 걸려 있었다. 문득 남조의 일을 떠올려 만든 것을 오카마쓰(岡松)에게 첨삭 받았다. (중략) 題芳野山圖 香雲香雪壓山樓 檻外清流澹不流 欲問當年興敗事 落花枝上鳥聲愁"[49] 또한 관군이 우에노를 격파하고 린노지노미야와 집사 승, 죽림원(竹林院) 일행은 변장해서

46) 松林伯知, 『北白河宮殿下』제12회, 1911.4.15.
47) 西村(時彦)天囚, 「能久親王を台湾に奉祀する議」, 『北白川宮の月影』(大阪 : 大阪朝日新聞會社), 1898.
48) 菅浩二, 『日本統治下の海外神社』(東京 : 弘文堂), 2004, pp.250-251.
49) 松林伯知, 『北白河宮殿下』제49회, 1911.8.19.

도망가 사람을 써서 에노모토 다케아키(榎本武揚)에게 시나가와에 정박해 있던 회양함(回陽艦)에 탑승해서 에도를 벗어날지 어떨지에 대해서 교섭하도록 했다. 그 결과를 기다리는 동안에 수행하고 있던 죽림방(竹林坊)이 절로 눈물을 흘리고 다음의 시구를 읊조렸다. "가사기(笠置)의 산을 나와 하늘 아래에는 숨을 집도 없다"고 하면서 동시에 "고다이고(後醍醐) 천황의 고사(古事)도 목전이다"[50]고 한탄했다.

이 전기가 연재된 1911년의 시대배경과 대조해 보면, '남북조'의 기호가 왜 반복적으로 나타나는지 알 수 있다. 1910년 5월에 고토쿠 슈스이(幸德秋水), 간노 스가코(管野須賀子)들은 폭탄을 소지한 사실이 발각되어, 같은 해 6월에 체포되었다. 동시에 천황 암살을 기도했다는 혐의로 '대역죄'라는 죄명 하에 기소되었다. 1911년 1월에 체포된 24명에게는 사형판결이 내려졌다. 동년 1월 말에 고토쿠 슈스이와 간노 스가코를 포함해 11명이 처형되었다.[51] 다키카와 마사지로에 의하면 1910년의 대역사건은 남북조정윤설(南北朝正閏說)과 밀접히 관계가 있다. 동시에 대역사건도 또한 1911년 남북조정윤설 논쟁의 계기가 되었다는 지적이 있다. 쓰루(鶴) 판사가 법정에서 고토쿠 슈스이를 "네 행위는 천인(天人) 모두에 용서받을 수 없는 대역행위이다"고 질책한 것에 대해, 고토쿠 슈스이는 "지금의 천황은 후남조의 천황으로부터 삼종의 신기를 잽싸게 빼앗은 찬탈자의 자손이 아닌가" 하고 단언했다고 한다.[52] 대역사건의 심사는 비공개였음에도 불구하고 슈스이의 이와 같은 발언이 새어나와 오사카의 변호사 후지사와 겐조(藤澤元造)가 의회에서 고마쓰바라(古松原) 문부대신에게 이와

---

50) 松林伯知, 『北白河宮殿下』제102회, 1911.12.18.
51) 清水卯之助, 『菅野須賀子の生涯』(大阪 : 和泉書院), 2002, pp.307-308.
52) 瀧川政次郎, 『日本歷史解禁』(東京 : 創元社), 1950, pp.114-115.

같은 불온한 사상이 나온 책임 추궁을 하려고 했다. 그 때문에 국정교과
서를 편찬한 요시다 신키치(喜田眞吉) 박사는 남북조 모두 정통의 천자라
고 하는 내용을 기재한 책임을 추궁당해 파면 처분을 받았다. 기본적으로
는 일본의 전쟁 전에는 '남조 정통설'이 주류였는데 메이지 천황의 계통
은 북조 계통이다. 고메이천황(孝明天皇, 메이지천황의 아버지-필자 주)이 일찍
이 '백이십이 대 손(孫)'이라고 자필로 쓴 문서가 있는데, 이는 북조의 계
통으로 센 것이다.53)

나아가 대역사건을 계기로 일본에서는 1911년 2월부터 7월에 걸쳐
'남북조정윤설' 논쟁이 일었다. 이 사건은 "전전에 대표적인 학문탄압사
건이고, 황국사관을 국민에게 강제한 천황제 이데올로기 확립을 촉구한
사건이었다"고 이야기되고 있다.54) 마쓰바야시 하쿠치의 『기타시라카와
노미야 전하』에 남북조라고 하는 아이콘으로 린노지노미야의 처지, 특히
요시노 조정의 다이고천황을 린노지노미야에 비유하고 있는 것으로부터
알 수 있듯이, 마쓰바야시 하쿠치가 메이지유신의 정치분쟁을 남북조의
분쟁에 비유하는 의도가 엿보인다.

또한 1911년 10월 28일의 『타이완일일신보』에서 「기타시라카와노미
야 센다이 체재 중의 일」이라는 기사도 일찍이 '패자'의 역사기억을 되살
아나게 했다고 말할 수 있다.55) 이 기사는 우선 기타시라카와노미야가
1868년에 서군이 우에노를 무너뜨려 동북으로 도망가고, 그 후에 센다이
와 당지(當地)의 선악원(仙岳院)에 머물렀던 경과를 보도하고 있다. 이 기사
는 미야님이 오우쓰(奧羽) 제번에 의해 동북에 납치되었다는 풍문이 들리

---

53) Japan Knowledge 「南北朝正閏論」(尾藤正英)항목 참조.
54) Japan Knowledge 「南北朝正閏論」(阿部恒久)항목 참조.
55) 「北白川宮仙台御滯在中の御事」, 『台湾日日新報』, 1911年10月28日.

는데, 사실과는 상당히 다르다고 지적하고 있다. 또한 "피난 당시의 사정과 선악원에 관한 사적에 대해 기무라 다다시(木村匡)의 소개에 따라 센다이의 야마모토 이쿠타로(山本育太郎) 씨로부터 상세한 기사와 선악원의 사진 등을 얻어 다음과 같이 소개한다"고 설명하고 있다. 이 보도는 린노지노미야가 당시 여전히 닛코고몬슈(日光御門主)이고 그래서 센다이 도쇼구(東照宮)의 분원-센다이 선악원에 '동좌(東座)'한 사실을 설명하고 있다.

　나아가 린노지는 서군이 우에노의 린노지를 무너뜨린 뒤에 우시로야마(後山)에서 미카와시마(三河島)까지 도망갔다. 그 후에 서군이 엄중히 수사했기 때문에 미야는 동네 의사의 학도로 분장하고 센다이 한의 원호를 받아 7월 2일에 센다이 선악원에 도착했다. 그 후에 린노지노미야의 동향은 나중에 '동북조정'에 의해 '신 천황'으로 옹립되었다고 하는 설과 밀접한 관계가 있다. 7월 10일에 미야는 센다이 번의 번주(藩主) 다테 요시쿠니(伊達慶邦)와 자식에게 말씀을 내렸다. 그 부분적인 내용은 다음과 같다. "日光宮御令旨 嗟呼薩賊, 久懷兇惡, 漸恣殘暴, 已至客冬, 違先帝遺訓, 而黜攝關幕府 (中略) 速殄凶逆之魁, 以上達幼主憂惱, 下濟百姓塗炭矣 (中略) 輪王寺大王鈞命執達如件"[56] 오우(奧羽)동맹 제번은 오우에쓰 공의 부라는 명의로 전국이 이 영지를 포고하고 영문으로 번역해 각국의 영사에도 송부했다. 7월 12일에 린노지노미야는 시종승(侍從僧) 대원각원(大圓覺院)과 청죽림원(淸竹林院)에 동반해 선악원(仙岳院)을 떠나 시로이시성에 진좌했다. 오우렛판이 일치단결해서 미야를 총독에 바쳤다. 그리고 동시에 「닛코궁어동좌포고문(日光宮御動座布告文)」이라는 포고문을 발포했다. 이 포고문은 전술한 영지와 마찬가지로 사쓰마 한을 '사쓰적(薩賊)'이라고 부

---

56) 위의 책.

르고 있다. 그 안에서 사쓰마 한의 죄상을 상세히 열거하고 있다. 즉, 사쓰마가 '닛코궁(즉, 린노지노미야)'을 화(禍)에 빠뜨리고 도쿠가와 요시노부(德川慶喜)에게 억울한 죄를 뒤집어씌워 이 때문에 린노지노미야가 상경해서 도쿠가와 요시노부를 위해 용서를 구했음에도 불구하고 면죄받지 못했다. 그 후에 사쓰마가 우에노의 린노지노미야를 습격해 린노지노미야는 동북으로 하는 수 없이 옮겨갈 수밖에 없었다.[57] 이 포고문의 마지막에는 다음과 같이 끝이 맺어져 있다. "누가 황국의 백성이 아닌가, 누가 황윤(皇胤)의 존귀함을 모르는가. 사쓰적의 흉포한 사기가 이와 같으니 설령 하늘의 태양이 땅에 떨어지고 바닷물이 마르더라도 이 큰 업적을 도에이잔에 돌려 봉사할 것을 천하의 사민 그 사실을 상세히 모르고 미야 님의 깊은 뜻을 알지 못해 남북 양 조정의 고사를 억지로 끌어다 대서 비방하는 이야기를 만들어내니 이를 저어하여 대략을 기록해 원근에 포고하는 것이다."[58]

이상의 포고문에서 알 수 있듯이, 린노지노미야는 동북 제 번의 세력을 빌려 사쓰마를 중심으로 하는 서군에 대항하려 했다. 이에 대한 토벌의 죄명은 나이 어린 군주를 고의로 속인 외에 린노지노미야를 화에 빠뜨리고, 도쿠가와 요시노부를 죄에 빠뜨린 적이 있다. 그러나 포고한 격문의 마지막에서도 읽을 수 있듯이, 당시 동북의 백성은 서군과 대항하는 린노지노미야의 전쟁을 중세의 남북조 분열로 파악했기 때문에 민간에는 풍설이 많이 유포되어 있었던 것을 알 수 있다. 또한 이 때문에 설명과 해석이 필요하다. 다키카와 마사지로도 다음과 같이 지적했다. "이에 의하면 오우 사민 속에 미야를 세워 천황으로 하고 남북조의 고사에 의거

---

57) 위의 책.
58) 위의 책.

해 사쓰마 조슈가 옹호하는 조정과 대항하려고 하는 기운이 높았다는 사실을 살펴볼 수 있다."59)

이 기사의 결말에 적혀 있는 날짜는 1911년 10월 7일인데, 그러나 『타이완일일신보』에 게재된 날은 1911년 10월 28일이었다. 게재시기에 대해 실제로는 두 가지의 의미를 읽어낼 수 있다. 우선, 1911년은 대역사건의 결심이 있었고 고토쿠 슈스이 등의 피의자가 처형된 데다 고토쿠 슈스이의 심문 기록이 새어나가 남북조정윤설 논쟁을 일으킨 해이다. 또한 기타시라카와노미야가 타이완에서 말라리아로 서거한 기록에 의하면, 죽은 날은 1895년 10월 28일이었다. 이 기사는 막부 말기에 동서군이 대항했을 때 기타시라카와노미야가 동북의 신 천황이라는 역사 사실을 강화하는 이외에, 당시 남북조의 역사가 막부 말기의 기타시라카와노미야와 사쓰마 조슈를 중심으로 하는 서군과의 관계를 반영하는 것으로 여겨진 사실을 여실히 보여주고 있다. 이는 마쓰바야시 하쿠치의 『기타시라카와노미야 전하』라고 하는 강담 형식의 전기에 나타난 반복되는 남북조의 기호로 명백히 알 수 있다.

6. 맺음말

스에노부 요시하루(末延芳晴)는 『모리 오가이와 청일·러일전쟁』 속에서 "신노가 일시적으로 조정에 반기를 들긴 했지만, '도부천황(東武天皇)'을 주제넘게 칭했다"고 지적했다.60) 또 오가이가 이 전기 속에서 특히 신노

---

59) 瀧川政次郎, 『日本歷史解禁』(東京 : 創元社), 1950, p.141.
60) 末延芳晴, 『森鷗外と日淸·日露戰爭』, 平凡社, 2002.12, p.101.

의 사인(死因)에 대해 "신노에게 도회의 나쁜 점이나 감출 만한 사실은 빼거나 다시 썼을 가능성이 높은 것도 간과할 수 없을 것이다", "군신(軍神)으로서 신노의 생을 신화화하기 위해 상당한 정도의 윤색이 가해졌을 가능성이 높다", "오가이는 군부와 일본정부, 나아가 메이지천황의 뜻을 배려해 곡필(曲筆)을 부린 것으로 생각된다"[61]고도 지적하고 있다. 또한 나카무라 후미오(中村文雄)는 『모리 오가이와 메이지국가』 속에서 청일전쟁이 끝난 후 오가이는 즉시 귀국할 수 있을 것으로 기대했는데, 야전 위생관인 이시구로 다다노리(石黑忠悳)에게 명받아 곧바로 타이완을 전전하게 되었다. 그리고 이 사실을 『조정일기』에 비춰보면 오가이가 이 속에서 타이완 정벌을 거의 언급하지 않은 점, 타이완에서의 직위나 책임 귀속이 불명확한 점 등은 이시구로와 사이가 좋지 않은 것에 기인한다고 지적했다.[62] 1895년에 타이완 정벌전쟁 때 일본군은 역병과 각기병이 크게 유행해 큰 피해를 입었다. 오랜 동안 이는 모리 오가이의 책임으로 되어 있었는데, 최근의 연구에 의하면 책임의 귀속이 이미 명백해졌다.[63] 그러나 이 역사적 사실이 명백해짐에 따라 1895년에 오가이의 타이완 체재 사정이 보다 굴절되고 복잡한 상황에 있었다는 것을 알 수 있다. 이 점을 포함해서 이상의 선행연구가 제기한 문제점은 앞으로 모리 오가이의 『요시히사신노 사적』의 시점 및 사관을 보다 깊게 탐구할 실마리가 될 것으로 생각한다.

---

61) 위의 책, pp.100-101.
62) 中村文雄, 『森鷗外と明治國家』(東京 : 三一書房), 1992.12, pp.121−122.
63) 山下政三, 『鷗外森林太郎と脚氣紛爭』(東京:日本評論社), 2008. 야마시타 세이조(山下政三)에 의하면, 타이완 정벌 전쟁에서 군대 간에 각기병이 대유행하고 있던 책임은 모리 오가이에 있을 뿐만 아니라, 장관인 이시구로 다다노리에게도 있다. 또한 오가이가 관련되어 있던 '임시 각기병 조사회'의 조사에 의하면 비타민B의 결핍이 각기가 되는 원인이라고 구명한 것은 군사의학에는 다대한 공헌이라고 지적했다.

'패자사관'에서 생각하면 메이지유신 이후 사쓰마 조슈 두 한의 번벌 정치가 주도한 시기에 메이지(사쓰마 조슈)정부가 타이완 정복 전쟁을 이용해서 과거의 역사를 청산하거나 '주변자'를 배제하려고 한 것은 생각할 수 없는 것도 아니다. 타이완 정벌 전쟁에 임했을 때 타이완 초대 총독인 가바야마 스케노리(樺山資紀)를 비롯해 사쓰마 조슈 두 한의 출신자가 주도하는 타이완 총독부에 의한 군사 도구의 실제 상황을 보면 의문점이 많다. 또 모리 오가이가 타이완 정벌 전쟁에 참가한 것도 전례 없는 이동에 의한 것이었다는 사실을 선행연구를 통해 알 수 있다. '타이완' 정벌 전쟁이 메이지(사쓰마 조슈)정부에게는 과거의 '정적(政敵)'을 포함해 '주변자'를 청산하기에는 좋은 상황이라고 생각하는 것은 너무 깊이 읽은 것일까.

기타시라카와노미야가 1895년 10월 28일에 말라리아로 타이난에서 죽은 뒤에, 동년 11월에 일본의 신문에 곧 사설 「요시히사신노를 타이완에 봉사(奉祀)하는 의」가 게재되었다.[64] 이듬해 귀족원 의회에서 곧바로 국비로 타이완 신사를 건설하는 건이 제안되었다. 결의과정에서 도쿠가와 이에사토(德川家達, 도쿠가와 집안)는 이른 시기에 찬동했는데, 유일하게 반대한 사람은 후작 다이고 다다오사(醍醐忠順)였다. 1868(慶應 4)년 막말에 다이고 다다오사의 적자 다이고 다다유키(醍醐忠敬)가 동북으로 보내져 오우(奧羽)의 난을 진정시킨 총독부의 부총독으로 오우에쓰렛판을 토벌했다. 후작은 그 반대 이유를 명백히 하지 않았지만, 아마 이전에 적군 맹주였던 기타시라카와노미야에게 감정적인 응어리가 남아있었기 때문은 아닐까 추측할 수 있다. 반대 의견에 대해 자작 소가 히토노리(曾我準則)가 제

---

64) 「能久親王を台湾に奉祀する議」, 『大阪朝日新聞』, 1895(明治28)年11月7日.

의한 안에 찬성하는 연설을 발표했다. 사실 소가는 일찍이 사쓰마 조슈와 대립하고 있었기 때문에 군직을 사직한 자로 기타시라카와노미야에게는 호감을 갖고 있었다.[65] 이상과 같이 타이완 신사 건설의 결의 과정을 보면 막말 정쟁 때 '사쓰마 조슈'와 '동북' 양 집단의 대립은 일본이 타이완을 영유한 후에도 계속 존재했다. 스가 고지(菅浩二)는 요시히사신노가 외지에 원정을 가서 이국땅에서 목숨을 잃은 것에 대해 당시의 일본사회에는 "신노가 이제부터 시작되는 타이완 통치의 제물이 된 듯한" 감각을 갖고 있는 사람이 많았다고 지적했다.[66] 요시히사신노가 타이완을 진압한 신이 된 것은 단지 황족을 추도하거나 현창하는 것뿐만 아니라, 그와 동시에 메이지유신 이후 터부시된 '패자'의 역사를 구제하기 위해서이기도 하다. 마쓰바야시 하쿠치의 『기타시라카와노미야 전하』와 「기타시라카와노미야 센다이 체재 중의 일」에서 알 수 있듯이 1910년대에 타이완의 『타이완일일신보』는 기본적으로는 동북 '패자' 사관에 입각해서 기타시라카와노미야 상을 구축했다.

동북 '패자' 사관이 식민지 타이완에서 형성된 이유, 그리고 후에 어떻게 재타이완 일본인 문학관과 어떻게 관련되고 또 '승자사관'과는 어떻게 대항해 싸우는지, 식민지 타이완에 두 가지 사관이 어떻게 나타나고 있는지는 다음 단계의 연구과제로 하겠다.

번역 : 김정희

---

65) 菅浩二「「台湾の總鎭守」御祭神としての能久親王と開拓三神―官幣大社台湾神社についての基礎的研究―」『明治聖德記念學會紀要』, 복간 제36호, 2002.12, pp.104-106.
66) 위의 책, p.108.

역사적 사건과 "교인(僑人)" 이야기
—사오토메 미츠구(早乙女貢)의 『교인의 감옥(僑人的囚籠)』을 읽고

1. 들어가는 말

사오토메 미츠구(早乙女貢)의 『교인의 감옥(僑人的囚籠)』은 역사소설로서, 역사적으로 유명한 마리아 루스(María Luz) 호 사건을 제재로 한 작품이다. 1872년 4월 하순 마카오(澳門)를 출발한 페루 기선 마리아 루스 호는 유괴 혹은 납치되어 광산의 쿨리[본고에 있는 苦力와 華工은 동의어라고 봐도 무방하다. 중국어 원문에 따라 각각 쿨리와 중국인 노동자로 번역한다―역재로 계약을 맺은 230명의 중국인 노동자(속칭 돼지새끼)들을 페루로 수송하고 있었다. 항해도중 폭풍을 만나 선체가 손상되자, 파손된 마스트 등을 수리하기 위해 마리아 루스 호는 7월9일 일본 요코하마(橫濱) 항에 정박하게 된다. 입항 후 나흘째가 되던 날, 무칭(木慶)이라는 이름의 중국인 노동자가 선장의 학대를 견디지 못하고 바다로 뛰어들어 도주하여 부근에 정박해 있던 영국 군함에 구조된다. 무칭은 사기를 당해 배에 오르게 된 사연과 선상에서의 학대를 고발하고 영국인들에게 중국인 노동자들을 구출해 줄 것을 간청한다. 영국 영사는 관할 밖의 일이라는 이유를 들어 요코하마 항 소재지인 카나가와(神奈川) 현 현정부에 인도한다. 그와 선장에 대한 약간의 심문을 거친 후 현의 관원은 그를 선장에게 데리고 돌아가도록 한다. 무칭은 다시 한 번 혹독한 체벌을 당했는데, 그 끔찍한 비명소리가 영국 함정에까지 들리자 영국 대리공사가 일본정부에 이 사건에 간여할 것을 건의하게 된다. 외무대신 소에지마 타네오미(副島種臣)가 결국 카나가와 현 현령(權令) 오에 타쿠(大江卓)에 명하여 사건의 조사와 해결을 책임지게 한다. 영국과 미국 영사의 지지 아래 오에 타쿠는 임시 법정을 열어 이 안을 심리했고, 최종적으로 중국인 노동자가 맺은 계약은 노예 계약임을 인정하고 계약은 무효라고 판결했으며 중국인 노동자들은 인신의 자유를 회복하게 된다. 수일 후 청(淸) 정부는 장수(江蘇) 동지(同知) 천푸쉰(陳福勳)을 파견하여 구출된 중국인 노동자들을 인도받도록 했다. 일본과 페루의 수교 후 1875년 페루 정부는 이 판결에 불복하여 일본 정부에 손실에 대한 배상을 요구했는데, 이 소송은 미국의 알선과 러시아 차르의 중재를 통해 일본 측의 승소로 끝을 맺게 된다. 사건의 경과는 대략 이와 같다.

이 사건은 메이지 유신(明治維新) 후 5년이 지나 발생했는데 일본이 근대국가로 전환한 초기에 행한 최초의 국제재판으로서 당시 일본 내외 인사들의 주목을 받은, 일본 근대 외교사의 일대 사건이었다. 일본 내외 각계는 이 사건에 대해 메이지 신정부와 영미가 동일한 정책적 방향을 가지고 노예의 매매에 반대함과 더불어 사기를 당한 중국인 노동자를 구출한 진보적 외교 사건이라는 공통된 인식을 갖고 있었다. 이러한 배경을 바탕으로 작자는 예리한 조사와 풍부한 사료를 통해 다양한 문체로 이야

기를 서술해 나갔다. 이로 인해 소설은 1968년 고단사(講談社)에서 출간된
후 한 시대를 풍미하였으며 당해 연도에 대중문학의 최고봉인 제60회 나
오키 문학상을 수상하게되어 "작자의 기념비적 작품"으로 평가되고 있다.
1) 일본 전후 대중문학의 주요작가의 하나로서 작자 사오토메 미츠구는
매우 다양한 작품을 남겼는데 그 대다수가 역사소설이나 시대소설이었다.
그에게는 요시카와 에이지(吉川英次) 문학상에 빛나는『아이즈의 무사혼(會
津士魂)』과 같은 작품도 있었다.

　역사소설은 대체로 두 종류로 나눌 수 있다. 하나는 사료에 근거하여
역사적 진실을 추적하는 것이고 다른 하나는 사실(史實)을 창작의 재료로
삼는 것이다. 본 작품은 이 둘 사이에 위치한다. 소설의 주요 플롯은 둘
로 나눌 수 있는데, 하나는 마리아 루스 호 사건 자체이고 다른 하나는
이와 관련된 중국인 노동자들의 이야기이다. 소설의 제목에서 볼 수 있듯
이 전자는 작품의 제재이고 후자는 작품의 동기이다. 현존하는 사료는 대
부분 외교문서와 재판기록이기 때문에 재판 과정 중의 관련 인사와 사건
이외에 그 나머지 부분, 특히 작품의 등장인물인 중국인 노동자들과 그들
의 이야기 대다수는 작자의 허구에 기초하고 있다. 확인 가능한 재판 과
정과 사료에 이름이 기록된 인물은 작자의 서사구조 내에서 편집되었고
재구성 혹은 재주조되었다. 사료를 근거로 하여 역사를 재현하는 글쓰기
와 허구를 역사로 환원하는 글쓰기를 섞어 쓰는 방법은 이 소설의 기본
적인 글쓰기 방법인데 이는 작품의 대중적 성격에 있어 결정적인 요소였
다. 때문에 작품을 읽을 때 초점은 의심의 여지없이 역사적 사건의 재현
에 맞춰지게 된다. 그러나 작품 읽기에서 더 중요한 것은 역사적 사건의

---

1)　高橋千刃破,『僑人の檻. 歷史・時代小說辭典』[M](尾崎秀樹監修. 大衆文學硏究會編集).
　有樂出版社, 2000.

서술에서 이야기된 인물과 사건이다. 즉, 작품은 역사적 사건에 휩쓸린 "교인"들의 이야기라는 것에 주목해야 한다. 이어서 우리는 작품에서 역사적 사건을 어떻게 재현했느냐에 주목해야 하며 아울러 사건을 담고 있는 그릇과 소설의 방법에 대한 분석을 통해 "교인"의 이야기를 고찰해야 한다. 그리고 "교인"의 이미지는 어떻게 형성되었는지, 그들의 "감옥"은 또한 어떻게 타파되었는지를 살펴보아야 한다.

2. 사실(史實)과 허구

소설은 총 9장으로 구성되어 있다. 앞의 3장은 「돼지새끼들(猪仔們)」, 「나쁜 피(惡血)」, 「사적 처벌(私刑)」인데 마카오에서 요코하마로 가는 도중 선상의 인물과 사건, 즉 "감옥" 안의 생태에 대해 다루고 있다. 중국인 노동자들의 선장의 학대에 대한 저항이 주요 플롯이며 이와 함께 등장인물로서 무칭(木慶), 주위톈(朱玉田) 등 중국인 노동자들을 그려냈다. 4장은 「요코하마」로서 작자는 선장과 일급 항해사의 대화를 통해 작자 자신의 일본관 및 일본인관을 드러냈는데, 그는 이것을 사건의 의미를 보여주는 배경으로 삼았다. 남은 5개 장에서 「이방인(異邦人)」, 「두 번째 도망자(第二逃跑者)」는 사건의 발단을 서술했으며, 「거류지(居留地)」, 「소송브로커(訟棍)」는 재판의 경과를 그리고 있다. 중국인 노동자의 이야기는 그 뒤에서 이러한 플롯들과 나란히 전개되었다. 마지막으로 「종장(終章)」은 화룡점정의 구실을 한다. 마리아 루스 호 사건과 관련하여 근래 중국 내 사학계에서는 일찍부터 비교적 많은 연구와 소개가 이루어졌는데, 그 중 대표적인 것은 후롄청(胡連成)의 「1872년 마리아 루스 호 사건(1872年瑪利亞老士號事件)」[2]

이다. 이 논문은 "중일 관계의 국제적 시야"에 기초하여 국내외의 다양한
사료를 가지고 사건, 특히 재판의 경과를 비교적 상세하게 묘사하면서 이
를 고찰했다. 본절에서는 이 논문 및 기타 유관 자료를 참고하여 후반의
5개 장의 성립과 사건의 관계를 탐색해보도록 하겠다.

「이방인」은 두 흐름으로 나뉘어 전개된다. 하나는 요코하마 항의 외국
인 거류지의 서양인에 대해 쓰고 있으며, 다른 하나는 무칭이 바다로 뛰
어들어 도망치는 과정을 서술한다. 서양인 가운데 가장 중요한 인물은 선
장의 대리 변호사를 맡은 디킨스이다. 사료에서는 그에 대한 상세한 기록
은 없지만 재판에서 중요한 역할을 하였기 때문에 작품에서의 그에 대한
묘사는 다른 서양인물들과 비교해 압도적이라는 느낌을 준다. 우선 그는
잊기가 어려운 외모―그는 자주 붉어지는 매부리코를 하고 있다―를 하
고 있다. 게다가 혐오스러운 품성―그는 "음험하고", "악랄했다"―을 지
니고 있었다. 또한 그는 체면있는 직업―그는 "법률가이면서 실은 사기
꾼"이었다―을 가지고 있었다.[3] 작자가 설정한 그의 이력 또한 상당히
복잡하다. 그는 네덜란드와 영국의 이중국적자이지만 실제로는 네덜란드
인도 영국인도 아니고 스위스인과 이탈리아 유태인의 혼혈이다. 성인이
된 후 혼자 요코하마로 와서 상사, 전장錢莊. 은행과 같은 근대적 금융
기관이 도입되기 전의 중국의 금융기관이다. 여기서는 일본의 전근대적
인 금융기관을 지칭하는 것으로 보인다―역재 등에서 일을 했고 일년 후
돌연 자취를 감췄다. 다시 종적을 드러낸 것은 그로부터 2년 후이다. 그
는 네덜란드의 대학에서 법률을 공부해서 네덜란드 영사관의 직원으로

---

2) 胡連成, 「1872年馬里亞老士号事件硏究――近代中日關系史上的一件往事」, 『暨南學報』人
文社科版[J](6), 2004, p.110.
3) 早乙女貢, 『僑人の檻』[M]. 講談社, 1968, pp.99－100.

부임해 왔다. 상사의 법률고문으로서 "악랄한 수단"으로 이름을 떨쳤으며, 성추문이 끊이지 않았다. 그래서 행간에는 화자의 묘사이든 다른 서양인의 평가이든 그에 대한 혐오감이 가득했다. 소설이 인물을 묘사하는 수단은 디킨스의 이야기에서 그 일단을 볼 수 있다. 무칭의 탈주사를 묘사한 절은 문체에 꽤 큰 공을 들였다. 무칭을 건져낸 영국 함선의 병사에 대해서 화자의 서술은 차분하고 중성적이었고, 심지어는 찬사가 많아서 디킨스에 대한 묘사와 확연히 대비된다. 작품에서 선악의 구분은 사건의 성격에 의해 이미 정해져 있지만 이러한 대비적이고 공식화된 묘사에서 볼 때 역사적 사건에 대한 재현에는 분명히 작가 개인의 관점이 뒤섞여 있다고 할 수 있다. 동시에 이러한 묘사는 역사적 사건 자체의 서술에 활용됨으로써 작품의 특징이 되었다.

카나가와 현 현정부는 무칭을 배로 돌려보냈는데, 이는 그를 호랑이 굴로 다시 들여보낸 꼴이었다. 그는 다시 한 번 혹독한 폭행을 당하고 만다. 앞장 선 인물의 운명이 이와 같으니 다른 중국인 노동자들은 그저 하늘의 뜻만 바랄 뿐이었다. 때문에 두 번째 도주자, 즉 주위톈의 도주는 플롯 상으로도 의외였을 뿐더러 사람들에게 새로운 희망의 불씨를 지펴서 전기가 되기도 했다. 그러나 그의 도주에 대해 선장은 죽어도 인정할 수 없다는 태도를 취했다. 즉, 그는 주위톈이 배를 타고 있던 중국인 노동자라는 사실을 완전히 부정했을 뿐 아니라 이것을 배 위에서 결코 학대 행위가 있지 않았다는 증거로 삼으려 했다. 사건의 해결에 있어 주위톈의 도주가 미친 영향은 제한적이었다. 그러나 이 때문에 그는 도주에 성공하여 중국인 노동자 중 유일하게 요코하마에 거주하게 된 "교인"이 되었다. 이것은 실제 역사에는 없던 일이었다. 두 번째 도주자에 대한 자료는 다소 오차가 있다. 후원(胡文)이 인용한 자료에는 "여러 차례 일어났다

(多起)", 즉 도주자는 여럿이었다고 했지만『일본역사대사전(日本歷史大辭典)』
(河出書房 1969)과『국사대사전(國史大辭典)』(吉川弘文館 1992)에서는 모두 두
명이라고 기록되어 있다. 작자는 역사상 이 모호한 사실을 바탕으로 주위
톈을 창조해 그려냈을 뿐 아니라 사건의 곡절있는 전개를 만들어 낸 것
이다.

「거류지」는 각국 주일 외교사절들의 재판에 대한 입장을 주로 다루었
다. 영미 양국의 사절은 일본 정부의 재판을 통한 문제 해결 방침을 지지
했다. 영국 대리공사가 외무대신인 소에지마 타네오미에게 보낸 친서는
사건의 해결을 이끌어 내는 데 있어 중요한 역할을 했다. 이와 달리 마리
아 루스 호는 마카오에서 출항했을 때 마카오 당국의 허가 하에 출항한
것이기 때문에, 당사국 중 일국의 사절로서 포르투갈 영사는 분명하게 마
리아 루스 호에 대한 재판에 대해 반대한다는 입장을 표했다. 기타 서구
각국의 사절 가운데도 선장을 비호하는 측이 다수였다. 사절들의 예비회
담에서 독일 대리총영사는 선장의 대리인인 디킨스의 항변서에 찬성을
표하는 식으로 카나가와 현 현정부가 임시로 요코하마에 정박해 있는 페
루 선적의 선박과 그 선장을 재판할 권리가 없다고 주장했으며, 이탈리아
역사와 덴마크 총영사는 이에 대해 찬성을 표했다. 미국 영사는 당사자 3
국이 협상을 통해 해결해야 한다고 주장했다. 회의에 참가하지 않은 프랑
스 영사도 오에 타쿠에게 보낸 서신을 통해 페루 선박을 재판하는 것은
합법적이지 않다는 뜻을 피력했다. 이와 같은 여러 상황들은 일부 세목을
제외하고는 대체로 역사적 사실에 부합한다. 예를 들어 후원이 "또한 포
르투갈 영사, 독일 영사, 프랑스 영사들이 수차례 따져 물었다"고 한 것
등이 그렇다.4) 그러나 작자는 사료의 정리를 통해 세심하고 구체적으로
개인을 묘사했다. 서구 외교관의 입장을 다룰 때는 사건의 배경과 함께

개인의 역할과 재판의 난점을 강조했고, 오에 타쿠 등의 노력을 부각시킴
으로써 최종적으로 재판의 의의를 포착해냈다.

　재판 과정을 묘사한 「소송브로커」와 「종장」도 기본적으로는 사료에 바
탕을 두었다. 본안에 대한 재판은 두 단계로 진행되었다. 첫 단계는 선장
의 중국인 노동자 학대의 문제를 주로 다루었다. 중국인 노동자들이 모두
배로 돌아가는 것을 거부했기 때문에 선장은 9월2일 중국인 노동자들을
피고로 하여 계약불이행으로 민사소송을 제기했는데, 이것이 두 번째 단
계이다. 소설은 이 두 번째 민사재판의 묘사에 비교적 많은 부분을 할애
했다. 재판장이었던 오에 타쿠는 「소송브로커」의 중심인물이다. 재판 개
정 전, 마카오 총독으로부터의 항의서를 둘러싸고 일본 측 재판 참여인과
법정의 법률 고문인 영국인 힐(Hill) 사이에 큰 논쟁이 일어났다. 아편전쟁
후 청조(淸朝)의 이민법과 그 현황에 대해 오에 타쿠는 신랄한 주장을 펼
쳐 외무대신 하나부사 요시모토(花房義質)의 감탄을 자아냈고, 카나가와 현
현령인 무츠 무네미츠(陸奧宗光)로부터 찬사를 받았다. 재판 과정에 있어서
는 쌍방의 두뇌 싸움을 위주로 격렬한 장면의 묘사가 적지 않다. 일례로
피고측이 계약의 무효를 주장하기 위해 언어학자의 증언을 끌어온 일이
묘사되었다. 피고측은 광둥(廣東), 푸젠(福建) 일대의 방언이 잡다하여 광동
어만으로는 쌍방의 소통이 원활하지 않아 다수의 중국인 노동자들이 계
약의 내용을 전혀 알 수 없었다는 것을 증명하고자 했다. 그러나 그 가운
데 가장 중요한 것은 마리아 루스 호의 일급항해사 발리아니(Baliani)가 피
고측 증인으로 출정 증언한 것이다. 그는 속칭 돼지새끼 무역 중 중국인
노동자에 대한 대우가 노예와 다를 바가 없다는 것을 인정했다. 재판 마

---

4) 胡連成, 「1872年馬里亞老士号事件硏究－－近代中日關系史上的一件往事」, 『暨南學報』
　　人文社科版[J](6), 2004, p.111.

지막 날 원고의 대리인인 디킨스도 비장의 카드를 던졌다. 그는 덴마크 영사가 제공한 "분기별 매춘부 초본 및 요코하마 매독병원 치료 보고서"를 통해 "일본 내에 노예가 존재한다"는 것을 증명하려 했다. 공창(公娼)의 문제는 확실히 매우 민감한 문제였다. 오에 타쿠는 최종적으로 "이국 간 노예 매매는 부정한다"라는 입장을 취해 일본 국내의 문제를 비켜가고자 했다. 9월27일 재판장 오에 타쿠는 원고의 요구는 기각한다는 판결을 내렸다. 오에 타쿠는 비교적 낮은 어조로 판결을 읽어갔지만 "그의 확신에 찬 담화는 법정 구석구석까지 울려퍼졌다."5) 마지막으로 오에 타쿠는 판결문에서 "재판은 종결되었기에 본 현은 증인이었던 청국의 쿨리들을 구류, 보호할 이유가 없으며 승객들이 배로 돌아갈지 여부는 전적으로 각자의 판단에 따르며 돌아갈 것을 거부한다면 본관은 그들을 강제할 권한이 없다"고 판시했다. 이로써 중국인 노동자들은 자유를 얻었고 "교인의 감옥"은 타파되었다.

앞에서 고찰한 바에 따르면 두 번째 도주자와 같은 건은 플롯상 각색되었지만, 사건의 경과는 기본적으로 역사적 사실에 근거해 쓰였다는 것을 알 수 있다. 특히 카나가와 현 현정부는 외국인들의 사건에 대하여 서로 양보하여 분쟁을 조정한다는 방침에 따라 무칭을 보낸 것이라든지, 영국 대리공사가 일본 정부가 재판을 통해 문제를 해결하도록 촉구한 것이라든지 하는 것과 같은, 일본의 이미지와 관련된 중요한 요소들은 모두 역사적 사실과 일치한다. 단지 작품은 소설이기에 역사 서술과 달리 분명 서사보다는 인물의 묘사를 중시했을 뿐이다. 오에 타쿠와 디킨스 간 법정 다툼의 묘사에서 인물을 전면에 내세우고 사건은 뒤로 감추는 방식을 취

---

5) 早乙女貢, 『僑人の檻』[M], 講談社, 1968, pp.214-218.

했는데, 서구 외교관들을 묘사할 때도 이와 같았다. 사실 인물을 앞에, 사건을 뒤에 두는 수법은 소설에서 자주 볼 수 있는데, 이 수법에서 관건은 서사 중 인물을 그리느냐 아니면 인물을 통해 서사하느냐에 있다. 오에 타쿠와 비교해 디킨스는 후자에 더 가깝다. 게다가 두 사람은 각각 선악을 대표하기에 그 인물의 이미지는 확연히 대비된다. 요컨대, 작자가 써내려 간 것은 일본에서 이미 사회화된 사건이며 사건의 성질에 대한 공통된 인식은 이미 작품 가운데서 선악의 구분을 결정짓고 있었던 것이다. 그러나 오에 타쿠는 재판 과정에서 중국인 노동자를 구출하는 것을 사명으로 삼고 있는데, 그 동기는 "정의"감과 동정심이었다. 동양인과 일본 내지 일본인을[역자] 동일시 하는 연대의식이 "그의 동정과 공감을 심화시켰다"라는 해석은 작자의 관점을 구현하고 있다.

재판의 의의와 관련 해 작자는 이미 「요코하마」에서 선장과 일등항해사의 대화를 빌어 복선을 깔아 놓았다. 항해사는 선장에게 메이지 유신을 경과한 일본은 "정치 체제에 있어 급격한 변화가 일어나 야만을 일소하고 그 기상을 일신했다"고 말했다. 게다가 이 국가의 "인민은 모두 신의를 중시하고", "근면하면서도 세심한 정감을 가지고 있는데", 자신은 세계 각지를 돌아다니며 한눈에 "청과 일본의 차이를" 알 수 있었다고 말했다. 그들은 대화 중 "혁명"의 예로 태평천국운동과 메이지 유신을 거론했다. 결론적으로 청국은 "혁명"을 겪었으면서도 구태에서 벗어나지 못했지만, 그가 듣기에 일본은 이미 전신을 개통했고, 기차도 곧 개통 예정이거나 이미 개통했으며, "양복과 구두는 자신들과 비교해 조금도 손색이 없었다." 선장은 이에 대해 "동양의 돼지새끼들이 어떻게 꾸미든……동양은 동양이고 돼지는 돼지인 법이지"[6]라고 답했다. 이 대화는 작자의 자국에 대한 자부심과 애정을 잘 드러낸다. 그러나, 그 배후에 숨은 의도는 이를 넘어선다. 오에 타쿠는 재판에서 국제법(로마법)과 일본 국내법을 결합하는 전술을 택했다. 전자는 두말할 필요가 없는 자명한 사실로서, 이 당시 일본의 국내법도 서구의 법률 사상과 제도를 지향하기 시작하고 있었다. 재판상의 필요에 부응하는 조치로서 일본 정부는 지속적으로 새로운 사법제도를 도입했다. 때문에 재판의 결과도 서구 법률 체제의 승리라고 할 수 있었다. 이러한 관점에서 본다면 일본에게 있어 "동양"은 이미 "동양"이 아니었고 "돼지"도 더 이상 "돼지"가 아니었던 것이다. 재판 자체와 그 결과를 통해 일본의 주권은 강화되었고, 그것은 대외적으로 선포될 수 있었다. 게다가 이로 인해 일본의 탈아입구(脫亞入歐)로 나아가는 발걸음은 가속화될 수 있었고 일본 내 공창 문제의 해결도 빨라지게 됐다.

앞에서 이야기한 대로 후반 5장 전체는 이중 서사구조이다. 표층적으로는 재판 과정을 그리고 있지만 심층에서는 중국인 노동자를 이야기하고 있다. 한쪽은 깔끔한 매무새를 한 채 신랄한 논변을 펼쳤다면, 다른 한쪽은 모진 고통에 처해서 힘겹게 살아갈 방도를 찾고 있었다. 두 사회는 각각 실제와 허구로서 서로 표리를 이루고 있었다. 이로 인해 전자의 서술에서는 다량의 법률 용어와 풍부한 철리를 담은 표현이 녹아들어 명료하고 강렬한 서술 스타일과 독특한 담론적 특징이 형성되었지만, 무칭과 주위텐을 중심에 두고 있는 후자에서는 인물의 대화와 서술에 구어가 다수 사용됨으로써 일상성과 통속성을 주로 하는 서술 스타일과 담론적 특징이 구현되었다.

---

6) 早乙女貢, 『僑人の檻』[M], 講談社, 1968, pp.78-84.

3. 선상의 이야기

이상 언급했던 각 장은 표면적으로는 주로 사건의 경과 특히 재판 과정을 서술했지만 앞에서 언급했던 이중적 서술구조 또한 볼 수 있다. 때문에 작품 전체로 보았을 때 중국인 노동자는 이야기의 주인공이 될 수 있었던 것이다. 노예선에 타고 있던 중국인 노동자들은 신분과 직업은 상이했지만 대다수는 사회 하층민들이었다. 구체적으로 말해 쿨리, 수상족[蛋民. 광둥(廣東)성이나 푸젠(福建)성의 연안 지방이나 강 위에서 수상 생활을 하는 사람들 - 고려대학교 중한사전], 이발사, 대장장이, 배우 등으로 광둥인이나 푸젠인들이 다수였다. 그러나 인물의 이름이나 바다로 뛰어들어 도망쳤다는 것과 같은 사실 이외에는 사료는 이들에 대해 자세히 기록하고 있지 않다. 즉, 선상의 중국인 노동자와 관련해 작자가 근거할 수 있는 자료는 매우 적었다. 무칭을 포함한 작품 속의 중국인 노동자들, 심지어 선장의 이야기도 기본적으로는 작자의 창작이다. 작품이 인물을 그려내는 방법은 대체로 다음의 두 가지로 귀납할 수 있다.

첫째, 주요인물에 "사리에 부합하는" 이력을 만들어주는 것이다. 이것은 멋들어진 이야기를 만들어 내는 데 매우 중요한 역할을 했다. 앞절에서 언급한 디킨스가 전형적인 인물이다. 푸젠인 무칭도 평범하지는 않은 이력을 갖고 있다. 그는 샤먼(廈門) 항 부근의 저택에서 첩을 셋이나 두고 "사치스런" 생활을 하던 이였다. 그는 인신매매로 치부를 했었다. 나가사키(長崎)에서 싼 가격에 아동을 사들여 샤먼에 들여와 높은 가격에 팔아넘겨서 중개로 다섯 배가 넘는 이익을 얻었다. 그러나 사람일은 알 수 없는 법으로 다섯 번째 도일에서 사단이 났다. 먼저 그의 하인이 마쥐[媽祖.

주로 중국 남방에서 항해나 어로의 안전을 관장한다고 알려진 신-역재를 모시는 사당에 불을 내어 이에 분노한 민중이 그의 저택을 남김없이 불태워 버렸고, 이어서 일본 정부가 아동 매매를 금지하는 포고령을 내려 나가사키에 간 무칭은 한 푼도 건지지 못했을 뿐 아니라 거액의 채무로 선박을 압류당하고 결국은 단신으로 마카오에 흘러들어가게 되었다. 도박판에서 남은 재산을 탕진하게 되어 궁지에 몰린 그는 선원 모집소에서 8년 간의 매매 이민 계약에 싸인을 하게 되었다. 무칭은 이러한 경험이 있었기 때문에 식견이 풍부했고 나름의 주관을 갖고 있었다. 게다가 신체가 강건하고 재기가 남달라 선상의 중국인 노동자들의 "큰 형님"이 될 수 있었고, 노동자 반란의 우두머리가 될 수 있었다. 그의 주위에 모여든 중국인 노동자들 중에, 홍콩에서 온 꽁지네이(江志尼)[광둥어 독음-역재는 홍콩 카오롱(港九)[광둥어 독음-역재의 날쌘돌이(飛口), 즉 흔히 말하는 소매치기였고, 예푸취안(葉福全)은 대장장이, 쉬스위안(徐士元)은 사촌(沙村)에서 금을 만들던 이였으며, 무칭의 "살친구" 궈아마오(郭阿茂)는 배우였다. 이들은 무칭을 따르면서 머물던 선창에서 일대 세력이 되었다. 그리고 비쩍 마른 황 노인, 모든 일에 양보만 하는 주위톈과 배 위에 아편굴을 연 우푸(伍福) 등이 더해진 선상의 중국인 노동자 군상들은 만청 중국 하층사회의 축소판이었다. 작자는 중국인 노동자 집단을 매우 솜씨 있게 그려냈으며 그들의 대화에 수많은 중국어(방언) 어휘를 채택했는데, 이것은 작자의 중국에서의 이력과 무관하지 않았다. 사오토메 미츠구는 1926년 1월 중국 동북의 하얼빈에서 태어나 그곳에서 청소년기를 보낸 후 1945년 일본 패전 후 일본으로 돌아왔다.[7] 그의 중국인에 대한 감성적 인식과

---

7) 早乙女貢, 『大衆文學事典』[M](眞鍋元之編). 靑蛙書房, 1967, p.714.

특수한 잠재의식이 이러한 경험에서 비롯된 것임은 분명하다. 때문에 그의 중국에서의 생활 경험은 작품을 만들어 낸 동기 가운데 하나라고 할 수 있다.

둘째, 신체의 묘사를 통해 인물의 외모적 특징을 그려내는 것이다. 주요인물의 하나인 무칭은 토끼입을 하고 있어 속칭 "언청이"라고 불렸는데, 이는 그를 나타내는 표지의 하나였다. 주위텐은 몸이 비대하고 행동이 굼떴으며 얼굴에 마맛자국이 가득했다. 아셴(阿仙)은 한쪽 눈이 먼 애꾸였다. 쉬스위안은 "병든 곱추"였다. 쇠를 두드릴 때 튀어 오른 불꽃 때문에, 예푸취안의 두 팔은 온통 움푹움푹 상처 투성이였다. 궈아마오는 무치증이라 입술이 늘 벌겋게 물들어 있었다. "어깨는 비쩍 말라 살이 없었고, 늑골은 하나하나 셀 수 있을 정도였다. 긴 팔뚝은 꼭 들짐승 같았다. 가느다란 목은 가지런히 다듬어진 머리를 흔들흔들 위태하게 받치고 있었다."[8] 이 "나약"한 몸뚱이의 주인은 꽁지네이였다. 이러한 감성적인 묘사는 곳곳에서 보인다. 작자는 분명 이러한 표현을 하는 데 몰두했던 것 같다. 여기서 소년기의 기억은 형상의 시각화를 따라서 되살아 났고, "그림을 그리는" 듯한 소묘는 독자로 하여금 만화나 우키요에(浮世繪)를 떠올리게 했다. 당연히 중국인 노동자의 외모상의 특징과 직업상의 지위는 선상에서의 배역과 관계가 있다. 게다가 중국인 노동자 이외에 선장, 선원, 흑인 취사원, 요코하마 항의 서양인, 일본인과 같은 다양하고 복잡한 인물들 역시 이름 외에도 외모적 특징으로 구별될 필요가 있었으며 신체에 대한 묘사는 허구적 인물의 육화나 독자의 시각적 인상을 강화하는 데 도움이 되었다. 이 두 가지 기법은 소설의 가독성을 높이는 데 있

---

8) 早乙女貢, 『僑人の檻』[M], 講談社, 1968, p.6.

어 필수불가결한 것이었다. 그러나 설령 이렇다 해도 이러한 중국인 노동자 형상을 마주한 독자들은 그들이 지나치게 "전형적"이다라는 느낌을 얼마간은 느끼지 않을 수 없다.

중국인 노동자들을 "전형"화시킨 것은 그들의 외모만이 아니었다. 그들의 이단적인 행동도 계속해서 독자들의 상상력에 도전했다. 선상의 중국인 노동자들의 생존 조건은 매우 열악했다. 그들은 습도와 온도가 높은 좁은 선실에 갇혀 있었고, 충분한 음식과 식수를 공급받지 못했을 뿐 아니라, 배의 요동으로 고통받았다. 할 일이라고는 없었기 때문에 그들은 도박에 빠져들거나 아편으로 자극을 찾았고, 성적인 쾌락을 갈구했다. 이 모든 것은 그들이 살아 있음을 증명하는 증거였다. 꽁지네이가 선실문에 못으로 여자를 그리자 그 다음날에는 누군가가 그림에 구멍을 내었다. "나무 요녀(木妖女)"라고 불린 그림 속 여자는 뭇 사람들의 성적 욕망의 배출구가 되었다. 두목 무칭의 첫 번째 저항이 실패한 후 중국인 노동자들의 불만을 가라앉히기 위해 선장은 그들에게 흑인이 기르던 면양을 주었다. "나무 요녀"의 대체물로서 이 암양의 운명이 어떠했을지는 짐작하고도 남을 것이다. 혹사 당한 끝에 이 암양은 날이 밝아 올 무렵 상처를 입고 말았다. 이러한 묘사는 일부 독자의 미약한 신경에 자극을 주기에 충분했다. 이러한 이단적 행위의 주석이라 할 수 있는 소설 속의 면양 에피소드는 "평생을 홀아비로 보내야 하는 빈농 및 하급 선원 사이에서는 일상적인 일이었다." 그러나 선상의 열악한 생존 조건도 중국인 노동자들의 이단적 행위의 원인 중 하나였다. "그들의 목숨에의 지향이 추상에 의해 식욕과 성욕에 대한 무한한 동경"[9]으로 바뀌었을 때, 중국인 노동자

---

9) 早乙女貢, 『僑人の檻』[M], 講談社, 1968, pp.23-25.

를 학대한 선장의 죄악과 돼지새끼들을 실은 배의 인간지옥이 백일하에 드러났다. 극한의 조건 아래에서 인성은 변질될 수밖에 없다는 관점에서 본다면 독자의 곤혹감이나 악마가 돼버린 중국인 노동자에 대한 의구심 은 어쩌면 이해할 수 있을 것이다.

전술한 바와 같이 이상의 두 가지 방법은 서양인들을 그려내는 데도 동일하게 사용되었다. 그 도식화된 묘사는 선악의 구분과도 연관이 있었 다. 디킨스의 붉은 매부리코는 여기서 더 언급할 필요는 없을 것이다. 그 외에 적극적으로 재판의 진행을 방해한 또다른 인물로 포르투갈 영사 루 레이로(Loureiro)가 있는데, 그는 "코안경을 끼고 얼굴 전체로 오만함을 드 러내는 사람이었다. 그는 키가 작아서 일본인과 별반 달리 보이지 않았 다."10) 이러한 인물의 이미지와 그가 가지고 있는 입장은 정비례했다. 작 품에는 선장 에레라(Ricardo Herrera)의 묘사에 상당히 많은 부분이 할애되 어 있다. "붉은 얼굴"과 "붉은 수염"은 무청의 언청이입과 같이 그를 가 리키는 특징이었다. 그의 이력은 무청보다 더 복잡했다. 에레라에게는 원 주민과 스페인의 피가 섞여 있었다. 그의 아버지는 어렸을 적부터 혼자서 광산에서 자라났는데 흑인과 도망간 어머니를 찾아서 그녀와 피부가 검 은 의붓동생들을 때려죽인 후 아프리카로 가는 원양선으로 도망가 흑인 노예 매매에 뛰어들었다. 흑인에 대한 증오심이 그로 하여금 어머니와 의 붓 동생들을 죽이게 했을 뿐 아니라 노예 매매에 뛰어들게 했던 것이다. 흑인 노예 매매가 금지된 후 그는 청의 쿨리 수송과 판매로 돌아섰고 결 국은 배 위에서 가혹한 학대로 쿨리를 죽이고 말았다. 이것이 장절의 제 목을 「나쁜 피」로 한 이유 중 하나이다. 에레라는 자신의 아버지를 숭배

---

10) 早乙女貢, 『僑人の檻』[M], 講談社, 1968, p.163.

했는데 아버지는 신과 같이 위대하다고 굳게 믿고 있었다. 그러나 그는
스페인에 가까웠으며 사업 우선을 원칙으로 하고 있었기에 청국인에 대
해서는 아버지가 흑인을 대하는 것과 달랐다. 그 멸시와 학대는 지극히
"건조했다." 이러한 복잡한 이력과 혈연에 대한 추적을 통해 작품은 사건
의 성인(成因)에 대해 합리적인 해석을 제공하고자 했다. 당연히 이러한
추적은 제국주의 시대와 경제적 이익의 추동과 같은 거대 배경과도 관련
이었다. 그러나 기본적으로는 개체에 대한 해석에 머물러 있다. 「사적 처
벌」에서 이러한 해석은 더욱 심화되어 있다. 작품은 에레라가 미소년 피
페로(Piperro)와 사통한 흑인 구루(Guru)를 교수형에 처한 사건을 통해 그의
이기적이며 잔인한 성격과 냉혹하고 무정한 면모를 드러냈다. 그는 이로
써 개인과 인성의 각도에서 사건의 내재적 원인을 드러내고자 했던 것이
다.

　신체 묘사를 가지고 인물의 특징을 묘사하는 수법은 작자의 독창적인
수법은 아니다. 작자는 그저 이 수법에 능통해 그 극치에 이른 것뿐이다.
이 수법은 인물의 특징 외에 종종 인물의 심리를 점묘하는 데도 사용되
었다. 무칭이 배로 환송된 후 끌려온 이가 무칭이라는 것을 알게되자,
"나약한 귀아마오 등은 몸을 바들바들 떨며 구석에서 하나로 뭉쳐 쪼그
라들었다. 그들은 두려움에 눈이 터져나올 것 같았고, 늑골이 도드라진
마른 몸을 무력하게 선실의 기둥에 기대고 있었다."[11] 놀람, 두려움, 절
망과 같은 심정이 그 가운데 있었다. 동시에 작품은 선상의 중국인 노동
자들의 폭동을 그리고 있는데, 이 장면은 시대소설의 그것에 뒤지지 않았
다. 첫 폭동이 일어났을 때, 노동자들을 이끌고 갑판에서 선장과 대치했

---

11) 早乙女貢, 『僑人の檻』[M], 講談社, 1968, p.123.

던 무칭은 마음속으로 이렇게 생각했다. "선장의 수하에는 모두 합해야 겨우 스무 명 남짓이 있다. 바다 한가운데 놓인 배라면 승부는 이미 결정났다고 보아야 한다"(18). 그러나 "무칭이 그의 속셈을 모두에게 미처 알리기도 전에 총소리가 울렸다. 경고 사격의 화약냄새가 가시기도 전에 권총 보다 먼저 눈에 들어온 것은 녹이 슨 듯한 붉은색 수염이었다. 그는 다른 손으로는 띠탄창 두 줄이 달린 칠연발총을 들고 있었다"(19). 이런 상황에서도 무칭은 중국인 노동자들의 요구를 외쳐 댔다. 총성이 다시 울렸고 갑판을 가득 채웠던 중국인 노동자들은 물러서기 시작했다. 곧이어 그들은 총소리에 쫓긴 새들마냥 흩어졌다. "변발이 밟에 밟혔고 사람들은 꼬치마냥 한꾸러미가 되어 쓰러졌다. 신음과 노호가 한데 뒤얽혔다."[12] 투쟁 장면은 묘사가 치밀하고 리듬감이 풍부했으며 흐르는 듯한 시선은 현장감을 더욱 살리고 있다. 동시에, 격투 장면에서 수시로 살수(殺手)를 부각시켜 넣는 수법은 시대소설에서는 상투적인 수법이다. 작자는 분명 시대소설의 작법에 능수능란했는데, 이는 그 자신이 이러한 작법의 고수 중 하나였기 때문이다.

마리아 루스 호의 선장과 승객은 복잡한 이력과 구체적인 직업을 가지고 있었으며 여기에 생생한 형상과 현장감이 풍부한 장면이 더해졌기 때문에 작품 속의 이야기를 역사적 사건의 일부로 간주하는 것은 당연해 보였다. 그러나 사실상, 이것은 그저 작자가 추리하여 역사로 만든 것으로 그 절대 다수는 완전한 허구였다. 실제 역사적 사건과 허구적인 통속 스토리가 하나로 뭉쳐져 허구와 진실이 교차하는 작품의 공간이 만들어진 것이다. 동시에 역사 서사에 근접하는 서술 스타일과 일상 생활에 기

---

12) 早乙女貢. 1968. 僑人の檻. [M]. 講談社 : 28-30.

반을 둔 서술 스타일이 하나로 모여 아속(雅俗)이 공존하는 언어 공간이
창출된 것이다.

4. "교인"의 대표

소설의 제목에 있는 "교인(僑人)"은 일본어에서는 극히 드물게 사용되
는 외래어로서 심지어 가장 권위있는 일어사전인 『廣辭源』에도 실려 있
지 않다. 이 용어는 오히려 중국어 특히 홍콩과 타이완의 중국어에 많이
사용된다. "僑人"는 외국에 거주하는 사람, 교민이라는 뜻이다. 이와 상
대적으로 일본어에서는 "華僑"가 상용사로 쓰이는데 특히 중국인 교민을
특정하여 이르며 『廣辭源』에도 수록되어 있다. 작자가 이렇게 다른 단어
로 에둘러 돌아간 것에는 모호한 개념적 의도가 있는데 그것은 주위톈이
라는 인물과 관련이 있다.

무칭과 비교해 주위톈이야말로 작품에서 가장 중요한 인물이라고 할
수 있다. 소설은 그의 등장으로부터 시작되어 그의 이야기로 끝을 맺는
다. 그는 유일하게 작품 전체에 걸쳐 등장하는 인물이다. 그의 첫 번째
인상은 다툴 줄을 모르는 무골호인이다. 선상의 열악한 생존 조건에 대해
그는 묵묵히 참아내는 것 말고도 자기 나름의 대응 방법을 가지고 있었
다. 대다수의 중국인 노동자들이 가져온 음식을 금방 먹어 치워서 기아에
시달릴 때도 그는 볶은콩을 씹으며 버텼다. 주위의 인물과 사건에 늘 방
관했고 괴롭힘을 당한 후에도 화를 삭이며 견뎌냈다. 무칭을 수장으로 하
는 무리에 들지도 않았을뿐더러 "나무 요녀"와 면양 사건과도 거리를 두
었다. 당연히 사람들이 일으킨 항쟁에도 참여하지 않았다. 혈기도 없고,

성에도 냉담하고, 도박에도, 아편에도 흥미를 두지 않았지만 중국인 노동
자 중에는 드물게 자아를 지킬 수 있는 사람이었다. 주위톈의 이러한 독
특한 처세 방식은 작품에서 다음과 같이 해석되고 있다. "위톈의 몸에는
백년하청의 민족적 천성이 있는 것 같았다. 광둥인과 푸젠인과 달리 커자
인(客家人)들은 중국 남부로 이주한 후 인내하고 굴종하는 전통을 가지고
있는데, 주위톈의 몸에는 완전히 그 피가 흐르고 있었다."13) 위톈을 커자
인으로 설정한 것은 전혀 근거없는 이야기는 아니다. "교인"의 이야기를
쓰기 위해 작자는 화교의 상황에 대해 조사했다.

주위톈의 형상과 선명한 대조를 이루는 이가 무칭이었다. 무칭은 그렇
게 영예로운 이력을 가지고 있지는 않지만 선상에서의 태도는 주목을 받
을 만했다. 호전적이고 힘으로 남을 업신여기는 천성을 고치지는 못했지
만 이것 또한 그가 남들 보다 두드러져 보일 수 있던 이유 중 하나였다.
중요한 것은 그가 자신의 권익을 지키고 생존 조건을 개선하기 위해 중
국인 노동자들을 선동해 항쟁을 일으켰고 연전연패에도 굴하지 않았다는
사실이다. 도끼를 훔친 일이 발각되어 "청나라 사람에게는 생명과도 같은
변발"을 잘리기까지 했음에도 불구하고 그는 여전히 죽음을 무릅쓰고 도
주했고 이로 인해 선상의 비밀은 공개될 수 있었고 중국인 노동자들에게
는 구조의 기회가 찾아왔던 것이다. 비록 노예선으로 송환되어 린치를 당
해 위신이 떨어지기는 했지만, 그의 비명은 영국 함선의 관병들을 놀라게
해서 사건의 해결에 결정적인 진전이 이루어지게 만들었다. 이 때문에 그
가 피범벅이 된 몸을 동포의 해방과 바꿨다고 해도 지나친 말은 아니었
다. 무칭은 이렇게 복잡하면서도 단순하고, 또한 자아의식이 강한 남자였

---

13) 早乙女貢, 『僑人の檻』[M], 講談社, 1968, p.50.

다. 그와 주위텐은 대조적인 인물이지만 생명력의 징표로서 그의 불요불
굴과 주위텐의 묵묵한 인내는 정신적으로 같은 뿌리에서 나온 것이었다.
이 서로 표리를 이룬 두 인물을 통해 중국인의 이야기를 서술하는 것은
작품의 직접적인 동기라고 할 수 있다.

　그러나 주위텐의 형상은 결코 자신과 관계 없다는 무관심에만 머문 것
은 아니었다. 남성들의 성욕의 배출구가 되어 장기에 손상을 입고 만 면
양에게 위텐은 드물게도 애정을 보였다. 그는 자진해서 면양의 상처를 치
료해 주었고 바닷물로 면양의 몸을 깨끗하게 씻어 주었다. 그런 후 정수
된 물을 가져다 한 방울씩 양에게 먹여 주었다. "희롱을 당해도, 도발을
당해도 반격할 줄도 모르는 남자가 뜻밖에도 양을 간호를 해주는 모습이
다른 사람인 것 같았다."14) 그 이유는 아마도 소년기의 경험에 있을 것
이다. 위텐은 어렸을 적 계모의 집에서 머슴이 면양과 수간을 하는 모습
을 보고는 자극을 받아 16살부터 허무맹랑한 생각에 빠져들기 시작했다.
그가 양우리를 침입하면, 뒤를 밟아온 계모가 제지할 것이고, 계모는 이
를 틈타 그를 자신의 품에 안을 것이고, 이로써 그 자신은 첫 경험을 할
수 있을 것이라고 상상했던 것이다. 이러한 경험은 그의 면양에 대한 잠
재의식과 관련이 있었다. 여기서 말한 계모는 명의상으로만 계모였다. 그
녀의 집안은 소지주였다. 그녀의 남편이 죽은 후 위텐의 양부가 그를 데
리고 데릴사위로 그녀의 집으로 들어갔고, 그는 거기서 자랐다. 이외에
위텐의 이력에 대한 더 이상의 설명은 없다. 배에 오른 과정 등도 상세하
게 다루지는 않았다. 하나 확실한 것은 그도 무칭처럼 파란만장하다고는
할 수 없지만 평범하지는 않은 과거를 갖고 있었다는 것이다. 면양에 대

---

14) 早乙女貢, 『僑人の檻』[M], 講談社, 1968, p.109.

한 애정으로부터 우리는 그의 다른 면모를 볼 수 있다. 곧 그가 동정심이 많은 남자라는 것이다.

그러나 독자 마음속의 주위톈의 이미지를 전복시킨 것은 그의 도주 사건이었다. 그 이후 그의 행동을 사람들은 다른 눈으로 보지 않을 수 없게 되었다. 변발이 잘린 무칭이 바다로 뛰어든 사건은 부득이한 우연적 사건인 반면, 주위톈의 도주는 공을 들인 계획적 사건이었다. 그는 집요하게 무칭에게 물었다. "요코하마에 중국 동포는 없었는감?", "요코하마는 돈을 벌 만한 곳이던가?"(24) 그러면서도 주위톈은 무칭이 막 모진 매를 맞았다는 것은 전혀 생각하지 않았다. 도주에 성공한 후 그는 나룻배를 하나 세내 공개적으로 배로 돌아와 남겨두었던 짐—낡은 옷으로 가득한 검푸른 색의 사기 항아리—을 가지고 갔는데, 선상에 아편굴을 열었던 우푸를 만나는 것을 잊지 않았다. 그 목적은 당연히 회포를 풀려는 것은 아니었다. 헐값에 남은 아편을 사가려던 것이었다. 구입대금은 그가 구조된 후 영국 군함의 군관에게 얻은 것이었다. 이보다 더 심각한 것은 그의 전혀 생각지도 못한 행동이었다. 그는 이발사 아주(阿珠)를 데리고 배에 올라서 중국인 노동자들의 얇아지다 못해 쪼그라든 지갑마저 노렸던 것이다. 외국인을 고용하여 배를 보호하는 비용을 공제하는데, 이 건으로 그는 이틀 간 1엔 50센을 벌었다. 삼일 째에 그는 직접 만든 쏸메이탕(酸梅湯)을 가져와 자신이 정한 도매가에 우푸에게 넘겼다. 이렇게 해서 그는 삼일 동안 보통 사람의 한 달 수입을 벌어들였다. 이어서 그는 또 요코하마 거리에서 어린이가 가지고 노는 폭죽에서 힌트를 얻어 요코하마에서 알게 된 화교 리펑(李峰)과 손을 잡고 화약 매매에 손을 댔다. 그는 우푸를 통해 마리아 루스 호의 하급 선원들을 부추겨 선상의 화약을 훔쳐 팔게 했고 다시 리펑을 통해 사온 화약을 요코하마에 내다 팔았다. 이 장사는 이윤이 적지 않아 그에게 큰 수입을 가져다 주었다.

이처럼 사람의 의표를 찌르는 장사비결이 하나하나 화수분처럼 솟아나자, 그는 돈을 버는 수완을 천성적으로 타고난 상인으로 보였다. 그러나 이러한 상황에서도 일을 당하면 인내하는 성격은 여전히 바뀌지 않았다. 선상의 중국인 노동자들이 뭍으로 옮겨진 후 주위톈은 워터우 바오쯔窩頭包子. 옥수수 가루로 만든 일종의 찐빵—역재를 그들의 숙소로 한 짐 가져가서 팔았다. 무칭의 욕설과 도발에도 그는 시종 대거리를 하지않았는데, 이것은 결코 자기도 속이고 남도 속이는 태도가 아니라 "그런 잡소리 따위는 신경쓸 겨를이 없다"는 태도였다. 그에게 이 장사의 목적은 음식을 파는 것이 아니라 우푸의 아편 도구를 사들이는 것이었다. 결국 예상과 다름없이 우푸는 아편 도구를 염가에 팔아 넘겼을 뿐 아니라 위톈의 바오쯔 행상을 넘겨받았다. 여기에서 작가가 주위톈에 대해서는 인물을 따라 사건을 그리는 방법을 사용했으며, 이 전기적(傳奇的)인 인물을 창조하기 위해 강도를 점점 높이다가 때에 이르러 한꺼번에 폭발시키는 방법을 채택했음을 알 수 있다. 미처 다 볼 수 없을 지경의 화려한 변신극 이면에 조금의 틈이라도 있으면 싹을 틔우는 들풀과 같은 그의 생명력은 사람들에게 깊은 인상을 남겼고, 영리한 두뇌와 강인한 생명력은 그의 기이함(傳奇性)의 뿌리가 되었다.

귀국하는 배에서 무칭은 주위톈에 대에 생각이 미치자 증오로 이를 갈며 말했다. "이 국제적 사건에서 득을 본 건 그 놈뿐이네." 무칭의 입을 빌어 나온 이 감상은 외려 화룡점정과 같았다. 주위톈은 이 때 요코하마의 관제묘(關帝廟) 뒤편에 있는 식당에서 익숙치 않은 동작으로 아편을 졸여 내고 있었다. 그와 리펑이 동업하는, 소위 식당은 실은 아편굴이었다. 소설 내에서는 이 두 "교인"을 이렇게 평하고 있다. "일본 정부는 아편

흡입, 수입, 매매를 금지했다. 그러나 금지할수록 누군가는 자꾸 하려고 한다는 것이 리펑 이 인간의 지론이었고 돈벌이의 철학이었다. 그는 사람들이 필요하는 것을 제공해서 치부하는 것이야말로 재물신이 반길 일이라고 굳게 믿었다." "위텐은 어떤 이론이랄 것도 갖고 있지 않았다. 단순하게 그저 돈을 더 벌기 위해 돈을 벌 뿐이었다."15) 비록 주위텐은 그저 하나의 전형적 인물에 지나지 않았지만, 그러나 그는 유일하게 "교인"으로 남은 중국인 노동자였다. 어쩌면 이 전형적인 인물의 형상이 불충분하다고 생각해서 작자는 마지막 다음과 같은 장면에 그의 형상을 새겨넣은 건지도 모른다. 잠이 들었음에도 금화를 담은 마대는 리듬감있게 흔들리고 있었다. 금화는 닳아도 그 가치가 변하지 않고, 긁혀서 만들어진 금가루도 별도의 수입이 되기 때문이다. 그는 이렇게 수전노의 극치를 보여주었던 것이다.

화교는 분명 장사를 잘하는 인간으로 세계에 알려져 있다. 그러나 절대화된 "교인"의 형상으로서 주위텐은 작자의 화교관의 산물일 뿐이었다. 실제로는 그는 결코 장점이라고는 하나도 없는 사람은 아니었다. 다른 사람을 능가하는 면도 있었다. 예를 들어 참고 양보하는 것이라든지, 진실하다든지, 똑똑하다든지, 고집이 있다든지 하는 것들이 그랬다. 또 선량한 면도 있었다. 그 중 더 의미가 있는 것은 그에게 상상을 초월하는 적응력과 생존력이 있다는 점이었다. 그러나 그는 모든 것은 돈을 벌기 위함이라는 극단적인 인생관을 가지고 있었다. 그는 전기적 인물로서 독창적인 방법을 열었고 남들과 다른 독특함을 보였다. 그러나 화교의 일원으로서는 뭇사람들로부터 미움을 받을 짓을 저질렀다. 이것이 아마도 작가

---

15) 早乙女貢, 『僑人の檻』[M], 講談社, 1968, pp.223–224.

가 "화교"라는 단어를 버리고 "교인"이라는 단어를 채택한 가장 큰 이유
일 것이다.

5. 마치며

앞에서 말한 대로 사건의 성격에 대한 공통된 인식, 특히 재판의 결과
는 이미 작품에서 그와 관련된 가치 지향, 즉 선악의 구분을 결정했고 도
식화된 묘사는 이러한 가치 지향에 기반을 두었다. 그러나 작품에서 에레
라 선장의 이력에 대한 탐색은 인간과 인성의 각도에서 사건을 검토하는
것에 그 뿌리가 있었다. 오에 타쿠가 전심전력으로 중국인 노동자들을 구
제하려고 했던 동기는 사기를 당한 중국인 노동자에 대한 동정과 화를
입은 사람들을 구해야 한다는 사명감과 관계가 있다. 즉 작품에서는 상당
한 비율로 개인의 작용이라는 관점에서 역사적 사건을 재현하고 살펴보
았던 것이다. 다른 한편, 재판의 결과는 "교인의 감옥"을 무너뜨렸을 뿐
아니라 에레라의 일본에 대한 편견과 망언도 뒤집어 버렸고, 일본에 있어
이 재판의 의미를 보여주었으며, 사건에서 보다 깊은 곳에 담겨 있던 함
의를 끌어냈다. 여기에 『교인의 감옥』이 역사소설로서 갖는 가치가 있다.
한편, 무칭도 "감옥"을 부수는 데 공헌을 했다고 할 수 있다. 그러나
그는 결국은 재판을 통해서만 자유를 얻을 수 있었다. 230명의 중국인
노동자의 "감옥"은 무너졌지만 이민의 목적은 실현되지 못했다. 주위텐
은 무칭들과는 달랐다. 그의 "감옥"은 재판으로 무너진 것이 아니었다.
그는 그 자신의 힘으로 감옥을 무너뜨렸다. 게다가 그는 자유 이민자, 즉
진정한 "교인"이 되었다. 그에게 있어 모든 "감옥"은 무너졌던 것이다.

그러나 유형의 "감옥"을 파괴한 주위톈은 동시에 무형의 "감옥"에 갇히고 말았다. 그것은 모든 것은 돈벌이를 위한 것이라는 인생관이었다. 이것이 『교인의 감옥』이 내포하고 있는 궁극적인 의미이다. 돈벌이는 인생의 수단이 아니라 목적이라는 이 인생관을 가지고 사는 수전노는 세상에서 수도 없이 많다. 그러나 그것을 "교인", 즉 화교라는 이 특정 집단에 더할 경우 개별성(偏頗)은 사라지고 만다. 비록 무칭이 대조적 인물로서 제시되어 주위톈의 형상이 갖는 보편성을 희석시키지만, 중국 독자에게 있어 이점은 아마도 이 소설의 최대의 논란 거리가 될 것이다.

제재면에서 작자는 대중들이 관심을 갖는 역사적 사건과 화교의 이야기를 취해서 사실과 허구를 유기적으로 융합해 하나로 만들어 냈다. 역사적 사건, 신체의 묘사와 투쟁 장면, 전기적 인물 등이 있기에 이 소설은 대중문학상의 모든 주요 요소의 집합체라고 말할 수 있다. 때에 따라서는 상충하는 이러한 요소들의 결합에서 사실과 허구를 상호결합하는 작법외에도 작자의 사료를 장악하고 운용하는 능력, 언어를 다루는 능력, 형상을 시각화 하는 능력 등이 모두 중요한 작용을 했으며 이것들은 사람들에게 깊은 인상을 남겼다. 이와 함께 "교인"에 대한 지식의 누적 및 중국인에 대한 감성적 인식, 시대소설 등 통속문학에 대한 조예도 이 소설을 있게 한 주요 요소였다. 나는 이것이 본 소설이 발표된 후 많은 관심을 받을 수 있었고 작자에게 이른 시간에 문학상을 안겨준 이유라고 생각한다. 한마디로 이 작품은 역사소설과 시대소설 결합의 전범(典範)이라고 할 수 있다. 양자는 본래 긴밀한 관계가 있는데, 사오토메 미츠구는 그것을 새로운 수준에서 펼쳐 보였던 것이다.

번역 : 이현복

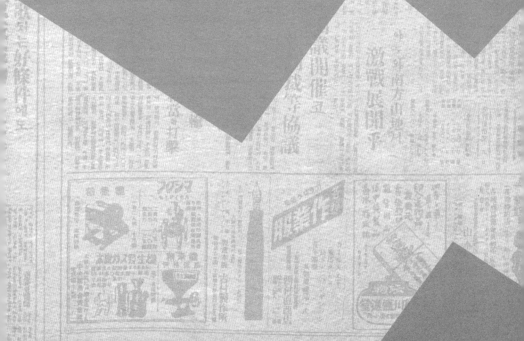

제3부
대중화 사회의
저널리즘과 언어표현

‖엄 인 경‖

식민지 조선의 일본어 대중시 도도이쓰(都々逸)

1. 한반도의 '일본어 문학'과 도도이쓰

한반도의 '일본어 문학' 연구는 주로 조선인 작가의 이중언어 문학과 재조일본인의 일본어 문학이라는 두 측면에서 연구되어 왔다. 특히 '식민지 일본어 문학'은 2000년대에 들어 그 연구의 융성과 더불어 다양한 성과를 올렸는데, 소설과 평론을 중심으로 한 연구가 중심이고 한반도 '일본어 문학'의 주류였던 일본 전통시가에 관한 연구는 부진했다는 한계가 있다. 2010년 이후가 되어 비로소 '외지(外地)' 특히 식민지 조선에서 영위된 일본 전통시가는 문헌 조사1)를 비롯하여 단카(短歌), 하이쿠(俳句), 센

---

1) 이 분야의 가장 대규모 자료집은 정병호·엄인경 공편 『한반도·중국 만주 지역 간행 일본 전통시가 자료집(전45권)』(이회, 2013)이다. 이밖에 「한반도에서 간행된 일본 전통시가 문헌의 조사연구─단카(短歌)·하이쿠(俳句)관련의 일본어 문학 잡지 및 작품집을 중심으로─」(『日本學報』第94輯, 한국일본학회, 2013), 「한반도에서 간행된 일본 고전시가 센류(川柳)의 문헌 조사연구」(『東亞人文學』第24輯, 東亞人文學會, 2013), 「朝鮮半島における日本伝統詩歌雜誌の流通と日本語文學の領分─短歌·俳句·川柳雜誌の通辞的な展開─」(『日本思想史研究會會報』第30号, 日本思想史研究會, 2013) 등의 졸고가 있다.

류(川柳)라는 장르 별 전개에 관한 연구가 진행되었다.[2] 단카는 5·7·5·7·7의 다섯 구(句) 서른한 글자를, 하이쿠와 센류는 5·7·5라는 세 구 열일곱 글자를 기본으로 하는 단시(短詩)로, 오늘날에도 일본뿐 아니라 전 세계에서 창작 및 향수되는 일본 전통문예의 주요 장르이다. 하지만 재조일본인 문학은 이 세 장르의 범주에 머무른 것이 아니라 더욱 폭넓은 영역에 걸쳐 있었다. 그 단적인 예로서 7·7·7·5 네 구 스물여섯 글자를 기본으로 하는 전통시가인 도도이쓰(都々逸) 장르를 거론할 수 있다. 도도이쓰는 한반도에서도 창작되었고 전문 문학잡지까지 간행되어 향유의 기반을 가진 문예였다. 그러나 이 장르는 '내지' 일본과 식민지 각지에서도 유행한 문예였음에도 불구하고, 센류와의 관련 속에서 아주 간단히 언급되었을 뿐[3] 일본의 근대문학에서도 그다지 논해지지 않았고 연구도 진행되지 않았던 것이 현황이다.

이 글에서는 재조일본인이 한반도에서 어떠한 '일본어 문학'을 창작,

---

2) 장르별로 단카(短歌) 쪽으로는 구인모, 「단카(短歌)로 그린 조선의 풍속지(風俗誌)―시산 성웅(市山盛雄)편, 『朝鮮風土歌集』(1935)에 관하여」(『SAI』Vol.1, 國際韓國文學文化學會, 2006), 엄인경, 「1940년대 초기 한반도의 일본어 국민시가론―단카(短歌)·시 잡지 『국민시가(國民詩歌)』를 중심으로―」(『日本文化研究』第48輯, 동아시아일본학회, 2013), 「일제말기에 한반도에서 창작된 단카(短歌)에 관한 연구―『국민시가(國民詩歌)』(1941~42)를 대상으로―」(『日本學報』第97輯, 한국일본학회, 2013), 김보현, 「일제강점기 전시하의 한반도 단카(短歌)장르의 변형과 재조일본인의 전쟁 단카에 관한 연구―『현대조선단카집(現代朝鮮短歌集)』(1938)을 중심으로―」(『동아시아문화연구』제56집, 2014) 등, 하이쿠(俳句) 쪽으로는 유옥희, 「일제강점기의 하이쿠 연구―『朝鮮俳句一万集』을 중심으로―」(『日本語文學』第26輯, 日本語文學會, 2004), 中根隆行, 「朝鮮詠の俳域:朴魯植から村上杏史へ」(『日本研究』第15輯, 고려대학교일본연구센터, 2011), 엄인경, 「20세기 초 재조일본인의 문학결사와 일본 전통운문 작품 연구―일본어잡지 『조선지실업(朝鮮之實業)』(1905~1907)의 <문원(文苑)>을 중심으로―」(『日本語文學』第55輯, 日本語文學會, 2011) 등, 센류(川柳) 쪽으로는 엄인경, 「식민지 조선의 센류(川柳)와 민속학―잡지 『센류삼매(川柳三昧)』(1928~1930)와 이마무라 도모(今村鞆)의 문필활동―」(『日本語文學』第63輯, 日本語文學會, 2013) 등의 선행연구가 있다.

3) 엄인경, 위의 글「식민지 조선의 센류(川柳)와 민속학―잡지 『센류삼매(川柳三昧)』(1928-1930)와 이마무라 도모(今村鞆)의 문필활동―」).

향수하였는지 그 전체상을 조망하고자 하는 입장에서, 이 스물여섯 글자
의 짧은 시가 장르가 근대 일본에서 어떻게 제도화되고 변모했는지, 그리
고 식민지 조선에 이동하여 어떻게 수용되었으며 나아가 시대적인 흐름
을 수반하며 어떻게 변용되어 갔는지를 파악해 보고자 한다. 특히 도도이
쓰가 속요(俗謠)로서 단카나 하이쿠와는 다른 대중적인 속성을 지닌 점에
서, 근대적 대중화 사회가 진행된 1920년대부터 1930년대에 걸쳐 당시
조선의 사회문화상(像)을 어떻게 내면화했는지 분석해 보기로 한다.

그러기 위해 우선 일본의 지방이나 지역의 속가(俗歌), 혹은 정가(情歌)
로 기능하던 도도이쓰가 어떠한 연유로 '리요 정조(俚謠正調)'로 제도화되
었는지를 먼저 고찰할 필요가 있다. 그리고 식민지 조선에서 이 장르를
대상으로 창간된 전문잡지 『까치(かち烏, かちからす)』의 특징과 의미를 고찰
하고, 문예 장르의 이동이 초래한 특징을 탐색하기로 한다. 다음으로 『까
치』의 현존본인 1920년대 초기의 작품집과 후기의 잡지 사이에는 어떠한
차이가 현현하는지 규명하고, 한반도 도도이쓰 장르의 형성과정과 변화
의 양상을 밝혀볼 것이다. 그리고 1930년대에 '리요 정조'가 새로이 모색
한 도도이쓰의 다른 이름 '가이카(街歌)'라는 것이 조선에서 어떻게 등장
하고, 또한 이 장르가 모던해지는 현대적 경성의 생활양식과 어떻게 조응
했는지 분석해 보기로 한다. 이로써 일본어 대중속요 장르가 식민지 조선
으로 이동하고 그것이 당시 재조일본인의 생활양식과 맞물려 존립한 양
상과 경위를 짚어볼 수 있을 것이다.

2. 조선으로 이동한 근대 속요 '리요 정조(俚謠正調)'

도도이쓰는 에도(江戸) 시대 후반인 19세기에 도도이쓰보 센카(都々逸坊扇歌)가 완성한 속요로 특히 남녀 간의 애정을 주된 내용으로 하는 구어 문예라 알려져 있다. 막부 말기부터 메이지(明治) 시대에 걸쳐 크게 유행했으며 이후 7·7·7·5조의 형태에 들어맞는 속요는 도도이쓰에 포괄되었다.4) 초기에는 곡조를 붙여 노래로 부르는 경우가 많았지만 서서히 네 구 스물여섯 글자를 규칙으로 하는 단시형(短詩型) 문예로 지어지는 경우가 많아졌고, 가요에서 문학으로 전환5)한 문예라 볼 수 있다.

그렇다면 이 스물여섯 글자의 단시는 하나의 문학 장르로서 어느 무렵 어떠한 계기로 근대적인 정착을 이루게 된 것일까? 19세기에 대유행한 도도이쓰는 이윽고 20세기 초에 러일전쟁을 경계로 변화와 각성을 보이게 된다. 여기에서 일본 최초의 탐정소설을 쓴 작가로도 유명한 구로이와 루이코(黒岩涙香)가 등장한다. 그가 발행한 신문 『요로즈초호(万朝報)』6)의 1904년 11월 28일의 공고 기사7)를 통해 도도이쓰 장르의 당시 각성의 내용을 추찰할 수 있다. 이 기사에 따르면, 도도이쓰가 유곽을 배경으로 하는 남녀 간의 정사(情事) 일변도로 달려 '타락'하고 '비외'해지는 경향에 경종을 울리며, 그것이 원래 뿌리를 두고 있던 '리요(俚謠)'의 올바른 정서

---

4) 이상은 『日本國語大辭典』(小學館)의 「都々逸」항목의 설명에 따른 것이다. 주로 스물여섯 글자였는데 경우에 따라서는 다섯 글자를 앞에 붙여 창작하는 것도 허용되었다.

5) 菊池眞一, 「落語と「どどいつ」」, 『國文學 解釋と敎材の硏究』第53卷8号, 學灯社, 2008, p.72.

6) 1892년 11월 1일에 구로이와 루이코(黒岩涙香)가 서른 살에 창간한 일간지로 '간단·명료·통쾌'를 기본으로 하여 사회악을 철저히 추궁하는 자세로 폭로캠페인 기사를 게재하고 연재 번안 탐정소설로 대중의 인기를 끌었다. 구로이와 루이코는 이 신문에서 탐정소설 외에 논문, 광시(狂詩), 오목 바둑(連珠), 도도이쓰의 다른 이름인 리요 정조(俚謠正調) 분야에서도 활약했다.

7) 黒岩涙香, 「正調の俚謠を募る」, 『万朝報』, 1904(明治三十七)년 11월 28일(월요일), 3면.

를 되찾는 노래가 되기를 바라는 의도에서 『요로즈초호』가 '리요 정조(俚謠正調)'를 현상금 모집하게 된 일련의 상황을 알 수 있다.

즉 화류계에 독점당하고 화류계만의 노래가 되어 일반인들로부터 외면 당하는 도도이쓰를, 도도이쓰 자체가 가진 본래의 성격으로 되돌리고 '세속시(世俗詩)'라는 위치로까지 끌어올리려 한 운동[8]이 바로 '리요 정조'라 해석할 수 있다.

또한 이와 거의 동시기에 『미야코 신문(都新聞)』[9]의 기자들이 일으킨 스물여섯 글자 운동의 거점 「미야코 신문 도도이쓰 난(都新聞都々逸欄)」도 여시 호평을 얻으며 격월로 열리던 도도이쓰 피로회(披露會) 모임에는 매번 400~500명이 운집할 정도의 성황을 이루게 되었다.

이러한 성황을 배경으로 신문의 모집과 선발된 도도이쓰 작품집이 간행되었을 뿐 아니라 일본 각지에는 리요 정조 결사와 그 전문잡지, 즉 리요 잡지(俚謠誌)가 나왔다. 뒤에서 설명할 경성의 리요 잡지 『까치』에서 신간 소개와 기증된 잡지를 나열한 코너를 보더라도 도쿄의 『리요 연구(俚謠硏究)』, 오사카(大阪)의 『꽃 달력(花曆)』, 시나노(信濃)의 『호수 빛(湖光)』, 나고야의(名古屋)의 『붓꽃(あやめ)』, 고베(神戶)의 『꽃 뗏목(花筏)』, 이바라키 현(茨城縣)의 『쓰쿠바(筑波)』, 아이치 현(愛知縣)의 『리요 춘추(俚謠春秋)』 등 일본 각지에 리요 잡지가 있던 것을 알 수 있다. 멀리 타이완(台湾)에도 타이페이(台北)의 『와카쿠사(若草)』와 타이난(台南)의 『구사나에(草苗)』와 같은

---

8) 西澤爽, 『日本近代歌謠史 上』, 櫻楓社, 1990, pp.943~948.
9) 1884년 9월 고니시 요시타카(小西義敬)에 의해 석간지 『오늘 신문(今日新聞)』이라는 이름으로 도쿄의 가나가키 로분(仮名垣魯文)을 초대 주필로 하여 창간되었다. 1888년 11월 『미야코 신문(みやこ新聞)』이라고 히라가나(平仮名) 표기를 하다가, 이듬해 2월부터는 한자만의 『都新聞』으로 표기를 바꾸어 개제(改題)하면서 조간신문이 되었다. 가부키(歌舞伎)나 화류계 등의 통속기사와 소설이 중심이며 도쿄의 서민계층을 중심으로 한 독자가 많았다.

리요 잡지가 존재하며, 『와카쿠사』에 관해서는 일본의 가장 수명이 긴 리요 잡지라고 기록하고 있는 점도 매우 흥미롭다. 어쨌든 이러한 유행과 성황 속에서 리요 정조는 어느 정도의 시적인 달성을 이룩한 듯 보이나, 도도이쓰의 근본은 원래 정가이므로 시간이 경과함에 따라 노래의 정서폭도 좁아지면서 다시금 화류계 취향이나 여성을 상대로 하는 술자리 취향 속에서 계속 불리게 되었다.[10]

그러다 어느덧 1936년 2월 11일자 『요미우리 신문(讀賣新聞)』에는 다음과 같은 기사가 게재된다.

도도이쓰 학교(都々逸學校)　　로코(蘆江) 씨 주재로 탄생

에도(江戶)의 명물인 도도이쓰가 최근 너무도 속화되어 간다고 하여 가이카샤(街歌社)를 주재하는 히라야마 로코(平山蘆江) 씨가 교바시(京橋) 고비키초(木挽町)의 벤쇼 구락부(弁松俱樂部)에 도도이쓰 훈련소를 개설, 4월부터 매달 세 번 도도이쓰 교수를 하게 되었다.
회비는 1개월 2엔이며 사범은 히라야마 씨 외에 도키와즈 가네타유(外常磐津兼太夫)가 담당한다고 한다.

1936년에 '속화(俗化)'된 도도이쓰 때문에 훈련소를 열고 가이카샤(街歌社)라는 문학결사 주재자와 조루리(淨瑠璃) 음악 관계자가 교습을 한다는

---

10) 西澤爽, 앞의 책(『日本近代歌謠史 上』), p.961. 이 부분에 따르면 메이지(明治) 후기 무렵 도도이쓰를 창작하는 방대한 인구가 발생하여 도도이쓰에 대중들이 대거 참가한 것처럼 보이지만 실제로는 도도이쓰 인구의 급증으로 희화화된 작품이나 질이 낮은 작품의 범람이 현저해져서 도리어 본래의 정가로서의 성격마저 상실하고 조락한 것으로 평가된다.

내용이다. '가이카(街歌)'에 관해서는 뒤에서 다시 설명하겠지만, 20세기 초부터 일본에서는 도도이쓰의 타락과 비속화를 극복하려는 리요 정조 운동이 일어나 대유행을 하고, 그 유행은 다시 정가라는 본질로 귀속되어 비외해지는 경향을 띠게 되며, 다시 1930년대에는 '가이카'와 같은 용어로 변용되면서도[11] 마찬가지로 다시 도도이쓰의 속화를 극복하려는 방향으로 30년간 재차 순환한 것을 알 수 있다.

이 속요 장르의 창작과 유통, 향수는 오로지 '내지' 일본 문단만의 현상이었을까? 그렇지 않다면 일본의 전통시가 장르가 폭넓게 창작, 향수되던 식민지 조선에서는 어떻게 수용되었던 것일까? 흥미롭게도 식민지 조선에서도 도도이쓰, 리요 정조, (신)정가, 가이카 등의 이름으로 이 스물여섯 자의 시가가 창작, 향유되었고, 1920년대에는 조선 유일의 리요 잡지까지 탄생하였으며 많은 사람들의 투고가 이루어지는 현상을 빚었다. 즉 조선에도 도도이쓰 장르의 이식이 일어났으며 잡지 『까치』가 간행되고 리요가 창작, 향수되었던 것이다.

『까치』는 간단히 말하자면 조선 유일의 리요 잡지였다. 현재로서는 1920년의 『까치』 제1집(춘계)과 제2집(하계) 작품집, 1927년 5월, 8월, 11월호의 세 호가 확인된다. 위에서 기술한 『요로즈초호』의 리요 정조 운동의 영향을 받아 이 신문과 긴밀한 연락이나 인적인 연대를 유지하면서 『까치』는 경성의 리요 잡지로서 간행되었다.

1920년 5월 『까치』 제1집이 파랑새 사(靑鳥社)에서 출판되었는데, 권두에 '『까치』는 자금을 얻을 때마다 수시로 발행한다'는 안내가 있는 것처

---

11) '가이카(街歌)'를 제창한 히라야마 로코는 남녀 간의 정사에만 얽매이는 것을 비판하고 리요(俚謠)라는 「마을 노래(さとうた)」(시골 노래)가 있다면, 「거리 노래(まちうた)」가 있어도 된다는 생각에 이르렀다. 中道風迅洞, 『新編どどいつ入門』, 三五館, 2005, p.213.

럼 처음부터 정기 간행물이라기보다는 자금이 확보될 때마다 계간 작품
집을 간행하는 정도를 예정하고 있었던 것으로 보인다. 실제로 제2집은
표지에 하계라고 적혀 있지만, 간행은 11월에 된 것에서도 '외지' 조선에
서 리요라는 문예 장르의 활동을 뒷받침해 줄 경제적인 후원은 결코 풍
족하지 않았음을 알 수 있다. 파랑새 사는 1918년 경성에서 설립된 결
사12)이며, 『까치』제1집은 대략 3년간에 이르는 이 결사의 활동을 정리한
최초의 산물이다. 『까치』제1집의 편집후기를 보면 당시 모인 노래의 수
가 약 1,600여 수, 작자는 약 130명 정도였다. 이를 통해 1920년 당시의
리요 정조 창작과 향수의 인원 규모를 대략 알 수 있는데, 투고자는 일본
의 각지, 조선(주로 경성과 부산), '만주', 타이완 등 광범위한 '외지'에 분포
되어 있다.

　타이틀 '까치(かち鳥)'는 한반도에서는 길조로 여겨지고 그 울음소리를
흔하게 들을 수 있는 새로 명명되어 있는데 '가사사기(かささぎ, 鵲)'라고 표
기하지 않고 한국어 영향으로 생긴13) '까치카라스(かち鳥)'14)라는 호칭을
사용하여 조선에서 발신하는 리요임을 드러내고 있다.

　『까치』의 1920년의 작품집인 제1집과 제2집의 내용은 도도이쓰의 기
본 성격에 기초한 연가(戀歌)가 많은데, 이것은 일본에서 나온 『정본 리요
정조(定本俚謠正調)』15)와도 일맥상통한다. 다만 『까치』에서는 다음과 같은

---

12) 宵灯, 「編輯を終りて」, 『かち鳥』霜月号, かち鳥俚謠社, 1927, p.32.
13) 北川左人, 『朝鮮固有色辭典』, 青壺發行所, 1933, p.422. 이 책의 「鵲」항목에서, 정확한
　　시작은 알 수 없지만 조선어의 '까치'라는 말이 검은 새인 '까마귀(鳥)'와 합해져 '까
　　치카라스(カチカラス)'라는 일본어 호칭이 생겼을 것이라 설명하고 있다.
14) 『까치』1927년 8월호 권두에는 「까치와 칠석제(かち鳥と七夕祭り)」(p.1)라는 글이 있는
　　데, 여기에서는 조선의 칠석, 오작교, 까치가 7월 7일에만 유독 눈에 띄지 않는다는
　　조선의 특별한 습속과 속신을 기록하고 있다.
15) 이 책은 1904년 11월 30일부터 1914년 5월 8일까지 『요로즈초호』가 모집하던 리요
　　정조를 정선하여 1928년에 간행한 단행본이다.

예에서 조선적인 특성을 엿볼 수 있다.

> · 고려 땅도 느긋한 햇살의 은혜 입고 자라는구나 민초 봄날의 풀들.
> 高麗も長閑な日の御惠に伸る民草春の草
> · 우리의 고려에서 불순한 소요 사태 어슴프레 달밤의 값도 내리네.
> 俺らが高麗では不粹な騒ぎ, 朧月夜の値も下ろ
> · 야마토 시마네의 벚꽃을 고려 땅에 심은 지 십년 지나 만개했노라.
> 大和島根の櫻を高麗に, 植えて十年の花盛り
> · 바다를 격했어도 안개에 쌓인 끈이 이어주는 벚꽃의 나라와 나라.
> 海は隔てど霞の糸がつなぐ櫻の國と國
> · 고려도 백제도 다 미즈호의 나라라 듣기에 기쁘구나 모내기 노래.
> 高麗も百濟も瑞穗の國よ, 聞いて嬉しい田植歌16)

예로 든 위의 도도이쓰에서는 한반도를 '고려'라는 국명으로 표기하고 있다. 즉 '바다를 격'하고 있는 '고려', '백제'의 한반도가 '야마토 시마네의 벚꽃' 나라이자 '미즈호'라는 (아름다운) 나라인 일본에 편입하여 이어지게 된 것을 기뻐하고 강조하는 듯한 노래가 많은 점이, 일본에서 유통된 리요 정조 작품집과는 구별되는 『까치』의 특징이라 할 수 있다. 또 하나의 특징으로서 수는 많지 않으나 다이쇼(大正) 시대의 근대화된 생활의 단면을 노래로 표현하는 점을 들 수 있다.

> · 어슴프레 달밤에 전화의 선들에는 사랑이 몇 줄이나 오고가겠지.
> 朧月夜の電話の線にや戀が幾すじ通ふやら
> · 오니가시마까지 가는 꿈을 싣고서 노 젓는 소리 귀여운 해먹이구나.

---

16) 이상의 노래 다섯 수는 각각 『까치』第1集 p.3, 第1集 p.4, 第1集 p.5, 第1集 p.29, 第2集 p.1에서 발췌하였다.

鬼が島迄で行夢棄せて, 艪の音可愛いハンモツク
· 아내라고 적히니 부끄럽고 기쁘네 국세조사가 나는 기쁘기만 해.
妻と書れて恥しい嬉し, 國勢調査が私しや嬉し[17]

1920년 경성에서 간행된 『까치』에는 충분하다고는 할 수 없지만 위와
같이 근대화가 초래한 전화, 해먹, 국세조사와 같은 단어들이 일반화된
것을 알 수 있다. 우선 전화의 경우 한반도 전역에 전화기 수가 1910년
에는 6,774대였다가 1920년에는 15,641대로 증가하였고, 1923년에는 경
성에만 전화가입자가 6,586명이었다고 한다. 1920년 당시의 경성은 '전
화광 시대(電話狂時代)'[18]라 일컬어질 정도로 새로운 근대문명의 이기인
전화에 관심과 열광을 보였다. 두 번째 노래의 해먹은 제2차 세계대전까
지는 선박, 특히 군함에 승선한 사람들의 잠자리로서 널리 사용된 점, 세
번째 노래의 국세조사는 1920년에 제1회 조사가 실시된 점을 각각 시대
와 조응해서 볼 필요가 있다.

이처럼 1920년 경성에서 간행된 리요 정조를 수록한 두 권의 작품집 『까
치』를 근거로 하여 일본의 도도이쓰가 리요 정조로 변용하고 조선으로
이동한 경위를 살펴보았다. 즉 일본의 속가로서 에도 시대부터 유곽의 문
예로 향유되던 도도이쓰는 그 비속화를 극복할 목적으로 신문의 현상모
집을 계기로 하여 리요 정조로 변모했다. 1910년대에는 일본 전역과 타
이완에 이르기까지 많은 리요 잡지가 간행될 정도로 유행하면서 점점 창
작의 기반을 다지게 되었다. 그 흐름의 선상에서 1918년 경성에서 탄생

---

17) 이상의 노래 세 수는 각각 『까치』第1集 p.25, 第2集 p.6, 第2集 p.9.에서 발췌하였다.
18) 강준만 「제3장 경성은 지금 전화광 시대—일제강점기」, 『전화의 역사』, 인물과 사상
    사, 2009, pp.70~73. 여기에서는 1925년 발표된 염상섭의 「전화」라는 소설에 드러난
    기계적 시간과 자본주의의 교환 시스템의 일상화, 안방과 기생방의 거리가 전화에 의
    해 무너지는 것에서 전화가 기존의 사적인 공간을 파괴하는 현상을 지적하고 있다.

한 파랑새 사는 조선의 리요 정조를 내걸고 1920년에 3년 동안의 투고작
을 모아 『까치』라는 작품집을 간행했다. 그런데 이 잡지에 수록된 리요
의 투고자들은 일본 각지, 조선, '만주', 타이완 등 광범위하게 분포되어
있어서, 동아시아에서는 일종의 리요 정조 공동체라 할 만한 것이 형성되
었던 것으로 보인다. 또한 『까치』는 그 이름에서 자명하듯 조선에 근거
를 두고 발신한다는 명확한 의식을 가지고 있었다. 그러나 실제 작품에서
는 로컬 컬러로서의 조선색을 드러내는 노력은 고려, 백제와 같은 옛 국
명 표기에 머무른 것을 볼 수 있다. 한편 내용으로서는 정가의 영역을 넘
어 근대적 문명의 이기와 생활상을 반영한 점이 엿보인다. 바로 이 지점
에서 근대 조선을 배경으로 한 리요의 출발을 인식할 수 있다.

3. 다카노 쇼토(高野宵灯)의 활약과 『까치(カチ鳥)』의 변모

원래 춘계, 하계로 계절별 작품집을 지향하여 계간 작품집 형태로 출
발한 『까치』는 이윽고 잡지로 변모하였다. 『까치』를 기획한 세 사람은
기시 게이추(岸溪舟), 오쓰카 구스케(大塚久栖家), 다카노 쇼토(高野宵灯)인데,
이 중 오쓰카는 1920년 5월 요코하마(橫浜)로 이사하였고 기시가 작품 선
고(選考)에 힘을 쏟았던 듯하다. 그리고 잡지의 편집과 발행의 대체적인
작업은 다카노가 담당했던 것으로 보인다. 1921년부터 1926년까지의 『까
치』 활동에 관한 기록은 현재로서 찾기 어렵지만, 경성의 센류 전문잡지
『센류삼매(川柳三昧)』(1928~30년)에 기술된 기사들[19]로부터 『까치』가 1927

---

19) 南山吟社, 『川柳三昧』38号, 1930, p.16의 광고란 및 39号, 1930, p.56의 「南無山房雜記」 등.

년 3월에 재간(再刊)되었고, 1928년 3월을 끝으로 다시 동면에 들어갔으며, 1930년 5월에 세 번째의 부활을 도모했다는 대강의 이력을 읽어낼 수 있다. 이렇게 『센류삼매』라는 센류 잡지에 리요 잡지인 『까치』의 동정이 기록된 이유는 다카노 쇼토가 『센류삼매』의 발행주체인 남산음사(南山吟社)라는 결사의 주요 동인이기도 했기 때문이다.

그렇다면 1920년의 『까치』에 실린 노래들로부터 1927년에 간행된 잡지 『까치』로는 어떠한 변화가 초래되었던 것일까? 『까치』의 현존 잡지 세 호(1927년 5월, 8월, 11월호)를 통해 살펴보기로 한다. 더불어 리요와 센류에 걸친 다카노 쇼토라는 인물의 문예 활동에 중점을 두어 고찰함으로써, 1920년대 후반 조선의 일본어 대중시 장르가 1910년대의 작품집과 어떠한 차이를 보이는지 밝혀 보고자 한다.

우선 1927년의 잡지 『까치』는 「신도도이쓰(新都々逸)」, 「리요 정조(俚謠正調)」, 선평(選評)과 에세이 풍의 산문, 개인의 도도이쓰 노래, 리요 관계자들의 소식을 포함한 편집후기 등으로 구성되어 있다. 작품은 거의 「리요 정조」와 「신도도이쓰」난에 게재되어 있는데, 「신도도이쓰」의 경우에는 '눈물', '웃음', '여인들의 도구'와 같은 것들을 노래의 제목으로 미리 제시하고 있는 것에 비해, 「리요 정조」쪽은 '겨울비', '늦가을'과 같은 해당 계절과 어울린 잡영(雜詠)을 모집하고 있다. 1927년의 잡지 『까치』의 작품에 빈출된 단어들은 '두 사람(二人)', '생각(思い)', '마음(心)', '쓸쓸함(淋)', '만나다(逢う)', '기다림(待ち)', '세대(世帶)' 등이어서, 주된 내용이 남녀의 정과 사랑인 것은 이전과 큰 차이가 없다. 다만 이하의 작품들에서 『까치』의 변화를 감지할 수 있다.

① 눈에 푸른 잎 무성한 산 두견새 초여름 가다랑어가 풍요롭지 않은

조선도 완연히 초여름의 모습이 갖추어졌습니다. 종종걸음에 펄럭이는 세일러복 옷깃도 기쁜 정경입니다. 가스등에 비치는 아름다운 사람도, 다시 없이 그리운 것 중의 하나가 되었습니다.

② 까다롭게 말하자면 거울도 여자만의 물건은 아닐 터. 모던 보이 등은 남자이면서 흰 분을 얼굴에 바르고 백주 대낮 태양 아래를 아무렇지 않게 걸어다니니 회중 거울 정도는 반드시 포켓 속에 숨기고 있겠지요.

③ 에이프런의 나비 맺고 또 맺은 사랑아 남들의 소문에도 귀를 덮누나.

エプロンの蝶々結びに結んだ戀よ，人の噂も耳かくし

④ 쌓이는 실 자투리 산더미처럼 커져 바늘이 묵직하게 만드는 저금.

たまる糸屑山ともなつて，針がおもたくする貯金

⑤ 와카쓰키 내각의 피지 못한 꽃이여 심사숙고 마치면 지기 바쁘네.

若槻內閣蕾の花よ，考慮すませば散り急ぐ

⑥ 동네 여인숙에서 듣는 라디오보다 역시 우리 논에서 우는 개구리.

町の旅籠できくラヂオより，やはり我田で鳴く蛙

⑦ 은행이 무섭구나 보험가게도 겁나 돈의 세상이라서 피할 적이라.

銀行恐ろし保險屋こわし。金の世ぢやとて敵とて

⑧ 사랑도 지금 세상 온통 손쉬운 것뿐 알루미늄의 작은 냄비와 같아.

戀も当世のお手輕づくめ。アルミニユームの小鍋立

⑨ 소리도 짤랑짤랑 알루미늄 젓가락 찻물의 밥 시원한 여름날 아침.

晋もちやらちやらニユームの箸で。茶漬涼しい夏の朝

⑩ 기생들이 팔천 명 나란히 서서 가을 저녁을 장식하나 모란대에서.

妓生八千並べて秋の。暮れを飾ろか牡丹台20)

인용한 ①, ②의 산문과 리요 작품 ③, ⑥에서는 '가스등', '모던 보이',

'포켓', '에이프런', '리디오'와 같이 근대화 사회에서 자주 볼 수 있는 비근한 외래의 것들이 노래되어 있다. 또한 ④, ⑤, ⑦에서는 저금, 은행, 보험, 와카쓰키(若槻) 내각을 운운하며 쇼와(昭和) 초기의 경제적 불황을 배경으로 삼고 있고, ⑧, ⑨에서는 알루미늄 젓가락이나 식기 등이 대중의 식생활에서 일반화된 것을 드러내고 있다. 어쨌든 1927년의 잡지에는 1920년의 작품집들에 비해 외래어나 근대화의 현실을 노래하는 내용이 눈에 띄게 증가한 것을 확인할 수 있다. ⑩과 같은 기생이나 평양의 명소 모란대를 소재로 삼아 조선적이라고 간주할 수 있는 작품이 한 수 정도는 보이지만, 전반적으로 조선색보다는 쇼와 초기의 대중생활의 실상을 직접 노래한 것이 한층 증가했다고 할 수 있다. 이 점이 1920년의 리요정조 작품집 『까치』와 1927년 간행된 잡지 『까치』 사이의 가장 큰 차이로 보인다.

다음으로 『까치』의 대표자이며 주최자인 다카노 쇼토의 리요를 검토해 보자.

· 낮은 밥상에 올려놓은 상태로 술잔도 식어버려 쓸쓸히 울음 짖는 잘린 이야기.
　チャブ台へ, 置いたまんまにお猪口も冷へて, 淋しく泣いてる切話し。
· 두 평짜리 방 기다리던 몇 날 밤 고민도 해결되어 기쁘게 전깃불을 끄는 오늘 밤.
　四疊半, 待つた幾夜の思ひも晴れて, 嬉しく電氣を消す今宵。
· 헤어질 무렵 미안하다 알면서 붙잡고 싶은 마음 짜낸 지혜라고는 갑자기 아픈 척.
　別れぎわ, 濟まぬと知りつつ引留めたさの, 智惠が俄かの造り癪。[21]

---

21) 高野宵灯, 「新都々逸 花街情痴」, 『かち烏』11月号, かち烏社, 1927, p.30.

다카노의 노래는 남녀의 사랑을 베이스로 한 정가를 기본으로 삼고 있다. 하지만 첫 번째 노래에서 보이는 다리 낮은 밥상을 일컫는 '차부다이(チャブ台)'가 1920년대 후반에는 일본 전역에 보급되었고[22] 쇼와 초기의 가족의 단란한 공간을 상징하는 심벌[23]이라는 점에서, 어느 정도 근대화된 대중의 일상을 엿볼 수 있는 노래를 지었다고 볼 수 있다.

앞에서 말한 것처럼 다카노 쇼토의 문예활동은 리요 잡지 『까치』뿐 아니라 경성의 유력한 센류 잡지 『센류삼매』에서도 확인 가능하다. 다카노는 『센류삼매』에 센류와 산문을 활발히 기고했고, 남산음사의 동인들은 그의 리요 활동을 응원하였다. 남산음사에서의 다카노의 위치를 살필 수 있는 예로서 『센류삼매』를 하나의 내각에 비유하여 표현한 곳을 보면, 다카노를 해군대신(海軍大臣)에 해당시키고 '미인 예기 여급의 오라버니(美妓女給の兄さん)'라 적어놓은 것[24]을 볼 수 있다. 그가 실제로 해군 관계의 일을 하면서 조선에 재주한 것인지는 현재로서 확언하기 어렵지만, 그의 캐릭터가 예기나 여급들과 가까운 리요 문예의 종사자로서 이미지화되어 있었다는 것은 상상하기 어렵지 않다.

한편 『센류삼매』에는 '에로·그로·넌센스', 즉 1920년대의 간토 대지진(關東大震災)으로부터 쇼와 초기에 걸쳐 저속하고 찰나적인 대중문화나 그 풍조를 대변하는 용어가 센류 작품과 잡지 내 기사들의 키워드로 다용되고 있다, 이 점에서 1910년대부터 조선에서 창작된 센류를 대대적으로 모은 1922년의 센류 구집(句集) 『조선 센류(朝鮮川柳)』[25]와는 상당히 대

---

22) 小泉和子, 『ちゃぶ台の昭和』, 河出書房新社, 2002, p.4.
23) 町田忍, 『昭和レトロ博物館』, 角川學芸出版, 2006, p.22.
24) 「三昧内閣の成立」, 『川柳三昧』第41号, 南山吟社, 1930, p.55.
25) 이 책은 1922년 10월, 류켄지 도자에몬(柳建寺土左衛門, 본명은 마사키 준쇼(正木準章))가 편찬한 조선 최초의 센류 구집으로 1911년부터 대략 10년간 조선에서 창작된

조적이다. 부연하자면『조선 센류』는 조선의 풍물, 인사(人事)를 일본어로 소개하고 그 말을 구사한 센류를 나열함으로써 조선의 센류라는 것을 표방한 단행본이기 때문이다. 참고로『센류삼매』에는 다카노가 발표한 '빨대로 이미 다 마셔 버렸다는 소리를 내고(ストローにもう飲み切った音を立て)'[26]라는 센류가 있는데, 빨대가 19세기 말 미국에서 발명되어 20세기 초에 전세계로 퍼진 것을 고려한다면, 그의 센류에서도 역시 근대적인 일상의 사항과 사물들이 소재가 되었다고 할 수 있겠다.

이상 1918년부터 1940년대 초까지 20년 넘게[27] 경성에서 센류와 도도이쓰라는 일본의 전통시가 분야를 리드한 다카노의 활동에 대해 검토해 보았다. 1910년대와는 확연히 변화한 쇼와 초기 경성의 도도이쓰와 센류를 살펴보았는데, 경성에서 간행된 리요 잡지『까치』는 10년 전의 도도이쓰 작품들과는 달리 조선적인 특색을 드러내기보다는, 오히려 대중의 생활에 파고든 근대 일상의 소재를 노래하는 경향으로 변화한 것을 인식할 수 있었다.

이처럼 1920년대를 거치면서 급속히 진행된 근대의 대중화 사회는 대중시를 표방하는 근접관계에 놓인 두 문예, 즉 센류와 도도이쓰의 1920년대 후반 작품에 보다 적극적으로 표현되었다. 그리고 이러한 변화는 1930년대에 들어 한층 더 전면적인 현상으로 변용되는데, 이제 경성의 도도이쓰가 1930년대 후반 이후에는 어떠한 국면을 맞게 되는지 파악해 보기로 한다.

센류 30만 구 중에서 약 4,500구를 선별한 것이다.

26)「川柳雜詠」,『川柳三昧』第39号, 南山吟社, 1930, p.22.

27) 까치카라스 음사(かちがらす吟社)와 다카노 쇼토의 이름은「街歌往來」『しぐれ』, 第六卷 第十一号(通卷54), 街歌しぐれ吟社, 1942, p.12.에도 경성이라는 거주지와 함께 보이므로 1942년 10월까지 경성에 체류했던 것이 확인된다.

4. 경성의 거리를 노래한 '가이카(街歌)'

도도이쓰가 그 원조 격인 리요의 올바른 곡조와 정조를 지향하여 탄생한 리요 정조도 시간이 지남에 따라 점점 비속해지게 되었다. 리요 정조의 타락이 기존의 도도이쓰 이상으로 심해지는 것을 개탄하며 일본의 삼대(三大) 전통시가 양식의 하나인 스물여섯 글자 단시의 치욕이라 느낀 것은, 앞서 언급한 『미야코 신문(都新聞)』의 히라야마 로코(平山蘆江)였다. 히라야마는 전통적인 시골마을 사회를 기반으로 한 '마을(里·俚)'의 노래인 '리요(俚謠)'가 있듯이 도시의 '거리(街)'에는 시가지의 노래인 '가이카(街歌)'가 있는 것이 당연하다고 주장하며 '와카(和歌)'와 '리요(俚謠)'를 둘 다 의식한 호칭으로서 '가이카'를 제창하였다. 이것이 1933년의 일이다.

흥미롭게도 식민지 조선에서도 바로 앞에서 서술한 다카노 쇼토의 1930년대 활동 속에서 '가이카'라는 용어를 사용한 도도이쓰를 볼 수 있다. 그는 재조일본인과 조선인 문인들이 문예물을 게재한 한반도의 유력 일본어 잡지 『경성잡필(京城雜筆)』에 1936년의 1년 동안 「신정시(新情詩)」, 「가이카(街歌)」라는 타이틀을 붙인 도도이쓰와 센류를 발표했다. 경성에서 20년 이상 간행된 한반도 최대의 인텔리 문예지라 할만한 『경성잡필』과 이 잡지를 출판한 경성잡필사(京城雜筆社)의 단행본 『조선 수필(朝鮮隨筆)』(1935년)은 히라야마 로코의 조선 방문과 그에 수반한 경성의 도도이쓰계(界)의 반응을 알 수 있는 좋은 자료이다. 왜냐 하면 1935년부터 1936년에 걸친 다카노 쇼토의 글과 도도이쓰 작품을 통해 '가이카'로 용어가 변환된 것을 예증할 수 있기 때문이다. 그렇다면 다카노를 중심에 놓고 이전의 리요 정조와 1930년대 중반의 가이카를 비교할 때, 그 내용과 표현 면에서 어떠한 변화가 초래된 것일까?

『조선 수필』에는 다카노 쇼토의 「리요 다화(俚謠茶話)」라는 글이 수록되어 있는데 다카노는 그 모두에서 다음과 같이 말한다.

> 누군가의 센류에 '이제 곧바로 마무리될 작업은 노래가 되네'라는 것이 있습니다만, 잘 꿰뚫어 표현한 구라고 생각합니다. 노래는 우리들 인간 생활상에 일종의 윤택함과 위안을 주는 유일한 것임은 부정하기 어려운 사실이며, 거기에 그 표현이 전원에서 찻잎을 따며 부르는 노래가 되고, 모내기 노래가 되고, 도회의 도도이쓰나, 요시코의 가락(よしこの節)[28]이 된 것이라고 생각합니다.…중략…센류나 하이쿠가 시세에 순응하여 차차 새로운 경지를 개척해가듯 우리의 리요도 신시대의 현재 생활에 적응되는 새로운 작품을 요구하는 것입니다.[29]

다카노가 경성 생활 중에 착실히 해온 센류와 도도이쓰 활동에 대한 스스로의 의의와 위치를 살필 수 있는 부분이다. 또한 이 뒤에는 『요로즈 초호』의 '리요 정조'로부터 시작된 근대 리요의 역사에 의미를 부여하며, 리요를 폄하하는 관점에 대해 '리요의 의미를 모르는 사람들의 극히 천박한 편견이다'라고 반박하고, 라이 산요(賴山陽), 요시다 쇼인(吉田松蔭), 이토 히로부미(伊藤博文), 소네 아라스케(曾根荒助) 통감 등 유명인의 리요 작품을 추천 소개하고 있다. 그리고 좋은 리요에는 '와카나 하이쿠에서는 여간해서 드러낼 수 없는 완전히 리요만의 독점적인 무언가'가 있다고 역설하고, '와카는 우아한 미 하이쿠는 맛인데 특히 리요에서는 마음의 의기(和歌はみやびと俳句は味よわけて俚謠は心意氣)'라는 도도이쓰로 맺고 있다. 다

---

28) 내용과 형식이 도도이쓰와 비슷한 에도(江戶)시대 후기 유행한 속요를 말한다.
29) 高野宵灯, 「俚謠茶話」, 『朝鮮隨筆』, 京城雜筆社, 1935, p.201.

른 시가 장르와 구별되는 리요의 장점을 주창하면서 인간생활에 보다 밀접한 리요에도 새로움이 요구되는 것을 인식하고 있다. 하지만 거기에는 도회의 노래로서 '가이카(街歌)'라는 표현은 아직 보이지 않는다. 어쨌든 리요가 시대의 변화에 적극적으로 조응하는 새로운 작풍을 탄생시켜야 한다는 지적은 주목할 만하다.

그럼 여기에서 말하는 '신시대의 현재 생활에 적응되는 새로운 작품'이란 어떠한 것을 지적할까? 이것은 조선에서 '리요 정조'가 '가이카'로 변용되는 과정을 봄으로써 그 해답을 찾을 수 있을 것이다. 관견한 바에 따르면 조선에서 '가이카'라는 말이 최초로 등장하는 것은 히라야마 로코의 경성 방문 직후인 1936년 5월이다. 이 달에 간행된 『경성잡필』에는 「로코 선생 환영 연석상에서 읊은 노래(盧江先生歡迎宴席上詠草)」라고 하여 히라야마를 만난 재조일본인 여덟 명과 히라야마가 읊은 리요가 도합 아홉 수 게재되어 있다. 그리고 그 다음 달인 6월호에 「'가이카' 작품(詠草)」이라는 타이틀로 스무 수의 도도이쓰가 처음 등장한다. 그 중 몇 수를 살펴보자.

· 이 얼굴 저 얼굴의 옛날 친한 벗들의 모습이 그립구나 사진첩 보니.
  あの顔この顔, 昔の友の, 面影戀しい, 寫眞帖
· 빌딩을 돌아가면 네온의 불빛들에 맥주가 생각난다 거리 가로수.
  ビルをまがれば, ネオンの灯影, ビール戀しい, 町並木

이 노래들은 한반도에서 처음으로 '가이카'라는 명칭으로 출현한 것인데, '사진첩(앨범)', '빌딩', '네온의 불빛', '맥주', '거리 가로수' 등 근대 경성 시가의 풍경과 모던한 일상(용품)을 노래 속에서 전면적으로 드러내

고 있다, 이를 필두로 1936년의『경성잡필』에는 다카노의 센류나 도도이
쓰가 '신정시', 혹은 '가이카'라는 명칭으로 잇따라 게재된다. 당시 발표
된 다카노의 노래, 특히 '가이카'에는 시가지의 노래에 어울리는 대중시
로서 대중화 사회에 급속히 퍼져간 외래의 문물과 외래어가 다용되고 있다.

① 잘 못타는 스케이트 그대의 내민 손을 잡고서 기쁘게도 연습을 한다.
　　馴れぬスケート, 貴郎のお手を, 借りて嬉しく, するけいこ

② 돌아온 아파트에 차디찬 침대에서 밤잠자기 쓸쓸한 빗소리 들려.
　　戻るアパート, 冷めたいベッド, 宵寝侘びしい, 雨の音

③ 서로 맞닿은 영혼 마음도 서로 맞아 기뻐하는 두 사람이 가는 하이킹.
　　触れ合ふ魂, 調子も合って, 嬉しい二人の, ハイキング

④ 그로부터 너댓 대 아직 안 오는 사람 여인이 기다리고 있는 정류소.
　　あれから四五台, まだ來ぬ人を, 島田が待つてる, 停留所

⑤ 돌아가는 프로펠러 찬 바람 가르면서 지구를 내려본다 하늘의 여행.
　　廻るプロペラ, 涼風切つて, 地球を見下す, 空の旅

⑥ 곡선을 그리면서 오색 찬란 수영복 요란히 눈을 끄네 다이빙하며.
　　描がく曲線, 五彩の水着, 派手に目をひく, ダイビング

⑦ 일부러 물에 빠져 그대의 팔에 기쁜 듯이 매달려 있는 해수욕 복장.
　　わざと溺れて, 貴郎の腕に, 嬉れしくすがつた, 海水着

⑧ 소다수만을 놓고 밀담은 아직 끝나지 않아.
　　ソーダ水だけで密談まだ濟まず

⑨ 레코드 틀고 너댓 명명이 춤추는 여름의 달밤.
　　レコードへ四五人おどる夏の月

⑩ 얼음을 깨는 소리 주방에서 시원해 벌레도 울음 그친 새벽의 두 시.
　　氷割る音, 廚に冴へて, 虫も啼き止む, 午前二時

⑪ 나약한 마음 일부러 야단치고 훌쩍 여윈 아내의 얼음주머니 베개
　바꿔준다네.
　　氣弱さを, わざと叱つて, やつれた妻の, 氷枕を, かへてやる。

⑫ 모두가 커플이고 나하고 저 달만이 오로지 쓸쓸하네 외톨이라서.

　皆んなアベック, 私しと月と, だけが淋しい, 獨りボチ

⑬ 안녕히 주무시라 라디오도 끝나고 기다리는 내 귀에 툭툭 빗소리.

　おやすみなさいと, ラヂオも濟んで, 待つ身へしとしと雨の音30)

이렇게 다카노에 의해 1930년대 중반의 경성 도시생활이 노래되어 있다. 특히 ①과 ⑥의 '스케이트'31)나 '다이빙'과 같은 스포츠가 대중의 놀이 혹은 관람용으로 일상화되고, ③과 ⑦의 '하이킹'과 '해수욕'32)도 역시 여가 문화로서 이 시기에 대중화된 것을 알 수 있다. 또한 ②와 ⑧에서는 기본생활인 의식주에서 '아파트'나 '침대'가 주거공간에 확산되고 '소다수'33)가 음용되는 생활의 변화가 포착되어 있다. 또한 ④, ⑤에서는 교통수단, 탈 것의 변화를 보여주고 있는데 당시 경성에서는 이미 몇 십만 명이 이용하던 대중교통 수단인 전차34)와 '하늘의 여행'으로 지구를

---

30) 이상의 작품들은 『경성잡필(京城雜筆)』에서 인용한 것으로 ①은 204号(新情詩, 1936. 2), ②와 ③은 205号(新情詩, 1936.3), ④는 206号(新情詩, 1936.4), ⑤와 ⑥과 ⑦은 7月号(街歌, 1936.7), ⑧과 ⑨는 8月号(川柳, 1936.8), ⑩과 ⑪은 9月号(街歌, 1936.9), ⑫과 ⑬은 10月号(1936.10)에서 발췌하였다.

31) 1912년 경성일보사(京城日報社)가 용산 연병장 앞에 야외 스케이트장을 만들었는데 이것이 한반도 최초의 인공 스케이트장이었다고 한다.

32) 보령시 문화의 전당에서 열린 「해수욕 전시회」에 따르면 1920년대 초 원산의 송도원 해수욕장에서 한국의 근대 해수욕 문화가 시작되었다고 한다. 그 후 인천 월미도와 부산 송도 해수욕장이 개장되어 인기를 얻었고, 1930년대에는 대천 해수욕장이 개장했다. 1920년대 해수욕 수영복의 형태는 무릎 아래와 팔꿈치까지는 드러나는 것이었고, 1920년대 후반에 어깨, 팔, 허벅지도 드러나게 되는 오늘날의 수영복과 비슷한 형태가 되었다.

33) 당시의 소다수 라무네(ラムネ)에 관한 『동아일보』1934년 7월 11일자 기사 「라무네 만드는법 당장에 될수 잇읍니다」가 참고가 된다.

34) 전차는 경성을 비롯해 지방 도시로 보급되어 1915년 부산, 1923년 평양에서도 운행을 시작했다. 경성의 경우 1909년 하루 평균 이용객이 칠천 여 명이었는데, 1939년에는 35만 명, 1942년에는 53만 명에 달할 정도로 급증했다. 노현석, 『모던의 유혹, 모던의 눈물―근대 한국을 걷다―』, 생각의 나무, 2004, pp.158~161.

내려다보는 비행기[35] '프로펠러'가 노래의 소재가 되었다. 그리고 ⑩과 ⑪은 9월호에 게재된 노래이므로 창작 '가이카'의 모집은 7월이나 8월, 즉 한여름에 이루어졌을 터인데, 여름에 주방에서 얼음을 깨는 소리가 나고 열을 식히기 위한 얼음주머니 베개가 일반화된 용품으로 등장하므로, 여름에 얼음이 사용되기 위한 제빙, 냉동기술이 이미 있었다는 것을 반영한다. 마지막으로 ⑨와 ⑬에서 보이듯 도도이쓰를 노래, 즉 속가 장르라는 성격과 관련시켜 본다면, 1930년대에 생활에 큰 영향력을 지닌 것은 대중이 듣는 환경인 레코드나 라디오 문화였음을 알 수 있다.

요컨대 '가이카', '신정시'로 일컬어진 1930년대 중반의 도도이쓰 장르는 이전의 잡지 『까치』에 비해 한층 명백하게 대중의 일상생활을 적극적으로 소재로 삼는 점에 그 특징이 있다. 모던한 경성 생활과 문화 및 환경이 기본 의식주뿐 아니라 여가와 스포츠의 대중화 측면에서도 파악된 것을 확인할 수 있는 것이다.

즉 다카노가 1935년 『조선 수필』의 「리요 다화(俚謠茶話)」에서 '신시대인 현재 생활'을 적극적으로 반영하는 '새로운 작품'을 창작해야 한다고 했던 제안은 명료한 방향성과 의도가 있는 것이었다. 물론 여기에서 도도이쓰를 '가이카'나 '신정시'와 같은 이름을 내걺으로써, 자꾸 타락하고 비외한 경지로 기울어가며 비속해지는 경향에서 탈피시키고자 한 의식이 엿보인다. 더구나 '신시대인 현재 생활'이라는 문면에서 보여주고 있듯이 이러한 '가이카', '신정시'에 어떠한 내용을 담아낼 것인가 하는 문제의식이 중요한데, 그것이 의미하는 것은 이상에서 본 것처럼 대중이 모여 생

---

35) 1922년에는 한국 최초의 비행사 안창남이 여의도 비행장에서 금강호를 타고 비행했다. 일제강점기에는 일본이 군국주의 정책을 수행하기 위해 필요한 글라이더제작소와 일본 해군과 육군을 위한 비행기 제작공장을 한반도에 설립했다.

활하는 모던한 대도시의 특징, 도시 대중이 일상적으로 이용하고 생활에서 직접 접하는 근대의 매체 등을 적극적으로 노래로 만들려는 방향성이었다.

한국의 문학 연구계에서도 1920년대, 1930년대의 대중화된 도시 생활과 생활 방식에 관련된 다양한 문화 변모를 다루는 연구가 진행되어 일정 성과를 보여주고 있는데, 경성에서 생활한 재조일본인도 일본의 전통적인 속가인 도도이쓰 장르를 통해 그들의 모던한 생활을 반영한 노래를 창작했다고 할 수 있을 것이다.

5. 경성의 대중시로 기능한 도도이쓰

이 글에서는 경성에서 간행된 리요 전문 잡지와 작품집 『까치』를 중심에 두고 일본어 전통시가 중에서 도도이쓰 장르의 전개와 그 특성을 1920년대부터 1930년대에 걸쳐 고찰해 보았다. 식민지 조선의 '일본어 문학'에서 일본의 전통시가 영역은 단카, 하이쿠, 센류뿐 아니라[36] 도도이쓰라는 속요도 창작되고 변용되는 등 폭넓은 전개를 보였던 것을 확인할 수 있었다. 또한 이 잡지를 통해 제국 일본의 사정권 내에 있던 동아시아 지역에서는 이러한 문예의 공동체가 형성되어 있었다는 것, 조선에서 간행되었다는 지역 의식을 발신하고자 한 사실이 드러났다. 이는 다이

---

36) 일제강점기에 한반도와 '만주' 지역에서 간행된 대량의 단카, 하이쿠, 센류 관련의 66종에 이르는 문헌 목록은 다음 자료에 제시한 바 있다. 嚴仁卿, 「朝鮮半島における植民地日本語文の本流—朝鮮で刊行された日本統詩歌資料をめぐって—」, 『跨境/日本語文學研究』創刊号, 東アジア同時代日本語文學フォーラム・高麗大學校日本研究センター, 2014, pp.273~280.

쇼 시대에 한반도에서 영위된 일본어 전통시가 장르 전반에서 공통적으로 지적할 수 있는 동향일 것이다.

쇼와 시대에 들어선 이후의 『까치』나 『센류삼매』, 『경성잡필』과 같은 잡지에 실린 센류와 도도이쓰를 보면, '식민지 일본어 문학'에서 일본의 전통시가 영역은 대중적 장르로서 이미 확산되어 있었다. 도도이쓰라는 속가 장르 역시 동시대성을 유지하면서, '리요 정조', '가이카' 등의 명칭의 변화를 보이며 그 명칭 변화에 적합한 내용을 드러내고자 변용해간 것이다. 그것은 때로는 조선에서 읊어진 노래라는 특색을 드러내기도 하고, 때로는 대중의 모던한 일상생활을 표현하기도 했다.

원래 대중적 속성을 지닌 센류와 도도이쓰에서는 대중화가 점점 진행되는 도시의 모던한 일상, 즉 인구의 증가와 현대적 일상생활의 영위를 소재나 내용으로 담아갔다는 변화가 분명하게 인지된다. 그리고 1930년대의 '가이카'에 이르러서는 도시생활의 노래로서 모던한 경성의 대중 일상이 한층 선명하게 표상되어 있는 것을 확인할 수 있다. 1930년대의 '가이카'는 일본뿐 아니라 조선, 나아가 동아시아 공간에서 센류와 더불어 대중적 시가문학으로서 당시 일본어 권역에서 기능한 국제성과 동시대성을 획득한 장르였다.

이렇게 단카와 하이쿠에 비해 대중적이었다는 이유로 예술성과 문학성이 부족하다고 평가되어 도외시되던 도도이쓰 장르가 일제강점기 당시 한반도에서 전개되고 변용한 과정을 추적해 보았다. 그리고 근대의 대도시 경성의 대중화 사회의 실상과 일본의 전통시가 장르의 관계를 읽어낼 수 있었다. 문학에서 '아(雅)'와 '속(俗)'의 영역은 사실 서로 맞닿아 있는 것으로 이에 관한 균형 잡힌 고찰이 식민지 시대의 현실을 입체적, 객관적으로 이해하는 좋은 단서가 될 것이라 생각한다.

‖ 히비 요시타카(日比嘉高) ‖

시(詩)가 스포츠를 노래할 때

-1932년 로스앤젤레스 올림픽의 경우-

1. 근대 올림픽의 이상(理想)과 곤란

사람들은 약동하는 스포츠 선수에게서 무엇을 보는 것일까? 특히 경기자가 어딘가의 '대표'―예컨대 국가―인 경우 단련된 신체와 그러한 신체끼리 격전을 벌이는 경기의 공간 속에서 관객들은 무엇을 보는 것일까? 물론 초일류 선수들의 탄성이 나올 것 같은 경기의 향연이 스포츠를 관전하는 묘미라는 것은 말할 것도 없다. 그러나 이와 동시에 스포츠하는 신체에는, 그리고 그 승패에는 사회적인 의미가 항상 따라다닌다. 스포츠의 공간은 경기장임과 동시에 의미 투쟁의 장인 것이다.

본고에서는 시, 스포츠의 대중화, 미디어에 의한 대중동원이라는 세 가지 문제계가 교차하는 양상을 고찰하고자 한다. 구체적으로는 1932년 로스앤젤레스 올림픽에 주목하여 이를 제재로 창작된 시가(詩歌), 근대 올림픽의 발전과 변용, 대규모로 산출된 관련 보도와 제 기획을 검토하고, 대중화 시대의 문학표현에 대한 하나의 사례 연구를 수행하고자 한다.

야구를 시작으로 근대 스포츠는 일찍이 메이지(明治)시대부터 일본에 도입되었으나 지명도나 팬층이 대중에게까지 확대된 것은 1920년대 후반부터이다. 1920년대 중반부터 2만 명 규모의 야구장이 도쿄와 한신(阪神)에 건설되는 것을 시작으로 대형 신문사는 야구, 테니스, 수영, 육상경기 등의 대규모 대회를 기획하였다. 또한 라디오 방송이 시작되고 각종 학교의 운동부 수도 증가 일로를 걷게 된다.[1]

이러한 스포츠 인기의 증대에 국가가 무관심했을 리 없다. 1923년 극동 올림픽대회에서는 천황배(天皇盃)가 하사되었고, 1924년에는 현재 국민체육대회의 전신인 메이지진구경기대회(明治神宮競技大會)가 내무성 주최로 개최되었다. 사카우에 야스히로(坂上康博)의 고찰에 따르면 1928년 이후 스포츠는 '국민사상을 선도'하는 도구로서 국가정책 속에 자리매김하는 과정도 걷게 된다.[2]

스포츠 인구의 확대는 계층, 지역, 민족, 연령, 성별을 뛰어넘은 스포츠의 침투를 의미한다. 야구를 시작으로 하는 인기 스포츠에 대한 국민적 관심, 여성 스포츠 선수의 등장, 식민지와 이민지에서의 스포츠 발전 등 커다란 변화가 도래하였다. 더욱이 이러한 스포츠의 대중화에 수반되는 변화는 일본에서만 일어나고 있었던 것은 아니다. 스포츠 문화의 확대는 세계적인 규모로 발생하고 있었고, 이 때문에 올림픽을 시작으로 국제경기대회에 대한 주목도가 높아지고 있었다.

피에르 드 쿠베르탱(Pierre de Coubertin)의 제창에 의해 근대 올림픽이 시

---

1) 坂上康博, 『權力裝置としてのスポーツ─帝國日本の國家戰略─』(講談社, 1998). 특히 제1장 참조.
2) 위의 책, 제3장 참조.

작된 것은 1896년 아테네 올림픽부터이다. 당초에는 만국박람회와 함께
개최되는 경우가 많아 작은 규모로 시작하였으나 점차로 참가국과 참가
선수를 늘려 나간다. 일본인 선수가 처음으로 참가한 것은 1912년 제5회
스톡홀름 대회부터이다.

올림픽의 재흥에 임하여 쿠베르탱은 스포츠에 의한 육체와 정신의 조
화와 축제적인 비일상 공간의 창출에 의한 평화의 연출 등 높은 이념을
주창하였다. 이러한 이념은 공감을 불러일으켰지만, 한편으로 현실에서의
국제적인 경쟁과 충돌 속에서 여러 가지 모순—아마추어리즘과 프로페셔
널리즘, 국제주의와 내셔널리즘, 개인주의(개인경기)와 국가주의, 스포츠의
근본인 평등과 인종·민족차별 등—을 공공연하게 노출시켰다.3)

일본의 올림픽 참가에 관해서 말해보면, 1928년 제9회 암스테르담 대
회가 하나의 획기(劃期)를 이룬다. 세단뛰기의 오다 미키오(織田幹雄)와 200
m평영의 쓰루타 요시유키(鶴田義行)가 금메달을, 육상 800m의 히토미 기
누에(人見絹枝)가 은메달을 획득하는 등 일본인 선수의 활약이 보도되어
일본 내에서 올림픽에 대한 주목도가 단숨에 높아졌다. 이때부터 스포츠
이벤트에 의한 사람들의 동원력에 주목이 모아지고, 대형 신문사에서의
스포츠 이벤트가 대규모화 되었으며, 해외로부터 저명한 선수나 팀이 초
빙되기도 하였다.4)

스포츠의 대중화와 국제화, 그리고 국가적인 동원이라는 시대 속에서
문학의 언어도 또한 변화해 갔다. 물론 야구나 탁구 등의 운동장면이

---

3) 川本信正,「オリンピックとインターナショナリズム」(『スポーツナショナリズム』 大修館書店, 1978),
　　武重雅文,「近代オリンピックの宿命—マス·デモクラシーとオリンピック—」(龜山佳明編 『スポーツ
　　の社會學』世界思想社, 1990).
4) 앞의 책, 사카우에(坂上)의 제1장과 津金澤聰廣編, 『近代日本のメディア·イベント』(同文舘
　　出版, 1996).

1910년 이전의 소설에 그려지지 않았던 것은 아니지만, 스포츠가 그 시대의 풍속을 특징짓는 특권적인 모티브가 된 것은 역시 1920년대 이후이다. 스포츠를 그리는 모더니즘 문예를 날카롭게, 또한 포괄적으로 분석한 나카무라 미하루(中村三春)는 1930년을 사이에 둔 10년 정도를 "미증유의 스포츠 소설 전성시대"였다고 평하고 있다.[5]

본고에서는 1932년 로스앤젤레스 올림픽을 제재로 하면서 대중화 시대에서 시의 표현 및 창작의 장(場)의 양상을 도쿄와 오사카의 두 『아사히신문(朝日新聞)』(이하 합쳐서 『아사히신문』으로 표기)이 모집한 올림픽 선수응원가, 이민지의 일본어신문에 게재된 올림픽 관련 시가, 그리고 태평양을 넘어 자유율(自由律) 하이쿠(俳句) 결사가 엮은 구집(句集)을 중심으로 생각해 보고자 한다.

2. 『아사히신문』의 올림픽 선수 응원단

1932년 4월 7일에 『아사히신문』은 올림픽 파견선수를 위한 '응원가'를 모집하였다.[6] "'일본선수를 이기게 하자.' 이것은 팔천만 동포의 목소리이고 슬로건이다. 일본선수를 이기게 하는 길은 전 국민이 힘을 모은 정신적인 지원이다"고 호소하고 있는 이 기획은, 상금총액 1000엔을 내걸고 대대적인 모집을 시작하였다. 기획은 성공을 거두어 응모총수는

---

5) 中村三春, 「モダニズム文芸とスポーツ─阿部知二「日獨對抗競技」の文化史的コンテクスト─」 (『修辭的モダニズム─テクスト樣式論の試み─』ひつじ書房, 2006). 이밖에 이 시대의 스포츠를 그린 문학작품에 대한 고찰로 다음과 같은 것이 있다. 疋田雅昭, 日高佳紀, 日比嘉高 編, 『スポーツする文學─1920～30年代の文化詩學─』(青弓社, 2009).
6) 『東京朝日新聞』(1932.4.17, 조간).

48,681통에 달하였다. 당시 중학생이었던 사이토 류(齋藤龍)가 일등으로 당선되었는데, 그의 작품에 야마다 고사쿠(山田耕筰)가 곡을 붙여서 「달려라 대지를(走れ, 大地を)」이라는 제목의 레코드로 판매되었다.[7]

사실 이러한 『아사히신문』의 기획에는 선례가 있었다. 같은 해 2월 28일부터 3월 10일에 걸쳐 모집한 현상 「육탄삼용사의 노래(肉彈三勇士の歌)」가 그것이다. '육탄삼용사'라는 것은 상하이사변(上海事變)에서 폭사(爆死)당한 공병(工兵) 세 명을 가리키는 것으로 군신(軍神)으로서 미담화되었다. 이 경우에는 응모총수가 124,561통에 달해 두 배 이상의 차이를 보인다. 당연하겠지만 스포츠보다도 전쟁 쪽에 관심이 모아졌다고 할 수 있다.

이러한 1932년의 세태를 잘 보여주는 텍스트는 사카구치 안고(坂口安吾)에게서 찾아볼 수 있다. 「천재가 되려다 되지 못한 남자 이야기(天才になりそこなつた男の話)」[8]라는 단편소설이다.

이 시인(히시야마 슈조(菱山修三))이 외국어학교를 졸업했을 때, 아사히신문에 입사시험을 보러갔다. 그런데 이 남자, 학생시절에도 전혀 신문을 읽은 적이 없다. 서재와 학교 외에는 무엇 하나 알지 못하는 것이다. 바로 그해는 만주사변이 막 발발했던 무렵으로 길거리 어디에서나 소매를 걸어붙인 중년 부인이 센닌바리(千人針)[9]라는 것을 권유하고 있었다. 사방팔방이 육탄삼용사의 레코드로 정말 시끌벅적한 상황이었다. 게다가 라부(羅府)의 올림픽으로 한층 경기가 좋다. 이 시인 선생, 전쟁에 대해서만은 거리의 모습으로 보아 아마도 가까운 곳에서 일어나고 있구나, 정도는 알

<hr>

7) 『東京朝日新聞』(1932.5.6, 조간).
8) 坂口安吾, 「天才になりそこなつた男の話」(『東洋大學新聞』第120号, 1935.2.12.). 인용은 『坂口安吾全集01』(筑摩書房, 1999), pp.461-462.
9) 일본에서 전장(戰場)의 병사의 무운을 기원하기 위해 하는 일종의 무속신앙. 많은 여자가 한 장의 천에 실로 매듭을 지으며 기원하는 행위나 이를 통해 만들어진 부적을 가리킴. -번역자 주

아차린 듯하다.

올림픽에 대해서는 긴자(銀座)의 식당이름으로도 모른다. 신문을 읽어 본 적도 없으면서 신문사로 시험을 보러 갔다고 한다. 결과는 처음부터 결정되어 있었으니, 물론 보기 좋게 낙방했다. 라부라고 하면 올림픽, 게다가 할리우드라도 생각났으면 좋으련만, 내가 태평양 연안에 면해 있고 기후가 온난하다고 쓰는 녀석은 요즘 자네 한 사람뿐일 걸세 하고 그의 어리석음을 크게 나무라자, 자네 그렇게 슬픈 세상인가 하며 한숨지었는데, [···]

안고의 소설은, 세상사에 소원한 시인이라는 장치를 이용해서 전쟁으로 기울어가는 만주사변 하의 일본의 세태를 교묘하게 묘사하고 있다. 센닌바리를 권유하는 목소리가 들려오고 사방팔방에서 육탄삼용사의 레코드가 울려 퍼진다. 이 이야기는 전쟁의 분위기가 짙게 드리워져 가는 끄러운 세정 속에서 올림픽이 개최되었다는 것을 전해준다. 또한 라부 즉 로스앤젤레스가 올림픽 이전에는 "태평양 연안에 면해 있고 기후가 온난"하다는 지리와 기상(氣象)과 관련된 일반적인 이미지밖에 없었다는 사실도 여기에서 알 수 있다.

그렇다면, 응원가 현상에서 1등에 당선된 사이토 류의 작품은 어떠한 것이었을까?

달려라 ! 대지를
있는 힘 다하여
헤엄쳐라 ! 당당히
물보라 일으키며
당신의 팔은
당신의 다리는
우리 일본의

존귀한 일본의
팔이다! 다리이다!

뛰어라! 용감하게
    지축을 흔들며
던져라! 당당하게
    푸른 하늘 높이
당신의 힘은
    당신의 기상은
우리 일본의
빛나는 일본의
힘이다! 기상이다!

드높여라! 히노마루(日の丸)
    푸른 바람에
울려라! 기미가요(君が代)
    흑조(黑潮)를 뛰어넘어
당신의 명예는
    당신의 번영은
우리 일본의
청년 일본의
명예이다! 번영이다! 10)

　「심사를 끝내고」라는 제목의 『아사히신문』 담당자의 코멘트는, "1등으
로 결정했다. ― 구구절절 청년 일본의 기상이 넘치고 게다가 아주 솔직
한 현대어적인 발상의 자유로운 음률은 음악적인 효과에 있어서도 새로
워서, 우리들의 대표를 올림픽의 세계적인 감동 속으로 보내어 그들의 사

---

10) 『東京朝日新聞』(1932.5.6, 조간).

명과 활동을 전 국민이 통합해서 격려하고 감사하고자 하는 웅대하고 장건한 의도를 유감없이 보여주고 있다고 할 수 있다"고 진술하고 있다. (1932년 5월 6일) 담당자가 말한 "전 국민의 통합"이 바로 이 기획이 의도하는 바일 것이다. 시의 언어에는 통합하고자 하는 의도에 합치하는 구도가 반복되고 있는 것을 알 수 있다. 올림픽 선수들에게 호소하는 형태로 "당신들의 팔", "당신들의 다리", "당신들의 힘", "당신들의 기상", "당신들의 명예", "당신들의 번영"이 "우리 일본"과 일치한다고, 노래는 반복하고 있는 것이다.

이러한 구도는 1등 이외의 입선 시에서도 마찬가지로 찾아볼 수 있다. 우수작품으로 뽑힌 사카구치 다모쓰(阪口保)의 작품도 "선수의 마음은 일본의 마음"이라고 반복하고 있고, 사쿠라 아유노스케(朔禮鮎之介) 역시 "바다 저편에서 기미가요／불릴 때 이쪽에서도／한 목소리로 노래합시다"(／는 원문 개행, 이하 같음)라는 시를 지었다.[11]

『도쿄아사히신문(東京朝日新聞)』의 기사에 의하면 응원가인 「달려라, 대지를」을 위하여 화려한 발표회가 개최되었고 이 상황은 라디오를 통하여 방송되었다.(5월 21일) 응원가는 그 후에도 반복되어 육상 최종예선에서(5월 29일 석간), 선수들을 배웅하는 역전에서(6월 24일 석간), 로스앤젤레스의 마중 나온 환영선의 갑판 위에서(7월 10일), 마중하는 부두에서(7월 11일), 일본인 거리에서(7월 13일) 연주되고 합창되었다. 선수의 신체, 마음, 영예(榮譽)와 일본 국민의 그것을 일치시키고자 하는 응원가는, 국제적인 스포츠 경기대회의 흥분과 병주(併走)하면서 사람들의 노랫소리를 통합하고 로스앤젤레스와 일본 국내를 연결시키고자 했던 것이다.

---

11) 『東京朝日新聞』(1932.5.6, 조간).

3. 『라부신보(羅府新報)』의 올림픽 시가

바다를 건너 로스앤젤레스로 온 일본 선수단은 미국 서해안의 일계인
(재미일본인, 일계미국인)들의 커뮤니티를 열광시켰다. 일본인이 돈벌이로 미
국으로 가기 시작한 것은 메이지 초기로 거슬러 올라간다. 처음에는 관약
(官約)이민으로서 하와이 왕국으로 건너간 경우가 많았는데, 그 후 주도권
이 점차 이민사회로 옮겨가서 미국 본토로도 많은 수의 일본인이 도항하
였다. 노동 이민뿐 아니라 유학생이나 상인 등 다양한 사람들이 미국에
거주하였으나, 일본인 인구가 늘어남에 따라 배일운동(排日運動)에도 직면
하게 되었다. 1907년의 일미신사조약(日米紳士協約)으로 노동 이민이 금지
되고 1924년에는 이른바 배일이민법이 가결되어 신규 이민의 길이 완전
히 막혀버렸다. 미국 센서스(US Census)에 따르면, 로스앤젤레스 올림픽이
개최되던 시기인 1930년대 미국일본계 인구는 전체 278,465명이고 서부
는 131,669명이었다.[12]

백인이 우세한 미국사회 속에서 때로는 격렬한 배일운동에 직면하면서
마이너리티로 살아가는 일계인들은 미국이나 서구의 대표선수들을 꺾고
시상대에 오르는 일본의 선수단에 갈채를 보냈다. 일계 1세들에게는 태
어난 조국에 대한 자부심을 새롭게 하는 기회가 되었고, 미국에서 태어난
2세에게는 아직 가보지 못한 조국에 대한 동경을 불러일으키는 계기가
되었다.[13]

로스앤젤레스 올림픽은 미국의 문학취미를 가진 일계인에게도 하나의

12) 북미로의 일계 이민에 관해서는 日比『ジャパニーズ・アメリカ——移民文學・出版文化・
收容所——』(新曜社, 2014)를 참조.
13) Yamamoto, Eriko. "Cheers for Japanese Athletes: The 1932 Los Angeles Olympics and the
Japanese American Community." *Pacific Historical Review* 69.3 (2000) : 399-430.

커다란 이벤트였다. 로스앤젤레스를 발행지로 하는 일본어신문인 『라부신보(羅府新報)』에는 대회가 시작되기 전 선수단을 기다릴 때부터 대회가 끝난 후까지 많은 시가(詩歌)가 게재되었다. 선수를 실은 배가 입항하는 모습을 포착한 시가를 살펴보자.

> 라부 항구 새벽 바다로
> 도착했네 도착했어 일본의 배여
> 파도는 찰랑찰랑 아침햇살 받으며
> 배는 히노마루, 빛나는 선수들
> 펄럭펄럭 깃발 펄럭여라
> 기미가요 불러라
> 우리 동포의
> 피는 끓어오른다! […]14)

> […] 구름 낀
> 산페드로 항구에서
> 힘차게 흔든 깃발
> 감격에 가슴이 벅차
> 제각각 부른
> 응원가와
> 맞지 않는 함성이지만
> 그래도 좋아라 […]15)

첫 번째 시는 쓰카모토 레이난(塚本嶺南)의 「빛나는 선수(輝く選手)」인데 이 시가 개제된 것은 7월 9일, 선수단 제일진이 로스앤젤레스에 도착한

---

14) 塚本嶺南「輝く選手」(『羅府新報』1932.7.9).
15) 片井溪巖子「日の丸 われらの選手におくる」(『羅府新報』1932.7.28).

날이다. 부두에는 히노마루가 나부끼고, "환영하는 자, 환영받는 자 이천 명이 대합창이 되어 로스앤젤레스 항에 울려퍼졌"16)다고 한다. 두 번째 시인 가타이 다니이와코(片井溪巖子)의 「히노마루, 우리 선수에게 보낸다(日の丸 われらの選手におくる)」 역시 같은 응원가로 화합하는 모습을 그리고 있다.

올림픽 선수단을 환영하는 흥분은 하이쿠로도 읊어졌다. 사쿠라이 긴초(櫻井銀鳥)가 지은 연작(連作)에서는 「올림픽 선수를 환영한다(オリムピック選手を迎ふ)」라는 제목으로 "여름 산의 구름이 걷혀 가는데 배 나아가네", "불볕더위에 천천히 다가오는 거대한 배" "하치만(八幡) 장대 깃발 세워 올리고" 등의 구가 이어진다.17) 타향에 사는 일계 1세들에게 있어 빛나는 조국의 대표를 태운 배를 환영한다는 것은 바로 "피가 끓어오르는" 것과 같은 경험이었을 것이다.

올림픽을 묘사하고 있는 『라부신보』의 시가에 반복해서 등장하는 것은 히노마루 즉 일장기였다. 제목 그 자체에 국기를 포함한 것으로는 가타이 다니이와코의 「히노마루, 우리선수에게 보낸다(日の丸 われらの選手におくる)」(7月 28日), 이시카와 사요코(石河小夜子)의 「펄럭이는 일장기(翻へる日章旗)」(8月 11日), 후지야마 세이코(富山靑子)의 「히노마루 깃발 올림픽 스타디움에서 (日の丸の旗 オリムピックスタデアムにて)」(8月 18日)가 있다. 본문 내용에 히노마루 나 일장기가 포함되어 있는 시가가 포함되지 않은 것보다 많을지도 모르 겠다. 가타이 다니이와코는 「히노마루, 우리선수에게 보낸다」에서 "오랫 동안 외국에 있다가／한없이 기쁜 것은／히노마루／얼핏 보았을 때／피 는 춤추고／마음은 뛰네"라고 노래했다. 후지이 규호(藤井牛步)의 「감격의 찰나(感激の刹那)」(8月 11日)는 "강한 감격과／만장(滿場)의 박수 속에서／검

---

16) 『東京朝日新聞』(1932.7.11, 조간).
17) 櫻井銀鳥, 「松霞亭小集 夏季雜詠」(『羅府新報』1932.7.14).

푸른 하늘에 높이 나부끼는／아아, 우리 일장기／보아라, 찬연하게 빛나는／아아 우리 일장기"라고 묘사하고 있다. 하이쿠로는, 예를 들어 「용감하도다, 여름하늘에 높이 솟은 대국기(大國旗)」(다나카 슈린[田中柊林])[18]가 있고, 단카(短歌)로는 「우리 동포의 혼이 담겨졌구나 히노마루 기(旗) 잠시 우러러 보네 모두 다함께」(후지야마 세이코)가 있다. [19]

올림픽에 의해 선동되었던 내셔널리즘 때문에 히노마루의 표상이 반복적으로 등장하는 것은 분명 진부한 광경이다. 그러나 현대적인 시선에서 재단하는 것을 배제하고 이민지였던 로스앤젤레스에 히노마루가 나부끼는 것의 의미를 생각해볼 필요가 있을 것이다. 아마 1930년대 로스앤젤레스 거리에 히노마루를 대대적으로 게양하는 것은 아주 드문 일이었다. 외국이기 때문이라는 점도 물론 있었겠지만, 무엇보다 일계인들은 배일 감정을 자극하는 것을 피하고자 했을 것이다. 올림픽은 이러한 일계인의 억제를 해제하는 절호의 기회가 되었던 것이다.

또한 사람들은 방대한 수의 히노마루를 실제로 목격했다고도 생각할 수 있다. 『라부신보』의 보도에 따르면, 오사카마이니치신문사(大阪每日新聞社)는 환영 깃발을 2만 개 보냈다고 한다.[20] 이것 이외에도 많은 깃발이 준비되었을 것이기 때문에 대회기간 중 로스앤젤레스의 일본인 거리에는 넘쳐날 정도의 히노마루가 펄럭이고 있었을 것이다.

기대를 저버리지 않고 일본인 선수들은 로스앤젤레스 대회에서 좋은 성적을 거두었다. 남자 육상경기에서 금 1, 은 1, 동 1, 남자 수영에서 금 5, 은 4, 동 2, 마술(馬術)에서 금 1, 여자 수영에서 은 1의 메달을 획득하

---

18) 「松霞亭小集 雜詠」(1932.8.11).
19) 富山靑子, 「日の丸の旗 オリムピツクスタデアムにて」(『羅府新報』1932.8.18).
20) 「オリムピツク選手 歡迎旗二万本 大每支局から寄贈」(『羅府新報』1932.7.8).

였다. 일본인 선수가 이기면 경기장에 히노마루가 게양된다. 그것은 일계
인들의 울분을 풀어주는 상징이었다.

> 로스앤젤레스의 푸른 하늘에
> 찬연하게, 실로 찬연하게
> 나부끼는
> 일장기 여러 개
> 감격에 겨워, 몸은 떨리고
> 환희의 눈물이 앞서는구나[21]

　시가의 화자들이 느끼는 감격은 올림픽으로 부추겨진 내셔널리즘끼리
의 충돌에 분명 단순하게 감염되어 있다고도 말할 수 있다. 그러나 이 정
도까지 기뻐하면서 히노마루를 반복해서 읊고 있는 그들의 심정은 이민
지에서의 고난의 날들을 배경으로 해서 보지 않으면 이해할 수 없다. 어
떤 가인은 다음과 같이 노래하고 있다.

> 새삼스럽게 느껴지는 것이 외국에 나와 싸우며 살아가는 투사구나, 우
> 리도.[22]

　로스앤젤레스에 살고 있는 일본계에게 올림픽은 단순한 스포츠 대회가
아니었다. 그것은 쉽게 상처 입는 그들의 자부심을 회복하기 위한 대체(代
替)된 투쟁이었고 또한 영역은 달리할지라도 마찬가지로 "싸우며 살아가
는 투사"라는 것을 확인하는 장이었던 것이다.

---

21)　石河小夜子,「翻へる日章旗」(『羅府新報』1932.8.11).
22)　富山靑子,「日の丸の旗 オリムピックスタデアムにて」(『羅府新報』1932.8.18).

4. 바다를 뛰어넘는『성화』

문학취미를 가진 일계인들은 올림픽을 계기로「연안하이쿠대회(沿岸俳句大會)」라는 큰 하이쿠 대회를 개최하였다. 이 대회의 성과는 다음해『성화(炬火)』라는 구집에 실린다. 편자인 오카무라 보시초(岡村眸子鳥)는『성화』의 권말에 이를 다음과 같이 소개하고 있다.

▲이 구집은 아고스토사(Agosto 社)동인이 구록(句錄)을 출판하고 싶다는 숙망을 다년간 가지고 있던 차에, 마침 1932년 여름 현지에서 열린 올림픽대회를 호기로 하여 개최된 연안하이쿠대회도 또한 기념하고자 동시에 정리해서 인쇄한 것이다.

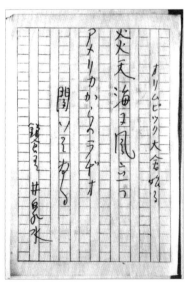

그림『성화』권두에 게재된 오기와라
세이센스이(荻原井泉水)의 구

▲아고스토사는 1924년 8월 어느 날, 당시 해홍(海紅) 하이쿠를 열심히 읽고 있던 동인, 구시야마 시몬(櫛山四門) 군과 둘이서 생각해 낸 것이다. 여기서 아고스토라는 것은 서반아어로 8월을 의미한다. [⋯]

연안하이쿠대회는 8월 6일 밤 7시에 시작해서 다음날 아침 5시에 끝났다. 샌프란시스코, 프레스노 그 외 지방으로부터 폭염 속에서도 많은 사람이 출석해 주어 상당한 성황을 이루었다. 일본 각지 및 하와이(布哇)로부터의 송구(送句)는 거리상의 문제로 시간에 맞추지는 못하였지만, 총 230구의 송구로 대회를 열어 더욱 빛나는 대회가 되었다. 이들 송구는 곧 현지 신문에 개제되었고 두말할 나위 없이 이번 구집에도 재록되었다. 23)

흥미로운 것은, 이 『성화』가 기존의 재미일계인만의 하이쿠로만 구성되어 있지 않다는 점이다. 하이쿠는 결사의 인연을 쫓아 태평양에 걸쳐서 모아졌다. 참가한 재미 작가인 시모야마 잇소(下山逸蒼)는 고국으로 보내는 편지에 다음과 같이 적고 있다. "이 「구집 성화」는 ─로스앤젤레스의 아고스토사라는 새로운 하이쿠 동인이 작년 로스앤젤레스 올림픽 대회가 열렸던 것을 계기로 태평양 연안의 하이쿠 작가들에게 격문을 띄워 이를 기념하는 하이쿠 대회가 열렸다. 나도 나카하라(中原)가 여비를 보내주어 참석한 것으로 기억한다. 즉 이를 기념하는 하이쿠집인 것이다. (이것은 단지 태평양 연안의 사람들 뿐 아니라, 고국의 「층운(層雲)」에서 20명, 「해홍」에서 22명, 그리고 하와이에서 9명, 로스앤젤레스에서 13명) 연안에서는 8명이라는 많은 사람이 모여…도쿄의 산슈사(三秀社)에서 인쇄한 검은 무지표지의 하이쿠집이야말로 나무랄 데 없는 체제를 갖춘 것이었다."[24] 미국 본토 각지뿐 아니라 하와이 그리고 일본의 결사인 층운과 해홍사로부터도 참가자가 있었다. 바다를 건넌 선수단은 태평양을 사이에 두고 하이쿠의 왕환(往還)을 자극했던 것이다.

이러한 의미에서 『성화』의 모두에 실린 오기와라 세이센스이(荻原井泉水)의 하이쿠는 상징적이다. "올림픽대회 시작된다"라는 머리말이 쓰인 하이쿠는 다음과 같다.

> 불볕더위 바다에 바람이 인다
> 미국에서의 라디오 소리
> 듣고 있도다

---

23) 岡村眸子鳥, 「卷末に──」(『炬火』アゴスト社 : ロサンゼルス, 1933), pp.184-185.
24) 下山逸蒼の下山四郎宛書簡(1934年10月21日付書)。粂井輝子, 「<資料紹介>下山逸蒼資料について」(『JICA横浜海外移住資料館 研究紀要』第6号, 2011), pp.61-62에 의한다.

이때 세이센스이는 가마쿠라(鎌倉)에 있었다. 동쪽으로는 태평양이 펼쳐진다. 올림픽은 일본 국내에서도 시작되어 라디오로 방송되었다. 실황방송을 목표로 하였지만 실현되지 못하고 "실감방송"이라는, 아나운서가 회상하면서 실황인 것처럼 전하는 방송이었다는 것은 방송사상 잘 알려진 에피소드이다.25) 세이센스이가 들은 것은 로스앤젤레스로부터 도착한 라디오방송이었다. 불볕더위의 여름 바다에 로스앤젤레스의 열전이 전해지는 듯한 바람이 일어난다. 작가는 바다 쪽을 보면서 라디오에서 흘러나오는 아나운서의 목소리에 귀를 기울이고 있었을 것이다. 크게 틀어 놓은 스피커 소리에 신경을 집중시키니 실내의 고요함은 한층 두드러진다. 가마쿠라의 자택과 불볕더위의 태평양, 그리고 경기가 진행되는 로스앤젤레스 이들을 뛰어넘어 아나운서의 목소리가 울려 퍼지고 그리고 그 목소리를 쫓아가듯이 세이센스이의 하이쿠가 바다를 건너간다.

『성화』에 개제된 이 밖의 올림픽 관련 하이쿠도 살펴보자.26)

　　　올림픽
　일장기 올라가는 순간의 함성에 눈물 흘러내리고
　　　투창
　창끝 번쩍이며 창공에 그려지는 무지개
　　　　　　　　　　사이토 잇스이(佐藤一水), (로스앤젤레스)

　　　올림픽 소견
　이겨야만 하는 육탄경기의 불볕더위

---

25) 山口誠, 「メディアが創る時間—新聞と放送の參照關係と時間意識に關するメディア史的考察」(『マス・コミュニケーション研究』第73号, 2008.7), 竹山昭子, 『ラジオの時代—ラジオは茶の間の主役だった』(世界思想社, 2002).
26) 동 구집에는 올림픽과 관련되지 않은 구(句)도 다수 포함되어 있다.

히노마루 우러러 보고 만족해서 돌아온다
　　　　　　　　다카야마 데이카야(高山泥草), (로스앤젤레스)

스탠드 불볕더위 그림 양산 펴서 뽐내고 있네
뜨거운 하늘로 타오르는 저 성화의 색
경기시작 알리는 피스톨이 하늘로 향하는 순간
오대주로 헤어져 흩어지는 악수하는 손의 열기
　　　　　　　　시모야마 잇쇼(下山逸蒼), (샌프란시스코)

히노마루 빨아들이는 푸른 하늘의 깊음이여
비약(飛躍)의 절정에서 팔천 만을 짊어진 얼굴이네
　　　　　　　　사세 사토루(佐瀬曉), (제국 평원)

　　일계 1세들이라고 생각되는 작가들의 하이쿠를 모아보았다. 일견 눈에 띄는 것은 올림픽을 계기로 지향하고 있던 국민적인 통합에 호응하는 듯한 표현들이다. 일장기나 히노마루라는 표현이 많이 나오고 있다. "일장기 올라가는 순간의 함성에 눈물 흘러내리고"라고 읊은 사이토 잇스이(로스앤젤레스) 등은 전형적인 예라고 해도 좋을 것이다. 또한 "비약(飛躍)의 절정에서 팔천 만을 책임진 얼굴이네"(사세 사토루, 제국평원)도 국민을 대표해서 도약하는 선수의 얼굴을 취해서 쓴 하이쿠이다. 단지 "히노마루 우러러 보고 만족해서 돌아온다"고 읊은 다카야마 데이카야(로스앤젤레스)의 하이쿠에서 그가 도대체 어디로 돌아갔을까 생각해 보면, 일본 국내에서 지향했던 국민적인 통합이 미국에 살고 있는 일계인들에게 괴리를 포함하면서 전달되었다는 사실을 상기시킨다.
　　일계인들이 가지고 있을 조국과의 거리감을 생각하면서 『성화』을 조망했을 때 국내의 하이진(俳人), 예를 들어 나카쓰카 잇베키로(中塚一碧樓, 도쿄,『해홍』파)가 지은 하이쿠는 단순한 내셔널리즘의 감정에 빠져있다고 말할 수 있다.

아득히 올림픽 경기를 생각하니

머리띠 두른 요시오카(吉岡)27)여, 이제 트랙을 시원스럽게
남쪽에서 맑게 날아올라라. 우리에게 햇살 비추고
헤엄칠 때마다 히노마루를 드높인다. 물은 빛나고

나카쓰카는 「아득히(遙かに)」라는 표현으로 로스앤젤레스와의 거리를 보여주고 있는데, 오히려 그의 구절로부터 알 수 있는 것은 자신과 대표선수, 그리고 그들을 응원하는 국민과의 행복한=무자각의 일치인 것이다.

여기에서 흥미로운 것은 오쓰카를 비롯한 일본 국내에 있던 하이진(俳人)들은 선수들의 경기 상황을 실제로 목격하지 않고 이들 하이쿠를 읊고 있다는 것이다. 당시에 올림픽 상황을 전달한 것은 활자 미디어나 뉴스영화, 혹은 라디오였다. 마치 눈앞에서 달리고, 도약하고, 역영(力泳)하고 있는 것처럼 읊고 있는 일본의 하이쿠는 신문이나 라디오 등의 정보를 기반으로 제작되었을 것이다.

혹은 역설적으로 말하면, 이처럼 쉽게 공간과 시간을 넘어 정보량의 틈새까지도 메워 버리는 상상력이야말로 행복한 내셔널리즘을 고양시킨 비밀이었을지도 모르겠다. 일본인 선수의 승리를 찬양하는 신문보도나 라디오의 "실감방송"으로 이야기화의 과정을 거쳐, 이를 바탕으로 읊었다고 한다면 이야기화에 역행하는 잡음은 보다 적어질 것이다.

---

27) 육상단거리 선수인 요시오카 다카요시(吉岡隆德)를 가리킴. 제10회 로스앤젤레스 올림픽에서 동양인 최초로 6위에 입상함–번역자 주

이러한 일본 국내의 하이쿠 제작 과정과 대비해서 생각했을 때 흥미로운 것은 일계인들에 의한 올림픽 노래에는 올림픽이라는 제전이 끝나버린 이후의 풍경이 그려지고 있다는 점이다.

올림픽의 흔적

성화는 꺼지고 성화대는 높이 달밤 하늘에
세키야 요모기(關谷蓬朗, 로스앤젤레스)

올림픽도 끝나버린 후 입 벌리고 있는 정원의 무화과
일본 이겨라 하는 풍선도 내걸렸던 하늘에서
가라쓰 후미오(唐津文夫, 로스앤젤레스)

올림픽도 역사가 되어버린 푸른 풀에 앉는다
하네다 마카도(羽田馬門, 로스앤젤레스)

선수단은 대회의 일정에 맞추어 대회장으로 향하고, 경기를 하고, 그리고 귀국한다. 일본 국민도 선수단을 보내고, 선수들의 분투를 응원하고, 귀국한 그들을 맞이한다. 이 양자에게만 주목했을 경우, 즉 일본 국내에만 시좌를 두고 있는 경우에는 올림픽은 명확한 시작과 끝을 가진 왕환의 이야기가 된다.

그러나 미국에 사는 일계인들에게 있어 이야기는 그렇지 않다. 그들에게 올림픽은 기다리는 것에서 시작해서 가고 남은 것에 의해 끝난다. 그들은 올림픽 제전이 일과성에 불과하다는 것을 강하게 의식했을 것이다. 올림픽과 관련된 것이 떠나버린 후 남겨진 풍물 ― 「하늘(空)」, 「무화과(無花果)」, 「푸른 풀(綠草)」 등에 그들은 눈길을 돌린다. 이민자들의 생활은 이러한 변하지 않는 것과 함께 미국이라는 이국에서 계속되는 것이다.

5. 결론

본고에서 언급하고 싶은 몇 가지 논점에 대해 확인하고 결론으로 들어
가고자 한다. 대중화된 스포츠 이벤트는 시가의 화자들을 여러 가지 형태
로 불러들였다. 그것은 대형 신문사가 모집한 응원가의 현상모집이라는
형태를 취한 것도 있지만, 결사의 네트워크에 의한 대회라는 형태를 취한
경우도 있었다. 또한 굴절된 감정을 품고 이민지에서 살고 있는 일계인들
의 심정을 위탁한 매체가 되기도 하였다.

올림픽이라는 스포츠 경기대회는 국제성—즉, 수많은 국가들이 모여
서로 경쟁한다는 점에서 더더욱 매력과 위험을 품고 있다. 선수들은 스포
츠라는 이름 아래에서 단련된 기술과 육체와 정신을 서로 평등하게 경쟁
하고 또 아름답고 높은 이상을 드높이는 한편, 나라와 나라가 자존심을
걸고 충돌하고, 인종간의 알력이 표면화되고, 시대가 내려가면 특정한 국
가의 프로파간다적인 색체까지 띠고 있는 이벤트가 되기도 한다. 문학의
표상도 거기에 말려들어 간다. 역으로 말하면 우리들은 문학을 읽음으로
써 그러한 국제 스포츠 이벤트가 일으키는 갈등의 양상을 이제 해독할
수 있다.

올림픽은 내셔널리즘을 환기하지만, 일본 국내의 상황과 이민지에서의
상황을 등가로 취급하지 않도록 배려하면서 논해야만 한다. 별고의 과제
로 해야겠지만, 로스앤젤레스 올림픽에는 조선반도와 타이완으로부터도
"일본대표"가 출전하였고 출신지역에서 그들에게 열광적인 지지를 보낸
것도 시야에 넣는다면, 내셔널리즘은 각각 다른 전개양상으로 나누어 논
할 필요가 있다.

마지막으로 문학표현이 담당한 기능에 주목해 두고자 한다. 하나는 일본 국내 하이진들의 올림픽 하이쿠를 검토했을 때 논했던, 상상력에 의한 창작의 문제이다. 문학작품의 표현은 창작자가 그리려는 대상을 실제로 눈으로 목격한 것은 아니지만 이를 그려낼 수 있다. 이것이야말로 문학이라는 허구가 허락한 표현형태의 자유로움이고 또 능력이다. 공상적으로 구축된 리얼리티 속에서 독자를 납치하는 힘은 1932년 올림픽에서도 충분히 발휘되었지만, 동시대에 진행되었던 일본의 대륙침략도 함께 시야에 넣고 그 이후의 역사 속에서 문학작품이 수행한 역할을 고려에 넣는다면, 상상력에 의한 동원(動員)이 갖는 위험성 또한 동시에 지적해야만 한다.

문학에 관한 표현자 및 표현행위의 네트워크에도 눈을 돌려보자. 제국시대에서 국제적인 스포츠 이벤트로서의 올림픽은 사람들의 이동과 월경의 양상을 부각시키는 장(場)이기도 하였다. 선수들의 다민족화·다인종화가 진행되었다는 점에 대해서는 이미 언급했지만, 미디어를 매개로해서 올림픽에 접하는 청자들도 또한 다양화되었다. 즉 본 고찰의 내용에 입각해서 말하면, "일본" 대표선수에게 성원을 보냈던 것은 일본 국내에 사는 일본인만이 아니었다. 문학표현도 이러한 사람들의 이동과 이산(離散)의 양상에 맞추어 변화하였다. 신문과 라디오 등의 보도 미디어도 분명 원격지의 사람들을 연결했지만, 이것과 다른 양태로 문예에 관계하는 사람들도 그들 자신의 유대를 형성하였다. 그 결합이, 예를 들어 하이쿠집과 같은 형태가 되었을 때 다른 시선, 다른 입장을 가진 텍스트가 되어 사회 속에서 이야기하기 시작했던 것이다.

끝으로 문학의 시선이 지닌 특이함에 대해 생각해보자. 스포츠 이벤트를 보도하는 미디어는 스포츠 이벤트의 종료와 함께 더 이상 그 일에 주목하지 않는다. 그러나 문학의 시선은 그렇지 않다. 스포츠 이벤트라는 관점에서 보면 본래 그려야 할 중심적인 과제가 아닌 곳에 착목한다. 예컨대 축제가 끝난 후의 풍경이 그것이다. 제전이 끝나도 생활은 계속된다. 당연하겠지만 대형 보도 미디어의 표상 속에서는 무시하기 쉬운 현실을 시가의 작은 소리는 이야기해 보여준다. 마치, 쏘아올린 불꽃은 어차피 쏘아올린 불꽃일 뿐이다, 하며 속삭이기라도 하는 듯이. 문학의 작은 일침인 것이다.

번역 : 송혜경

‖김 효 순‖

식민지시기 야담의 장르인식과 일본어번역의 정치성*

1. 서론

1920년대 말에서 1930년대 전반기 문화현상의 하나로 꼽을 수 있는 것 중의 하나는 야담의 성행이다. 특히 1930년대에 들어서면서 신문, 잡지, 라디오 등 보다 다양한 대중매체를 통해 야담이 향유되는 '야담의 전성기'를 맞이하게 되어, 이 시기의 야담은 대중매체의 한 자리를 차지하며 독자들의 뜨거운 관심을 받게 된다. 야담대회는 매번 성황을 이루었고, 야담 잡지는 절판을 거듭했다. 이와 같은 조선의 야담에 대한 일본인들의 관심은 이른 시기부터 있어서, 최초의 일본어 번역 아오야기 쓰나타로(青柳綱太郎) 편 『조선야담집(朝鮮野談集)』(京城 : 朝鮮研究會, 1912)에서 시작되어, 1920년대의 다지마 야스히데(田島泰秀)의 『온돌야화(溫突夜話)』(京城 : 教育普成, 1923), 시미즈 겐키치(清水鍵吉)의 『오백년기담(五百年奇譚)』(1923), 모리카와 기요히토(森川清人)의 편저 『조선 야담, 수필, 전설(朝鮮野談·隨筆·

---

* 본 논문은 『한일군사문화연구』제19집(2015.4)에 게재된 것을 가필 정정한 것이다.

傳説)』(京城 : 京城ロ―カル社, 1944)로 이어진다.

이상과 같은 야담에 대한 선행연구를 살펴보면, 조선후기 18, 19세기 서사문학 장르로서의 야담에 대한 연구는 매우 다양하고 풍부한 편이며, 식민지시기 대중문학으로서의 야담의 성격과 역할에 주목한 연구는 식민지문학 연구의 성행에 따라 최근에 조금씩 성과를 내고 있는 상황이다.1) 또한 식민지시기 일본어로 번역된 야담집에 주목한 연구로는 이시준의 최근 연구를 들 수 있다.2) 이들 선행연구에 의해 식민지시기 야담의 성격과 역할이 어느 정도 드러나고 있으며, 식민지시기 일본어로 번역된 야담에 대한 기초적인 정보가 제공되고 있다.

그런데 이상의 상황에서 주목할 점은, 조선에서 야담이 성행한 것은 1920년대말에서 1930년대 전반임에도 불구하고, 야담집의 일본어 번역은 그 이전인 1910년대에서 1920년대 전반, 혹은 1940년대 전반에 주로 이루어지고 있다는 점이다. 또한 선행연구에서 다루어지고 있는 야담은 그 개념이 일정하지 않고 임의적이고 자의적이며, 그 용어나 개념도 통일적이지 않은 특징을 보인다.

본 논문에서는 이와 같은 야담의 성행시기와 번역시기의 불일치 현상이 무엇을 의미하는지, 용어나 개념상의 혼란의 원인이 무엇인지 등을 밝

---

1) 주요 선행 연구를 들면, 김준형, 「19세기 말~20세기 초 야담의 전개 양상」(『구비문학연구』제21집, 2005.12)/김민정, 「『월간야담(月刊野談)』을 통해본 윤백남 야담의 대중성」(『우리어문연구』제39권, 2011)/공임순, 「전시체제기 징병취지 '야담만담부대'의 활동상과 프로파간다화의 역학 : '황군' 연성과 '황민' 연성 사이, '말하는 교화미디어'로서의 야담・만담가들」(『한국근대문학연구』제26호, 2012)/공임순, 『식민지 시기 야담의 오락성과 프로파간다』(도서출판 앨피, 2013.7) 등이 있다.

2) 예를 들면, 장경남・이시준, 「일제강점기에 간행된 야담집에 대하여 : 『오백년기담(五百年奇譚)』을 중심으로」, 『우리문학연구』제34집, 2011)/이시준・김광식, 「1920년대 전후에 출판된 일본어 조선설화집에 관한 기초적 연구」, 『외국문학연구』제53호, 2014) 등이 있다.

혀 보고자 한다. 방법상으로는, 야담의 개념과 성격, 근대이후 야담의 변용 양상을 정리하고, 식민지시기 일본어로 번역된 야담집의 번역·편찬 의도와 목적, 번역의 방법 등을 분석해 보는 것으로 한다. 이와 같은 분석은 식민지시기 대중문학으로서의 야담의 성격과 기능의 일단을 규명하는 것임과 동시에 식민지시기 조선문예물의 일본어 번역에 내재하는 정치성의 일단을 규명하는 작업이 되기도 할 것이다.

2. 야담의 개념과 성격

야담은 조선의 고유 문학 장르로 그 개념은 매우 광범위하고 유동적이다. 우선, 문학 장르로서의 야담의 성격을 검토하기 전에, 그 사전적 의미를 확인해 보겠다.

> 역사적 사건이나 인물에 관하여 민간에서 전해 온 이야기를 통칭하는 용어. 야사(野史)·야승(野乘)·패사(稗史)·패설(稗稗) 등의 용어도 있지만, 그 쓰임에 근본적인 차이가 있다. 야담이란 용어는 엄격한 장르 의식에 따른 학술적 용어라기보다는 '민간에 전해 온 이야기'를 총괄하는 통념에서 비롯한 관습적인 용어라고 할 수 있다.
>
> (한국현대문학대사전, 2004.2.25.)

이것을 보면 '민간에서 전해 온 이야기'를 총괄하는 통념에서 시작된 관용적 용어라는 매우 막연하고 광범위한 개념으로 야담이 규정되고 있음을 알 수 있다. 우선 이강옥은 "'야담'은 야담계 일화와 야담계 소설을 함께 지칭하는 관습상의 용어이다. 야담의 바탕은 야담계 일화이다. 신화,

전설, 민담, 사대부 일화, 평민 일화 등 전대와 당대의 단형 서사 중 일부가 조선 후기에 이르러 야담계 일화로 전환되었다고 할 수 있다. 그리고 야담계 일화가 야담계 소설로 나아갔다. 그러나 야담계 일화 형성의 중심축은 당대 현실의 반영이라 보아야 할 것이다.'3)라고 규정하고 있다. 이에 대해서는 고은지도, '조선후기, 시정문화의 출현을 배경으로 주연에 흘러다니는 다채로운 삶을 한문으로 기록한 단편 서사물'이라고 정의하고 있다. 또한 박희병은, 야담집이 장르혼합적 성격을 가지고 있음을 밝히고, 그것을 구성하는 작품들의 갈래를 민담, 전설, 소화(笑話), 일화, 야담계 단편소설 등으로 구분했다. 그리고 야담계 단편소설을 전대의 열전계(列傳系) 소설 및 전기계(傳奇系) 소설과 구분하였다. 열전계 소설과 전기계 소설이 사대부의 필요에 따라 사대부적 세계관에 대응되어 사대부의의해 성립된 것이라면, 야담계 단편소설은 '원천적으로 시정인의 관심과 시정인의 의식상태, 시정인의 현실에서 출발한 양식'4)으로 당대 민중(도시시정인)의 필요에 따라 '민중적 세계관에 대응'5)되어 민중들에 의해 발생, 발달한 소설적 이야기들이 특정 작자의 손을 거쳐 기록으로 옮겨진 것이라고 보았다. 따라서, 그 안에는 '지배층 내부의 모순이나 부패, 대립, 갈등이 여러 가지 소재를 통해 표출되기도 하고 피지배층 내부의 계층적 분화나 대립, 그 성장과 자각, 혹은 그 비참한 현실'이 형상화되어 있으며, 무엇보다도 '양반과 평(천)민 계급간의 대립'6)이 현저하다고 하고 있다.

이와 같이 18-19세기 서사문학 장르로서 야담의 장르를 규정하고자 하

---

3) 이강옥, 『한국야담연구』(돌베개, 2006), p.48.
4) 박희병, 「조선후기 야담계 한문단편소설 양식의 성립」(『한국학보』22, 2003.7), p.31.
5) 박희병, 위의 책, p.32.
6) 박희병, 위의 책, pp.34-35.

는 시도는 수없이 이루어져 왔으나 여전히 장르로서의 야담의 개념은 통일되지 않고 각 연구자에 따라 제각각 규정되고 있음을 알 수 있다. 그러나 위와 같은 개념상의 혼란에도 불구하고 장르로서의 야담의 공통적 성격을 몇 가지 도출해 내는 것은 가능하다. 첫째, 야담은 복합적 서사장르라는 점, 둘째, 당대의 현실, 특히 민중의 의식과 일상생활을 반영하며, 셋째, 지배계급과 피지배계급의 대립이 드러난다는 점, 넷째 시대에 따라 개념이 변화하고 야담계 소설로 발전하며 대중성을 확보해 간다는 점 등이 그것이다. 이 글에서는 이상 네 가지를 야담의 특징으로 파악하고 논의를 전개해 가고자 한다.

3. 근대 이후 야담의 변모와 기능

먼저 근대이전의 야담을 살펴보면, 15세기 말의 『용제총화(慵齊叢話)』로부터 시작하여, 17세기 초 『어우야담(於于野談)』에서 야담이란 이름이 생겼고, 18세기 중, 후반기의 『동비낙송(東稗洛誦)』에 이르러 일정한 성격이 이루어졌으며, 19세기 전반기에 『청구야담(靑邱野談)』으로 결집되었다. 『동패낙송』에서 『청구야담』에 이르는 18~19세기는 야담의 고전적 시대라 말할 수 있을 것이다.[7]

근대화된 1910년 이후의 야담을 살펴보면, 1910년에서 1920년대의 야담은 다양한 형태로 존재했다. 첫째는 전래야담을 수록하되 나름대로 발췌하여 일정 정도 개변을 가하는 방식의 야담이다.[8] 문체는 현토체 혹은

---

7) 임형택, 「야담의 근대적 변모-일제하에서 야담전통의 계승양상-」,(『韓國漢文學研究』제19호, 1996), p.48 참조. 이하에서 정리하는 야담의 근대적 변모는 이 글을 참조하였다.

현토에 가까운 국한문체를 사용하였다. 이는 기존의 야담독자들로부터 저변이 확대되는 과도적 현상이라 할 수 있다. 둘째는 당대 혹은 옛 명인들의 일화들을 새로운 형식의 이야기로 재구성하는 형태의 야담이다.9) 셋째, 신소설 혹은 고소설의 형태를 갖춘 딱지본들 중에 야담에서 취재하였거나 야담의 변종으로 간주할 수 있는 것, 즉 소설의 형식에 야담이 결합된 것들이 있다.10) 넷째 새로 편찬된 소화집(笑話集)을 들 수 있다.11) 이 시기의 야담은 대개 회고적인 정서에 기존의 야담을 새로 엮되, 구형식에 결탁된 것들이었다. 그러나 외관상으로는 성황을 이루어 대중적 기반을 확대하였다.

1920년대의 야담의 특징으로는, 김진구의 야담운동과 민중 의식 고취 자료로서의 야담의 성격을 들 수 있다. 1927년 11월 김진구(金振九)가 주도하여 창립한 조선야담사(朝鮮野談社)는 민중 교화를 목적으로 하고 오락성을 곁들여 근대야사를 주로 구연했다. 이러한 변화의 이유는 1930년대가 암담하고 불안했기 때문에 대중을 위로해 줄 필요가 있었으며, 야담을 이야기의 일부로 인식한 결과였고, 불특정 다수의 대중을 대상으로 한 데서 찾을 수 있다.

조선야담사는 김익환(金翊煥), 이종원(李鍾遠), 민효식(閔孝植), 신신현(申伸

---

8) 『靑邱奇談』(조선서관, 1911), 『靑邱彙編』(滙東書館, 간행년 미상), 최동주, 『五百年奇談』(광학서관, 1913), 최영년, 『實事叢談』(한양서원, 1918), 白斗鏞, 『東廂紀纂』(한남서림, 1918), 宋勿齊, 『奇人奇事録』(문창사, 1921), 朴健會編, 『拍案驚奇』(대창서원, 1924), 姜斅錫, 『大東奇聞』(한양서원, 1925), 영창서관편집부, 『朝鮮野談集』(1928) 등.

9) 최동주의 『遠世凱實記』(廣益書院,1918), 文建鎬, 『鰲城과 漢陰』(문광서림, 1930) 등이 이에 해당한다.

10) 『신기한 이야기』(세계서림, 1924), 『신랑의 보쌈』(출판사항 미상), 『림거정전』(출판사항 미상), 『강감찬전』(조선서관, 1913), 『사명당실기』(영창서관, 1928), 이해조, 『홍장군전』, 『한씨보응록』 등이 이에 해당한다.

11) 『絶倒百話』, 『開卷嬉嬉』(신문관), 『仰天大笑』, 『깔깔 웃음』(박문서관), 『萬古奇談』(광문서관, 1919), 안병한, 『講道奇談』(江界具乙理書館, 1922) 등이 이에 해당한다.

鈜), 김진구의 발기로 1927년 11월 23일 창립되었으며, 창립 직후 '야담
제1회 공연'을 개최하였다. 운동의 형태는 '입으로 붓으로=단상(壇上)으
로 지상(紙上)으로'라고 명시하듯, 야담을 민중에게 공급하는 것을 목적으
로 삼았다. 이는 『조선일보』와 『동아일보』가 후원하여 시행되었고, 『조선
일보』는 『야담 계월향(野談桂月香)』(1928년 1월 1일~2월5일까지 17회)을 연재
하였다. 1928년에는 신춘야담대회가 조선야담사 주최, 동아일보 학예부
후원 형식으로 개최되었다. 그 광고문을 보면 당시 야담의 성격을 알 수
있다.

　　오라! 들으라! 우리 조선에서 새로 창설된 민중예술(民衆藝術) 그리고
　민중오락(民衆娛樂)인 야담 대회를 들으러 오라!
　　그리하야 우리는 정신에 극도로 굶주린 우리는 이것을 들음으로써 정
　신의 양식(糧食)을 구하라! 얻으라!
　　동양풍운(東洋風雲)을 휩쓸어 일으키든 혁명아(革命兒)들의 포연탄우(砲
　煙彈雨) 가운데서 장쾌한 활약을 하든 이면사(裏面史)의 사실담을 들으라!
　뜻있고 피끓는 만천하의 청년들아! 반드시 와서 들으라!
　　(신춘야담대회 광고)
　　野談 題目
　　東洋風雲을 휩쓴 東學亂
　　韓末豪傑 大院君, 李鴻章과 伊藤博文, 金玉均王國[12]

　이상에서 김진구의 야담은 새로 창설된 '민중예술'이자 '민중오락'의
성격을 띠며, 정신의 양식을 제공하는 것을 목적으로 삼고 있음을 알 수
있다. 그 내용도 '동양풍운을 휩쓸어 일으키든 혁명아들'의 활약상의 이
면에 있는 사실담으로 이루어져 있고 그 대상은 '피끓는 만천하의 청년'

---

12) 『동아일보』, 1928년 2월 1일.

이며, 제목을 보면 한국을 중심으로 동양삼국을 넘나드는 근대 혁명의 역
사에 초점이 맞춰져 있음을 알 수 있다. 다분히 시국적, 계몽적 내용의
강연에 가까운 성격을 띠고 있음을 알 수 있다. 이와 같은 계몽적 강연으
로서의 야담의 성격은 김진구의 다음 글에도 드러나고 있다.

> 야담이라는 술어가 옛날 조선에도 없든 것은 아니다. 『청구야담(靑邱野
> 談)』, 『어우야담(於于野談)』 같은 것이 그것이다. 그러나 그런 것은 어데
> 별로 근거도 없는 것을 엉터리로 적어 놓은 서책이라는 것을 의미하는
> 것이었다.
> 그러나 이것은 절대로 그런 것이 아니라 일본의 강담(講談)과 중국의
> 설서(說書)를 절충하야 조선적으로 새 민중예술을 건설한 것이다.[13]

근대이전부터 1910년대까지 야담의 원형이자 전형으로 여겨졌던 『청
구야담』이나 『어우야담』은, 김진구에게는 '어데별로 근거도 없는 것을
엉터리로 적어 놓은 서책'에 불과하였다. 즉 근대문학 장르로서의 소설의
특징인 허구성은 그에게는 '근거없는' '엉터리'로 여겨진 것이었다. 그에
게 야담이란 '일본의 강담과 중국의 설서를 절충하야 조선적으로 새 민
중예술을 건설한 것'으로 인식되었다. 일본의 강담은 전통예능의 하나로,
구연자는 높은 좌석에 놓인 석대(釋台)라는 작은 책상 앞에 앉아, 부채로
그 책상을 두드려 장단을 맞추며, 군기물(軍記物)이나 정담(政談) 등 주로
역사와 관련된 읽을거리를 관중에게 읽어주는 것을 말한다. 기원은 전국
시대(戰國時代)의 오토기슈(御伽衆=이야기꾼)에서 비롯되었다고 하나, 대중연
예로서의 강담의 원형은 에도시대(江戶時代)의 십강석(辻講釋) 혹은 대도강
석(大道講釋)에서 찾아 볼 수 있다. 십강석은 『태평기(太平記)』 등 군기물에

---

13) 김진구, 「민중의 오락으로 새로 나온 야담」(『동아일보』1928년 2월 31일).

주석을 가하며 장단을 맞춰 이야기하는 것이다. 이것이 후에 '강석(講釋)'으로 불리우다 메이지시대(明治時代) 이후 강담(講談)으로 불리우게 된 것이다. 이는 에도시대에는 대중의 오락의 도구가 되었고, 메이지시대는 정치강담이 출현함으로써 전성기를 맞이하였으며, 메이지시대 언론의 자유를 요구하는 자유민권운동의 산물이었다. 조선의 야담운동가들은 일본의 메이지시대 신강담에 상응하는 신야담을 지향했다고 할 수 있다. 즉 야담을, 민중을 정치적으로 단련시키는, 민중의식을 고취하는 자료로 보고 야담운동을 전개했던 것이다. 그러나 김민정은 그와 같은 김진구의 야담에 대해 '그는 야담을 통해서 중세하층의 체제와 지배층의 정치적 모순을 비판함으로써 근대 조선의 실패한 정치적 현실의 책임을 전 시대의 지배층에게 묻고자 했던 것'이라 하며, 김진구의 야담운동의 시각에 대해 '조선의 존립 자체를 부정하는 일제의 식민통치에 대한 긍정으로 이어질 가능성을 내포하였다'[14]라고 그 한계에 대해 지적하고 있다. 그리고 결국 그의 야담은 1929년 이후 즉 1920년대 말에는 '흥미성이 극대화된 이야기가 야담의 본령'[15]을 이루고 있고 상업적, 대중적 공연물로 변화했다고 하고 있다.

이와 같은 변화의 맥락에서, 1930년대의 야담은 윤백남의 『월간야담』과 김동인의 『야담』이라는 야담 전문잡지가 등장하면서, 통속화(장편화, 허구성 강화), 대중화된다. 1930년대에 흥미를 목적으로 전대의 야담을 현대적으로 개작하는 양상을 보이는 바, 윤백남은 1934년 10월 『월간야담』(1939년 10월 통권 제55호로 종간, 癸酉出版社) 창간한다. 『한문야담집』·『삼국유사』, 역사서 소재의 이야기, 중국의 야담·사담(史談) 등이 대부분이어

---

14) 김민정, 『김진구 야담의 형성 배경과 의미』(고려대학교 석사학위 논문, 2009.12), p.65.
15) 김민정, 위의 책, p.66.

서 흥미위주의 읽을거리들로 채워져 있다. 때로 전설란을 마련하여 역사 인물이 주가 된 야담과 구별을 꾀하였다. 기타 소설도 몇 편 실려 있는데, 역사 일화나 야담을 소재로 한 통속적인 것이며, 중국 소설의 번역물도 있다. 창간호 권두언에서 '얄팍한 현대 문명으로서 두툼한 조선 재래의 정서에 잠겨 보자. 그리하야 우리의 이저진 아름다운 애인을 그 속에서 차저 보자'16)라는 추상적인 말로 창간 취지를 대변하고 있듯이 주로 흥미 위주의 편집을 하였다.

한편, 1926년 5월 10일부터 1927년 1월 9일까지 동아일보에 연재되었던 이광수의 「마의태자」는 역사물의 대중적 선풍을 선도했다. 1928년 단행본이 출간되었는데, 1935년까지도 꾸준한 인기를 끌었고, 가요, 연극, 영화로 제작되는 등 기념비적 성공을 거두었다. 이후 많은 역사소설들이 신문에 연재되고, 야담의 대량 생산으로 이어졌다. 마침내 김동인은 야담만 단독으로 취급하는 전문 잡지『야담』을 발행하였다. 실화, 애화, 우화. 기담, 만담 등 다양한 이름의 수많은 읽을거리가 포함된 대중적인 서사물들로 당대인들은 야담에 "취미독물"이라는 이름을 붙이기도 했다. 1930년대 상업적 야담가들이 '극장에 방송국에 가두에' 진출하여 야담을 구연하는 한편 잡지에 수많은 야담을 발표하면서 바야흐로 '야담장사'의 번성 시대가 왔던 것이다.

이와 같이 1930년대의 야담 잡지의 성행으로 인해, 야담은 대중 소비층을 공략하기 위해 강한 통속적 이야기 구조 즉 장편화, 허구성의 강화 경향을 보이며, 새로운 대중문학으로 변모하였다.

---

16)『월간야담』창간호 권두언.

4. 야담집의 일본어 번역의 배경과 장르인식

이상에서 살펴본 바와 같이 근대 이후의 야담은 1920년대의 계몽적 야담운동과 1930년대의 대중적, 통속적 경향의 야담전문잡지의 출현으로 전성기를 맞이하였다고 할 수 있다. 그러나 서론에서 언급한 바와 같이 일제 강점기에 야담집의 일본어번역은 1912~1923년 사이, 혹은 1940년 대에 이루어지고 있다. 이하 각 번역집별 간행 배경과 목적, 내용 등을 검토해 보겠다.

(1) 아오야기 쓰나타로의 『조선야담집(朝鮮野談集)』과 야담장르

일제는 한일병합을 전후한 시기에 조선 통치를 효과적으로 하기 위한 기초 작업의 하나로 조선사회에 대한 실태 파악에 나섰다. 이는 통감부나 총독부에 의해 주도적으로 진행되었다. 한편으로는 조선에 주재하는 재 조일본인들에 의해 조선에 대한 조사와 연구가 이루어졌는데, 조선의 고 서 간행 사업은 중요한 사업의 하나였다. 재조일본인에 의해 설립된 고서 간행 단체는 1908년의 조선고서간행회(朝鮮古書刊行會), 1910년의 조선연 구회(朝鮮研究會), 1920년의 자유토구사(自由討究社)였다.[17] 이 단체는 통감 부나 총독부의 지원 아래 간행사업을 추진하였다. 조선고서간행회에서는 조선의 고서 원문을 그대로 간행하였지만, 조선연구회와 자유토구사는

---

17) 일제 강점기 조선 고서간행 사업에 대한 연구로는 최혜주, 「한말 일제하 재조일본인 의 조선고서 간행사업」(『대동문화연구』66, 성대 대동문화연구원, 2009), 박상현, 「번역 으로 발견된 '조선(인)'-자유토구사의 조선 고서 번역을 중심으로」(『일본문화학보』46, 한국일본문화학회, 2010)가 있으며, 이들 세 간행단체의 설립배경, 목적, 주체, 내용 등에 대한 기초정보를 정리하고 있다.

일본어로 번역하여 간행한 점이 주목된다.[18]

조선연구회는 1910년 10월 호소이 하지메(細井肇)가 병합을 기념하여 설립하였으나 이듬해 아오야기 쓰나타로(靑柳綱太郎)에게 경영권을 넘겨주었다. 조선연구회에서는 56책의 고서를 간행하였는데 원문과 번역을 병행하였다. 아오야기는 사가(佐賀)현 출신으로, 와세다대학을 졸업하고 1901년 『오사카매일신문(大阪每日新聞)』의 통신원으로 내한했다. 우편국장, 이왕직(李王職), 재무관을 지내고 궁내부에서 장서를 정리하다가 병합과 동시에 사직했다. 그는 장서각에서 '이조사'를 편찬하며 조선의 고전과 자료를 많이 접했으며, 후에 기쿠치 겐조(菊地謙讓), 오무라 도모노조(大村友之丞)와 함께 조선연구회를 시작하였고 나중에 이이즈미 도요(飯泉東洋)가 합류하여 사업을 지속했다. 아오야기 쓰나타로의 『조선야담집』은 조선연구회 간행사업으로 출판된 유일한 문학작품이다.

① 호소이 하지메 「조선문학걸작집의 권두에 붙인다」
조선의 고사 고서가 간행된 것은 다음과 같다. 즉 조선고서간행회가 원문 그대로 출판한 것과 조선연구회가 간행한 것의 2종류가 있다. 전자는 값이 비싸서 일반 국민이 사서 읽기에 편리하지 않다. 후자는 직역한 것이어서 뜻을 이해할 수 있는 부분이 적다. 내지인에게 조선을 이해시키기 위해서는 난해하고 많은 분량인 조선의 고사 고서를 그 요점만을 잘 정리해서 일반인이 이해하기 쉬운 언문일치로 해석하고 설명하는 것 만한 것은 없다고 믿는다. 그러기에 그 신념에 전력을 경주한 것이 통속조선문고이고 선만총서이다.[19]

---

18) 최혜주, 「한말 일제하 재조일본인의 조선고서 간행사업」(『대동문화연구』66, 성대 대동문화연구원, 2009), pp.174-175 참조.
19) 細井肇著『朝鮮文學傑作集』(奉公會, 1924).

② 서문

반도를 합병한 객관적 보수는 우리 민족팽창에 의해 획득했지만, 천이
백 만 민중을 어떻게든 회유하지 않으면 주관적으로 진정한 보수는 아직
획득했다고 할 수 없다. 그렇게 때문에 반도민족을 동화하고 그들을 형제
자매로 합치하고자 한다면, 천만 그들을 구성한 사회의 이면과 국민성을
우선 알지 않으면 안된다.

본서는 반도 천이백 만 민중 강호에 깃들어 있는 야담, 속전 백 편을
수집 편집한 것으로 어떤 것은 배를 잡고 웃을 해학담, 진기담이며 어떤
것은 소설과 같은 재미있는 읽을거리이다. 그러니 일종의 오락적 책인 것
같아도 독자로 하여금 말속에 숨어 있는 반도의 풍속, 습관을 알게 하고,
사회생활의 이면 상태를 유감없이 그리고 대담하게 폭로하며 조금의 꾸
밈과 허식없이 적나라한 민중의 진수이다. 일독 청한의 흥을 더하고 재독
에 일선 비교문학상의 자료가 되고 삼독에 위정자 및 경세가의 일부 참
고가 될 것이다. 원컨대 독자 제현, 13도 사회의 이면을 잠류하는 원천을
더듬어 청신한 한 방울의 물을 음미하길 바라마지 않는다.

序

半島を合併したるの客觀的報酬は我民俗膨張に依りて獲取し得るも一千二百万
衆を懷柔どうかせしめずんば主觀的眞の全き報酬は未だ獲取し得たりと云ふ能はざ
る也然らば半島民俗を同化せしめ其弟妹と合致せんとぜば上下一千載彼等あ構成
せし社會の裏面と國民性とを先づ窺ひ知らざる可からざる也。

本書は半島一千二百万衆江湖の中に包まれたる野談, 俗伝一百篇を蒐集編纂
したるものにして或は頤を解くの諸談珍話あり, 或は小說に類する面白き讀ものあり,
左れば一種の娯樂的本たるが如きも讀者をして言下に半島に隱されたる風俗, 習慣
を知らしめ社會生活の裏面の狀態を遺憾なく而かも大胆に暴露せるもの卽ち些かの
粉飾なき虛飾なき赤裸々たる民衆の骸骨也, 一讀淸閑の興を添へん再讀日鮮比
較文學上の資料たらん三讀爲政者及経世家の一部參考たらんか, 願くば大方の識
者, 十三道社會の裏面を潛流せる源泉を辿りて淸鮮なる一滴水を吟味せんことを願
ふて已まざるや。20)

20) 靑柳綱太郎編, 『朝鮮野談集』京城：朝鮮硏究會, 1912.

③ 조선연구회 창설 취지서

조선의 인문을 연구하고 풍속제도 구습전례를 조사함으로써 지도 계발의 자료를 제공하는 것은 작금 시대의 요구이다. 사교를 조리하고 사회의 개선을 기도하며 고상한 취미를 더하고 관유의 감흥을 부여하는 것은 오늘날 필연의 요구이다. 조선연구회는 이러한 요구에 대해 성실하게 공헌하고자 하여 창설한 것이다.

고로 유익한 조선의 서사를 간행하고 연구의 자료로 제공하며 또한 강연회를 개최하여 사물의 강구와 고결한 사교상의 기관에 충당하고 혹은 저술자선교학풍기에 관해 선량한 계획을 세움으로써 본회의 목적을 달성하기 위해 노력해야 할 것이다.

朝鮮研究會創設趣旨書

朝鮮の人文を研究し風俗制度旧慣典例を調査し以て指導啓發の資に供するは方今時代の要求なり、 社交を調理し社會の改善を企図し高尚なる趣味を加へ寛裕なる感興を附與するは今日に於ける必然の要求なり朝鮮研究會は此の要求に向て誠實に貢獻せんが爲めに創設したものなり)

故に有益なる朝鮮の書史を刊行して研究の資に供し或は講演會を開催して事物の講究と高潔なる社交上の機關に充て或は著述慈善教學風紀に關して善良なる計畫を立て以て本會の目的を達するに努力すべし21)

이상 호소이 하지메의 「조선문학걸작집의 권두에 붙인다」에서, 『조선야담집』은, 일반 국민에게 조선을 이해하는데 있어 경제적 편의를 제공하고, 내지인에게 조선을 이해시키기 위해서는 난해하고 많은 분량인 조선의 고사 고서를 그 요점만을 잘 정리해서 일반인이 이해하기 쉬운 언문일치로 해석하고 설명하고자 하는 목적으로 간행되었음을 알 수 있다. 또한 그 서문에서는, '반도민속(半島民俗)을 동화시켜 그 형제자매로 합치하고자 한다면' '그들 사회의 이면과 국민성을 우선 엿봐야 하며', '배를

---

21) 青柳綱太郎編, 『朝鮮野談集』京城 : 朝鮮研究會, 1912.

잡고 웃을 해학담, 진기담이며 어떤 것은 소설과 같은 재미있는 읽을거리
이다. 그러니 일종의 오락적 책인 것 같아도' '독자로 하여금 말속에 숨
어 있는 반도의 풍속, 습관을 알게 하고, 사회생활의 이면 상태를 유감없
이 그리고 대담하게 폭로하며 조금의 꾸밈과 허식없이 적나라한 민중의
진수이다'이라고 그 의의를 설명하고 있다. 즉 대중에게 오락을 제공하는
목적의 문학으로서가 아니라, 사회의 이면을 이해하기 위한 정보제공으
로서의 의의를 강조하고 있음을 알 수 있다. 이는 '일독(一讀) 청한(淸閑)의
흥(興)을 더하고, 재독(再讀)에 일선비교문학상의 자료가 되며, 삼독(三讀)에
위정자 및 경세가의 참고'가 된다는 말로 요약된다. 그리고 이 번역서에
는 '조선인의 인문을 연구하고, 풍속제도 구관전례를 조사함으로써 지도
계발에 이바지'하고 '사교를 조리하고 사회 개선을 기도하며, 고상한 취
미를 더해 관유(寬裕)한 감흥을 부여한다'고 하는 '조선연구회의 창설 취
지서'가 게재되어 있어, 『조선야담집』의 간행이 그 취지의 일환으로 이루
어졌음을 명시하고 있다.

(2) 다지마 야스히데(田島泰秀) 『온돌야화(溫突夜話)』와 야담 장르

다지마 야스히데(田島泰秀) 저 『온돌야화(溫突夜話)』(京城 : 敎育普成, 1923)는
조선의 주거를 상징하는 '온돌'이라는 용어를 사용하고, 소화를 중심으로
한 '야화'를 모아 간행한 일본어 최초의 조선 재담집이다.

다지마는 1893년 가고시마현 사쓰마군 센다이정(鹿兒島縣 薩摩郡 4 內町)
출신으로 현립 센다이 중학교를 졸업하고, 1914년 조선에 건너와, 경성
에서 임시교원양성소에서 교원자격을 취득하고, 거듭되는 표창을 받고,

군수까지 역임하는 등 학벌의 한계를 뛰어넘어 식민지에서 입신출세한 인물이다. 다지마는 1915년부터 함경북도에서 4년간 보통학교 훈도로 근무하고, 1918년 4월 경성으로 돌아와, 1921년 조선총독부 학무국에서 일하게 되면서, 조선어독본을 주로 담당하며, 조선어, 방언, 문학, 문화, 만화, 설화와 관련된 수많은 논문을 발표하였다. 그리고 1923년 학무국과 교직에 종사하며, 재담집 『온돌야화』를 간행하였다.

이에 수록된 160화의 채집과 채집 및 수록경로에 대해서는 『요지경』과 『개권희희(開卷嬉嬉)』 등의 서적과, 조선의 노인 및 친구로부터 모은 것이라고 명기하고 있다. 『요지경(瑤池鏡)』은 박희관이 1910년 수문서관(修文書館)에서 한글로 발행한 재담집으로 185화의 재담을 수록했다. 또한 『개권희희(開卷嬉嬉)』는 최창선이 1912년 신문관에서 국한문혼용으로 발행한 재담집으로 100화의 재담이 수록되어 있는데, 30퍼센트 이상이 『대한매일신보』의 연재기사를 전재한 것이다. 그 편집, 번역의도를 살펴보면 다음과 같다.

① 어떤 개인, 혹은 민족이 어떤 종류의 위트를 즐기는 가를 살펴보면 그 개인 혹은 민족의 경향, 사회의 모습들을 알 수 있는 것이다. 그렇기 때문에 웃음에 대한 연구는 굉장히 중대한 의미와 가치를 가지고 있다. 다지마(田島) 군은 조선에 대한 연구를 열심히 하는 사람이다. 그래서 조선에 대한 이러한 연구가 필요하다는 것을 느끼고 공무에 매진하는 한편, 이렇게 많은 자료를 수집·정리하여 이 책을 내게 된 것이다. 그 노력과 정성은 참으로 대단한 것이다. 세상 사람들은 이 책으로 조선인의 심리를 살펴볼 수 있고, 또한 본서가 민속학에 미치는 영향도 적지 않을 것이라 믿어 의심치 않는다.[22]

---

22) 오구라 신페이, 「서문」(다지마 야스히데 저, 신주혜·채숙향 공역, 『온돌야화』, 학고방,

② 부기

본서는 기지와 해학을 엿볼 수 있는 조선민족의 연구 자료를 수집, 편찬한 조선의 소화집(笑話集)이다.

이 책에 실린 약 160편의 이야기는 보통의 이야기와 소위 말하는 언어상의 유희에 흥미를 둔 이야기, 두 가지 이야기로 나눌 수 있다. 필요하다고 생각되는 경우에는 주와 설명을 덧붙였다.[23]

①은 오구라 신페이(小倉進平)가 본서에 부친 「서문」으로, '어떤 개인, 혹은 민족이 어떤 종류의 위트를 즐기는가를 살펴보면 그 개인 혹은 민족의 경향, 사회의 모습들을 알 수 있고', '이 책으로 조선인의 심리를 살펴볼 수 있고, 또한 본서가 민속학에 미치는 영향도 적지 않을 것'이라고 하며, 야담을 민속자료로 인식하고 있음을 드러내고 있다. ②는 저자 다지마가 쓴 「부기」로, 역시 야담을 '조선민족의 연구 자료'로 인식하고 있음을 드러낸다. 그리하여 조선인의 기지와 해학의 이해를 도모하기 위해 '주와 설명을 덧붙였음'을 밝히고 있다. 실제로 본문 중에는, 한글로 표기된 부분이 산재하며, 조선 특유의 용어 및 번역 곤란한 부분 등은 조선어로 표기하고 있다. 또한 다지마는 소화를 보통 소화와 언어상의 유희 소화로 크게 2종류로 구분하고, 특히 언어상의 유희에 대해서는 조선어를 모르는 일본인 독자를 위해 주를 달았다.

(3)시미즈 겐키치의 『오백년기담(五百年奇譚)』의 번역 목적

시미즈 겐키치(淸水鍵吉)의 『오백년기담(五百年奇譚)』(1923)은 최동주(崔東

2014), pp.5-6. 원저 小倉進平, 「序文」(田島泰秀, 『溫突夜話』, 敎育普成, 1923.

23) 다지마 야스히데, 「부기」(다지마 야스히데 저, 신주혜 · 채숙향 공역, 『온돌야화』, 학고방, 2014), p.245. 원저 田島泰秀 「附記」『溫突夜話』敎育普成, 1923.

洲)의 『오백년기담(五百年奇譚)』(개유문관, 1913)을 번역한 것이다. 최동주의
편찬 의도는 이하의 선행연구가 시사하는 바가 크다.

　　유형 분류로 본 오백년기담의 이야기 성격은 주로 정치 현실과 관련된
이야기가 주를 이룬다는 점이다. 조선 건국, 임병 양란, 사화 등 주로 정
치적 격변기의 이야기를 수록함으로써 굴곡 많았던 조선사의 이면을 드
러내고자 했던 것이 아닌가 싶다. 그 가운데서도 임병 양란과 관련된 예
지담이 다수를 차지하고 있는 것은 국난의 위기를 짚어 봄으로써 일제
강점기의 현실을 바라보고자 했던 찬술자의 의도를 반영한 것이라 할 수
있다. 풍자담이 다수인 점도 이와 관련이 있다. 특히 정치현실에 대한 풍
자를 통해서 당대 정치 현실을 바라보고자 했던 것이다. 이 책이 아주 다
양한 성격의 이야기를 수록함으로써 조선왕조의 제 현상을 모두 반영하
고 있기는 하나 독자들의 흥미를 끌기에 충분한 혼령, 신령, 괴물 등 비현
실적인 이야기가 상대적으로 적다는 것도 이를 반증하는 것이라 여겨진
다.24)

　편자인 최동주는 자신의 주장을 드러내지 않고도 조선 오백년의 주요
사건을 다룸으로써 조선의 굴곡진 역사를 이해하도록 했고, 위기에 처한
현실을 극복했던 조선조의 역사와 인물을 되짚어봄으로써 현실의 고난을
극복하려는 의지를 드러내기도 했다.
　이러한 최동주의 『오백년기담』 중, 시미즈 겐키치는 1923년 78편을
발췌하여 번역하여, <만선총서(鮮滿叢書)>(東京 : 自由討究社, 1923)에 수록한
다. 이는 후에 <조선연구총서(朝鮮硏究叢書)>(京城 : 自由討究社, 1926), <조
선총서(朝鮮叢書)>(東京 : 朝鮮問題硏究所, 1936)에도 수록한다. 시미즈 겐키치

---

24) 장경남, 이시준, 「일제강점기에 간행된 야담집에 대하여-오백년기담(五百年奇譚)을 중
　　심으로-」(『우리문학연구』제34집, 2011), p.173.

는 이 책 외에도 『병자일기』와 『팔역지』, 『주영편』, 『숙향전』을 번역하였다. 시미지 겐키치가 발췌 번역한 『오백년기담』은 조선고서간행사업의 일환으로 이루어진 총서에 수록되었다. 즉, 1923년에는 선만총서(전 11권) 11권에, 1926년에는 조선연구총서(전10권) 9권에, 1936년에는 조선총서(전 3권) 3권에 수록되었다.

일본어 번역본은 매면 12행으로 총 84면으로 되어 있다. 내용은, 시미즈 겐키치의 「오백년기담을 읽고」라는 해제 성격의 글을 앞세우고 목차에 이어 본문에는 총 78편의 이야기로 구성되어 있다. 일본어로 번역된 것은 3.1운동 이후 조선을 제대로 알자는 취지에서 내선결합의 의도로 이루어진 것이다. 번역 양상은 기본적으로 직역을 위주로 하여 내용의 가감이 없이 충실히 번역하되, 자세한 설명을 요하는 부분은 한 두 구절 정도 설명을 추가하기도 하였다. 이야기의 제목에는 '文萊(木綿 織る機械)', '雪中梅(歌妓)', '伐李(地名)', '咸興差使(往きて還らざる諺言)' 등과 같이 내용이해에 도움이 되는 간단한 설명을 병기하였다.

(4) 모리카와 기요히토의 『조선 야담, 수필, 전설(朝鮮野談 · 隨筆 · 傳說)』과 야담장르

『조선 야담, 수필, 전설』은 모리카와 기요히토(森川淸人)가 잡지 『경성로컬(京城ローカル)』(후에 『경성』으로 개제)에 게재된 것을 일부 임의로 편집한 것이다. 『경성로컬』은 1938년 경성에서 발행된 것으로 추정되는 일본어 대중 계간 잡지로 종간호의 시기와 호수는 미상이다. 현재 남아 있는 것은 1940년 봄호(통권 9호) 뿐이다. 편집 겸 발행인은 모리카와 기요히토로 현재 1940년 봄호가 '아단문고'에 소장되어 있다. 잡지의 표지에는 '견물(見

物’, ‘사정(事情)’, ‘야담(野談)’, ‘조선정서(朝鮮情緒)’라는 표제가 붙어 있어,
일본에 사는 내지인들에게 조선의 수도인 경성을 소개하고 조선의 풍습
과 재미있는 이야기, 풍물, 민속을 소개하려는 의도에서 창간되었음을 알
수 있다. 편자의 머리말과 「이마무라 토모(今村鞆)에게 야담을 듣다(今村鞆
に野談を訊く)」에서 그 편찬 의도와 야담에 대한 장르인식을 살펴보자.

본서에 수록된 것은 전권을 통틀어 <u>조선연구자료의 일단</u>으로 볼 수 있
는데, 일면 목하 긴급정세를 돌아보고 시의를 따르는 <u>학술적 의의가 있음</u>
<u>과 동시에 다른 한편으로는 오늘날 여전히 존재 가치가 있는 것들</u>이라
생각한다.
수록된 내용 중에는 어느 정도 학술적인 것도 포함되어 있지만, 그 대
부분은 결국 일반적인 읽을거리를 주로 하고 있기 때문에 불요불급 한문
자(閑文子) 취급을 당할 염려가 있다. 그러나 그 반면 이런 종류의 <u>연구서</u>
<u>는 일괄적으로 소홀히 할 수 없는 것으로, 일반 독자에게 조선연구 상 약</u>
<u>간의 자료를 제공하게 될 것임</u>을 마음속으로 믿는 바이다.
또한 본서에 수록된 것은 잡지 『경성로컬(京城ローカル)』(후에 『경성』으
로 개제)에 게재된 것을 일부 임의로 편집한 것이기 때문에, 제재, 문체,
순서 등 섞여 있어 통일성이 없는 것은 오히려 처음부터 계획한 것으로
본서를 통해 반도의 분위기를 조금이나마 독자가 맛볼 수 있다면, 편자로
서는 기쁘게 생각하는 바이다.[25)]

조선의 야담이라는 것은 이를 내지(內地) 식으로 말하자면 야인의 이야
기라든가 민간의 이야기라는 뜻으로, 민간에 구비로 전승되는 것과 문헌
에 실려 있는 것 두 가지가 있다. 하지만 전자 쪽이 수가 많아 그 총수는
수 천에 이른다. 내지의 모노가타리(物語), 히토구치이야기(一口噺), 가루

---

25) 모리카와 기요히토, 「머리말」(모리카와 기요히토 편, 김효순 강원주 역, 『조선 야담,
전설, 수필』, 학고방, 2014), pp.5-6. 원저 森川淸人, 「はしがき」(『朝鮮野談・隨筆・傳說』
京城 : 京城ローカル社, 1944).

구치이야기(輕口噺), 괴담, 외설담, 신화, 전설, 동화와 같은 것을 모두 망
라하는데, <u>장편 소설 식으로 된 것은 야담이라 하지 않는다.</u>26)

야담을 '조선연구자료의 일단'으로 보고, '학술적 의의'가 있으며, '연
구서'로서 '일반 독자에게 조선연구 상 약간의 자료를 제공'하게 될 것이
라고 인식하고 있음을 알 수 있다. 또한 이마무라 도모의 의견을 인용하
여, 야담을 '모노가타리(物語), 히토구치이야기(一口噺), 가루구치이야기(輕口
噺), 괴담, 외설담, 신화, 전설, 동화와 같은 것'으로 인식하지만, '장편 소
설 식으로 된 것은 야담이라 하지 않는다'하며, 야담의 성격을 규정한다.
1930년대 대중화, 통속화되어 장편화된 야담소설은 야담으로 인정하지
않고 있는 것이다. 즉 근대화된 문학장르로서의 야담의 가치는 인정하지
않고, 연구자료로서의 성격만 파악하고 있음을 알 수 있다.

또한 『경성로컬』이 창간된 것으로 추정되는 1938년에서 『조선 야담·
전설·수필』이 간행된 1944년 사이의 시기는, 1930년대에는 일본의 미
나미 지로(南次郎)가 3·1운동 이후 전임 총독들이 유지해왔던 이른바 '문
화 통치'를 폐기하고, '황국신민화' 정책을 전면에 내건 시기이다. 미나미
총독이 제시한 통치 목표 가운데 '내선일체(內鮮一體)'라는 구호는 조선인
을 일본인과 동등하게 대우하려는 것처럼 보이지만, 그것은 조선인을 일
본이 일으킨 전쟁에 내보내려는 구실에 불과했고, 내선일체는 일본이 조
선을 단순히 억압하는 정책이기 보다는 일본에 흡수될 수 있게 하는 정
책인 것이다.

이와 같은 시대상황을 염두에 두고 『조선 야담·전설·수필』를 살펴

---

26) 모리카와 기요히토, 「이마무라 도모에게 야담을 듣다」(모리카와 기요히토 편, 김효순
강원주 역, 『조선 야담, 전설, 수필』, 학고방, 2014), pp.15. 원저 森川清人, 「今村鞆に野
談を訊く」(『朝鮮野談·隨筆·傳說』京城:京城ローカル社, 1944).

보면, 통속성과 오락성을 바탕으로 하는 야담, 전설은 물론 평이한 일상을 그리는 수필에도 식민지 이데올로기를 바탕으로 하는 이야기의 구성과 분석의 시각이 미묘하게 얽혀 있음을 알 수 있다. 우선 본서의 구성을 살펴보면 대략, 군수에 관한 야담, 조선인삼에 관한 야담, 조선이야기 속의 여성, 게와 조선, 거짓말이나 구두쇠 등과 관련된 우스갯거리, 경성의 자연과 풍경, 신라 무사도이야기 등으로 나눌 수 있다.

이 중 군수에 관한 야담은 군수를 비롯한 무능한 조선인 관리의 실수담, 재치담을 흥미 위주로 소개하며, 신라무사도를 소개하는 장면에서는 신라의 김유신 장군과 관련된 에피소드를 '그(김유신)는 왕명을 받고는 일사보국을 위해 멸사봉공을 하겠다고 아뢰고, 분수에 넘치는 광영을 기뻐하며 왕성을 떠나 바로 군비를 준비하였다'라고 하며 조선과 일본의 동종동근을 보여주는 애국 충혼의 사례로 해석하여 기술하고 있다. 백제 의자왕의 딸 계선과 관련된 부분에서는 '백제는 신라에게는 확실히 강적이었다. 백제가 고구려를 무너뜨린 여세를 몰아갈 수 있었던 배경에는, 오늘날의 독영(獨英)대전에서처럼 원영(援英) 공작을 하는 미군과 같은, 당의 원군이 있었다'라고 하며 삼국시대의 역사적 사건을 노골적으로 당시의 국제정세에 비교하며 전의를 고취시키는 의도를 드러내고 있다. 「흰색과 한복잡고」에서도 저자 이노우에 오사무(井上收)는 일제 강점기 『오사카아사히신문(大阪朝日新聞)』 경성지국장과 대륙통신(大陸通信) 사장을 지낸 인물로, 흰색의 한복이 표상하고 있는 조선문화에 대한 고찰을 통해 일본과의 내선교류역사를 확인하고 있다. 이는 내선일체의 근거로 제시되어 결국 조선인으로 하여금 거국일체의 전선으로 진출할 것을 주장하고 있는 것으로 볼 수 있다. 「부여사화」에서 다모토 쓰치카이(田元塏)는 부여의 관폐대사어조영 조성에 있어, 부여가 내선일체관념의 발상지라고 주장하고 있다. 이에 대한 근거로 삼국시대 당시 백제와 일본의 교류상황을 기술하여 양국간 밀접했던 문화적 교섭에서 내선일체관념이 발효되었다고 기술하며, 당시 시국에 대한 긍정적 수용을 드러내고 있다.

5. 맺음말

야담에 대한 개념 정의는 아직 유동적이지만, 첫째 야담은 복합적 서사 장르라는 점, 둘째, 당대 현실, 특히 민중의 의식과 실생활을 그대로 드러내며, 셋째, 더 나아가 지배계급과 피지배계급의 대립을 드러낸다는 점, 넷째, 시대에 따라 개념이 변화하며 야담계 소설로 발전한다는 점은 기존의 야담장르 논의에서 공통적으로 이끌어낼 수 있다. 이러한 야담은 근대이후 1910년에서 1920년대에 다양한 형태로 존재하였고, 1920년대에는 민중을 정치적으로 단련시키는, 민중의식을 고취하는 자료가 되어 야담운동이 전개되었다. 그리고 1930년대는 윤백남의 『월간야담』과 김동인의 『야담』에서 단적으로 드러나듯이, 신문, 잡지, 라디오 등 보다 다양한 대중매체를 배경으로 '야담의 전성기'를 맞이하게 되었고, 야담의 통속화(장편화, 허구성 강화) 과정을 거치며 근대적 의미에서의 대중문학(상업주의에 의한 대량생산, 대량소비)으로서 위치를 확고히 하였다.

그러나 일본어 번역은 야담이 근대적 대중문학으로 최전성기를 구가한 시기보다는 그 이전이나 그 이후에 이루어졌다. 이는 번역자들이 통치를 위한 동화정책, 내선일체의 근거제시, 식민통치의 당위성, 전의 고취 등을 위한 연구자료로서만 야담을 인식했고, 따라서 근대 문학으로서 변모해 가는 새로운 문학으로서의 야담은 관심의 대상으로 삼지 않았기 때문에 일어난 현상이라 할 것이다. 즉 민중(민족)의식을 고취시키기 위한 1920년대 교훈적 야담이나 통속성, 오락성이 가미되고 장편화된 1930년대 대중문학으로서 근대화된 문학장르로서의 야담은 일본어로 번역할 가치를 인정받지 못 했던 것이다. 따라서 번역의 방법에 있어서도, 연구자료로서의 이해를 돕기 위해, 근대화되기 이전에 존재했던 기존의 야담을 직역하거나 역자의 자의적 해석을 더하며 번역을 하는 방법을 취하고 있었던 것이다.

　이상과 같은 사실에서, 식민 종주국과 피식민지간에 이루어지는 번역의 성격의 일단 즉 식민종주국이 피식민지의 문학, 문화를 번역하는 것의 의미는 식민 통치를 위한 이데올로기 구축 내지는 지의 구축에 의미가 있었고, 근대의 대중소설, 역사소설로서 변모해 가는 야담의 장르적 특성은 무시되고 있음을 알 수 있다.

‖ 김 계 자 ‖

일본인에게 한국문학 읽히기

-재일코리언 안우식의 『엄마를 부탁해』 일역본-

1. 한일 간의 편향된 번역 출판 구조

일본의 출판 업계는 1990년대 후반부터 불황이 이어지고 있다. 일본 출판과학연구소의 2011년 1월 『출판월보』에 의하면, 2011년 현재 7년 연속 마이너스 성장을 보이고 있다. 일본의 경제산업성은 출판 불황의 요인으로 소비 수요 저하, 저출산 고령화에 의한 잠재적 독자 감소, 서적 구입비 감소(인터넷이나 휴대전화에 의한 통신비 증가, 정보 취득 방법의 다양화), 장서 욕구 감퇴(독서 스타일의 변화), 신형 고서점 등에 의한 2차유통시장의 출현이 기존 서점의 매상에 끼치는 영향, 도서관 이용 증가 등, 구조적 불황을 지적하고 있다.[1] 그런데 이러한 현상은 일본뿐만 아니라 현재 전 세계적으로 진행되고 있는 문제로, 한국에서도 같은 상황을 살펴볼 수 있

---

[1] http://www.meti.go.jp/(2015.8.10 검색)

다.

일본은 이와 같이 출판계에 계속되고 있는 구조적인 불황과 더불어 번역서 발간 또한 감소 추세에 있다. 한국출판연구소 백원근 책임연구원의 통계에 의하면, 동아시아에서 번역출판이 차지하는 비중은 2013년 현재 한국과 대만이 전체 출판의 약 22%로 높은 편이고, 중국과 일본은 약 7%로 낮은 편이다. 그리고 이러한 번역출판의 비율은 대만을 제외한 한·중·일에서 모두 감소하는 추세인데, 자국의 번역출판에서 동아시아 콘텐츠의 비중(발행종수 기준)이 대만(63.3%) > 한국(39.8%) > 중국(28.8%) > 일본(9.0%) 순으로 나타났다.2) 즉, 현재 동아시아에서 번역 출판 비중이 가장 낮은 나라가 바로 일본인 것이다.

그렇다면 일본이 동아시아의 다른 나라에 비해 번역을 많이 하고 있지 않은가 하면 이야기는 달라진다. 2012년도 일본에서 번역된 외국문학 발행 목록을 보면, 총 2001종 중에 영미문학이 79.5%(총 1708종)를 차지했고, 그 다음이 유럽문학(독일문학 98종, 프랑스문학 91종, 스페인문학 35종 등)이었던 반면, 동아시아문학은 4%(69종)에 불과했다.3) 즉, 일본은 번역은 많이 하고 있지만 그 번역 콘텐츠가 영미나 유럽의 문학에 치우쳐 있고 동아시아 콘텐츠의 비중은 매우 낮다는 것이다.

그런데 같은 해 한국에서 발행된 문학 장르 번역을 보면 일본과는 사뭇 대조적이다. 아래의 [표 1]에서 보듯이 2012년도에 발행된 총 2169종의 문학 번역서 중에 일본문학이 36%(781종), 영미권이 34%(755종)를 차지할 정도로 한국시장에서 일본문학의 점유율은 매우 높은 편이다.4)

---

2) 백원근, 「동아시아 번역 출판의 현황과 과제」, 『제9회 파주북시티 국제출판포럼 – 번역 공간으로서의 동아시아』, 2014.10, p.94.
3) 위의 논문, p.93.
4) 대한출판문화협회(http://www.kpa21.or.kr/) 통계자료에 의함.

분야	총류	철학	종교	사회과학	순수과학	기술과학	예술	어학	문학	역사	학습참고	아동	만화	계
총 발행 종수	613	1,237	1,889	6,089	521	3,552	1,329	1,192	7,963	1,083	1,379	7,495	5,425	39,767
번역 종수	70	618	622	1,213	205	705	321	60	2,169	228	0	2002	2011	10,224
번역서 비중(%)	11.4	49.9	32.9	19.9	39.3	19.8	24.1	5.0	27.2	21.1	0	26.7	37.1	25.7
일본	18	78	20	225	25	267	99	16	781	54	0	362	2,003	3,948
미국	42	262	380	633	111	324	114	15	545	44	0	631	6	3,107
영국	3	49	67	122	25	56	37	7	210	48	0	290	0	914
프랑스	0	33	10	45	3	16	20	3	155	11	0	264	2	561
독일	3	69	23	49	18	15	18	2	85	10	0	95	0	387
중국	3	68	11	66	2	4	8	10	122	36	0	34	0	364

[표 1] 한국의 주요 국가별·분야별 번역 출판 현황(대한출판문화협회 2012년 통계)

그나마 이 수치는 2010년도에 비하면 감소한 것이다. 한국에서 번역된 일본문학의 출판 종수는 일본대중문화개방이 단계적으로 진행되고 무라카미 하루키(村上春樹) 붐이 일었던 1990년대에 꾸준히 증가해, 아래의 [표 2]에서 보듯이 2010년에 832종으로 정점을 이룬다. 그리고 [표 1]에서처럼 2012년도에 일본문학 번역은 781종으로 줄고, 이후 감소 추세가 이어지고 있다.

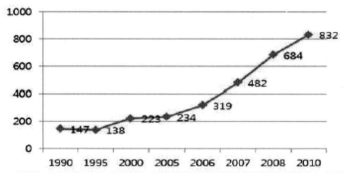

[표 2] 한국에서 번역된 일본문학 출판 건수(대한출판문화협회 통계)

즉, 전 세계적인 출판 불황과 이에 따른 번역서 발행이 전체적으로 감소 추세인 것은 한국과 일본이 다르지 않지만, 한국에서는 일본문학 번역이 가장 큰 비중을 차지하고 있는 반면 일본에서는 여전히 영미권 문학 번역의 비중이 압도적인 위치를 차지하고 있고 한국을 비롯한 동아시아 콘텐츠의 번역은 현저히 적은 상태라고 할 수 있다. 이와 같이 한일 간의 문학 번역 실태는 심한 불균형 상태에 놓여 있다. 한 해 8만종 이상의 신간 출판이 이어지는 일본에서 한국문학은 불과 10여종이 나오는 정도이고, 그것도 소리 소문도 없이 사라져간다. 여기에 문제의 심각성이 있는 것이다.

일본에서 번역이 서구에 편중되어 행해지고 있는 것은 근대 초기 이후 지속된 현상이다. 19세기 후반 일본 정부가 방대한 양의 서양의 문헌을 번역해 일본사회에 소개함으로써 서구의 선진문물을 빠르게 받아들여 근대화를 견인한 것은 주지의 사실이다. 평론가 가토 슈이치(加藤周一)와 정치사상가 마루야마 마사오(丸山眞男)는 공저『번역과 일본의 근대』에서 일본이 근대화를 이루는 데 결정적인 역할을 한 것이 바로 번역이라고 단정하고 있다. 번역의 대상도 다양해 병법, 화학, 의학, 법제, 지리 등 부국강병을 이루기 위한 실용서나 서구 세계를 이해하기 위한 역사서, 사회사상서가 중심을 이루었다. 여기에 문학이나 예술 등의 비실용적인 영역도 사실적(寫實的)인 것을 중심으로 번역되는 등5), 근대 이후 서구 학문에 대한 번역이 대대적으로 이루어졌고 지금까지도 그 영향 하에 있다고 볼 수 있다.

이와 같이 오랜 동안 굳어진 서구 편향도의 일본 번역출판시장에 한국문학이 나아갈 수 있는 방법은 없는가? 한일 간의 편향된 번역출판 구조를 개선하고 일본에서 한국문학이 새롭게 발견될 수 있는 계기를 어떻게 만들어갈 것인가? 본 논문은 이러한 문제의식에서 제기된 것으로, 재일코리언 안우식의 번역에서 그 실마리를 찾아보고자 한다.

2. 일제강점기에 일본에 번역 소개된 한국문학

일본에서 한국문학은 번역뿐만 아니라 연구도 부진한 것이 사실이다. 그 이유에 대해 오무라 마스오(大村益夫)는 다음과 같이 지적했다.

대학을 비롯하여 일본의 연구체제는 확실히 뒤틀려 있다. 일본의 근대는 구미(歐美)의 문화를 섭취하고, 그것을 모방하는 데서 시작되었다. 문명개화를 위한 연구는 탈아입구(脫亞入歐) 일변도였고, 따라서 아시아학은 제대로 성립될 수 없었다. 아시아학이 그나마 존재할 수 있었던 것은 정신문화나 물질문명의 풍요로움을 위해서가 아니라, 단적으로 말하면 그

---

5) 가토 슈이치, 마루야마 마사오 저, 임성모 옮김, 『번역과 일본의 근대』, 이산, 2000, pp. 146-147.

것은 침략을 위한 실용성 때문이었다.[6]

즉, 근대 이후 아시아에 대한 일본의 관심은 "침략을 위한 실용성" 차원에서 비롯된 것으로, 문학 번역에서도 정신문화의 풍요로움을 위한 수용 방식은 아니었다는 것이다. 1882년에 나카라이 도스이(半井桃水)가 『오사카아사히신문(大阪朝日新聞)』에 연재한 『계림정화 춘향전(鷄林情話春香傳)』을 시작으로 한국문학이 일본에 소개되기 시작했는데, 탐관오리의 부정을 척결하는 모습이나 한국 고유의 문화 전달보다는 치정 이야기나 정조를 지키는 여성상에 초점을 맞추어 통속화해 소개한 사실도 같은 선상에 있다고 할 수 있다. 특히 일제강점기를 거치면서 제국의 필요에 의해 식민지의 문학은 열등한 것으로 축소되어 소개되는 경향이 더욱 가속화되었다. 이후 한류 붐이 일었던 2000년대를 지나면서도 이러한 경향은 크게 달라지지 않아 한국문학은 일본에서 문화예술적인 시민권을 획득하지 못하고 시장 진출에도 어려움을 겪고 있는 실정이다.

구체적으로 어느 시기에 어떤 문학작품이 일본인에게 소개되었는지 살펴보자. 일제강점기 초기에는 주로 재조일본인(在朝日本人)에 의해 한국문학이 번역 간행되었다. 이들은 조선에 대한 관심을 당사자인 재조일본인들에게 알리고 나아가 일본 '내지'에까지 널리 알릴 목적으로 일본어잡지를 발간하거나 한국문학을 번역 간행했다. 『통속조선문고(通俗朝鮮文庫)』(전12권, 自由討究社, 1921~26), 『선만총서(鮮滿叢書)』(전11권, 1922~23), 『조선문학걸작집(朝鮮文學傑作集)』(1924, 奉公會) 등 1920년대에 들어 한국문학이 일본어로 적극 번역 소개되는 예들이 이를 잘 보여주고 있다.[7]

---

6) 오오무라 마스오, 『윤동주와 한국문학』, 소명, 2003, p.474.
7) 정병호, 「1910년 전후 한반도 <일본어 문학>과 조선 문예물의 번역」, 『일본근대학연

한국의 고전뿐만 아니라 동시대적인 문학도 번역되었다. 재조일본인 오야마 도키오(大山時雄)는 조선민중의 여론 경향을 파악해 조선인으로부터 존경받는 일본인이 되자는 취지 하에[8] 일본어잡지『조선시론(朝鮮時論)』[9]을 간행했는데, <언문신문사설소개>라는 섹션을 구성해『동아일보』,『조선일보』,『시대일보』,『매일신보』등을 중심으로 1개월간 실린 사설 중에서 몇 편씩을 골라 번역 전재하고, 동시대에 조선의 잡지에 발표된 시나 소설을 일본어로 번역해 실었다.『조선시론』1926년 6월 창간호에는 이호(李浩)의「전시(前詩)」와 이상화(李相和)의「도쿄(東京)에서」두 편의 시를 비롯해 소설로는 이익상의「망령의 난무(亡靈の亂舞)」가 소개되었다.

『조선시론』1926년 7월호에는 김동인의「감자」가 번역 소개될 예정이었으나, 목차에만 들어 있고 총 20쪽에 달하는 내용은 원문이 삭제된 채로 발간되었다. 목차에 소개되고 있는 것을 보면 사전검열은 피할 수 있었던 것으로 보이나, 잡지가 다 완성된 이후에 납본한 것이 검열에 걸려 원문을 삭제해 발매한 것으로 추측된다. 8월호에는 현진건의「조선의 얼굴」이 소개되었다. 9월호에는 이상화의 시「통곡」과 최서해의「기아와 살육」이 소개되었는데,「기아와 살육」은 번역자가 임남산(林南山)으로 명시되어 있다. 1920년대 식민지 조선의 현실을 문학화한 신경향파 소설「망령의 난무」와「기아와 살육」이 일본어잡지에 소개되었다는 자체는 특기할 만하다. 번역자 임남산이 (재조)일본인인지 조선인인지는 확인할 길이 없으나, 식민지 치하의 곤궁한 조선의 현실을 조선인 개인의 문제로 축소시키려는 본문 이동(異同)이 많이 발견되는 사실은 주의를 요한다.[10] 그

구』, 2011.11, p.138.
8) 『조선시론』창간호, p.12.
9) 『朝鮮時論』(朝鮮時論社 編)은 1926년 6월에 창간하여, 7, 8, 9, 12월(10월호 결, 11월 발매 금지), 1927년 1, 2·3, 4, 5, 8월(10월호 결)까지 간행되었다.

외에 1920년대는 조선인 이수창이 『조선공론(朝鮮公論)』(1928.4~5)에 이광
수의 『혈서』(『조선문단』1924.10)를 번역한 정도에 머물고 있다.

그러나 1930년대 후반부터는 일본에 한국문학 소개가 본격화된다. 일
본문단에 직접 뛰어든 장혁주를 계기로, 『문학안내(文學案內)』의 <조선현
대작가 특집>(1937.2), 『오사카마이니치신문(大阪每日新聞)』의 <조선여류작
가 특집>(1936.4~6), 『문예』의 <조선문학 특집>(1940.7) 등이 엮어지고,
장혁주, 유진오, 무라야마 도모요시(村山知義), 아키타 우자쿠(秋田雨雀)의
공편으로 『조선문학선집』(1940)이 나오는 등, 가히 '붐'이라고 일컬어질
정도로 조선문학 소개가 활발했다. 그런데 일본문단으로 포섭된 조선의
문학에는 이른바 '내지'와는 다른 이국적 정취를 강조한 '지방색(local
color)'으로서의 조선적인 것이 요구되었다. 장혁주가 희곡 「춘향전」(『新潮』
1938.3)을 일본어로 발표하고 무라야마 도모요시와 합작으로 무대에 올렸
을 때, 제재로서의 조선을 일본에 알리는 데 성공했지만 가부키 형식으로
각색된 「춘향전」은 이미 조선의 것이 아니었다. 역시 일본에 한국문학이
대등하게 소개되는 것은 1945년 이후를 기다릴 수밖에 없다.

3. 해방 이후 재일코리언의 한국문학 번역

패전 후 일본은 허무하고 퇴폐적인 분위기가 퍼지면서 다자이 오사무
(太宰治)를 중심으로 데카당스 문학이 유행하는데, 이런 가운데 힘차고 생
동감 있게 시작하는 문학자들이 있었다. 이들은 바로 1920년대 후반에

---

10) 『조선시론』에 번역된 본문 이동의 상세는 졸고, 「번역되는 '조선'-재조일본인 잡지 『조
선시론』에 번역 소개된 조선의 문학-」, 『아시아문화연구』28집, 2012.12 참고.

프롤레타리아문학 전성기를 이끌었지만 1930년대에 일제가 본격적인 전시체제로 돌입하면서 1933년에 전향(轉向) 선언을 강요당하고 침묵을 지켜야 했던 나카노 시게하루(中野重治)나 미야모토 유리코(宮本百合子)와 같은 구 프롤레타리아 문학자들이다. 이들은 민주주의문학이라는 형태로 전후에 다시 결집해 잡지 『신일본문학(新日本文學)』을 중심으로 활동을 재개하는데, 이들과 연대해 재일코리언문학도 시작한다.

일본문학사에서 한일문학의 연대가 이루어진 것은 좌파 계통의 진보적 단체를 통해서이다. 1920년대에 식민지 조선에서 검열이 심해 마음대로 글을 발표할 수 없었던 조선인은 상대적으로 검열이 덜했던 일본의 프롤레타리아문학자와 연대해 식민지의 가혹한 상황을 글로 발표했다. 물론 제국과 식민지가 민족을 뛰어넘어 프롤레타리아 계급으로 연대한다고 하는 것은 결국 동상이몽일 수밖에 없다. 조선과 일본의 무산자의 처지는 다를 수밖에 없으며, 조선에서의 사회주의운동은 민족 개념이 전제된 조국해방운동의 성격을 띠기 때문이다.

이러한 상황은 해방 이후에도 마찬가지이다. 재일코리언 문학자가 일본의 구 프롤레타리아문학자들과 연대해 활동을 시작했지만, 마이너리티로서 일본사회에 갖는 비대칭성은 여전히 남아있었다. 해방 이후 일본에 소개된 한국문학은 일본 사회에 막 정주하기 시작한 재일코리언에게 전적으로 의존했다. 일본인이 스스로의 관점에서 한국문학을 이해하고 소개하려는 노력은 보이지 않는다.11) 해방 이후에도 일본인의 무관심과 마이너리티로서의 재일코리언의 불안정한 법적 지위가 한국문학의 시민권 획득을 어렵게 했다.

---

11) 오미정, 「전후 일본의 북한문학 소개와 수용—잡지 『民主朝鮮』을 중심으로—」, 『우리어문연구』40집, 2011.5, p.147.

일본에서 한국문학 번역이 돌파구를 찾는 것은 한일회담이 성립된 1965년 이후라고 할 수 있다. 사실 해방 직후에 주로 좌파 계통의 한국문학이 재일코리언에 의해 일본사회에 소개되었다.[12] 재일코리언의 대다수는 경상도와 제주도 등 남쪽 출신이었는데, 남쪽은 미군정이 실시되고 좌우 대립이 계속되는 불안정한 해방공간이었다. 이를 지켜보며 북쪽으로 적을 돌리는 재일코리언이 많았다. 이러한 상황은 일본의 한국문학 소개에도 그대로 반영되어, '조선문학'이라는 명칭 하에 북한 문학의 소개와 번역이 주를 이루게 된다. 좌파 계통의 재일조선인이 발행한 잡지『민주조선(民主朝鮮)』과『신일본문학』에 북한문학을 집중적으로 소개하고 있는 김달수의 활동을 대표적으로 들 수 있다.[13]

김달수는 박원준과 공동으로 이기영의『땅』을 번역한『소생하는 대지(蘇える大地)』(1951)를 러시아 관련 서적을 많이 낸 나우카사(ナウカ社)에서 출판했다. 김달수 외에도, 조기천의 시집『백두산』을 번역하고(1952)『조선시선(朝鮮詩選)』(1955)을 내놓은 허남기, 한설야의『대동강』을 번역한(1955) 이은직 등이 있다. 조총련 조직과의 관련은 보이지 않으나 한국문학을 일본에 소개한 재일코리언으로 번역시집『아리랑 노래(アリランの歌ごえ)』(1966)를 출판한 시인이자 화가인 오임준을 비롯해, 일제 치하에서 저항적 자세를 견지한 시인들에 관한 평론을 많이 쓴 김학현 등의 활약도 보인다.

---

12) 본 발표에서 칭하는 '한국문학'은 남북한 문학을 아우르는 개념으로 사용한 것이다. 또, 북한에 적을 두고 있는 재일조선인과 대한민국 국적을 가진 재일한국인을 굳이 구분할 필요가 없을 경우는 '재일코리언'이라는 명칭을 썼다. 김석범과 같이 남과 북이 분단된 조국을 거부하고 해방 이전의 조선인 상태로 그대로 남아있는 넓은 의미의 '재일조선인'도 편의상 '재일코리언'으로 포괄한다.

13) 김달수가 북한문학을 소개한 내용에 대해서는 오미정의 전게 논문과 「1950년대 일본의 북한문학 소개와 특징-『新日本文學』과『人民文學』을 중심으로-」(『한국근대문학연구』25집, 2012.4) 참고.

1960년대 후반 이후 점차 북한 쪽보다 남한의 문학을 번역 소개하고 연구하는 경향이 증가하면서, 동시기에 일본문학 번역이 호황을 누리고 있던 한국 상황과 비교하면 양적으로 열세이지만 한국문학에 관심을 갖는 일본인의 번역이 나오기 시작했다. '조선문학의 모임' 편역의 『현대조선문학선(現代朝鮮文學選) I』(1973)은 일본인이 처음으로 한국문학을 스스로 판단해 편찬해낸 책으로, 남정현, 조정래, 최인훈, 박순녀, 김동리, 채만식, 황순원, 박태준, 박태원 등의 작품이 수록되었다. 이를 계기로 일본인에 의한 한국문학 번역 출판이 이어지는데14), 대중화에는 성공했다고 하기 어렵다. 이러한 가운데 한국문학을 일본사회에 중개하려는 재일코리언의 노력이 계속되었다.

재일코리언 작가 사기사와 메구무(鷺澤萠, 1968-2004)가 일본어로 출판한 그림책 『붉은 물 검은 물(赤い水黒い水)』(作品社, 2004)은 영어와 한국어 번역이 동시에 실려 매우 흥미롭다. 한국어는 작자 스스로 번역한 것이다. '한국문학'이나 '일본문학' 같은 일국의 개념 안에 오롯이 들어가는 문학 자체가 의미가 없음을 재일코리언문학이 보여주는 예이다.

최근에 한국문학을 가장 활발히 번역해 일본에 소개한 사람은 재일코리언 2세 안우식(安宇植, 1932-2010)이다. 안우식은 1932년에 도쿄에서 태어나 조총련 조직에서 활동하면서 조선대학교에서 교편을 잡고 북한문학 번역에 힘썼다. 그러다 1970년대 이후 조직에서 이탈하면서 윤흥길, 이문열, 신경숙의 소설을 중심으로 한국문학의 번역과 연구에 힘썼다. 1982

---

14) 舘野晳, 「日本における韓國文學書の翻譯出版－刊行狀況と課題をめぐって－」, 『韓國文學飜譯院からの依賴原稿』, 2010.10.
　　인용은 (http://www.murapal.com/2010-06-29-02-02-34.html)에 의함. 일본인 번역자를 중심으로 한국문학이 번역된 현황을 조사한 논고로 윤석임의 「일본어로 번역·소개된 한국문학의 번역현황조사 및 분석」(『일본학보』57집, 2003.12)이 상세하다.

년에 윤흥길의 『에미』 번역으로 일본번역문화상을 수상했고, 잡지 『번역의 세계(翻譯の世界)』 한국어번역 콘테스트 출제 선고위원을 역임했다. 1998년부터 2002년까지 오비린(櫻美林)대학 국제학부 교수를 역임했고, 저서에 『천황제와 조선인(天皇制と朝鮮人)』(三一書房, 1977), 『평전 김사량(評伝「金史良」)』(草風館, 1983)이 있다.

안우식의 주요 번역 작품으로 1983년부터 1986까지 4년에 걸쳐 번역한 박경리의 연작소설 『토지』(1-8), 장정일의 『아담이 눈뜰 때』(1992), 이문열의 『사람의 아들』(1996), 『황제를 위하여』(1996), 신경숙의 『외딴방』(2005), 한일작가회의 행사 단편작품들을 번역한 『지금 우리 곁에 누가 있는 걸까요』(2007) 등이 있다. 그리고 생애 마지막으로 한 번역 『엄마를 부탁해(母をお願い)』(2011)의 발간을 보지 못하고 2010년 12월에 작고했다.

근래 들어 한국문학을 일본에 가장 활발히 번역 소개한 안우식의 번역에 대해 살펴보려고 한다. 특히 최근에 국내외에서 화제를 모은 신경숙의 소설 『엄마를 부탁해』를 안우식이 어떻게 번역했는지 구체적으로 살펴봄으로써 한국문학의 일본시장 진출에 대한 돌파구를 찾아보고자 한다.

4. 안우식의 『엄마를 부탁해』 일본어 번역

신경숙의 『엄마를 부탁해』(창비, 2008)는 칠순 생일을 서울에 있는 자식 집에서 보내려고 상경한 엄마가 실종되고, 엄마를 찾는 과정에서 큰딸, 큰아들, 남편, 엄마 자신, 그리고 다시 큰딸로 이야기의 시점을 바꾸어가며 엄마에 대한 회상을 통해 '엄마'의 의미에 대해 생각해보게 하는 내용이다.

『엄마를 부탁해』가 특히 화제가 된 것은 해외에서 성공한 번역 사례이
기 때문이다. 재미교포 김지영의 번역으로 미국의 현지 출판사 크노프
(Knopf)에서 Please Look After Mom을 2011년 4월에 초판 10만부를 인쇄
한 이후 6개월간 9쇄의 판매기록을 세우면서, 아마존닷컴이 선정한 문학
픽션 부문 '올해의 책 베스트10'에 선정될 정도로 호평을 받았다. 가독성
을 살린 도착어권에 자연스러운 번역으로, 로렌스 베누티의 개념에 의하
면 이른바 자국화(自國化, domestication)15) 전략에 성공한 이례적인 사례로
꼽힌다. 문장의 길이를 짧게 하고 단락 나누기도 변화를 줬다. 시제도 현
재에서 엄마에 대한 회상으로 스르륵 옮겨가는 장면이 기계적으로 과거
시제로 처리됐다. 또 영어로 번역하기 어려운 한국 토착어나 감성적인 표
현은 영어권 사람들에게 익숙한 표현으로 모두 변형시켜 영어권 독자가
쉽고 유창하게 읽을 수 있는 번역 방법을 취한 것이다.

『엄마를 부탁해』 영역본은 이렇게 번역의 흔적이 없도록 자국화 번역
을 취했기 때문에 영어권 독자들이 위화감 없이 한국문학을 읽을 수 있
었고, 따라서 판매부수를 올리는 데 크게 성공했다고 할 수 있다. 그러나
낯설고 새로운 한국문화를 접하고 지식과 경험을 확장할 수 있는 기회를
결과적으로 박탈하고 말았다.16)

---

15) 로렌스 베누티는 번역의 스타일을 '자국화(domestication)'와 '이국화(foreignization)'의
두 개념으로 나누어 설명한다(Venuti, Lawrence (1995) The Translator''s Invisibility: A
History of Translation, NewYork: Routledge, 14.). '자국화' 번역이 도착어권 독자에게
자연스러운 번역 스타일이라고 하면, '이국화' 번역은 출발어권 텍스트의 의미를 중시
해 도착어권 독자에게는 낯설게 번역되는 스타일을 가리킨다. 선영아는 이 둘의 번역
스타일에 대해 각각 '동화의 미학'과 '차이의 윤리'를 대응시키고, 양자가 서로 길항
하면서 끊임없이 대립을 거듭해온 번역 문제의 쟁점을 지적하고 있다(선영아, 「'동화
(同化)의 미학과 차이(差異)'의 윤리」, 『번역학연구』, 2008년 겨울 제9권 4호, p.195).
16) 정호정, 「문학번역의 수용과 평가-신경숙의 『엄마를 부탁해』영역본을 중심으로」, 『통
역과 번역』, 14권 2호, 2012, p.277.

우선은 한국문학이 해외에서 많이 읽히는 것이 중요하다. 출판사에서 자국화 번역을 전략적으로 취하는 것도 바로 이러한 이유에서일 것이다. 한국문학이 많이 읽혀 인지도를 끌어올리는 것이 무엇보다 필요하다. 영어권 독자에게 농경사회에서 근대 산업사회로 이행해가는 아시아의 한 나라의 이야기를 그대로 이해시키는 것은 어려운 일이다. 그런 점에서 『엄마를 부탁해』 영역본은 전략상 자국화 번역이 잘 맞았다고 할 수 있다.

『엄마를 부탁해』가 미국의 성공에 이어 일본에서도 번역 출판되었다. 2010년도 대산문화재단의 <한국문학번역지원>을 받아 안우식의 번역으로 2011년 9월에 『母をお願い』(集英社文庫)가 문고본으로 출판된 것이다. 그런데 문고본은 어느 정도 판매 부수가 예상되는 작품에 단행본과 별도로 기획되는 것이 보통인데, 처음부터 문고본으로만 제작된 것은 생각해볼 문제이다. 판매액이 높지 않을 것을 예상해 처음부터 문고본으로만 제작해 출판비용을 아끼려는 공산이다.

그런 것에 비하면 많이 팔렸다고 해야 할까? 『엄마를 부탁해』 일본어판은 출간된 지 2개월밖에 지나지 않은 2011년 11월에 3쇄를 찍었다. 기존에 일본에서 한국문학작품이 판매된 상황을 감안하면 많이 팔린 편이다. 그런데 2014년 12월 현재 3쇄가 판매 중에 있으므로, 이후 조금 주춤한 상황이다. 정확한 판매부수는 출판사에서 공개하고 있지 않아 알 수 없으나, 한국문학으로서는 화두에는 오른 셈이다.

번역은 어떠한가? 영역본과 다르게 일역본은 시제 변형이나 문장, 단락의 변화는 거의 보이지 않는다. 그런데 어휘는 한국어 텍스트의 단어를 해당 일본어로 번역하지 않고 그대로 한자로 표기하거나 발음으로 표기한 다음, 그 뜻을 덧붙여 설명하고 있는 경우가 많다. 예를 들면 다음과 같다.

	일역본	일역 설명	영역본
엄마	オンマ	母さん	Mom
어머니	オモニ	母	Mom
언니	オンニ	姉さん	sister
오빠	オッパ	兄さん	brother
아빠	アッパ	パパ	Father
청국장	チョングク味噌	大豆から作られた味噌の一種で，チゲに用いられることが多い	bean paste
제사	祭祀(チェサ)	法事	ancestral rite
한복	チマ・チョゴリ / 韓服		hanbok
고추장	コチュジャん	唐辛子味噌	red pepper paste
추석	秋夕(チュソク)	旧盆	Full Moon Harvest
자치기	棒飛ばし	子どもの遊びの一つ。短い棒切れを長い棒切れで打って飛ばして距離を競う	stick-toss game
바가지	パガジ	ふくべを二つに割り中身をえぐり取って乾燥させた器	bowl
새참	おやつ		snack
숭늉	スンニュン	お焦げに水を加えて熱した食後のお茶代わりの湯	rice boiled water
국밥	クッパプ	スープをご飯にかけたもの	a meal of rice and soup
명절	祝祭日		holiday
분식점	粉食店	うどんやラーメンを食べさせる店	a snack bar

마지기	マジギ	一斗分の種がまける廣さの田畑の面積の單位	엄마가 세 마지기의 밭을 자신의 명의로 해달라고 하는 내용 생략
글을 몰라	一字無識 (イルチャムシク)	一字の文字も讀めなくて無知な	illiteracy
팔도	八道	李氏朝鮮時代までの全國の行政區域八ヶ所のこと	the country
순대국	スンデ汁	腸詰め汁	blood-sausage-soup
전	チョン	小麥粉のつけ燒き	pancake
전쟁중	戰爭中	一九五〇年六月二五日~五三年七月二七日まで朝鮮半島で續いた內戰	생략
산사람	山の人たち	北の人民軍の敗殘兵のこと	mountain people
태극	太極	易學で宇宙万物の生ずる根源を文樣化したもの	yin-yang
바지	パジ	ズボン狀の袴	pants
깍두기	カクテギ	大根のキムチ	kimchi
윷판	ユンノリ	棒を投げて駒を進める正月のゲーム	a game of yut
가래떡	カレ餅	薄く切って雜煮に入れるための細長い棒狀の餅のこと	rice cakes
빨갱이	パルゲンイ	アカ=共産主義者とか左翼への蔑称	a red
삼칠일	三七日(サムチリル)		생략
태권도	テコンドー		taekwondo
페루에서 온 인디오 여인	ペルーの人たち		the Indian woman I saw in Peru

이상에서 보듯이, 영역본과 다르게 일역본은 한국문화와 관련된 토착어는 가능한 한 발음을 그대로 표기하고 여기에 설명을 덧붙이는 식이다. 대표적인 예가 '청국장'이나 '자치기', '숭늉' 등이다. 그리고 '전쟁'이나 '산사람', '빨갱이'처럼 일본인이 전후 문맥으로 내용을 알 수 없는 표현에 대해서는 상세히 한국의 역사적 상황 설명을 덧붙여 독자의 이해를 돕고 있다. '페루에서 온 인디오 여인'을 '페루 사람들'로 처리해버린 것은 옥에 티다.

이와 같이 안우식의 일역본은 한국어를 그대로 노출시키는 데 번역의 주안을 두었음을 알 수 있다. 즉, 이국화(異國化, foreignization) 전략을 취하고 있는 전형적인 예이다. 물론 이는 독자 입장에서 보면 가독성을 해치는 번역이라고 할 수 있다. 그런데 이러한 번역 스타일이 한국과 인접한 일본에서 이루어졌기 때문에 영어권에서의 효과와는 다를 수밖에 없다. 일본에서는 자국화 번역보다 오히려 이국화 번역이 더 전략적일 수 있다는 이야기이다.

일본은 한국과 인접해 있고 그동안 한일국교정상화나 월드컵 공동주최 등 여러 형태로 한국과 교류를 해왔기 때문에 한국문화에 대해 영어권 사람들보다는 익숙한 편이다. 따라서 일본인의 감성에 맞춘 자연스러운 번역보다는 조금 생경할지라도 이웃나라의 문화로 접하는 방식이 더 효과적일 수 있다. 동일한 텍스트이지만 번역되는 지역과 한국과의 관계나 상황에 맞춰 전략적으로 번역할 필요가 있는 것이다. 이런 점에서 김지영의 영역본이 자국화 전략에 성공한 예라고 한다면, 안우식의 일역본은 이국화 전략에 성공한 예라고 할 수 있다. 일본에서 한국문학작품으로는 지금까지와는 다른 판매부수가 이를 잘 보여주고 있다.

한 가지 흥미로운 점은, 소설의 모두(冒頭)에서 느껴지는 차이이다.

<u>엄마를 잃어버린</u> 지 일주일째다.(한국판)

It's been one week since <u>Mom went missing</u>.(영역본)

<u>オンマの行方がわからなくなって</u>一週間目だ。(일역본)

'엄마를 잃어버리다'와 '엄마의 행방을 알 수 없게 되다'(영·일)는 의미가 다르다. '잃어버리다'는 '엄마'가 목적격이고 상실의 책임이 엄마를 회상하는 다중화자(가족)의 내면으로 초점화된다. 그러나 '엄마의 행방을 알 수 없다'로 하면 엄마의 상실이 밖에서 초래된 의미로 바뀌게 되는 것이다. 책이 출간되기 불과 몇 달 전인 2011년 3월 11일에 동일본대지진을 겪은 일본의 상황을 감안하면, 재난 재해가 많은 속에서 가족서사를 기다리는 현대 일본의 시의에 결과적으로 잘 맞아떨어진 표현이라고 할 수 있다.

아직 미미하지만 『엄마를 부탁해』가 일본에서 거둔 성과는 일본에서 지금까지 한국문학이 번역 출간된 역사를 되짚어보면 특기할 만한 성과라고 평가할 수 있다. 안우식의 번역은 일본과 다른 한국문화의 차이를 드러내면서도 일본인에게 공감을 이끌어냈다. 동화되기보다는 차이를 만들어가며 공존의 방식을 찾아온 재일코리언. 이들의 번역을 어떻게 평가할 것인가는 비단 일본인 독자만의 문제는 아니다. 안우식의 『엄마를 부탁해』 일역본은 일본인이나 한국인에 의한 번역에서는 볼 수 없는 차이와 공존의 울림을 만들어낸 것이다. 대산문화재단의 번역지원이 있었기 때문에 나올 수 있는 번역이었고, 창비와 집영사 같은 대규모 출판사였기 때문에 가능한 기획이었다고 할 수 있다. 한일문학의 편향된 번역 구조 개선을 위해서는 전략적 기획과 재정적 지원이 필요한 때이다.

5. 재일코리언의 한국문학 번역의 의미

『엄마를 부탁해』를 번역한 안우식이 재일코리언인 점을 감안하면 이국화 번역의 의미는 더욱 확대된다. 우선 '재일코리언'이라는 위치가 대산문화재단의 번역지원을 끌어오고 한일 양국의 대형 출판사를 동원하는데 효과적으로 기능해 출판사의 상업성보다는 한국문학의 면모를 그대로 보여줄 수 있는 번역으로 일정 독자를 확보할 수 있었던 것이다. 일본에서 한국문학이 새롭게 발견될 수 있는 계기를 만들고 독자를 폭넓게 확보하기 위해 현실적으로 필요한 조건들을 안우식의 사례가 잘 보여주고 있다.

안우식을 비롯해 재일코리언이 한국문학을 일본사회에 소개해온 활동은 매우 시사적이다. 앞에서 살펴봤듯이 일제강점기에 주로 일본인에 의해 번역된 한국문학은 임의로 내용이 수정, 변형되는 일이 많았다. 그러다 해방 직후부터 주로 북한문학이 위주이긴 했지만 한국문학을 일본에 적극 소개한 김달수를 비롯해, 박원준, 허남기, 한설야, 이은직, 오임준, 김학현, 그리고 안우식에 이르기까지 재일코리언이 한국문학을 일본사회에 소개해온 활동은 주시할 필요가 있다. 이들 재일코리언의 활동은 한일문학에 새로운 관계성을 가져올 수 있기 때문이다.

번역은 자국문화에 이국문화가 들어와 부딪치는 과정에서 표현의 전의(轉義)를 일으키고 다양한 층위로 의미를 새롭게 생성시키고 변전시킨다. 일본어로 번역된 한국문학, 문화 또한 변용될 수밖에 없다. 재일코리언에 의한 번역이 재미있는 점은 이러한 변용의 주체에 그들이 있다는 사실이다.

사실 재일코리언의 입장에서 보면 한국문학은 엄밀히 말해 출발어권 텍스트도 도착어권 텍스트도 아니다. 재일코리언이 현재 5, 6세대까지 세대를 거듭하고 있는 상황에서는 더욱 그러하다. 그러나 재일코리언은 일본을 상대화하는 거리가 일본인과 다를 수밖에 없고, 물론 한국인의 입장과도 같을 수 없다. 그렇기 때문에 이들에 의한 한국문학 번역은 한국문학 자체라기보다 한국과 일본의 '사이'에서 나온 형태라고 할 수 있다. 또 다른 형태의 한국문학, 그것이 바로 재일코리언에 의한 한국문학 번역인 것이다.

재일코리언 사기사와 메구무는 예전에는 소설을 포함해 한국문화에 관심을 갖는 일본인이 드물었고 흥미가 있다고 해도 남북한과 일본과의 관계 속에 있는 부산물의 경우가 많았던 것이, 2000년대 이후로 넘어오면서 특별한 문제의식이나 역사적 관심 없이도 그 자체로 즐길 수 있게 되었다고 말했다.17) 역으로 일본문화를 대하는 한국 젊은 층의 관심도 동일하게 말할 수 있을 것이다. 물론 최근 일본의 우경화 움직임은 2000년대 전후의 분위기와 달리 역행하고 있다는 우려도 있지만, 일본에서 한국문학에 대한 인지도가 예전에 비해 높아진 것은 사실이다. 여기에는 안우식의 공을 빼놓을 수 없다.

안우식은 다양한 한국문학작품을 일본어로 번역해 한국문학이 일본에서 자리 잡는 데 큰 역할을 했다. 결국 유작으로 출간된 『엄마를 부탁해』 일역본이 그가 지금까지 행한 다른 번역에 비해 유독 한국문화를 더욱 분명하고 구체적으로 드러내는 이국화 번역 스타일을 취하고 있는 점은

---

17) 鷺澤萠, 「エッセイ―韓國文化を樂しむ」, 『現代韓國女性作家短編―6 stories』, 集英社, 2002, pp.263-266. 이 책에는 하성란, 조경란, 송경아, 공지영, 김인숙, 김현경 6인의 작품이 수록되어 있는데, 모두 안우식에 의한 번역임.

일본사회에 재일코리언으로서의 정체성을 확인시키고 있는 것 같아 한국 문학 소개 이상의 공감을 불러내고 있다.

제4부

전후 대중화 사회와 일본어문학

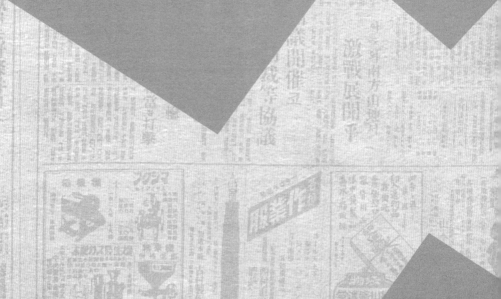

‖ 왕즈송(王志松) ‖

일본전후 '문단'의 상황과 저널리즘

-비평언설을 중심으로-

서론

　일본어의 '문단'이라는 말은 패전 후 일본의 문학논쟁에서 키워드로 다
뤄지고 있지만, 논자에 따라서 그 의미는 달라진다. 다케우치 요시미(竹內
好)는 1950년대의 '국민문학논쟁'에서 일본근대문학의 '고질(固疾)'을 '문단'
이라는 특수현상 내지는 구조의 문제'로 귀결시키고 있다.1) 야마모토 겐
키치(山本健吉)는 그 특징을 다음과 같이 정리하고 있다.

　　나는 일본 근대문단이라는 것이 국토, 국어, 국민이라는 삼위일체의
　　지점에서 벗어남에 따라 특수한 지대와 특수한 인종과 특수한 말을 만들
　　어내어 이토 세이(伊藤整)가 말하는 도망친 노예들이 사는 온실적인 속세

---

1) 竹內好, 「新しき國民文學への道 <往復書簡>」, 『日本讀書新聞』, 1952年 5月 14日 揭載 (臼井
　　吉見監修, 『戰後文學論爭 下卷』, 番町書房, 1974, p.116)

를 벗어난 상태가 되어 버리고 말았다는 점을 지적하고 있는 것이다. 거
기에 근대문학의 모든 사상이 심어져 시험적으로 꽃을 피웠다, 그리고 사
회로 부터 고립되어 민중으로 부터 벗어난 지대인 만큼 모든 이국의 풀
과 꽃은 어쨌든 꽃을 피우는 것은 가능했지만 그 중에 한 가지도 대지에
옮겨 심을 정도의 강인한 성장을 이룬 것은 없었다.2)

완전한 부정이라고 해도 좋을 정도로 엄격한 비판이다. 이와 같은 비
판은 1960년대의 '순문학논쟁'에서 또한 많은 논자에 의해 '순문학'='문
단문학'='사소설(私小說)'이라는 논법으로 반복되었다. 그러나 다른 한편
으로는 히라노 켄(平野謙)과 다카미 준(高見順)이 이와 같은 '문단'으로부터
'야당정신(野党精神)'을 발견해냈다는 견해도 있다.3) 단, '문단부정론'이든
'문단옹호론'이든 의견이 대립하고 있는 것처럼 보이지만 현실 사회로부
터 차단되어 있다고 인식한 점은 의외로 공통점이라고 하겠다.

요 몇 년간 '좌담회'에 주목하여 '문단' 형성시의 그 기능에 대해서 고
찰하는 논고가 발표되어 '문단'의 모습에 대해서 새로운 각도로 접근하게
되었다. 그러나 이들 논고는 주로 패전 이전의 '문단'에 집중되어 있고
패전 후에 대해서는 언급하고 있지 않다.4) 패전 후 '문단'의 범위와 메카
니즘 등에 대해서는 여전히 명확하지 않다. 또 다른 한편으로는 『규슈문
학(九州文學)』과 같은 동인지와 탐정창작계(探偵創作界) 등은 '문단'이라고

---

2) 山本健吉,「國土・國語・國民──國民文學についての覺書──」,『理論』, 1952年8月号揭
   載 (臼井吉見監修,『戰後文學論爭 下卷』, 番町書房, 1974, P.127)
3) 「座談會 文壇」,『群像』1961年2月号, p.142에서의 다카미 준(高見順)과 히라노 겐(平野
   謙)의 발언.
4) 山崎義光,「モダニズムの言說樣式としての<座談會>─「新潮合評會」から『文芸春秋』の「座談
   會」へ」,『國語と國文學』83巻12号, 2006年12月, pp.45-53, 大澤聰,「固有名消費とメディア論
   的政治─文芸復興期の座談會」,『昭和文學研究』58号, 2009年3月, pp.1-14, 酒井浩介,「トラ
   ブルとして記錄される會話─新潮合評會に見る座談會の批評性」,『日本文學』58巻12号, 2009年
   12月, pp.47-58.

자칭한 일도 있기 때문에 '문단'을 일원적으로 파악해도 좋은지에 관한 문제점도 있다. 본고에서는 이러한 문제에 대해서 저널리즘과의 관계에서 비평언설을 중심으로 고찰해 보고자 한다.

1. '문단'의 안과 밖

현대적인 의미에서의 '문단'은 1920년대부터 30년대에 걸쳐 출현하였다. 이 시기에 상업지의 발행부수가 급증해 가는 가운데 투고 잡지『문장세계(文章世界)』등의 종간과『신초(新潮)』의 투고란의 폐지에 의해 전문적 문예가에 의한 상연과 독자 관중의 분화현상'이 생겼다. 그로 인해서 전문적 문필가와 저널리즘에 의해 일종의 독특한 언설공간이 형성되었다.[5] 이토 세이의 회상도 이것을 뒷받침하고 있다.

> 1933년(昭和8年)에 개조사가 도쿠히로 이와키(德廣巖城)를 편집장으로 하여『신초』에 대항하는『문예』를 창간할 때까지『신초』는 유일하게 권위가 있는 문예잡지였고 우리들 동인잡지에 있는 문학청년, 특히 예술파 청년들은 이 잡지에 글을 쓰는 것을 통해서만 문사가 될 수 있는 상태였다. 물론 세 권의 종합잡지 (『중앙공론(中央公論)』,『개조(改造)』,『문예춘추(文芸春秋)』) 중 어딘가에 쓰는 것이 가장 명예로운 일이었는데, 그러한 종합잡지에 쓴 사람도 그 후에『신초』에서 다루지 않으면 그 작가는 문단적 작가가 될 수 없다는 경향이 있었다.[6]

---

5) 山崎義光,「モダニズムの言説様式としての＜座談會＞―「新潮合評會」から『文芸春秋』の「座談會」へ―」,『國語と國文學』83卷12号, 2006年12月, pp.45-58.
6) 伊藤整,「昭和前期の『新潮』」,『新潮』, 1955年5月号, pp.328-329.

여기에서 이토 세이는 일반작가가 문단에 들어가기 위한 요건으로 종합잡지인 『중앙공론』, 『개조』, 『문예춘추』와 문예지 『신초』에 작품을 발표하는 것, 그 작품을 다시 문예잡지에서 다루어서 비평하는 것을 들고 있다. 이 발언은 실제로 문단의 기본적인 범위와 메커니즘을 설명하고 있다. 즉 당시의 '문단'이란 종합지와 문예지에서의 작품 발표, 이러한 작품들을 둘러싼 비평으로 이루어지는 언설 공간이라고 이해해도 좋을 것이다. 물론 시대에 따라서 종합잡지와 문예잡지의 종류에는 변화가 있다. 이토 세이의 위에서 기술한 회상에 따르면 1953년부터 『신초』 이외에 문예지 『문예』가 간행되었다고 한다. 게다가 1955년경부터는 『문학계(文學界)』도 창간되었다. 작품비평도 문예잡지에 한정되는 것이 아니었고, 신문 서평도 1920년대 무렵부터 계속되고 있었다.

이러한 문단의 구조는 패전 후가 되어도 기본적으로 바뀌지 않았다. 문예잡지로서 가장 유서 깊은 『신초』는 전쟁말기에 일시적으로 휴간을 했지만, 패전 후인 1945년 11월에 재빨리 복간되었다. 복간호의 집필진의 면면을 보면, 미요시 다쓰지(三好達治), 가와바타 야스나리(川端康成), 시마키 겐사쿠(島木健作) 등 기성작가들 뿐이었다. 패전 후 창간된 문예잡지 『군조(群像)』도 창간에 즈음하여 요시이 이사무(吉井勇), 이부세 마쓰지(井伏鱒二), 아베 도모지(阿部知二), 다니자키 준이치로(谷崎潤一郞), 나카모토 다카코(中本多佳子), 히라바야시 야스코(平林泰子), 이시카와 준(石川淳), 다카미 준(高見順), 요코미쓰 리이치(橫光利一), 다키이 고사쿠(瀧井孝作), 무샤노코지 사네아쓰(武者小路實篤), 간바야시 아카쓰키(上林曉), 시가 나오야(志賀直哉), 이타가키 나오코(板垣直子), 다카하시 요시다카(高橋義孝), 니와 후미오(丹羽文雄) 등 기성작가들을 열심히 방문하여 기고를 부탁하였던 것이다.[7] 그리고 문예잡지의 비평과 서평, 또는 문예시평이 다루는 작품도 대개 문예

잡지와 큰 종합잡지에 발표된 것이었다.[8]

패전 후 문학작품은 당연히 이와 같은 '문단'이라는 특정한 언설 공간에서만 발표되는 것이 아니라 그 이외의 동인지, 대중문학잡지, 중간소설잡지, 부인잡지, 주간잡지 등에도 많이 발표되고 있었다. 「창작비평」과 문예시평에서 이러한 잡지에 게재된 작품을 거의 다룰 수 없었던 것은 다음과 같은 이유 때문이었다.

첫 번째는 '문예중심주의'이다. 가와카미 데쓰타로(河上徹太郎)는 문예시평에서 다루는 작품 범위에 대해서 "문예잡지가 제공하고 있는 문예작품만으로 글을 쓰고 있고 현재는 아직까지는 괜찮다는 안도감이 있습니다. 이것으로 일본의 중요한 문화계 중에 한 면을 문예잡지만이 여전히 뼈대를 제대로 지탱하고 있다고 안심합니다. 그렇기 때문에 대중소설을 읽지 않아도 꺼림직하다고 생각하지 않습니다."라고 명백하게 말하고 있다.[9] 즉 '문예게재작품'='걸작'이라는 인식이다. 이것은 문예지에 발표된 작품은 예술 면에서도 내용면에서도 독창성이 보장된다는 다카미 준의 발언과도 동일하다.[10]

---

7) 社史編纂委員會, 『講談社の歩んだ五十年昭和篇』, 講談社, 1959, p.623.

8) 다카미 준은 「座談會 文壇」, 『群像』, 1961年2月号, p.150에서 "신인이 나오는 방법에도 문단의 일종의 법칙과 같은 것이 있다. 동인지에서 좋은 것이 평가를 받으면 『신초』와 같은 문예지에서 작품이 발표되더라도 아직 신인이다. 『개조(改造)』, 『중앙공론(中央公論)』, 『문예춘추(文芸春秋)』라는 종합잡지에 발표되면 다행이다. 신년호에 발표되면 화려한 인기 작가가 된다. 거기에는 문단의 여론과 같은 것이 분명히 작용하고 있어서"라고 지적하고 있다.

9) 河上徹太郎, 江藤淳, 平野謙, 「座談會 文芸時評というもの」, 『群像』, 1961年7月号, p.168.

10) 다카미 준은 「座談會文壇」, 『群像』, 1961年2月号, p.146에서 "그것이야 말로 문단의 경계 안에서 보더라도 일단 무언가 오리지널적인, 한발이라도 앞서 나갔다고 할까, 그러한 문학적 모험이나 개척이 있으면 그리고 그 개척과 실험이 일종의 문학미, 예술미를 가지고 있으면 문단은 그것을 인정하기 위해 최선의 노력을 할 것이다."라고 발언하고 있다.

또 한 가지는 「창작비평(創作合評)」과 문예시평이라는 제도의 문제이다. 「창작비평」과 문예시평은 보통 지난달에 발표된 소설을 비평하는 것이다. 그래서 지난달에 발표된 소설을 전부 읽을 필요가 있었다. 히라노 겐은 "문예시평이라는 것은 5월이라면 5월호에 게재된 소설 작품을 모조리 읽고 뛰어난 작품, 졸작의 감별을 시도하는 동시에 그 달 전체의 작품 경향에 대해서도 자신의 의견을 피력해야 한다는 관례와 같은 것이다."라고 말하고 있다.11) 그러나 정기적으로 정해진 시간 내에 지난달에 발표된 소설을 전부 읽고 비평하는 것은 시간적으로 거의 불가능하다고 할 수 있다. 히라노 겐은 "이번 달은(1957년 7월) 무슨 영문인지 너무나 작품 수가 많아서 읽어도 읽어도 다 읽을 수 없을 것 같은 생각이 든다."라고 불만을 토로하기도 했다.12) 히라노 겐은 문예시평을 쓸 경우 "중간소설도 읽는 것이 좋다."라고 인식하고 있었고,13) 추리소설 등도 좋아하지만, 그럼에도 불구하고 「창작비평」과 문예시평의 시간적인 제한 등 제도적 문제 때문에 결과적으로 대중문학을 스스로 문예시평에서 다룰 수가 없었던 것이다.

종합잡지와 문예잡지는 문학계에서의 권위를 유지하기 위해서 기성작가를 기용하였고, 또한 그들의 작품을 비평하는 것은 확실히 무난한 방법이라고 해도 좋을 것이다. 그와 동시에 상업경영을 위해서 기성작가의 이름을 드는 것은 세일즈 포인트 중 하나이기도 했다. 이와 같은 의미에서 '문단'이라는 언설 공간은 폐쇄적이 되기 쉬운 일면이 있었다. 단지 폐쇄성은 상품에서도 예술에서도 매너리즘을 초래하고 그 가치를 저하시키는

---

11) 『平野謙全集 第十卷』, 新潮社, 1975, p.65.
12) 위의 책, p.243.
13) 平野謙, 「座談会 文芸時評というもの」, 『群像』, 1961年7月号, p.168.

경우가 있기 때문에 '문단'은 또 다른 한편으로는 항상 새로운 것을 도입하는 데에도 신경을 쓰고 있었다.

복간된 『신초』는 기성작가를 기용하는 동시에 일찍부터 신인 작가 발굴에도 힘을 쏟고 있었다. 복간호의 다음 호에 신인인 기타바타케 야오(北畠八穂) 씨의 『자재인(自在人)』을 게재하였다. 1946년 2월호 「편집후기」에는 사람들은 확실히 새로운, 예술적인 소설에 굶주려 있다. 그 증거로 본지 12월호의 신인 기타바타케 야오 씨의 『자재인』의 반향은 편집자도 놀랄 정도로 큰 것이었다. (중략) 본지는 이후에도 새로운 역량 있는 소설가의 육성이 가능한 한 활발해지기를 기대하고 있다.'라고 적고 있다.[14] 신인 발굴의 상투적인 수단으로 현상금 창작 등을 실시하였다. 그 가운데에서 특히 영향력이 컸던 것은 1954년부터 『신초』에 마련한 '동인잡지상(同人雜誌賞)'이었다.

전국의 동인잡지가 추천해 온 작품 중 선고를 거쳐 입상된 작품이 같은 해 『신초』 12월호에 발표되었다. 신인들의 작품은 동인지에 게재되어도 문예시평에서는 거의 다뤄지지 않았는데, 『신초』와 같은 문예잡지에 옮겨 실리면 문단에서 주목을 받을 확률은 당연히 커진다. 제1회 '동인잡지상' 수상자 가운데에서 이시자키 하루오(石崎晴央), 소다 후미코(曾田文子)는 후에 아쿠타가와 상(芥川賞) 후보에 올랐고, 하라다 야스코(原田康子)의 『만가(挽歌)』의 출판도 사실은 '동인잡지상'의 수상과 직접 관계가 있었다.[15]

14) 「編集後記」, 『新潮』, 1946年2月号, p.103.
15) 尾崎秀樹, 「原田康子──『挽歌』」에서 강담사(講談社)의 출판국장·야마구치 게이시(山口啓志)는 『신초』에 게재된 하라다(原田)의 '동인잡지상' 수상작인 『나무수국의 기억(サビタの記憶)』을 읽고 바로 장편이 있으면 읽고 싶다고 편지를 보냈다. 보내 온 것은 『만가(挽歌)』였다고 한다.(朝日新聞社編, 『ベストセラー物語中』, 朝日新聞社, 1978, pp. 39-40).

이 '동인잡지상'을 시작으로 작가생활을 시작한 인물로는 미우라 데쓰오
(三浦哲郎), 세토우치 하루미(瀬戸內晴美), 고노 다에코(河野多惠子), 쓰무라 세
쓰코(津村節子) 등이 있다. 이 상은 1968년에 신초 신인상으로 이어졌다.

이와 같이 해서 '문단'은 동인지와 대중문학잡지 등을 배제하고 그 권
위성을 유지하는 한편 현상응모와 문학상 등의 설립을 통해 신인의 발굴
로 '문단'의 활성화를 꾀했다. 이러한 반대되는 두 개의 힘이 이른바 '문
단문학'을 형성해 왔던 것이다.

2. '문단잡지'로 부터의 탈피

물론 패전 후의 '문단'이 패전 이전과 똑같은 형태로 부활한 것은 아
니었다. 신초사(新潮社)의 기록에 따르면 『신초』는 복간 후 가장 큰 목표
로서 '지금까지의 문단잡지를 탈피하고 문학적 교양잡지가 되는 것을 목
표로 하였다.'라고 한다.[16] 1946년 6월호의 「편집후기」에 '이후에는 소
수의 전문가만이 좋아하는 기사는 가능한 한 피하기로 하겠다. 또한 특정
국가의 문학을 편애하는 일도 경계하고자 한다. 새로운 일본문화의 건설
을 위해서 필요한 양분은 가능한 한 널리 흡수해서 편식으로 흐르거나
영양실조에 걸리거나 하지 않도록 세심한 주의를 기울일 각오이다.'라고
하였다.[17] 패전 후 초기에는 용지 제한으로 잡지의 페이지수가 적음에도
불구하고 다채로운 란(欄)을 만들고 있어, '문학적 교양잡지'를 목표로 한
노력을 엿볼 수 있다. 소설, 시, 수필 이외에 널리 일본문화 건설에 대한

---

16) 百目鬼恭三郎, 『新潮社八十年小史』, 新潮社, 1976, pp.21-22.
17) 「編集後記」, 『新潮』, 1946年6月号, p.119.

논의를 다루는 란, 일반 독자용 문학 계몽을 목적으로 한 「예술백일화(芸術百一話)」, 「세계문화정보・출판계전망(世界文化情報・出版界展望)」 등이 있다. 「예술백일화」는 처음에는 약 반년 간 연재했는데, 회를 거듭할수록 점점 호평을 받아 독자로부터 계속 연재해 주기를 희망하는 목소리가 높아져 연재를 연장하였다. 「세계문화정보(世界文化情報)」도 '각 방면으로부터 굉장한 호평을 얻고 있기' 때문에 점점 더 충실을 기하게 되었다.[18] 이러한 점에서 볼 때 『신초』는 패전 후 항상 일반 독자의 반응에 주의를 기울이면서 편집을 조정하고 있었다는 것을 알 수 있다.

또한 그 때까지 이루어진 서양문화의 소개와 이식에 대한 편중과는 달리 중국문화와 문학의 소개에도 노력을 기울이고 있었다. 그 원인에 대해서 편집부는 "우리들은 현재 전면적인 미국의 관리 하에 있기 때문에 자칫하면 옆 나라인 중국문화에 대해서 잊어버리기 쉽지만, 중일 문화의 진정한 교류와 제휴는 오히려 오늘날부터 시작되는 것이 아닌가? 우리들은 중국의 문화에서 점점 더 많은 것을 배우는 동시에 중국의 문학자들도 우리나라의 중국문화에 대한 훌륭한 연구로부터 많은 자양분을 섭취하기를 희망한다."라고 말하고 있다.[19] 서양문학의 소개에서도 20세기의 가장 선진적인 모더니즘 문학뿐만 아니라 19세기의 리얼리즘 문학에도 눈을 돌리고 있다. 예를 들어 1946년 2월호 「편집후기」에는 '이번 달은 발자크 연구의 최고 권위자인 미즈노 아키라(水野亮) 씨에게 발자크의 현대 일본문학에 대한 의의에 대해서 써달라고 부탁했다. 발자크에게로 돌아가라는 것은 한 때 우리나라 문단에서도 자주 주장한 것이었는데 발자크로 돌아가는 것이 얼마나 지대한 노력을 필요로 하는가, 게다가 우리나라

---

18) 「編集後記」, 『新潮』, 1946年2月号, p.104.
19) 위의 책, p.103.

문학은 발자크를 새로운 출발점으로 하지 않으면 도저히 그 대성을 이루기 어렵다는 것을 미즈노 씨의 연구가 우리들에게 절실하게 가르쳐 주고 있다.'라고 하였다.[20] 이와 같이 복간된 『신초』는 분명히 '편식으로 흐르거나 영양실조에 빠지거나 하지 않도록 세심한 주의를 기울였다.'고 해도 좋을 것이다.

『군조』는 창간 당시에 잡지의 방침을 결정하기 위해서 메이지(明治) 이후의 잡지를 조사하여 다음과 같은 결론을 내렸다. '메이지 이래로 문학 전문 잡지라고 하면 대개가 단명하거나 혹은 발행부수가 적었다. 그 원인은 너무나도 문학청년적이어서 자신을 비좁은 막다른 골목에 몰아넣고 있었기 때문으로, 좀 더 광범위한 대상을 찾지 않으면 경영이 성립되지 않는다. 따라서 무언가 제대로 된 진로를 찾지 않으면 안 된다.'[21] 『군조』는 독자층을 문학청년뿐만 아니라 남녀학생과 일반 샐러리맨을 시야에 넣어 잡지를 만든다는 편집방침을 정하였다. 그 구체적인 방법이 지면에서 사회문제와 관련된 문화와 사상에 대한 화제를 많이 취급한 것이었다.

패전 후 문화재건 붐이 일어난 가운데 각 잡지가 문화의 화제에 열중하고 있는 것에 비해서 공론(空論)이 많았다. 『군조』의 경우에는 문화 일반론이 아니라 문학과의 관계에서 문화론을 전개해 가는 점에서 독자적이었다. 세누마 시게키(瀨沼茂樹)가 지적했던 것처럼 "(『군조』는) 문예잡지의 입장에서 정치적, 사회적 문제를 다뤄서, 문학 그 자체로부터 문화에 참여한다는 점에서 오히려 문학의 사상성·세계성의 내실을 실질적으로 만들어내고 있다."[22] 좌담회의 기획을 보면 「중국의 새로운 인간상」(1951

---

20) 위의 책.
21) 社史編纂委員會, 『講談社の步んだ五十年昭和篇』, 講談社, 1959, p.618.
22) 瀨沼茂樹, 「文芸雜誌と文壇――『群像』二百号の步み」, 『群像』, 1963年5月号, p.309.

년 5월), 「커뮤니케이션과의 대결」(1951년 8월), 「문화 창조의 방법」(1951년 11월)이라는 것이 있고, 「일본의 인테리겐차는 무력한가」(1952년 5월)라는 것과 같은 필담도 있었다. 그 가운데에서 가장 대표적인 것은 1952년 8월에 이토 세이, 우스이 요시미(臼井吉見), 오리쿠치 시노부(折口信夫), 다케우치 요시미(竹內好)가 참가한 좌담회 「국민문학의 방향」일 것이다.

이 좌담회의 배경에는 '국민문학논쟁'이 있었다. 일본은 1950년의 6. 25전쟁 발발로 부터 단독강화로 연결되는 패전 후의 큰 전환점을 맞이하고 있었다. 단독강화에 의해 국제사회로 복귀한 동시에 아메리카군의 주둔도 장기화된 것은 문학계에서 '개인(個)'을 고집한 「근대문학」파의 '자기 확립'과 민주주의 문학파인 「민주」의 한계를 드러나게 했다. 또 다른 한편 당시 대중문학이 상당히 발달하는 모습을 보이기 시작했다. 다케우치 요시미는 이러한 문학상황을 순문학과 대중문학의 괴리로 파악하고 그것을 극복하기 위해서 민족의 독립 문제를 핵으로 한 '국민문학론'을 제기하였다. 다케우치가 제기한 '국민문학론'은 즉시 문단의 주목을 받아 격렬한 논쟁을 일으켰는데 그것은 두 개의 문제로 집약된다. 하나는 어떻게 대중문학과 순문학을 넘어서 널리 읽히는 국민문학을 창조해 낼 수 있는가 하는 문제. 또 하나는 일본전통문학을 어떻게 계승할 것인가 하는 문제. 『군조』의 「국민문학의 방향」이라는 좌담회에서도 이 두 개의 문제를 둘러싸고 토론을 벌였다. 반드시 무언가 명확한 결론이 난 것은 아니지만 다케우치 요시미가 제기한 근대주의 비판과 내셔너리즘 재평가의 의의는 확인되었다. 사회자인 우스이 요시미는 좌담회 마지막에 "두 개의 입장에서 국민문학을 제창하는 것은 어쨌든 문단문학을 신용하지 않는다는 점에서는 일치하는군요. (중략) 제대로 된 일본인으로서 오늘날의 가장 중요한 문제에 대해서 활발하게 대처하고 그 문제를 선명하게 느끼고 있으면, 그리고 할 수 있는 최선을 다하면 반드시 그 작품이 민족적이고 국민적인 것은 당연한 이야기가 아닐까라고 생각해요 그러한 것을 제외하고 외국문학은 안 된다든지, 일본의 전통적인 것을 존중해라라든지 하는 것은 아니라고 생각합니다."라고 총괄하고 있다.[23)

이와 같이 패전 후의 '문단'은 확실히 전쟁 전과 마찬가지로 일종의 특별한 언설공간이었지만 결코 현실사회와 단절된 '현실에서 벗어난 곳'이라고는 할 수 없었다. 문예지 『신초』와 『군조』에서 이루어진 다양한 토론과 논쟁은 사상계, 문화계로부터 영향을 받았고, 또한 사회적 문제로 촉발되어, 문학 쪽에서 발신하여 문학계를 넘어 사상계, 문화계를 자극하는 경우도 적지 않았다.

3. '순문예' 정신과 '창작비평'

'문단적 잡지를 탈피'하려고 한 것이 문예지 『신초』와 『군조』였는데, 그러나 사회와 정치의 직접적인 관련에 대해서 되도록이면 일정한 거리를 유지하려고 하는 또 다른 측면도 놓칠 수 없다. 1946년 7월호 『신초』 「편집후기」에는 '새삼스럽게 말할 것도 없이 본지는 순문예 잡지로 특별한 정치적 색채를 띠고 있는 것은 아니다. 다양한 입장에 있는 문학자에게 동등하게 문호를 개방하는 것을 염원하고 있기 때문에 천하의 공공기관으로 이것을 이용하기를 세상의 문학자 여러분들께 간절히 기원합니다.'라고 하고 있다.[24) 사실 이 시기를 전후해서 전쟁협력자 추방 캠페인

---

23) 臼井吉見, 「座談會 國民文學の方向」, 伊藤整, 臼井吉見, 折口信夫, 竹內好參加, 『群像』, 1952年8月号, p.135.

이 한창이었기 때문에 이번 호에 전쟁 중에 활약했던 요코미쓰 리이치의 『나무일기(木日記)』를 게재하는 것은 결코 '특별한 정치적 색채를' 띠지 않는 것은 아니었다. 역시 일종의 정치적 입장의 표명이었다고 할 수 있다. 단 요코미쓰 리이치가 전시 중 전쟁 선동에 협력했다고 해서 그의 문학 활동을 전면 부정해도 되는가 한다면 논의의 여지는 아직 충분히 남아있다고 하겠다. 『신초』가 군이 '순문예잡지'라고 자칭한 것은 사회적 시류에 저항하여 특정한 파벌, 특정한 문학에 편중된 편집을 하지 않는다, 독립된 언설공간을 유지하려고 한다는 입장의 표명이라고 할 수 있을 것이다.

『신초』는 정치만이 아니라 상업주의에 대해서도 경계하였고 스스로의 성격을 다음과 같이 규정하였다. '문학잡지란 인간을 그리는 것이다. 슬픔과 기쁨, 선과 악, 올바름과 사악함, 미와 추, 모든 인간이 일생에 걸쳐서 결투해야만 하는 내면적인 문제에 대해서 다양한 형태를 제시하는 잡지이다. (중략) 인간문제는 사회문제 등과 달리 예측을 할 수 없기 때문에 문학잡지에는 본질적인 저널리즘적인 발전은 없다. 문학잡지의 발전은 높은 예술성과 인간성에 대한 강한 신뢰를 가지고 훌륭한 인생을 전개하고 위대한 인간성을 부각시키는 것 이외에는 없다. 문화라고 하는 것이 인간의 영혼의 창조인 이상 인간 잡지로서의 사명은 정말이지 중요하다.'25) 이와 같이 『신초』는 '인간을 그리는' 잡지라고 스스로를 규정하고 오로지 대중의 취향에 영합하는 일반 상업 잡지와 일선을 달리한 것이다.

『신초』와 『군조』가 패전 후 잡지가 도태되어 가는 가운데 살아남은 큰 원인 중 하나로서 사회적인 문제, 문화적인 문제와 관계를 가지면서도 정

24) 「編集後記」, 『新潮』, 1946年7月号, p.128.
25) 「編集後記」, 『新潮』, 1948年11月号, p.64.

치와 상업과 일정한 거리를 유지하면서 굳이 '순문학'을 견지한 것이라는 점을 생각할 수 있다. 이러한 '순문학' 정신을 잘 나타낸 것은 『군조』에서 가장 오래 지속되어 온 란(欄) ─ 「창작비평」일 것이다.

『군조』에 「창작비평」이 생긴 것은 1947년의 일이었다. 「창작비평」이라는 형식은 원래 『신초』가 1920년대에 시작한 것으로, 일본의 현대적 문단을 형성할 때 중요한 역할을 하였다. 그러나 『신초』 시절의 「창작비평」은 인상적인 발언이 범람하여 작품 분석에 이르지 않고, 동료끼리 주고받은 것이 많고, 문단을 형성하는 역할을 한 동시에 그 폐쇄성도 드러냈다. 이러한 문제를 의식한 탓인지 『신초』는 패전 후 「창작비평」란을 부활시키지 않았다. 그러나 「창작비평」이라는 형식은 토론자들이 다각적인 시점에서 작품의 비평과 토의를 하는 현장으로, 의견을 날카롭게 주고받는 재미를 함께 가지고 있다는 이점이 있기 때문에 『군조』는 적극적으로 이 비평형식을 도입하였다. 『군조』의 첫 번째 「창작비평」은 아오노 스에키치(靑野季吉)의 사회로 다음과 같이 시작되고 있다.

> 아오노 : 저는 세상 이야기를 한다고 해도 지금은 그 방법을 잘 모르겠습니다. 어쨌든 신년호의, 여기에 올라온 작품들을 한정된 시간 내에 하나씩 하고 있어서는 끝날 것 같지도 않습니다. 어떨까요? 각각의 의미에서 가장 관심을 끄는 작품부터 이야기를 진행해 갈까요?[26]

많은 작품을 다루는 것보다 흥미가 있는 작품을 다뤄서 논의하자는 아오노의 제안은 사실은 이 「창작비평」의 형식을 새롭게 개조할 때 중요한 의미를 가지고 있다. 작품수가 적기 때문에 작품 내부로 깊이 들어갈 수

---

26) 靑野季吉, 「創作合評会」, 靑野季吉, 伊藤整, 中野好夫參加, 『群像』, 1947年4月号, p.68.

있을 뿐만 아니라 작품을 기점으로 작가의 창작활동과 관련하여 창작의
정신구조를 분석하기도 하고, 또는 다른 작가와 관련하여 창작의 동향을
전망하기도 하여 종횡무진으로 논의할 수 있기 때문이다. 그리고 참가자
들이 가능한 한 분석적인 말로 의견을 발표하기도 하고 반박하기도 한다
는 점도 큰 특징이다. 『신초』시대의 「창작비평」은 많은 작품을 다룬 결
과, 인상적인 한 마디나 두 마디 밖에 말할 수 없는 경우가 많았다.

첫 번째로 먼저 다룬 작품은 사토미 돈(里見弴)의 『훌륭한 추문(見事な醜聞)
』과 히로쓰 가즈오(廣津和郎)의 『야마토 거리(大和路)』이다. 『훌륭한 추문』
에 대해서 아오노는 다음과 같이 자신의 의견을 피력하고 있다.

> 아오노 : 제가 재미있게 읽은 것은 특히 사토미 씨의 작품 안에서 그것이
> 훌륭하다고도 생각되지는 않지만 ─ 재료는 만주에서 돌아온 상
> 관의 부인과 한낱 병졸이 여러 가지 고생 끝에 일본으로 돌아오
> 는 사이에, 주위의 혼잡한 상황 가운데 두 사람이 살아가면서 느
> 끼는 그 사이의 미묘한 심리가 그려져 있는데, 저는 그토록 침착
> 하게 면밀히 보고 있다는 그 점에서 느낀 것입니다. 보통의 말로
> 표현하면 잘 쓰고 있다는 점이라고 하겠네요.27)

이 점에 대해서는 이토 세이도 찬성하면서 사토미의 소설 기교를 높이
평가하여 "그런 기술적으로 명확한 서술방식으로 현재 소설을 쓰고 있는
작가는 의외로 적은 것 같아요"라고 하면서도 "지나치게 기교가 보인다"
라는 문제점도 지적하였다.28)

반대로 히로쓰 가즈오의 『야마토 거리』에 대해서는 기술이 약하다는

27) 青野吉季, 「創作合評会」, 青野吉季, 伊藤整, 中野好夫参加, 『群像』, 1947年4月号, p.69.
28) 伊藤整, 「創作合評会」, 青野吉季, 伊藤整, 中野好夫参加, 『群像』, 1947年4月号, p.69.

점을 지적하였다. 이 작품은 전쟁 중의 문학보국회에 대한 작자의 분노를 그리고 있는데, 제재를 다루는 방법과 서술방법에는 난점이 있었다.

> 이토 : 히로쓰 씨와 같은 사람이 그런 장면을 쓰고, 그리고 그것을 충분히 그려낼 마음의 여유를 잃을 정도로 성급해진 것은 인간으로서의 히로쓰 씨는 아름답게 보이지만 작가로서는 아무래도 지나치게 성급하다는 느낌이어서….
> (중략)
> 아오노 : 저는 역시 바람직한 것은 그런 것이 빨리 이뤄지는 것보다도 충분히 이뤄지는 것이 바람직하다, 좀 더 자신이 풍부해진다든지, 초월한다든지 그 때 인식하지 않았던 여러가지 점을 나중에 스스로 인식하고 그 넓은 지점에서 그 때의 일을 쓰지 않으면….29)

패전 후의 비평은 이념이 선행하는 경우가 많았는데 이 두 개의 작품에 대한 비평 좌담회에서는 작품을 읽는 것에 대한 철저한 비평적 자세가 엿보인다. 게다가 사상만이 아니라 인물조형과 문학적 기술을 동시에 중시하고 있어 균형이 잘 잡혀 있다. 패전 후 얼마 지나지 않은 때에 전쟁을 비판했다고 해서 작품을 평가하는 것이 아니라 예술적 완성도를 중시하고 있는 것이다. 이것은 즉 '순문예' 정신의 표방이라고 할 수 있을 것이다.

이 첫 번째 「창작비평」에서 또 하나 주의해야 할 문제는 사카구치 안고(坂口安吾)의 『도경(道鏡)』에 대한 논의이다. 이토 세이는 이시카와 준, 다자이 오사무의 창작과 관련하여 이 세 명의 창작으로 부터 하나의 경향을 발견하고 "저는 지금 가장 활약하고 있는 사카구치 안고, 이시카와

---

29) 「創作合評会」, 青野吉季, 伊藤整, 中野好夫参加, 『群像』, 1947年4月号, pp.70-71.

준, 다자이 오사무 이 세 사람에게 무언가 논의할 문제가 있지는 않을까
하고 생각해 왔습니다. 이 세 명의 작가에게는 역시 일종의 시대 감정이
매우 예리하게 반영되고 있다. 직접 작품 안에 반영되고 있지 않아도 쓰
는 태도에 반영되어 있거나 쓰는 형식에 반영되어 있거나 무언가에 반영
되고 있어요. 역시 독자로서도 예를 들어 사카구치 씨가 쓰고 있는 듯한
— 소설로서의 조형은 상당히 제멋대로이지만 무언가 우리들 현실 생활
이 안정도 평화도 앞으로의 예측도 없이 지금은 현재의 승부를 매일 하
고 있는 듯한 그런 기분을 나타내고 있는 것으로"라고 말하고 있다.[30]
주지하는 바와 같이 사카구치 안고, 이시카와 준, 다자이 오사무는 나중
에 문학사에서는 「무뢰파(無賴派)」라고 불리게 되지만 이토의 이러한 비평
은 아마 가장 처음으로 문학사적으로 위치를 부여한 것이라고 해도 될
것이다.

『군조』의 「창작비평」은 평론가와 작가 세 명의 조합으로 3개월 동안
계속되고 다음의 세 명으로 교체한다는 룰이 정확하게 지켜졌기 때문에
특색 있는 코너가 형성되어 계승되어 왔다.[31] 이 「창작비평」은 패전 후
의 많은 중요한 작품들을 들어서 비평하고 패전 후 문학사와 깊은 관계
를 가지고 문학발전을 지켜보는 역할을 해 왔다고 할 수 있다.

4. 동인지와 지방 '문단'

그렇다고는 해도 「창작비평」과 문예시평에서 다룬 작품은 소수이고 앞

---

30) 伊藤整, 「創作合評会」, 青野吉季, 伊藤整, 中野好夫参加, 『群像』, 1947年4月号, p.71.
31) 이 점에 대해서 고노 도시로(紅野敏郎)는 「『群像』創作月評の特質」, 『学灯』, 1996年9月
     号, p.8에서 높게 평가하고 있다.

서 서술했듯이 거의 문예잡지와 종합잡지로 한정된다. 물론 문학상 등을 통해서 동인지와 문단 사이에 교류의 룰이 어느 정도 유지되고는 있었는데, 입상한 작품의 수와 비교해서 무시당한 동인지의 작품은 방대했다.

고마다 신지(駒田信二)의 통계에 따르면, 1964년 동인잡지(소설과 비평)의 총수는 1280권으로, 월간지 20종류, 계간지가 몇 개인가 있는 것 외에 1년에 1번, 또는 2, 3회, 내지는 2-3년에 한 번 출판하는 것도 있다고 한다. 매년 백 개 정도의 잡지가 창간되고 또한 같은 수의 잡지가 휴간 또는 종간.[32] 지역으로 보면 3분의 1은 도쿄에서 발행되고 있었다. 그 다음으로 오사카(大阪), 아이치(愛知), 홋카이도(北海道), 효고(兵庫), 후쿠오카(福岡), 교토(京都), 나가노(長野)이다. 고마다 신지는 동인지의 방대한 작품 가운데에서 "대개는 쓴 채로 사라지는 것이라고 해도 나는 이 수량이야 말로 눈에는 보이지 않지만 일본문학을 지탱하고 있는 가장 견고한 기둥이라고 보고 싶다."라고 동인지의 문학사적 의의를 높이 평가하였다.[33]

이 정도로 많은 동인지 중 중앙 문단으로 들어가는 스텝으로서 창간되어 단명하는 것들이 대부분이지만, 지방에 자리를 잡고 오랫동안 발행되고 있는 것이 그 숫자는 적지만 분명히 존재하고 있다. 동인지의 발행기간이 너무나 짧으면 그 특색이 형성되지 않기 때문에 '문단'이라고는 할 수 없다. 여기에서는 발행기간이 가장 긴 동인지 『규슈문학(九州文學)』을 예로 들어 지방문단의 문제에 대해서 조금 더 자세히 고찰해 보고자 한다.

『규슈문학』은 1938년에 창간되어 전쟁 중에 일시적으로 휴간되었다가 패전 후 다시 복간되었다. 편자 류 간키치(劉寒吉)는 「편집후기」에서 다음

---

32) 駒田信二, 「同人雜誌の展望・1964年」, 『文芸年鑑』, 新潮社, 1965, pp.73-74.

33) 駒田信二, 「同人雜誌の展望・1966年」, 『文芸年鑑』, 新潮社, 1965, p.69.

과 같이 포부를 밝히고 있다.

전쟁의 종결을 계기로 전국적으로 문예잡지가 복간되거나 신간이 속출
하는 것을 볼 수 있다. 너무나 기쁜 현상이지만 그래도 아직 그 동향에
새로운 문학의 태동을 느낄 수 없는 것은 격변의 한가운데에 있는 현상
으로 또한 어쩔 수 없는 일이다. 우리들 규슈문학 동인은 새로운 일본의
르네상스에 대한 보다 좋은 일환이 되기를 각오해야 한다. 이렇게 느끼고
있기 때문에 우리들의 책임은 점점 더 중대해진다.[34]

여기에서 '중앙문단'에 들어가는 것보다도 『규슈문학』을 거점으로 규
슈의 문학 활동을 전개하여 일본 문학 발전에 독자적인 공헌을 하려고
한 편집방침을 엿볼 수 있다. 히노 아시헤이(火野葦平)는 "『규슈문학』은
지방문학의 이름으로 불리고 있다. 지금까지 지방문학은 중앙문학과 비
교해서 정도가 낮은 것처럼 여겨졌다. 그러나 우리들은 결코 그렇게는 생
각하지 않는다. 우리들은 규슈에 있어도 일본적 수준에 이르고 있다고 확
신하고 있다."라고 공언하였다.[35] 약간 과장된 말투이기는 하지만 중앙문
단과 대결하는 『규슈문학』의 자신감을 드러낼 뿐만 아니라 중앙문단과
다른 지방성에 『규슈문학』의 독자적인 의의를 찾아내려고 하는 자세를
볼 수 있다.

이 점에 대해서 『규슈문학』의 동인들도 상당히 자각적이었다. 동인에
의한 「좌담회 오늘날의 작가도(作家道)를 말한다」에서는 『규슈문학』의 특
색으로 다음과 같은 것들을 들고 있다.

---

34) 劉寒吉, 「編輯後記」, 『九州文学』, 1946年1月号, p73.
35) 火野葦平, 「座談会 今日の作家道を語る」, 『九州文学』, 1946年6·7月号, p.53.

히라노 : 머리로 생각하는 것보다도 행동으로 생각한다고 할까 규슈에서
      는 생각보다도 하려고 하는 실천적인 면이 강해요. 그러한 점이
      선이 굵다라는 등으로 표현되고 있어요.
(중략)
하야시 : 우리들은 직업을 가지고 있고 직접 현실 사회와 접하는 면이 많
      기 때문에 서재에 틀어박혀 원고만 쓰고 있는 사람들과는 다른
      면이 저절로 드러나는 것이지요. 원고료에 따라서 부탁을 받고
      쓰는 사람들과는 달라요. 예를 들어 제철소에서 일하고 있고 사
      회의 활동력과 직접 관련하여 활약하고 있는 면이 소설에 흘러
      들어가고 있지요.36)

이 두 가지 점은 전자는 지방의 풍토와 관계가 있고, 후자는 동인지의
성격과 관계가 있다. 동인지인 이상 영업을 목적으로 발행하는 것은 아니
고 작자도 '전문적 문필가'는 아니다. 그렇기 때문에 창작과 게재의 자유
로움은 일반 문예지보다 크다. 물론『규슈문학』으로서는 '단순히 규슈적
인 것이 아니라 규슈적인 성격을 가진 일본적, 세계적인 문학이라는 포부
를 바탕으로 분발해야 한다.'37)는 포부도 가지고 있었다.

동인지의 이러한 특징에 대해서 고마쓰 신로쿠(小松伸六) 씨는 다음과
같이 평가하고 있다.

나는 일적인 면에서 순문학도 대중문학도 알고 있지만 솔직히 말해서
동인지는 보물섬이다. 무엇이 튀어나올지 모르는 보물 상자이다. 단검과
같이 반짝이는 단편 등은 동인지에는 무수히 많다. 제재도 기성작가에게
는 보이지 않는 재미있는 점이 있다. 게다가 그것은 '조사한 소설'이 아니
다. 동인지 작가는 그것을 경험하고 있거나 바로 가까이에서 보고 있거나

---

36)「座談會 今日の作家道を語る」,『九州文學』, 1946年6·7月号, pp.54-55.
37) 火野葦平,「座談會 今日の作家道を語る」『九州文學』, 1946年6·7月号, p.53.

어느 쪽이든지 자신의 생명권 안에서 쓰고 있기 때문에 호소하는 힘이
강한 것이다.38)

'자신의 생명권 안에서 쓰고 있는 것이다'라는 지적은 위에서 언급한
'사회의 활동력과 직접 관련하여 활약하고 있는 면이 소설에 흘러들어가
고 있다.'라는 『규슈문학』동인들의 발언과 호응하고 있다. 이것이야 말로
『규슈문학』과 같은 동인지의 명맥이라고 해도 좋을 것이다.

『규슈문학』 창간 40주년을 맞이하여 류 간키치 씨는 "『규슈문학』에는
호의를 보이는 면과 무시당하는 면 두 개의 면이 있다. 그러나 아무리 차
갑게 무시하려고 해도 규슈에서 40년간 문학의 등불을 계속 피워 온 공
적을 없애는 것은 불가능할 것이다."라고 감개무량하게 회고한 적이 있
다.39) 문학이 쇠퇴했다고 할 정도인 오늘날까지 여전히 발행되어 온『규
슈문학』은 정말이지 경이적인 존재이고 '규슈에서 80년 가까이 문학의
등불을 계속해서 피운 공적을 없애는 것은 불가능하다.'라고 바꿔 말해도
좋을 것이다.

5. 에도가와 란포(江戸川亂步)의 장르론과 '탐정문단'

대중문학도 동인지와 마찬가지로 「창작비평」과 문예시평 등에서는 거
의 다루고 있지 않았다. 이에 대해서 마쓰모토 세이초(松本清張)는 "바쁘기
때문에 (대중문학을)읽지 않는다는 것은 이상하네요. 그것은 비평가인 이

---

38) 小松伸六, 「同人雜誌76」, 『文芸年鑑』, 新潮社, 1977, p.97.
39) 劉寒吉, 「誌歷四十年」, 『夏刻版 九州文学 別冊』, 国書刊行会, 1982, p.85.

상 읽지 않으면 곤란해요."라고 심하게 비판하고 있다.40) 여기에서는 대
중문학의 문제를 '탐정소설'에 초점을 맞춰 '문단'과의 관계를 통해서 생
각해 보고자 한다. 대중문학에는 말할 것도 없이 시대소설(時代小說)과 SF
등이 있지만, 특히 '탐정소설'을 다룬 것은 1960년대의 '순문학 논쟁'의
계기가 된 주된 원인이 '사회파 추리소설'의 유행에 있었기 때문이었다.

　본래 일본의 탐정소설이 '문단'과 전혀 교섭이 없지는 않았다. 아쿠타
가와 류노스케(芥川龍之介), 다니자키 준이치로, 사토 하루오(佐藤春夫) 등
이른바 '문단'의 작가들은 탐정소설을 창작한 일이 있었다. 패전 후 1950
년4월호『신초』는 탐정소설을 특집으로 꾸민 일도 있었다. 그「편집후기
」에는 '문학잡지의 독자에게는 그다지 익숙하지 않은 탐정소설을 특집으
로 꾸렸다. 또한 지식인의 훌륭한 독서물이 될 수 있다고 생각했기 때문
이다. 이것으로 현대 일본 탐정소설의 수준을 알 수 있을 것이다.'라고
적고 있다.41) 그러나 이 시도는 반드시 성공했다고는 할 수 없을 것이다.
이 특집에 기고한 에도가와 란포는 이후에 다음과 같이 회상하고 있다.

　　　이들 창작 가운데에서는 기기(木々) 씨의『소녀의 엉덩이』가 훌륭했다.
　　그 외의 작가의 것은 매수에 제한이 있었던 점과 기한까지의 날짜가 적
　　었던 관계로 각 작가의 최고 수준에 이르지는 못한 것 같다.42)

　『신초』의 탐정소설 특집호는 이번 한 번뿐이었다. 신초사(新潮社)의 것
으로 중간소설(中間小說) 전문잡지로는『소설신초(小說新潮)』가 별도로 있었

40) 松本清張,「座談会文学は誰のためのものか」, 有馬頼義, 柴田錬三郎, 松本清張参加,『群像』,
　　1959年12月号, p.144.
41)「編集後記」,『新潮』, 1950年4月号, p.172.
42) 江戸川乱歩,『探偵小説四十年下』, 光文社, 2006, p.395.

기 때문에 탐정소설은 『소설신초』로 돌려도 좋겠다는 것이었겠지만 탐정소설 특집이 예측한 대로의 효과를 올리지 못한 것에 그 원인이 있다고 할 수 있다.

'문단'과의 관계를 생각할 때 이 특집에 에도가와 란포가 기고한 비평문 「탐정문답」에 주목해야 할 것이다. 이 문장은 문답 형식으로 에도가와 란포의 탐정소설관을 잘 보여주고 있다. 당시 에도가와 란포와 기기 다카타로(木々高太郎)는 탐정소설 순문학론을 둘러싸고 논쟁을 벌이고 있었다. 기기 다카타로는 에드가 알란 포 이래의 탐정소설이 만족스럽지 못하다고 하고 순문학적 탐정소설론을 제창하여 탐정소설, 과학소설, 괴기소설, 스릴러, 고증소설(考証小説), 심리소설, 사상소설 등을 전부 '추리소설'이라는 새로운 명칭 안에 넣으려고 하였다. 그에 대해서 에도가와 란포는 반대의견을 표명하였다. 문예잡지 『신초』에서도 에도가와는 지론인 '탐정소설 유희론(探偵小説遊戯論)'을 반복하여 굳이 탐정소설이 순문학이 되는 것을 강하게 부인하였다. 그에 따르면 "문학은 인생과 격투하여 그 진실을 찾으려고 하거나 인간 세계의 모든 슬픔, 기쁨을 그리거나 또는 신에 대해서 이야기하거나 또는 악마에 대해서 이야기하는 것인데 탐정소설 속에 그러한 것이 자연스럽게 들어오는 것은 피하기 어렵지만, 의도하는 바는 완전히 별개로, 즉 만들어진 거짓을 — 가장 이상한 것은 수수께끼를 — 불가능하게 보이는 수수께끼를 논리적으로 해결해 보이는 재미를 목적으로 한 소설이다."라고 하였다. 란포는 이렇게 말하고 다음과 같이 결론을 내렸다.

즉 인생과 관계되는 수수께끼를 풀려고 하는 소설은 순문학, 인생과 관계되지 않은, 만들어진 것의 수수께끼를 푸는 것이 탐정소설이라는 것

이다. 즉 유희문학인 것이다.[43]

물론 에도가와 란포는 탐정소설의 문학성을 전부 부정하려는 것이 아니다. 그의 전쟁 이전의 창작은 스스로도 인정한 것처럼 본격파라고 하기보다도 오히려 문학파에 속하고 있었다. 단 그의 '문학적 본격론'이라는 것은 수수께끼와 논리의 흥미를 방해하지 않는 범위에서' 보통 문학의 수법, 인생의 문제를 가능한 한 넣으려고 한 입장이었다.[44] 따라서 에도가와 란포의 입장에서 보면 기기 다카타로의 '순문학적 탐정소설론'은 '수수께끼 풀이 소설의 재미를 거의 무시하고 무언가 범죄와 관련된 것, 혹은 인생의 수수께끼라고 하는 것을 포함한 보통문학의 방향'이기 때문에 탐정소설이라는 장르를 소멸시켜 버릴 위험성이 있었다.[45]

사상소설까지 추리소설이라고 부르게 되면 문학사상의 대작의 반 이상이 추리소설이 되어 버린다. 그렇다면 탐정소설이라는 특수한 장르를 애매모호한 것으로 만들어 버리고 보통문학과 혼합해 버려, 모처럼 분화된 것을 미분화된 옛날의 상태로 돌이키는 것이 된다.[46]

에도가와 란포는 '아득한 이상'으로서는 탐정소설 문학론에는 반대하지 않지만, 실제적인 문제로서 일단 보통문학과 탐정소설을 나눠서 생각하는 편이 좋다고 주장하였다. "성급하게 문학을 목표로 한 나머지 탐정소설을 멸망시켜 버려서는 안 된다. 단순히 현재의 보통문학을 모방하는 방향을 따르면 아무래도 탐정소설의 근본적인 흥미가 사라져버린다."[47]

---

43) 江戸川乱歩, 「探偵問答」『新潮』, 1950年4月号, p.142.
44) 江戸川乱歩, 「探偵小説純文学論を評す」, 『夏刻 幻影城』, 沖積舎, 1997年, p.211.
45) 위의 책, p.212.
46) 江戸川亂歩, 「探偵問答」 앞의 책, p.140.

분명히 여기에서는 에도가와 란포의 강한 장르 의식이 움직이고 있다고 할 수 있다.

기기 다카타로가 도스토예프스키의 『죄와 벌』과 『카라마조프』 등을 탐정소설 안에 넣어서 탐정소설의 지위를 높이려고 한 것에 반해 에도가와 란포는 장르가 다르기 때문에 평가기준도 달라진다고 주장하였다. 『죄와 벌』과 『카라마조프』는 문학으로서는 위대하지만 "수수께끼 풀이의 논리라고 하는 것에 힘이 실려 있는 것은 아니기 때문에", "탐정소설로 보면 대단한 것은 아니다"라고 단언하고 탐정소설이라는 장르에 강하게 집착하고 있었던 것이다.[48]

에도가와 란포는 탐정소설이 순문학으로 흡수되는 것을 거부했기 때문에 패전 후 탐정소설에 관한 평론을 많이 썼다. 「영미 탐정소설계의 전망」, 「영국 신본격파의 작품」, 「영미탐정소설 평론계의 현 상황」 등 구미의 탐정소설 창작의 동향과 「범인의 입장에서 쓴 탐정소설(倒叙探偵小説)」, 「범인의 입장에서 쓴 탐정소설 재설(倒叙探偵小説再説)」 등을 소개하고 일본 탐정소설계의 시야를 넓히려고 노력하였다. 그 가운데에서 특히 '범인입장에서 쓰는' 방법은 마쓰모토 세이초의 『점과 선(点と線)』 등 사회파 추리소설의 창작에 방법론적으로 크게 계발된 것이었다.[49]

이러한 장르 의식이 있었기 때문에 에도가와 란포는 패전 후 적극적으로 움직이고 1947년 6월 21일에 패전 후 탐정소설에 관련된 사람들을 결집시키는 조직 — 탐정작가 클럽을 만든 것이었다.[50] 탐정작가 클럽의

---

47) 위의 책, p.143.
48) 위의 책, p.142.
49) 王志松, 「從倒叙偵探小説到社会派推理小説--論松本清張<点与線>」, 『東北亜外語研究』, 創刊号, 2013年1期, pp.52-58.
50) 그 전신은 토요회(土曜會)이다. 1946년 봄에 탐정소설 애호가와 작가 지망생이 란포를

목적은 다음과 같다. '본 모임은 탐정작가를 중심으로 한 동호인 기관으로 탐정소설의 진보향상과 그 국제적 교류을 꾀하고, 내외 탐정소설 및 범죄 과학에 대해서 연구하며 범죄방지의 모든 시책에 공헌하기를 기대하는 것이다.'51) 이 목적을 달성하기 위해서 각각의 위원회를 설치하여 다음의 사업을 진행한다.

1. 내외 탐정소설 및 범죄과학에 관한 자료수집, 조사, 연구, 소개 및 출판.
2. 탐정소설 및 범죄과학에 관한 각종 연구회, 강연회, 전람회, 영화상 연회 등의 개최.
3. 각국의 탐정작가 협회와 연계, 해외 우수 작품의 번역, 출판 알선, 일본 탐정소설의 해외진출.
4. 신문사, 잡지사, 출판사를 위해서 본 모임의 회원에게 집필 알선. 탐정소설 특집호 등의 기획, 편집, 신인우수 작품의 추천. 탐정영화, 탐정극 등의 계획.
5. 범죄 수사 및 방범에 관한 사법, 경찰 당국에 대한 협력.
6. 탐정작가 클럽상의 설정.
7. 탐정소설 연감의 편집 및 출판.52)

상기의 사업 가운데에서 해외 탐정소설의 번역은 저작권 등의 문제로 좌절되었지만, 출판계, 잡지사, 영화계 등과 적극적으로 접촉한 것과 탐

찾아오는 경우가 늘어나서 에도가와 란포는 재경작가(在京作家)에게도 도움을 청하여 니혼바시(日本橋)의 가와구치옥 총포점(川口屋銃砲店) 빌딩에 방 하나를 빌려서 매달 한 번씩 모여 탐정소설에 대해서 이야기하는 모임을 만들었다.(中島河太郎,「日本探偵作家クラブの歩み」, 日本推理作家協会編,『推理小説研究』15号, 1980, pp.12-13)

51) 탐정작가 클럽의 규정은 中島河太郎,「日本探偵クラブの歩み」, 日本推理作家協会編,『推理小説研究』15号, 1980年6月号, p.14에서 인용함.
52) 탐정작가 클럽의 규정은 中島河太郎,「日本探偵クラブの歩み」, 日本推理作家協會編,『推理小說研究』15号, 1980年6月号, pp.14-15에서 인용함.

정 작가 클럽상의 설정에 의한 탐정우수작의 표창, 사회적 선전과 신인의 발굴 등은 분명히 패전 후의 탐정소설의 발전에 크게 기여하였다. 이와 같이 형성된 언설공간을 에도가와 란포는 '탐정계'라고 부르기도 했고, 나카지마 가와타로(中島河太郎)는 『추리소설 전망』에서 '탐정문단'이라고 부르기도 했다.53) 탐정작가 클럽은 1963년에 「법인 일본 추리작가 협회」로 이어져서 오늘날에 이르고 있다.

패전 후 일본의 탐정소설이 크게 발전한 것은 결코 우연이 아니다. 그 중요한 원인의 하나로서 '탐정문단'이 있었다는 것을 들 수 있다. 거기에는 '보통문학 문단'과는 다른 창작에서 출판까지의 루트, 문학상 선정 등의 평가 시스템이 있었다. 그리고 그 차이를 견지했기 때문에 1950년대 후반부터 그 다른 특성을 가지고 '보통문학 문단'의 '문학'개념을 뒤흔들어 '순문학논쟁'을 일으켰을 뿐만 아니라 일본문학 전반의 새로운 발전을 촉진시킨 것이었다.

결론

패전 후 일본의 문단은 저널리즘을 바탕으로 다원적으로 형성되었다. 그 중심적인 위치를 차지하는 것은 『신초』, 『군조』 등의 문예잡지와 종합잡지에 발표된 작품, 그것을 둘러싼 비평으로 이루어진 언설공간이다. 이 언설공간은 문학적인 입장에서 사상문제와 문화문제에 대해서 발언하기도 하고 사회로의 참여의식을 가지면서도 '정치'와 '상업' 등과 일정한

---

53) 中島河太郎, 『推理小説展望』, 東都書房, 1965.

거리를 유지하여 '순문예' 정신을 견지하기 위해서 패전 후의 '문단문학'을 발전시키는 역할을 해 온 것이다. 그러나 이 언설공간에 의해 동인지 게재작품과 탐정소설과 같은 대중문학 작품 등이 거의 무시를 당해 온 것도 사실이다. 그래서 『규슈문학』과 같은 동인지와 '탐정문단'과 같은 대중문학 창작계는 '문단문학'과 교류하면서도 문학이념과 창작수법, 창작 태도, 작품 유통의 루트 등에서 다른 독자적인 언설공간을 형성하였다. 이러한 창작계의 차별화는 서로 얽혀가면서 복합적으로 현대 일본문학의 다원성을 구성하여 그 풍부함을 초래했다고 할 수 있을 것이다.

번역 : 김정희

‖함 충 범‖

영화 〈우리 청춘에 후회 없다〉(1946)에서의
전범국 일본의 역사적 과거*

1. 들어가며

태평양전쟁 종결 이후 갑자기 밀려들던 수입 외국영화의 물결 속에 흥행 위주의 오락영화가 수적으로 우위를 점하며 영화 제작의 흐름을 주도하던 패전국 일본에서, 이른바 '테마 영화(テ―マ映畵)'[1], '아이디어 영화'[2] 등의 이름으로 시대성을 견지한 작품군이 커다란 반향을 일으킨 바 있었다.[3] 해당 종류의 영화는 흔히 동시기 미국의 대일본 점령정책 기조인

---

* 이 글은 필자의 학술논문 「전후 일본영화와 군국주의 일본의 과거-<우리 청춘에 후회 없다>(1946)를 중심으로-」(『현대영화연구』 11호, 한양대학교 현대영화연구소, 2011)의 내용을 수정 · 보완한 것임.

1) 岩崎昶, 『映畵史』, 東洋経濟新報社, 1961, p.218.
2) 요모타 이누히코(四方田犬彦), 박전열 역, 『일본 영화의 이해』, 현암사, 2001, p.147.
3) 1919년 창간된 일본의 대표적 영화잡지 『키네마준포(キネマ旬報)』가 매년 선정하는 '베스트 텐'에서, 1946년도 일본영화 부문 1위로 기노시타 게이스케(木下惠介) 감독의 <오소네가의 아침(大曾根家の朝)>이, 2위로 <우리 청춘에 후회 없다>가 뽑혔는데, 두 작품 모두 여기에 속하는 영화였다. 키네마준포 베스트 텐(キネマ旬報 ベストテン) 홈

'비군사화' 및 '민주화'를 주제화하였는데, 그 과정에서 일본의 역사적 과거는 필연적으로 개별 작품과 연결될 수밖에 없었다.

이러한 작품군의 대표작이라 할 만한 <우리 청춘에 후회 없다(わが靑春に悔なし)>(1946)의 경우도 예외가 아니었다. 특히 영화의 시간적 배경은 일본 군국주의가 침략주의로 발현된, 만주사변 발발(1931)에서 태평양전쟁 종결(1945) 시기에 이르는 이른바 '15년 전쟁' 기간을 아우르며 설정되어 있다. 게다가 이 작품의 제작사, 각본가, 연출가는 태평양전쟁 시기 공통적으로 국책영화 제작에 가담한 전력도 있었는데, 제작사인 도호(東寶)는 중일전쟁이 발발한 1937년부터 줄곧 일본의 유력 극영화 제작사로 군림하던 회사였고[4] 각본을 담당한 히사이타 에이지로(久板榮二郞)와 연출을 담당한 구로사와 아키라(黑澤明)는 피점령기 가장 괄목할 만한 활약을 펼치던 시나리오작가 및 영화감독 중에 하나였다. 이러한 점들로 미루어 볼 때, <우리 청춘에 후회 없다>는 전후 일본영화에 당대 일본의 시대상과 일본인의 시대정신이 어떻게 투영되어 있는지를 가늠토록 하는 프리즘이 될 수 있다.

이에, 이 글에서는 <우리 청춘에 후회 없다>에 전범국 일본의 역사적 과거가 어떻게 결부되어 있는가에 관해 작품론의 차원에서 탐구한다. 우

페이지(http://wonderland02.web.fc2.com/movie/cinema/cinemabest11.html) 참조. / 또한, <우리 청춘에 후회 없다>가 개봉하기 전인 1946년 8월 『마이니치신문(每日新聞)』의 영화 콩쿠르에서는 <오소네가의 아침>이 우수각본상과 우수기술상을, 이마이 다다시(今井正) 감독의 <민중의 적(民衆の敵)>이 우수감독상을 수상하였는데, <민중의 적> 역시 그러한 영화들 중에 하나였다. 筈見恒夫, 『映畵五十年史』, 創元社, 1951, p.368.

4) 태평양전쟁 발발 이후 일본은 극영화의 경우 도호, 쇼치쿠(松竹), 다이에(大映) 등의 3사로, 기록영화와 과학영화를 합친 문화영화의 경우 니혼(日本), 리켄(理硏), 덴쓰(電通) 등의 3사로 제작사를 통합한 바 있었으나, 패전 이후 이러한 독과점 형태의 체제가 와해되고 태평양전쟁 이전에 존립하던 회사들이 재설립되는 등 제작사의 구도 변화가 일어났다.

선 일본의 과거가 어떠한 방식으로 서사의 토대가 되는 시간 구획을 설정하며 시대적 배경을 구성하는지를 살펴본다. 이어 그것이 작품 속에 어떻게 내재되어 내러티브를 전개하고 주제를 드러내는지를 분석한다. 아울러 영화에서 발견되는 군국주의 역사에 대한 부정 및 청산의 시도와 한계를 고찰할 것이다. 이를 통해 전후 일본영화의 시대반영 양상을 구체적이고 심층적으로 파악하고자 한다.

2. 역사적 사건을 통한 서사의 구축

<우리 청춘에 후회 없다>는 교토제국대학(京都帝國大學) 야기바라(八木原, 大河內傳次郎 분) 교수의 딸 유키에(幸枝, 原節子 분)가 아버지의 제자 가운데 한 사람인 노게(野毛, 藤田進 분)를 사랑하고 진정한 삶의 가치를 획득하며 '후회 없는 청춘'을 보낸다는 줄거리의 작품이다. 전체적인 이야기의 축은 유키에-노게의 관계와 이별, 재회와 결혼, 노게의 죽음과 유키에의 생활 등으로 세워져 있는데, 이를 단순한 멜로드라마의 구조로 단정할 수 없는 이유는 그것들이 1930~40년대 일본의 시대적 배경과 밀접하게 결부되어 있기 때문이다.

이 영화에서 스토리 상의 내재적(diegetic) 시간은 1933년, 1938년, 1941년, 1945년 등 크게 4기로 나뉘어져 있고 이를 토대로 각각의 시퀀스가 배열되어 있는데, 이들 시기의 시간적 경계는 대표적인 외재적(nondiegetic) 표현 형식인 자막을 통해 분절되어 있다. 물론, 이 작품에서 타이틀 자막 및 엔딩 자막을 제외한 중간 자막은 공간적 배경, 시대 상황, 주제 의식 등에 관한 종합적인 정보를 제공해주기도 한다.

영화의 가장 처음 부분에 위치한 첫 번째 자막은 프롤로그의 성격을 띤다. 그것은 "만주사변을 계기로 군벌, 재벌, 관료는 제국주의 침략의 야망을 강화하기 위해 국내의 사상통일을 목적으로 우리들의 침략주의에 반대하는 일체의 사상을 적색분자로서 탄압하였다. 교토대학 사건(京大事件, 1933)도 그 하나였다."라며 시대적 환경에 대해 설명한다. 또한 이 작품이 교토대학 사건으로 소개하는 다키가와 사건(瀧川事件, 1933)[5]을 모티프로 만들어졌으되 등장인물은 작가의 창작 활동에 의한 허구적 인물이라는 점을 명시한다. 첫 번째 자막으로부터 곧바로 이어지는 "京都(교토)"라는 두 번째 자막은 영화의 공간적 배경을 지시하는 동시에 관객을 스토리 안으로 안내하는 역할을 수행한다. 두 번째 자막 다음에는 요시다산

---

5) 다키가와는 당시 교토제국대학 법학부 교수였으며, <우리 청춘에 후회 없다>에서는 야기바라 교수의 실존 모델이기도 하다. 다키가와 사건의 전말은 다음과 같다. 1930년 대 일본에서 군부 파시즘이 성행하는 가운데 좌익 세력에 대한 탄압이 극에 달하였다. 이때 극우단체 및 문부성을 중심으로 자유주의적 성향의 다키가와 유키도키(瀧川幸辰)를 '적화 교수'라고 공격하는 일이 벌어졌다. 1932년 10월 다키가와의 강연 「톨스토이의 『부활』에 나타난 형벌사상」을 문제 삼아, 국가 비판적 언사가 불온하다는 이유로 문부성이 교토제국대학에 시정을 요구하였다. 1933년 3월에는 제64의회에서 정우회(政友會)의 미야자와 유타카(宮澤裕)가 다키가와의 저서 『형법독본(刑法讀本)』을 예로 들며 당시 문부성 대신 하토야마 이치로(鳩山一郎)에게 적화 교수에 대한 단속 결의를 요구하였다. 그리고 동년 4월 10일 다키가와의 『형법독본』과 『형법강의(刑法講義)』가 내무대신에 의해 발행금지 처분을 받았고, 문부성은 이를 이유로 다키가와의 사임을 요구하였다. 교토제국대학 법학부 교수회는 이것을 거부하였으나, 문부성은 5월 25일 다키가와의 휴직을 일방적으로 결정하였다. 그러나 다음 날, 법학부 교수회는 학문적 자유와 대학 자치의 유린 행위에 대해 항의한 후 일동으로 사표를 제출하였다. 법학부를 비롯한 각 학부의 학생들 역시 교수회에 대한 지지를 표명하고 여타 대학생 및 시민에 호소하는 한편 문부성에 항의하는 등 적극적인 학생운동을 펼쳤다. 그러나 6월14일 고니시 시게나오(小西重直) 총장이 사직한 후, 결국 새로운 총장 마쓰이 모토오키(松井元興) 체제 하에서 7명의 교수가 잔류하고 다키가와를 비롯한 7명의 교수, 4명의 조교수, 8명의 강사 및 조교가 사직하는 것으로 사건은 마무리되었다. 학생 운동의 조직 또한 당국의 탄압에 의해 와해되었다. 이후 다키가와는 영화에서처럼 변호사 활동을 시작하고(1939) 전후에는 교토대학으로 복귀하였으며(1946) 1953년에는 교토대학 총장에 오르기도 하였다.

(吉田山)에서의 소풍 시퀀스가 나오고 그것이 끝나면 세 번째 자막이 뜬다. 세 번째 자막은 "昭和八年(1933년)"이라는 단순한 시간적 정보만을 제공한다. 요시다산 시퀀스의 시간적 배경은, 정확하게 가늠하기는 어렵지만 세 번째 자막 이후 시퀀스들의 그것과 동일한 1933년으로 느껴진다. 그럼에도 불구하고 첫 번째, 두 번째 자막과 세 번째 자막이 분리되어 있는 것은, 세 번째 자막이 다키가와 사건의 극중 버전인 '야기바라 교수 사건'을 강조하기 위한 영화적 장치로서 고안되었기 때문으로 해석된다. 한편 네 번째, 다섯 번째는 각각 "昭和十三年(1938년)", "昭和十六年(1941년)"으로 세 번째 자막처럼 단지 연도만을 표기한다. 다섯 번째 자막 다음에는 야기바라 교수와 과거 그의 동료 교수의 대화 장면이 잠시 등장하고 그 다음으로 여섯 번째 "東京(도쿄)"라는 자막이 나오면서 등장인물들의 활동 영역이 도쿄로 옮겨지게 되었다는 점을 설명한다. 그리고 마지막 일곱 번째의 경우는 "裁きの日-敗戰そして自由甦る日(심판의 날-패전 그리고 자유 소생하는 날)"로 패전에 의미를 부여한다.

이렇듯 <우리 청춘에 후회 없다>는 모두 일곱 번의 중간 자막 삽입을 통해 일차적으로 서사 구조 상의 전반적인 시간적 정보를 제공하며 특정한 시대적 배경을 구성한다. 세 번째, 네 번째, 다섯 번째 자막은 연도 표시를 통해 그것을 직접적으로 제시하고, 첫 번째, 일곱 번째 자막은 다키가와 사건과 패전 등의 역사적 사건을 통해 간접적으로 암시한다. 그럼으로써 이야기의 흐름을 유도하며 작품 전체를 이끌어간다.

그런데, 이러한 시간적 구조의 기본 골격은 만주사변(1931), 중일전쟁(1937), 태평양전쟁(1941), 패전(1945)으로 이어지는, 전쟁국가 일본이 일으킨 일련의 굵직한 역사적 사건들을 중심으로 형성되어 있다.

그리고 이 작품은 이들 사건의 존재감과 영향력을 영상, 편집, 자막,

소리(대사, 음향, 음악) 등 다양한 영화적 형식으로 표출한다. 이로 인해, 관객의 입장에서 만주사변은 첫 번째 자막을 비롯하여 요시다산에서 쓰러진 군인의 모습과 총 소리 및 야기바라 교수의 집에서 유키에와 이토카와(糸川, 河野秋武 분)를 앞에 두고 펼쳐지는 노게의 대사를 매개로, 중일전쟁은 야기바라 교수 사건이 야기바라 교수 및 학생 측의 패배로 마무리된 이후 교토제국대학 학생들의 모습과 그들이 부르는 노래가 5년의 세월이 지난 뒤 군인들의 모습과 그들이 부르는 군가로 디졸브(dissolve)되면서, 태평양전쟁은 노게 사건에 연루된 유키에가 형사들에게 심문을 받던 중 일본군의 진주만 공습을 알리며 흘러나오는 라디오 방송 및 12월 8일을 가리키는 경찰서 벽면에 걸린 달력을 통해 시청각적으로 인식된다.

주목할 점은, 이러한 일본의 역사적 과거가 영화 내에서 단지 내러티브 상의 시간적 배경을 구축하는 데 머물지 않고 작품 전체의 성격을 드러내거나 주제를 표출하기도 한다는 사실이다.

실제로 <우리 청춘에 후회 없다>에 개입되어 있는 과거 일본의 역사적 층위는 그리 단순하지 않다. 여기에는 일본의 파시즘화 및 패전 등의 시대적 배경과 노게 및 유키에의 학생운동, 반전운동, 농촌문화운동 등의 공적이면서도 개인적인 역사가 복잡다단하게 얽혀 있는 것이다. 이를 통해 영화는 이야기 구조의 논리를 강화하고 시청각적 이미지의 흐름을 주도한다. 이 작품이 멜로드라마의 외양을 지니고 있음에도 불구하고 평범한 멜로드라마로 분류될 수 없는 이유이다.

3. 영화 속 과거와 영화 밖 현재의 끊임없는 대화

<우리 청춘에 후회 없다>에서 노게와 이토카와는 만주사변 이후 발생한 1933년 일본의 국제연맹 탈퇴와 야기바라 교수 사건을 겪으며 삶의 노선과 성향에 따라 각기 다른 길을 걸어가는데,6) 그들 사이에서 유키에의 마음은 이토카와보다는 노게에게 향한다. 그러다가 중일전쟁을 거치며 이토카와는 검사로 출세하고 노게는 좌익 활동을 지속하지만, 유키에는 노게와 결혼한다. 그러나 태평양전쟁의 전운이 감도는 가운데 노게는 체포되고 유키에 역시 심문을 받는다. 태평양전쟁의 발발 직후 유키에는 풀려나지만 노게는 옥사한다. 이를 계기로 유키에는 노게의 고향으로 가서 그의 노부모와 함께 농지를 개간한다. 결국 패전의 날이 온 후 야기바라 교수는 복직하고 노게의 전력(前歷)은 정당한 평가를 받는다. 그리고 유키에는 다시 노게의 고향에서 농촌문화운동을 펼치게 된다.

이처럼 이 작품은 전쟁국가 일본의 공적 역사가 극중 등장인물들로 대변되는 개개인의 일본인들에게 얼마나 커다란 영향을 미쳤는가 하는 점을 내비춘다. 그래서 표면적으로는 등장인물들의 사적인 삶이 마치 과거 일본의 집단화된 역사적 궤적에 종속되어 있는 듯하다.

하지만 이면을 들여다보면 실상은 그렇지만은 않다. 등장인물 누구라도 특수한 환경 속에서 삶의 방향을 결정하는 이는 결국 자기 자신이기 때문이다. 암울한 시대적 배경은 그야말로 주어진 상황일 뿐이며, 인간 본연의 사고와 의지까지 지배하지는 못한다. 따라서 몸은 고단하지만 정의로움을 지닌 노게도, 생활은 안정적이나 떳떳하지 못한 이토카와도 인

---

6) 쓰즈키 마사아키(都築政昭)는 이들을 "전시 하에 살던 인텔리의 두 전형"으로 보고 있다. 都築政昭, 『黑澤明-全作品全生涯』, 東京書籍, 2010, p.135.

생의 결단의 책임은 결국 본인에게 있는 것이다. 유키에 역시 마찬가지이다. 노게를 좋아하고 그를 찾아가고 그와 결혼하고 그의 길을 따르는 모든 과정은 자신의 판단과 선택에 의해 이루어진다. 그렇기에, 이 작품은 유키에의 자기성찰 및 자아실현의 과정을 그린 성장영화에 더 가깝게 느껴진다.

주목할 부분은, 이러한 특징을 지니고 있는 이 영화가 동시기 일본인 관객에게 시사하는 바가 적지 않을 것이라는 점이다. 그런데 과거의 인물형을 통해 현재의 대중에게 특정 메시지를 전달하기 위해서는 둘을 잇는 특별한 의미화 과정이 필요하다. 그리하여 영화는 전전(戰前) '군국주의 일본'의 과거와 전후(戰後) '민주주의 일본'의 현재의 시간적 경계를 끊임없이 넘나든다. 이에 대해, 자막에 의해 분절되어 있는 주요 시기의 시퀀스 내용 별로 보다 자세하게 살펴보도록 하자.

첫째, 야기바라 교수 사건 이전의 1933년. 어느 화창한 날 야기바라 교수 부부와 유키에, 그리고 일곱 명의 청년 제자들이 교토의 요시다산(吉田山)에 오른다. 발랄한 성격의 스무 살 처녀 유키에는 노게와 이토카와로부터 관심을 받는다. 노게는 적극적이고 대담한 반면 이토카와는 다소 소극적이고 소심하다. 두 사람의 성격 차이는 시냇물 신에서 대비되며 묘사된다. 건너편에서 둘은 모두 유키에에게 손을 내밀지만 그녀는 선뜻 손을 잡지 못한다. 이때 노게는 주저 없이 물에 발을 담그며 유키에를 손에 안고 시내를 건너간다. 이를 본 다른 학생들은 노게에게 박수를 보내고 이토카와는 무안해 한다. 이때 유키에가 의기소침해 있는 이토카와에게 장난을 걸고 산 정상으로 달려간다. 나머지 학생들도 그녀를 따라 올라간다. 산 정상에 오른 젊은이들은 한가로이 교토 시내를 바라본다. 그 중 한 학생이 교토제국대학을 가리키며 격앙된 목소리로 "자유, 자유의 학원 교토제국대학, 빛나는 상아탑, 학문의 메카, 자유의…"를 외치는데, 이때 어디서인가 여러 발의 총소리가 들려온다. 노게는 입버릇처럼 만주사변 이후 시대는 변하고 있고 이제 자유를 외칠 수 있는 시간도 얼마 남지 않았다고 걱정한다. 이러는 그에게 면박을 주며 산 밑 작게 보이는 군인들을 발견한 유키에는 총소리가 듣기 좋다며 숲 쪽으로 다가가고, 거기서 사경을 헤매며 쓰러져 있는 군인을 발견한다. 한편, 자신의 딸과 제자들을 뒤따라 산으로 올라가던 야기바라 교수 부부 또한 산 중턱에서 총소리를 듣는다.

비록 영화의 물리적 시간 및 스토리 시간 양면에서 다소 짤막한 구성으로 이루어져 있지만, 이러한 내용의 요시다산 시퀀스는 영화 초반부에 위치하며 적지 않은 비중을 차지한다. 우선, 극의 전체적인 방향과 흐름에 대한 복선의 기능을 담당한다. 학문과 사상의 자유를 부르짖는 목소리가 군인들의 총소리에 파묻혀 버리는 장면은 향후 일본에서의 군국주의적 파시즘의 대두를, 쓰러진 군인의 모습은 일본의 전쟁 패배를 암시하는 듯하다. 아울러 시냇물 신은 유키에가 이토카와가 아닌 노게와 동고동락하며 이 둘이 사람들에게 박수를 받을 일을 한다는 것을 은유적으로 시사한다. 다음으로, 극중 해당 시기가 평화와 자유의 마지막 시절로 상징화된다. 극중에서 유키에와 노게 부부는 경찰에 체포되기 전에 숲 속 꽃밭에서 평화로운 시간을 보내는데, 이 장면은 노게가 부는 휘파람 소리의 리듬과 더불어 영화의 처음 부분과 연결된다. 중요한 것은 이를 통해 당시 관객들이 특별한 연상 작용을 경험하였을지 모른다는 점이다. 즉, 전쟁과 패전을 경험한 일본인이라면 15년 전쟁 이전 평화의 시기란 곧 (극중에서 학생들이 교토 시내를 한 눈에 내려다보듯이) 제한적이나마 군국주의적 파시즘과 침략적 팽창정책에 대한 우려와 비판이 가능하던 시기에 다름 아니었다는 고찰을 계기로, 또 다시 평화를 회복하기 위해서는 (노게 또는 유키에처럼) 일본 국민으로서 자유를 부르짖고 그 권리를 행사해야 함을 무의식적으로나마 공감하였을 가능성이 농후하다. 그리고 그것은 이후 보다 다양한 시퀀스를 통한 내러티브 전개 과정을 거치며 갈수록 짙어지게 된다.

둘째, 야기바라 교수 사건 이후의 1933년. 문부성의 야기바라 교수 퇴임 조치를 다룬 신문 기사 장면을 시작으로 야기바라 교수 사건의 전말이 공개된다. 야기바라 교수 사건의 본질이 군국주의와 침략주의에 있다고 주장하던 노게는 학문 및 언론의 자유와 파시즘 반대를 슬로건으로 걸고 학교에서 학우들과 학생운동을 주도하다가 경찰에 연행된다. 이런 와중에 야기바라 교수 사건 역시 당국의 탄압과 문부성의 회유책, 일부 교수들의 굴복이 이어지며 당사자의 사직으로 일단락된다. 영화는 이러한 과정을 다양한 다큐멘터리 화면과 신문 지면을 통해 매우 생생하게 묘사한다. 한편 사건 종결 이후 야기바라 교수의 집에서는 그와 그의 제자들이 향후 학생들의 행동 방향에 대해 토론하는데, 이 자리에서 야기바라 교수는 학업을 포기하면서까지 학생운동에 뛰어드는 것에 반대한다. 여기에는 유치장에서 나와 본격적인 좌익운동을 도모하던 노게와 집에서 어머니의 눈치를 보던 이토카와는 참석하지 않는데, 이를 통해 노게와 이토카와의 성격 및 그들에 대한 사람들의 시선이 다시 한 번 대비된다.[7]

---

7) 결국 이토카와는 다른 학생들이 돌아간 뒤에서야 야기바라 교수의 집에 방문하는데, 거기에서 그는 유키에로부터 야기바라 교수가 자신의 제자들이 학업을 그만두고 학생운동을 펼치는 것에 반대한다는 소식을 듣고 안도한다. 이때 유키에는 이토카와에게 다른 학생들이 그를 배신자로 불렀다는 사실을 일러준다. 그 말을 들은 이토카와는 힘없이 밖을 나서다가 다시 돌아와 유키에에게 자신은 피치 못할 사정이 있다며 변명한다.

눈에 띄는 부분은 유키에의 마음이 우유부단하고 기회주의적인 이토카와보다는 옳고 그름을 분명히 하고 자신의 소신을 굽히지 않는 노게로 향하고 있다는 점이다. 이는 특히 야기바라 교수 사건 초기 그의 집에서 유키에와 이토카와가 대화하는 장면에서 두드러진다.[8] 노게와의 설전으로 마음이 편치 않은 유키에는, 노게가 돌아간 뒤 담배를 입에 무는 등 안절부절 못하다가 남아 있던 이토카와에게 대뜸 머리를 바닥에 대고 자신에게 사과하라고 요구하고, 이토카와는 결국 그렇게 하고 만다. 그를 일으켜 세운 후 괴로워하는 유키에는, 누구한테든 심한 말을 일삼는 노게에 대해 신경 쓰지 말라고 위로하는 이토카와에게 "괜찮지 않나요? 노게 씨는 진실을 말한 것뿐이에요. 당신은 그 정도의 말은 할 수 없어요"라며 오히려 그의 말을 반박한다. 중요한 점은 이러한 유키에, 노게, 이토카와의 모습과 과거 전쟁에 대처한 일본 국민들의 태도에 알레고리가 형성되어 있다는 사실이다. 그리고 이는 이 작품이 나온 시기로도 확장된다. 자신들을 지배하던 일본적 가치를 상실한 채 아노미를 경험하던 당시 일본인의 입장에서, 노게로 대변되는 사회 모순을 파헤치고 정의를 구현하는 인물형과 이토카와로 대변되는 불의에 눈감고 개인적 안위와 이익을 추구하는 인물형 가운데 어느 쪽을 선택해야 하는가의 문제는 그들이 당면한 가장 중대하면서도 당위적인 문제였기 때문이다.

셋째, 1938년. 학원의 자치와 자유가 없는 시대를 자조하는 내용의 노래를 부르며 어깨동무를 하던 교토제국대학 학생들의 모습이 "꼭 이기겠

---

8) 노게는 문부성 대신의 반성을 요구한 야기바라 교수의 처사가 근본적인 한계를 지님을 지적하는데, 유키에는 이를 무시하고자 이토카와를 데리고 피아노 앞으로 간다. 이에 노게는 그녀에게 타인의 말을 귀담아 듣지 않는다며 쓴 소리를 퍼붓는다. 그러다가 노게는 유키에의 피아노 소리를 뒤로 하고 자리에서 일어난다. 그리고 현관에서 마주친 야기바라 교수에게 자신은 최선을 다할 것이라고 이야기한 후 집을 나선다.

다고 씩씩하게 맹세하고 나라를 떠난 이상 공을 세우지 않고 죽을 수 있
나…"라는 가사의 군가를 부르는 군인들의 행진 모습으로 바뀌고, 그 길
을 스물다섯 살이 된 유키에가 지나간다. 유키에는 타자(打字)를 배우고
꽃꽂이를 하며 피아노를 치기도 하지만 왠지 그녀의 생활에는 생기가 넘
치지 않는다. 한편 검사가 되어 꾸준히 야기바라 교수의 집에 드나들던
이토카와는, 어느 날 자신의 보증으로 1년 전 전향을 위장한 채(이는 나중
에 노게의 반전 활동을 통해 밝혀진다) 출옥한 노게를 야기바라 교수의 집으로
데려간다. 그런데, 오랜만에 노게를 만난 유키에는 계속 시무룩한 표정을
짓고 있다가 자신의 방에서 괴로워 한 후 어색한 인사로 그를 돌려보내
고 만다. 그러다가 결국 집을 나가 도쿄에서 살아가기로 결심하고 짐을
싼다. 아버지의 만류에 울음을 터뜨린 그녀는 "지금의 나는 살아 있는 것
같지 않아요. 적어도 세상 속에 들어가 살아 있다는 것이 어떤 것인가 스
스로가 확인해보고 싶어요"라며 자신의 심경을 토로한다. 이에, 야기바
라 교수는 "자기가 자신만의 길을 개척하는 것은, 그것은 중요한 일이다.
그러나 유키에, 자신의 일에 대해서는 끝까지 책임지지 않으면 안 되겠
지? 자유는 싸워서 쟁취하는 것이며 그 이면에는 힘든 희생과 책임이 있
다는 것을 잊으면 안 된다."라며 딸의 결정을 존중한다.

시간 상 많은 양을 차지하거나 스토리 상 비중 있는 사건이 배치되어
있지는 않지만, 주제적으로는 영화 전체의 전환점이 되는 중요한 부분이
다. 그동안 온실의 화초와 같이 생활하던 유키에가 처음으로 자신의 삶의
방식에 의문을 제기하고 세상으로 나가서 보다 의미 있는 인생을 살기로
다짐하기 때문이다. 특히 이러한 모든 과정 및 결과가 자기 스스로의 고
뇌와 결심으로부터 나왔다는 점에서 더욱 주목된다. 그렇기에, 그녀는 이
토카와에게 그와 결혼한다면 평온하지만 지루한 생활을 할 것 같은 반면

노게와 결혼한다면 뭔가 반짝반짝 빛나는 눈부신 생활을 할 것 같다며
자신의 감정을 솔직히 털어놓을 수 있는 것이다. 이러한 과정을 섬세하게
묘사하기 위해 구로사와 아키라는 유키에의 고민과 고통의 모습을 특유
의 기법으로 카메라에 담아낸다. 가령, 노게의 방문 시 자신의 방 장면을
통해서는 다섯 쇼트의 빠른 디졸브로 처리하고 있으며, 아버지와의 대화
장면을 통해서는 "극도의 긴장감"과 "심정의 변화"를 "비약적으로까지
격하게 표현"9)하고 있다. 오랫동안 억눌려온 외부적 굴레를 벗어던지고
자신의 생활을 자기 스스로가 꾸려나가는 것, 이것이야말로 패전 직후의
시점에서 당시 일본인들에게 가장 절실한 삶의 덕목이었을지 모른다. 이
러한 점에서 전쟁과 패전은 일본 국민들로 하여금 많은 것을 잃게 하였
지만 동시에 가장 소중한 가치가 무엇인지를 깨닫게 한 계기로서 의미를
지니기도 한다. 자유란 그저 얻어지는 것이 아니며 이를 지켜내기 위해서
는 상당한 노력이 필요하다는 야기바라 교수의 대사에 권위가 실리는 이
유는 바로 여기에 있다.10)

넷째, 태평양전쟁 이전의 1941년. 도쿄 길거리에서 유키에와 이토카와
가 우연히 마주친다. 이미 가정을 꾸린 이토카와는 유키에에게 식사를 권
하고, 레스토랑에서 그는 노게의 글이 실린 잡지를 가지고 있던 그녀에게
노게의 소식을 알려준다. 이후 유키에는 노게의 사무실이 있는 건물 앞을
오랫동안 반복해서 서성이다 노게와 재회하게 된다. 사무실에서 유키에
는 노게에게 몸도 마음도 무엇이든 내던질 수 있는 일을 하고 싶다며 그
의 비밀을 자신에게 알려 달라고 애원한다. 이에 노게는 자신의 일은 위

---

9) 山田和夫, 『黒澤明-人と芸術』, 新日本出版社, 1999, p.68.
10) 야기바라 교수의 말은 이후 플래시백 사운드 형태로 보이스 오버되어 유키에의 뇌리
    에서, 아울러 입술을 통해 재생되기도 한다.

험하다며 만류한다. 당시 그는 '동아정치경제문제연구소'에서 반전 활동
을 벌여 당국의 감시를 받고 있던 터였기 때문이다. 이러한 내용은 영화
속 노게의 사무실 장면에서 두 인물의 모습과 행동이 그림자를 통해 비
추어짐으로써 암시된다. 그러나 유키에의 의지 또한 확고하다. 결국 노게
는 그녀의 진심을 확인하고, 둘은 소박하게나마 가정을 꾸린다. 그들의
결혼 생활은 행복해 보이나, 남편이 언제 어떻게 될지 모르는 상황에서
유키에의 마음은 항상 초초하고 불안하다. 그러던 어느 날 '전쟁방해 대
음모 사건'11)의 주범으로 노게가 체포되고, 이어 유키에도 경찰서에 연행
되어 심문을 받는다.

　비록 짧은 시간이지만, 유키에와 노게의 애정에 결실이 보이는 거의
유일한 부분이다. 그런데 그 과정에서 주도적인 역할을 한 이가 바로 여
성인 유키에라는 점이 중요하다. 일본에서 여성의 지위는 전통적으로 남
성의 그것보다 낮았고, 이는 메이지이신(明治維新, 1968) 이래 급속한 근대
화 과정을 거치면서도 그대로 유지되었다. 1889년 제정된 메이지헌법(明
治憲法)은 여성의 정치 참여를 허용하지 않았으며, 1898년 법문화된 이에

---

11) 이 사건은 실제로 1941년 10월에 발생한, 이른바 '조르게 사건(Richard Sorge)'으로 알
려져 있는 전쟁 시기 최대의 국제적 스파이 사건을 연상시킨다. 조르게는 독일 공산
당 출신의 소련의 스파이였는데, 그는 1933년부터 일본에서 첩보 활동을 벌였다. 당
시 일본에서 그에게 협력한 일본인으로는 아시히신문사(朝日新聞社) 기자 출신 오자
키 호쓰미(尾崎秀實), 화가 출신 미야기 요도쿠(宮城与德) 등이 있었다. 이들은 1941년
10월 10일 미야기가 검거된 후 차례로 체포되었고, 1943년 국방보안법, 군기보호법,
치안유지법 위반 등으로 기소되었다. 결국 조르게와 오자키는 1943년 9월 사형이 판
결, 1944년 11월 7일 집행되었고, 미야기는 옥사하였다. / 고바야시 노부히코(小林信
彦)에 따르면, 이 작품에서 노게는 초고까지만 해도 오자키를 모델로 하여 창조된 캐
릭터였다. 그런데, 노동조합 위주로 이루어진 도호의 각본심의회에서 당시 공산당원
이자 노동조합의 실세였던 우메다 기요시(梅田淸) 감독의 영화 <생명 있는 한(命ある
限り)> 또한 조르게 사건을 다루고 있으므로 양보하는 것이 좋지 않겠느냐는 합의가
내려진 후, 시나리오 후반부가 바뀌게 되었다. 小林信彦, 『黒澤明という時代』, 文藝春秋,
2009, p.39.

제도(家制度)는 여성과 남성의 차별을 당연시하였다.[12] 따라서 전후 일본
에서 미국은 양성평등 문제를 민주주의 문제로 치환하며 제도적 차원에
서 그것을 개선하려 하였다.[13] 그 일환으로 실시된 것이 바로 1945년 12
월 17일 선거법 개정을 통한 여성 참정권의 보장과 1947년 12월 27일
민법 개정을 통한 이에제도의 폐지였다.[14] 이렇게 볼 때, 노게와의 결혼
전후 시점에서 유키에의 (전통적인 여성의 모습과는 대비되는) 적극적인
모습은 다분히 이 작품이 제작될 당시의 시대적 배경이 반영된 것이라
할 만하다. 물론, 여기에는 일정부분 한계도 노정되어 있다. 노게가 있는
곳을 찾아간 이도, 그에게 손을 내민 이도 유키에이지만, 그녀에게 말을
걸고 그녀의 손을 잡아주는 최종 결정권자는 결국 남성인 노게라는 점이
그것이다. 결혼 후에도 유키에는 노게의 반전 활동을 묵묵히 격려하며 그
를 지탱한다. 이러한 그녀의 이미지는 오히려 과거의 여성상과 흡사하
다.[15] 그럼에도 불구하고 유키에의 언행에 새로움이 묻어남은, 비록 그것

---

12) 태평양전쟁 말기 일본 나가노현(長野縣)의 어느 중학교에서 있었던 육군성의 식량연
   구 특수부대 부대장의 연설문에는 "미국은 우리 제국과 달리 여성에 의해 여론이 형
   성되는 연약한 국가 체질이다."라는 표현이 있었는데(井出孫六, 「前後史」, 『世界』, 1988.
   8 / 김필동, 『일본적 가치로 본 현대일본』, 제이앤씨, 2007, 17쪽에서 재인용) 이는 당
   시 일본의 국가 권력부터가 노골적으로 남성성을 표방하고 있었다는 사실의 단적인
   예가 된다.
13) 패전 직후 일본의 학계에서는 이에제도의 비민주성에 대한 비판적 연구가 시도되기도
   하였는데, 대표적인 것이 가와시마 다케요시(川島武宜)의 「일본사회의 가족적 구성(日
   本社會の家族的構成」(1946)이었다. 여기에서 그는 권위에 의한 지배와 권위에의 무조
   건적 복종, 이로 인한 개인적 행동 및 책임감의 결여, 자주적 비판 및 반성을 허용하
   지 않는 사회 규범, 위계적 가족관계와 배타성 등을 이에제도가 낳은 비근대적인 가
   족 원리로 규정하면서, 민주주의를 실현하기 위해서는 이러한 전근대적 가족제도를
   폐지해야 한다고 주장하였다.
14) 선거법의 개정을 통해 여성참정권이 부여된 이후 1946년 4월 25일 최초로 치러진 중
   의원 선거에서는 여성 의원 39명이 배출되었으며, 민법의 개정을 통한 이에제도의 폐
   지로 호적의 단위는 이에에서 부부 및 자녀로 바뀌었고 호주권 및 장남의 가독 상속
   규정이 철폐되었다. 정현숙·김응렬, 『현대일본사회론』, 한국방송통신대학교출판부, 2005,
   p.18 및 p.21.

이 남성을 통해 얻어진 것이라 할지라도 그녀가 따르는 세상의 가치가 노게의 대사에서처럼 "10년 후에 진상이 알려져 일본 국민으로부터 감사 받을 만한 그런 일"에 존재하기 때문이다. 그렇기에, 이후 노게가 없더라도 그녀는 홀로 일어설 수 있는 것이고 세상의 변화를 이끄는 선봉에 위치할 수 있는 것이다.

다섯째, 태평양전쟁 이후부터 패전까지. 유치장에서 풀려난 유키에는 아버지를 따라 교토의 집으로 돌아가고, 다시 야기바라 교수는 노게를 변호하기 위해16) 도쿄의 이토카와를 찾아가지만 그로부터 노게가 경찰서 유치장에서 급사(急死)하였다는 소식을 듣는다. 이를 알게 된 유키에는 잠시 충격에 휩싸였으나 정신을 차리고 짐을 꾸려 노게의 고향으로 향한다. 그곳에서는 그의 노부모가 '스파이의 가족'이라는 굴레를 짊어진 채 사람들을 피해서 밤에만 농작을 하며 힘들게 살아가고 있다. 유키에는 그들과 함께 지내기로 결심하고 노게의 모친을 따라 농기구를 들어 밭을 간다. 어느 날은 마을 사람들의 따가운 시선에도 굴하지 않고 집 대문을 가로막던 나무판을 치운 뒤 당당히 밝은 대낮에도 밭에 나가기 시작한다. 이때 마을 사람들의 표정은 유키에의 주관적 시점 쇼트로 카메라에 담긴다. 이후 유키에는 노게의 모친과 함께 비가 오나 바람이 부나 하루하루 최선을 다해 고달픈 몸을 이끌고 밭을 갈고, 드디어 모내기를 완료한다. 하지만 얼마 지나지 않아 어렵게 일군 밭이 마을 사람들에 의해 짓밟혀 망

---

15) 이는 전쟁 시기 국가 권력이 여성에게 강요한 '군국의 아내(軍國の妻)'의 잔상으로도 비추어진다. 더욱이 이 작품의 주인공 하라 세쓰코는 전쟁 시기 가장 대표적인 여배우로서 수많은 군국주의 국책영화에서 전장에 출정하는 군인을 후방에서 보좌하는 여성의 역할을 맡은 바 있었다.

16) 교수직에서 물러난 후 야기바라 교수는, 이토카와의 만류에도 아랑곳하지 않은 채 자신의 집에 법률사무소를 차려 놓고 어려운 처지의 사람들에게 무료 법률상담을 해주고 있었다.

쳐진다. 그리고 거기에는 '매국노', '스파이' 등이 적힌 깃발이 꽂혀진다. 망연자실해 있는 노게의 모친을 뒤로 하고 유키에는 깃발을 뽑아낸 후 밭을 복구한다. 노게의 모친도 일을 거든다. 그리고 이때, 그동안 집에서 아무런 반응 없이 앉아만 있던 노게의 부친이 달려와 말문을 열고 쓰러진 모종들을 일으켜 세운다. 그 후, 비가 내리던 어느 날 노게의 마을에 이토카와가 방문한다. 밭에서 일을 하다 우연히 그를 만난 유키에는 노게가 길을 잘못 들어 불행하게 되었다는 이토카와의 말에 어느 길이 과연 정당한가는 시간이 말해줄 것이라고 대답하며 노게 묘지의 위치라도 가르쳐달라는 그의 부탁을 거절한다. 이에 이토카와는 씁쓸한 표정을 지으며 돌아간다.

노게의 죽음은 유키에를 '스파이'로 낙인찍힌 남편의 미망인으로 만들어 버렸지만, 오히려 인생의 목적을 분명히 자각하는 독립적인 인간으로 성장시키기도 하였다. 그녀는 더 이상 자신의 인생을 남(자)에게 의지하는 가녀린 여성이 아니다. 열악한 환경도, 궂은 날씨도, 주변 사람들의 편견과 따돌림도 그녀의 의욕과 일념을 꺾을 수 없다. 그런데 개봉 당시 관객들의 입장에서 이러한 유키에의 모습이 긍정적으로 비추어졌을지 몰라도 그것에 동화되기에는 쉽지 않았을 터이다. 영화에서 마을 사람들의 시선과 속삭임이 타자화되어 재생되었던 것과는 달리, 실제로는 전쟁 시기 대부분의 일본인들이 유키에보다는 그들에 가까운 삶을 살았던 경우가 훨씬 많았기 때문이다. 그럼에도 관객들이 유키에의 모습을 묵묵히 바라볼 수 있는 이유는 이 영화의 작가도, 감독도, 배우들도 거의 모두 전쟁 협력자들이었고 그래서 이들 간에 암묵적으로 동질감이 형성되어 있었다는 데 존재할지 모른다. 여하튼 유키에의 성격이 변화하고 그녀가 남편의 역할을 대신하면서 대중 관객과 그녀 간의 심리적인 거리는 벌어질 수밖에 없었을 것이다.17) 실제로 영화에서 이 부분은 다큐멘터리 풍의 분위기를 발산하는데, 이는 앞서 살펴본 노게의 학생운동 장면보다도 오히려 더욱 거칠고 과격하게 전달된다. 그러나 이 작품에서 가장 중요시되었던 부분이 무엇보다 "일본이 새롭게 다시 태어나는 데에는 여성도 자아를 갖게 하지 않으면 안 된다"18)는 주제적 측면에 있는 이상, 다소의 생소함과 부자연스러움이 따라붙을지라도 유키에의 성격과 행동은 변해야 하고 또 변할 수밖에 없다. 그러하였을 때 비로소, 영화에서처럼 유키에의 모습이 이토카와의 경우와는 반대로 당당하고 올곧을 수 있는 것이다.

여섯째, 1945년 패전 이후. 교토대학 강당에 모인 학생들 앞에서 야기바라 교수는 학교의 자유 및 일본의 평화와 행복을 위해 목숨을 바쳐 싸움으로써 '학교의 자랑'이 된 노게의 후배들을 양성하기 위해 교단 복귀를 결의하였다고 연설한다. 한편 오랜만에 교토 친정집에 돌아온 유키에는, 노게의 부모가 그를 이해하였다면 그것으로 족하지 않느냐며 유키에에게 노게의 고향으로 돌아가지 말라는 어머니를, 자신은 이미 그곳에 뿌리를 내렸고 열악한 마을 사람들(특히 여성들)의 삶을 조금이라도 나아지게 하는 것이 지금부터의 삶의 보람이라는 대답으로 설득한다. 그리고 12년 전 노게와 함께 건넜던 요시다산의 시냇가에 앉아 지나가는 학생들을 보며 잠시 옛일을 회상한 뒤 노게의 고향으로 발길을 돌린다. 노게의 고향으로 돌아온 유키에. 때마침 지나가던 트럭에 있던 마을 사람들이 그녀를

---

17) 이는 "그녀가 후반부에서 갑자기 노게의 고향인 시골로 가서 농사일을 하는 설정은 다소 무리가 있어 보인다."(이정국, 『구로사와 아키라』, 지인, 1994, p.96)라는 내러티브 관련 비평의 근거가 되기도 한다. 표현에 관해서는 "200커트에 달하는 굉장한 영상 표현의 작렬"(山田和夫, 앞의 책, p.69)과 격동적인 카메라 워크로 인해 'エキセントリック(eccentric)', 'アブノーマル(abnormal)'(小林信彦, 앞의 책, p.38) 등의 수식어가 붙기도 한다.
18) 사토 다다오(佐藤忠男), 유현목 역, 『일본영화 이야기』, 다보문화, 1993, p.284.

알아보고 밝은 표정으로 차에 태우며 맞이한다. 트럭은 농촌문화운동의
지도자인 유키에와 마을 사람들을 싣고 힘차게 시골길을 달려간다. 그리
고 영화는 대단원의 막을 내린다.

  첫 장면에서 울려 퍼지는 교토대학의 종소리는 (영화 서두 부분의 총
소리와는 반대로) 전쟁의 종결과 더불어 학원의 자유와 세상의 평화가 회
복되었음을 알린다. 사람들은 모두 예전으로 돌아왔지만 그들 사이에 노
게는 존재하지 않는다. 유키에의 입장에서 노게의 고향에 정착한 채 계속
해서 의미 있는 일을 이어가야 하는 이유가 바로 여기에 있다. '뒤돌아봐
도 후회 없는 생활'을 하자는 노게의 뜻에 따르는 삶이야말로 언제까지
나 그와 함께 하는 인생이기 때문이다. 그렇다면 과연 뒤돌아봐도 후회
없을, 진정 가치 있는 삶은 어떠한 것인가. 유키에는 이를 시대 상황에
맞게 농촌에서 찾고 있다. 패전 직후 전후개혁 과제 중에서도 경제 분야
에서의 그것은 동시기 일본을 통치하던 연합국최고사령부(GHQ: General
Headquarters)의 중요 관심사 중에 하나였다. 경제 문제는 일본의 군국주의
적 팽창주의의 원인으로 작용하였을 뿐만 아니라 전후 일본에서의 민주
주의 정착의 토대가 되는 것이었기 때문이다. 그리하여 취해진 일이 재벌
해체와 노동 개혁에 관한 일련의 조치들이었다.[19] 이러한 맥락에서 당시
농촌에서는 농지개혁이 단행되었다. 1945년 12월 29일 농지조정법 개정
안에 따른 제1차 농지개혁과 1946년 10월 21일 농지조정법 재개정안 및

---

19) GHQ는 1945년 11월 2일 재벌의 재산 동결 및 해체를, 1946년 8월 22일 이를 위한
    지주회사정리위원회(持株會社整理委員會)의 설립을 지시하였다. 1947년에 4월 14일에
    는 독점금지법(獨占禁止法)이, 동년 12월 18일에는 과도경제력집중배제법(過度經濟力
    集中排除法)이 공포, 시행되었다. 한편, 1945년 12월 22일 단결권, 단체교섭권, 쟁의권
    등을 보장하는 노동조합법이, 1946년 9월 27일 노동위원회를 통한 노동쟁의의 해결
    및 노동조합을 통한 노동자의 구제 등을 다룬 노동관계조정법이, 1947년 4월 7일 국
    제노동기구(ILO)의 기준에 따른 노동조건을 명시한 노동기준법이 공포되었다.

자작농창설특별법에 따른 제2차 농지개혁은 농가의 토지소유 분배구조를 획기적으로 개선시켰는데, 공교롭게도 제2차 농지개혁 관련 법안이 공포된 시점이 이 작품의 개봉일인 1946년 10월 29일과 매우 근접해 있다. 이에, 영화는 유키에의 농촌문화운동 장면을 직접적으로 보여주지는 않는다. 내러티브 면에서도, 현실세계에서도 그것은 더 이상 과거가 아닌 동시기의 현재이자 미래에 속한 바였던 것이다.[20)

이와 같이, <우리 청춘에 후회 없다>는 1933년부터 1945년까지 12년간의 역사적 소용돌이 가운데서 주요 등장인물들이 각각 어떠한 삶을 살았는지를 생생하게 보여준다. 이를 보는 관객들은 과거 자신의 경험을 반추하며 등장인물에 동화되거나 거부감을 느끼거나 또는 그(녀)를 통해 대리만족을 하거나 위안을 받았을 것이다. 이때 영화 속 과거는 영화 밖 현재와 끊임없이 대화하게 되고, 영화를 둘러싼 현실은 작품에 반영되거나 그 안에서 연상 작용을 일으키게 된다. 이로써 영화는 개봉 년도인 1946년 시점에서 패전국 일본인이 자국의 역사와 자신의 개인사를 돌아보고 평가하며 이를 통해 인류의 가장 보편적이고도 중대한 가치인 자유와 평화를 위해 매진할 필요가 있음을 역설한다. "역사란 역사가와 사실 사이의 부단한 상호작용의 과정이며, 현재와 과거의 끊임없는 대화"[21)라는 E. H. 카의 말을 떠올려본다면, 전후 일본에서도 영화라는 매체 역시 역사를 기록하고 수정하며 또 다른 현실을 역사에 기입하는 일을 행하고 있었음을 알 수 있다.

---

20) 농지개혁은 1949년경에 거의 완료되었는데, 그 결과 소작지의 비율은 46%에서 13%로, 소작농의 비율은 28%에서 8%로 하락한 반면 자작농의 비율은 28%에서 55%로 상승함으로써 실질적으로 지주제가 사라지게 되었다. 후지와라 아키라(藤原彰) 외, 노길호 역, 『일본 현대사』, 구월, 1993, p.43.
21) E. H. 카(Carr, Edward Hallett), 권오석 역, 『역사란 무엇인가』, 홍신문화사, 1994, p.38.

4. 과거부정에 있어서의 이중적 태도

<우리 청춘에 후회 없다>에서 등장인물 가운데 가장 중심이 되는 이
는 유키에이지만, 그녀가 영화의 토대가 되는 역사적 사건에서 중요한 위
치를 점하는 것은 아니다. 살펴본 바처럼, 다키가와 사건을 모태로 삼은
교토대학 사건의 해당인물은 그녀의 아버지인 야기바라 교수이고 조르게
사건을 모티브로 한 전쟁방해 대음모 사건의 핵심인물은 그녀의 남편인
노게이다. 그들은 각각 전쟁 시기 일본 군국주의의 반대편에 섰던 대표적
인 자유주의자 다키가와 교수와 사회주의자 오자키를 모델로 하고 있다.

그럼에도 유키에의 모습에 영화의 메시지가 집중적으로 발산되는 이유
는 그녀에게 의미 있는 변화가 발생하기 때문이다. 유키에는 자신의 생각
과 감정을 비교적 주저 없이 표현하는, 전통적인 일본의 여성과는 대비되
는 성격을 지니고 있으면서도 인생의 가치와 삶의 목표에 대한 확신의
결여로 인해 정신적으로 불안정한 상태에 놓여 있는 인물로 등장한다. 이
에, 영화 초반부에서는 삶에 대한 목표가 불확실하고 시비(是非)에 대한
분별력이 미약한 나약하고 의존적인 인물로 묘사된다. 하지만, 후반부로
갈수록 그녀는 점차 목적의식이 뚜렷하고 사리판단이 분명한 강인하고
독립적인 인물로 변모되며, 결국에는 야기바라 교수와 노게를 잇는 모범
적 인간형으로 거듭난다.

이러한 과정에서 유키에의 모습은 영화 속 과거 일본인의 모습과 대조
를 이룬다. 그녀를 심문하는 경찰서의 담당 형사들이나 그녀를 따돌리는
노게의 고향 마을 주민들, 특히 비겁하고 기회주의적 성향을 지닌 이토카
와의 모습은 과거 일본인의 모습을 대변하며, 이는 시대 상황을 암시하는

영화적 장치와의 결합을 통해 군국주의 일본의 단면으로 치환된다. 요컨 대, 이 작품에서 과거 일본의 모습은 개개인의 보편적 일본인 상이 집단 화된 채 주동인물과의 대비를 통해 부정적으로 그려지는 것이다.

그러나 한편으로, 이 작품은 패전의 시점에서 일본의 과거를 부정함으 로써 전후 일본이 추구해야 할 가치에 대해 역설한다는 점에서는 의의를 지니지만, 동시에 다음과 같은 한계를 드러내기도 한다. 첫째로, 만주사 변에서 태평양전쟁에 이르는 일본이 일으킨 침략전쟁의 근본적이고도 구 조적인 원인에 대해 구체적으로 설명하지 않는다. 영화는 초반 부분에서 만주사변의 책임이 일부 군부, 관료, 재벌 등에 있었다는 점을 피상적으 로 암시만 할 뿐,22) 이를 중일전쟁과 태평양전쟁으로 연결시키고 이에 대한 본질적인 원인을 명료하게 제시하는 데 있어서는 소극적이다. 둘째 로, 전쟁의 책임 소재 판별 및 관련자 처벌 문제를 심도 있게 다루지 않 는다. 영화의 마지막 중간 자막에 '심판의 날'이라는 단어가 기재되어 있 긴 하나, 전쟁으로 점철된 군국주의 과거의 역사적 책임이 어떤 집단이나 개인에게 있으며 그들이 어떠한 심판을 받아야 할지 또는 받았는지에 대 한 내용이 전혀 없다.

이처럼 이 작품에는 과거에 대한 일본(인)의 자아비판과 자기반성의 흔 적이 녹아 있기는 하지만, 그것은 다소 미흡하고 제한적인 성격을 지닌 다. 오히려 영화는 과거에 대한 부정적 태도를 견지하면서도, '부정'의 의 미를 교묘하게 양가적으로 취한다. 즉, 과거의 일 자체에 대해서는 옳지 않다고 동의하면서도(不正) 그 원인 및 책임에는 비판의 잣대를 엄격히 들 이대지 않는다.(不定) 이에 따라 영화가 지니는 과거에 대한 부정적 태도

---

22) 영상으로 묘사된 것으로는 (노게의) 학생운동 시퀀스에 삽입된 관료와 재벌의 골프 회동 장면이 유일하다.

는 이중성을 띠게 된다. 이는 향후 일본인이 자기 역사에 대한 통렬한 자아비판 및 자기반성의 인과율과 필요성을 부정(否定)하는 방법론적 요인으로 작용되었다는 측면에서 분명 재평가되어야 할 부분이라 여겨진다.

5. 청산되지 못한 과거, 극복되지 못한 군국주의

그렇다면, <우리 청춘에 후회 없다>가 전쟁국가 일본의 과거를 중요하게 다루면서도, 전쟁의 근본 원인 및 책임 소재에 대한 고찰 및 통찰의 과정을 통해 그 본질과 층위를 보다 심층적으로 드러내지 못한 채 이중적인 태도와 방어적인 행동을 취하게 되었던 까닭은 무엇일까.

이에 관해서는, 영화의 제작주체 대다수가 국책영화의 제작 참여를 통한 전쟁 협력자로서의 경력을 지녔다는 점을 들 수 있다. 히사이타 에이지로는 요시무라 고자부로(吉村公三郎) 감독의 <결전(決戰)>(1944), 기누가사 데이노스케(衣笠貞之助) 감독의 <간첩 바다의 장미(間諜海の薔薇)>(1945) 등 전의앙양을 주제로 한 군사물의 시나리오를 집필한 바 있었고, 구로사와 아키라도 전시 당국의 생산정책을 반영한 <가장 아름답게(一番美しく)>(1944)와 주군에의 충성심을 강조한 시대극 <호랑이 꼬리를 밟은 남자들(虎の尾を踏む男達)>(1945년 9월 제작, 1952년 공개)23) 등의 각본 및 연출을 담당한 바 있었다. 하라 세쓰코(原節子, 유키에 역), 후지타 스스무(藤田進, 노게 역), 고노 아키다케(河野秋武, 이토카와 역), 오고우치 덴지로(大河內傳次郎,

---

23) 이 작품은 전쟁 중에 제작되어 종전 직후인 1945년 9월 완성되었으나, '주군에의 충성'이라는 봉건적 사상을 담고 있다는 이유로 GHQ에 의해 상영이 금지된 채 있다가 샌프란시스코 평화조약 체결 이후인 1952년 2월 24일 개봉되었다.

야기바라 교수 역) 등 주연 배우들 역시 많은 국책영화에서 주요 배역을 맡
은 바 있었다.[24] 아울러 제작사인 도호부터가 극영화 제작 부문을 중심
으로 전쟁에 적극 협력한 회사였으니, 대다수의 제작 스텝들 또한 크건
작건 전쟁 협력자로 낙인이 찍혀 있었던 셈이다. 패전 당시 전쟁 협력이
라는 족쇄로부터 자유로운 이가 별로 없었던 일본 사회의 단면을 대변하
는 듯하다.

당연히 사회적 공신력을 확보한 상태로 전쟁의 원인을 명확히 규명하
고 그 책임 소재를 공정하게 따질 만한 개인과 집단은 적었으며, 설령 존
재한다 하더라도 그러한 움직임에 대한 대중적 공감대가 쉽사리 형성될
리 만무하였다. 결국 전후 일본에서의 과거부정은 사회 각 분야와 계층의
암묵적 동의 하에 기존 질서의 틀을 크게 흔들지 않는 선에서 이루어졌
고, 따라서 그것은 다분히 자기 변호적 차원에 머문 채 과거청산에까지는
이르지 못하였다. 이러한 사회적 분위기와 움직임은 현실 상황에 민감하
게 반응하던 영화 분야로 전이되었고, <우리 청춘에 후회 없다> 등 개
별 작품에도 내재화되어 역사적 사실을 바탕으로 시대 담론이 메시지를
발산하는 지점에서 균열을 일으키게 되었던 것이다.

한편, 과거와의 절연이 요원한 상태에서 전후개혁의 취지와 방향이 외
부로부터의 자극에 노출되어 상황에 따라 흔들려 버릴 여지도 농후하였
다. 물론 그 이면에는 냉전 시대의 도래라는 국제 정세가 주요 변인으로
자리하고 있었다. 이에 따라 미국의 반공정책이 차츰 노골성을 띠면서,

---

24) 일례로, 구로사와 아키라의 영화계 스승인 야마모토 가지로(山本嘉次郎) 감독의 연출
로 태평양전쟁 발발 1주년을 기념하여 제작된 <하와이 말레이 해전(ハワイマレ-沖海
戰)>(1942)에서, 이들은 각각 극중에서 소년 비행병에 지원하여 진주만 공습에 참가
하는 주인공 도모타 요시카즈(友田義一, 伊東薫 분)를 격려하는 친누나(하라 세쓰코),
그를 교육하는 비행병 훈련소의 교관(후지타 스스무) 및 반장(고노 아키다케), 그가 소
속된 전함의 함장(오고우치 덴지로) 역으로 출연하기도 하였다.

사실 상 전쟁의 근본 원인이라 할 수 있는 집단주의적 군국주의의 온상
인 천황제 권위주의 체제가 명목 상으로나마 보존되었으며 극히 일부를
제외한 전쟁 책임자들이 면죄부를 부여받고 일상으로 복귀하였다.25) 그
리하여 1948년을 지나면서 GHQ의 대 일본 점령정책의 기조는 비군사
화와 민주화에서 '경제재건'과 '재무장화'로 대체되어 갔다.

상실감이 컸던 쪽은 다름 아닌 좌익 진영이었다. 패전 직후 연합군을
'해방군'으로서 맞이하며 GHQ의 민주화정책 기조에 편승하여 다양한
사회 활동을 펼치던 그들은, 1947년 GHQ의 중지 명령으로 이른바 '2.1
총파업'26)의 좌절을 맛보았고 1948년 역코스(逆コース, Reverse Course)를 겪
으며 공격의 대상으로 전락하였으며 이러한 경향은 시간이 갈수록 점차
심화되었다.27)

영화 부문에서 역시 마찬가지였다.28) 당시 산업 전 분야를 통해 활기

---

25) 이러한 징조는 이미 1946년 8월에 영화 부문에서도 나타났다. 좌익 계열의 가메이 후
미오(龜井文夫) 감독이 천황의 전쟁 책임 문제를 드러내고자 중일전쟁 시기부터 태평
양전쟁 시기까지의 뉴스영화를 재편집하여 만든 <일본의 비극(日本の悲劇)>이라는
기록영화가 검열에 통과하여 상영되던 중에, 요시다 시게루 총리가 GHQ에 상영중지
를 요청함으로써 개봉 1주일이 지난 후 필름이 압수되는 사건이 일어났던 것이다.
26) 1947년 1월 15일 산별회의(産別會議), 총동맹(總同盟) 등 33개 단체 600여만 명이 참
여하는 전국노동조합공동투쟁위원회(全國勞動組合共同鬪爭委員會, 전투(全鬪)가 발족
되어 경제문제 해결, 요시다 시게루(吉田茂) 내각 퇴진 등을 요구하였다. 그리고 1월
18일 전투는 2월 1일 대대적인 총파업에 돌입할 것을 선언하였다. 이에, 1월 31일
GHQ가 총파업 중지를 명령하였고 결국 총파업은 좌절되었다. 이 사건을 계기로 공
산주의에 대한 GHQ의 태도가 선명하게 드러났고, 노동운동의 흐름도 변화를 맞이하
였다.
27) 특히, 제2차 요시다 시게루 내각은 1950년 6월 6일 일본공산당 중앙위원 24명을 공직
에서 추방하는 것을 시작으로 동년 공산주의자 추방을 가리키는 레드퍼지(レッドパージ,
Red Purge)를 단행하였는데, 이는 동년 6월 25일 한국전쟁 발발을 계기로 점차 확대
되어 연말까지 대상 인원은 10,972명에 달하였다. 김장권·하종문, 『근현대일본정치
사』, 한국방송대학교출판부, 2006, p.157.
28) <우리 청춘에 후회 없다>의 각본가, 연출가, 제작자도 모두 과거 좌익 활동 경험이
있던 이들이었다. 이 영화의 시나리오작가인 히사이타 에이지로는 1930년대 연극 부

차게 전개되던 노동운동의 영향을 받아 영화계에서도 좌익 계열의 영화
인을 중심으로 노동조합들이 결성되어 임금인상과 경영참가를 요구하는
투쟁이 일어나기도 하였던 것이다. 대표적 사례로 1946년부터 1948년까
지 3회에 걸쳐 발생한 이른바 '도호쟁의(東寶爭議)'29)를 들 수 있다. 그런
데 이에 대한 GHQ의 대응 방식과 처리 과정은, 그들이 강조하던 민주주
의의 모습과는 어울리지 않을 만큼 상당히 억압적인 것이었다. 반면, 이
를 통해 패전 직후의 영화인들, 특히 좌익 계열 영화인들의 과거에 대한
입장과 현실에 대한 대처가 얼마나 모호하고 안일한 것이었는지가 드러
나게 되었다.

홍미로운 점은, 과거청산을 수반하지 못한 현실 개혁 및 미래 설계의
불합리성 또는 불가능성에 대한 비현실적, 비논리적 징후가 <우리 청춘
에 후회 없다>의 마지막 장면에서도 포착된다는 사실이다. 마을 사람들
과 함께 문화운동을 적극적으로 펼침으로써 새로운 농촌사회를 성공적으
로 건설할 듯 보이는 유키에의 자태가 발산하는 바와 달리, 전후 일본에
서 농지개혁은 GHQ나 그 자문기관인 대일이사회(對日理事會, Allied Council
for Japan)를 통한 연합국의 요구와 주도로 실행된 것이었다.30) 아울러 농

문에서 프롤레타리아 운동 및 작품 활동을 주도하고 옥고를 치른 전력이 있었고, 감
독인 구로사와 아키라 또한 영화계 입문 전에 일본프롤레타리아 미술가동맹에 참가
한 이력이 있었으며, 프로듀서인 마쓰자키 게이지(松崎啓次) 역시 전전 일본프롤레타
리아 영화동맹(日本プロレタリア映畫同盟, プロキノ 출신이었다. 참고로, 이 영화는 다키
가와 사건 발생 당시 교토제국대학 의학부에 재학 중이었던 마쓰자키 게이지의 발상
으로 기획되었다고 한다. 小林信彦, 앞의 책, p.39.

29) 이에 대한 자세한 내용은 함충범, 「전후개혁에 따른 일본영화계의 변화 양상 연구
(1945~1948)」, 『인문과학연구』 27집, 강원대학교 인문과학연구소, 2010, pp.524-525을
참조 바람.

30) 예를 들면, 제2차 농지개혁은 대일이사회에서 영국, 소련 등의 요구로 시작된 것이었
고, 농지조정법 재개정안은 영국안을 토대로 작성된 것이었다. 후지와라 아키라 외,
노길호 역, 앞의 책, p.42.

지개혁이 일단락된 1949년 이후에는 농민조합과 농민운동이 와해되었으며 농민들은 점차 보수성을 띠게 되었다.

영화와 실제 간의 유리(遊離)는 동일한 시기에 비슷한 유형의 영화로서 제작-개봉된 <오소네가의 아침>이나 <민중의 적>에서도 발견된다. 이들 작품에서 비판의 대상이 되었던 과거 군벌, 재벌, 관료들이 1948년 11월 12일 극동국제군사재판 폐정31) 이후 복권되어 차츰 전쟁 시기의 영향력을 회복하여 갔다.32) 이들 영화 역시 좌익 활동을 경험한 연출가와 각본가의 작품이었다는 점을 감안하면,33) 새로운 일본의 모습에 대한 그들의 지향과 현실 사이의 간극이 피점령 시기를 통과하며 갈수록 벌어지게 되었음을 알 수 있다. 그러면서 일본의 과거가 말끔히 청산되지 못하였음은 물론 군국주의의 잔재 또한 여전히 극복되지 못하였다는 데 문제의 심각성이 존재한다고 하겠다.

6. 나오며

영화 작가론적 차원에서 <우리 청춘에 후회 없다>에는 "구로사와의

---

31) 이른바 '도쿄재판(東京裁判)'으로 불리며 1946년 5월 3일 개정된 극동국제군사재판은 이날 28명의 피고인 가운데 도조 히데키(東條英機) 전 총리대신 등 A급 전범 7명이 교수형을, 아라키 사다오(荒木貞夫) 전 육군대신 등 16명이 종신금고형을 받는 것으로 마무리되었다.
32) 이러한 양상은 영화계로도 파급되어, 공직추방령에 따라 1947년 10월 영화계를 떠났던 쇼치쿠의 기도 시로(城戸四郎), 도호의 모리 이와오(森岩雄) 등의 전쟁 시기 유력 영화인들이 3년 만인 "1950년 10월에 해제가 되어" 이전의 "지도적 지위로 복귀하" 기도 하였다. 佐藤忠男, 『日本映畵史 2』, 岩波書店, 2006, p.188.
33) <민중의 적>의 감독 이마이 다다시 또한 좌익 성향을 지니고 있었으며, <오소네가의 아침>의 시나리오작가는 <우리 청춘에 후회 없다>와 같은 히사이타 에이지로였다.

일상적 사진을 초월하는 새로운 영화 리얼리즘에의 도전",[34] "구로사와 아키라 자신의 영화적 자아 확립의 제일보",[35] "구로사와 아키라의 본격적인 전후 작품",[36] "처음으로……자신이 만들고 싶었던 작품"[37] 등의 수식어가 붙어 있다.

하지만 배경설정, 인물구성, 표현기법 등의 측면에서 엄밀히 따져보면, 새롭거나 특별한 점은 그리 많지 않다. 군국주의 일본의 과거를 배경으로 삼거나 이를 강조하기 위해 시간적 정보를 자막으로 표시한 사례는 전쟁시기 국책영화에도 이미 존재하던 것이었고, 여자 주인공을 영웅적으로 부각시키거나 주제를 강조하기 위해 인물 움직임, 화면의 구도, 카메라워크, 장면의 전환, 편집의 속도, 음악과 음향 등을 활용하는 방식의 연출법 또한 이전 구로사와 아키라 감독의 영화 등에서도 발견되는 바이기 때문이다.[38]

그렇기에, 이 작품에 영화사적 가치를 부여할 만한 가장 커다란 이유는, 이전에는 재현되기 힘들었던 과거 일본의 암울한 시대상이 비교적 자유롭게 펼쳐져 있다는 지점에 존재한다.

이러한 자유주의적 정서와 풍조로 인해 영화는 다키가와 사건이나 조

---

34) 山田和夫, 『日本映畵 101年』, 新日本出版社, 1997, p.97.
35) 山田和夫, 『黑澤明-人と芸術』, 新日本出版社, 1999, p.67.
36) 小林信彦, 앞의 책, p.37.
37) 都築政昭, 앞의 책, p.136.
38) 배우에 있어서도 마찬가지이다. 후지타 스스무(노게 역), 고노 아키다케(이토카와 역), 오고우치 덴지로(야기바라 교수 역) 등 <우리 청춘에 후회 없다>의 주요 남자배우 3인은 구로사와 아키라 감독의 전작인 <스가타 산시로(姿三四郎)>(1943)-3인, <가장 아름답게(一番美しく)>(1944)-고노 아키다케, <속 스가타 산시로(續姿三四郎)>(1945)-3인, <호랑이 꼬리를 밟은 남자들(虎の尾を踏む男達)>(1945)-3인에 출연하였는데, 특히 <가장 아름답게>를 제외한 작품에서 주연급 배역을 맡은 후지타 스스무와 오고우치 덴지로는 이미 <스가타 산시로>와 <속 스가타 산시로>에서 극중 제자와 스승으로 호흡을 맞춘 바 있었다.

르게 사건과 같이 '반국가적 사건'으로 왜곡되어 있던 역사적 사건을 주
요 에피소드로, 야기바라 교수나 노게로 대표되는 '반국민적 인물'로 치
부되던 반파시즘, 반전 사상가나 운동가를 주요 인물로 부각시킨다. 이로
써 그간 잊히거나 무시되어 왔던 사건 또는 인물들을 재조명한다.

동시에 이토카와나 형사나 노게의 마을 사람들처럼 부정적인 인물형을
제시하며 패전 직후 일본인 관객의 반성적 공감을 유도하기도 한다. 하지
만, 이들에 대한 비판적 시선은 작품의 명성에 비해 다소 무디고 미지근
하다. 도대체 무엇 때문에, 누구에 의해서 그들이 군국주의 일본에 협조
하거나 동조하거나 침묵하였는지에 대해 영화는 적극적으로 발언하지 않
는다.

이러하다 보니 주인공의 성격 및 언행 설정에 모순이 발생하기도 한다.
유키에는 시간이 갈수록 주체적인 인물로 변모하나, 영화는 그녀가 어떠
한 가치관과 세계관을 가지고 살아가는지에 대해서는 제대로 설명해 주
지 않는다. 그렇기 때문일까, 유키에의 모습에는 이따금 과잉이 묻어나기
도 한다. 이 지점에서 과거 전쟁 협력의 굴레에서 벗어나지 못하였던 영
화 제작 주체와, 관람 주체인 대중 관객 간 암묵적 공모가 이루어졌던 것
은 아닐까.

이렇게 영화는 일본의 과거를 다루면서도 역사적 평가의 잣대를 확실
하게 들이대지 아니한다. 그 결과 역사적 사실에 대한 내용과 비중이 조
절 또는 조작되고 일상의 인물이 과장되게 영웅화되며, 이로 인해 일본의
과거는 평가나 비판의 대상이 아닌 회상이나 추억의 대상으로 교묘하게
전도된다. 이는 역사적 사건 및 인물 행위의 옳고 그름에 대한 합리적,
객관적 판단이 상황논리와 개인감정에 접합될 여지를 발생시킨다는 점에
서 상당히 문제적이라 할 수 있다.

　태평양전쟁 종결 70년 이상이 지난 현 시점에서도, 일본(인)이 군국주의로 점철된 자국의 과거사를 어떠한 관점으로 바라보고 있느냐 하는 것은 전범국 일본으로부터의 피해 경험을 공유한 한국 등 주변국(민)들에게는 변치 않는 관심사일 수밖에 없다. <우리 청춘에 후회 없다>에서 발견되는 전후 일본인들의 역사적 과거에 대한 시선과 반응을 떠올릴 때마다 당시 영화계에 도래한 자유가 진정 '후회' 없이 작품에 투영되었는지에 대해 되묻고 싶어짐은 바로 이러한 이유 때문이다.

‖ 이시카와 다쿠미(石川巧) ‖

잡지 『국제여성(國際女性)』의 자료적 가치

1

잡지 『국제여성』(영문 타이틀/ INTERNATIONAL LADIES)은 국제여성사(京都市左京區吉田牛ノ宮町二一京都帝大基督教青年會館內→京都市中京區烏丸通御池上ル都빌딩)가 발행한 B5 판형의 종합문예지이다. 단, 현재 그 존재를 확인할 수 있는 것은 이치카와 후사에(市川房枝) 기념회 여성과 정치 센터가 소장하고 있는 창간호(1946년 7월 1일 발행), 동 센터와 일본근대문학관이 소장하고 있는 첫 가을 특집호(1946년 9월 15일 발행), 프랑게문고 11·12월호(1946년 12월 1일 발행), 제2권 제5호(1947년 1월 1일 발행-도판은 동호의 표지), 제2권 제7호에 이르러서는 프랑게문고가 보관하고 있는 검열용 인쇄물이 남아있을 뿐이다.[1]

---

1) 제7호는 실제로 발행되었는지 어떤지 불명. 이치카와 후사에 기념회 여성과 정치 센터

『국제여성』은 1946년의 간행분이 제1권, 1947년이 제2권으로 표기되어 있기 때문에 프랑게문고가 소장하고 있는 제2권 제5호(1947년 1월 1일 발행)를 가지고 역산하면, 11·12월호는 제1권 제4호가 된다. 그 앞의 첫 가을 특집호는 1946년 12월 1일 발행이기 때문에 각각은 연속된 호라고 생각해도 좋을 것이다. 또한 제2권 제7호의 검열문서에는 국제여성사 편집부에서 GHQ의 잡지검열과(大阪北區中之島朝日빌딩)에 보낸 휴간 신고서가 곁들여 있는데, "잡지 『국제여성』은 용지 배급이 적어 월간으로 발행 불가능하기 때문에 7월, 8월 휴간합니다. 위의 내용을 신고합니다./ 1947년 8월 23일"로 기록되어 있다. 따라서 이 잡지는 1947년 8월에 휴간 신고서를 낸 다음 복간하지 않은 채 그 역할을 끝냈을 가능성이 높다.

이에 『국제여성』의 발행 상황을 둘러싼 하나의 의문이 생긴다. 숫자상으로는 제7호까지 발행되었는데, 현재 확인할 수 있는 것은 6권이고, 어딘가에 미발견 호가 있을 가능성도 있다. 이와 같은 어긋남이 일어나는 원인으로 생각할 수 있는 것은 (1) 창간호와 첫 가을 특집호 사이에 미발견 호가 1권 있다, (2) 첫 가을 특집호와 11·12월호 사이에 미발견 호가 1권 있다, (3) 편집부의 착각에 의해 호수가 하나 어긋나 버렸다, (4) 통상의 『국제여성』과는 다른 별책 같은 것이 존재하고, 편집부가 이를 호수 안에 카운트했다 이들 중의 하나일 것이다.

그래서 우선 창간호와 첫 가을 특집호의 기사를 비교 검토하면 두 호에 다무라 에미코(田村惠美子)의 「여성의 해방」, 「여성의 해방(承前)」이라고 하는 논설이 연재된 것을 알 수 있다. 「여성의 해방(承前)」의 모두에는

에는 창간호 외에 근대문학관, 프랑게문고와 중복되는 3권이 소장되어 있다. 이들 외에 『국제여성』은 전국의 대학 도서관, 공공도서관, 자료관 등의 어느 기관에도 보존되어 있지 않다. 도판에 밝힌 제6호는 필자가 개인적으로 소장하고 있는 것을 촬영한 것이다.

"전호(前號)에 법률상 아내에게만 부과된 행위무능력과 법정재산제가 어떻게 아내인 여성에게 불이익을 가져오는가, 즉 남성은 결혼에 의해 일신상의 그리고 재산상의 영향을 하등 받지 않는 것에 반해, 여성은 아내가 되면 거의 일개 인간으로서 무엇 하나 자주적인 행동을 할 수 없고 경제적으로도 모두 하나의 두족류로, 남편의 지시 하에 있다. 따라서 결혼생활을 계속하는 이상 필연적으로 남편의 예속물로서 살아가지 않으면 안된다는 것을 말했습니다만, ……"하는 문장이 있다. 이것이 「여성의 해방」의 내용과 일치하기 때문에 창간호와 첫 가을 특집호 사이에는 단절이 없음을 확인할 수 있다. 여기에서 (1)의 가능성은 매우 적어진다.

다음으로 (2)이다. 첫 가을 특집호의 편집후기에는 "철학의 권위자인 우에노(上野) 박사에게 흥미롭고 도움이 되는 읽을거리를 다음 달 호에도 기고를 받게 되었다"고 되어 있고, 11·12월호 이후의 지면에는 이에 상당하는 기사가 존재하지 않는다. 첫 가을 특집호에 있는 오세 게이시(尾瀬敬止)의 「종전 후의 소비에트 부인」은 기사 말미에 '계속됨'이라고 적혀 있고 오다 사쿠노스케(織田作之助)의 연재소설 「네 개의 수기」(문말에 '이하 다음 호'라는 기재가 있다), 히로세 가니헤이(廣瀬かに平)의 「히라가나 월평(ひらかな月評)」, 모리야 미쓰오(守屋光雄)의 「유아를 위한 완구, 그림책, 이야기, 음악-새로운 시대의 어머니에게-」도 같은 호에서 연재가 시작되고 있는데, 11·12월호 이후에는 연재가 계속되지 않는다. 즉, 첫 가을 특집호와 11·12월호 사이에는 분명한 단절이 있고 앞뒤를 맞추기 위해서는 미발견의 호가 존재했다고 생각하는 것이 가장 합리적이다. 마지막의 (3), (4)에 대해서는 그 가능성을 없앨 근거가 없기는 하지만, 편집부가 자신들이 발행한 잡지의 호수를 잘못 헤아리는 일은 생각하기 어렵다. 현 단계에서는 별책에 해당하는 잡지가 간행된 흔적도 없다. 즉, 『국제여성』은 전체

7권이 발행되었는데, 첫 가을 특집호와 11·12월호 사이에 발행된 1권이 미발견일 가능성이 높아진다. 그래서 본고에서는 전 7권 가운데 제3호에 해당하는 것이 미발견이라는 전제 하에 이하 창간호에서 제7호까지 전체를 관통해 번호를 붙여 고찰해보기로 한다.

확인할 수 있는 6권의 내용을 보면 창간호의 표지에는 '고문 : 신무라 이즈루(新村出), 다니자키 준이치로(谷崎潤一郎)'라고 적혀 있고, 교토제국대학 교수를 퇴직한 후에도 교토에 거주하면서 『고지엔(廣辭苑)』(1955년 5월에 초판 발행, 岩波書店)의 편찬 작업을 했던 신무라 이즈루와, 전후 피난 간 오카야마(岡山) 현의 가쓰야마초(勝山町)에서 교토 시내로 옮겨 산 다니자키 준이치로를 고문으로 두고 있었던 것을 알 수 있다.[2] 각 호에는 다니자키는 처음부터 있었고, 요시이 이사무(吉井勇), 오다 사쿠노스케, 후지사와 다케오(藤澤桓夫), 무샤노고지 사네아쓰(武者小路實篤), 아베 도모지(安部智二), 사사가와 린푸(笹川臨風), 가와다 준(川田順), 나가이 다카시(永井隆), 마스기 시즈에(眞杉靜枝), 다무라 다이지로(田村泰次郎)와 같은 작가들이 집필했고, 전집이나 단행본에 수록되지 않은 작품도 많이 있다.

또한 신무라 이즈루를 비롯해 가와이 겐지(河合健二), 센 소시쓰(千宗室), 미야케 슈타로(三宅周太郎)와 같은 교토에 거주하는 예술가·문화인이 다수 원고를 보내고 있는 외에, 관선으로 마지막 교토시장이 된 와쓰지 하루키(和辻春樹, 1946년에 취임했지만 동년 11월에 공직 추방으로 사직), 다키가와

---

[2] 표지에는 '고문: 신무라 이즈루, 다니자키 준이치로'라고 적혀 있지만 창간호의 26쪽에 있는 국제여성사의 스태프 소개란을 보면, '고문: 신무라 이즈루, 다니자키 준이치로, 다오카 료이치(田岡良一)/ 책임자: 도쿠마루 도키에(德丸時惠) 고가 구루미(古賀久留美)/ 이사: 신무라 이즈루, 다무라 에미코(田村惠美子)/ 편집부: 마카베 후타바(眞壁二葉), 오노 스미에(大野澄江), 시바무라 기사코(芝村紀佐子), 데라무라 요시오(寺村嘉夫), 하시모토 이쿠코(橋本育子), 야마모토 마사토시(山本賢壽), 다케우치 다다시(竹內正) 씨는 사정으로 퇴사'라고 적혀 있고, 고문은 다오카 료이치를 더한 3명이었음을 알 수 있다.

(瀧川) 사건3)으로 알려진 다키가와 유키토키(瀧川幸辰), 이 사건에 항의해서 교토대학을 사직하고『국제여성』창간 때는 리쓰메이칸(立命館) 대학 총장이었던 스에카와 히로시(末川博), ICU(국제기독교대학)의 초대 학장이 되는 유아사 하치로(湯淺八郞) 등, 리버럴리즘 입장에서 간사이(關西)의 학술연구나 논단을 리드한 지식인의 이름이 열거되어 있다. 자궁 내 피임구인 오타 링(太田リング)을 고안하는 등, 인구임신중절운동을 추진해 '우생보호법'(1948년 시행)의 성립에도 진력한 오타 덴레이(太田典禮), 시라카바파(白樺派)의 작가들과 교류, 야나기 무네요시(柳宗悅)의 민예운동과의 관련 등으로 알려진 정신과의 시키바 류자부로(式場隆三郞) 등, 의학, 심리학 관계자의 담론도 많다.

『국제여성』이 다니자키의 인맥에서 성립된 것은 제2호에 와쓰지 하루키가「왜곡된 겸허」라는 논설을 쓴 사실로부터도 추측할 수 있다. 와쓰지 하루키는 와쓰지 데쓰로(和辻哲郞)의 사촌 남동생이고『세설(細雪)』(1943년에『주오고론(中央公論)』에 연재를 시작했지만 군부에 의해 연재 중지에 몰리고 이듬해 1944년에 사가판(私家版)으로 상권을 발행, 전후는 하권을 이어서 썼다)의 완성을 목표로 안정된 집필 환경을 갖고 싶어한 다니자키가 교토에 살 수 있도록 편의를 봐준 인물이다. 당시 공습 피해가 거의 없을 정도여서 교토에는 많은 전입 희망자가 있었는데, 이는 엄격히 제한되어 있어서 일반 사람은 셋집을 찾는 것도 어려운 상황에 있었다.

교토에 옮겨 산 다니자키는 이전부터 알고 지내던 신무라 이즈루를 매개로 교토 거주의 문화인이나 지식인과 교류를 활발히 하게 되었는데, 이

---

3) 다키가와 유키토키(瀧川幸辰)의 저서『형법 강의』,『형법 독본』의 내란죄, 간통죄에 관한 기술이 위험사상에 해당한다고 판단한 하토야마 이치로(鳩山一郞) 문부대신이 1933년 4월에 두 서적을 발매금지처분함과 동시에 다키가와 교수의 파면을 요구한 사건.

러한 관계자에게 원고 집필의 장을 제공했다는 의미에서 『국제여성』은 매우 편리한 매체였다고 생각된다. 고야노 아쓰시(小谷野敦)의 『당당한 인생 다니자키 준이치로 전(傳)』(2006.6, 주오고론샤)이 "6월 9일(1947년·필자 주)에 다니자키는 교토 오미야고쇼(大宮御所)에서 신무라 이즈루, 요시이 이사무, 가와다 준과 함께 천황을 만나 이리에 스케마사(入江相政) 외 시종들과 함께 문학 이야기를 나눴다. 이 무렵 신헌법 하의 천황을 국민과 친근하게 하기 위한 기획으로 전국 순행과 함께 이러한 행사가 행해졌다", "전후의 다니지키는 이 세 사람과 특히 친하게 지낸 것 같다. 요시이는 젊은 시절부터 알고 지냈고, 가와다와의 교우는 1939년의 『겐지모노가타리(源氏物語)』 기념강연회에서 가와다가 가장 많이 신경을 써준 때문일까" 하고 적고 있듯이, 당시 다니자키의 교우관계와 『국제여성』의 집필자가 선명히 겹치는 점으로부터도 이러한 점이 입증된다.

한편, 『국제여성』의 편집에 관여한 중심 멤버인 도쿠마루 도키에, 고가 구루미, 마쓰이 아키라(松井瑩), 오모리 이즈미(大森泉), 스에나가 이즈미(末永泉)는 교토의 여성해방운동가와 그 지원자인데, 고가가 논설을 쓰고 오모리도 소설이나 수필을 발표한 것을 보면 이 잡지는 상업잡지이면서 동인잡지와 같은 성격을 겸하고 있는 것을 알 수 있다. 편집 발행의 책임자는 도쿠마루, 고가, 마쓰이가 각각 분담했는데, 한 사람의 편집인이 전체를 통괄하는 형태가 아니라 멤버의 협동작용으로 출판사를 운영하고 있었던 것 같다.

여기에 이름이 등장하는 스에나가 이즈미는 교토 시대의 다니자키가 비서로 신뢰를 두고 있던 청년으로, 『다니자키 준이치로 선생님 비망록』(2004.5, 中央公論新社)이라는 회고록을 읽으면 다니자키가 어떠한 경위로 『국제여성』의 고문을 받아들이게 되었는지 알 수 있다. 이 책에 의하면, 전쟁 말기인 1945년 7월에 다니자키가 자신의 고향집 근처에서 피난하고 있다는 사실을 안 스에나가 이즈미는 누나와 친구를 데리고 단기간에 3회나 방문을 거듭했다. 이때 나눈 이야기가 애매하게 다뤄지고 있지만, 나중에 영문학자인 이나자와 히데오(稲澤秀夫)의 인터뷰를 받은 스에나가 이즈미는 "누나 일행이 가쓰야마로 선생님을 찾아가 교토에 오시지 않겠습니까" 하고 권유해서 다니자키가 교토로 이주하게 되었다고 증언하고 있다.(『聞書谷崎潤一郎』1893年5月, 思潮社)

스에나가 이즈미가 '누나'라고 소개하고 있는 도쿠마루 도키에는 당시 이치카와 후사에를 중심으로 하는 신일본부인동맹이나 일본자유당 부인부와 교류하면서 여성해방운동에 참여한 재원이다. 국제여성사는 이 누나가 세운 출판사이고, 스에나가 이즈미는 여기에서 도와주고 있을 때 다니자키에게 인정을 받아 비서 일을 하게 된 것이다. 『다니자키 준이치로 선생님 비망록』에는 그 경위가 "나는 1947년 1월부터 1951년 1월까지 발병해 교토를 떠날 때까지 다니자키 선생님의 비서를 했다. 당시 나는 교토에서 누나가 작은 출판사를 시작해 그 일을 도와주고 있었다. 그 『국제여성』 사에서 선생님의 희곡집을 출판하게 되어 댁에 드나들게 되면서 말을 걸어주신 것이다"고 적혀 있다.[4] 즉, 국제여성사는 출발 단계에서부터 다니자키를 브레인으로 갖고 있었고 그 폭넓은 인맥을 활용하는 형태로 사업을 전개한 출판사였던 것이다.

그런데 『다니자키 준이치로 선생님 비망록』에는 왠지 누나의 이름이 명기되어 있지 않고 국제여성사에 관한 구체적인 언급도 없다. 조용한 환

---

4) 『다니자키 준이치로 선생님 비망록』에는 "선생님이 교토로 이주하신다는 말을 듣고 여성해방운동에 관심을 갖고 있던 누나는 교토로 나가기로 결심하고 작은 출판사를 시작한 것이다"라고만 적혀 있다.

경 속에서 집필활동에 전념하려고 한 다니자키가 왜 아마추어 젊은이를 비서로 가까이 두게 되었고, 중요한 일을 맡기게 되었는지 하는 점에 대해서도 의문이 남는다.

도쿠마루 도키에는 1933년에 도쿄여자대학 영문과를 졸업한 후에 주일 독일 국립항공공업연맹에 10년간 근무하고 영어와 독일어 능력을 구사해 대표비서까지 올라가 일하고 있었다. 조르게사건5)으로 알려진 리하르트 조르게와도 친하게 교제해, 그가 스파이 혐의로 체포되기 직전에는 악셀 문트의 『인생 진단기』(1942.10, 牧書房)의 번역을 맡기도 했다. 전후에 기노쿠니야서점(紀伊國屋書店)에서 이 책의 개정판이 간행되었을 때 덧붙여 쓴 「역자후기」에는 "1951년 10월 18일이었다(나중에 생각해보면). 조르게 씨는 일본헌병대의 손에 오자키 호쓰미들과 함께 검거되었다. 그때 곧바로 공표할 수 없었지만 나는 친한 독일 대사관의 어떤 사람으로부터 조르게 씨가 소비에트 측의 스파이였다는 사실을 들었다"고도 적혀 있다.6)

---

5) 리하르트 조르게를 중심으로 하는 소련의 스파이 조직이 일본 국내에서 첩보·첩략(諜略) 활동을 행한 것이 드러나, 1941년 9월부터 1942년 4월에 걸쳐 조직의 구성원이 잇따라 체포된 사건. 체포자 중에는 고노에(近衛) 내각의 브레인으로 중일전쟁의 추진에 중요한 역할을 한 전(前) 아사히신문기자 오자키 호쓰미(尾崎秀實)도 있었는데, 조르게와 함께 처형되었다.

6) 스에나가 도키에는 자신이 번역과 편자로 들어가 펴낸 『근로의 미(勤勞の美)』(1943.10, 科學社)의 「역자의 말」에서 "무릇 일개의 인간에게 또 크게는 민족에게도 일하지 않는 자는 언젠가 멸한다. 사람은 일하기 위해 태어난다. 일해서 뭔가를 창조해가는 것에 인간의 심신이 최대의 기쁨을 느낀다. 죽음은 우리에게 영원한 휴식을 줄 것임에 틀림없다. 이 세상에 생을 받은 동안은 우리는 일하지 않으면 안 된다. / 본서는 앞의 대전이 끝난 후에 피폐와 고달픔 때문에 어쩔 수도 없이 불평만 늘어놓고 있던 독일 국민에 대해 나치스 정부가 어떻게 청신한 공기를 주입해 땀 없이 일할 것을 외쳤는지 상세히 이야기하고 있다. 이렇게 해서 그때까지 볼 수 없었던 명확한 국가의식 하에 늠름한 근로의 노래는 독일의 항구에서 항구로 퍼져갔던 것이다./ 이 책을 읽는 사람은 누구라도 진정으로 노동하는 마음을 감득할 것이다. 스스로의 직무를 통해 조국애, 이마에 땀을 흘리는 노동이 심신에 미치는 영향, 아름다운 노동, 청결한 노동을 뼈저리게 느낄 것이다./ 싸움은 아직 길게 남아있다./ 우리는 초조해하지 말고 차분히 눌러앉아 조국의 미증유의 일이 일어나는 오늘날, 각자의 근로의 노래를 계속해서 부르자. 조국의 승

나아가 국제여성사를 폐업한 후에 이혼하고 스에나가 성씨로 돌아온 도키에는 아즈마 료타로(東龍太郎, 도쿄제국대학 교수를 역임한 뒤에 해군사정장관, 남서방면 해군민정부 위생국장. 결핵 예방회리사 등을 역임했다. 전후에는 후생성 의무국장, 일본체육협회 회장 등을 거쳐, 1959년부터 도쿄 도지사)와도 친교를 맺고 결핵 예방 의료를 행하는 야요이(弥生)회 진료소를 설립. 1952년부터 20년간에 걸쳐 이사장을 근무했다.

독일국립항공공업연맹은 항공기의 수입이나 기술 이전 등을 둘러싸고 군부와 깊은 관련을 갖고 있는 조직이다. 전후의 결핵진료서에 관해서도 국가의 후생의료 담당자의 지원이 없으면 운영은 어려웠다고 생각된다.

리를 위해 대동아의 창조를 믿으면서./ 1943년 9월/ 역자"라고 적혀 있다. 또한 포친 대좌 저(著)/ 스에나가 도키에 역(譯) 『독일 항공기의 발전-융카스의 즉석-』(1944.4, 牧書房)의 「서」에서 독일항공공업연맹 일본대표 게 카우만은 "융카스와 일본항공공업 사이에 밀접한 관계가 수립되어, 그야말로 15년의 세월을 헤아리고 있다. 양자의 협력은 독일과 마찬가지로 일본에서도 이에 관여한 사람들에게 크게 환영 받았다. 나로서도 이 의미 있는 관계의 기초를 이루는 기관에 근무하고 있다는 것은 늘 자부심과 만족의 원천이었다. 특히 오늘날처럼 일본과 독일 양국의 국민이 밀접한 정치적 군사적 우호관계 하에 정의의 깃발 아래에 어깨를 나란히 하고 싸우고 있을 때 더욱 그 감동을 강하게 하는 것이다. 이 세계 전체적인 큰 전쟁에서 항공이 다하는 역할이 얼마나 중요한지, 이는 모든 사람들이 알고 있을 것이다./ 일본과 독일 항공 관계를 오랜 동안 가까이 보고 지내온 스에나가 씨는 그야말로 진정 칭찬할 만한 가치 있는 일을 완성하게 되었다. 본서가 반드시 두 동맹국가 사이에서 상호 이해와 좋은 의식에 크게 기여할 것을 충심으로 믿는다./ 1943년 11월 26일"이라고 스에나가 도키에에게 보낸 찬사의 말을 하고 있고, 일본 측의 항공국 감리부장 엔도 쓰요시(遠藤毅)도 "우리는 오늘날의 세계대전에서 동으로 우리 제국, 서로는 우리 동맹국인 독일이 매일 거두고 있는 화려한 항공 전과를 감사와 긍지를 가지고 바라보고 있는데, 항공력 증강의 목소리를 들을 때마다 '항공은 하루아침에 이루어지지 않는다'는 말을 깊이 떠올리게 한다. 우리나라의 오늘날 항공 전과에도 독일의 항공 전승에도 선인의 오랜 늠름한 고심과 노력이 기초가 되어 있는 것이다./ 이번에 스에나가 도키에 씨가 이 책을 번역 출판해 항공기 제작계의 거인 후고 융카스의 불요불굴의 노력, 끝없는 개량, 독일항공의 Sturn und Drang 시대의 고심, 대전에서의 활동 등을 기술적인 사항까지 걸쳐 소개한 것은 시의적으로 정말로 의미 깊다. 나는 본서가 항공 결전에 열렬한 노력을 들인 우리 항공계에 반드시 이익이 되는 부분이 많을 것을 믿고 널리 읽혀지기를 빈다./ 1943년 12월 1일"이라고 응답하고 있다.

전시 때부터 통역으로 중요한 기밀사항을 알 수 있는 입장에 있으면서
국가나 군부의 파이프를 갖고 있던 도키에는 아마 다니자키를 교토에 오
도록 권유해 자신이 설립한 출판사의 고문을 의뢰할 정도의 충분한 힘을
가지고 있었을 것으로 생각된다. 국제여성사가 어떠한 경위로 사업을 시
작했는지 명확하지 않지만, 그녀가 어울리는 인맥과 자금을 갖고 있었던
것은 틀림없을 것이다. 남동생인 스에나가 이즈미가 저서 속에서 누나의
이력을 언급하지 않는 이유도 이러한 전시 중의 활동에 관해 과도하게
천착받는 것을 피할 목적이었던 것은 아닐까.

한편, 『국제여성』 창간호의 내용에는 알 수 없는 곳도 있다. 1946년 4
월 3일에 국제여성사에서 발행된 연합군 최고사령부 민간정보교육국 편
『일본여성의 봄 JAPANESE WOMEN!! BECOME HAPPY BY VOTING.』을
보면 『국제여성』의 창간 예고가 게재되어 있고, "일본 여성의 눈물을 닦
고 국제여성으로서의 교육을 함양하는 월간지 국제여성 창간호 근일 출
판 집필자 크래프트 대위, 이치카와 후사에, 미키 기요시(三木淸), 나카노
고로(中野五郞), 신무라 이즈루, 시키바 류자부로, 사만 「반수신(半獸神)의
사랑」 1부 5엔"이라고 적혀 있다. 이 예고를 접한 독자는 당연히 이치카
와 후사에나 미키 기요시의 원고가 게재된 월간지가 5엔이라는 정가로
발행될 것으로 생각했을 것이다.

그런데 본고의 말미에 붙인 목차에서 알 수 있듯이, 창간호에는 전술
한 광고에 이름이 나온 저명인의 원가가 하나도 게재되지 않았다. "회원
모집 이치카와 후사에 여사가 지도하는 신일본부인동맹 교토지부(교토시
주쿄쿠(中京區) 니조역(二條驛) 앞)"이라는 회원모집 광고는 있는데, 본인의 말
은 어디에도 없다. 잡지의 편집에서 일부 게재 예정 원고가 누락하는 일
은 자주 있는데, 광고에 이름이 있는 인물의 원고가 전혀 없는 것은 무엇

때문일까?

지면을 자세히 살펴보면, 이 광고에 이름 있는 인물의 많은 수가 창간호의 「축 창간」란에 등장하고 있는 것을 알 수 있다. 즉, 『국제여성』 창간의 지원자에 이름이 열거된 저명인들이 어떤 이유로 '집필자'로서 소개되어버린 것이라고 추측된다. 일본 전체가 극도의 종이 부족 상황이었고 배급을 받을 수 있는 큰 신문사, 출판사조차도 새로운 잡지의 창간을 고심하고 있던 1946년 전후에 이 정도의 집필진을 모을 수 있었던 국제여성사라고 하는 것은 본래 어떠한 출판사였는지의 문제도 포함해서 명확히 하지 않으면 안 되는 과제는 많다.

『국제여성』에 관한 유일한 선행연구는 요시다 겐지(吉田健二) 편찬 『점령기 여성잡지사전-해제 목차 총색인 제2권』(2004.8, 金澤文圃閣)의 「해제」이다. 여기에서 이 잡지의 특징을 간결하게 정리한 요시다 겐지는 "여성의 지위 향상뿐만 아니라 인간의 조건으로서 지성을 가지고 살아가는 것의 중요성을 독자에게 묻고 있다", "교토의 시정의 지식인이 신시대의 막을 열고 용감하게 도약한 교토의 출판문화운동"의 일익을 담당한 점, "전후 개혁기의 교토에 학자·문화인의 뜻이나 문화국가로서의 일본 재건의 의지가 느껴진다"고 높이 평가하고 오랜 시간에 걸쳐 다양한 방법으로 원지(原紙)의 발견에 힘썼지만 다 이룰 수 없었다고 애석해하고 있다. 또한 각 호의 주요 기사를 언급하고 잡지로서 다채롭고 수준이 높다고 칭찬하고 있다.

단, 이 「해제」는 출판사 연구의 입장에서 집필되었기 때문에 전후 얼마 안 되는 시기에 발행된 『국제여성』을 종합문예잡지라는 관점에서 분석하는 시점을 갖고 있지 않다. 더욱이 프랑게문고의 인쇄된 것만을 원지로 하고 있기 때문에, 이치카와 후사에 기념회나 여성과 정치 센터, 일본

근대문학관의 소장호가 시야에 들어 있지 않고 국제여성사가 발행한 단행본의 광고 등도 살펴보고 있지 않다.

따라서 본고에서는 요시다 겐지가 정리한 「해제」를 중요한 선행연구로 평가하면서, 새롭게 확인한 창간호, 제2호의 내용에 기초해 『국제여성』의 가치를 검토하겠다. 이러한 연구를 축적함으로써 장래 미확인의 제3호가 발견되어 잡지의 전모가 명백해질 것을 기대하면서, 이 잡지의 매력 및 다니자키 준이치로가 이 잡지에 한 역할을 고찰하겠다.

2

전술했듯이, 『국제여성』의 창간호에는 「축 창간」란이 있어 많은 저명인의 이름이 열거되어 있다. 지금 보면 국제여성사의 네트워크를 찾아보는 데 귀중한 자료라고 말할 수 있기 때문에 우선 개인과 단체를 막론하고 그 명칭을 열거하겠다. - 교토시장 와쓰지 하루키, 쇼치쿠(松竹)주식회사 교토촬영소, 우영선(于永善), 교토과실합명회사(京都果實合名會社) 대표사원 기타이 히데지로(北井秀次郎), 국회의원 · 도미다병원장 도미다 후사(富田ふさ), 서일본제지주식회사 사장 간다 요로쿠(苅田與祿), 주식회사 이시다타이세이사(石田大成社), 변호사 기무라 지요(木村ちよ), 교토부회의원 나카가와 기쿠(中川喜久), 도카사이칸(東華菜館) 총지배인 에가와 다쓰오(江川辰雄), 서일본제지주식회사 상무이사역 다나카 데이조(田中定三), 국제타임사/국제영화주식회사 사장 다나카 에이지로(田中英治郎), 천리시보사 사장/요토쿠샤(養德社) 사장 오카지마 젠지(岡島善次), 메이지생명보험회사 교토지점장 구보타 시게지(窪田重次), 잡지 『세기(世紀)』의 출판사 센센도(千染堂), 일본자유당 교토지부 다카야마 요시조(高山義三), 아사히신문 도쿄 본사 나카노 고로(中野五郎), 카메라의 산조(三條) 쓰바메야 이마모토 사나에(今本早苗), 변호사 오이시 요시에(大石ヨシヱ), 근로부인연맹, 홋카이도 흥농공사 교토 출장소장 가나이 시게오(金井重夫), 신일본부인동맹 교토지부, 교토신문 정경부 차장 이케가미 사다미(池上貞美), 근로부인연맹대표 와타나베 쓰루에(渡邊つるえ), 사회당 서기장 가타야마 데쓰(片山哲), 신일본부인동맹 교토지부장 모리사다 하루에(森定春枝), 기쿠스이(菊水)키네마상회 직영 기쿠스이 영화극장 고노 미키(河野美記), 신일본부인동맹 이치카와 후사에(市川房枝), 작가 미야모토 유리코(宮本百合子), 여성연구회, 오야마 다키노스케(小山瀧之助), 연출가 나가미 류지(永見隆二), 변호사/법학사 오기쿠보 데이이치로(荻窪定一郎), 고노다이(國府台)병원장 시키바 류자부로(式場隆三郎), 문학박사 사사가와 린푸(笹川臨風), 히고 요시오(肥後良夫), 아사히(朝日)신문 교토지사 스미다 도시로(住田壽郎), 대해류사범(大海流師範) 구보타 후미오(久保田文雄), 칠요사(七曜社) 인쇄소 경영자 야마모토 미치조(山本道三), 일본의약잡지회사 사장 가네하라 이치로(金原一郎), 마이니치(毎日)신문 교토지사 무라타 가즈오(村田一男), 일본 우모(羽毛)주식회사 사장 기타가와 헤이자부로(北川平三郎), 일본 우모공업회사 상무이사역 와타나베 사이치로(渡邊佐一郎), 시네마클럽 주필 야마모토 교코(山本恭子), 교토부인회, 나의 대학 유머니티사 전체대표 이토 신이치(伊藤新一), 기쿠스이 키네마상회 직속 기쿠스이영화극장 우지 사다지(宇治貞二), 이상 직책 그 외는 표기한 대로임.

광고를 보면 미야모토 유리코나 이치카와 후사에를 비롯해 근로부인연맹, 신일본부인동맹, 여성연구회 관계자가 지원하고 있었던 것을 알 수 있다. 또한 제2호에 '교토 여자자유당 부인부장 와시노 미쓰에(鷲野光江)'(교토 가라스마루(烏丸) 시조(四條) 오르막길)의 이름으로 「축 발간」의 광고가

있다. 마찬가지로 제2호에 "신간소개 건실히 걸어온 교토근로부인연맹 출판의 곤도 도시코(近藤とし子) 저 「분식 안내」를 소개합니다(교토시 사쿄(左京)구 다나카(田中) 하루나초(春榮町) 15)"라는 광고가 게재된 것으로부터도 이 잡지의 성격을 이해할 수 있다. 『국제여성』은 전후에 여성에게도 참정권이 인정되어 새롭게 발족한 여성정당이나 조합 부인부에서 활약하는 여성들의 네트워크 속에서 만들어진 것이다.

실제로 제4호에 기시모토 지요코(岸本千代子)가 쓴 「교토 부인의 동정(1) 조합 부인에게 전국체신노동조합 교토 중화(中話) 지부 부인부」라는 기사에서 "말로도 문자로도 할 수 없을 정도의 희생을 통해 일본에 처음으로 스스로 판단해서 자유롭게 행동할 수 있는 시대가 왔습니다", "일하는 자에게 조합의 결성을 인정받아 우리에게 단결의 필요를 느끼게 해주었습니다"고 하는 문장을 읽으면 출판사의 편집체제뿐만 아니라 잡지의 내용으로부터도 동시대의 부인운동의 열기가 전해져 온다. 저명한 작가, 문화인, 학자들에게 문장을 집필해달라고 하는 한편, 지역에 살고 있는 여성들이 어떻게 대처하고 있는지를 소개하는 것에 잡지의 존재 의의를 걸고 있음을 알 수 있다.

국제여성사는 잡지와 함께 단행본의 발행도 착수해 앞서 소개한 『일본여성의 봄(日本女性の春)』, 다오카 료이치(田岡良一)의 『강화회의의 예상(講和會議の予想)』(國際女性社叢書, 1947年7月1日)과 같은 정치 관련 서적 외에, 다니자키 준이치로의 『희곡 오쿠니와 고헤이 외 2편(戯曲お國と五平他二扁)』(1947年), 마스기 시즈에(眞杉靜枝)의 『애정의 문(愛情の門)』(1948年), 다사카 겐조(田坂健三)의 『미망인과 사회 홀로 가는 길 사랑의 길(未亡人と社會ひとりのみちこいのみち)』(1948年) 등을 발행했다.7) 제2호의 편집후기에 "여러분도 이미 알고 계시리라 생각합니다만, 앞서 신문지상에 보도된 바와 같이 앞으로

의 출판은 원칙적으로 배급용지 이외의 종이를 사용할 수 없게 되었습니다. 배급지의 입수 상황은 최근 당사자 각위의 노력에 의해 사용량의 일부에도 미치지 못했던 이전에 비해 점차 호전되고 있습니다만, 그 절대적인 양은 부족해서 다음호부터 부득이하게 부수를 줄여야 할 것으로 생각됩니다. 또 쪽수도 B5판은 32쪽으로 규정되었습니다만 우리는 질로써 현재의 수준을 유지할 각오입니다. 여러분의 많은 원조와 편달을 부탁드리는 바입니다"고 적혀 있듯이, 『국제여성』은 일본출판협회에서 할당된 용지만을 사용해서 어떻게 해서든 계속된 것이다.

이 잡지의 특징 중의 하나는 이른 시기에 잡지의 제명에 '국제'라고 하는 표현을 씌운 점이다. 이 시기에 여성 독자층을 겨냥해 창간된 교양 계통의 부인잡지에는 월간 『가정문화(家庭文化)』(1945年12月創刊, 家庭文化社), 순간(旬刊) 『부인과 아이(婦人と子ども)』(1946年2月 창간, 中部日本新聞社, 후에 『부인위클리(婦人ウィークリー)』로 개제), 월간 『여성선(女性線)』(1946年2月 창간, 伊勢崎・吉田書房, 후에 女性線社), 월간 『스타일(スタイル)』(1946年3月 창간, スタイル社, 『女性生活』의 복제지(復題誌)), 월간 『부인춘추(婦人春秋)』(1946年3月 창간, 政経春秋社), 월간 『여성(女性)』(1946年4月 창간, 新生社), 월간 『신부인(新婦人)』(1946年4月 창간, 能加美出版) 등이 있는데, 많은 잡지가 신헌법이 정한 남녀평등의 원칙을 주장하는 한편, 여성을 '가정'이나 '생활'이라는 틀 속에 배치하는 것을 전제로 하고 있었다. 남녀평등이라고는 해도 여성의 사회 진출을 촉구하는 듯한 논조는 그렇게 많지 않았다. 『국제여성』은 이와 같은 시대에 일찍 잡지명에 '국제'를 걸고 세계적 시야에 서서 여성의 삶의 방

---

7) 그 외, 자사 광고란을 보면 평론으로 나카노 고로(中野五郎)의 『아메리카문화』(자사 광고에서는 '기간(旣刊)'으로 되어 있는데 실제로는 간행되었는지 불명), 수필로는 신무라 이즈루의 『눈 내린 산타마리아』, 세노오 햣피(妹尾百非)의 『햣피수필』을, 소설로는 후지사와 다케오(藤澤桓夫)의 『새로운 노래』의 간행을 예정하고 있었던 것 같다.

식을 물으려 한 것이다.

또한『국제여성』의 광고란을 보면 아스트린전트 로션 피노치오, '생식선 및 식물 신경 중추 조정작용 뇌하수체 전엽 호르몬'을 주장하는 프리호르몬(塩野義製藥株式會社), "생리불순, 생리통, 요통, 두통, 오십견, 유즙부족"에 효과가 있다고 하는 오이페스틴정(武田藥品工業株式會社), 오레온화장료(오레온化學工業所本舖)나 파론화장료(樂喜堂), 리베화장료(오레온化學工業株式會社)와 같은 화장품이 눈에 띄는 가운데 교토 시가의 극장, 상점, 음식점(新京極·京都座, 新京極·松竹劇場, 찻집과 식료품의 永樂屋, 臼井書房, 養德社·天理時報社, 악기점의 十字屋, 찻집 家族會館, 양복점 一和, 중화요리점 珍香亭, 東華菜館, 종이제품의 都産紙店, 미싱제품의 丸物, 종합강력조미료 에시오, 카메라의 쓰바메야, 小野양장점, 다실의 치키리야, 복장·복식품의 아리모토, 백화점 藤井大丸, 포장재료 日本輸出品材料包裝生産協會 등)도 게재되어 지역에 뿌리를 내린 잡지임을 느끼게 해준다.『국제여성』이라는 타이틀에는 물론 여성의 의식 향상, 세계적인 시야에서 여성운동 추진이라는 목적이 들어있겠지만 실태는 대량으로 인쇄되어 전국에 유통된 것은 아니고, 교토 시내의 거주자나 전국의 활동 지원자를 주요 독자로 하는 로컬 잡지였다고 생각된다. 역으로 말하면, 이러한 성질의 잡지였기 때문에 교토시는 물론이고 전국의 도서관, 자료보존기관에 보관되지 못한 것이다.

잡지의 내용에서 특히 주목할 것은 라디오방송의 재녹음, GHQ로부터 제공된 원고, 엽서 앙케이트 회답 등, 다양한 방법으로 원고가 모여 있는 점이다. 이 잡지는 고문 신무라 이즈루, 다니자키 준이치로의 인맥을 활용함으로써 원고료 등의 경비를 절약하면서 저명인의 원고를 모을 수 있었을 것이다. 특히 라디오방송의 경우는 많은 청중이 관심을 보이는 시사적인 화제이기 때문에 그 점에서도 즉각 반응이 있는 기사를 게재할 수 있었던 것이 아닐까.

또 하나의 특징은 교토의 역사, 전통, 문화에 정통한 지식인이나 예술가가 그 매력을 다시 이야기하려고 하는 기사가 많다는 점이다. 가와이 겐지(河合健二)의 「교토 정서 잡감(京情緖雜感)」, 사사가와 린푸(笹川臨風)의 「차의 향기(茶のかをり)」, 히노시타 기쿠호(日下喜久甫)의 「꽃꽂이의 소양(生花の心得) 제1강」, 다카야 신(高谷伸)의 「향토애의 정월(鄕土愛の正月)──교토의 풍물시에서(京の風物詩より)──」, 센 소시쓰(千宗室)의 「와비를 철저히 하다(侘に徹す)」 등의 수필, '교토 지식인 그룹 교우회(京都知識人グループ友交會)'의 보고, 요시이 이사무(吉井勇)의 단카 「마른 산과 빼어난 강 교토박물관에서 노래하다(乾山と穎川京都博物館にて詠める)」, 「기온회구(祇園懷旧)」, 청치(靑痴)의 하이쿠(俳句) 「교토 사투리(京なまり)」 등 지면에는 매호 교토의 전통문화, 다도나 화도(華道), 오래된 거리풍경, 교토의 부인운동의 현상을 소개하는 기사가 게재되었다. 여기에는 공습의 피해를 거의 받지 않은 교토에 오래되고 좋은 일본을 대표하게 함으로써 패전에 의해 잃은 일본인의 아이덴티티를 다시 돌리려는 의도가 엿보인다.

나아가 요시다 겐지가 「해제」(전출)에서 "하야시 가즈오(林和夫)의 「프랑스의 여성(フランスの女性)」(第1卷4号), 니키 기요시(二木澄)의 「타이국 여성의 추억(タイ國女性の思い出)」(同)은 본 잡지의 세계 여성연구의 사례이고, 가토 요시오(加藤美雄)의 「발자크의 여자친구들과 작중 여성(バルザックの女友だちと作中女性)」(第2卷5号), 가와니시 료조(川西良三)의 「스탈 부인(スタール夫人)」(同), 스가 야스오(菅泰男)의 「줄리엣(ジュリエット)」(第2卷6号) 등은 근대세계문학의 작중에서 시대를 진지하게 마주한 여성의 삶의 방식이나 심정을 모색하는 것이었다"고 말하고 있듯이 『국제여성』은 각국의 여성 사정이나 문학작품에 그려진 여성상을 소개하는 기사도 눈에 띈다. 창간호에 실린 고가 구루미의 「중국 부인에 대해서(中國婦人について)」, 제2호에 실린 오세 게이시(尾瀬敬止)의 「종전 후의 소비에트 부인(終戰後のソウエート婦人)」도 포함해 해외의 여성들이 놓여 있는 현황을 보고하는 것이 『국제여성』을 특징짓기 위한 주요 기사적인 역할을 담당하고 있었다.

3

창간호의 권두언 「말」 속에서 잡지 편집부는 "일본은 결코 멸망한 것이 아니다. 싸움에 패했을 뿐이다. 지금까지는 싸우면 이기고 싸우면 이긴 일본이었다. ─ 그 때문에 이기는 모습은 알고 있어도 지는 모습은 몰랐던 것이다. 어떤 경우에는 진다고 하는 일이 절대로 그 나라에 필요하다. ─ 이렇게 말하면 누군가에게 비난받을 것 같은 기분이 드는데 나는 그렇게 생각한다./ 국가를 사랑하면 그리고 그 국가를 건전한 나라의 상태로 있게 하기 위해서는 때로는 날카로운 메스를 가해야 한다. 과연 일본의 패배한 모습은 썩 좋았던 것일까" 하고 묻고 있다. 이에 이어지는 나카가와 젠노스케(中川善之助)의 논설 「집의 모럴」에는 신헌법 아래에서 논의가 활발해지고 있는 가족제도의 방식을 둘러싸고 농촌부의 며느리들이 처한 "애처로울 정도로 슬픈 환경"을 개선하는 일부터 시작해야 한다는 호소가 들어 있다. 스에카와 히로시(末川博)의 「호주 제도로부터의 해방(戸主制度からの解放)」, 다무라 에미코(田村惠美子)의 「여성의 해방(女性の解放)」과 나란히 창간호에 게재된 기사는 그 대부분이 일본의 패전과 낡은 관습인 가부장제의 패배를 병행해서 파악하며 '여성의 해방'이야말로 건전한 국가 재생으로 가는 첫 걸음이라고 주장하고 있다.

이러한 논조를 밖에서 보강하고 있는 것이 편집부의 고가 구루미와 미국 부인 장교 로젠블룸 중위와의 대담 및 연합군 제공의 「이것이 아메리카의 부인이다(之がアメリカの婦人だ)」는 논설이다. 전자는 대담이라고 해도 불과 한 장짜리 문답에 지나지 않고 내용이 꼭 충실한 것은 아니지만, 여기에서 고가는 "일본 부인의 지위를 향상시키기 위해서는 어떻게 하면 좋을까?", "미국의 직업부인들은 남자와 같은 월급을 받고 있습니까? 또 실제로 남자와 같은 지위에 있습니까?" 하는 질문을 쏟아내고, 각각 "일본의 부인들은 오늘날 부인 참정권을 획득할 수 있기 때문에 참정권을 교묘하게 이용함으로써 여성의 지위를 보다 낮게 향상시키고 여성에 대한 법률을 바꿀 수 있는 변호사를 의회에 보낼 수 있습니다. 이 방법으로 부인의 일이나 생활환경을 개량하는 것입니다", "그것은 결정적으로 예스라고 말할 수 있습니다. 우리는 절대로 남자와 같은 지위, 같은 급료를 받을 수 있습니다"는 회답을 꺼내들고 있다. 많은 여성을 의회로 보내 법률을 바꾸면 좋겠다는 조언이나 직업부인들의 지위나 월급에 관한 평등 원칙도 좋고, 문답을 읽은 많은 부인들은 이러한 미국 부인 장교의 발언에 큰 충격을 받았을 것이다.

후자인 「이것이 아메리카의 부인이다」에 이르면 그야말로 연합군이 준비한 프로파간다의 의도도 들어있다. 모두(冒頭)에서 백화점에서 쇼핑하는 것이나 상품의 우편 발주의 구조를 언급한 보고자는 그 후에 미싱, 다리미, 세탁기, 청소기, 냉장고 등의 가전제품, 뜨거운 물까지 사용할 수 있는 수도, 석유나 가스 스토브 혹은 히터가 극히 보통의 가정에도 있다는 것을 자랑하듯이 전하고 있다. 미국의 부인이 얼마나 가사노동의 부담에서 해방되었는지, 여가 시간을 사용해서 자신을 연마하면서 동시에 가족의 건강이나 행복에 주의를 기울이거나 자선활동에 참가하는가를 극히 당연하듯이 이야기한다. 여기에는 일본의 부인이 처한 처지와 전혀 다른 매혹적인 인생이 그려져 있다. 『국제여성』이라는 잡지는 이와 같은 기사를 다수 게재함으로써 부인들의 의식을 근저에서 개혁해가려고 한 것이다.

제2호의 권두언 「말」에는 "전쟁으로 인한 희생자를 원호하는 조직이 각 방면에 생기고 있다./ 외지 인양자가 전쟁고아라든가 부분적인 것에 국한되지 않고 아무튼 이 전쟁으로 희생을 당한 사람들에 대해서 적극적인 행동을 개시해주길 바란다./ 동시에 우리들 부인도 깊은 맛이 나는 행동을 불쌍한 사람들에게 행하지 않으면 안 된다./ 그뿐만 아니라 아무튼 그러한 조직적인 것에 흔히 있는 폐해를 가능한 한 줄여 보다 많은 직접적인 복지가 찾아올 것을 바라마지 않는다./ 그리고 정말로 좋은 땅의 소금이 될 수 있도록 최선의 노력을 다하고 싶다고 생각한다"고 적혀 있다. 여기에서 "땅의 소금"이라는 것은 신약성서에 등장하는 산상수훈(山上垂訓)의 하나로, 마타이 복음서 등에 등장하는 말이다. 또한 국제여성사가 발족 당초의 소재지를 교토제국대학 기독교청년회관 내에 위치해 있던 점, 제4호의 권두언에는 「신의 걸작」이라는 타이틀이 붙어 있는 점 등을 덧붙이면 『국제여성』의 편집을 담당했던 관계자는 기독교 관련 단체와 연결된 사람들이었던 것은 아닐까 추측해볼 수 있다.

마찬가지로 제2호에는 다니자키 준이치로의 일기 「이 년 전의 오늘(二年前のけふこのごろ)」과 오다 사쿠노스케의 소설 「네 개의 수기(四つの手記) 제1회」가 게재되었다. 전자는 전후 피난간 가쓰야마(勝山)에서 교토로 거주지를 옮긴 다니자키가 전쟁 말기의 생활을 회고한 1944년 9월 4일부터 22일까지의 일기이다. 같은 호의 편집후기에 "고문 다니자키 준이치로 선생님으로부터 특별히 청해서 받은 「이 년 전의 오늘」은 몇 번 다시 읽어봐

도 감칠맛 나는 느낌이 간소한 일기체 속에 위대한 것을 담고 있다"고 적혀 있는 것에서도 알 수 있듯이, 다니자키는 당시 미공개였던 일기의 일부를 편집부에 맡겨 『국제여성』의 발전에 기여하려고 한 것이다. 이 시기의 다니자키는 전쟁 말기부터 패전까지의 일기를 『인간(人間)』(1946年 10月), 『신문학(新文學)』(1947年2月), 『신초(新潮)』(1947年3月), 『꽃(花)』(1947年3月), 『신세상(新世間)』(1947年4月), 『부인공론(婦人公論)』(1949年9月) 등에 나눠서 싣고, 후에 「피난일기(疎開日記)」로 『달과 교겐사(月と狂言師)』(1950年3月, 中央公論社)에 수록했는데, 이번에 발견된 「이 년 전의 오늘」은 「피난일기」의 일부를 구성한 것이고 패전 직후에 다니자키의 동향을 생각하는 데 중요한 초출 자료가 될 것이다.

또한 제2호의 광고란에는 "국제여성사 간행 다니자키 준이치로 오쿠니와 고헤이 B5판형 가격 28원 송료 2원(외에 보름날 밤 이야기 흰 여우의 뜨거운 물(白狐の湯)) ★거장 다니자키 씨가 자선(自選) 명작에 종전 후 처음으로 전편에 걸쳐 자유롭게 보완 개정한 결정판 ★히구치 도미마로(樋口富麻呂) 화백 쾌심의 장정 및 삽화 9월 하순 발매"라고 적혀 있다. 전술한 『일본여성의 봄』에는 "세계의 문호 다니자키 준이치로 자선 명작집 한정판 완성 매울 1권 출간 일부 어림셈 20엔"이라고 되어 있어, 국제여성사는 자선집도 기획한 것을 알 수 있다.

또 하나의 「네 개의 수기 제1회」는 1946년 12월 5일 새벽에 대량의 각혈을 해서 절대 안정 상태가 되어 병상에 누운 채 이듬해 1월 10일에 죽은 오다 사쿠노스케의 만년을 생각하는 데 매우 중요한 작품이다. 당시 오다 사쿠노스케는 「토요부인(土曜夫人)」을 『요미우리신문(讀賣新聞)』에 연재(1946年8月30日~12月8日)했고 이 작품이 절필작품으로 되어 있는데, 연재 개시 시기라는 관점에서 생각하면 「네 개의 수기」는 오다 사쿠노스케가

마지막으로 구상한 연재소설의 하나가 된다(「네 개의 수기」는 오다 사쿠노스케가 죽은 후에 발견된 유고에 기초해 「사에코의 외박(冴子の外泊)」으로 제목을 바꿔 『오다 사쿠노스케 전집』 제7권, 1970.8, 講談社에 수록되었다).「네 개의 수기(二)」는 미발견 제3호에 게재되었을 가능성이 높기 때문에 그 점에서도 동호의 발견은 중요한 의미를 갖는다.

이 작품은 피부미용원을 경영하면서 여자 혼자 힘으로 딸인 사에코를 키운 오리에(織枝=나)가 20년이나 전에 퇴짜 놓은 쓰다(津田)라는 남자와 재회해 그가 독신인 것을 알고 "계집아이 같은 기분"을 우쭐대며 시작한다. 모두(冒頭)는 "…… 나는 어떻게 된 엄마일까. 세상의 어머니라면 그런 경우에 다른 일 따위는 머리에 떠오르지 않을 것이다. 우선 무엇보다도 딸의 일신상의 일을 걱정할 터이다"는 글로 시작되고, 『국제여성』이라는 잡지의 특성이나 독자층을 의식한 테마를 골랐다고 생각할 수 있다.

일찍이 창백한 얼굴의 문학청년이었던 쓰다는 하와이에서 계속 살고 있었는데, 교환선으로 돌아온 뒤에 미망인이 된 '나'에게 빈번히 찾아온다. 그러나 쓰다가 딸인 사에코에게 흥미를 갖고 둘이서만 외출하게 되어 '나'는 질투와 망상을 더해간다. 어떤 때는 무단으로 외박한 사에코를 몰아세우고 그 상대가 쓰다가 아니었다는 사실에 안도한 '나'는 상대 청년이 '박봉 샐러리맨'이라는 것을 알고 빨리 사에코를 결혼시켜버리려고 작정한다. 제1회는 이런 '나'의 사상을 갖고 놀 듯이 상대 청년이 사에코와 결혼을 거절하는 데에서 끝난다. 남편이 죽고 17년 동안 계속 "남자 있는 기색 없이 생활해온" 자신 속에 침전해 있는 욕정을 처리하지 못한 채 혼자 끙끙 앓고 있는 '나'의 말이 수기라는 형태로 그려진다.

타이틀이 보여주듯이 오다 사무토스케는 이 연재소설에서 4인의 등장인물의 시점을 교착시키는 것처럼 그릴 것을 구상했다. 미스터리 등에서

는 자주 보이는 수법이고 심리극으로서의 재미를 연출하기에는 유효한
측면도 있다. 그러나 4인의 등장인물에 균등한 '나'의 내레이션을 넣으면
서 동시에 전체적인 플롯을 파탄 없이 조립해가는 것은 지난한 기술이다.
작자의 죽음에 의해 이 작품은 완성을 보지 못한 채 중절되고 말았지만,
이 무렵의 오다 사쿠노스케가 늘 새로운 표현세계를 좇고 있는 것의 증
좌일 것이다.

　제4호에는 다시 다니자키 준이치로가 등장해서 「분라쿠를 말한다(文樂
を語る)」라는 타이틀로 미야케 슈타로(三宅周太郎)와 대담하고 있다. 이것도
본래는 1946년 9월 21일에 교토방송국에서 방송된 녹음 전문이고, 대담
의 말미에는 "본 잡지에 게재하면서 다니자키 선생님, 미야케 선생님 그
리고 교토방송국의 호의에 감사드립니다"는 기자의 말이 붙어 있다. 문어
체로 가필 수정 등이 되어 있지 않기 때문에 말을 주고받는 것이 척척
잘 맞게 진전되고 장황함과 생략이 혼재한 인상을 받는다.

　여기에서 주목할 발언을 몇 가지 인용하겠다. 다니자키는 가부키(歌舞
伎)나 분라쿠(文樂)의 시대물의 '결점'으로서 "매우 불필요하게 할복 장면
에 너무 힘을 주고 있다"는 점, '아이의 대역', '미신'이 빈번하게 나오는
점을 지적함과 동시에 신작을 대망하는 목소리에 못을 박고 분라쿠는 매
우 전문적인 세계여서 아마추어의 손으로는 할 수 없는 점, 하나의 작품
을 계속 다시 고쳐 써서 보다 나은 것으로 완성해가는 것이 중요하다는
것을 말하고 있다.

　후반에서는 "분라쿠에 한정하지 않고 가미가타(上方)의 특유한 예술, 예
를 들면 지방의 속요나 무용 같은 것도 요즘은 현지에서는 차츰 쇠퇴하
고 도쿄 쪽에서 활동하는 경향이 있습니다. 이건 정말 싫군요" 하고 발언
하는 등, 지카마쓰(近松) 희곡물 등은 "오늘날의 새로운 정세, 시세에 맞지

않는" 것이 있을 테니까 그런 부분을 고치는 일부터 부흥을 해가면 좋을 것이라고 말하고 있다. 미야케 슈타로가 인형 조루리(淨瑠璃)에 담긴 '일본 부인의 미덕'을 언급하자 곧 "이는 지나간 아름다움이겠지만" 하고 물러서고, 기다이유(義太夫)에 "묘한 웃는 방식을 오랜 동안 해온" 점에 혐오감을 표시하고 있다.

전체적으로 다니자키가 관서지방의 가부키나 분라쿠의 쇠퇴를 한탄하면서 생각나는 대로 질문을 쏟아내 미야케는 이를 너그러이 받아들인다는 흐름인데, 이는 뒤집어 말하면 다니자키가 매우 편안한 말투로 이야기를 하고 있어 호오의 본심을 명확히 표출한 것이기도 하다. 이 대담도 『다니자키 준이치로 전집』(1981年5月~1983年11月, 中央公論社)에 수록되어 있지 않고 고야노 아쓰시(小谷野敦)／호소에 히카루(細江光) 편, 『다니자키 준이치로 대담집 예능편(谷崎潤一郎對談集 芸能編)』(2014年9月, 中央公論新社)의 권말에 수록된 대담, 좌담회 리스트에도 기재가 없다.[8] 이러한 사실로 봐도 『국제여성』이라는 잡지의 희소성이 입증된다.

제5호(「제2권 제5호」1947年1月1日 발행)는 국제여성사의 강력한 지원자였다고 생각되는 스에카와 히로시(末川博)가 권두언 「여성 해방의 봄」을 써서 "배우자의 선택, 재산권, 상속, 주거의 선정, 이혼과 혼인 및 가족에 관한 그 외의 사항에 대해서는 법률은 개인의 존엄과 양 성의 본질적 평등에 입각해 제정되지 않으면 안 된다"고 한 일본국 헌법 제24조를 실현하기 위해 여성 자신이 일상생활에서 교양의 획득에 힘쓰고 '나'의 자각과 개성 완성을 위해 부단한 노력을 계속하는 것이 중요하다고 말하고

---

8) 이 대담에 관해서는 『다니자키 준이치로 대담집 예능편』이 간행된 직후에 고야노 아쓰시가 이를 발견하고, 『다니자키 준이치로 대담집 문예편』(2015년 3월, 中央公論社)에 수록했다.

있다.

같은 호의 지면에서 특히 눈에 띄는 것은 "1947년을 맞이하면서 희망 또는 계획"이라고 제목을 붙인 엽서 회답이 기획되어 관련 깊은 학자나 문화인은 물론이고 가와바타 류시(川端龍子), 유카와 히데키(湯川秀樹), 다카미네 미에코(高峰三枝子), 도고 세이지(東鄕靑兒), 호리우치 게이조(堀內敬三), 이치카와 후사에(市川房枝) 등 22명의 저명인이 의견을 이야기하고 있다. 개개의 내용은 물론이지만 교토의 로컬 잡지인 『국제여성』에 이만큼의 저명인이 회답을 보내고 있는 자체가 놀랄 만한 일이다.

또한 제5호에는 모리 사다코(森定子)의 「다니자키 선생님에 대하여(谷崎先生のこと)」가 있고 요즘 다니자키의 동정을 아는 데 귀중한 증언이 된다. 이 수필은 다니자키에게 교토의 임시 주거를 빌려준 집주인의 눈으로 쓴 수필로, 본인이 예비조사를 하러 왔을 때의 모습이 "올해 봄이었다. 갑자기 교토의 누나에게 전화가 와서 오늘 오후 다니자키 준이치로 선생님을 안내하고 네 집으로 가겠다고 한다. 나에게는 그야말로 원자폭탄 이상의 놀랄 일이다./ 그 탐미파의 우두머리라고 일컬어진 대문호라고 상찬을 받는 다니자키 선생님이 이렇게 누추한 우리 집으로 오신다니 이것도 전쟁 덕분이다. 작년의 공습으로 한신(阪神) 사이에 있었던 선생님 댁도 전쟁의 참화에 휩싸여 이후 임시 주거에서 계속 지내셨는데 교토에 집을 정하는 동안의 거처로 이번에 규슈(九州)로 돌아오는 우리집을 일시적으로 빌리고 싶다는 의향에 오늘은 그 예비조사인 것이다. (중략) "음, 이 집은 상당히 좋군요 변소는 꺼리는 방향이 아닐까. 부엌이 좁은 것은 일손이 없는 이런 때 마침 잘 됐네" 등 아름답고 총명한 아내에게 이야기하셨다. 경사가 급한 이 층 계단에 "이건 두 번은 꼭 떨어지겠군" 하면서 소리 높여 웃으셨다" 등이 기록되어 있다.

또한 프랑게문고에 수록된 같은 호의 인쇄물을 보면 쓰지 히사카즈(辻 久一)의 「여성의 유형과 그 창조에 대해서(女性の型及びその創造について) (一)」 에서 "패전의 결과가 외부에서 주어진 것이라고 해도"라는 표현에 'Delete (삭제)'라고 적혀 있다. 또한 아사히신문 전 특파원 나카노 고로의 엽서 회답에 "1947년은 희망의 해이면서 동시에 고난의 해이기도 하다. 이는 일본의 민주화가 한층 전진하는 한편 연합국의 대일배상 징수가 실시되 기 때문에 일본의 패전의 상처는 심각한 고통을 느낄 것이다"고 하는 서 술에도 검열이 들어가 있다. GHQ의 검열이 세부 표현에까지 미치고 있 는 사례로서 기억에 넣어둘 필요가 있을 것이다.

제6호(『제2권 제6호』1947年6月1日 발행)는 66쪽의 볼륨을 자랑하며 단명으 로 끝난 『국제여성』 속에서는 가장 쪽수가 많은 호이다. 권두 수필로 무 샤노코지 사네아쓰의 「젊은 사람들에게-교양 있는 사람-」[9]을 배치하고, 아베 도모지의 「연애에 대해서」, 좌담회 「청춘을 이야기한다」, 칼럼 「청 춘의 사색」 등이 게재되어 지면 전체적으로 '청춘'을 사는 젊은 사람들에 게 메시지가 전해지고 있다. 패전 후의 일본에 스스로의 아름다움을 특히 뽐내면서 남자에게 애교 부리는 여성이 늘고 있는 현상을 근심하며 내면 의 '깊은' 품위를 소중히 해주면 좋겠다고 호소하는 무샤노코지 사네아 쓰. '연애'라는 말에는 "뭔가 깊은 인간적인 생각이 깃들어" 있어서 "우 리 생활의 모든 면이 아름답고 농밀한 향기로 가득 차 있다"고 말하고, 일본인도 또한 서양 사람들과 마찬가지로 '연애'의 '장엄한 꿈'을 품어야 한다고 호소하는 아베 도모지. 그리고 현역 교원이나 여자대학생들이 자

---

9) 동 에세이에 대해서는 조후시(調布市) 무샤노코지 사네아쓰 기념관이 공개하고 있는 「무 샤노코지 사네아쓰 작품 리스트」에도 게재되어 있지 않아 새로운 자료일 가능성이 높 다.

신들의 관심 있는 일이나 '남녀의 동등한 권리'에 대해 기대하는 것을 이
야기하는 좌담회 「청춘을 이야기한다」 등. 그때까지의 『국제여성』이 어
느 쪽인가 하면 부인운동에 관심 있는 여성을 대상으로 한 것에 비해, 이
호에서는 젊은 학생의 감수성에 눈을 돌리고 앞으로의 시대를 담당해갈
사람들의 의견을 흡수하려는 편집방침을 읽을 수 있다.

개별 기사에서 특히 주목할 것은 나가이 다카시(永井隆)의 「원자학과 여
성」일 것이다. 논설의 모두(冒頭)에는 "많이 늦어져 죄송했습니다. 1월 이
래 병세가 악화되어 절대 안정을 유지하고 있어서 신경은 쓰이면서도 하
는 수 없었습니다. 조금 이야기를 할 수 있게 되어서 구술 필기 형태로
해줘서 간신히 임무를 다했습니다만, 아무튼 병중의 일이고 자신 있는 문
장을 쓸 수 없고 또 제한된 연구제목이기 때문에 자유롭게 쓸 수 없습니
다. 만약 귀 잡지에 어울리지 않다면 흔쾌히 버려 주세요. 교토제국대학
의 렌트겐과 스에쓰기(末次) 교수는 내 은사여서 이 방면의 권위자입니다.
아무쪼록 시간이 있으면 방문해 주세요. 꼭 만족스러운 이야기를 해 주실
것으로 생각합니다. 이상으로 사죄 겸 인사편지를 드렸습니다./ 나가사키
(長崎市) 우에노초(上野町) 373/ 나가이 다카시"라는 서간의 전문이 소개되
고, 당시 절대 안정의 상태에 있었던 나가이 다카시가 구술 필기까지 해
서 보낸 원고였다는 것을 알 수 있다.

같은 글에서 원자학의 발전을 원자의 자연붕괴, 인공방사능, 우라늄의
핵분열이라고 하는 세 현상으로 설명한 나가이 다카시는 이 모든 것에
큐리 부인을 비롯해 여성 연구자가 관련되어 있었다고 지적한다. 또한 원
자학이 의학 영역에서 활용되면 유방암이나 자궁암 등에도 응용되어 많
은 여성의 생명을 구할 수 있을 것이라는 기대를 이야기하고 있다.

그러나 이렇게 해서 편집부의 요망에 응하는 한편, 같은 글에서 "원자

폭탄을 받았을 때 나는 인류는 전쟁에 대한 매력을 잃었다고 직감했습니다. 원자폭탄의 한 순간에 모든 것을 잃어버린 겁니다. 나는 무너진 방에서 피투성이가 되어 기어 나와 주변을 둘러봤을 때, 실로 아무런 느낌도 없었습니다. 용감한 자도 비겁한 자도 없고, 일하는 것도 도망가는 것도 못하고, 훈련한 자와 게으른 자의 구별도 없이 인간과 벌레의 구별도 없이, 아니 생물도 무생물도 모두 잘게 무너져 활활 타올라버린 것입니다. 거기에는 어떠한 아름다움도 없고 어떠한 감격도 없고, 그저 무미건조한 파멸이 있을 뿐이었습니다"고 하는 서술도 있어서 당시 병상에서 일어나는 것이 어려워진 나가이 다카시의 심경이 절절이 표현되어 있다. GHQ의 검열에 가장 신경을 곤두세운 화제의 하나인 원폭 피해의 상황이 생생한 말로 이야기되어 있다.

창간호에서 제6호까지의 지면 구성이 종합문예지로서의 체재를 엄수하는 방침이었던 것에 비해, 제7호(활자판만 존재)는 특집기획을 전면에 드러낸 내용이다. 분량도 32쪽으로 반으로 줄어 있는 것으로 봐서 인쇄용지의 입수가 힘들었음을 알 수 있다. "보시듯이 얄팍한 잡지가 되어버렸다. 거의 대부분을 6호 활자로 해서 겨우 밀어 넣었지만 역시 절반은 절반이다. 더욱이 밀어 넣은 탓에 보기 좋지 않은 지면이 되었다. 원고를 받으신 선생님들께는 사죄하고 싶다"는 편집후기의 말이 전하고 있듯이 그 위기감은 심각했다. 편집부는 이미 잡지의 계속이 곤란해진 현상에 입각해 마지막으로 메시지 성격이 있는 테마를 특집으로 한 것인지도 모른다.

제7호의 목차에는 「간통과 이혼」이라는 특집 타이틀(또한 이 호의 '간통'의 표기는 모두 복자(伏字)로 '=통'이나 '○통'으로 되어 있다)이 붙어 있어, 그야말로 형법 개정에 의해 폐지되려고 하는 간통죄(1947년 10월 26일에 폐지)를 둘러싼 논의에 특화된 기획이 편성되었다. 또 편집후기에는 "이혼과 =

통이라는 말을 조금 생각해보면 관련이 없어 이상하지만 일본 여성의 큰 문제가 이 두 개의 말에 숨어있지 않았을까. 이 두 개의 말은 남성이 여성을 향해 던진 돌이었다. 이 돌에 의해 얼마나 많은 여성이 불합리하게 이 세상에서 매장되었는가. 그러나 지금은 다르다. 여성들은 이 두 개의 말을 이성을 가지고 응시해야 한다. 의회는 ＝통죄의 유무를 어떻게 판단할지 지금은 모른다. 그러나 그 유무에 관계없이 여성이 이 두 가지의 말을 판단하고 바르게 판가름함으로써 가정생활, 나아가서는 사회의 평화를 유지할 수 있는 것이 아닐까. 남성은 이미 옛날부터 이 두 가지의 말을 판단하고 판가름해왔다. 공평하지 못하다. 지금이야말로 양자가 평등하게 이에 대해 서로 간언하고 비호해 공평한 판결을 내리자"고 적혀 있어 편집부가 보통이 아닌 결의로 이 특집을 꾸민 것을 알 수 있다.

권두 논문의 「＝통은 법률로 벌을 주어야 하는가」를 쓴 다키가와 유키토키(瀧川幸辰)는 다키가와 사건으로 교토대학을 떠난 형법학자이다. 또 이 논문은 1947년 7월 28일에 히비야(日比谷) 공회당에서 행해진 방송토론회(그 외에 법무성형사국장 구니무네 사카에(國宗榮)와 참의원 의원 오쿠 무메오(奧むめを))의 내용을 정리한 것이기 때문에 형법개정위원회의 결의에 입각해 '남녀평등불처벌'의 방향성을 보여준 구니무네 사카에, 간통을 벌하지 않으면 방탕이나 바르지 못한 행동이 계속될 것이라며 '남녀평등처벌'을 호소한 오쿠 무메오(奧むめを)의 의견을 참조해 회장을 찾은 일반 참가자로부터 질문에도 응답하는 형태로 논의를 전개하고 있다.

여기에서 다키가와의 인식을 단적으로 정리하면, 여성의 사회적 지위 향상이나 사회의 진화라는 관점에서 봤을 때 간통을 벌하는 것은 벌하지 않는 것 이상으로 사회에 불이익을 가져오기 때문에 간통은 '이혼의 원인'으로 인정하지 않을 수 없다는 것이다. 이어서 스에카와 히로시는 민법이 개정되어 혼인과 이혼의 조건이 어떻게 변경되는가를 구체적으로 설명한 다음 부부생활에서도 남녀의 평등과 자유를 실현시키기 위해서는 정조를 여자에게만 요구하는 봉건적인 인습을 고치고 간통죄를 폐지하지 않으면 안 된다고 주장한다.

마지막으로 등장한 것이 당시 『육체의 문(肉体の門)』(『群像』, 1947.3, 같은 해 5월에 후세쓰샤(風雪社)에서 간행)이 베스트셀러가 되어 전후문학의 총아로 인기를 누리고 있던 다무라 다이지로(田村泰次郎)의 「○통과 결혼」이다. 실제 이혼문제에 큰 장해가 된 것은 여성이 '경제적 독립력'을 갖고 있지 않기 때문이라고 갈파한 다무라 다이지로는 다니자키 준이치로의 「여뀌 먹는 벌레(蓼喰う虫)」나 기쿠치 간(菊池寬)의 「신연애론(新戀愛論)」에 등장하는 남녀를 사례로 "현실적인 행복 추구의 방식"을 소개하고 법률은 사람들이 자유롭게 사는 것을 질서화해야 한다고 주장했다.

그 외에, 특집 「간통과 결혼」에는 시키바 류사부로와 미요시 다쓰지(三好達治)가 단문의 회답(아마 엽서 회답이라고 생각된다)을 보냈고, 각각 "간통죄 폐지해야 한다/이유 이는 도덕적으로 해결할 일로 법률에서 옭아맬 것이 아니다. 악용하려고 들면 이 법률이 있든 없든 마찬가지라고 생각한다."(시키바), "간통은 좋지 않지만 법률로 금지시키는 것도 좋지는 않습니다. 이혼의 이유로는 될 수 있도록 해두고 싶다"(미요시)고 이야기하고 있다.

이상, 잡지 『국제여성』 중에 제3호를 제외하고 전 6권의 내용을 소개했는데, 전후 얼마 되지 않은 시기에 교토에서 창간된 이 잡지는 간사이 문화권에 관련이 깊은 정치가, 학자, 문화인. 작가, 예술가의 언론을 폭넓게 모으고 있는 점, 세계의 여성 사정이나 문학작품의 여성 주인공을 소개해 독자의 의식 향상을 꾀하고 있는 점, 전후에 시행된 일본국헌법이

정하는 남녀평등의 이념을 사회생활 속에서 실현해가기 위한 방책을 논
의하는 일, 남녀평등의 원칙을 간통이나 이혼이라는 구체적인 문제를 가
지고 논의하고 있는 점, 교토의 부인운동의 동정을 전하는 일, 교토의 거
리풍경이나 전통문화를 소개하고 전시 중에 다양한 제약을 받던 예능의
부흥에 힘쓰는 일- 이상의 점에서 매우 의미 깊은 잡지이다. 세계에 눈을
향한 부인잡지의 효시로서도, 교토라고 하는 도시에 태어난 로컬잡지로
서도 중요하다. 전후 일본의 잡지출판문화, 전후의 문학, 그리고 부인운
동의 관점에서 이 잡지의 총 목차를 작성해서 내용을 다각적으로 분석하
는 것이 중요한 과제라고 생각하는 이유는 여기에 있다.

　또한 문예 관련의 집필자는 거의가 다니자키 준이치로의 인맥을 통해
모은 사람들이다. 젊은 시절은 어떠했든 작가생활을 통틀어 여성해방운
동에 관심을 보이지 않고 협력의 의사를 보이는 일도 없이 이 시기의 인
적 교류가 전후에 다니자키 문학의 방향성에 상응하는 영향을 준 것도
분명하다.10)

---

10) 이 문제에 관해서는 졸고, 「환상의 점령기 잡지 『국제여성』과 다니자키 준이치로」(『신
　초』, 2015.4, 新潮社)와 병행해서 참조해주기 바란다.

[보조자료] 『국제여성』 목차(창간호, 제2호, 제4호~제7호)

創刊号 (1946年6月25日印刷納本, 1946年7月1日發行 定価5圓)

編輯者／古賀久留美, 發行者／德丸時惠, 印刷者／山本道三(京都市上京都區寺町今出川上ル五丁目), 印刷所／七曜社印刷所(京都市上京都區寺町今出川上ル五丁目), 發行所／國際女性社(京都市左京區吉田牛ノ宮町二一帝大基督教靑年會館內), 日本出版協會會員番号A211098

第2号 初秋特輯号(1946年9月10日印刷納本, 1946年9月15日發行)

編輯者／古賀久留美, 發行者／德丸時惠, 印刷者／山本道三(京都市上京都區寺町今出川上ル五丁目), 印刷所／七曜社印刷所(京都市上京都區寺町今出川上ル五丁目), 發行所／國際女性社(京都市中京區烏丸御池上ル都ビル內), 日本出版協會會員番号A211098

第4号 11・12月号(1946年11月25日印刷納本, 1946年12月1日發行)

編輯兼發行人／松井螢, 印刷人／川本道三, 印刷所／七曜社印刷所, 配給元／日本出版配給株式會社, 發行所／國際女性社(京都市中京區烏丸御池上ル都ビル), 日本出版協會會員番号A211098, 日本出版配給株式會社

第5号　第2卷第5号(1946年12月25日印刷納本, 19647年1月1日發行)

編輯兼發行人／松井螢, 印刷人／奧村佐平, 印刷所／大津商事印刷株式會社(大津市四宮町), 發行所／國際女性社(京都市中京區烏丸御池上ル都ビル), 日本出版協會會員番号A 211098, 日本出版配給株式會社

表紙

譜面 In The Royal Hawaiian Hotel

解說 In The Royal Hawaiian Hotel 解說……神田千鶴子 1

卷頭言 ″ことば″ ……國際女性社編輯部 2

隨筆 淺春点前 ……樋口富麻呂 3

隨筆 京情緒雜感 ……河合健二 4

論說 女性解放の春 ……末川博 5

目次　6-7

俳句短歌 志貴皇子／在原元方／石川啄木／與謝野晶子／蕪村／一茶／子規／夏目漱石／芥川龍之介 6-7

隨筆 茶のかをり ……笹川臨風 8-10

批評「バルザツクの女友だちと作中女性」……加藤美雄 11-13

論說 スタール夫人(承前) ……川西良三(甲南高等學校教授) 14-17, 58

詩 若き少女のうたへる ……臼井喜之介 16-17

隨筆 フランスの女性――(承前)―― ……林和夫(大阪外事專門學校教授) 18-20

通信 ペンが語る國際通信 ……岸田正三(毎日新聞記者) 20-21

隨筆 生花の心得(第一講) ……日下喜久甫 21

畫文 愛猫ヒゲ ……菊池隆志(菊池塾同人) 22

批評 老人と女性 ……新村出 23-28

俳句 歌がるた ……廣瀬龍池 28

隨筆 郷土愛の正月――京の風物詩より―― ……高谷伸(劇評家) 29-30

募集 文芸募集(國際女性社文芸係宛) 30

批評 去年の日本映畫から――三つの映畫とリリシズム―― ……北雄三 31

論說 女性の型及びその創造について(一)……辻久一(劇評家) 32-33

回答 一九四七年を迎えるに際して御希望又は御計畫(ハガキ回答【一】, 到着順)文博・新村出, 劇評家・山本修二, 畫家・川端龍子, 理博・湯川秀樹, 前同志社大學總長・湯淺八郎, 歌人・川田順, 歌人・吉井勇, 劇評家・辻久一, 朝日新聞前特派員・中野五郎, 映畫

第6号　第2卷第6号(1947年5月25日印刷納本, 1947年6月1日發行)

編輯兼發行人／德丸時惠, 印刷人／奧村佐平, 印刷所／大津商事印刷株式會社(大津市四宮町), 發行所／國際女性社(京都市中京區烏丸御池上ル都ビル), 日本出版協會會員番号A211098, 日本出版配給株式會社

第7号 秋季特輯号(1947年9月25日印刷納本, 1947年10月1日發行)

編輯兼發行人／德丸時惠, 印刷人／奥村佐平, 印刷所／大津商事印刷株式會社(大津市四宮町), 發行所／國際女性社(京都市中京區烏丸御池上ル都ビル), 特価15円, 日本出版協會會員番号A211098, 日本出版配給株式會社

* 좌담회, 투고 등에 관한 일반인의 고유명사, 소속 등에 관해서는 생략했다. 광고만 있는 페이지는 생략했다. 세로쓰기 표기에 사용된 반복 기호도 통상의 표기로 바꿨다.

* 본고의 작성에 창간호의 발견이 매우 큰 의미를 가지고 있다. 창간호의 열람 및 복사를 허용해주신 이치카와 후사에 기념회 여성과 정치 센터에 진심으로 감사를 드린다. 또한 본고의 집필에 스에나가 도키에, 스에나가 이즈미 형제의 조카에 해당하는 스에나가 히로유키(末永弘之) 씨에게 인터뷰를 하고 귀중한 자료를 제공받았다.

번역 : 김계자

‖이 선 윤‖

문학의 〈괴물성〉, 〈괴물성〉의 문학

- 아베 고보(安部公房)와 SF론 -

1. '괴물'로 읽는 문학론

괴물이란 대개 그 존재의 생물학적 식별이 어렵거나 종적 구분을 통해 보편적으로 규정지을 수 없는 존재를 의미한다. 괴물을 둘러싼 이야기는 대개 관련 문화권의 터부와 관련되어 있으며 이에 대한 비판을 제기하거나 흥미를 불러일으킨다.

변형된 신체, 유령 등 정형성을 벗어난 존재의 형상을 자신의 소설 및 희곡 등에 자주 등장시켰던 아베 고보는, 좌담회 및 에세이에서 여러 차례 '괴물'과 문학의 관련에 대해 발언한 바 있다. 하지만 여기에서 언급된 '괴물'이란 주로 원한, 죽음, 혼령, 복수 등의 장치를 사용한 일본의 전통 괴담적 문맥과는 멀리 떨어진 전혀 다른 성질의 것이었다.

본고는 문학론, 예술 창작론의 관점에서 아베 고보가 여러 차례 언급한 '괴물성'의 개념에 대해 다룬 글이다. 아베의 문학적 방법론을 구성하는 중요 개념의 하나인 '괴물성'은 선행연구에서 본격적으로 다루어진 바가 적으나 작품론의 범주를 넘어서는 아베의 예술론 연구의 필요성은 매우 높다고 할 수 있다.

1966년에 『SF매거진(SFマガジン)』에 게재된 에세이 「SF, 명명하기 어려운 것(SF, この名づけがたきもの)」에서 아베 고보는 다음과 같이 언급했다.

> 아마 토마스만의 소설이었던 것 같다. 먼 옛날, 사자가 아직 사자라는 이름을 갖기 이전에 사자는 악귀와 같은 무서운 초자연적인 존재였지만, 사자라는 이름을 갖게 되면서 인간이 정복 가능한 단순한 야수가 되어버렸다는 내용이 있었던 것을 기억하고 있다.
>
> 분명 미지의 존재가 기지의 존재보다는 훨씬 불길하고, 에너지의 포텐셜도 높다. 전국의 대부분의 동물원에 보급되어 맹수의 문고본화 되어버린 사자보다는, 숲속의 괴물 X가 훨씬 무서울 것이다. 그러므로 미스터리도, SF도, 괴담도, 그 방법에 따라서 뿌리 깊은 존재 이유를 갖고 있다고 생각한다.[1]

아베는 이 '괴물'이라는 존재의 중요성을 인식하고 있었으며 그의 문학 텍스트는 많은 경우 일종의 위화감이라고도 부를 수 있을 정도의 강력한 인상을 주는 핵심적 이미지를 축으로 구성되어 있다. 예를 들어 대표작으로 꼽히는 『모래 여자(砂の女)』(1962)에 등장하는 기이한 여자와 그가 살고 있는, 모래가 쏟아져 내려오는 오두막이나, 「벽―S·카르마 씨의 범죄(壁―S·カルマ氏の犯罪)」(1951)에서 어느 날 이름을 잃어버리고, 결국에는 거대한 벽으로 변신하게 되는 주인공 등의 이미지에는 동시대의 사회적 맥락에서 '정상'으로 규정 지워진 틀로부터 일탈된 신체구조, 사고, 행

---

1) 「SF, この名づけがたきもの」『安部公房全集020』新潮社(이하『全集』으로 표기), pp.52-54. (초출 1966年2月号『SFマガジン』, 早川書房) 이하 번역은 필자.

동양식 및 배경을 가진 인물들이 관련되어 있다. 광의의 '괴물'이라고 부를 수 있을, 섬뜩함이나 당혹감을 부여하는 이러한 인물들은, 아베 고보의 문학텍스트에서 중요한 의미를 가지며 독특한 역할을 수행한다. 본고에서는 일본의 전후 첫 본격 SF 장편소설 작가[2]이기도 했던 아베 고보의 문학론을, 그가 말하는 '괴물'의 의미를 통해 살펴보고자 한다.

2. 현실 인식의 문제와 문학의 가능성

하나다 기요테루(花田淸輝)는 '괴물적(デモーニッシュ)'이라는 표현을 사용하여 아방가르드 운동의 성격을 규정한 바 있다.[3] 아베가 사용하는 '괴물'이라는 표현은, 불안감을 주지만 높은 잠재적 에너지와 운동성을 내포하며 미지의 존재로서 텍스트를 성립시키는 문학성을 나타내고 있다. 이 '괴물성'은 이성에 대한 인간의 신념을 전복시킴에서 오는 일종의 동력에 의해 구축된다. 아베는 자신의 문학을 '이름 붙일 수 없는' '숲의 괴물 X'로서 구축하고자 했다고 볼 수 있다.

이 '괴물성'에서 아베는 문학 자체의 가능성을 보았다. 아베 고보가 초기의 실존주의적 문체에서 벗어나 새로운 실험적 표현법을 시도한 단편「덴도로카카리야(デンドロカカリヤ)」(1949) 이후, 그가 환상적 혹은 SF적 텍스

---

2) 『第四間氷期』(1959)는 잡지 『世界』에 연재시 '戰後初の本格SF長編小說'이라는 문구로 소개되었다.
3) 하나다 기요테루는 『새로운 예술의 탐구(新しい芸術の探求)』(1949)의 서언에서, '본래 예술운동은 괴물적인 것이다. 운동이 어떤 것인지 모르는 이들에게는 우리의 모습이 백귀야행처럼 보일지도 모른다'고 주장했다. 아베 고보는 전후 아방가르드 예술운동 그룹 '요루노카이(夜の會)'에 참가했는데 하나다 기요테루는 이 모임의 중심인물이었다.

트의 창작을 지속적으로 해온 것에는 이러한 '괴물'에 대한 시점이 큰 의
미를 갖고 있었던 것으로 보인다.

　고야(Francisco de Goya, 1746-1828)는 1799년에 제작한 「이성의 잠은 괴물
을 낳는다(El sueno de la razon produce monstruos)」라는 판화에서, 책상에 엎
드린 채 잠든 화가의 주위에 산고양이나 부엉이, 박쥐 등 어둠과 환상을
연상시키는 음영으로 표현된 불길한 동물들이 모여드는 장면을 그렸다.
이 작품은 빛과 어둠, 합리와 비합리라는 이원론적인 요소를 상징적으로
표현하고 있다는 평가를 받고 있는데 괴물들은 이성의 작용을 촉진하는
역할 또한 하게 된다. 괴물들이 허공을 메우고 있는 불길한 장면은 단지
비합리를 표상하고 있는 것뿐만이 아니라 그러한 괴물들이 출현하도록
하는 비판정신의 정지 상태에 대해 경고하고 있는 것이다. 고야 자신에
의한 프라도 미술관의 주석서에서는 "이성에 의해 방치된 환상은 있을
수 없는 괴물을 낳는다. 그러나 환상이 이성과 연결된다면 모든 예술의
어머니이자 경이로움의 원천이 된다."[4] 라는 주를 찾아볼 수 있다. 이와
같은 이원론적 구분의 경계선상에서 일어나는 다이나미즘은 아베 고보가
지적한 '괴물'성의 효과와 유사한 것이라 할 수 있다.

　토도로프는 『환상문학론서설』(1970)에서 가조트(J.Cazotte)의 『악마의 사
랑』(1772)의 예를 들어 주인공이 함께 살던 여성으로부터 자신이 실은 공
기의 요정이라는 고백을 받았을 때 보인 반응을, 자연의 법칙밖에 모르던
사람이 초자연적 사건에 직면했을 때의 감정으로서 설명했다.

　　내게 일어난 사건이 진실인가, 나를 둘러싼 것들이 분명히 현실인가,
　아니면 모든 것은 환각에 불과하며 그것이 꿈이 되어 나타날 뿐인가 하

---

4)　雪山行二編, 『ゴヤ:ロス・カプリチョス──寓意に滿ちた幻想版畵の世界』二玄社, 2001, p.94.

고 **망설이며** 또한 의심한다.[5]

지금까지 익숙했던 세계의 법칙으로는 설명할 수 없는 사태에 갑작스레 조우한 자는 그들이 이끌려가는 환상 속에서 두 가지의 선택지 중 하나를 선택해야만 한다. 하나는 모든 것을 오감의 환각, 상상력의 산물로 보는 것, 그리고 또 하나는 이 사태는 정말로 일어난 것이며, 현실의 일부라고 생각하는 것이다. 전자의 경우라면 기존 세계의 법칙은 그대로 온존되고, 후자를 선택한다면 현실은 우리가 모르는 법칙에 의해 지배받는다는 것을 알게 될 것이다. 토도로프는 전자를 '괴기'라고 부르고, 후자를 '경이'라고 불렀다.

환상이란 자연의 법칙밖에 모르던 사람이 초자연적 사태에 직면했을 때 느끼는 '망설임'을 가리키며, '괴기'와 '경이'라는 두 개념과의 관계 속에서 규정되고, 그 분수령에서 끊임없이 침식된다.[6] 이때 '망설임'이란 눈앞에 나타난 이상 사태를 '괴기'스러운 것으로 받아들일 것인지 혹은 '경이'로운 것으로 규정할 것인지 사이에서의 판단유보 상태를 의미한다. 아베가 '괴물'적인 것에서 소설의 가능성을 보았다고 한다면, 토도로프가 지적한 '망설임'과도 상통하는, 이상 사태에 의해 촉발되는 의식의 흔들림에서, 일종의 가능성을 발견한 것으로 보인다. '괴기'와 '경이' 사이의 선택을 통해, 지금까지 알고 있던 세계에 대한 인식방법을 유지할 것인가, 혹은 그것을 전복시킬 것인가를 선택하지 않으면 안된다. '경이'를 선택하게 될 경우에 세계의 법칙이나 영구불변한 것으로 보였던 진리의 관

---

5) ツヴェタン・トドロフ, 三好郁郎역, 『幻想文學論序說』東京創元社, 1999, pp.40-67.(강조 필자)
6) 상동서, p.263.

넘들, 캐논이나 관습 등은 가변적인 모습을 보이고, 이 '망설임'의 순간에 의식은 역동적으로 진동하기 시작한다. 아베 고보가 문학의 괴물성이 독자에게 제시하는 '망설임'의 효과를 주목할 때, 그는 독자가 '경이'를 선택하여 현실에 대한 비판적인식의 정지 상태를 타파하고 새로운 세계관을 정립시킬 것을 촉구하고 있었던 것이다. 경고하고 환기시키는 괴물의 가능성을 모색한 것도 그러한 기대에 근거한 것이다. 일반적으로 SF적 텍스트들은 황당무계한 것으로 간주되고 경시되는 경향이 있었다. 하지만 이러한 텍스트들은 이상의 의미에서 바라볼 때 현행의 규범적인 것들을 다시 묻고, 현실 그 자체의 재인식을 촉진하는 전복(轉覆)적인 텍스트가 된다.

3. 괴기취미와 SF의 차이를 말하다

아베는 「SF의 유행에 대해서」7)라는 에세이에서 포우가 SF적인 작품을 쓰기 시작한 동기가 당시 유행하던 괴기적 취미에 대한 조롱과 패러디에 있었다고 언급했다.

'가설'8)을 원숙하게 구사하기 위해서는 그 주제와 방법의 자각이 필요

---

7) 포우가 SF적 작품을 쓰기 시작한 동기도 당시에 유행한 괴기취미에 대한 조소과 패러디에 있었을 것이다. 괴기 취미와 SF는 그 시발점에서부터 이미 혈연관계에 있었다. 그 둘의 차이는, 작품에서 그리는 괴물이 단순한 괴물일 뿐인가, 혹은 현실을 도려내기 위한 가설인가 하는 점에 있다. 포우의 괴물은 어디까지나 가설적인 존재이지만, 호프만의 괴물의 경우는 가설성이 매우 희박하다. …(생략) 괴기 작가가 쓰는 글은 요괴를 믿는 괴담이지만, SF작가가 쓰는 글은 요괴를 믿지 않는 괴담이라고 할 수 있을 것이다. (「SFの流行について」『全集016』, p.381, 초출 1962.9.23. 『朝日ジャーナル』)

8) '가설'에 대해서는 졸고 「安部公房の＜仮說＞の設計──『砂の女』に見る科學的認識に關連して」(『일본학보』제98집. 2014.2.28.)에서 자세하게 논한 바 있다.

하다고 이야기한 아베가 포우를 높이 평가한 것은 바로 '가설'의 설정을
방법으로, 또한 자각적으로 다루었다는 점이다.

아베는 괴기취미와 SF의 차이를, 그 괴물이 단순한 괴물인가, 아니면
현실을 도려내기 위한 '가설'[9]인가하는 점이라고 지적하며, 포우의 괴물
이나 셸리의 『프랑켄슈타인』의 괴물을 단순한 괴물이 아니라 '가설'적인
존재로 보았다. 이 '가설'의 유무야말로 소설을 비롯한 여러 예술창작물
의 평가에 있어서의 중요한 기준점이 된다. 하지만 그는 영화 『프랑켄슈
타인』의 괴물이 괴담적 괴물에서 한발자국도 벗어나지 못했다고 비판하
였고 『투명인간』에 대해서도 비슷한 문제점을 지적한다.

> 웰즈의 저작의 목적은 문명비판에 있었으므로 『투명인간』도 당연히 하
> 나의 가설이며, 인간관계상의 '본다'는 행위의 의미가, 신체적 형상을 잃
> 어버린 인간의 고독을 통해 상당한 수준까지 파헤쳐진다. 그러나 영화에
> 서는 단순한 괴물일 뿐이다. 『프랑켄슈타인』이나 『킹콩』과 비교하면 어
> 느 정도는 과학적 장치를 갖추고 있지만 그 본질은 아직 괴기영화에 머
> 물러있다.[10]

아베는 괴물을 '가설'로서 등장시킬 수 없다면 진정한 SF영화는 만들
수 없다고 주장한다. 『투명인간』이나 『프랑켄슈타인』의 괴물이 원작 소
설과 달리 단순한 괴물이 되어버린 것은 분열된 현실을 그려낸 원작의
'가설'적 요소를 상실하고 패턴화된 괴물과 예상 가능한 공포, 그리고 무

---

9) 「S・カルマ氏の犯罪」에는 카르마씨가 벽을 '人間の仮設'이라고 노래하는 부분이 있다.
   임시로 건설이나 설비를 한다는 의미의 '仮設'에는 '仮説'로서의 의미도 포함되어 있다.
   「現代文學の可能性」(『全集015』)이라는 글에서도 '仮設'이라는 표현이 사용되는데 전집
   에는 '仮説'로 수정되어있다.
10) 「SFの流行について」, p.382.

엇보다 그에 직면한 사람이 자신을 둘러싼 현실의 모순에 대한 아무런 의문을 품게 하지 않는, 유형화된 괴기만을 제작했기 때문이다.

앞서 언급한 일본의 근대 인기 괴담 작품의 하나인 라쿠고가(落語家) 엔초(円朝)의 『신케이카사네가부치(眞景累ヶ淵)』(1859)[11]도 '가설'이 없는 괴담의 한 예로 등장한다. 이 제목에 쓰인 '신케이(眞景)'라는 단어는 당시로서는 최첨단의 단어였던 '신케이(神経)'를 연상시키는데 이 일렉트로닉하면서도 모던한 느낌은 감상자에게 뭔가 새로운 기대감을 주었을 지도 모른다. 하지만 이 작품은, 타 괴담들과 마찬가지로 '가설'의 부재로 인해 흔한 괴담에 머무르는 데에 그쳤다고 아베는 지적했다.

아베에 따르면, 괴기소설 작가가 쓰는 것은 요괴를 믿는 괴담이지만, SF작가가 쓰는 것은 요괴를 믿지 않는 괴담이라 할 수 있다. 이 두 괴담 사이의 거리는 '괴기'와 '경이' 사이의 문제이며, 그에 직면한 '망설임'의 에너지가 텍스트의 내부에서 소멸하는가 아니면 텍스트에 등장하는 타자로서의 '괴물'을 비판적 거리를 취하며 바라보게 하는가의 문제와도 연결되어 있다.

'가설'의 유무를 기준으로 삼는 아베 고보의 문학론은 상당히 폭넓은 범주가 된다. 차페크, 카프카, 가넷 등도 그가 말하는 '가설'의 문학 계열에는 포함된다. 그리고 마크 트웨인, 루쉰, 나쓰메 소세키 등 그 경계는 무한한 확산성을 띤다. 시대를 거슬러 올라가 스위프트나 세르반테스, 단테, 루키아노스 등도, 그리고 그리스 시대까지 거슬러 올라갈 수 있는 것이다. 그가 말하는 SF적 발상, 소위 '가설'의 문학이란 특별한 장르를 의

---

11) 1859년 작. 첫 상연시 제목은 「累ヶ淵後日の怪談」. 1887년부터 1888년에 걸쳐 『やまと新聞』에 속기록이 게재되었고, 1888년에는 단행본이 출판되었다. 살인 사건을 발단으로 자손들이 차례로 불행한 삶을 걷게 되는 전반부와 영주의 아내에 대한 연모를 발단으로 전개되는 복수극인 후반부로 구성되어 있다.

미하는 것이 아니며 자연주의와 비교하더라도 훨씬 더 길고 깊은 주류적
인 한 흐름을 말한다. 12) 아베의 텍스트의 경우 이 흐름에는 ‘괴물성’을
띤 인물들이 등장하여 ‘망설임’의 에너지를 유동시키며 증폭시킨다.

 ‘가설’의 문학과 ‘괴물성’에 관한 이러한 인식은, 아베의 환상문학적
혹은 SF적 소설의 시초라고 불리는 초기 단편소설 「덴도로카카리야(テンド
ロカカリヤ)」(1949)부터 유작 「하늘을 나는 남자(飛ぶ男)」(1984)에 이르기까지
전시기에 걸쳐 엿보인다. 특히 하나다 기요테루, 오카모토 타로를 중심으
로 한 ‘밤의 회(夜の会)’에 참가하여 전후 아방가르드 예술운동에 참여했
던 아베에게 있어, 예술의 혁명에는 방법상의 혁명이 필요했다. 그리고
공산당의 당원으로 활동하면서 정치적 방향성을 구체화시켜가던 아베에
게, ‘괴물성’의 효과에 의한 각성이란 예술의 정통성으로부터의 탈피와
동시에 현실의 모순의 직시를 의미했던 것이다.

4. 예술적 텍스트와 인식적 이화(異化)

 문학적 기법에서 볼 때 이러한 ‘괴물성’이라는 착안점은, 러시아포멀리
즘의 ‘낯설게 하기’ 기법과 밀접하게 관련되어 있다. ‘낯설게 하기’란, 일
상적인 제재를 이질적인 것으로 변화시키는 것으로, 시클로프스키(V.
Shklovsky)에 의해 제창된 개념이다. 관습적이고 친밀한 것이 예술적 인식
을 방해한다는 사실에 대해서는 19세기에 콜리지(S. T. Coleridge *Biographia
Literaria*, 1817)나 셸리(P.B.Shelly, "A Defence of Poetry", 1821)도 이미 언급한

---

12) 「SFの流行について」, pp.382-383.

바 있는데, 현대적 의미에서의 '낯설게 하기'는 시클로프스키에서 그 출발점을 볼 수 있다.

그는 「수법으로서의 예술」(1917)에서, 생의 감각을 되돌려 사물을 느낄 수 있도록 하기 위해, 예술이라 부를 수 있는 것이 존재하며, 예술의 목적은 직시하는 레벨에서 사물을 느끼게 하는 것이라 지적했다. 그에게 있어 예술은 사물을 '낯설게 하기'(ostranenie, остранение)이자 비일상화시키는 것이며, 예술의 수법은 지각이 곤란해지도록 시간을 지연시키는 것이다.

브레히트의 연극수법으로서의 '낯설게 하기'(Verfremdungs-effekt)는 시클로프스키의 '낯설게 하기'의 개념을 계승하여 일상에서 익숙한 현상에 대한 선입견을 제거하고 그것을 미지의 이상(異常)사태로 보이게 하는 예술적 수단으로 계승한 것이다. 브레히트는 그것을 현상의 본질의 인식과, 상황의 변혁을 촉진하는 과정까지 포함하는 개념으로 발전시켰다. 극중사건을 관객이 거리를 두고 비판적으로 바라보는 것을 강조하는 브레히트의 방식은, 극으로의 감정이입이나 동화를 통한 카타르시스를 중시하는 아리스토텔레스적 연극이론과는 대조적이다. 아베 고보는 소년 시절에 어머니가 갖고 있던 『근대극전집』을 애독했다고 하는데,[13] 43권에 이르는 이 전집에는 스트린드베리, 피란델로, 차페크, 브레히트 등 근대극 작가들의 방대한 작품이 수록되어 있었다. 전후 아방가르드 운동에 참가하여 스스로도 희곡 집필과 연출을 했던 아베는 당시 인상 깊게 읽은 희곡으로 피란델로를 꼽았다. 사르트르의 실존주의적 염세주의에서 외젠 이오네스코와 사뮈엘 베케트의 부조리 희곡에 이르는 프랑스 희곡은 모두 '피란델로주의'에 물들어 있다고 말해지는데, 베케트에게서 아베 고보

---

13) 谷眞介 『安部公房評伝年譜』 新泉社, 2002, p.11.

와의 유사성을 발견할 때 그 배경에는 피란델로라는 공통항도 간과할 수 없을 것이다. 현대예술의 '낯설게 하기'적 요소는 다다, 초현실주의, SF, 포스트모더니즘 예술에서도 볼 수 있는데, 아베가 강조한 괴물적인 요소는 브레히트에서 개화한 역사적 현실을 직시시키는 인식적 차원을 포함하고 있다고 할 수 있다.[14]

블로호(Ernst Bloch)는 '낯설게 하기'가 어떤 과정이나 성격을 관습적인 것으로부터 바꾸어놓고 분리하는 것, 그러한 것들을 자명한 것으로 간주하지 않게 하기 위한 것이라고 말한다. 그것은 간접적으로 무언가에 새롭게 눈을 뜨게 하는 것이며 또한 소외상황을 환기시키는 것이라 보았다.[15] 이러한 효과는 단지 이상한 존재를 등장시키는 것만으로는 성립되지는 않는다.

'괴물'이 등장하거나 환상적인 장면이 등장하는 소설은 다양한 장르에서 출현한다. 그러나 그것만으로 '괴물성'을 띤 소설이라고 말할 수는 없다. 카이요와(R. Caillios)의 말처럼 환상이란 견디기 힘든 비일상적 스캔들이며, 틈새나 침입으로 현실세계에 나타난다.[16] 현실계와 충돌이나 갈등이 없는 요정의 세계와 달리, 환상/공포소설에서의 초자연은 현실세계의 내적 균열과 안정성의 파괴로 나타나고, 이론과 진보에 대한 공포라는 시대적 고뇌를 반영하는 SF소설에서 과학은 불안과 의문을 불러일으킨다. 질서 잡힌 일상에의 무질서의 침입이 반드시 '낯설게 하기'를 충분히 달

---

14) 아베 고보는 초기의 실존주의적 작품에서, 그 직후에 출발한 초현실주의적 작품 및 기록적 작품군에 이르기까지 작풍의 변화를 보였지만 일관적으로 반자연주의적 성격의 창작기법을 지향해왔다. 아베의 텍스트에서 반일상적 혹은 비현실적 설정은 오히려 현실의 문제를 응시하게 하는 계기를 생성하며, 텍스트들은 철저하게 각 시대의 극히 현실적인 배경 위에서 구성되어 비판대상으로서의 현실을 제시하고 있다.
15) エルンスト・ブロッホ, 片岡啓治, 種村季弘, 船戸滿之역 『異化』 現代思潮社, 1971, p.111.
16) ロジェ・カイヨワ, 三好郁郎역 『妖精物語からSFへ』 サンリオ, 1978, p.11.

성하고 있다고 할 수 는 없더라도 먼 곳에서의 놀라움의 체험이 가까운 곳의 통찰력을 이끌어낸다는 블로호의 성찰은, 브레히트가 강조한 거리를 두고 현실을 직시하게 하는 것, 아베 고보가 '괴물'이라 표현한 것과도 깊이 연결되어 있다. 갑작스러운 사건, 타자의 침입에 의한 일상의 붕괴 등은 문학에 있어 중요한 역동적인 요소이며 때로는 폭력적이기까지 한 이 스캔들이야말로 현존하는 거대한 폭력에 비로소 눈을 뜨게 하는 계기를 제공한다.

5. '가설의 정신'과 문학

1960년 3월호 『SF매거진』 속표지에 다음과 같은 아베의 축사가 게재되었다. "공상과학소설은, 극히 합리적인 가설의 설정과 공상이라는 극히 비합리적 정열과의 결합이라는 점에서 콜럼부스의 발견과 유사하다. 그러한 지적 긴장과 모험에의 초대의 충돌에서 발생하는 포에지(시정)는 단순히 현대적일 뿐만 아니라, 동시에 문학 본래의 정신에 연결된다." 두 대조적 중심축에 의해 그려지는 타원형과 같은 것으로 문학 텍스트를 보았다고 할 수 있는 아베에게 SF는 그러한 가능성을 내포한 창작의 장으로 비추어졌던 것이다.

이후에도 아베는 '가설'의 문제에 대해 다수 언급하고 있다. 1961년 4월 한 좌담회[17]에서 '가설의 정신'이야말로 문학의 본질적인 부분이며 그 기원은 근대의 과학 발전에 유래하는 것이 아니라 그리스시대까지 거

---

17) 좌담회 「SFは消滅するか──人間衛星の打ち上げをめぐって」 『安部公房全集015』 新潮社, 1998, pp.184-193.(1961.4.28. 초출 1961年8月号『SFマガジン』).

슬러 올라간다는 아베의 발언에 동석한 데즈카 오사무도 동의를 표했다. '가설'이란 물론 과학용어로 현상이나 법칙을 발견하기 위해 설정하는 임 시적인 설이다. 이 '가설'을 문학에 적용하는 것은, '괴물'에 의해 기존의 규범적 질서에 의문을 제기하고 새로운 모습을 모색하는 것에 연관되어 있다.

이 좌담회로부터 약 한 달 후『아사히신문』 지상에 발표한「가설의 문 학」이라는 에세이에서 아베는 과학적인 것과 비합리를 대치시키는 기계 적 구분을 거부하고 두 세계가 사실은 늘 연결되어있다고 주장했다.[18] 아베에게 있어서는 이상사태를 배제하는 일상의 보수적 생활 감정이 과 학과 대립하는 세계인 것이다. 일상 속의 이상(異常)을 직시하는 것이야말 로 과학적인 시선이며, 비현실적 세계가 과학에 의해 해명되기도 하며 과학이 비과학적인 이상사태에 의해 재발견되기도 한다. 이 에세이의 다 음 해에 발표된『모래 여자』에서는 이상세계와 과학이 접속된다. 주인공 의 실종은 단순한 도피가 아닌 과학적 흥미에 이끌린 여행이었으며 사막 이라는 이상지대의 불합리성이 모세관 현상의 발견에 의해 인식 가능한 대상으로 재정립된다.

'괴물'적 텍스트는 유령의 등장이나 신체의 이상이나 변화, 관습적으로 예측 가능한 서사구조를 파괴하는 돌발적 사태의 배치 등을 통해서 효과 적으로 형성된다. 탈출의 기회를 스스로 포기하는『모래 여자』의 남자, 핵전쟁에 대비한 대피소를 만든 주인공이 혼자서 그곳을 탈출하는『방주 사쿠라마루(方舟さくら丸)』(1984), 미래를 예언하는 컴퓨터 프로그램을 만든 주인공이 프로그램에 의해 제거되는『제4간빙기(第四間氷期)』(1958~9) 등

---

18) 「仮説の文学」(表題 : 仮想の文学)『安部公房全集015』新潮社, 1998, pp.237-238.(초출 1961 년 6월 3일자『朝日新聞』).

반전과 파탄에 의해 텍스트가 진행되고 돌발적으로 보이는 사건들은 과학적 논리성과 밀접하게 연관되어 있으며, 이상사태를 향한 시선을 통해 현실을 돌아보게 하는 계기로 작용한다.

아베는 문학사상의 공상적 작품군 중 상투적 괴담 등을 제외한, 비판적 상상력의 가능성을 지닌 텍스트들을 '가설의 문학'이라고 명명하였다. 이 '가설의 문학'이라는 계보에 대한 공감은 아베 고보에게 '괴물'이라는 숙제를 던져주었다. 아베는 전술한 괴물에 대한 발언을 통해 독자의 SF 장르론='괴물'론을 전개하였으며 이는 동시에 자신의 문학에 대한 입장 표명이기도 했던 것이다.

아베의 문학텍스트는 자연주의적 감정이입을 배제하고 비판적인 인식을 촉구한다. 아베가 '괴물성'이라는 표현으로 높이 평가하려했던 것은, 부조리극이나 환상소설이 아니라 SF적인 '낯설게 하기'에 가까운 효과였다.

아베는 "남들은 전혀 리얼리티를 느끼지 않던", 공상과학소설에 깊은 관심과 지지를 표명하고[19], 공상이나 비현실의 세계를 현실에서 출발한 또 하나의 가능성으로 보았다. 1960년대에 들어 아베는 SF문학의 적극적인 응원부대라고 자처하면서 문학에 있어서의 '괴물'이라는 개념에 대해 적극적으로 발언하였다.

본고는 아베 고보가 언급한 문학의 '괴물성', '괴물성'의 문학이 갖는 의미를 검토하며 아베의 문학 및 예술이론을 분석하였다. '요괴를 믿지 않는 괴담'의 현대적 필요성을 역설한 아베는, '가설'에 의해 구축된 '괴

---

19) 좌담회 「科学から空想へ――人工衛星・人間・芸術」(武田泰淳, 埴谷雄高, 荒正人, 安部公房)『全集008』新潮社, 1998, pp.190-211.(초출 「技術と人間の体制-人工衛星以後の展望」, 1958年 1月号『世界』)

물'적 텍스트를 통해 '망설임'의 순간에 생성되는 사고의 운동을 '경이'
로 향하게 하는 전략을 택했다. 그리고 그러한 인식의 전환을 가능케 하
는 '게릴라적 위치'에 예술 및 문학의 역할과 의미를 추구했다. 아베는
이러한 문학 계보에 자신의 문학을 연결시키고 이름 없는 '괴물'의 역동
성을 역설하는 문학예술론을 전개하면서 예술 텍스트의 창작을 통해 이
를 구현해 나가고자 한 것이다.

저자 소개(게재 순)

┃ 유재진(兪在眞)

고려대학교 일어일문학과 부교수. 일본근현대문학 전공. 주요 논저에『일본의 탐정소설』(공역서, 문, 2011),『탐정 취미-경성의 일본어 탐정소설』(공편역서, 문, 2012),『다로의 모험』(역서, 학고방, 2014),『일본 추리소설 사전』(공저, 학고방, 2014),「韓國人の日本語探偵小說試論」(일본학보 제98집, 2014.2) 등이 있으며, 최근 식민지기 한반도에서 창작된 일본어 탐정소설에 관하여 연구하고 있다.

┃ 요코지 게이코(橫路啓子)

타이완 푸런(輔仁)대학 외국어학부 일본어문학과 준교수. 일본통치시대의 타이완문학, 중일비교문화 등.『抵抗のメタファー——植民地台湾戰爭期の文學』(奈良：東洋思想研究所, 2013),『文學的流離與回歸－三0年代鄉文學論戰』(台北：聯合文學出版社, 2009) 등의 저서가 있음.

┃ 나카무라 시즈요(中村靜代)

홍익대학교 조교수. 일본근현대문학, 식민지 괴담연구 전공. 주요 논저로는『식민지 조선 일본어 잡지의 괴담・미신』(공편저, 학고방, 2014),『재조일본인과 식민지 조선의 문화1』(공저(13), 도서출판 역락, 2014.5), 주요 논문으로는「植民地朝鮮と日本の怪談－日韓合倂前後における「怪談」槪念の変容をめぐって－」(『日本學研究』44輯, 2015.1),「在朝日本人の怪談と探偵小說研究－怪談における〈謎解き〉と京城記者を中心に－」(『翰林日本學』25輯, 2014.12),『경성의 새벽 2시』(공역저(2)역락, 2015) 등이 있다.

┃ 인즈시(尹芷汐)

(일본) 나고야대학대학원 문학연구과. 박사연구원. 일중비교문학, 名古屋大學大學院文學研究科° 博士研究員° 大衆文學′ 日中比較文學′ 연환화(連環畵:중국 코믹).「松本淸張と井上靖の「登山」表象『遭難』と『氷壁』におけるメディアへのまなざし」(『Juncture：超域的日本文化研究』第4号, 2013),「『週刊朝日』と淸張ミステリ——小說「失踪」の語りから考える」(『日本近代文學』第88集, 2013.5),「「日本の黒い霧」の再評価—中國における翻譯を通して」(『松本淸張研究』第15集, 2014.3),「松本淸張と「連環畵」との遭遇—イメージの增殖と変容」(『大衆文化』第12号, 2015.3),「「內幕もの」の時代と松本淸張『日本の黒い霧』」(『日本研究』第52集, 2015).

▌정병호(鄭炳浩)

고려대 일어일문학과 교수, 일본근현대문학, 한일비교문화론 전공. 주요 논저 『근대 일본과 조선 문학』(역락, 2016), 『국민시가 1941 9·10·12』(공역, 2015), 『강동쪽의 기담』(문학동네, 2014) 『동아시아문학의 실상과 허상』, (공저, 제이앤씨, 2013), 「1920년대 일본어잡지 『조선급만주(朝鮮及滿洲)』의 문예란 연구-1920년대 전반기 일본어 잡지 속 문학의 변용을 중심으로」, (『일본학보』제98집, 2014.2) 외.

▌이정욱(李正旭)

전주대학교 한국고전학연구소 연구교수, 일본연극 영화전공. 주요 논저에『村山知義 劇的尖端』(공저, 森話社, 2012), 『사상전의 기록』(공편역, 학고방, 2014), 『재조일본인과 식민지 조선의 문화Ⅰ』(공저, 역락, 2014), 「무라야마 도모요시 감독 〈연애의 책임〉(1936)과 장르의 횡단」,(『현대영화연구』제19호, 2014), 「제국 일본의 식민지 도시건설과 전통사회의 변화」(『일본연구』제24집, 2015) 등이 있다.

▌우페이천(吳佩珍)

타이완 국립정치대학 타이완문학연구소 준교수. 일본의 메이지(明治), 다이쇼(大正) 여성문학, 일본과 타이완의 식민지시기 비교문학문화 전공. 주요 논저에 『眞杉靜枝與殖民地台灣』(台北 : 聯經出版 2013.9), "The Peripheral Body of Empire : Shakespearean Adaptations and Taiwan's Geopolitics," Re-Playing Shakespeare in Asia. (Poonam Trivedi ed., New York : Routledge, 2010), "Performing Gender Along the Lesbian Continuum : The Politics of Sexual Identity in the Seito Society", Women's Sexualities and masculinities in a Globalizing Asia. (Saskia E. Wieringa, Evelyn Blackwood, and Abha Bhaiya ed., New York : Palgrave Macmillan Press, 2007) 등이 있다.

▌산위안차오(單援朝)

일본 소죠대학(崇城大學) 종합교육센터 교수. 아쿠타가와 류노스케(芥川龍之介)연구, 「만주문학(滿州文學)」연구 등. 『上海一〇〇年日中文化交流の場所』(공저)(勉誠社, 2013), 「大內隆雄的"滿洲文學"實踐──以大連時代的活動爲中心──」(『外國問題研究』2015年第1期, 總第215期), 「殖民地"滿洲"的无產階級文學運動(1930-1931)」(『東北亞外語研究』2015年第2期, 總第9期).

▌엄인경(嚴仁卿)

고려대학교 글로벌일본연구원 HK교수. 주요 논저에 『조선인의 단카(短歌)와 하이쿠(俳句)』(역락, 2016), 『문학잡지 國民詩歌와 한반도의 일본어 시가문학』(역락, 2015), 「한반도 일본어 시가(詩歌)문학의 종장(終章)」(『아시아문화연구』2015.6), 「일제강점기 재조일본인의 '향토' 담론과 조선 민요론」(『일본언어문화』2014.9), 외.

▌히비 요시타카(日比嘉高)

(일본) 나고야대학(名古屋大學)대학원 문학연구과. 준교수. 근현대일본문학, 이민문학, 전전(戰前) 외지(外地)에서의 서물(書物)유통, 현대 일본의 트랜스내셔널 문학 등. 『ジャパニーズ・アメリカ──移民文學・出版文化・收容所』(東京 : 新曜社, 2014), 『〈自己表象〉の文學史──自分を書く小說の登場』(東京 : 翰林書房, 2002), 「外地書店とリテラシーのゆくえ──第二次大戰前の組合史・書店史から考える」(『日本文學』東京 : 日本文學協會, 第62卷第1号, 2013).

▌김효순(金孝順)

고려대학교 글로벌일본연구원 부교수. 일본근현대문학, 문화전공. 식민지시기 조선문예물의 일본어 번역양상 연구. 주요 논저로는 『조선 속 일본인의 에로경성조감도(여성직업편)』(공역, 도서출판 문, 2012), 「한반도 간행 일본어잡지에 나타난 조선문예물 번역에 관한 연구」(중앙대학 일본연구소『일본연구』제33집, 2012.8), 『재조일본인과 식민지조선의 문화Ⅰ』(편저, 역락, 2014), 「조선전통문예 일본어번역의 정치성과 현진건의 『무영탑』에 나타난 민족의식 고찰」(『일본언어문화』제32집, 2015.10) 외.

▌김계자(金季杍)

고려대학교 글로벌일본연구원 HK연구교수. 주요 논저에 『근대 일본문단과 식민지 조선』(역락, 2015), 『일본이 노래한 식민지 풍경 여행하며 노래하며』(역락, 2015), 「재일코리언문학의 당사자성-양석일의 『밤을 걸고』-」(『일본학』2015.11), 「김시종 시의 공간성 표현과 '재일'의 근거」(『동악어문학』2016.5) 등이 있다.

┃ 왕즈송(王志松)

(중국) 베이징사범대학(北京師範大學)외국어문학학원 일문학부. 교수. 중일비교문학, 번역문학, 일본현대 아속(雅俗)문학 등. 『小說翻譯与文化建构──以中日比較文學爲硏究視角』(北京 : 淸華大學出版社, 2011), 『20世紀日本馬克思主義文藝理論硏究』(北京 : 北京大學出版社, 2012).

┃ 함충범(咸忠範)

한양대학교 현대영화연구소 전임연구원, 동아시아영화사 전공. 주요 논저에 「1940년대 식민지 조선의 국책 극영화 속 '경성': 〈지원병〉(1941)과 〈조선해협〉(1943)을 중심으로」(『도시인문학연구』2016.4), 「1944년 식민지 조선영화계의 정책적 특수성에 관한 연구: '결전비상조치'에 따른 제도적 변화상을 통해」(『동북아연구』2015.12), 「해방기 '경찰영화'의 등장배경과 장르화 경향 고찰 : 시대적 특수성 및 역사적 의미와 더불어」(『기억과전망』 2015.12) 등이 있다.

┃ 이시카와 다쿠미(石川巧)

릿쿄대학(立敎大學) 교수. 전공은 일본근대문학, 문화연구. 주요 논저에 『「國語」入試の近現代史』(講談社メチエ, 2008), 『「いい文章」ってなんだ − 入試作文・小論文の歷史』(ちくま新書, 2010), 『高度經濟成長期の文學』(ひつじ書房, 2012), 『『月刊讀賣』解題・詳細總目次・執筆者索引』(三人社, 2014), 『『月刊讀賣』復刻版』(三人社, 2014~), 『高度成長期の出版物調査事典 全8卷』(金澤文圃閣, 2014), 『『黑猫』復刻版 全11冊+別冊1』(三人社, 2014), 『戰爭を〈讀む〉』(ひつじ書房, 2013), 「久保田万太郎のト書き──小說と戲曲の溶解」(『國語と國文學』2013年11月), 「戰前における〈近代文學〉の敎科書」(『日本文學』2014年11月), 「群衆とは何者か?─戰後の歷史小說における〈一揆〉の表象」(『敍說Ⅲ』2015年2月) 등이 있다.

┃ 이선윤(李先胤)

고려대학교 글로벌일본연구원 HK연구교수. 주요 논저『괴물과 인간 사이−아베 고보와 이형의 신체들−』(그린비, 2014), 「동아시아의 근대와 노예선의 표상 −『에노모토 다케아키』를 중심으로 본 제국의 월경과 법 제정의 문제−」(『日語日文學』제65집, 2015.2), 「제국과 여성 혐오(misogyny)의 시선−재조일본인 가타오카 기사부로의 예를 통해−」(『日本硏究』제39집, 2015.8) 외.

역자 소개(가나다 순)

김정희 한국외국어대학교 외국문학연구소 책임연구원

송혜경 한국방송통신대학교 통합인문학연구소 학술연구교수

이민희 한림대학교 일본학연구소 연구원

이현복 고려대학교 중국학연구소 연구교수

동아시아의 대중화 사회와 일본어문학

초판1쇄 인쇄 2016년 6월 22일
초판1쇄 발행 2016년 6월 30일

편저자 유재진
펴낸이 이대현

책임편집 이태곤
편   집 권분옥 오정대 문선희 박지인
디 자 인 이홍주 안혜진
마 케 팅 박태훈 안현진

펴낸곳 도서출판 역락
　　　　　서울시 서초구 동광로 46길 6-6 문창빌딩 2층(우 06589)
　　　　　전화 02-3409-2058(영업부), 2060(편집부)
　　　　　팩시밀리 02-3409-2059
　　　　　이메일 youkrack@hanmail.net
　　　　　등록 1999년 4월 19일 제303-2002-000014호

ISBN 979-11-5686-345-8 93830
정 가 30,000원

* 이 도서의 국립중앙도서관 출판예정도서목록(CIP)은 서지정보유통지원시스템 홈페이지(http://seoji.nl.go.kr)와
　국가자료공동목록시스템(http://www.nl.go.kr/kolisnet)에서 이용하실 수 있습니다.(CIP제어번호: CIP2016015895)